체
게
바
라
의

체
게
바
라
의

빙산

아리엘 도르프만 장편소설 | 김의석 옮김

The **Nanny** and the **Iceberg**

창비

체
게
바
라
의

빙관

차례

1991년 11월 칠레 해군소속 라우따로(Lautaro)호는 놀랄 만한 임무를 띠고 남극의 험한 바다로 보내졌다. 그 임무는 '폐허의 만'(Desolation Bay)에 부유하는 빙산 중 하나를 떼어내 커다란 조각으로 자른 뒤 그 전체를 '92 엑스포가 개최될 에스빠냐의 쎄비야로 보내는 것이었다. 그곳에서 빙산은 다시 조립되어 칠레 전시관을 찾는 방문객들에게 6개월 동안 전시될 예정이었다.

빙산을 채취해 대서양을 가로질러 운반하고 한여름 유럽의 뜨거운 열기에 녹아내리는 것을 막는다는 것은 마치 흰 고래 모비 딕을 찾아 폭풍우 몰아치는 바다로 나간 광적인 에이헙 선장만큼이나 바보스러운 일이었다. 실제로 많은 외국인들이 보기에 그 원정은 몇몇 마술적 사실주의 소설에 나오는 것처럼 라틴아메리카에 전형적인 과장된 제스처의 표현쯤으로 인식되었다. 그러나 한편 빙산 채취기획을 맡은 이들은 전혀 달리 생각하고 있었다. 칠레 정부와 사업가들은 소위 콜럼버스의 신대륙 발견 500주년에 자신들을 라틴아메리카의 다른 열대 이웃국가들과 차별화하기를 원했기 때문이다. 그들에게 빙산은 칠레가 최근까지 독재를 경험한 나라라는 공포스런 통념을 벗기고, 제3세계 국가들의 비탄과 가난 대신

6

노르웨이, 싱가포르, 뉴질랜드 그리고 한국처럼 효율적이고 치밀하며 합리적인, 누구나 신뢰할 수 있는 참신한 나라임을 부각시키는 것을 의미했다. 칠레인들은 남극 항해에 나서면서 자신들은 라틴아메리카의 나태함, 유혈혁명, 그리고 잡초처럼 질긴 인디언 원주민적 뿌리 들과는 전혀 다르다고 선포했다.

물론 칠레 내부에서도 이같은 빙산 마케팅 계획에 대해 격렬한 비난이 있었다. 많은 지성인들은 이를 과거 독재정치를 호도하고, 아직 아물지 않은 삐노체뜨 정권의 상처를 지우려 남극의 얼음이라는 마취제를 쓰는 것으로, 칠레를 위험하고 흥미롭게 만들어온 모든 것을 제거하려는 시도로 보았다.

전국가적인 토론이 이어졌다. 지지자와 반대자 들은 과연 자유롭고 번영된 미래를 건설하기 위해 과거와 깨끗이 단절할 필요가 있는가 묻고, 글로벌시대에 라틴아메리카가 가야 할 길이 무엇인지 논쟁하였다. 그러나 사실상 그러한 논쟁 뒤에는 오늘날 지구상 인구의 2/3가 당면한 정체성의 위기, 즉 어떻게 하면 첨단기술 선진국의 복사판이 되지 않고 그들의 영욕의 역사의 끈도 놓지 않은 채 근대화와 발전을 이루겠는가 하는 의문이 자리하고 있었다.

나는 그 논쟁을 먼곳, 내 스스로 부과한 망명지 미국에서 바라보고 있었다. 그건 빙산에 대해 호의적인 사람들과 비판적인 사람들이 에스빠냐어로 이른바 '디알로고 데 소르도스'(diálogo de sordos)라고 하는 것, 즉 상대방이 듣지도 못하는데 귀머거리들끼리 서로 소리지르며 떠드는 것처럼 보였다. 그리고 난 그 토론에 참여하는 방식으로 빙산에 관한 소설을 쓰기로 마음먹었다.

여러 해가 지나서야 마침내 소설을 탈고할 수 있었는데, 세상에 모습을 드러냈을 때 그것은 현세계 근대화의 딜레마를 다루었을 뿐만 아니라 성과 정체성, 과거의 회고 등에 대해 내가 가진 여러 강박관념들의 전시장 같은 게 되어 있었다. 나는 체 게바라와 나이든 인디언 하녀 그리고 여생을 매일 다른 여자와 잠자리를 하기로 맹세한 돈 후안 같은 인물 끄리스또발과, 그로부터 사랑해서는 안될 여자의 몸과 마음을 빼앗을 방법을 배우고자 안달하는, 망명지에서 돌아온 끄리스또발의 어린 아들 가브리엘을 섞어넣었다. 그리고 빙산에 관해서는? 나는 빙산을 폭파하겠다는 익명의 협박편지들과 사건들을 지어내어 끄리스또발과 그의 아들이 빙산을 지키고 범인을 찾아내는 것으로 설정했다.

빙산의 진짜 의미에 대한 논쟁에서 누가 옳은가와 관련해서는, 빙산 편을 드는 사람들이나 싫어하는 사람들 그리고 모든 빙산은 타이타닉호를 침몰시킨 괴물 같은 얼음조각들의 혈육쯤으로 여기는 사람들의 기호와는 거리가 먼, 의외의 해결을 보게 되었다. 나의 해결책은 소설의 전개과정 중에 빙산의 깊은 의미에 관해 과연 누가 옳고 그른지 빙산 자신에게 곰곰이 물어보자는 것이었다.

친절한 빙산은 알고 있지 않을까? 빙산은 아메리카가 아메리카라고 불리기도 전인 수천년 전부터 그 대륙의 끝에 있지 않았던가? 콜럼버스가 신대륙 원주민들의 벗은 몸뚱어리들을 처음으로 염탐하고 해안으로 다가갔을 때, 유럽이 자신의 다른 반쪽을 만나고 근대가 시작된 500년 전 그 운명의 날에도 바로 같은 빙산 위에는 눈이 내리지 않았을까? 눈은 그후 실패로 점철된 500년 동안에도 계속 내려서 얼어붙지 않았을까? 그 빙산은 세상을 보러 나아가지 않았던가? 큰 빙산에서 떨어져나와 영원과 죽음, 거리와 욕망에 관해 조금은 더 알고 있던 유럽 대륙에 노예처럼 납치되어가지 않았던가? 세상에 누가 아무도 살지 않는 시공간의 끝에서 떠다니는 그 흰색 물음표보다 아메리카의 과거와 미래에 대해 더 잘 알수 있을까? 내가 이 작품 속에 그린 세상이 칠레만의 것이 아니라, 예를 들자면 한국처럼 근대와 전통의 갈등 가운데 갇힌 수많은 나라들의 것이라는 걸 누가 더 잘 전해줄 수 있을까?

그렇다. 얼음거울처럼 빙산은 우리 인류가 무엇을 해야 하고 새천년에 어디로 나아가야 하는지 알고 있을 것이다.

물론 난 문제가 있다는 걸 인정한다. 다른 여느 거울처럼 빙산은 우리가 하는 어떤 질문이라도 되돌려줄 것이다. 몽상하는 듯한 밤의 한가운데 말없이 서서, 사랑에 빠진 여인처럼 모습을 바꿔가면서 빙산은 자신의 비밀들을 쉽게 드러내려 하지 않을 것이다. 빙산은 이 지상에, 우리 마음속에 있는 신비하고 길들여지지 않은 모든 것을 우리에게 자꾸만 자꾸만 되돌려줄 것이다.

내 생각엔 그게 바로 빙산의 문제다. 비록 배로든 혹은 상상으로든 사로잡힌다 해도 빙산은 우리가 이미 알고 있는 것만 대답해줄 것이고, 우리가 뭘 묻는지 그리고 대체 어디로 향해 가는 건지 요행으로라도 아는 한에서만, 삶과 역사의 수수께끼에 답해줄 것이다.

2004년 7월
아리엘 도르프만

프롤로그
1992년 10월 12일

나는 어제 본 불빛이 하느님의 계시요, 진정 육지가 있다는 첫
번째 징조임을 믿고 있다. 우리보다 앞서 가고 있던 삔따호에
다가갔을 때 육지를 처음 본 선원은 레뻬 출신의 로드리고 데
뜨리아나라고 들었다. 새벽녘에 우리는 벌거벗은 사람들을 보
았고, 해안으로 갔다.

크리스토퍼 콜럼버스의 1492년 10월 12일자 항해일지에서

1992년 10월 12일, 쎄비야발(發) 뉴스

쎄비야 엑스포 칠레 전시관 대변인은 지난 몇달 동안 전시중인 남극의 빙산이 테러리스트 조직에 의해 협박당하고 있다는 소문을 단호히 부정했다. 익명이기를 요구한 그 관리는 칠레 대통령이 엑스포가 끝나는 오늘, 빙산을 지난 일년 전에 사랑스레 떼어내온 그 영원한 얼음으로 되돌려보낼 것을 지시했다고 전했다. "누구나 빙산을 사랑하고 있지요" 하고 말한 그 관리는 "빙산을 폭파하려 들 만큼 정신나간 작자는 없을 겁니다" 라고 했다.

제1부

1992년 10월 9일

이런 편이 더 낫다. 날 생포하지 못하게 했어야 했는데…… 피델에게 머잖아 아메리카대륙에서 혁명을 보게 될 거라 전해주시오…… 그리고 집사람한텐 재혼해서 행복하게 살라고 해주시오…… 당신이 날 죽이러 온 걸 알고 있소. 쏘시오, 겁쟁이같으니라고. 당신은 그저 사람 하날 죽일 뿐이오.

에르네스또 체 게바라의 유언, 1967년 10월 9일

재니스, 내가 누군지 알아맞혀봐. 나야, 가브리엘 매켄지. 내가 왔어——실제로 온 건 아니지만 말야. 그래, 알아, 일년 반 전에 너에게 편지한다고 약속했던 것…… 내가 어느 나라로 간다고 말 안했었지? 단지 남미로 간다고만 하고. 정확히 1991년 7월 8일 작별의 말을 남기며 그 이튿날까지 네게 이메일 보내겠다고. 그리고 돌아오면 너와 함께 자겠다고 약속했었지. 우리가 15살 때 어떻게든 해보려다가 끝내 하지 못한 그것 말야. 마치 누구나 약속을 지키는 것처럼 말이지.

그렇게 사라져버려서 미안하다. 또 이렇게 씨애틀에서 글을 한묶음씩이나, 그것도 이메일이 아닌 우편물로 보내게 돼서 미안해. 이건, 역사상 가장 긴 자살의 기록이야. 원한다면 『기네스북』에 보내렴. 거기서 일하는 땅꼬마를 아는데 그녀석한테 보내도록 해. 그녀석한테 기뻐해도 괜찮다고, 그리고 난 1992년 10월 12일을 1분 남기고 쎄비야에서 자살했다고 전해줘. 다른 사람들도 해치워버린 다음에 말야. 물론 아직 3일이 남았지만 내 계산으로는 에스빠냐에서 이것을 쓰고 인쇄한 후 너한테 보내는 데 그만한 시간이 걸릴 거야. 만약에 내가 이 쓰레기 같은 글을 삭제 키를 눌러 지워버리지 않고 네게 보낸다면, 또 만약에 나만이 내 글의 유일한 독자로 남기로 결정하지 않는다면 말이다. 네가 이 우편물을 읽지 않기로 마음먹고 결정적인 대목까지 가기를 포기한다면, 난 이 글을 보내고도 유일한 독자로 남을 수도 있겠지. 하지만 난 네가 끝까지 다 읽으리라 확신한다. 난 자신있게 약속할 수 있어. 이 이야기의 끝에는 나 자신의 죽음뿐만 아니라 폭력과 살인도 나올 거야. 내가 나의 근본을 찾아 여행에 나섰을 때 상상했던 것보다도 더 많은 살인이 있어. 그리고 섹스도.

진짜 섹스 말야. 이메일에서 쉴새없이 우쭐거리면서 글로 내뱉던 그런 섹스가 아니고. 내가 너랑 헤어지고 다른 여자들과 했었다고 자랑한 무한한 방사의 경험담, 수많은 잠자리에서의 다양한 오르가슴 이야기들은 실은 내 아버지, 지상에서 가장 위대한 바람둥이 끄리스또발 매켄지(Cristóbal McKenzie), 바로 그에 관한 이야기였다. 내가 만약 이렇게 방해만 하지 않는다면 그 양반이야말로 『기네스북』에 추천될 만한 사람이지. 다시 말하지만, 수많은 여인들의 몸 속을 들쑤시고 다닌 건 내 이 넝마 같은 몸뚱이가 아니야. 너 하나도 건드리지 못했던 것처럼 모든 게 거짓말이었어, 재니스. 난 멀리서 허황된 말로 너를 속였던 거야. 항상 나는 거짓말을 잘해왔거든. 학교 때 선생님들도 내가 어떤 놈이라는 걸 잘 아셨지. 선생님들은 우리 엄마한테 "가브리엘은 지나치게 똑똑하고 나이보다 성숙하다"고 말씀들 하셨지. 내 생긴 것만 빼고. 내 용모에 대해서는 한마디도 안하셨어.

사실 너를 만나지 않으려고 그토록 애쓰고 네가 뉴욕에 올 때마다 피해다닌 것도 내 얼굴 때문이었어. 우리가 다시 인터넷을 통해서 연결되었을 때 재니스 네가 처음 던진 말은 "사진 좀 보내주렴, 단 한 장이라도 괜찮으니까. 그래야 네가 씨애틀을 떠난 이후로 얼마나 변했는지 알 수 있잖아"였지. 하지만 내가 정말 숨기려 했던 것은 내 생김새가 하나도 변하지 않았다는 거야. 얼굴에 수염 한가닥 나지 않았으니까. 9년 전에 너의 부모님 집 대문을 나올 때 네가 마지막으로 보았던 바로 그 얼굴 그대로야. 내 나이 24살이지만 15살 때 모습 그대로야. 너한테 내가 서른 아니 서른다섯쯤으로 보인다고 거짓말하는 건 식은죽 먹기였지.

비밀은 이것말고도 또 있다. 나는 재니스 너처럼 멕시코계 미국인이 아니야. 멕시코 피라고는 한방울도 안 섞였지. 너의 어머니가 캘리포니아의 오래된 가문에서 태어났고, 네가 에스빠냐어를 할 줄 아는 것을 보고 나도 멕시코계라고 한 거야. 그때 우리는 양키놈들(사실 말하자면 우리들 자신)을 비웃으면서 얼마나 웃었던지. 그러나 그때 무엇보다도 중요했던 것은 너의 엄마가 양키놈보다는 같은 인종의 청년을 더 믿어주시지 않을까 하는 바람이었다. 결국 그 덕분에 너하고 난 소파에서 달콤한 시간을 보냈지만…… 그러나 너한테 한번도 얘기하지 않았던 것, 그리고 그후에 우리가 인터넷에서 다시 만났을 때에도 밝히지 않은 사실은 내가 칠레 사람이라는 거야.

실은 내가 5살 때 우리 엄마와 나는 칠레에서 망명한 거였어. 그곳이 내가 일년 반 전에 사라졌던 미스터리의 나라다. 칼처럼 길어서 태평양에 빠질 듯이 있는 나라. 께추아(Quechua, 남아메리카 안데스 산맥에서 태평양 연안에 걸쳐 거주하는 원주민—옮긴이) 말로 '칠레Chile'는 세상 끝을 의미한다고 하더군…… 페루의 인디언들조차도 그곳을 정복하기는 너무나도 멀고 힘들다고들 했지. 북쪽에는 아따까마(Atacama)라는 지구에서 가장 메마른 사막이 있고, 안데스 산맥이 동쪽으로 가로막혀 있어. 그리고 서쪽으로는 로빈슨 크루쏘우가 난파당했던 후안 페르난데스(Juan Fernandez)섬과 이스터섬 그리고 폴리네시아섬들을 빼고는 망망대해가 펼쳐져 있지. 남쪽으로는…… 난 빠따고니아(Patagonia)를 거쳐서 남극까지, 그 남쪽 중의 남쪽인 신비한 대륙을 여행했다. 인류사의 대부분 동안 지도에도 나오지 않던, 내 꿈속에서만 존재하던 그 순백의 대륙을 갔던 거야. 나는 눈보라 속에서 빠라이쏘(Paraiso) 만(灣)의 떠다니는 산에서 빙산이 떨어져나가는 걸 지켜보면서, 아버지를 꾀어 그가 어떻게 세상의 누구보다도 많은 여자와 정사를 나눌 수 있었는지 들었다. 역사상 인간의 눈에 모습을 드러낸 적이 없었던 얼음덩어리를 바라보면서 말이야.

지금부터, 여태까지 결코 너한테 하지 않았던 이야기를 시작해야 할 것 같다. 1492년의 어느날 남극대륙에는 눈이 내렸고, 눈은 떨어져내려 쌓여 빙산이 만들어졌고, 오늘 나의 정신나간 **동포**들은 근대화를 선언하고, 그들의 국가가 콜럼버스가 발견한 열대지방이 절대 아니라는 것을 증명하기 위해 빙산을 이곳 쎄비야(Sevilla, 에스빠냐 쎄비야 주의 주도─옮긴이)까지 운반해왔다. 하지만 눈 얘기를 하자면 끝도 없어. 눈은 몇백년 동안 같은 빙산 위에 계속해서 내렸고, 결국 우리 엄마하고 아빠가 지금 이 글을 쓰고 있는 이 음흉한 거짓말쟁이를 만들어내던 밤까지 내렸다. 비록 내 인생이 바로 그때부터 시작됐다고 할 수는 없어도, 우리 엄마는 내가 태어나기도 전에 다른 사람의 죽음을 나의 출생 한가운데 새겨넣었다. 그게 엄마가 내게 해준 이야기야. 다른 사람이 죽어서, 말하자면 내가 잉태되기 하루 전날 그 사람이 희생되었기 때문에 나에게 생명이 부여되었다는 거야. 어쩌면 그건 우리가 잘 알지 못하지만 당연한 일이지 뭐─늙은 이가 죽어야 새 생명이 나는 것 아니겠니? 내 경우에는 체 게바라(Che Guevara)였지. 정확히 그는 25년 전에 죽었고, 마침 오늘이 바로 그의 기일이로군.

그러므로 나는 그의 죽음에서부터 나의 고백을 시작하려 한다. 요즘은 어디서나 체 게바라를 볼 수 있지. 더 많은 베트남을 만들어내야 한다고 떠들던 사람이 이젠 티셔츠나 커피잔의 장식무늬가 되었다. 내가 씨애틀에서 이 글을 쓰고 있는 지금, 재니스 너 또한 체 게바라 그림이 있는 블라우스를 걸치고 있을지도 모르지. 체 게바라는 내겐 유행과는 상관없는, 삶과 직결된 존재였다. 내가 기억할 수 있는 어린시절부터 체 게바라는 싼띠아고(Santiago)의 내 방에 커다란 그늘진 얼굴의 포스터로서 함께 있어왔지. 지금 이 순간 바로 여기, 쎄비야 로드리고 데 뜨리아나의 작은 아파트에서도 나는 눈을 뜨면 제일 먼저 그를 만나고, 잠자리에 들 때에도 마지막으로 바라보게 되지. 그가 이 여행의 최후를 목격할 수 있도록 나 스스로 그의 포스터를 방에 걸어놓았거든. 1974년 쿠데타 이후에 엄마는 칠레를 떠나며 가방을 쌀 때도 체 게바라의 포스터를 제일 먼저 챙겼고, 17년이 지난 후 1991년 7월 우리가 칠레를 한달 동안 방문했을 때에도 제일 먼저 가방에 집어넣었다. 그리고 지금 이곳 에스빠냐에서까지도 체 게바라는 내 곁에 있지. 난 체 게바라가 내가 지금 막 하려 하는 것, 내가 그와 또 나 자신에게 복수하는 방식에 찬성해주길 바란다. 이 모든 걸 시작한 게 그였으니까, 끝까지 남아줘야 되겠지.

1974년 미국 맨해튼에서의 첫날밤, 허공을 바라보는 그 백인의 초상이 누구의 것이며, 또 왜 엄마는 그 조그만 아파트에 무엇보다도 먼저 그걸 벽에 붙이는지를 물었을 때 엄마는 이렇게 대답했다. "너는 그 사람 덕에 태어난 거야." 그리고 내가 그 남자가 뭐가 그리 대단하기에 그러냐고 다시 물었을 때에도 엄마는 "네가 철이 들면 얘기해주마"라고 하셨다. 재니스, 믿어도 돼. 10살 때 이미 책벌레라고 불린 나는 그의 이름과 행적을 당시에는 있지도 않던 컴퓨터나 전자백과사전의 도움 없이 혼자 조사했고, 마침내 그가 아르헨띠나계 꾸바인 혁명가, 이른바 '체'(Che)라고 불리던 에르네스또 게바라(Ernesto Guevara)라는 사실을 알아내고 말았어. 그는 1967년 10월 9일, 내가 태어나기 열달쯤 전에 체포되어 처형당했다는군. 나는 엄마가 혹시 그 전설적인 전사의 영혼이 어떤 신비한 방법으로 태아인 내 몸속에 옮겨왔다고 믿고 있지는 않은가 의아했다.

내가 나의 환생론을 이야기하니까 엄마는 웃으면서 그런 관련은 없다고 말했다. "너를 그 이튿날 뱄단다, 미 아모르(mi amor). 네 아빠와 내가 싼띠아고의 한 호텔방에서 침대를 거의 뽀개버릴 만큼 정사를 한 지 열달 만에 네가 태어난 것이야. 수천 킬로미터 남쪽 볼리비아에서 죽어 홀로 된 불쌍한 체 게바라가 그 거지 같은 땅구덩이에 묻힐 때였지. 네 말이 정말이면 왜 아니라고 하겠니. 체 게바라의 영혼이 내 뱃속에서 생겨나고 있던 너의 작은 세포들에게로 왔더라면 나 또한 참 기뻤겠지. 하지만 사실 그 사람의 혼이 36시간 만에 이 대륙의 숲과 사막을 가로질러 다른 사람들은 다 제쳐두고 오로지 너한테 환생하려고 왔다고는 생각지 않아. 가브리엘, 그런 허황된 가설은 그만두어라. 너와 체 게바라를 맺어주는 것은 그것말고도 여러가지가 있단다. 때가 되면 얘기해주마. 하지만 지금은 이것만 알면 돼. 그가 죽었기에 네가 사는 거야. 간단하게 말하자면, 네가 숨쉬는 것도 그 사람 덕분이란다."

재니스, 그래서 나는 똑같이 멀고도 미스터리에 싸인 두 사람의 아버지를 갖게 되었다. 항상 나의 공간과 시간과 벽을 공유하고 있던 체 게바라는, 엄마 말에 의하면 "내가 너무 어려서 이해할 수 없는 이유" 때문에 쿠데타가 터져 엄마가 짐을 챙길 때도 싼띠아고에 홀로 남은 나의 아버지 끄리스또발 매켄지, 그 위대한 매켄지와 함께 존재해왔다. 아버지는, 그에 관해 중요한 인적사항은 알고 있었지만 내게는 여전히 미스터리인 인물이었다. 탐정이면서 심리분석가이고 또 가출한 아이들을 추적해 집으로 돌아가게 달래고, 그래도 안되면 아내의 이름을 딴 '까싸 밀라그로스'(Casa Milagros, 밀라그로스의 집)에서 아이들을 데려다 키우는 게 우리 아버지의 직업이었다. 또하나 내가 아는 건, 아버지가 하루빨리 내가 칠레로 돌아오기를 원한다는 거였다. 매주마다 뉴욕의 우리 아파트로는 칠레 우표에 싼띠아고의 소인이 찍힌 편지가 배달되곤 했다. 그 안에는 내가 아버지 얼굴의 미세한 변화에도 익숙해질 수 있게, 또 내 기억 속에 남아 있는 그의 얼굴이 저 먼곳에서 시시각각 변해가고 있는 실제 모습으로 교체될 수 있게 매번 새로운 사진이 동봉되어 있었지. 길지만 재미있던 편지에서 아버지는 항상 마치 다음 비행기를 타고 오실 듯 나를 부르셨다. 아버지가 다른 꼬마들에게 부모품으로 돌아가라고 설득할 때 쓰는 모든 말을 나에게도 시험해보는 듯한 느낌이었다. 갖가지 이야기들로 가득한 그의 편지들은 나에게 모든 것이 허사가 되더라도 세상에 적어도 한군데 발붙일 곳이 있을 것이라는 약속을 해주었다. 재니스, 약속 말이야! 편지를 읽어갈수록 아버지의 매력이 땀처럼 축축하고도 육감적으로 배어나오는 것을 느낄 수 있었다. 손을 편지지 안으로 집어넣어 아버지의 육신을 꺼내 점점 멀고 비현실적으로만 느껴지는 칠레에서 이곳 뉴욕으로 데려오고만 싶었다. 더이상 아버지의 사진이 필요 없도록 당신이 이곳에 와 내가 그의 손을 직접 만지고 실제 얼굴을 바라볼 수 있는 날을 고대하면서 말이다. 하지만 절대로 오시지 않았지. 엄마는 어떤 수수께끼를 암시하듯 이렇게 말하곤 했다. "그 양반 결코 오지 않을 게다. 때가 되면 그 이유를 설명해주마."

그 이유란 잘은 모르겠지만 여자들 때문인 것 같았다. 비록 엄마 아빠가 아직도 서로 사랑하여 이혼을 하지는 않았지만, 나는 아버지가 대단한 바람둥이고 엄마가 경멸적으로 말하듯 "그 개같은 년들"한테 특히 인기가 좋다는 것을 차츰 알게 되었다. "가브리엘, 칠레에서는 이혼을 할 수 없단다. 하지만 그래서 헤어지지 않은 것은 아니야. 우리는 같이 살고 싶어했고, 그것만 아니었더라면 결혼생활이 매일 파티처럼 계속될 수도 있었는데……" 그때쯤이면 엄마의 목소리는 점점 움츠러들어서 완전히 침묵하게 되었고, 나는 무슨 소리인지 통 이해하지 못한 채 누구에게 물어봐야 할지도 알 수 없었다. 친할머니인 끌라우디아(Claudia) 할머니가 오셨을 때 왜 체 게바라 포스터가 내 방에 붙어 있어야만 하고, 왜 아버지는 칠레를 떠날 수 없으며, 엄마와 아빠가 어떻게 서로 알게 되었는지를 물어보면 할머니는 잠깐 인상을 찌푸리고는 주름진 손으로 나를 쓰다듬으시면서 "그건 네 엄마에게 물어보는 게 좋을 것 같구나" 하고 말씀하시곤 했다.

그래서 다시 엄마에게 같은 질문을 하면 항상 같은 대답이 돌아왔다. "엄마 아빠는 체 게바라를 통해서 서로 알게 되었고, 또 체 게바라 때문에 같이 있지 못하는 거란다. 너를 밴 이튿날 네 아버지가 한 그 한심한 내기 때문이지. 불쌍한 내 새끼." 그러면 내가 "무슨 내기요?" "왜 한심한 거죠?" "엄마, 도대체 무슨 말을 하는 거예요?" 하고 재차 물어보기도 전에 엄마는 언제나 다 낡아빠진 전축을 켜러 가곤 했다. 항상 똑같은 모짜르트의 「돈 지오반니」 카세트를 틀었지만 그때마다 듣고 싶어하는 부분은 레포렐로(Leporello)의 아리아였다. "뚱쟁이 하인이 돈나 엘비라에게 이딸리아어로 자기 주인의 모험담을 이야기하는 중인데, '마다미나, 일 까딸로고 에 께스또'(Madamina, il catalogo è questo) 이것은 주인공이 이딸리아와 프랑스에서 해치운 모든 여자들의 리스트란 뜻이고, 아하! 그런데 에스빠냐에서는 '인 이스빠냐 쏜 지아 밀레 에 뜨레'(in Ispagna son già mille e tre), 1003명이나 속여먹었다는군." 그 대목은 날 더욱 의아하게 만들었는데, 왜냐하면 우리 아버지는 에스빠냐에 없었으니까. 그러니 어떻게 아버지가 나와 엄마 그리고 다른 사람들과 함께 바로 이 에스빠냐에서 죽게 되리라 생각이나 했겠니. 내 호텔방 바로 밖에는 '쎄비야의 바람둥이' 돈 후안(Don Juan, 돈 지오반니의 주인공. '후안'은 '지오반니'의 이딸리아식 발음—옮긴이)의 고향이자 그를 유명하게 만든 쎄비야가 뜨겁게 꿈틀거리고 있다. 그래, 여기가 바로 돈 후안이 분노한 신에 의해 마침내 심판당할 때까지 수많은 여자들과 그녀들의 남편들 그리고 형제자매와 부모들을 농락한 곳이다. 안달루시아의 어느 도시에서 돈 후안이 한 여자를 너무나도 많이 겁탈하자, 기사단장인 그녀의 아버지가 자기 딸의 정절을 지키려 했다. 그러자 바람둥이는 여자의 아버지를 죽였을 뿐 아니라 자기가 죽인 사람의 석상을 모욕하고는 그 석상이 자신을 곧 지옥으로 데려갈 것이라는 사실도 모른 채 죽은 자의 대리석 석상을 저녁식사에 초대했다. 엄마는 돈 후안의 결말이 어떻게 되는지에는 관심이 없었다. 그녀는 마치 모든 책임이 카세트에서 흘러나오는 목소리에 있는 듯 말하곤 했다. "그놈의 내기!" 엄마의 성난 비명은 뉴욕의 우리 아파트 구석구석을 다 채울 정도였고, 어린 나는 놀라 어리둥절한 채로 그 이야기를 듣곤 했다. 엄마는 모든 재수없는 일들을 그 엿같은 내기 탓으로 돌리곤 했다. 우리 레스토랑의 손님들이 돈을 안 내고 줄행랑을 칠 때나, 혹은 푸에르토리코 출신의 웨이트리스가 어느날 밤 부엌에서 애를 낳았을 때에도 말이다. 나를 낳기 위해 엄마랑 아빠가 잔, 재니스, 우리 엄마 표현으로는 나를 만들려고 두 사람이 같이 '콩깐' 바로 그 다음날 우리 아버지가 그의 절친한 친구 빠블로 바론(Pablo Barón) 그리고 빤초(Pancho) 삼촌과 내기를 했는데, 엄마의 이론에 의하면 세상의 모든 일들은 직접 혹은 간접적으로 그 내기와 관련이 있다는 거야……

엄마는 내 앞에서 그런 말을 쓰는 것을 부끄러워하지 않았어. 섹스에 관해서는 아주 직설적이었으니까. 그건 뒷구멍으로는 전부 호박씨를 까면서도 겉으로는, 적어도 부모 앞에서는 그런 일에 대해서 입도 뻥긋 안하는 위선적인 칠레의 풍습과는 거리가 먼 것이지. 군인들은 자지에다 전기고문을 해도 텔레비전에서 자지 소리를 했다가는 음탕하다는 소리를 듣는 데가 또 칠레니까. 엄마는 달랐어. 적어도 내가 믿기에 엄마는 머리에 떠오르는 대로 여과 없이 말했다. 그럼에도 난 엄마가 너무나도 많은 비밀을 간직하며 살았기에 의심을 하지 않을 수가 없었어. 그 수많은 클리토리스, 귀두, 발기에 관한 얘기들 가운데서 절대로 한번도 아버지와의 관계나 두 사람의 사생활에 관한 사소한 일부, 혹은 내가 어떻게 태어났는지조차 내비친 적이 없었거든. 항상 내 방의 체 게바라 초상화를 가리키면서 거의 소리치듯이 "저 사람 책임이야"라고 말하곤 했고, 난 더이상 물어볼 수도 없었다.

그러니까 나한테 문제였던 건 성교육이 없다는 게 아니라, 단지 그 지식들 안에 아버지의 존재가 체계적으로 빠져 있다는 거였다. 아버지만 가까이 있었더라도…… 내가 13살 때, 그러니까 재니스 너를 알기 2년 전의 어느날 밤 나한테 침대시트에 묻어 있는 정액 얼룩에 대해서 얘기한 사람도 아빠가 아닌 엄마였다. 엄마는 내게 "이걸 바로 꿈속의 우유라고 한단다"라고 말했지. 거짓말. 아무도 그렇게 부르지 않는다는 걸 잘 알고 있었는데. 이윽고 엄마는 내게 "기분 좋았니?" 하고 묻는 게 아니겠어.

나는 장난을 치려는 생각에 "되게 좋았어요. 꿈을 꾸는 것처럼요"라고 했지.

"좋아. 네 아버지가 없으니 너한테 딸딸이치는 방법을 가르쳐줄 사람이 나밖엔 없는 것 같구나." 그러고는 즉시 내가 아무것도 모른다고 생각했는지 아주 생생하게 자위행위하는 법을 설명하기 시작했다. 엄마 제발! 그리고 화장실로 나를 데려가서는 손을 쓰지 않고 사정하는 방법을 알려주었어. 엄마는 변기의 의자를 가리키면서 말했어. "저것, 바로 저걸 쓰도록 해라." 열정적인 우리 엄마는 나의 이 개막식을 위해 이미 의자를 깨끗이 청소해놓고 있었다. "자 이렇게 무릎을 모으고"—자상하게도 이미 바닥에는 쿠션이 놓았다—"엉덩이를 부드럽게 앞뒤로 움직이는 거야. 원한다면 비누를 써도 좋아. 알아둬라. 손은 게으름뱅이들이나 쓰는 거야. 여자들은 손가락 빼고는 뾰족한 수가 없지만, 남자들은 좀더 창의적인 방법을 찾아내야 하는 거야. 자, 저녁식사 준비를 하마. 축하하는 의미에서 아주 맛있는 까쑤엘라(cazuela, 일종의 닭죽—옮긴이)를 만들게. 재미 좀 보고 있거라." 그러곤 나를 화장실 안에 두고 나갔다. 변기의 번쩍이는 에나멜과 나무의자는 엄청 차가웠고, 나는 어쩔 수 없이 늘 하던 대로 손으로 딸딸이를 쳤다. 물론 화장실을 나온 후 엄마한테는 변기 위에서의 경험이 아주 좋았으며, 그 비법을 알려줘서 고맙다고 했다.

"진짜 여자와 할 때까지 그렇게 하며 참고 있거라." 엄마는 이렇게 말하며 뻬레스 쁘라도(Peréz Prado, 꾸바 출신 음악인. 맘보의 창시자의 한 사람—옮긴이)의 맘보리듬에 맞추어 엉덩이를 흔들며 흥얼거렸다. "그리고 그때가 되면 네게 꼭 해줄 말도 있지. 네 아빠에 대한 이야기란다. 그리고 체 게바라에 관한 것도 이야기해주마." 그때 나는 처음으로 엄마가 언젠가 때가 되면 나의 출생의 비밀을 밝힐 것이라는 것을 어렴풋이나마 짐작할 수 있었다. "하지만 그때까지 너는 충분히 철이 들어야만 해."

그리고 몇년 후인 1983년, 나는 마침내 나의 호기심 많던 귀를 꽉 채울 그 이야기를 들을 수 있었다. 새벽 3시에, 나의 사랑하는 재니스 워스, 바로 너와의 데이트를 마치고 집에 돌아갔을 때 부엌의 어둠침침한 불빛 아래서 나를 기다리고 있던 엄마를 만났다. 엄마는 유모를 흉내내고 있었던 거지. 자, 이제 네게 엄마의 유모에 대해 설명해주어야 할 것 같다, 재니스. 왜냐하면 유모는 지난 모든 과거사에 있어서 결정적인 인물이거든. 1967년 엄마가 나를 잉태한 날 밤은 또한 볼리비아에서 체 게바라를 매장한 날이기도 했는데, 유모는 밤새 엄마를 기다리고 있었대. 엄마의 열에 들뜬 눈을 본 유모는 단숨에 그녀가 임신했다는 사실을 알아버렸지. 만약 엄마가 유모처럼 보지 않고도 누구에게 무슨 일이 일어났는지 알아채는 능력만 있었더라면, 야밤에 돌아온 내가 재니스 너하고 아무런 일도 벌이지 못했다는 걸 척 눈치챌 수 있었을 텐데. 그러나 식당 장부를 정리하고 있던 엄마는 축하해주려고 안달이 나 있었고, 내가 미처 해명할 틈도 없이 나를 포옹하고 자리에 앉힌 후 말문을 열기 시작했다. 이젠 나도 말하자면 총각딱지를 뗀 남자고, 따라서 내가 세상에 어떻게 생겨나게 되었는지 들을 만한 자격이 생겼다는 거였지.

물론 나는 엄마한테 너와의 일이 제대로 되지 않았다는 것을, 그것도 둘 중 누구도 콘돔 챙길 생각을 안했기 때문에 틀어졌다는 것을 얘기하지 않았다. 엄마한테 비밀을 털어놓을 기분이 들지 않았으니까. 엄마가 가르쳐준 대로 내가 손가락을 움직일 때마다 너는 위아래로 꿈틀거렸지만, 네 몸은 우물쭈물거리면서 목석같이 굳어만 있었어. 맙소사. 너는 어쩌면 그렇게 몸을 흔들면서도 내내 꼼짝도 하지 않을 수 있었니? 마치 네 엄마가 부재중에도 네 귓속에 경고라도 하고 있는 듯이 말야. 우리 엄마한테는 그래서 너랑 나랑 이튿날 다시 만나서 재시도를 할 계획이고, 그래서 최종 결과에 도달한다면 1983년이 우리 두 사람에게 총각, 처녀 딱지를 떼는 해로 기억되리라는 약속을 했다는 얘기도 물론 하지 않았어. 엄마한테 아무 얘기도 안한 건 첫째 내 성생활을 일일이 털어놔야 할 이유가 없었고, 더더욱 중요한 것은 내가 칠레를 떠난 지 거의 10년 동안 마치 영원처럼 느껴지는 시간 속에서 우리 아버지, 나를 만들어낸 그 미스터리한 남자의 비밀을 알 기회를 기다려왔기 때문이었지. 재니스, 지금 와서 생각해보면 너의 몸에 나를 끼워넣는 것은 아버지 속으로, 그의 금지된 이야기 속으로 나를 끼워넣는 방법이었다.

내가 알던 대로 아버지와 엄마는 1967년 10월 10일 밤 나를 만들어냈어. 그들은 알라메다(Alameda)의 데모행진에서 다시 만나게 되었는데, 내가 몰랐던 건 그보다 7년 전에 이미 두 사람이 알고 지냈다는 사실이었다. 7년 동안 두 사람은 숨바꼭질을 해온 셈이지. 사건의 발단은 1960년대 초 우리 외할아버지의 거대한 저택, 훗날 '밀라그로스의 집'이라고 불릴 곳에서 일어났다. 외할아버지 가야르도(Gallardo) 교수는 매년 해오던 것처럼 집 뒤의 큰 정원에서 칠레대학 심리학과 신입생들을 초대해 바비큐 파티를 할 계획을 세웠다. 18살이 채 안된 1학년 끄리스또발 매켄지는 엄청난 수줍음을 무릅쓰고 초대에 응했지. 사실 당시만 해도 아버지는 부끄럼을 잘 타고 여자와는 자본 일도 없거니와 말도 못 붙일 정도의 쑥맥이었다. 여자들의 터질 듯한 몸에 자신의 수줍은 몸뚱이를 가까이 한다는 생각만으로도 얼굴이 붉어졌으니까. 유전이라고? 파티가 있던 마당에서는 유모가 삼엄한 눈초리로 군대라도 먹일 만큼 듬뿍듬뿍 칠레식 샐러드를 퍼주고 있었다. 젊은 매켄지는 마당에서 노닥거리던 젊은 여자들 중의 하나를 꼬셔서 어떻게 해볼 생각을 한다든가, 눈인사를 보내는 예쁜 여자들 틈에 끼어보려 한다든가, 혹은 교수들 옆에서 아부를 떨면서 고기 찌꺼기나 먹어치우는 대신에, 놀랍게도 오후 내내 가야르도 교수의 딸인 12살짜리 밀라그로스와 한쪽 구석에서 이야기하며 시간을 보냈다.

끄리스또발이 돌아갔을 때 사춘기도 채 안된 밀라그로스 가야르도는 사랑에 빠져서 세상이 마치 끝장난 듯한 감정을 느꼈다. 자신을 하나의 인간으로 대해주고, 또 어른들이 무심히 이야기하는 "야, 참 예쁘게 생겼구나, 근데 언제 봤더라? 그럼 난 저쪽에 어디 꼬실 여자가 하나 있는지 가볼게" 식의 말을 하지 않던 그 낯선 젊은이의 친절함이 그녀로 하여금 새삼 세상에서 자신이 얼마나 외로운 존재인지를 깨닫게 했고, 결국 이틀 후에는 유모가 아무리 애를 써도 엄마를 대신할 수 없었던 집을 단 1분도 참아내지 못하게 만들어버렸어. 갑작스럽고도 설명할 수 없는 밀라그로스의 가출의 첫 혐의자는 다름아닌 심리학과 가야르도 교수의 조금은 이상야릇한 학생 끄리스또발 매켄지였지. 재수없게도 그가 오후 내내 사라진 소녀와 이야기하고 있었고, 따라서 실종과 관련이 있는 듯 보였다.

경찰이 나중에 끄리스또발을 증거 불충분으로 놓아주었을 때 그는 그러한 불유쾌한 체험을 잊으려 하기는커녕 곧바로 교수 집으로 가는 버스를 집어탔다.

"저는 따님의 가출과는 상관이 없습니다." 끄리스또발이 이렇게 얘기하고 있는 동안 유모는 가까이 다가와서 조심스럽게 엿듣고 있었다. "하지만 저는 그녀가 어디로 갔는지 알 것 같습니다."

"그렇다면 왜 경찰에 말하지 않았나?" 하고 교수가 물었다.

이때 마치 젊은 매켄지의 깊은 생각을 읽기라도 한 듯 유모가 말했다. "왜냐하면 이 젊은이만이 밀라그로스를 설득해서 돌아오게 할 수 있거든요."

이렇게 엄마의 유모는 아버지의 재능을 처음으로 알아보고, 그로 하여금 사람 찾는 직업에 뛰어들게 한 장본인이었다. 유모는 또한 방황하는 딸을 집으로 돌아오게 하려면 그 젊은이에게 부탁해야 한다고 가야르도 교수를 설득했지.

밀라그로스는 까르따헤나(Cartagena) 근처의 해변, 어느날 바다가

300년 만에 처음으로 잠잠해진 걸 보고 마젤란이 태평양이라고 이름지었다는 바로 그 근처에 가 있었는데, 역시 그녀를 매혹시킨 것도 파도의 격렬함이었다. 그녀는 바비큐 파티가 있던 날 끄리스에게 그곳을 큰 해변, 광활한 곳, 원하기는 하지만 결코 가질 수는 없는 어떤 것을 파도가 일깨워주는 곳, 또 세상일이 어떻게 변해가는지, 여름이 지난 다음에 오는 모든 것이 가을의 것만은 아니라는 것을 따가운 햇빛을 통해 알게 되는 곳이라고 설명한 바 있었다.

그녀의 미래의 남편이자 나의 미래의 아버지는 밀라그로스의 뒤로 다가가서 어깨에 가만히 손을 얹었다. 그녀는 뒤를 돌아보지 않고도 그가 끄리스라는 것을 알았지. 실은 그게 그녀가 도망쳐온 이유였으니까. 그가 쫓아오게 해서 자기가 말한 대로 모래와 바람의 냄새를 맡을 수 있고, 슬픔이 없는 곳이 세상에 존재한다는 게 거짓이 아니라는 것을 증명해 보이고 싶었던 것이지. 밀라그로스는 끄리스가 정말 그녀가 남긴 흔적을 찾아올 수 있는지 알아보기 위해 가출을 했던 거야.

끄리스또발 매켄지가 밀라그로스를 집으로 돌려보내는 것은 그리 어려운 일이 아니었다. 그녀는 엄한 아버지에게서는 불편함만을, 유모에게서는 친밀감에도 불구하고 세대차를 느끼는 의지할 곳 없는 소녀에 불과했다. 정말 절실했던 것은 약간의 관심과 그녀에게 그러한 고독이 영원히 지속되지 않는다고 타일러줄 만한 사춘기를 경험한 사람이었다. 단지 그게, 그게 전부였어.

물론 밀라그로스는 유모의 사랑스런 품으로 돌아가기 전에 끄리스또발에게 한가지 약속을 받아냈다. (후에 끄리스는 가야르도 교수의 사례를 전부 거부했다. 어떻든 교수가 모든 시험에서 각별한 선처를 베푼 것은 사실이지만.) 싼띠아고로 돌아오는 기차 안에서 밀라그로스는 오랜 고민 끝에 끄리스에게 이제 다른 여자들에게로 돌아갈 거냐고 물었지. 끄리스는 아주 간단명료하게 대답했다.

"내 인생에는 여자라곤 단 한명도 없었어."

"많이 생길 거예요." 그녀는 벌써 끄리스또발이 앞으로 유혹할, 그리고 함께 잘 수많은 여자들에게 질투를 느끼며 말했다. "당신은 길 잃은 여자아이들과 사내녀석들을 찾아다니며 여생을 보낼 거예요."

끄리스또발은 그것은 착각이라고 대답했다. 밀라그로스를 찾은 것 같은 우연한 행운은 두번 다시 되풀이되기 힘들기 때문이었다. "그렇다면 네게 말해줄 게 있어. 지금부터는 기회가 주어진다면 나는 오로지 사내아이들만 찾아다닐 거야. 여자아이들은 사양하겠어. 네가 유일한 여자야. 약속할 수 있어." 그리고 끄리스또발은 마치 스스로에게 하는 경고인 양 속으로 중얼거렸다. '이 정신나간 계집애한테서 떨어져 있어야 해. 누가 알아? 자칫하면 미성년자 강간으로 잡혀들어가게 될지. 이 계집애 일일랑은 잊어버리고, 우선 학문적 영향력이 있는 가야르도 교수가 내게 심리상담원 직업을 갖게 도와줄 수 있도록 아양이나 떨어야겠다.'

그로부터 7년이 흐른 1967년 어느날 밤 싼띠아고 시내 한복판의 알라메다를 어슬렁거릴 때까지, 끄리스또발은 밀라그로스를 다시 만날 수 없었다. 그러나 그사이 그는 밀라그로스와 한 약속을 충실히 지켰으며, 사실 그 약속으로 자신을 보호해왔었다. 밀라그로스를 구출한 지 15일도 채 안 되어 가야르도 교수의 건장한 친구이며 생물학과 교수인 엔리께스(Enriquez)가 혹시 집으로 와줄 수 없겠냐는 전화연락을 했을 때, 끄리스또발은 문득 밀라그로스와의 약속을 떠올렸다. 엔리께스의 17살 된 장남 아르만도(Armando)가 집안에 있는 돈을 몽땅 훔쳐들고 나가면서 더이상 찾지 말고, 혹 경찰에 신고하면 죽어버리겠다는 내용의 메모를 식탁 위에 남겼다는 것이다. 끄리스또발 매켄지가 가야르도의 딸 문제를 훌륭히 해결했다면 이번에도 혹시 도와줄 수 있지 않겠느냐는 부탁이었다. "최선을 다하겠습니다." 끄리스는 겨우 대답했다. 그리고 또한 덧붙였다. "아르만도가 여자가 아닌 게 다행이로군요." 엔리께스는 이 말을 여자였더라면 이런 경우에 납치·강간·매춘 등의 위험에 직면하지 않았겠느냐는 뜻으로 이해했다.

물론 우리 아버지는 완전히 다른 얘기를 한 것이었다. 그는 밀라그로스와 한 말을 떠올리고 그 약속을 지키겠노라는 뜻으로 한 말이었다.

"그러니까 아빠는 엄마를 정말로 사랑하셨군요." 나는 말을 끊었다. 쓸쓸하고도 희미한 전등불 아래 부엌에서의 밤은 깊어만 갔고, 나는 내가 잉태되던 날 밤과 체 게바라 그리고 빌어먹을 내기에 대한 이야기를 빨리 듣고 싶었다.

"열 길 물 속은 알아도 한 길 사람 속은 모르는 법이란다. 나는 네 아버지가 어린 여자아이들을 쫓아다니기 시작했더라면 아마 감옥에서 끝장날 거라고 믿었거든. 칠레는 예나 지금이나 억눌린 사회니까." "하지만 아빠가 사내아이들을 찾는 데는 문제가 없었죠? 그러니까 아르만도를 찾을 수 있었던 거죠?"

아이를 찾는 건 아무 문제도 아니었지만 힘들었던 일은 소년을 집으로 돌려보내는 것이었다. 끄리스또발 매켄지는 그 가출소년의 방에 올라가 침대에 앉아보고 또 누워도 보았다. 재니스, 이게 바로 아이들이 어디 있는지, 그리고 또 만약 아버지 자신이 그 침대에서 뒹굴던 아이였다면 어디로 도망쳤을지 짐작해보는 방법이지. 그때가 겨우 두번째였지만 아버지는 정확히 알아맞혔다. 어린 아르만도 엔리께스는 리꾸엘메 거리의 창녀촌에서 몸도 마음도 모두 취한 채 집에서 훔쳐나온 돈을 탕진하면서 까씰다라고 불리는 호리호리한 창녀와 제2라운드를 준비하고 있었어. 문제는 아르만도가 예전의 삶으로 돌아가는 데 조금도 관심이 없다는 거였다. 왜냐하면 그의 아버지가 아르만도를 무자비하게 때릴 것이고, 또…… "끄리스, 솔직하게," 아르만도는 자칭 자신의 구출자이며 조금전 함께 명랑한 목소리로 노래를 부른 끄리스에게 깊은 친밀감을 느끼며 물었다. "끄리스, 솔직하게 대답해주세요. 당신이라면 근육질의 아버지가 볏이 돋을 정도로 때리는 곳과 돈이 다 떨어질 때까지 오입을 할 수 있는 이곳 중에 어디를 택하겠어요?" 끄리스또발은 아르만도를 동정했다. 내 생각에도 아버지는 그때 숫총각이었으니 까씰다의 두툼한 입술과 통통한 허리를 기꺼이 취했을 것 같다. "하지만 네 아버지는 고집스러울 정도로 현실적이었단다. 그는 소년이 돈이 떨어지면 거리로 나설 것이고, 만약에 그 아이에게 나쁜 일이 생길 거라면 차라리 빨리 일어나는 편이 났다고 생각했지. 그러면 일이 더 악화되지는 않을 테니까. 네 아빠는 아르만도가 집으로 돌아갈 때 주머니 속에 몇푼이라도 가지고 있는 것이 중요하다고 생각했단다."

끄리스는 소년에게 자기가 엔리께스 교수와 그애의 평화로운 귀가를 논의해볼 테니 그동안 창녀촌의 푸른 계단을 올라가 까씰다의 뜨거운 품속에 있으라고 말했다. "모든 게 용서되었단다." 끄리스가 지친 아르만도에게 이렇게 말했을 때 소년은 믿으려 하지 않았고, 결국 끄리스는 이 어린 도망자에게 약간의 매질이라도 있으면 언제든 자기 집에 와서 분위기가 잠잠해질 때까지 묵어도 좋다고 확신시켜주어야만 했다. 그것은 아주 자상하지만 부주의한 제안이었지. 그날밤 아르만도는 코피를 흘리며, 두 눈에 멍이 든 채 끄리스의 집 대문을 두드렸고, 끄리스의 어머니 끌라우디아는 소년에게 즉시 피난처를 제공해야만 했다. 배신당하고 성이 난 끄리스또발 매켄지는 과격한 아르만도의 아버지가 가야르도 교수의 심리상담을 몇번이나 받은 뒤에야 자식을 아버지의 품으로 돌려보냈다. 엔리께스 교수가 자기 집에서 물리적인 억압이 축출될 때까지는 그나 그의 아내 누구도 아르만도를 되찾을 수 없다는 것을 깨닫고 나서야, 방탕한 아들은 그때 이후로는 뺨 한대 맞지 않고 집으로 돌아갈 수 있었다.

아르만도 부모와의 첫경험은 머지않아 본격적인 사설탐정으로 변신할 아버지로 하여금 자신의 미래 직업의 주요 전략을 결정하게 했다. 그의 감각적인 능력에 대한 소문이 퍼져나감에 따라 수많은 부모들 혹은 친지들이 끄리스또발을 방문했다. 그들이 부탁하는 추적을 받아들이기에 앞서 끄리스또발은 철없이 가출한 아이를 야단치지 않을 것을 약속하는 계약서에 서명하게 했다. 동시에 이 비폭력협약을 어겼을 때 아이의 주거비용까지 포함한 엄청난 액수의 수표에도 서명하게끔 했다. 아버지는 말 안 듣는 아이에 대한 애정보다 재정적 손실에 관한 협박이 성난 부모들의 매질을 저지할 것이라고 계산했던 것이지. 그러나 때때로 그의 계산은 어긋났고, 사태가 진정될 때까지 아이를 자신의 집에 묵게 하는 일들이 일어났다.

아이들이 마치 회전목마처럼 그 피난처를 들락거린 지(그중 둘은 실제로 12개월도 넘게 묵었는데) 몇년 뒤인 1962년인가 1963년의 어느날 끄리스의 어머니이자 나의 미래의 할머니인 끌라우디아는, 아버지 없이 끄리스와 빤초 두 아들을 키운 것만으로도 충분하니까 이제 와서 칠레에서 학대받는 모든 아이들을 책임질 준비는 되어 있지 않다고 말했다. 할머니는 장남이 하는 모든 일을 경탄해마지 않았지만, 이제 끄리스또발은 새로운 직업이 주는 짭짤한 보수로 자신만의 집을 사야 할 때였다. 그것이 나의 아버지가 집을 옮기고, 자신의 집을 그가 구출한 소년들을 위한 피난처로 만든 계기였다. 그러나 여자는 절대 한명도 집으로 데려오지 않았지.

"정말 멋진 러브스토리군요!" 1983년 뉴욕에서의 그날밤 나는 엄마의 이야기에 또 한번 끼여들며 말했다. 재니스, 우리가 처음 만났을 때 네가 말한 것처럼 난 정말 그당시엔 그런 이야기에도 감동할 정도로 지독한 로맨티스트였지. "아빠는 단지 엄마만을 위해서 자신을 순수하고 순결하게 간직하려 했던 거예요. 다른 여자는 누구도 원치 않았으니까요."

"그것도 일리 있는 이야기야. 하지만 아무도 아빠를 원치 않았어. 그게 바로 역설이지. 도망자들을 잘 찾아내면 찾아낼수록 여자들과는 점점 멀어지게 되었단다. 나중에 그게 하나의 일상으로 변할 때까지는 말이다."

"혹은 속임수일 수도 있어요." 나는 말했다. 그리고 일어나 창가로 걸어갔다. 저 거리 아래로 노란 택시 한대가 비명을 지르듯 뉴욕의 밤거리를 가로질러갔다. 난 침대에 홀로 있을 너를 생각했다. 내일을 생각하며, 내 목소리를 통해 들리는 설명할 수 없는 슬픔으로부터 벗어나려 했다.

엄마는 내가 쓴 단어에 의아해하며 나를 바라보았다. 하필이면 일생 처음으로 섹스를 경험한 날 문득 속임수란 말을 끄집어내는 데 의아해했을는지도 모른다. "그래, 속임수. 나는 네 아버지를 거기서 구해냈단다."

"아빠는 엄마를 사랑했었는지도 모르죠. 그렇지 않으면 여자아이들을 찾아낸 다음 집으로 돌려보내기 전에 따먹어버리고 속임수에서 벗어날 수도 있었을 테니까요. 아빠를 원치 않았다고 말하진 마세요. 엄마는 아빠를 사랑하셨죠? 아빠와 제일 먼저 자고 싶어하지 않으셨나요?"

엄마는 자신에 대한 이러한 언급을 무시했다. "여자애들이 네 아빠를 무슨 방랑의 기사처럼 보았던 것은 사실이야. 단번에 사랑에 빠질 수도 있었지. 그러나 힘없는 여자아이들을 따먹기 위해서 찾아다녔더라면 오히려 그것이 진정한 패배일 수도 있겠지. 게다가 또다른 문제가 있었단다. 1967년, 그러니까 우리가 처음으로 같이 자던 바로 그날밤 끄리스가 나에게 고백한 건데, 그는 유치하게도 도망나온 아이들을 찾아내는 기술이 오로지 그가 숫총각이었기 때문에 가능한 거라고 믿었다는군. 네 아빠는 이제 더이상 아이들을 찾아내지 못할까 두렵다고 했었지. 그런 생각에 너무 골똘해서 그는 나와 한번 더 섹스를 했단다. 이제 겨우 내 다리를 벌려가며 들어갈 입구를 찾기 시작했으면서 말이다."

"엄마." 나는 항의했다.

"그래, 가브리엘. 세상사는 네가 오늘밤 한 것처럼, 남자가 자기 몸의 한 부분을 여자 몸에 집어넣는 것같이 간단하고 직접적인 거란다. 그리고 그게 내가 이 이야기를 너한테 들려주려고 네가 클 때까지 이토록 오랫동안 기다려온 이유란다."

난 대답하지 않았다. 엄마가 내가 사랑스러운 재니스 워스와 그날밤 사랑을 나누며 네 보지와 내 자지가 결국 갈 데까지 갔었다고 믿게 내버려두었지. 그때 진실을 밝혔더라면, 엄마한테 도움을 청했더라면 좋았으련만, 난 창피했다. 난 늘 하던 대로 세상 모든 일을 다 아는 척했지. 이튿날밤 나한테 벌어진 일들을 네게 고백하든가 아니면, 몇년이 흐른 뒤 인터넷에서 너의 이름을 다시 찾아내 새로 접촉을 시작했을 때 온갖 모험담을 꾸며내는 대신에, 진실을 털어놓았어야 했어. 내가 말했던 여자들 하나하나는 확실히 실제 인물들이야. 단 한가지, 그 모든 여자들을 섭렵한 건 바로 나의 아버지였고 난 그 여자들 꿈만 꾼 사람이란 사실만 빼고는. 난 아버지 인생이 마치 내것인 양 이야기했던 거야.

"자, 너도 모든 사실을 알 나이가 되었구나." 엄마가 또 말했다. 나는 마치 세상에 어떤 일도 중요치 않다는 듯 존 트러볼터(John Travolta) 식으로 창에 기대섰지. 그러곤 "사실 그 일은 별로 관심도 없어요"라고 말했다. 거짓말이었어. 실은 아버지가 여자에게 한 모든 것을 알고 싶었지. 그 여자가 바로 엄마라 할지라도. 재니스, 너한테 했듯이 엄마에게도 거짓말을 했어. "피가 나는 얘기같이 잔인한 대목은 생략하셔도 돼요."

"피는 나지 않았단다. 첫경험을 한 사람은 내가 아니라 네 아빠였거든. 상상에 맡기겠다만, 난 그 전날밤을 다른 남자와 보냈단다. 사실 난 네 아빠를 보았을 때 마침 그를 찾고 있던 중이었어. 네 아빠는 거의 데모에 참가하는 법이 없었지. 그날밤도 도망나온 아이를 찾고 있었던 거야."

그 아이, 그 도망나온 아이. 아빠가 그날 오후에 어떻게 그녀석을 찾아냈고, 그녀석 때문에 그날밤 하마터면 내가 태어나지도 못할 뻔한 이야기를 해줘야만 되겠구나. 그 꼬마 레오뽈도는 내 인생에 다시 나타날 거였고, 뽈로(Polo)라는 별명으로 나와 악연을 쌓게 될 거였다. 이제 어른이 된 그 꼬마는 작년 내가 칠레에 간 이후 나를 초라하게 만들어버렸어. 뽈로가 아버지를, 그것도 엄마와 아버지가 알라메다에서 마주치기 불과 몇시간 전에 만난 것은 의미심장한 일이라고 생각한다. 비록 어렸을 적 일로 비난하는 건 옳지 않다 해도 그 머저리 같은 말라깽이 레오뽈도는 장차 내가 태어나는 걸 방해하고, 위대한 매켄지를 영원히 소유하기 위해서 고의로 가출한 것 같았지. 레오뽈도는 여느 10살짜리 아이들처럼 부모한테 진력이 나 있었고, 극소수나 하는 극단적인 방법으로 가족에게는 메모 한장 남기지 않은 채 집을 뛰쳐나왔어. 결국 그의 부모는 추적의 귀재 끄리스또발 매켄지를 찾아가게 되었다.

다소 사무적인 몇가지 예비질문을 끝내고 아버지는 소년의 방으로 가는 계단을 올라가, 잠시동안 레오뽈도의 책, 디스크, 사진, 벽에 걸린 깃발, 전등에 널린 빨지 않은 양말, 방에 널브러진 속옷들, 침대 옆에 붙어 있는 광대의 그림들과 러시아 스텝지방의 사진 등을 낱낱이 살폈다. 두 시간 동안의 상세한 조사가 끝나자 아버지는 소년의 침대에 몸을 내던진 채 한 시간을 더 천장의 얼룩들을 멍하니 바라보았다. 안절부절못하고 있던 소년의 어머니는 마침내 침묵을 깨며 "이게 당신이 하는 일의 전부인가요?" 하고 물었다. 그녀를 동요시킨 것은 경찰을 불렀어야 하는데 혹시 착각을 한 것은 아니었는지, 혹시 바로 그순간 어리고 길 잃은 레오뽈도가 싼띠아고 변두리 철길에서 피투성이의 초라한 모습으로 죽어가고 있는 것은 아닌지 하는 의심이었지. 그런 일이 실제로 생기지 않았고, 또 그날 아무도 그 새끼를 강간하거나 심장을 칼로 도려내는 일이 일어나지 않은 것은 내겐 정말 유감이다. 레오뽈도 엄마의 염려는 근거 없는 것이었지.

"저를 아드님 자리에 놓아보는 겁니다." 끄리스 매켄지가 설명했다. "제가 레오뽈도라면 어디로 갔을까 상상해보고 있는 거죠. 달리 찾을 방법은 없습니다." 그리고 정말 레오뽈도를 까우뽈리깐 극장(중요한 이름이니까 기억해둬, 재니스)의 셋째 줄에서 찾아냈는데, 그애는 소련이, 철의 장막 뒤에서 일어나는 일들이 그리 우중충하고 지루하지만은 않다는 것을 증명하기 위해서 남미로 순회공연을 보낸 모스끄바 오케스트라의 공연을 보고 있던 중이었다. 끄리스또발 매켄지는 뽈로 바로 옆에 앉아, 팔꿈치가 닿을 만치 가까운 거리에서 적당한 기회를 기다리며 한참을 잠자코 있었다. 기회는 쎄르게이와 유리라는 광대들이 축구경기 흉내를 내면서 물구나무서기를 할 때 생겼다. 아버지는 다음 공연에서 이 어린 도망자와 동시에 박수치며 발장단을 맞추기 위해 소년보다 한박자 먼저 웃거나 환호하는 조심성을 보였으며, 마침내 레닌그라드 출신의 꼭두각시 인형들이 집 잃은 불쌍한 소년의 모험을 상연하기 시작했을 때는 레오뽈도에게 무엇이 잘못되었는지, 왜 혼자 다니는지 등의 문제들을 들춰낼 준비가 되어 있었다. 한 시간 뒤 두 사람은 함께 싼 디에고(San Diego) 거리에서 코카콜라를 들이켜며 핫도그를 먹고 있었다. 바로 그때 소년은 자기 구두 위에 묻은 톱밥에서 눈을 떼지 않은 채, 이 이상한 남자에게 마음을 열기로 결심했다. 그날밤 미래의 나의 아버지는 인생에 아직도 수많은 모험들이 남아 있으니 서두를 필요 없다는 말로 어린 레오뽈도를 타일러 집으로 돌려보냈다. 물론 소년은 아버지의 말을 진담으로 받아들였고, 언젠가는 끄리스또발 매켄지의 삶에 다시 나타나리라는——나에게는 치명적인——계획을 하게 되었다.

아버지는 지쳐 있었다. 하루종일 다른 사람의 머릿속에 있다가, 그 사람을 찾아내 물리적인 힘을 쓰지 않고 오로지 끈질긴 설득을 통해 집으로 돌려보낼 방법을 찾아내는 것, 그리고 그 도망자가 스스로를 우주의 중심이라고 느끼게끔 해주는 것(아버지가 자신의 직업의 비밀을 가르쳐준 적이 없어서, 나로서는 어떻게 그렇게 할 수 있는지 알 수는 없지만) 등의 일은 확실히 그를 지치게 만들었다. 마치 섹스 후에 졸음이 오는 것처럼.

그날밤 아버지는 뽈로의 집을 나와 잠시 대문에 기대서서 집안에서 무슨 일이 벌어지는지, 혹시 뽈로의 부모가 아이를 벌하지 않겠다는 약속을 깨지나 않는지 숨을 죽인 채 엿듣고 있었다. 동시에 그는 여섯 블록도 떨

어지지 않은 곳에서 싼띠아고의 공기를 찢으며 들려오는 데모대의 함성
에 합류할 마음의 준비를 하고 있었지. 의욕은 나지 않았지만, 그날밤 체
게바라 때문에 모인 다른 사람들처럼 자신도 데모대로 향했다. "자, 그게
첫번째 인연이란다." 엄마가 자랑스럽게 말했다. "체 게바라가 죽지 않았
더라면, 끄리스또발 매켄지는 잠자러 집으로 돌아갔을 것이고, 넌 태어나
지도 못했겠지."

아버지는 체 게바라의 죽음에 충격을 받았다기보다는 어리둥절해했
다. 왜냐하면 그는 처형 소식을 자신뿐만 아니라 같은 세대의 모든 사람
들의 삶의 중심이 사라져버린 것으로 받아들였기 때문이다. 비록 아무도
방금 잃어버린 그게 무엇이었는지 정확히 설명할 수 없었음에도 불구하
고 말이다. "처음엔 그저 내 울분을 토하기 위해 가야만 한다고 생각했단
다." 아버지는 훗날 우리 배가 빠라이쏘 만과 남극을 둘러싼 안개 속에서
빙산을 가로지르며 북쪽으로 항해할 때 이렇게 말했다. "그때 나는 그 어
떤 여자와도 절대로 함께 잘 수 없으리라는 것을 확신하고 있었지. 가출
한 아이들을 추적하고 그 아이들의 영혼과 생각 속에 들어갈 수 있는 재
능, 주위의 모든 사람들이 진정한 어린 시절도 없었으면서 어른인 척해도
내가 간직했던 젊음, 또 순진하고도 겁에 질려 있는 아이들의 이성과 감
정과 성기 속으로 나 자신을 투영할 수 있는 능력, 이런 것들이 여자들이
나를 피하게끔 만든 것이지. 말하자면 여자들은 나를 믿을 만한 친구 정
도로 생각했지, 연애상대로는 생각조차 하지 않았어. 너의 엄마가 아니었
더라면…… 하필 그 많은 사람들 중에서 너희 엄마를 7년이 지난 그날밤
에 만나지 않았더라면……"

아버지는 엄마를 즉시 알아보지는 못했다. 그는 군중 속에서 그저 깡충
깡충 뛰고 있었다. '뛰지 않는 놈은 송장이다'(El que no salta es momio).
이건 그전 겨울에 있었던 미국의 월남전개입 반대 데모 때 긴 행렬 속에
서 어떤 미친놈이 몸을 따뜻하게 하기 위해 깡충깡충 뛰면서 만들어낸 구

호였다. 알라메다의 데모에 모인 모든 사람들은 마치 공처럼 위아래로 뛰면서 자신들이 송장도, 퇴물도, 보수주의자도, 썩어빠진 자도, 체 게바라를 죽인 좆같은 새끼들도 아니라고 확신에 차 외치고 있었다. 모두가, 그리고 그들 하나하나가 삶을 찬미하면서 계속 살아남아 혁명을 할 준비가 되어 있기에, 체 게바라의 죽음이 헛된 것이 아니라고 온몸으로 맹세하고 있었다. 모두가, 실은 엄마 밀라그로스만 빼고. 그녀는 그날밤 다른 일을 계획중이었지. 훗날 엄마는 입버릇처럼 모든 혁명가의 의무는 혁명을 완수하는 데 있다는 체 게바라의 말을 특히 나한테 누누이 했음에도 말이야. 어쨌든 그녀에게는 더 급한 과제가 있었다.

그녀는 조용히 송장이 되기를 거부하는 수많은 사람들 가운데에서 뛰고 있던 누군가를 바라보곤 즉시 그 젊은이가 누구인지 알아차렸다. 7년 전부터 밀라그로스는 그 남자와 다시 만나기를 기다려왔던 것이다. 그래서 조금 더 기다리는 건 어려운 일이 아니었지. 조심스럽게 그의 곁에 잠자코 서서, 끄리스가 뛰는 것을 멈추고 옛날의 약속을 기억해주기를 기다리고 있었다. 이렇게 두 사람은 다시 만나게 되었노라고 엄마는 털어놓았다. 엄마의 눈을 생각하면, 하나도 빠짐없이 모든 것을 고백한 그날밤 이야기가 떠오른다.

생각해봐, 재니스. 만약에 너와 실패한 그날밤 내가, 나의 출생에 대해 요모조모 알려고 부엌에 앉아 왜 아버지가 1967년 10월 10일 밤 자신은 송장이 아니라고, 또 체 게바라는 아직 살아 있으며 모든 사람들이 투쟁할 준비가 되어 있다고 그토록 미친듯이 외쳤는지에 관한 이야기를 듣는 대신, 방에 잠이나 자러 갔었더라면 내 인생이, 어쩜 너도 마찬가지로, 얼마나 달라질 뻔했는지 말야. 그때 아버지는 물결치는 군중 속에서 동상처럼 발을 완전히 고정한 채, 그의 움직임에 따라 눈과 머리만 위아래로 움직이고 있던 엄마를 바라보게 되었다. 끄리스또발 매켄지는 거기에 나무처럼 서 있는 밀라그로스를 보았고, 두어번 더 위아래로 뛴 다음 뛰는 가

숨을 안고 그녀 옆에 착지했다. 1983년에 엄마는 이때를 "몸과 몸이 부딪힐 듯" 했다고 말했고, 아버지는 8년 후 나와 함께 갈바리노(Galvarino)호를 타고 남극해의 무연한 경치 속을 항해할 때 "땅에 착지했을 때 네 엄마의 가슴이 닿을 정도"였다고 술회했다.

그때 밀라그로스는 끄리스또발 매켄지에게 인사를 하거나 언제 전에 서로 만났었는지를 상기시켜주는 대신, 그의 숨을 끊어버릴 만한 말을, 장차 오랜 세월 동안 그에게 영향을 미칠 말을 했다.

"그는 죽었어요(Está muerto)"라고 말하는 그녀의 목소리 속에는 사화산 같은 무언가가, 다시는 폭발하지 않을 화산 같은 것이 있었다. "그는 죽었어요. 정말로 체 게바라를 죽인 거라고요. 그를 살려내기 위해 우리가 할 수 있는 것은 단 하나예요. 그건 혁명은 아니지요."

그것은 이틀 전 신문들이 바예그란데(Vallegrande)에서 체 게바라를 체포했다고 보도했을 때부터 아버지가 가슴속에서 느끼던 그런 것이었다. 비록 같은 또래의 젊은이들처럼 아버지도 겉으로는 도시·농촌 게릴라가 꾸바, 알제리 그리고 막 베트남에서처럼 라틴아메리카에서도 압제를 몰아낼 수 있으리라고 외쳤지만, 실은 오래 전부터 그게 잘못된 방법이라고 생각해왔으며, 체 게바라의 죽음을 계기로 그런 불안과 식상함이 다시 뇌리를 스친 게 사실이었다. 그는 절망한 자신의 모습을 보길 거부했고, 체 게바라의 죽음을 확신하는 자기의 모습을 거울에 비추어보는 것조차 원치 않았다. 그러나 그가 속으로 억누르고 있던 진실도 냉정한 친근감으로 자신이 생각해왔던 것을 정확히 꼬집어내는 그 미지의 여인 앞에서는 소용없는 것이었다. 그녀는 마치 그의 마음을 읽는 듯했고, 영원히 그럴 수 있을 것만 같았다.

한 시간도 채 안돼 그날밤 두 사람이 사랑을 나누었을 때, 그는 그걸 실감할 수 있었다. 그리고 이튿날 그런 생각을 동생 프란시스꼬, 즉 나의 삼촌 빤초와 가장 절친한 친구 빠블로에게 전했다. 밀라그로스로부터 세상에서 오직 하나뿐인 지고지순의 진실을 발견했는데, 그것은 그날밤 수 평선을 우연히 지나치던 빙산을 녹일 만큼의 뜨거운 열기로 그녀가 끄리스의 동정을 녹여버릴 때였다는 것이었다.

"잘 이해가 안 가요." 나는 엄마에게 말했다. 나는 창가를 떠나 식탁으로 가 엄마가 예전에 어떤 중고품 가게에서 의기양양하게 건져낸 낡고 푸른 식탁보 위에 널려 있던 아침식사 때 남은 빵부스러기를 갖고 놀기 시작했다. "미안하지만 아무것도 의미가 없네요. 도대체 체 게바라가 죽거나 살거나 섹스와 무슨 상관이 있다는 거죠? 60년대 사람들은 정신나간 사람들이었군요."

몇년 후 아버지의 대답은 1983년의 긴긴 날 밤 엄마가 내게 들려준 이야기보다 훨씬 완벽하고 이해할 만했다. "난 호텔 침대에 발가벗은 채 누워 있는 밀라그로스를 보고 무언가 중요한 것을 깨닫기 시작했단다. 내가 진정으로 깨달은 것은 마침내 그녀가 나를 받아들이고 내가 그녀의 몸 안에서 나 자신을 잃어버리고 또다시 찾았을 때, 이거야말로 인생이며, 하나뿐인 삶에 주어진 진정한 의미라는 것을."

"그가 발견한 것은," 엄마는 마치 빵부스러기를 가지고 장난치지 말라는 듯 내 손을 살짝 때리며 이렇게 말했다. "쾌락으로 살점 하나하나가 경련을 일으키기 시작하는 그런 짜릿한 순간이 아니라, 바로 나였던 거야, 내가……"

엄마는 잠시 이상할 정도로 자제하는 듯 말을 멈추었다.

몇년이 지난 뒤 아버지는 엄마가 미처 표현하지 못한 고백을 "천사의 신음"이라 매듭지었다. "난 그 소리를 내게 한 사람이 바로 나였다는 것을 깨달았지, 내가 그 소리를 만들고 있었던 거야."

"그럼 체 게바라는요?" 나는 무슨 관련이라도 있나 물었다.

"나는 생각한다, 고로 존재한다." 아버지가 첫번째 오르가슴 30분 후 땀에 젖어 서로 부둥켜안은 채 밀라그로스에게 이렇게 말하던 순간, 남미

대륙 한쪽 볼리비아의 어느 숲속에서는 체 게바라의 송장 위에 흙이 덮이고 있었다. "처음엔 데까르뜨, 그 다음엔 맑스. 나는 역사를 만든다, 고로 존재한다. 하지만 아무것도 정답은 아니었어. 나 매켄지의 좌우명은 앞으로 '나는 섹스한다, 고로 존재한다'야."

"네 아버지는 언제나 자신의 존재에 대해 조금 의심쩍어했지. 그런데 그 양반 말이 내가, 내 육체가, 자기가 착각해오던 것을 일깨워주었다는 거야. 체 게바라는 정말 죽은 것이고, 끄리스또발 매켄지는 살아 있다는 것. 그것도 섹스할 때만 완전하게."

"그래서 그때 맹세를……"

"이튿날, 그 빌어먹을 내기, 살아 있는 동안 매일매일 여자와 섹스를 하겠다는 내기를 한 거란다. 그날밤 비로소 처음으로 섹스의 황홀경을 깨달았으면서 말이야." 아버지의 맹세란 송장, 무덤 그리고 역사책들이 과거 자신에게 보내오던 죽음의 메씨지를 거부하는 단 하나뿐인 방법을 찾지 않고서는 인생의 어느 하루, 어느 밤도 그냥 보내지 않겠다는 것이었다. "그 메씨지에서," 아버지가 말했다. "체 게바라의 죽음과 볼리비아의 땅구덩이가 나로 하여금 사람은 홀로 태어나 홀로 죽고, 인생을 절대고독 속에서 보낸다는 것을 받아들이라고 강요하고 있었거든."

"너도 오늘밤 느꼈을 테지만, 누구도 우리로부터 가져갈 수 없는 그 황홀했던 순간 속에서," 엄마가 말했다. "그는 매일매일 자신의 몸과 다른 사람의 몸이 확실히 존재한다는 것을 확인하고 싶어했지."

나는 아직도 처녀인 채 독신 아파트에서 홀로 자고 있을 재니스, 너를 떠올리고 얼른 주제를 바꾸었다. "그러니까 바로 그때 엄마가 몇년 전에 얘기한 그 내기를 하기로 아버지가 결심한 게로군요." 나는 말했다. "돈 지오반니와 관련이 있다는 그 내기 말예요."

엄마는 그 내기를 돌발적이고 불행한 우연 내지는 끄리스또발의 유치한 격정의 발동 정도로 생각했다. 그는 막 동정을 잃었고, 더더구나 화장실 변기와 여자가 해줄 수 있는 것 간의 차이가 뭔지 마침내 깨달은 터였다. 엄마는 남자들이 쾌락으로 뇌에서 피가 터져나오고, 자지에서 정액이 부글부글 끓어넘쳐나올 때 비슷한 맹세들을 하는 것을 알고 있었다. 매일 매순간마다 너만을 사랑할게, 영원히 이렇게 있고만 싶어, 너는 나의 천국, 아마 하느님도 이런 기분으로 날마다 낮잠을 즐기실 거야 등등. 엄마는 아버지의 맹세가 단순한 말장난이라고 생각했다. 아마 그 이튿날 프란시스꼬, 빠블로와 함께 점심을 하려고 만나지 않았더라면 그 **엿같은** 생각을 떠올리고 사람들 앞에서 떠들어대는 일은 없었으리라 믿었다. 기껏해야 한두 주 더 밀라그로스와 사랑을 나눈 다음 자신의 아파트에서 몽롱한 상태로 잠이 들곤 하던 어느날 밤, 아버지는 그날밤은 실제로 섹스까지 하지는 않았다는 걸, 그리고 그것을 그저 훌륭한 저녁식사 후에 디저트 먹는 것을 까먹는다든가 아니면 아주 피곤해서 잠자리에 들 때 양치질하는 것을 잊는 것처럼 대수롭지 않은 일로 여길 수도 있다는 걸 얼핏 깨달았다. 인생이란 이런 거지. 우리는 많은 일을 하리라고 맹세하고는 그것들을 스쳐지나가곤 하지. 풍경에 도취되어 길을 바꾸고, 항상 가기로 약속했던 사원으로의 방문을 미루며, 만사를 잊어버리고 길가에서 잠을 자기도 하잖아. 우리 모두가 콜럼버스처럼 집념이 강한 건 아니란 말이야. 엄마는 이튿날의 그 불운한 점심이 아버지로 하여금 자신의 맹세에 스스로를 속박시켜서 머릿속에 그냥 스쳐지나갈 뻔한 환상을 인생의 목표로 변하도록 만들었고, 끄리스또발을 모짜르트의 오페라 주인공 돈 지오반니조차 힘겨워 따라오지 못할 정도의 섹스광으로 만들었다고 확신했다.

"다른 남자들 때문이었어." 엄마가 말했다. "네 아버지를 현대판 돈 후안으로 만든 것은 나의 매력보다도 바로 그 사람들이야. 가브리엘, 그래서 내가 이 모든 이야기를 바로 지금 너에게 해주는 거다. 절대로 네 친구들 앞에서 최후심판의 날까지 여자를 따먹겠다고 자랑하거나 하는 바보 같은 짓을 해서는 안된다, 알았지? 가브리엘, 내 말을 믿어. 그랬다간 인생 종치는 거야. 우리를 이렇게 농락한 건 섹스가 아니라 바로 그 내기란 다."

혹은 아마도 그 이튿날이 끄리스또발이 이땅에 태어난 지 스물다섯 해가 되는 생일이었다는 사실을 탓해야만 했을는지도 모르겠다. 늘 하던 대로 1967년 10월 11일에, 마찬가지로 25살이 되는 절친한 친구 빠블로 바론과 생일을 축하하기로 되어 있었으니까.

이 대목은 내가 동정을 잃을 때까지 기다려야만 들을 수 있었던 이야기는 아니었다. 난 익히 그걸 알고 있었다. 왜냐하면 첫째로는 70년대 초반 아옌데정권 시절, 아버지와 빠블로는 밀라그로스의 집 정원 한켠에서 와인을 마시며 박장대소 속에 시시콜콜한 이야기까지 다 하는 것을 좋아했고, 둘째로는 엄마가 망명시절 동안 한두번씩은 그 이야기를 되풀이해서 해주었던 까닭이다. 그리고 1983년의 그날밤 엄마는 또다시 그 얘기를 하겠다고 우기고 있었다.

두 친구는 자신들의 출생에 교차하는 묘한 우연을 발견한 적이 있는데, 그날 점심으로부터 20년 전인 1947년, 꼬마 끄리스가 빠블로에게 끌라우디아 할머니(매켄지가의 미망인이기도 한)가 한달 전부터 부지런히 준비한 자신의 5살 생일잔치 초대장을 건넸을 때, 다른 한손으로는 빠블로로부터 정확히 같은 날 같은 시간에 자신의 집으로 초청한다는 편지를 받았던 것이다. 그때 처음으로 아버지는 어떤 알 수 없는 이유로 자신이 복제되고 어떤 사람이 자신의 운명을 공유하고 있다는 느낌을 받았다. 그러나 그런 의아심은 다른 급한 일들로 그리 오래 가지 않았다. 유치원의 모든 꼬마들은 손에 두 장의 초청장을 쥐고 누구를 기쁘게 해주고 누구를 무시해야 할지 선택의 의무 앞에 서 있었다. 자신들의 총명한 아들들에게서 이 중복된 초청에 대해서 들은 두 엄마는 너그러운 미소를 짓고는 서로에게 동시에 전화를 했다. 수많은 통화중 신호 끝에 둘 중의 하나가 마침내 통화에 성공했고(물론 서로가 자신이 그 전화의 벽을 허문 장본인이라고 자식들에게 주장한 건 당연하고), 두 사람은 동시에 상대방이 파티를 연기해야 한다고 주장했다. 한참동안의 실랑이 끝에 두 사람은 합의를 보았는데(두 사람은 서로 상대방이 해결책을 의심스러울 정도로 빨리 받아들였다고 생각했다), 둘 중의 더 어린아이, 말하자면 더 늦게 태어난 아이가 10월 11일날 자기 집에서 파티를 할 권리가 있다는 것이다. 두 아이들의 엄마들은 마치 탐욕스러운 손 안에 네 개의 에이스를 쥐고 있는 사기도박꾼들처럼 그 제안을 내놓았는데, 둘 다 상대방 집 아이가 더 빨리 태어났다고 생각했기 때문이었다. 왜냐하면 빠블로는…… 여기서 빠블로의 엄마는 약간 뜸을 들였다가 빠블로가 10월 12일이 되기 전, 자정 1분 전인 오후 11시 59분에 태어났다고 했다. 그러자 그녀의 라이벌이며 매켄지의 미망인인 끌라우디아는 그것을 증명할 공중서류를 요구함은 물론, *끄리스*가 세상의 빛을 본 건, 아니 정확히 얘기해서 밤을 맞이한 건 실제로 11시 59분, 더더욱 정확하게 얘기하자면 23시 59분이라고 얘기하면서, 그 때문에 그녀가 '거의' 아메리카 발견 450년 만에 태어난 자식에게 끄리스또발 꼴론(Cristóbal Colón, 크리스토퍼 콜럼버스의 이딸리아어 원명 Christoforo Colombo의 에스빠냐어 발음—옮긴이)의 이름을 따서 지어주었다고 말하자 바론 여사는 어안이 벙벙해졌다. 빠블로의 엄마는 대답하기를, 자신이 빠블로의 이름을 탐험가 콜럼버스의 이름을 따라 짓지 않은 이유는, 만약에 하느님이 빠블로가 *끄리스또발*이나 *끄리스또페로* 혹은 *끄리스띠안*이라 불리기를 원했다면 틀림없이 출산을 61초 늦춰주셨을 테지만 그렇게 하지 않으신 것은, 아기가 '인종의 날' '에스빠냐 문화의 날' 혹은 '제독의 날'(모두 아메리카대륙 발견 기념일을 뜻하는 다른 이름들임—옮긴이) 조금 전에 태어나게 하기로 결심하셨기 때문이며, 따라서 빠블로가 더 적절한 이름이고(에스빠냐어의 빠블로는 성경에 나오는 바울을 뜻함—옮긴이) 다마스커스로 가는 길에 빛을 본 하느님의 제자에게 "거의"라는 건 있을 수 없다고 말했다. 매켄지 부인의 대답은 빠르고도 성난 것이었다. 칠레와 콜럼버스가 출발했던 에스빠냐와는 6시간 차이가 나니까 따지고 보면 자기 아들이 10월 12일에 태어난 것이 된다고 우겼다. 빠블로의 엄마는 한심한 소리 말라고 하면서 그당시에는 시차라는 것이 없었다고 얘기했다. "당신 누구한테 한심하다고 하는 거야?" 거기서부터 적대감이 고조되었고, 두 엄마는 상대방이 생일잔치를 즉시 연기하지 않으면 온갖 치명적인 결과들을 초래할 것이라고 협박하였다. 쌍방은 동시에 전화를 끊었고, 수화기 속의 윙윙거리는 신호음을 들으며 각자가 상대방을 모멸했다고 확신에 차 있었다. 그리고 두 엄마는 그때까지 전화상으로 싸우는 내용을 조마조마하게 듣고 있던 자식들을 바라보고 파티는 예정된 날에 할 것이며, 어떤 상황에서도 다른 아이가 잔치를 여는 것을 용납하지 않을 것이라고 엄포를 놓았다.

"흥, 누가 더 인기가 있는지 두고 보자구."

빠블로와 끄리스는 그럼에도 불구하고 이런 말도 안되는 짓을 그만 두기로 결심했다. 그들은 같은 유치원에서 동시에 두 생일을 축하할 것이며, 내년에는 동전을 던져서 "이번에는 너, 그 다음엔 내 차례"로 번갈아 하기로 결정했다. 그들에게는 누가 형이고 동생인지는 조금도 중요치 않았다. 숭배라는 단어가 더 어울릴 정도로 두 꼬마가 서로를 아끼는 마음은 지극했고, 그 우정은 훗날 나이 스물다섯이 되던 생일날 했던 내기와 그들의 미래뿐만 아니라 나의 미래에도 그림자를 드리울 빙산에 의해 시험받을 것임에도, 오랜 세월 동안 지속될 것이었다.

"그 다음엔 무슨 일이 일어났죠?" 다시 1983년으로 돌아가 나는 엄마에게 이렇게 물었다. "아빠는 생일 점심식사 때 엄마를 정복한 것을 자랑했나요?"

천만에, 끄리스또발 매켄지의 의도는 모든 관계를 비밀에 붙이는 것이었다. "미 아모르, 네 아버지가 얼마나 신중한 사람인지 잘 알아둬라. 아이들은 네 아빠를 보기만 해도 그가 절대로 배반할 사람이 아니라는 걸 알게 되지."

끄리스또발 매켄지에게 막 생긴 일이 전부 다 그 얼굴에 씌어 있다는 사실 외에도, 온몸의 땀구멍들은 섹스의 빛나는 영광과 자신의 육체를 발견할 수 있는 최상의 방법은 다른 사람의 육체를 개척하는 거라는 사실을 첫날밤을 통해 터득한 젊은이의 행복을 노래하고 있었다.

"그런데도 빠블로와 프란시스꼬는……"

"빠초 삼촌 말예요?" 나는 물었다.

"그래, 네 삼촌 빠초 말이다. 그 사람도 정오에 함께 있었지. 빠블로를 만나서 둘이서 결국 점심을 먹으러 갔던 거야. 둘은 정치토론을 격렬하게 하느라고 처음엔 네 아빠한테 눈길도 주지 않았단다. 네 아빠는 자리에 앉아 맥주를 시키고는 두 사람이 체 게바라에 대해 언쟁하는 것을 들었지. 그들은……"

"엄마, 사실 엄마가 그렇게 내 인생에 집어넣으려고 고집하는 체 게바라라는 작자에 대해선 별 관심이 없어요. 내 방 벽에서 그 사람을 떼냈으면 좋겠어요. 제 방이잖아요. 전에 말씀드렸다시피 그따위 라틴아메리카 정치에 대해선 정말 관심 없다구요."

"그래, 네가 너의 조국과 너의 근본과 역사에서 등을 돌렸다고 치자. 그러나 난 이 이야기 속에서 체 게바라를 떼어낼 수가 없구나. 빠블로와 프란시스꼬 사이에 체 게바라의 죽음의 의미에 대해 의견충돌이 있은 지 몇분 뒤 그 빌어먹을 내기가 터져나온 거야. 그러니까 넌 듣고나 있어. 아니면 나머지 얘기는 내일 해줄까?"

아버지의 절친한 친구와 아버지의 동생 간에 벌어진 1967년의 언쟁에 관한 얘기를 30분이나 더, 그당시의 끄리스또발 매켄지만큼이나 혹은 그보다도 더 지루하게 들으면서, 나는 굳어진 빵부스러기를 손가락 사이에 넣고 식탁 밑에서 조용히 갖고 놀았다. 적어도 아버지는 마실 맥주와 또 그것을 갖다줄 웨이터 그리고 양다리 사이에 방금 훌륭한 임무를 마친 자지라도 달고 있었지만, 16년 후 뉴욕에서의 나는 그 칠레의 대부들이 생일상 앞에서 무슨 소리를 하고 있었는지 이해할 수 없었다. 만약 내가 널 미래의 시어머니에게 소개시켜주려고 우리 집으로 데려왔더라면, 너 또한 짜증나서 죽을 뻔했겠지. 그렇지만 넌 몇페이지 건너뛸 수도 있잖니. 나한테는 그 빵부스러기가 전부였어.

다음이 엄마가 내게 아주 장황하게 설명해준 이야기이란다. 빠블로는 체 게바라의 체포와 처형이 라틴아메리카에 있어 무장투쟁이란 대안과 한 시대의 종말을 의미하는 것이라고 했다. 이것은 근본적인 변화를 얻기 위해서는 선거와 평화적인 방법을 사용해야 한다는 것을 뜻했지. 반면에 프란시스꼬는 완강했다. 전투 하나에 지기는 했어도 객관적인 조건들은 변한 것이 없고, 혁명을 위한 상황이 성숙되어가고 있다고 했다. 체 게바라의 죽음은 수많은 젊은이들을 분발시켜 라틴아메리카를 타오르게 하리라는 것이었다. 이제 그들은 삶 그 자체보다 훨씬 더 위대한 순교자를 갖게 되었다.──혹시 빠블로는 그 게릴라 영웅이 어느 르네쌍스 화가가 그린 가시침대 위의 상처투성이 예수처럼 누워 있는 사진을 보았던 것일까?──그들은 체 게바라의 목숨을 빼앗은 것이 아니라 되돌려놓은 것이다. 그의 눈. 그의 눈을 보면 금방이라도 다시 떠 부활할 것 같다고 했다.

"네 생각에 너의 혁명이 완수되려면 시간이 얼마나 걸릴 것 같니?" 빠블로가 냅킨으로 안경을 닦으며 물었다.

"장담하거니와 네가 쉰살이 되기 전까지, 10월 11일 11시 59분, 흔히들 말하는 아메리카 발견 500주년 기념일 전까지, 난 모든 라틴아메리카가 사회주의가 되리라는 걸 확신해. 내기해도 좋아."

"틀렸어." 빠블로가 대답했다. "너는 가깝고 확실한 현실조차도 볼 능력이 없어. 넌 체 게바라만큼 착각하고 있는 거야. 그 사람은 잘 알지도 못하는 나라에서, 게다가 볼리비아 사람들은 그를 원치도 않았는데, 거기서 혁명을 하겠다고 우겼던 거야. 꾸바 사람들은 체 게바라의 성가신 이상들을 제거하고 전체주의 소련과 친하게 지내려고 보내버린 거야. 그리고 체 게바라는 숭배받으며 죽은 거지."

"미친놈."

"25년 후에 날 보렴." 빠블로가 말했다. "넌 내가 이 레스토랑에 앉아 **혁명**이나 주절거리고 양키새끼들을 어떻게 쫓아버릴까 하는 얘기나 하면서 살 것 같아? 내가 어디로 갈지, 뭐가 될지 알기나 해? 난 쉰살이 되면 이 나라에서 가장 힘있는 장관이 될 거야. 대통령은 되지 않겠어. 난 권좌 뒤에 있는 사람이 되고 싶어. 보이지 않으면서도 모든 사람을 손 안에 쥐고 있는 자 말이야. 내 재채기 한번이면 온 나라가 떠들썩하게끔 말야. 25년 안에 보게 될 거야."

프란시스꼬는 그 자리가 생일을 축하하기 위한 자리이지 레닌주의자 동맹의 공개토론장이 아님을 깨닫고, 빠블로의 예언에 더 열정적으로 대답했다. "그런 엿같은 일은 절대로 일어나지 않을걸." 프란시스꼬가 말했다. "이 나라 또는 라틴아메리카 어느 곳에서도 지금부터 25년 안에 그런 힘을 가진 사람은 나타나지 않을 거다. 왠지 알아? 사회주의 아래서는 오직 진정한 권력은 민중에게 속하기 때문이지. 너는 권좌 뒤에 있는 권력자가 될 수 없어. 권좌라는 게 있을 수 없을 테니까."

그때 주문을 초조하게 기다리고 있던 웨이터가 끼여들지 않았더라면 1967년 싼띠아고에서의 아버지나, 그로부터 16년 후 뉴욕에서의 나나, 빠블로와 프란시스꼬의 토론과 그 이야기를 전하는 엄마의 이야기에 하염없이 끌려갈 수밖에 없었을 것이다. 혁명에 대해 그토록 열정적으로 토론하던 두 사람과는 달리 진정한 노동자로서 웨이터는 먹고살아야 했고, 그들이 자신과 자신의 후손들을 위해 떠들어대던 흐릿한 미래에 관해 누가 옳았는지에 하등 관심이 없었다. 스테이크 혹은 치킨을 주문했냐고? 그날의 특별메뉴는 바다에서 막 잡아올린 붕장어튀김이었다.

모두가 생선을 주문했고, 두 토론자는 생일을 맞은 사람에게 관심을 돌렸다. 아버지는 대체 무슨 생각을 하고 있었느냐고?

"**체 게바라는 죽었다.**" 마치 전날밤 밀라그로스의 메아리처럼 끄리스또발은 이렇게 말했다. "빠블로 너의 정치전략도, 빤초 네 생각도 체 게바라를 살려내진 못해. 총알도 투표도 정치와 상관 있는 거라면 아무 쓸데없어. 사실을 받아들여. 체 게바라는 죽었어."

정치가 쓸데없다고? 끄리스가 자신이 묵시록에 나오는 괴물이라고 말했다 해도 빠블로와 프란시스꼬가 그토록 얼떨떨해하지는 않았을 것이다. 정치가 쓸데없다는 건 무슨 소리지? 그렇다면 어떻게 현실을 바꾼다는 거지?

"난 **좆도** 바꾸지 않을 거야." 아버지는 그들의 놀라움을 은근히 즐기며 이렇게 말했다.

좋아, 그렇다면, 앞으로 25년 동안 어떻게 살 생각이었을까? 정확히 뭘 하면서? 무슨 목표라도 정해놓았을까?

"네 아빠는 좀 삐딱하게, 실은 아무 생각도 해본 적이 없다고 대답할 수도 있었지. 마치 그냥 붕장어가 신선할 거라고 기대하는 것처럼. 그랬다면 우리들의 삶도 바뀌어서 아주 다른 모습일 텐데…… 네 아버지는 여기 뉴욕에서 우리와 함께 있을 테고, 가브리엘 너에게 이야기를 들려주거나 혹은 다른 것들도 해줄 텐데 말이다. 대신에 네 아빠 속에서 무언가가 끓어오르기 시작했고, 다른 사람들에게 진실을 털어놨단다. 그는 내 육체를 꿰뚫은 순간에 깨달은 것을 이야기했지."

"나는 앞으로 25년 동안 섹스를 하면서 보낼 거야." 끄리스또발 매켄지가 말했다.

그들은 끄리스를 불쌍한 눈으로 바라보았다. 두 사람은 그가 숫총각이었다는 것을 알고 있었고, 그리고…… 그때 프란시스꼬가 외쳤다. "잠깐, 잠깐, 나쁜 놈. 그래 형이 그 계집애랑 빠져나가는 걸 봤어. 혁명과업을 회피하면서 말야. 다 얘기해봐. 그래, 두 사람이 하도 빨리 데모대에서 빠져나가는 바람에 나는 혹시나 경찰을 보고 그러는가 해서 사방을 둘러보았지. 그렇다고 욕하는 건 아냐. 단지⋯⋯" 프란시스꼬는 형의 눈을 지그시 바라보았고, 그러곤 웃음을 터뜨렸다. "이봐, 정확히 25번째 생일에 한 거로군. 총각딱지를 떼었어. 마침내 사내가 된 거야!"

"아빠가 그런 종류의 얘기가 식당 전체로 퍼지는 걸 좋아했으리라고는 생각지 않아요. 안 그래요? 주변에 사람들이 많이 있었나요?"

엄마는 전혀 아는 바가 없었다. 유일하게 확실히 아는 거라곤 끄리스또발의 대답이었고, 아버지는 수년이 지난 후 마침내 내가 그것을 물어봤을 때 한자 한자 되풀이해서 이야기했다. "나는 잠자코 있었어." 아버지는 고요하기만 한 얼음물을 가로질러 가는 동안 모든 이야기를 했다. "그리고 나는 곧 대답했지. 지금까지 잃어버린 모든 시간을 회복할 거라고. 오늘부터 목숨이 붙어 있는 동안 날마다 섹스를 할 거라고."

빠블로가 끼여들 차례였다. "그 여자, 죽였나본데?" 하고 물었다.

"그런 걸 물었을 리가 없어요." 나는 볼멘소리로 말했고, 엄마는 뉴욕의 부엌에서 1967년 싼띠아고에서 빠블로가 했던 말을 되풀이했다. "그게 빠블로가 물었던 거야. 그리고 덧붙이기를 '네 첫날밤이 아무리 죽여줬어도 섹스를, 그것도 매일매일 하는 건 불가능한 일이야'라고 했지."

"난 할 수 있어."

"뭐, 내기할래? 넌 할 수 없어."

"무슨 소리를 하는 거야?"

"그래, 보자, 끄리스. 내가 제안하는 게 어떤지 한번 들어봐. 정확히 25년을 줄게. 네가 정확히 50살이 될 때까지 말야. 이건 내기야. 우리 내기하는 거다, 알았지? 앞으로 25년 후에 우리가 도대체 무엇이 될 것인가에 내기를 거는 거야, 알았어? 난 모든 사람들이 벌벌 떨 만큼 권력을 가질 거고, 너희들은 나한테 부탁이나 하러 오게 될 거야. 그리고 빤초넌⋯⋯"

"내가 뭐가 될지는 중요치 않아. 난 우리들과 민중이 자유롭게 되는 것에 내기를 걸겠어. 아무도 청탁을 할 필요가 없고, 부정이 없어질 거라는 데 내기할게."

"그리고 끄리스는 앞으로 사반세기 동안 매일매일 콩까는 데 내기를 거는 거지. 헤라클레스가 거대한 자지로도 할 수 없었을 일인데. 험프리 보거트나 록 허드슨(둘 다 1950년대 미국의 대표적인 영화배우——옮긴이)도 역부족일 테고."

"너희 같은 얼간이들이 하려고 하는 것보다 훨씬 쉬운 일이야." 아버지가 대답했다. "내가 하려는 일은 나한테 달린 일이야. 역사가 어떻게 된다든가, 혁명이나 정치, 또 사람들이 죽는 것 같은 세상사와는 상관이 없는 거니까. 단지 나와 내 자지, 둘뿐이면 돼."

다음은 프란시스꼬가 마치 동생이 아니라 형처럼 참견할 차례였다. "이봐, 그런 멍청이 같은 짓에 내기 걸지 마. 형은…… 아직 그게 뭔지도 모르면서. 알기나 해? 자지는 때때로 휴식이 필요한 거야. 휴가가 있어야 된다고. 형은 지금 아주 열이 올라 있지만, 석달만 지나면…… 불알은 고무로 된 게 아냐, 알아? 게다가 자지가 꼴릴 때마다 하고 싶어서 사방을 둘러봐도 매번 마땅한 사람을 찾는 것도 쉽지 않을 테고…… 대체 얼마나 많은 여자들을 따먹을 생각인데? 땡기는 여자들을 수천명은 찾아야 해. 그리고 지금까지 잘나가지도 못했잖아, 안 그래? 스물다섯 될 때까지 이제 겨우 한번 해봐놓고선. 어디…… 계산 좀 해보자. 형이 쉰살이 될 때까지 9125번을 해야 되는 거야, 매켄지. 한 사람에게는 지나치게 많은 여자들이라구."

"네 아빠는," 엄마가 설명했다. "내가 만나본 사람들 중에서 가장 고집이 센 사람이란다. 가장 고집이 세. 아빠는 그렇게 많은 여자들을 설득할 필요는 없다고 말했단다. '같은 여자와 되풀이해서 할 거야. 내게 필요한 건 오직 그 여자뿐이야.'"

"그러니까 말하자면," 빠블로가 말했다. "네가 한번 이상 잘 유일한 여자는 어젯밤에 같이 잔 그 여자뿐이로군. 어떤 다른 여자도……"

"다른 어떤 여자도 있을 수 없어."

"네가 말하는 게 다른 여자들하고는 넌 딱 한번씩만 자는 거다, 단 한번뿐이고 절대 더이상은 안된다, 바로 이거냐?"

"다른 여자는 있을 수 없어. 하지만 그래, 이렇게 하도록 하지. 만약에 다른 여자가 있으면 그 여자하고는 딱 한번씩만 잘 거야."

"좋아," 빠블로가 말했다. "넌 다른 여자랑 네가 하고 싶은 만큼 혹은 그 여자가 참을 수 있을 만큼 할 수 있지만, 이 내기의 목적으로 보아서 두번째는 계산하지 않는 거야. 만약에 네가……" 빠블로는 길 건너편의 레코드가게 앞을 서성이고 있던 나긋나긋해 보이는 화려한 금발여자를 손가락으로 가리켰다. "오늘 당장 점심식사 후에 저 여자를 침대로 데려간다고 치자. 저 여자가 괜찮아서 내일 또 먹으려고 자지를 꼬나박는다 하더라도 어쨌든, 그 여자는 달아오르건 말건 침대에 놔두고, 자정이 되기 전까지 다른 여자를 찾아야만 돼. 왜냐하면 그 여자는 단 한번의 정복으로 계산하는 거야. 알았어? 한 여자에 하루, 다음날에는 다른 여자. 알겠니?"

"알았어."

"그리고 우리가 여기서 말하는 삽입이란 발기와 사정, 풀 서비스를 말하는 거야." 프란시스꼬가 곁들였다. "입으로 하는 건 안 쳐줘. 말하자면 네가 원하면 혀는 쓸 수 있지만……"

"그걸 허락해주다니 얼마나 고마운지 모르겠군." 아버지가 말했다.

"……그러나 계산상으로 너는 여자 몸 안에서 일을 마쳐야만 해."

"혹은 적어도 여자가 오르가슴을 느낄 때까지는 하는 거야." 빠블로가 끼여들었다. "좀 봐주지. 그렇게 많이 쌀 만큼 이녀석 몸에 좆물이 많지 않을 수도 있잖아. 얘는 종마가 아니야."

"좋아. 끄리스가 싸거나 여자가 끝내거나 둘 중 아무나 먼저 일어날 때까지. 그리고 창녀들은 안돼. 목표를 달성하는 데 여자한테 돈을 지불하는 건 안돼."

"남자들도 안돼." 빠블로가 덧붙였다. "오로지 여자들만 치는 거다."

모든 일은 이렇게 우연하게 벌어졌다. 웨이터가 붕장어튀김 찌꺼기를 치우고 있는 동안 이 모든 조건들이 무(無)에서 창출되었고, 아버지가 향후 25년 동안 충실하게 지켜나갈 게임의 법칙과 세부조항들은 우연하고도 변덕스러운 형태로 정해졌다.

"그렇지만 우리가 어떻게 알지?" 프란시스꼬가 이를 쑤시며 말했다.

"여기 있는 너의 큰형 매켄지는 거짓말을 할 줄 몰라. 실패하면 우리에게 와서 즉시 얘기해줄 거야. 안 그래, 끄리스?"

"너희에게 알려줄게."

이것이 엄마가 뉴욕에서 내게 설명해준 것이다. 세 남자는 25년 후인 1992년 10월 11일, 정확히 아메리카발견 500주년 기념일 전에 다시 만날 것을 맹세했고, 그리곤 그들 중에 누가 옳았는가를 보기로 했다.

"그럼 상은요?"

"무슨 상?"

"내기를 했으면 그들 중의 하나는 뭔가를 타야 되잖아요, 안 그래요?"

"그들은 라틴 남자들이 항상 하는 내기를 걸었지. 돈보다도, 자신들의 여자보다도, 혹은 영혼이나 자신들의 엄마보다도 더 중요한, 유일한 것을 말이야."

"그게 뭔데요……?"

"자기들의 빌어먹을 명예, 자부심을 걸었단다."

그때 세 사람은 식탁에서 일어나고 있었다. 빠블로는 마지막으로 질문이 있었다. 누가 그 재수 좋은—아니면 재수없는—여자였는지 하는 것이었다.

적어도 아버지의 말로는, 그때 당신은 망설였다고 한다. 하지만 만일 여생을 그녀와 보낼 거라면 저 친구들이 그녀의 이름을 조만간 알게 될 게 뻔했고, 그래서 밀라그로스 가야르도라고 가르쳐주었다.

빠블로는 고개를 끄덕였다. "밀라그로스? 나도 알지. 잘 골랐어. 눈이 높군 그래." 그는 문 쪽으로 걸어갔다. 웨이터는 새 식탁보를 깔기 위해 즉시 식탁을 치웠다. 허기진 얼굴의 손님들이 문 쪽에서 초조하게 순서를 기다리고 있었다. 식탁보는 길었고, 주머니에 챙겨넣을 팁도 몇푼 있었다. "그 여자 맛있었을 거야." 빠블로가 말했다. "너, 그 여자랑 결혼할 거니?"

"네 아빠는 이미 나와 결혼하기로 결심했다고 말했단다." 엄마가 말했다. "그렇지만 난 믿지 않아. 그 내기가 아니었더라면 우리는 그저 한두 번 더 자기는 했겠지만 그 다음엔 네 아빠의 시선과 성적 본능이 다른 여자들을 찾도록 만들었을 거야. 막 성에 눈을 떴으니 정착하기 전에 다른 방법들도 시도하는 게 당연했을 테니까 말이다. 빠블로의 질문이 끄리스를 다른 상황이었다면 절대로 선택하지 않았을 쪽으로 몰아붙인 거란다."

나는 빵부스러기를 가지고 장난치기를 그만두었다. 더 심각한 다른 문제들이 나의 관심을 끌고 있었다. "그렇지만 아빠는 벌써 엄마가 날 배고 있었다는 것을 알고 있었나요?"

"그때까진 몰랐지."

"그런데 아빠가……" 나는 거의 다시 일어날 뻔했다. 나는 창문 쪽으로 가 저 밖의 광활한 고독 속에서 잠자고 있는 맨해튼섬을 보고 싶었다. "엄마가 만약 아빠한테 내가 태어날 거라고 얘기했더라면 아마 아빠는…… 아빠는…… 말하자면요……" 엄마는 나를 조심스럽게 쳐다보았다. 그녀 뒤로 새벽공기가 뉴욕의 하늘을 메우기 시작했다. 저 아래서 쓰레기차가 리버싸이드가(街)를 올라오는 소리를 들을 수 있었다.

"아마 난 네 아빠한테 아무 얘기도 안했을 거야."

"그러나 아빠는 그걸 알 수도 있었어요."

"미 아모르, 잘 들어둬라. 나는 19살이었단다. 앞날이 창창했지. 내가 결혼하지 않고 미혼모로 살아가는 것을 감당해냈으리라고는 생각 안해. 유모가 문제를 해결해주었을지도 모르지. 내가 무슨 소리를 하는지 알겠니? 다 알아듣겠어?"

나는 알아들었다고 대답했다. 나는 항상 내가 존재하지 못했을 수도 있다는 선입견을 갖고 있었는데 이제 엄마는 내가 실제로 단지 사고, '문젯거리'에 불과했음을 확신시켜준 셈이었다. 체 게바라의 죽음이 아니었더라면 아버지는 데모대에 가지도 않았을 것이고, 엄마를 만나지도 않았을뿐더러 이튿날 그런 내기는 더욱 하지 않았으리라는 것을 깨달았다. 체 게바라가 바예그란데의 땅속에서 썩고 있지 않았던들, 빠블로는 끄리스에게 밀라그로스와 결혼하라고 등을 떠밀지도 않았을 것이다. 간단히 말해서, 엄마가 나한테 얘기해준 것은 그녀가 나를 지워버릴 수도 있었다는 뜻이었다.

"그렇지만 상황은 그렇게 돌아가지 않았어." 엄마가 내 머리 위에 손을 얹고 천천히 쓰다듬으면서 부드럽게 말했다. "끄리스는 그날밤 나에게 청혼했고, 일주일 후에 우리는 결혼했단다. 나는 아버지에게서 그 큰 저택을 상속받았고, 아이들을 잘 다루는 훌륭한 유모를 두고 있었을 뿐만 아니라, 또한 끄리스가 벌써부터 '밀라그로스의 집'이라고 부르던 내 집을 피난처로 바꾸려고 하는 데 들떠 있었지만……"

"알아요. 오갈 데 없는 아이들 말이로군요." 나는 갑자기 끼여들었다. "그 얘기는 귀에 못이 박일 정도로 들어서 알고 있어요. 엄마는 부모가 보금자리를 줄 수 없는 아이들을 위한 피난처를 만드는 게 필요했다고 천번도 더 말했었잖아요. 오래 전부터 아빠는 부자들의 돈으로 가난한 사람들을 돌보려는 확고한 신념을 갖고 계셨지요. 그런데 내가 아직도 이해하지 못하는 건, 그리고 15년 동안 아무도 나한테 설명해주지 않았던 건, 왜 엄마 아빠 사이의 일이 제대로 풀리지 않았느냐는 것이지요. 도대체 무슨 일이 일어난 거예요?"

"집 때문은 아니었어. 밀라그로스의 집에 대한 아이디어는 내게 환상적으로 들렸단다. 난 버림받고 오해받는 것이, 그리고 다음에 끄리스가 가든파티에서 그랬던 것처럼 누군가가 나를 돌봐주는 것이 어떤 느낌이라는 걸 알고 있었지. 내 감정의 성장에 중요했던 것은 누군가 내 뒤를 쫓아 해변까지 따라올 정도로 나를 이해해줄 수 있는 사람이었어. 나는 끄리스, 나 그리고 유모로 이루어진 내 모든 인생이 바로 눈앞에서 펼쳐져 가는 것을 볼 수 있었단다. 그 빌어먹을 내기만 아니었더라도 다 잘될 수 있었을 텐데."

끄리스는 밀라그로스에게 내기에 대한 어떠한 말도 꺼내지 않았다. 그들은 그날밤, 그 다음날밤, 그리고 계속해서 결혼할 때까지 잠자리를 같이했고, 또 신혼기간에도 나의 미래의 아버지는 앞으로 거두어들일 모든 아이들을 위한 집을 준비하고 정리하는 데 시간을 보냈다. 아버지한테 신세를 진 사람들은 경찰청장, 국방부 차관같이 권력이 막강한 사람들이었는데, 끄리스는 그들의 자녀들을 모두 찾아 돌려보내주었고, 부모들은 끄리스의 시설이 폐쇄되거나 다른 비슷한 어린이 보호조직들로 인하여 비난받는 일이 없을 것임을 장담했다. 끄리스의 친구들은 그가 보조금 문제 같은 법적인 문제들을 잘 해결해나갈 것이라고 확신했다. 모든 일이 제대로 돌아가고 있었고, 특히 이젠 그의 아내가 새로운 집의 책임자가 되어 있었다. "그는 정말 처음 며칠간, 처음 몇달 동안에는 미칠 듯이 기뻐했지." 엄마가 말했다. 아버지는 동정을 잃고 자신의 재능이 없어질까봐, 아이들이 그를 적으로, 혹은 여자 살맛을 아는 믿을 수 없는 어른으로 보지 않을까 매우 두려워했었다. 그러나 그런 일은 일어나지 않았다. 끄리스와 밀라그로스가 매일 밤마다 어둠속에서 오만가지 체위로 하건 말건 도망나온 아이들은 낮시간 동안에는 그에게 절대적인 믿음을 계속해서 간직했다.

엄마는 식탁에서 일어나 냉장고로 가 내게 큰 잔에 우유를 따라주었다. 나는 그것을 구역질을 느끼며 바라보았다.

"아마 임신 때문이었을 거야." 엄마가 말했다. "조만간 반드시 벌어질 일이었지. 음부도 아팠고, 등도 아팠어. 자궁 안에서 조그마한 종기가 자라고 있었고, 나는 구역질을 느꼈단다. 우리는 결혼한 날로부터 31일 동안 쉬지 않고 계속 해왔어. 게다가 결혼 전 8,9일을 더하면 거의 40일 낮밤을 해온 거야…… 얘, 이 우유 좀 마시렴. 그래서 그날 밤 끄리스가 옷을 벗었을 때 난 맙소사, 또, 정말 더이상은 못하겠어,라고 생각했어. 그렇다고 오해 말아라. 처음 할 때에는 난 황홀한 오르가슴을 경험했고, 사실 그건 네 덕분이었지."

나는 우유를 반쯤 마시다가 멈추었는데 거의 토할 지경이었다.

"내 덕분이라고요?"

"그래. 사람이 임신을 하면 피의 흐름이 왕성해지고 온몸 구석구석을 가득 채운단다. 젖가슴과 음핵을 부드럽고 윤기나게 하며 민감하게 해주지. 그래서 남자가 조금만 손을 대도……"

"정말 그건 내가 알 바 아니에요." 나는 내심으로는 끝까지 얘기해주기를 바라면서도 소심한 척 볼멘소리로 말했다.

"알았어, 알았어. 네 말이 맞다. 내가 너를 당황하게 만들지 않았으면 좋겠구나."

"천만에요."

"어쨌든, 중요한 것은 내가 네 아버지한테 이젠 쉬어야 될 때라고 말했다는 거야. 하물며 하느님도 일곱번째 날에는 쉬셨는데 나는 노아의 방주가 떠 있던 날들보다 더 오랫동안 창녀처럼 기를 쓰고 **그짓**을 해왔으니까. 그리고 방주와 주변의 넘실거리는 물 생각만으로 나는 깊은 잠에 빠져버리고 말았나봐. 왜냐하면 내가 기억하는 그 다음은 끄리스가 나를 부드럽게 흔들어 깨우고 있었다는 것이었으니까. 몇시간이 흐른 거지. 그 시간 동안 그는 날 지켜보고 있었어."

"난 그녀를 그 시간 동안 지켜보고 있었지." 아버지는 몇년 후 갈바리노호 선상에서 내게 말했다. 나는 고래들이 짝짓기하려고 서로 부르는 소리가 들리는 것 같았고, 아버지가 이야기하는 동안 고래의 신호음이 나를 따라다닌다고 생각했다.

"그녀를 바라보는 시간이 흘러감에 따라 내가 네 엄마든지 다른 누구든지 어느 누구도 강제로 했다간 내기에 이길 수 없다는 것을 잘 알게 되었지. 성행위는 합의에 따라야만 하는 것이지, 여자를 컴컴한 데서 겁탈하는 것은 아니거든." 그리고 그때 아버지는 자신의 법적인 아내를 깨우기로 결심했다. 섹스를 해야 한다고 알려주었고, 내기에 대해서, 전부 다는 아니고 단지 자신이 한 맹세에 대해서만 말해준 다음, 그날의 할당량을 채워야 한다고 말했다. 아버지가 부정했음에도 불구하고 엄마는 그것들이 그저 말에 불과하다고 우겼고, 두 사람은 결국 엄마가 화가 나서 아버지를 발로 차 방에서 내쫓는 지경에까지 이르렀다. 끄리스또발은 비 오는 밤 10시 반에 잠자리도 여자도 없는 상태에 놓여졌고, 한 시간 반 안에 세 남자들 중에서 첫번째로 내기에 질 처지가 되었다. 그리고……

"아버지는 뭐, 뭘 하셨죠?" 나는 정말로 열정적으로 엄마한테 물었다.

"다른 사람을 찾았단다." 엄마가 말했다. "그러나 그 부분은 네 아빠한테 물어봐라. 그가 집에 돌아왔을 때는 이미 새벽 1시였거든. 나는 그가 집을 떠나자마자 울기 시작했지만 유모를 깨워 아주 현명한 충고를 들었단다. 그래서 끄리스가 방에 들어와 무슨 일이 벌어졌는지, 초상집에서 골라잡은 한 여자에 대해서 이야기하려 할 때 난 그만하라고 부탁했지. 나는 다른 여자들과 한 짓에 대해선 알고 싶지 않았어…… **귀로 듣지 않은 것은 마음으로도 느낄 수가 없다**는 말이지. 가브리엘, 우리는 오늘밤처럼 새벽까지 이야기를 했단다. 말하자면 계약이라고 부를 만한 것에 도달했지. 비록 그가 다른 여자들과 관계를 갖더라도 우리는 한방에서 묵고, 그때까지 해온 것처럼 같이 살기로 한 것이야."

"엄마는 괜찮았어요?"

"애, 나는 사람들이 문란하게 살아도 오직 한 사람에게 충실할 수 있다는 것을 이미 알고 있었던 거야. 그걸 알고 있었던 이유는 끄리스가 나를 아버지 집으로 되돌려보내던 그 순간부터 나의 성생활이 그래왔기 때문이다. 그날 12살 먹은 소녀로서 아버지를 먼저 포옹하고 이윽고 유모를 안았을 때, 난 그런 접촉만으론 더이상 충분하지 않다는 걸 묵시적으로 알았지. 남자가 필요했어. 두 보호자가 줄 수 없는 물리적이고 깊은 어떤 것이 필요했던 거야. 그건 섹스였고, 나는 그것을 내게 줄 사람을 찾기 시작했어. 대체로 토요일 밤 파티 후에 라디오에서 '윌 유 스틸 러브 미 투머로우?'(캐롤 킹Carole King의 1968년 히트곡—옮긴이)가 흘러나올 때였지. 아버지가 돌아가시자 매사가 쉽게 돌아갔어. 아니 더 슬프게 되었다고 할까. 아버지는 거리가 있고, 냉정하고, 죽은 엄마와 책밖에 모르는 그런 사람이었지만, 물론 난 아버지를 그리워했지. 유모가 '불쌍한 계집애 밀라그로스를 책임지려는' 온갖 친척들을 물리치고 함께 있어준 것은 행운이었지. 오히려 난 친척들이 나같이 미친년이라고 소문이 자자한 아이를 책임지지 않아도 되는 데 안심했으리라 믿어 의심치 않지만 말이야. 해가 지남에 따라 나는 점점 더 거칠고 다루기 힘든 애가 되어갔지. 난 내가 남자들 속에서 찾고 있던 것이 다름아닌 끄리스였다는 것을 알지 못했어. 유모는 내가 집에 돌아올 때마다 '이건 아니야' 하고 말하곤 했지. 내 맥박을 짚고, 이마에 손을 대보고, 개처럼 냄새를 맡아보곤 했어. 그러고는 고개를 흔들면서 '넌 착각하고 있는 거란다. 소중한 어떤 한 남자를 위해 너 자신을 간직해야만 해'라고 말하곤 했지."

엄마는 그럼에도 불구하고 마치 구두를 신어봤다 내팽개치듯 이 남자

저 남자를 섭렵하면서 살아갔다. 마침내 끄리스와 첫날밤을 보낸 밀라그로스가 1967년 10월 11일 새벽에 집에 돌아갔을 때 유모는 그녀에게 이렇게 말했다. "이번엔 제대로구나. 그가 다시는 네 곁을 떠나지 않게 해라. 너와 7년 전에 만났던 바로 그 사람이로구나." 유모는 엄마가 이미 나를 배고 있다는 것까지 알고 있었다. 그리고 40일 후 위기상황이 닥쳤을 때, 끄리스는 단지 잃어버린 시간을 보상받는 것뿐이라고, 따라서 다른 여자들을 머릿속에서만 갈망하느니 차라리 그들과 관계를 가져보는 것도 밀라그로스가 얼마나 특별한 사람인가를 깨닫는 데 좋은 일이라고 엄마를 설득한 것도 유모였다. 해소되지 않은 욕구보다 관계를 더 해치는 것은 없다고 유모는 말했다.

"난 또한 나 자신을 생각했단다." 엄마는 1983년 뉴욕의 부엌에서 저 아래 흐르는 허드슨강으로 아침햇살이 퍼져나가는 동안 이렇게 말했다. "적어도 끄리스는 그 몇년 동안 나한테 충실했던 거라고 생각했어. 그의 긴 금욕생활을 그렇게 해석한 거지. 그래서 나는 그를 이제는 재미 좀 보라고 내버려두었고, 게다가 빠블로와 빤초가 그가 매일밤 새로운 여자를 찾지 못하리라고 장담했던 것처럼 나 또한 확신에 차 있었다. 네 아빠는 소심한 사람이란다. 적어도 그땐 그랬지. 난 그를 용서했다. 우리는 서로 사랑했고, 네가 뭐라고 말하든간에, 그가 몰두해 있던 불건전한 게임에서 내가 정해놓은 네 가지 규칙만 지키는 한 그는 얼마든지 다른 여자와 잘 수 있었지. 첫째, 깨물지 말 것. 난 내것 말고 다른 여자의 이빨자국이 네 아빠의 몸에 남는 걸 원치 않았어. 그리고 그는 장담은 못하겠지만 일회용 애인에게 조심해달라고 부탁은 해보겠다고 했단다. 그걸로 난 끄리스가 암묵적으로나마 나한테 해준 특별한 것들을 다른 여자들한테는 하지 않겠다고 약속하는 걸로 느꼈어……"

엄마는 말을 멈추었다. 나는 두 사람이 함께 했던 특별한 것들 모두를 상세하게 알고 싶은 나머지 궁금해 못 견디겠다는 듯한, 그러면서 동시에 듣기 싫다는 듯한 이상한 태도로 엄마를 바라보고 있었음에 틀림없었다. 엄마는 내가 무슨 말인가 하기를 기다렸다. 그런 침묵은, 염병할, 아무 소용없는 것이었다. 나는 엄마가 그들만의 법칙과 조건 들을 계속 이야기하도록 놔두었다.

"둘째," 엄마가 말했다. "만약 빠블로와 프란시스꼬가 생일날 점심때 예견한 것처럼 끄리스가 내기에 졌을 땐, 그 말도 안되는 내기에 실패하는 날부터 더이상 한 여자도 꼬시지 않고 나와 함께 정상적으로 살기로 약속했단다."

"그러나 아빠는 실패하지 않으셨죠?"

"여자들은 미친 듯이 그를 좋아했단다. 네 아빠는 정복횟수를 착착 쌓아가면서 조용히 그리고 승리감에 도취해 집으로 돌아오곤 했지. 마치 우편배달부가 일년 365일 비가 오나 천둥이 치나……"

"혹은 눈이 오거나요."

"싼띠아고에는 절대로 눈이 내리지 않는단다. 네 아빠는 나하고도 했지. 정말 지겹게 했어. 내가 하고 싶어할 땐 그 사람은 항상 준비가 되어 있었지. 내가 동의만 한다면 남은 생애 동안 오로지 나하고만 하겠다고 말했지. 하지만 난 그런 약속은 못하겠다고 했어. 정말이지 난 출산을 코앞에 두고 있었거든. 대개 출산 전후 6주 동안은 참아야 하는데도 불구하고 끄리스는 앰뷸런스를 타고 병원으로 가는 도중에도 한번 하자고 제안했고, 만약 거기 함께 타고 있던 간호사가 없었더라면 정말로 했을지도 몰라. 실제 네가 태어난 날에도 빨리 한번 하자고 나를 졸랐단다. 난 거부했고, 아마 간호사 중 하나와 일을 치르지 않았나 생각해."

"병원에서 나를 돌보던 간호사 중 하나와 했다고요?"

"혹 나를 돌보던 사람이었을 수도 있겠지. 하지만 요점은 내가 애정을 일상적이고 기계적으로 만드는 네 아빠의 조건들을 받아들이지 못했다는 거야. 나는 이전에 하던 대로 하기를 원했어. 좋아, 좋아, 하며 그는 나더러 그날 우리가 할 수 있는지 없는지 매일 아침식사가 끝날 때까지 알려달라는 거였어. 그래야 준비를 할 수 있다나……"

"나한테도 조금 기계적으로 들리네요." 내가 말했다. "아버지는 그다지 즐겁지 않았을 게 틀림없어요."

"가브리엘, 그건 네가 아빠에게 물어보렴. 나는 그가 무슨 짓을 누구와 어떻게 하는지 전혀 알고 싶지 않았단다. 나는 그때 행복했었다고 할 수도 있어. 만약 네 아빠가 내기에 졌더라면 더더욱 행복할 수도 있었겠지만. 어쨌든 그는 늘 세상의 어떤 여자보다 나하고 하는 게 좋다고 말했지만, 내가 항상 준비되어 있지는 않았던 게 사실이야. 그렇게 몇달이 흘러갔고 그동안 너는 내 뱃속에서 자라고 있었지. 점점 하기도 어렵게 되어갔고……"

"제가 두 사람 사이에 낀 거로군요." 내가 말했다. "엄마가 말하는 게 고작 이건가요? 구역질이 났고, 지쳤다는 거요. 아버지가 처음으로 하러 나간 밤에 엄마가 만약 임신하고 있지 않았더라면……"

"임신은 축복이었어. 엄청난 오르가슴뿐만 아니라 너의 존재는 내게 놀라움 그 자체였고, 앞으로 벌어질 피할 수 없던 대치상황을 앞당기게 되었지. 처음부터 우리 두 사람이 어떤 합의에 이르기를 강요하면서 말이야."

"세번째 합의조건은 무엇이었나요?"

"세번째? 아, 그래. 여자들 중 그 누구도 집으로 데려오지 않는다는 것이지. 그는 나의 부탁을 들어주었고, 내가 안심하기를 원했지. 그래서 우리는 그렇게 영원히 살 수도 있었어. 아니면 적어도 끄리스가 50살이 되어 그런 경험을 그만두게 될 때까지만이라도. 그리고 아직까지 우린 약속을 지키면서 살고 있을는지도 모르지. 만약 1970년에 쌀바도르 아옌데가 평화적인 사회주의혁명을 기약하면서 칠레 대통령으로 선출되지 않았더라면 말이야."

만약 3년 후에 군사쿠데타가 일어나지 않았더라면, 그리고 그보다 6년 전에 체 게바라의 죽음으로 라틴아메리카가 게릴라혁명을 통해 해방될 수 있다는 환상이 꽝이 된 것처럼 군바리들이 무혈혁명의 이상을 좇으로 만들지만 않았더라면, 두 사람은 그들만의 합의를 지키면서 살 수도 있었고, 나는 칠레에서 그들의 증인이 될 수도 있었다. 엄마는 어린 나와 망명을 했고, 아버지는…… 아버지는 칠레에 남았다.

"그 바보 같은 내기 때문에 남은 거야." 엄마는 1973년 칠레에서 부질없이 아버지를 외국으로 함께 가자고 설득할 때처럼, 1983년의 뉴욕에서도 몹시 화를 내며 말했다. "여자들을 쫓아다니기 위해 남았고, 그래서 우리만 떠난 거란다."

"아버지를 그리워하셨나요?"

"엄청날 정도로. 아직도 마찬가지야. 그런데 네게 들려줄 조그만 비밀이 있단다. 난 유모가 더 보고 싶어. 식당에서 하루종일 유모 생각만 한단다. 가게문을 열 때도, 밤에 닫을 때도, 시장에서 재료들을 살 때도, 그리고 그날의 메뉴를 짤 때도 항상 그 생각뿐이지…… 그러나 그 고집스런 할망구는 우리와 함께 오길 원치 않았어. '여기가 내 자리야' 하고 유모는 말했었지. 그리고 '너희들은 7년 안으로 돌아올 거야'라는 게 그녀의 예측이었어. '너희가 돌아오는 그날 난 까쑤엘라를 끓이고 있을게.' 나는 독재정권이 그렇게 오래 가는 것은 불가능하고, 2년 안에 삐노체뜨 같은 개새끼는 없어질 거라고 생각했단다. 우리는 2, 3년 안에 돌아갈 거라고 생각했어. 너희 아빠는 그건 틀렸다는 걸, 10년도 더 넘거나 아니면 영영 오지 못할 걸 알고 있었어. '이 나라 대부분의 시민들은 너나 빠블로 빤쪼 같질 않아. 오히려 나 같은 사람들이지. 그들은 자신들의 짧은 삶을 살면서 죽기 전에 적당한 한도 내에서 최대한 많이 섹스나 하면서 살아가기를 원할 뿐이야. 그저 정직하게 몇푼 버는 것만으로도 벅찰 지경이거든. 아니야, 난 아이들도, 여자들도 내 말을 알아듣는 이곳에 남아 있어야만 해' 하고 끄리스가 말했지. 그에게 있어 말주변은 무엇보다 중요한 도구였단다. 그는 영원한 이방인으로 살기보다, 말솜씨를 쓸 수 있기를 원했지. '세상을 사는 건 섬뜩해. 이 나라를 떠나는 건 더더욱 지독한 일이고.' 그가 말했지. 난 한가지만 약속해줄 수 있겠냐고 끄리스에게 빌었어. 만약에 잘못해서 실패한다면 우리하고 함께 살자고 말야. 그는 내게 '같이 잘 수 있는 여자를 찾지 못하는 그 다음날 첫 비행기'를 타겠다고 약속했지."

"그러니까 그때부터 아버지는 매일 섹스를 해온 거로군요."

"그런 것 같아. 만약 일이 제대로 안됐으면 내가 제일 먼저 알았을 테니까. 끄리스의 카사노바 같은 밤낮이 끝나는 즉시 그 몸과 영혼은 내 거니까. 그게 우리의 약속이었고, 네 가지 조건이란다. 내가 잊고 얘기해주지 않은 네번째 조건이란, 나와의 관계만 빼고 항상 콘돔을 써야 한다는 것이지." 엄마는 자신감과 엄숙함이 뒤범벅이 된 채 나를 바라보려고 이야기를 중단했다. "말이 나와서 말인데, 너 어젯밤에 콘돔 썼니?"

나는 물론 콘돔을 썼다고 또 거짓말을 했다. 엄마한테 해온 수많은 거짓말 위에 또하나를 보탠 셈이었다. 그 거짓말들은 지금 내 뒤를 따라다니고 있어. 그중에서도 제일 먼저 한 거짓말 때문에, 내가 재니스 너와 데이트하기 위해 우아하게 잘 차려입은 걸 보고 엄마는 전날밤에 내가 이미 일을 다 치러놓고도 또 할 준비를 한다고 생각하고 말았어. 엄마는 웃으며 우스꽝스럽게 눈을 깜박였다. "**부전자전**이로구나. 또 해도 상관없다 이거지?"

그러나 재니스, 너도 알다시피 나는 또 하려고 나갔던 게 아니야. 아예 시작도 못했었으니까. 그리고 너와 함께한 이튿날 밤도 좋을 것이 하나도 없었지. 일이 처음에 얼마나 순조롭게 시작되었는지 기억해봐. 우리는 너의 부모님이 친절하게도 몇년 전 세일에서 구입한 푹신푹신한 소파에서 슬슬 달아오르고 있었지. 나는 주머니 속에 최고의 즐거움을 보장해주는 콘돔 두 개를 넣고 있었고, 너의 바지를 내리기 시작했어. 물론 너도 그 순간을 기억하리라 믿어. 그리고 내 손은 몇분 안에 딱딱해져야 될 부분을 만지작거리고 있었지. 근데 문제는 거기가 전혀 딱딱해지지 않았다는 것이었어. 갑자기 나는 내리막길을 가고 있었고, 쪼그라들어 길가에 남게 되었지. 나는 내 물건한테 좀 잘해보라고, 날아보라고, 그리고 지금 바로 이순간 나를 버리지 말아달라고 간청하며 네 육체의 따뜻한 틈새로 아까부터 들락날락하고 있어야 할 내 몸의 돌기가 잘 일할 수 있도록 손을 집어넣어보았어. 그러나 아무 반응이 없었어. 너도 다 기억하리라고 생각해. 너한테도 처음이었지. 난 거기 시큰둥하게 매달려 있는 놈에게 내 명령을 따르게 할 수 없었어. 너의 흥분된 속삭임에 집중해보려고도 했지만 생각나는 건 수천 킬로미터 떨어진 남쪽에 있는 아버지뿐이었어. 그순간 아버지는 오천 사십몇번째 되는 여자랑 일을 치르고 있었을 테지. 너와 나의 육체 사이, 아니 재니스, 나의 육체와 나의 자지 사이에 끼여들면서 말야. 아버지는 내게 징크스를 만들어준 거야. 엄마도 그 이야기를 성급히 들려줌으로써 내게 징크스를 준 거고, 좆 같은 체 게바라도 죽음과 동시에 나를 이렇게 만들어놓아서, 도대체 왜 그러냐고 묻는 네 목소리를 듣게 만들어버렸어. 넌 너의 입술, 가슴, 허벅지의 떨리는 근육 그리고 나의 등을 부드럽게 긁어주던 발가락으로 내게 물어왔고, 나는 그날밤 이후로 이틀 밤을 더 시도하다 완전히 포기하고 하선할 수밖에 없었지. 그후로 일이 제대로 풀리지 않을 때마다 모든 여자들에게 들려줄 거짓말을 만들어냈어. 아버지가 방금 돌아가셔서 일을 제대로 해낼 수 없었노라고 말야. 재니스, 너 말고도 여러 계집애들한테 슬픔이 진정되면 눈깔이 빠질 정도로 해주겠다고 말하곤 했어.

나는 그런 변명을 생각했던 것보다 점점 더 자주 쓰게 되었어. 매번 시도할 때마다 아버지가 거기 있어서 나 대신 먼저 일을 해치우는 것이었어. 마치 내 물건이 미처 서기도 전에 아버지의 물건이 여자를 차지해버리는 것 같았고, 또 내가 원하고 나한테 자신을 허락한 모든 여자애들 위에서 아버지의 엉덩이가 들썩거리는 것을 보는 것만 같았어. 내가 아버지와 엄마 사이에 빼도 박도 못하게 끼여들어 아버지가 남은 생애 동안 오로지 엄마하고만 자겠다는 맹세를 불가능하게 만든 걸 그렇게 복수하는 셈이었지. 아버지가 일부러 그러는 게 아니라 결과적으로 그렇게 되었다는 얘기야. 재니스, 설상가상으로 얼마 안 있어 나는 시작도 하기 전에 좌절감을 느끼기 시작했고, 여자와 할 필요가 없다고 스스로를 설득해가고 있었어. 후퇴하는 편이 낫다고 생각한 거지. 화장실의 차가운 변기에 앉아 손장난을 하면서 시간을 보내는 일이 점점 더 많아졌고, 내가 매일 꿰뚫을 수 있었던 유일한 자궁은 재니스, 네가 어느날 기적적으로 나타난 내 컴퓨터 모니터의 깊숙한 목구멍이었어. 이제 너도 경험이 많으니까, 자칭 '굶주린 상어'라 불리는 나와 무척 해보고 싶다고 했었지. 그리고 그 일을 벌이자, 말하자면 우리가 인터넷 공간에서 섹스를 시도하려 했을 때, 나는 내가 이전의 네 부모님의 중고 소파 위에서 일을 벌이려 했을 때보다 네 달콤축축한 구멍에서 더욱 멀어져 있다는 걸 깨달았지. 그때 나는 완벽한 악순환을 거듭해왔고 그 딜레마의 해결책은 오직 하나뿐이라고 생각하게 되었다. 하루속히 아버지를 만나서 그가 부지중에 나를 자신의 삶의 일람표 속에 끼워넣은 그 저주로부터 나를 해방시키는 것. 내 미친 상상 속에서 아버지는 잠자리에서 나를 능가하는 적수인 동시에 나의 아픔을 감싸줄 수 있는 성애의 안내자도 될 수 있는 동지이기도 했다. 그의 편지에서 나는 아버지가 믿을 만한 사람이라는 것을 알 수 있었다.

아버지한테 편지를 쓰려고 책상머리에 앉아본 적도 몇번 있었고, 때로는 말도 안되는 소리를 카세트에 녹음해보려고도 했었다. 그러나 난 아버지를 여러 해 동안이나 만나지 못한 자식에 불과했으니, 어떻게 그 먼 타향에서 내게 벌어지는 일을 아버지가 해결해주기를 기대할 수 있었겠어? 또 나의 가장 은밀한 비밀들을 전하는 데 미국이나 칠레의 우편을 믿을 수 있겠니?

그 모든 것 중에서도 가장 확실하고도 뚜렷한 비밀은 내 얼굴이란다. 재니스, 너한테 보여주지 않으려고 했던 얼굴. 네가 절대로 볼 수 없는 그 얼굴 말이다.

내 얼굴은 내 육체와 함께 나이가 들지 않았어. 너와 내가 15살이던 그때 얼어붙고 말았지. 우리의 셋쨋날 밤, 그리고 나의 서른번째 시도이자 서로가 마지막으로 해보려 안간힘 쓰던 그때 너의 달궈진 몸 위를 헤매던 그 얼굴이란다. 사춘기 때의 완벽하게 천진난만한 얼굴은 조금도 변치 않은 채 세월이 지나 자신의 모습을 변하게 해줄 섹스의 탈출구를 기다려왔지만 내가 숫총각이라는 사실만 상기시켜줄 뿐이었다. 물론 나는 손해를 보상받으려 했지. 비록 주변사람들이 아무도 아버지가 무슨 짓을 하는지 모른다 해도 나야말로 그 아버지의 하나뿐인 자식이라는 것을 믿게 할 수 있다고 생각했으니까. 나는 마치 전 우주의 오입쟁이, 위대한 바람둥이라도 된 양 경험을 자랑하고 다녔다. 나를 만나는 모든 계집애들은 내가 그네들의 가장 친한 친구들과 자고 있다고 생각할 정도였고, 모든 사내자식들은 내가 자기네 여자친구를 따먹고 있다고 믿었다. 그러나 매일 아침 거울에서 마주보는 이 얼굴은 진실을 말하고 있었고, 엄마를 속인 것처럼 사람들한테 거짓말을 하지 않는다면 내 생김새는 맨해튼과 브롱스 그리고 브루클린에 사는 모든 이들에게 그 끔찍한 사실을 곧 털어놓고 말 것이었다. 난 엄마에게서 일찍이 내 실제 모습을 감추는 최선의 방법은 아주 요란하게 잘난 척을 하는 것이라는 걸 발견했다. 엄마한테 했던 거짓말은 그후 인터넷 채팅룸 속에서의 외로운 대화들을 위한 완벽한 리허설이 되었다. 인터넷 섹스의 변태적인 체위들이 내가 유일하게 할 줄 아는 성교였으며, 만지고 냄새맡고 엉덩이털에 두려움을 가진 생판 모르는 사람들에게 소리 없는 쾌락의 외침을 들려주곤 했다. 그리고 재니스 워스, 나의 실제 몸 아래 있던 너의 육체에 관한 기억조차 점점 멀어져만 갔지.

인터넷에서 사람들한테 내가 어떤 놈이라는 인상을 굳혀주는 허풍을 떨 때마다 나는, 아버지는 말할 것도 없고 너나 엄마 그 누군가에게 진실을 털어놓을 수 있는 가능성에서 점점 멀어져갔다. 편지도 전화도 쓸모없었고 나중에 아버지가 이메일을 할 줄 알았더라도 '아버지가 나를 이렇게 만들었으니 이제 날 좀 꺼내줘요. 대체 어떻게 하는 거냔 말예요' 하는 말을 쓸 수는 없었다. 그러나 아버지는 해답을 가지고 계셨지. 아마도 그순간 칠레에서 애정결핍으로 집을 뛰쳐나온 어느 청소년의 똑같은 질문에 대답을 해주고 있었을는지도 모를 일이었다. 아버진 아이의 부모들이 너무 어리석거나 고지식해서 가르쳐주지 않은 모든 것들을 속삭여주고, 오래 참고 즐기는 비결을 일러주면서 여자한테서 해답을 찾으라고 하고 있을 거였다. 그건 또한 내가 남자 대 남자로 앉아 얘기하자마자 나한테도 속삭여줄 이야기임에 분명했다. 우리가 지금 당장 돌아간다면 말이다.

"그럼 언제 돌아가는 거지요?"

나는 마치 엄마가 항상 하는 대답을 모르는 듯이 물었다. "민주주의가 회복되면 그때"가 늘 변하지 않는 대답이었지. "이 밀라그로스는 삐노체뜨의 흔적이 남지 않을 때까지는 칠레땅을 밟지 않을 거란다." 재니스, 처음 우리들의 대실패와 그후 여러 시도들의 연이은 실패 후에 그렇게 난 천천히 내가 태어난 나라의 운명에 대해 다시 관심을 갖기 시작했다. 아주 처절한 필요 때문에 말이야.

재니스, 시간을 다시 거꾸로 돌려보자. 왜 너는 내가 칠레 사람인 줄 몰랐었니? 왜 나는 네게 그걸 얘기하지 않았을까? 의도적으로 너의 엄마를 속이려고 했기 때문만은 아니야. 너한테 이제야 털어놓을 수 있는 더욱 깊은 이유들이 있었지. 우리가 일을 치르지 못한 1983년 그날밤 내가 엄마한테 라틴아메리카의 정치 따윈 관심없다고 말한 것을 기억하니? 기억해? 그래, 나는 괜히 그런 게 아니었어. 그전 4년 동안, 정확히 말해

1979년부터 난 절망적으로 칠레로부터 멀어져가려고 발버둥쳤지. 체 게바라의 불타오르는 듯한 열정적인 눈동자와, 그가 죽고 살아남은 자들에게는 희생을 요구하던 대륙과, 죽음으로 넘쳐나던 칠레로부터 도망쳐나오려고 했던 것이지. 그게 엄마가 심하게 책망하며 호통치는 말들에 내가 대응하는 유일한 방법이었다. "넌 그 사람 때문에 태어난 거야. 그 사람, 그 사람 때문이라고. 아이들이 굶주림에 죽어가고, 빠블로 바론이 숨어지내고, 네 삼촌 빤초는 매일 짭새들과 싸우면서 위험을 무릅쓰고 있는 네 핍박받는 조국에서, 체 게바라의 존재를 기억하거나 쌀바도르 아옌데의 이름을 들먹인다거나 혹은 민주주의나 자유처럼 금지된 단어를 감히 꺼내는 사람에게 어떤 짓을 하는지 너무 부끄러워 내 입에 차마 담지도 못하겠구나." 엄마는 흥분하면 이런 식으로 말했다. 엄마는 자신이 실제 혁명전사는 못 되었지만 불쌍한 아들의 머릿속에서 그 꿈이 결실을 맺게끔 교육했다. 낄라빠윤(Quillapayun, 칠레의 대표적인 노래운동그룹—옮긴이)의 「승리하리라」와 스타디움에서 도끼로 두 손이 잘린 빅또르 하라(Victor Jara, 칠레의 저항가수. 군부에 의해 두 손이 잘려 죽었다는 설이 있음—옮긴이)의 「널 기억하리, 아만다」(정말로 도끼로 손을 잘랐나요, 엄마? 왜 군인이 도끼를 썼을까요?) 그리고 볼리비아의 화산 이름을 딴 인띠-이이마니(Inti-Illimani, 칠레 민속음악을 재해석한 노래운동그룹—옮긴이) 등등. (볼리비아의 화산이라고요? 왜 그게 칠레의 민속공연단 이름인가요? 왜요? "너무 많이 물어보지 말아라. 나이가 들면 알게 될 거다.") 엄마는 나를 집회장이나 대중모임에 끌고 다니곤 하셨는데, 그곳에서는 울먹이는 수많은 망명객들과 그들을 따라다니는 양키친구들이 주먹을 하늘에 쳐들고 희망의 찬가를 부르며 맛 좋은 칠레산 포도주를 보이코트한답시고 최저질 캘리포니아산 포도주를 들이키고, 처음에는 엄마가 라띠노 거리에서 가지고 오다가 나중에는 직접 자신의 밀라그로스 레스토랑에서 실어간 엄청난 엠빠나다(empanadas, 남미식 만두—옮긴이)를 먹어치우곤 했다. 엄마는 내가 거의 기억도 못하는 이미 죽었거나 죽어가고 있는 조국을 위한 의식들에 참여할 것을 강요하곤 했는데, 그곳에서 나는 야윈 맨해튼 남자들이 엄마를 노리는지와 혹시 엄마가 그 사람들을 집에 데려오지나 않는지 아니면 그들 중 하나와 함께 돌아와 옆방에서 신음소리를 내며 나의 잠자리를 방해나 하지 않을까 골똘하고 있었다. 모든 것이 내겐 힘들 뿐이었다.

1979년 9월 11일 밤 우리는 다른 사람들과 함께 군사쿠데타 6주년을 항의하기 위해 소호에 있는 어떤 미치광이 예술가의 다락방으로 갔었다. 나는 마치 쌘띠아고에서 아버지가 집으로 되돌려보내는 아이들처럼 연기처럼 간단히 사라져버렸다. 난 애국적인 열변이나 화염에 불타고 있는 칠레 대통령궁 포스터를 더이상 참을 수 없었다. 11살밖에 안된 이 'U. S. 보이'에게는 아무 뜻도 없는 수많은 에스빠냐어 단어들이 머릿속에 가득차 있었다. 말하자면 이런 거다. **파시스트 집단, 삐노체뜨 개새끼, 양심수를 위한 교도소** 등등. 나는 길 아래쪽으로 걸어갔다.

건물 밖 길가에서는 흑인 아이들이 훗날 브레이크댄싱이라고 불릴 무엇인가를 하고 있었다. 나는 그들의 회전과, 놀랍게도 시멘트 바닥 1인치에 의지한 채 손을 바꿔가며 도약하는 것을 바라보며 붐 박스에서 귀가 얼얼할 정도로 흘러나오는 음악이야말로 내것이라는 걸 알았다. 그 리듬 속에서 피난처를 구했고, 다락방에서 흘러나오던 꾸바 발라드 음악의 박자와는 아무런 상관이 없는 해방감을 느꼈다. 꾸바의 노래는 체 게바라의 불멸, 그는 죽지 않았다는 등의 내용으로, 늦여름 뉴욕의 습기차고 끈적끈적한 공기를 조용히 질식시키고 있었다. 나는 그 소리에 귀를 막고 체 게바라한테 아무것도 빚진 것이 없으며, 그의 거대한 포스터가 나의 삶을 좀먹는다는 것도 사실이 아니라고 우겼다. 나는 거리의 아이들과 하나도 다름이 없는 그들 패거리 중의 하나인 척했다. 그들은 나의 조바심을 눈치라도 챘는지 얼마 안 있어 춤추기를 멈추고 나와 이야기하기 시작했다.

그들은 말하길 프로가 될 준비가 되어 있으며, 텔레비전쇼에도 나가기로 예약이 돼 있다고 했다——그런데 네가 좋아하는 텔레비전쇼는 뭐니?——그리고 갑자기 이층에서부터 인띠 - 이이마니가 부르는 우울한 승리의 노래와, "쌀바도르 아옌데 동지!"라고 외치는 감정이 격한 남자의 목소리, 그리고 뒤이어 "여기 있습니다!"라고 화답하는 일단의 목소리가 들려왔다. 나는 엄마와 그 패거리들이 눈물이 그렁그렁한 채로 마치 지난 10년 동안 체 게바라가 볼리비아에서 죽었다는 것을 거부해온 것처럼, 또다른 죽은 사람에게 충성을 맹세하는 모습을 상상했다. 잘은 모르겠지만 그때 내게 무언가가 일어났다. 나와 연결된 저 노래와 함성 그리고 저 똘똘 뭉친 집단과 죽은 남자들과 연결된 수많은 다리들을 태워버려야 한다는 절박한 심정이 생겼고, 오! 재니스, 난 내가 무슨 궁리를 하고 있다는 걸 깨닫자 배반의 감미로운 전율을 느꼈다. 무엇을 하고 있고 왜 그러는지를 정확히 알고 있는 데 대한 섬뜩함이 나를 감동시키자, 내 손은 주머니를 더듬어 갖고 있던 모든 돈을 춤추던 아이들한테 건네주고 말았다. 물론 실제 내 돈은 아니었지. 포스터와 책, 디스크 그리고 유모의 조리법에 따라 엄마가 만든 맛있는 음식 등 그 모든 잡동사니를 그날 저녁 다락방에서 팔아 번 돈이었다. 정치범들과 또 짐작건대 그들의 가족들을 먹여살리기 위해 만든 이것저것을 팔아 번 돈을 난 흑인 아이들에게 건네주었다. 지하신문들과 반정부조직들 그리고 가난한 동네의 공동식사에 쓰여야 할 돈을 미국의 꼬마들한테 주고 만 것이다. 난 그들에게 칠레라는 나라를 송두리째 주어버렸다. 다시는 날 그 나라의 일부로 보아주지 않기를 바라면서.

"이건 기부금이야." 그들이 놀라기 전에 내가 먼저 말했다. 적어도 300달러는 되는 액수였다. "칠레 저항단체로부터의 기부금이란다." 마치 걔네들이 칠레가 뭔지, 어디에 박혀 있는지 알기라도 하는 것처럼, 마치 걔네들이 이미 내가 완전히 정신나간 녀석이라는 것을 눈치채지 못한 것처럼, 또 마치 바로 그순간 그 아이들이 정신나간 히스패닉 꼬마가 마음을 바꾸기 전에 떠나려고 서둘러 붐박스와 옷가지를 챙기고 있지 않은 것처럼 나는 말했던 것이다.

그러나 나는 후회하지 않았다. 나는 내가 집에 슬그머니 들어가기 전에 엄마가 이미 잠자리에 들었으면 하는 쓸데없는 희망을 갖고 맨해튼의 주택가를 향해 한가로이 걷기 시작했다. 그것도 아주 천천히. 아마 그래서 텔레비전으로 가득 찬 크레이지 에디 가게의 진열대 앞에 멈추어서서 거의 한 시간 동안 25대의 텔레비전이 되풀이하는 똑같은 그림들을 보게 되었는지도 모른다. 소리가 들리지 않는 유리창 건너편에서 난 생전 처음으로 남극의 검은 파도가 치는 어두운 바다 위에 떠 있는 빙산들 그리고 눈과 안개의 동굴들을 넘나간 듯 바라보았다. 그순간엔 물론 내가 방금 거부해버린 칠레가 두 눈을 삼켜버릴 듯 펼쳐지던 그 경이로운 금지된 세계와 어떤 관련이 있으리라고는 전혀 생각지 않았다. 이제 와 생각해보니 내가 태어난 나라로부터 일방적으로 독립을 선언했던 그때, 칠레 영토의 일부분인 고요한 얼음대륙의 그림들에 둘러싸여 있었다는 것은 참 아이러니하고도 운명적인 일인 듯하다. 칠레는 뒷문으로부터 살금살금 내 삶 속으로 미끄러져 들어왔는데, 나는 한심하게 정문을 가로막고 서 있었던 것이다. 벌써 빙산이 나를 부르며 유혹하고 파도의 울부짖음 속에서 나와 만나는 걸 기다리고 있다는 데 대한 의심은 추호도 없었다. 내 머릿속엔 칠레를 해방하는 대신에 나를 그 엿같은 나라로부터 해방시키기 위해, 그리고 앞으로 칠레를 위한 그 어떠한 단합대회에서도 자유로워지기 위해 주어버린 돈, 내가 저지르고야 만 잘못에 대한 생각으로 가득 차 있었다.

엄마는 그뒤 절대로 다른 모임에 나를 데려가지 않았다. 그녀 자신의 주머니를 털고, 내 레코드 컬렉션을 팔아치우기도 하고, 나의 일년 용돈을 삭감함은 물론 내가 '칠레 레지스땅스'(resistencia Chilena)로부터 빼돌린 것보다 훨씬 더 많은 돈을 내게서 가져가는 식으로 돈을 갚아주면서 떼무꼬(Temuco, 싼띠아고 남서쪽 지역—옮긴이)에는 무료 급식소 8군데를, 아리까(Arica)에는 5개의 여성취업 프로그램을, 그리고 뿌에르또 바라(Puerto Varas, 둘 다 칠레의 지명—옮긴이)에는 농민단체 같은 걸 유지해나갔다. 엄마가 몇달 동안이나 나한테 땡전 한푼 주지 않았음에도 내가 한 일에 후회는 없었다. 납치된 사람에게 몸값을 지불하듯이 나는 더이상 내것이라고는 할 수 없던 엄마의 과거로부터 헤어나오기 위한 몸값을 지불한 셈이었다. 엄마는 독립하고자 하는 나의 뜻을 이해했다. 나는 그녀와, 내가 태어난 나라와 절연했고, 앞으로는 미국사람이며, 야구를 좋아하고, 헬멧을 쓰고 하는 살벌한 미식축구 외에 다른 축구는 모르는 '모범소년'이라는 것을 엄마에게 알리고 있었던 것이다. 엄마가 나의 자립을 승인한 건 당신이 내건 두 가지 조건을 내가 받아들였기 때문이다. 첫째, 집에서는 오로지 에스빠냐어로만 말할 것. 조금이라도 모국어 사용법을 잊어버리는 기미만 보이면 당장 끌라우디아 할머니한테로 보내버린다는 것이었다. 매일 『돈 끼호떼』를 한장씩 읽고, 매일밤 루벤다리오(Ruben Dario, 라틴아메리카 시문학의 발전에 이바지한 니까라과 시인—옮긴이)의 시를 한구씩 읽을 것. 그럼 둘째는? "체 게바라의 포스터를 지금 있는 곳에 놔둘 것", 엄마가 말했다. "만약 손댔다간 죽여버릴 줄 알아." 나는 엄마의 밀이 진심이라고 확신했다. 비록 나를 태어나게 한 그 남자와의 관계를 설명하지는 않았지만 만약 그 얼굴을 더럽히거나 찢어버린다면 엄마는 나를, 개인적으로 체 게바라가 자신이 사라짐으로써 나를 구출해냈던 죽음의 땅으로 보내버리겠다는 뜻이었다. 나도 별 붙은 베레모를 쓰고 장난기 어린 눈에 희미한 콧수염을 가진 사람이 왜 그리도 내 출생에 중요한지 깊이 조사해볼 때까지는 포스터를 없애버릴 생각은 없었다. 어쨌든 엄마의 나라와 인연을 끊겠다는 소원을 성취했는데 뭣 하러 그녀의 결심을 시험하려 들겠는가.

"마지막 경고는" 엄마가 말했다. "네가 울면서 무릎을 꿇고 단합대회장에 다시 데려가달라고 빌고, 칠레 소식을 들려달라고 애걸한다 해도 난 네 말을 절대 들어주지 않을 거라는 거야."

이 말은 엄마가 상상한 것보다 훨씬 더 예언적인 것으로 판명되었다.

5년이 지난 어느날 밤, 재니스 너와의 실망스러운 마지막 만남이 있고 약 열달이 지난 후에 난 이미 내 딜레마의 해답을 쥐고 있는 멀리의 아버지를 찾아가는 게 정말 필요하다고 확신하게 되었다. 1984년, 나이 16살 무렵의 어느날 밤 나는 CBS 저녁뉴스에서 나오는 칠레의 데모를 곁눈질해 보고 있는 나 자신을 발견하게 되었다. 지난 5년 동안 자주는 아니었지만 칠레에 대한 소식이 나올 때면 항상 코카콜라라도 찾으러 자리를 비우거나 일부러 하품을 하거나 아니면 가까운 데 있는 책을 들춰보곤 했는데. 이번엔 엄마의 머리 너머로 싼띠아고에서 일단의 학생들이 경찰을 상대로 싸우고, 장갑 낀 손에 의해 머리채를 휘어잡힌 채 끌려가는 여자들과 내 또래의 아이들에게 소방차가 물을 뿌려 넘어뜨리는 것을 흘끔거리고 있었던 것이다.

엄마는 텔레비전을 껐다. "재밌니? 만화나 보자꾸나." 엄마는 대답을 기다렸다. "아니면 혹시 좀더 보고 싶니?"

나는 천사 같은 내 얼굴이 만들어낼 수 있는 온갖 순진한 표정을 지어내면서 엄마의 눈을 마주보았다. "네," 내가 말했다. "좀더 보고 싶어요."

"네 나라에서 벌어지는 일을 좀더 보고 싶다는 거지."

"네."

"**너의 나라**에서."

"네, **나의 나라**."

엄만 의기양양하게 내-가-뭐랬니, 내-가-그랬잖아 하고 나를 조롱할 수도 있었다. 그러나 그러는 대신에 그녀는 방탕한 혁명가의 귀환을 따뜻하게 맞아주었고, 그녀가 5년 동안 입술을 깨물며 속에 간직해온 소식들을 내게 전하기 시작했다. 매일 그녀는 내게 폭정의 마수를 깨버릴 방법을 찾아낸 민중에 대해 교육시키는 것을 일과로 삼았다. 그 마지막해 동안에는 거의 폭동이라고 할 만한 대중시위가 칠레에서 매달 일어났다. 군홧발에 짓밟혀 죽어가던 보이지 않던 나라가 다시금 일어서기 시작하고 있었다.

난 엄마한테 그 신화적인 **민중**이 지구 건너편에서 독재자를 넘어뜨리는 방법으로 나의 풀죽어 있는 **자지**도 '일어나 서게' 해주었으면 좋겠다는 말은 하지 않았다. 내가 대중의 투쟁을 순수하고 애국적으로 보지 않고, 그들의 승리를 섹스와 아버지의 품으로 돌아가는 것과 연관해서 보고 있다는 것을 엄마가 알게 하고 싶지는 않았다. 내 가여운 가운뎃다리의 자유가 칠레가 해방되고 삐노체뜨를 지구상에서 몰아내는 데 달렸다고 확신하는 것을 엄마가 좋게 볼 리 없었다.

재니스, 이제야 말하는 거지만 그때 난 병적이었다. 그당시 난 17살이었고, 마치 함정에 빠진 것 같았다. 차츰차츰 줄어만 가는 데이트에서 아버지만 날 쫓아다니는 게 아니었어. 고등학교 때 이미 '걔는 얼간이, 겁쟁이, 바보야. 너를 달아오르게 해놓곤 자기는 푹 식어버린다니까' 하는 낙인이 찍혀버렸고, 컬럼비아대학까지 날 따라왔지. 그래, 난 뉴욕에 남아 공부하기로 했어. 1학년 첫 수업에 들어갔을 때 '작문 101'을 듣던 모든 계집애들은 가브리엘 매켄지의 비밀들——늘어진 물건, 주물럭거리다 끝내는 놈, 숨만 헐떡대고 일은 안하는 놈, 사람은 젖혀놓고 책하고만 콩까는 놈——을 알고 있었다. 왜냐하면 재니스, 그때까지 남자아이들의 99.99%는 모든 정력을 다른 사람의 구멍 속에다 발산했지만, 나는 영화를 보거나 도서관에서 책을 읽으면서 지내곤 했거든. 왜 중세의 수도사들이 자지의 허기를 엄청난 독서와 필사(筆寫)로 달랬는지 이해하고는, 나 또한 넘쳐나는 성욕을 록 음악을 듣는 대신에 도스또예프스끼를 읽으면서 삭여버렸고, 내 또래의 다른 아이들이 히스테리컬한 계집애가 놀라 손을 잡거나 바짓가랑이를 움켜잡는 것을 즐기기 위해 프레디 크루거(영화

「나이트메어」(Nightmare) 속의 살인마——옮긴이)를 여덟 번씩이나 보러 가는 것을 비웃는 한편으로 부러워하면서, 싸드와 보르헤스에 대해 통렬한 수필들을 쓰고, 대학입학시험에서 최고점수를 따는 데 보냈다. 그런데 지식이 쌓이면 쌓일수록, 점점 박식하고 똑똑한 말을 하게 되어도, 내 생김새는 점점 더 유치해져갔다. 재니스, 너의 이해를 돕기 위해 말해주겠는데, 난 금욕협회 명예회원으로 임명되었고 '예수의 성스러운 숫총각들'의 의식에도 참여할 수 있었으며 '순결의 챔피온회'에도 가입되었단다. 나는 정말 엉망이었어, 아니 한마디로 진짜 **좆된** 거였지. 또 얘기하는 거지만, 내가 매번 어떤 여자애한테 말을 걸 때마다 아버지가 쫓아와 어깨 위로 "내가 너라면 지금 우스갯소리를 하겠다. 나도 가슴모양이 요렇게 생긴 계집애하고 잔 적이 있었어. 몇년 전쯤에 이 비슷하게 생긴 여자애들과 많이 잤었지" 하고 속삭일 뿐만 아니라 내 속에서 나를 조롱하며 강요하는 아버지의 또다른 목소리 만들기를 그만둘 수 없었다. 마치 두 매켄지 중에 오로지 아버지만 항상 자신의 물건을 여자의 거시기에 집어넣을 수 있고 자식은 절대 그럴 권리가 없는, 말도 안되는 신탁이 내려진 것처럼 매일밤 아버지가 칠레에서 섹스를 하고 있는 동안 나는 뉴욕에서 금욕생활을 해야만 했다. **아버지만 나의 변함없는 동반자는 아니었다.** 게다가, 맙소사, 삐노체뜨 장군까지 여기에 합세했는데, 내가 어떤 여자애를 건드리려고 손을 댈 때마다 내게 욕을 하거나 협박을 해대는 것이었다. 적어도 아버지는 내가 목표에 이르기를 원하는 득이 되는 존재였지만, 장군은 마치 중세의 전사가 십자군원정을 나갈 때 아내의 정조를 맛보고 싶어하는 호색한들을 떼어놓기 위해 마누라 가랑이 사이에 정조대를 채우는 것처럼 사악하고도 못된 악마였다. 빌어먹을 삐노체뜨는 내가 몹시 탐내던 뉴욕의 계집애들의 정절을 먼곳에서 지키는 듯했다. 그래, 나는 그 무서운 저주에 사로잡힌 듯이 느꼈고, 엄마와 내가 다소간의 차이는 있지만 명백하게 같은 입장에서 동조를 한다 하더라도 칠레에서의 시위는 나아지는 것 같지 않았다. 1986년 9월의 어느날 난 나의 순결한 눈으로 홀로 흐르는 허드슨강을 바라보면서 나 자신에게 이렇게 말했다. 내 스스로 만든 이 감옥에서 나갈 수 있는 유일한 방법은 어떤 영웅이 와서 괴물을 처치해주는 것, 내가 집으로 돌아가 여자와 잠자리를 할 수 있게 그 개새끼를 죽여버리는 것뿐이라고.

이런 생각이 들자마자 나는 리버싸이드 드라이브에 있는 아파트로 돌아가 케이프로(컴퓨터 모델명—옮긴이) 앞에 앉아서 마치 내 소원들을 화면에 옮겨적으면 현실에서 그것들이 이루어지기라도 하는 듯 써내려가기 시작했다. 바로 그때 전화가 마치 성난 천사마냥 울렸는데, 난 엄마가 칠레에서 들려오는 목소리에 흥분하며 대답하는 것에 귀를 기울였다. 삐노체뜨가 암살당했다는 소식이었다. 일단의 도시 게릴라들이 까혼 델 마이뽀(Cajon del Maipo)에 잠복해 있다가 그를 저세상으로 보내버렸고, 생각지도 않게 나한테는 쌴띠아고로 돌아가는 티켓을 선물한 셈이었다. 그러나 한 시간 후에 라디오는 소식을 정정했다. 장군은 기적적으로 회생했고, 네 명의 수행원들만 죽었다는 것이었다. 그것은 삐노체뜨는 살아남아 그의 동포들에게 복수하고 그들의 삶을 처참하게 만들 준비가 되어 있으며, 나에 대해선 눈곱만큼도 아는 바 없었겠지만, 장담하기를 나 또한 비참해질 것이며 내 쓸쓸한 잠자리엔 절대로 여자 하나 없을 거라고 말하고 있었다.

그럼에도 불구하고 그순간 나는, 개미굴만한 크기지만 희망을 느끼기 시작했다. 난 엄마 화내지 마세요,라고 했다. 다음번엔 꼭 삐노체뜨를 없앨 거예요. 지금은 숨어서 더 좋은 다음번 기회를 기다려야 해요,라고.

8개월이 지난 1987년의 어느 일요일에 전화벨이 울렸다. 나는 엄청난 크기의 샌드위치 덩어리를 막 뱃속에 집어넣으려는 순간, 엄마의 얼굴이 창백해지는 것을 보았다. "빤초 삼촌이 체포되었단다." 엄마가 말했다. "아마 삐노체뜨 암살계획에 가담한 것 같아. 끌라우디아 할머니는 심장마비를 일으켰는데 오늘밤을 못 넘기실 것 같다는구나." 그리고 이튿날. "할머니가 돌아가셨대. 네 아버지 말이 빤초를 장례식에 가게 해주지 않을 거라는구나. 빤초를…… 심하게 다루고 있는 것 같아. 그는 결백하다고 주장하지만……" 그리고 더이상 말을 잇지 않았다. 1967년의 점심 때 빤초가 한 예언, 즉 머지않은 장래에 사회주의 라틴아메리카가 출현하리라는 말은 세월이 흐름에 따라 점점 더 실현가능성이 희박해져갔고, 삐노체뜨를 몰락시키는 데 무력보다는 평화로운 전략 쪽을 지지하게 되었다. 다시 말하자면, 한날 한시에 태어난 아버지의 또다른 자아인 빠블로 바론에게 희망을 걸기 시작한 것이다. 그는 내가 잉태된 이튿날 점심식사 때 자신이 예언한 대로 엄청난 권력을 향해 천천히 그러나 확실하게 나아가고 있었다. 나는 지난 몇년 동안 반(半) 은둔생활을 해온 빠블로가 지금 어떻게 야당지도자 중의 하나로 떠오르는지를 목격했으며, 삐노체뜨가 절대로 지리라 생각지 않았던 국민투표에 동의하는 바람에 1988년 역사상 유일하게 선거에 진 독재자가 되는 것도 목격했다. "엄마 지금 당장 갈 수 있나요?" 난 곧 있을 대통령선거에 투표하기를 제안하면서 물어보았다. 그러나 엄마는 "난 그새끼가 당장 그리고 영원히 사라질 때까지 절대로 안 돌아가!"라고 단호하게 거부했다. 그리고 이듬해 빠뜨리시오 알윈(Patricio Alwin)이 선거에서 이겨 17년 만에 처음으로 민주적으로 선출된 대통령이 되었을 때에도 한결같이 거부했다. 거기서 빠블로 바론은 그가 약속한 대로 새 체제의 숨은 거물, 정책의 천재, 그리고 공포에 질려 있던 나라에 민주주의의 마케팅을 할 수 있는 장관이 되어 있었다. "엄마, 삐노체뜨는 물러났어요." "아니야. 그렇지 않아. 아직도 군부의 최고 통수권자이고, 상원의원을 3분의 1이나 임명한걸. 아무도 그를 내쫓아버리지 못할뿐더러 판사들도 모두 같은 패거리야……" 이렇게 멀리 떨어진 곳에서 나는 칠레가 모든 옛 체제들을 그대로 둔 채 민주주의로 넘어가는 과정을 바라보며 정말 절망감에 빠지기 시작했다. 삐노체뜨는 적어도 1998년 3월까지는 권력을 쥐고 있을 거였고, 그후에는 죽을 때까지 종신의원이 되어 2017년, 그의 나이 110살이 될 때까지 아직도 총각딱지를 못 뗀 내 얼굴에 침을 뱉게 될 것이었다. 나 스스로 아버지를 찾아가 이 저주와 유치한 얼굴을 벗겨달라고, www.allpositions.com 속에서 몇시간이나 섹스에 관한 끝없는 단어들을 들여다보는 대신, 내 자지를 정말 한번 제대로 써서 너랑 내가 우리의 자위적인 고독 속에서 해보려 애썼던 걸 실제로 하게 해달라고 애걸하지 않는다면 말이다. 쌘디에이고와 캘커타 그리고 세상 어딘지도 모르는 곳으로부터 회신을 보내오는 이름 모를 사람들에게 나는 집으로 돌아가야만 한다고 화면을 통해 말하곤 했었다. 여기가 집인데 뭘, 귀여운 오입쟁이야, 나한테 와봐, 이리 오라니까, 이리 와서 내 젖꼭지 좀 빨아주겠니, 정말 그런 젖꼭지가 그 여자의 몸에 붙어나 있는지, 혹은 상대방이 여자인지 아니면 여자인 척하는 어떤 놈팽이인지도 알 수 없는 노릇이었다. 나도 80살 먹은 노인인 척한 적이 있었으니까. 난 아버지의 수많은 여자들을 화면에서 상상하며 지난 2년 동안 밤마다 화면 속에서 정사를 벌일 때면 틀림없이 그순간 칠레에서 어떤 여자가 아버지한테 다리를 벌리고 있을 거라고, 내가 컴퓨터를 끄고 방안이 조용하고 어두워질 때면 아버지도 전등을 끄고 여자의 숨소리를 듣고 있을 거라고 확신했다. 아버지가 여자의 긴 등뼈를 하나씩 더듬어내려가 펑퍼짐한 엉덩이를 더듬으며 온기를 느끼는 동안, 여기 멀리 떨어져 있는 그의 아들은 세상의 모든 단어를 다 쓰면서도 입맞춤 하나 할 수 없는 컴퓨터의 싸늘한 키보드를 두드리고 있었다. 그리고 행인지 불행인지 모르겠지만 항상 유익한 충고와 괴상한 카마수트라 체위, 또 비슷한 지적 호기심들로 가득 차 있던 나의 음탕한 재니스, 바로 너와 좀더 지속적인 관계를 갖게 된 거야. 넌 정말 똑똑하고 현명한 여자야, 재니스. 너야말로 어떤 낌새를 눈치챈 유일한 사람이었거든. 항상 내가 캘리포니아 출신이 아닌 것 같다고, 내가 거짓말을 하는 것 같으니까 만나보자는 등의 말을 하곤 했지. 그렇지만 감히 너하고 하는 짓거리가 아버지의 끝없는 천일야화를 다시 만들어내는 것이었다고 말할 순 없었어. 내가 머지않아 여행을 떠날 거라고 하자 넌 좋은 생각이라고 하면서도, 순례여행(넌 그렇게 불렀지, 기억나?)을 끝내면 다시 돌아와. 여기 너의 진정한 가족이 있잖아, 나야 말로 네가 필요로 하는 연인이야,라고 말했지. 그리고 매주 사진과 함께 "언제 널 볼 수 있겠니? 언제 돌아올 거야? 너무 늦기 전에 돌아와라"라는 아버지의 초대 편지는 어쩜 정신분열일지도 모르는 우울의 나락 속으로 나를 밀어넣었다. 난 늘 괜찮다고 했지만, 엄마는 추락하듯 미쳐가는 나를 알고라고 있었던 듯, 1991년 초 어느날 집에 돌아왔을 때 느닷없이 식탁 위에 비행기 티켓 두 장을 밀어놓았다. "올 여름에 칠레로 가자꾸나. 이건 생일선물이야. 식당일도 다 손봐놓았다. 너의 23번째 생일인 7월 9일에 도착하게 될 거야."

　솔직히 나의 기대는 너무나 커서 비행기가 케네디공항을 이륙할 때만큼 기분 좋았던 적이 없었다. 나는 모든 일이 그냥 다 잘될 것만 같아서 컴퓨터 가져가는 것도 잊을 뻔했고, 가방을 싣고 엘리베이터를 타고 내려온 후에야 재니스 네 생각을 했어. 그날 아침 작별인사를 하며 이튿날 편지하겠다고 했잖아. 나는 스톱버튼을 누르고 빨리 다시 올라가 도시바 컴퓨터와 모뎀을 챙기곤 체 게바라가 바예그란데에 홀로 묻히던 시각에 나를 만들어낸 남자를 찾아 떠났다. 칠레에서 나를 묶어놓을 것이 남극에서 떼어올 빙산이 되리라는 생각은 꿈에도 하지 못한 채. 5천년도 넘게 바다 위에 떠 있었고, 나와 칠레를 묶는 모든 고리들을 끊던 그때 그날밤 나의 눈을 범한 그 흉측한 빙산이 아니었다면, 나는 다음 비행기를 타고 돌아와 좆같은 내 아버지를 두번 다시 보지 않았을 것이다.

재니스, 몇시간 동안 자리를 비웠어.

나는 아파트를 나와 로드리고 데 뜨리아나를 따라 박람회장 쪽으로 갔어. 로드리고 데 뜨리아나 거리를 말하는 거지, 사람이름을 말하는 게 아니야(콜럼버스의 대양 횡단시 육지를 처음 발견한 선원의 이름을 딴 거리가 있음—옮긴이). 누가 알아? 모르는 중에 내가 500년 전에 죽은 어떤 남자를 쭉 좇아다니고 있었는지. 아마 너도 '엄마, 아빠는 '92 쎄비야 엑스포를 보러 갔어요. 내게 남은 건 이 바보 같은 티셔츠뿐이에요'라고 씌어진 티셔츠들을 본 적이 있을 거야. 로드리고 데 뜨리아나가 티셔츠를 갖게 되었더라면 이런 말이 써 있었겠지. '나는 신대륙을 여행했고, 그것을 처음으로 보았지. 그리고 내게 남은 건 내 이름을 딴 이 거리뿐이에요'라고. 불쌍한 로드리고는 이곳 쎄비야에서 아주 비참한 가난 속에서 생을 마쳤다. 내가 사는 아파트의 안달루시아 출신 여주인—내 보기엔 집시 피가 반쯤 섞인 것 같지만—에 의하면, 콜럼버스가 로드리고를 배반하고 에스빠냐 국왕이 인도를 제일 먼저 발견한 사람에게 주기로 약속한 1만 마라베디스를 달라고 했다는 것이다. 나는 콜럼버스가 제3자, 로드리고 데 뜨리아나가 미처 태어나기도 전인 5만년 전에 아시아에서 건너온 어떤 남자 혹은 여자의 상금을 가로챈 것이라고 대답하고 싶었지만 입을 다물었다. 내가 뭐라고 유모의 조상인 아메리카 원주민들을 변호한단 말인가? 나는 칠레에 갔지만 거기서 티셔츠 한장 사지 않았고, 거리에 이름조차 남기지 않았는데 무슨 권리로 그런 말을 할 수 있단 말인가. 그렇지만 나와 로드리고 데 뜨리아나는 닮은 점이 있었다. 우리 둘은 가장 아끼는 것을 도둑맞았고, 믿고 있던 연장자에게 배반을 당한 것이었다.

너에게 얘기하려던 것은, 어쨌든 먹을 것을 찾아헤매다가 다소 형편없는 미국 전시관에 다다랐을 때였다. 지구상의 유일한 최강대국으로서 분명히 그들은 다른 나라들이 자기들을 어떻게 보는지에는 좆도 관심이 없었다. 칠레 같지는 않았어.

그곳에서 난 고향에 돌아온 느낌이었다. '뉴욕식 음식을 먹어야지' 하고 잔뜩 벼르고 있었지. 제과점에서 쇠고기햄이 들어간 큼직한 샌드위치에 엄청난 겨자를 뿌렸다. 칠레나, 멀리 갈 것도 없이 이곳 에스빠냐에서도 혐오하는 풍습이긴 하지만, 미국인들은 남은 음식을 봉지에 담아가도록 해주기도 한다. 에스빠냐어권 사람들은 남은 음식을 집에 가져가는 것을 '불명예스럽게' 생각하지. 다른 사람들이 혹시 집에 먹을 것이 없어서 그러는 걸로 생각할까봐 두려워하기 때문이다. 명예! 겉치레! 환상!

환상에 대해 말하자면, 그때 나는 어슬렁거리며 칠레 전시관으로 가서 빙산, 다시 말해 장차 범죄의 장소가 될 그 장면을 다시 보기로 했다. 남극의 장엄한 얼음덩어리를 따라 관람객들이 흘러가는 모습을 바라보았다. 저 빙산이 마치 직접 비행기 티켓을 지불하듯 나를 이곳 쎄비야로 데려온 것이고, 응당 칠레에서 떠나야 했을 때, 또 처음 칠레에 떨어지자마자 모든 것이 당장 그 환멸스러운 곳에서 벗어나라고 외치고 있었을 때에도 나를 그곳에 붙잡아둔 거였다.

그래 재니스, 빙산 때문이야.

쌘띠아고의 넓고 텅 빈 방 한가운데에서 빛나고 있던 우람한 빙산을 볼 때까지 망명에서 돌아온 나의 칠레에서의 첫 오후는 이미 엉망이 되어 있었다. 그리고 그때 나는 놀랍게도 이 살아 있는 얼음덩어리가 나뿐만 아니라 아버지도 매료시켰고, 그래서 아마도 우리 두 사람을 연결시키는 데 소용이 있으리라는 것을 깨닫게 되었다. 엄마하고 내가 뉴욕에서 도착해 두 시간이 지나기까지 난 아버지에게서 그와 떨어져 있던 17년의 세월보다 더 멀리 떨어져 표류해가는 나를 발견했고, 육체적으로 아버지와 가까워지면 질수록 두 사람의 거리는 멀어져감을 느꼈다. 만약에 빙산이 아버지와 나의 시선을 동시에 사로잡지 못했더라면 나는 아버지가 만들어놓은 세상 끝으로 항해해가다가 그의 눈빛과 삶 앞에서 아무것도 없는 나락으로 떨어져버리고 말았을 것이다.

아버지와 나의 손도 마찬가지다. 아버지와 내가 빙산을 만지기 위해 손을 뻗었을 때 난 그 청백색 얼음덩이가 마치 저주받은 자석처럼 우리 두 사람의 얼을 빼고 끌어당기는 것을 느낄 수 있었다. 남극은 수많은 사람들이 지구상에서 단 하나뿐인 곳, 어디서 바라보아도 북쪽밖에는 보이지 않는 극점에 이르려고 6개월이나 계속되는 눈보라 속으로 헤집고 나가게 만들었고, 그리고 지금 나와 우리를 부르고 있었던 것이다. 빙산의 깊은 골짜기엔 보수를 해야 될 것 같은 약해 보이고 상처받은 무언가가 있었다. 누군가 저 빙산을 단지 네게 그리고 우리에게 보이려고 고향 남극으로부터 떼어와 이곳 싼띠아고의 눅눅하고 숨막힐 정도로 뜨거운 방으로 가져온 것이다.

만질 것은 아무것도 없었다.

"만지고 싶으면 얼마든지 만져도 좋아." 빠블로 바른 장관이 말했다. 그는 나보다는 아버지 쪽을 향해서 말하고 있었지만, 그러나 그의 손은 내 목을 부드럽게 움켜쥐었다가 환영의 뜻인 듯 어깨를 세게 주물렀다. "두 사람 다 원하면 만져도 돼. 그건 환영이고, 복사품일 뿐이니까. 홀로 그램이지. 장사꾼과 기자 들한테 과연 우리가 빙산을 끌어왔을 때 어떤 모습이 될지 보여주는 하나의 느낌, 힌트 혹은 제안이라고나 할까. 추위까지도 가짜지. 진짜 빙산은…… 아! 그건 또 다르지. **아무도 거기에 손을 댈 순 없지.** 70톤이나 되는 칠레의 얼음을 체온으로 녹이거나 닳게 하거나 줄어들게 놔둘 순 없어. 그 누구도 우리의 빙산을 더럽히거나 녹여버릴 수는 없어. 안 그래, 매켄지?"

아버지는 관광국 건물의 동굴 같은 휴게실에 또다른 매켄지라도 있는 듯 다른 데를 보고 있었다. 그리고 그는 배가 바람에 방향을 돌리듯 천천히, 나를 바라보고 나서야 머리를 빠블로 바론 쪽으로 돌렸다.

"야 이자식아, 씨팔, 왜 여기까지 오라고 한 거야? 조금 있다가 '밀라 그로스의 집'에서 다 모이기로 했잖아."

아버지의 그런 뻔뻔스럽고 놀라울 정도로 상스런 말투가 싫었다. 게다가 엄마 말대로라면 빠블로 바론은 가장 친한 친구라던데. 재니스, 난 그것이 단순히 뻐기기 위한 남성우월주의일 뿐만 아니라 나한테 자신이 호락호락하지 않다는 인상을 심어주려는 의도라는 걸 알았지만, 두 시간 전, 17년 만의 우리들의 만남이 중단, 아니 파괴되었을 땐 그는 잠자코 있었기 때문에 마음에 들지 않았던 거였다. 엄마와 나는 녹초가 되어서 비행기에서 내린 잠시 후——비행기는 12시간을 연착했다——경찰과 세관의 자동문을 비틀거리며 나와 잘 알지도 못하는 친척들의 소란스러운 환영을 받았다. 그들은 전에 이따금 사진에서 본 적이 있거나 때때로 생일이나 급한 일이 생겼을 때 혹은 축하할 일이 있을 때 더듬거리며 전화통화를 한 적이 있는, 언제 태어났는지도 모르는 먼 사촌과 조카 들이었다. 아이들은 내 다리를 붙잡고 숨바꼭질놀이를 했다. 꽥꽥 소리를 지르던 조그만 계집애 하나는 마치 내가 또 끝없는 망명 속으로 사라질세라 가느다란 두 손으로 허벅지를 꼭 붙잡고 늘어졌다. 누군지 전혀 알 수 없는 이름들, 얼굴들 그리고 감격해마지 않는 몸뚱어리들이 회오리바람처럼 나를 에워쌌고, 난 왜 이 많은 사람들이 나를 그토록 사랑하는지 이해할 수 없었다. 내가 부둥켜안고 싶었던 사람은 오로지 한 사람, 아버지뿐이었는데.

그렇지만 아버지는 서두르지 않았다.

그는 엄마를 바라보고 있었다. 공항의 국제선 도착실에서 초록빛 드레스 밑으로 움직이던 그녀의 근육들을 힐끗거리면서, 눈이 있는 사람이라면 누구라도 알 수 있게 엄마를 잡아먹을 듯이 그녀의 옷을 벗겨가고 있었다. 나도 내 두 눈으로 아버지가 어떻게 엄마를 바라보며 멀리서 손도 안 대고 굴복시키는지 똑똑히 보았다. 그의 굶주린 눈빛은 엄마의 가슴선을 따라가면서, 17년의 이별 속에서 뭐가 새로 생기고 뭐가 없어졌는지 살펴보고, 그동안 얼마나 많은 남자들이 건드리고 올라탔는지 계산하고 있었다. 아버지의 눈빛은 오늘밤 자신의 손과 몸의 기타 부분들이 특별한 일을 해볼 수 있는지, 오래 전에 그들이 합의한 잠자리 계약이 아직도 유효한지, 고칠 게 있는지 아니면 새로 짜야 하는지, 또 오늘밤, 내가 옆방에서 듣고 있는 동안 아버지가 침대 시트를 걷어올리고 자신을 기다리고 있을 엄마의 벌거벗은 몸뚱이를 바라볼 수 있을지 묻고 있었다.

"걱정 마. 오늘밤에는 안할 거야." 이게 칠레에서 누군가 내게 던진 첫번째 말이었다. 내 등뒤에서 들렸는데, 비록 놀라기는 했지만 그 낮고 급한, 음란하기까지 한 목소리의 주인공이 누군가 알기 위해 뒤돌아보지는 않았다. 아버지에게서 시선을 떼고 싶지 않았다. 난 아버지가 시선을 돌려 나를 바라보고 20년 만에 처음으로 그의 눈으로 나를 끌어안은 다음 그의 눈빛 속의 요람 안에 뉘어줄 순간을 놓치고 싶지 않았다. 내게 말을 한 사람이 누구였건간에 그는 내 마음을 읽어버렸고, 아버지와 엄마의 반응을 보고 그들의 마음까지 간파한 다음, 내 앞에 나서서 아버지와 나 사이를 자신의 삼십대쯤으로 보이는 누추한 모습으로 가로막았다. 그리고 그의 두툼한 손으로 나의 손을 잡았다. "난 레오뽈도야. 하지만 뽈로라고 불러도 돼."

뽈로는 체 게바라의 죽음이 나를 만들어낸 날 밤 아버지가 구해낸 10살짜리 꼬마였다. 아버지가 알라메다의 데모행렬에서 미래의 아내를 만나기 직전 집으로 돌려보낸 그 소년 말이다. 엄마가 전에 말해준 바에 의하면 그 꼬마는 나중에 밀라그로스의 집과 매켄지 탐정사무소의 운영자가 되었다고 했다. 나는 아버지의 편지를 통해 뽈로에 관한 모든 것을 알고 있었다. 그가 어떻게 직장을 구하러 왔는지를 말이다. 1981년 유모가 아버지한테 더이상 그의 일을 도울 수 없다고 말한 그날, 뽈로가 기적처럼 나타났다고 한다. 유모는 군사독재가 영원히 지속되지 않고 친딸처럼 사랑하던 밀라그로스와 꼬마 가브리엘이 돌아온다는 확신 하에서 고아원(밀라그로스의 집을 가리킴—옮긴이) 운영을 맡았던 것인데, 그 상황이 오래 가리라는 것은 점점 명확해져갔다. 우리가 떠난 지 이미 7년이 흘러버렸으니까. 7년은 유모가 사랑하는 이들이 돌아올 거라고 정한 기한이었고, 결국 그녀는 빠블로 바론이 내민 덜 힘든 일을 받아들이게 되었다. 그리고 유모가 문을 나선 지 3시간 후에 바로 그 문으로 야위긴 했지만 건장한 24살의 뽈로가 들어왔다. 뽈로는 아버지의 조수가 되어 마치 그림자처럼 쫓아다닐 수 있는, 자신이 평생을 꿈꿔오던 직장에서 퇴짜맞으려야 맞을 수 없게 된 바로 그날 문지방을 넘어선 것이다. 그는 그를 필요로 하는 정확한 순간 문 안에 들어섬으로써 그 자신이 육감의 소유자이며 나이든 유모가 일을 놓아버린 밀라그로스의 집을 끄리스가 운영하는 데 분명 필요한 사람이라는 것을 증명해 보였다.

그리고 10년이 지나서 여기에 그가 있었다. 내가 마치 밀라그로스의 집에 피난처를 구하러 온 아이들 중 하나인 양 나의 조바심을 진정시키려고 우리 부모님을 어떻게 다룰 것인가에 대한 충고를 하고 있었다. "네 조바심은 이해해, 가브리엘." 뽈로는 내 귓가에 속삭였다. "그렇지만 정말 걱정할 필요 없어. 네 아버지는 오늘 벌써 어떤 여자랑 자두었거든. 아주 일찍. 참 뚱뚱도 하더라. 동네의 식모였어. 내일은 내가 그년을 먹을 거야. 끄리스가 반대만 하지 않는다면 말이지." 매켄지와 가야르도 가문의 열광하는 식솔들로 꽉 찬 이 공항 안에서 그는 자신과 우리 아버지의 성생활에 대해서 내게 얘기하는 것보다 더 자연스러운 일은 없다는 듯 말했다. 뽈로는 목소리를 조금 낮추었다. "그런데 말이지," 그가 중얼거렸다. "네 아버지는 네가 이걸 알길 원치 않지만 말야…… 다 널 위해서 평소보다 일찌감치 일을 마친 거야. 오늘이 네 생일이니까 남은 시간을 자유롭게 보내겠다고 했어. 네 아버지는 바로 그런 사람이란다. 이렇게까지 너하고 너의 엄마가 늦게 오리라고는 생각지 않았어. 하지만 만일에 대비해서 준비해둔 것이지. 항상 준비가 철저하단다."

나는 몇초 동안 아버지의 모습에서 시선을 떼어 이 침입자의 얼굴을 살펴보려고도 했다. 그렇지만 그 땅에서는 내가 이방인이었고, 뽈로의 지도는 내가 배우지 않은 언어로 그려져 있었다. 그의 조롱하는 듯한 눈은 끄리스또발 매켄지가 자신을 사랑한 것만큼 나를 절대로 사랑하지 않으리라는 사실을 받아들이는 것이 좋을 거라고 경고하고 있었다. 비록 동시에 그의 입은 정반대로 얼마나 아버지가 나를 사랑했는지에 대해 열변을 토하고 있었음에도 말이다. 뽈로는 마치 자신이 속으로는 광대만큼이나 부드러운 사람인 것처럼 소개하려 했다. 그래, 뽈로는 부드러웠다. 그리고 동시에 나는 그가 광대처럼 잔인하다는 것도 깨달았다. 뽈로는 지금 이순간부터 내가 체류하는 동안 내내 나를 괴롭히게 될 것이다. 왜냐하면 지금 아버지는 어디인지도 모르는 곳에서 불현듯 나타났지만 내게로 오는 그의 움직임은 뽈로의 커다란 그림자로 막혔을 뿐 아니라 걸음소리마저 뽈로의 횡설수설 때문에 들리지 않았다. 아버지의 심복은 내가 가장 긴장해 있어야 하는 바로 그순간 내 관심을 다른 곳으로 돌려버렸다. 어렸을 때 해변에서 내리치던 파도처럼, 아버지가 뽈로 뒤에서 갑자기 덮치듯 내 위로 나타나는 것을 느꼈다. 내가 그를 제대로 보거나 또 무슨 일이 생길지에 대한 생각을 하기도 전에, 아버지는 곰처럼 팔을 벌리고 나를 부둥켜안았다. 가브리엘, 가브리엘, 가브리엘, 이녀석아——그의 몸은 엄청나게 뜨거웠다——너무나도 오랜만이구나. 왜 이제서야 왔니? 아마 아버지는 나를 정말 그리워했는지도, 그리고 뽈로는 좋은 소식을 전하는 메신저이고, 또 아마 만사가 다 잘 풀릴지도 모를 일이었다.

내가 막 긴장을 풀고 남은 여정에 대한 영상을, 아버지가 나를 여자를 꼬시고 진정한 사내가 되는 신비의 세계로 인도해가는 그림을 머릿속에 그리기 시작할 바로 그순간, 어깨를 치는 묵직한 손을 느꼈다. 그건 아버지 비서인 사기꾼 뽈로가 아니라 또다른 침입자였다. 난 그 억센 손을, 손가락은 증발해버리고 뼈는 사라져버려 없는 듯 모른 체하며 어깨에서 떼어놓으려 했다. 그러나 그 손은 꿈쩍도 안했고, 내가 아버지 품에서 떨어지지 않으려 해도 거부할 수 없을 정도의 급작스런 힘으로 나를 떼어냈다.

내 앞에 거대한 체격의 사람이 나를 내려다보고 있었다.

나는 그의 먹잇감이 아니라 방해물, 다시 말해 쓰레기장에 던져져야 될 길바닥에 죽어 있는 개새끼 같은 존재였다. 그는 더 큰 사냥감을 찾아온 것이었다.

"끄리스또발 선생," 그가 말했다. "바론 장관님이 공항에서 찾아뵐 수 있을 거라고 말씀하시더군요. 만나뵙고 싶다고 하시는데요. 지금 당장이요."

아버지는 나 지금 바빠, 넌 바쁜 게 보이지도 않냐,라고 대답하지 않았다. 얘가 내 아들 가브리엘이야. 오늘 같은 날 누구도 나를 얘한테서 떼어놓을 수는 없지,라고도 하지 않았다. 장관한테 가서 초대 따윈 똥구멍에나 쑤셔박으라고 해,라고 말하지도 않았다. 내가 원하던 건 길 잃은 아이들의 구원자이며, 처녀들과 현모양처들의 영웅인 그 유명한 끄리스또발 매켄지가 이 경호원인지 경찰인지 모르는 놈을 정신차리게 해주는 것이었는데 말이다. 거기다 조금만 더 바란다면 아버지가 이 머저리 같은 놈의 턱을 갈기고 땅바닥에 때려눕혀주는 거였다. 아버지와 아들 우리 두 사람이 두 주먹을 불끈 세우고, 또 저 건달 뽈로의 도움을 약간만 받는다면 이녀석을 넉다운시킬 수도 있었다. 우리는 누구의 명령도 받을 필요가 없었으니까. 야 이 개씨팔새끼야. 이 나라엔 민주주의가 다시 온 거라고. 더이상 군바리들 세상이 아닌 걸 모르냐, 그래서 내가 엄마랑 돌아온 거란 말야. 돌대가리 같은 새끼, 쓰레기 같은 놈, 넌……

아버지는 나를 꼼꼼히 살펴보고 있었다. 내가 마치 투명하기라도 한 듯, 그의 비디오 카메라 같은 눈으로 나를 꿰뚫어보고, 갓 태어난 아이같이 생긴 얼굴과 뿔테안경 그리고 그를 향한 나의 거의 맹목적인 애정을 요모조모 뜯어보았다. 아버지는 이 가상의 컴퓨터 도사를 낱낱이 들여다보더니 별로 마음에 들어하지 않는 것 같았다. 나는 아버지를 닮지 않았으니까. 나는 못생겼고 숫총각인데다 여자 대신에 컴퓨터나 하루종일 또닥거리는 가냘픈 손을 가지고 있었다. 난 나의 모든 걸 제발 걷어차달라고, 그것도 아주 세게 차달라고 외치고 있었다. 아버지는 그렇게 해주었다. 생각보다 더 심하게. 아버지는 지금까지 눈으로 새겨둔 것을 모두 지워버렸다. 빨간 삭제버튼을 눌러서, 테이프를 맨 뒤로 감아 나를 빼버렸다. 나는 그가 어떻게 그렇게 하는지 보았다. 내가 아직 도착하지 않았거나 뉴욕에 남아 있는 것처럼 나를 지나쳐 뽈로에게 등을 돌리곤 이렇게 말했다. "뽈로, 자동차로 따라오거라." 그리고 그 엄청난 헐크에게 말했다. "중요한 일이었으면 좋겠군, 이그나시오."

"장관님께서 지금 당장이라고 말씀하셨습니다." 이것이 할 줄 아는 말의 전부인 양 이그나시오라고 불리는 살덩어리가 대답했다. 그러나 곧 다른 말들도 할 수 있음을 증명해 보였다. "걱정하지 마십시오, 끄리스또발 선생님. 정보국에서 알아서 할 겁니다. 저희가 차를 가져가겠습니다." 그리곤 뽈로의 자동차 키를 받으려고 피둥피둥하게 살찐 손을 내밀었다.

놀랍게도 뽈로는 이그나시오의 위엄에 바로 굴복하지 않았다. "그럼 이 친구는요?" 그는 열쇠를 쥔 채 나를 가리키며 물었다. "이 꼬마는 17년 동안 이순간을 기다려왔다구요."

이그나시오는 잠시동안 생각했다. "17년이라고요? 예?" 그는 나를 거들떠보지도 않고 말했다. "그렇게 오래 기다렸다면 두 시간 정도 더 기다린다고 해서 나쁠 것도 없겠죠, 그렇죠? 안 그렇습니까, 끄리스또발 선생님?" 이런 새로운 도발에 대한 아버지의 반응은 어깨를 움찔하는 것이었다. 그건 나를 향한 메씨지였을까? 빨리 오라고 했잖아. 너무 늦기 전에 돌아오라고 얼마나 많이 부탁했었니. 너는 끌라우디아 할머니를 돌아가시기 전에 만나보지도 않았어. 어쨌든 뽈로는 아버지의 몸짓을 이렇게 해석했다. 그는 이그나시오에게 자동차 열쇠를 던지면서 이렇게 말했다. "미안하네, 가브리엘."

이그나시오는 열쇠 중의 하나로 자기 머리를 긁적였다. "그러니까 이 친구가 가브리엘이로군요? 왜 아무도 말씀 안해주셨죠? 장관께서는 이 아이를 데려오라는 특별한 명령을 하셨습니다. 생일에 관한 것도 말씀하셨지요. 샴페인이 많이 있을 거라고 하셨습니다." 이그나시오는 나를 위아래로 훑어보았다. "이 갓난아기처럼 생긴 친구가 술을 마실 만큼 충분히 나이가 들었다면 말이지요."

나한테 이그나시오가 스스로 그토록 밥맛 떨어지는 존재가 되기를 원했다면 그는 그 구실을 찾아낸 셈이었다. 이 썹새끼는 나의 가장 큰 약점을 까발려버렸다. 날 '갓난아기처럼 생긴 친구'라고 부르다니. 난 바보같이 칠레에서는 아무도 내 생김새가 여물지 않았고, 나이와는 어울리지 않는다는 것을 눈치채지 못하리라고 생각했었는데 말이다. 그러니까 이 근육덩어리 녀석이 날 보자마자 이런 별명을 지어버릴 정도라면 칠레의 모든 여자들이 다 그럴 게 뻔했다. 재니스, 네가 나를 마지막으로 본 지 8년 후 내 얼굴을 보았더라면 너 또한 마찬가지로 그랬을 거야. 칠레의 모든 여자들과 전세계 사람들이, 이그나시오가 알아낸 것처럼 아버지 없이 산

게 날 젖비린내 나는 갓난아기로 만들어버렸다는 것을 눈치챌 거라고. 아버지조차 당장 이렇게 말하며 나의 영감을 확인시켜주고 있었다. "갓난아기라고? 가브리엘, 어떻게 생각하니? 그 이름이 맘에 드니?"

나는 대답하지 않았다. "아니면 상관없다는 거냐?"

"상관없어요." 나는 말했다.

"그럼 아무 말도 하지 말거라." 아버지가 말했다.

"말이란 중요치 않아요. 누구나 어떤 것이든 말할 수 있고, 쓸 수 있으니까요." 나는 아버지가 보낸 편지들에서 철철 넘치던 애정이, 내가 그의 삶 안에 실제로 들어서자마자 사라진 것을 생각하면서 말했다.

"네 말이 맞다." 끄리스또발 매켄지가 말했다. "**전부 다 맞아.** 말이란 상관없는 거야. 이녀석 똑똑하구나. 정말 똑똑해. 밀라그로스, 수고했어. 아이를 잘 키웠군."

"당신보다는 낫죠."

침묵이 흘렀다. 다행스럽게도 이그나시오는 거기에 튀는 레코드판처럼 일상적이고 신경질적인 말을 되풀이하고 있었다. "장관님께서 지금 당장이라고 말씀하셨습니다." 그가 한번 더 말했다. 그는 대기중이던 리무진을 가리켰다.

우리는 모두 차에 탔다.

엄마는 공항에서 돌아오는 내내 쉬지 않고 말했다. 엄마는 수많은 저녁마다 이 여행이 망쳐질세라 준비해왔고, 밀라그로스 레스토랑의 고된 일과 후에도 나와 함께 세세한 대목까지 연습했으며, 이제 지금 저 잿빛 도시와 그 변화에 대해서 내 귓가에 침을 튀기며 이야기할 만반의 준비가 되어 있었다. 앞좌석에서부터 뒤에 앉은 나를 향해 목을 비틀면서 그녀는 얼마나 많이 그대로 남아 있고 혹은 놀랄 정도로 바뀌었는지, 17년이란 세월이 한 인간이나 국가에 얼마나 많은 변화를 줄 수 있는지 등을 늘어놓았다. "봐라. 내가 아직도 자기네만큼이나 나이 먹은 말이 끄는 마차에 채소를 실어나르는 노인네들이 있을 거라고 했지. 저 사람들 좀 봐라, 가브리엘. 맙소사, 대체 바스꾸냔에는 뭔 짓을 한 거야? 저건 새 지하철역인가? 저것 좀 봐, 가브리엘." 그러나 나는 기분이 나지 않았다. 내 옆에 있는 아버지에게 너무 골똘해 있었던 것이다. 그는 아무 말 없이 흐릿한 도시를 바라보다가 담뱃갑에서 담배 하나를 꺼내 손목 위에 툭툭 쳐서 입에 물었다. 그러자 즉시 뽈로의 팔이 내 왼쪽에서부터 뱀처럼 빠져나와 아버지에게 담뱃불을 붙여주고 그 담배를 다시 아버지 입에서 빼내 자기 담배에도 불을 붙였다.

자동차는 곧 냄새나는 구름으로 가득 찼다.

나는 기침을 참았다. 그들의 무례를 대놓고 가르쳐주는 친절을 베풀고 싶지 않았기 때문이다. 담배를 애무하고 있는 아버지의 저 입술은 마찬가지로 이 차에서도 멀리 떨어지지 않은 알라메다 근처의 호텔에서 엄마의 살갗을 더듬었었다. 그날밤 아버지는 뽈로를 찾아나설 시간을 냈고 까우뽈리깐 극장까지 그의 흔적을 더듬어가 소년의 옆에 앉아 농담을 하고 그 아이를 즐겁게 해주기 위해 어떻게 그의 생각을 읽을 수 있었는지 말해주었으며, 수년 후 뽈로를 자기와 거의 비슷한 일에 종사하게끔 만들어버렸던 것이다. 뽈로는 아버지의 배려에 응답이라도 하듯, 다음날 있을 약속을 상기시켜주고, 공항을 떠나기 전에 수표에 이서했는지 물어도 보고, 소년들 중 하나가 류머티스성 열이 내리지 않으니 씨루엘로 박사에게 진찰을 한번 더 받는 것이 좋겠다는 등의 이야기도 전했다. 뽈로는 아버지가 은퇴하면 누가 그 사무소를 물려받을지 알아차리라는 뜻에서 오로지 나를 향한 연극을 하고 있었던 것이다. 뽈로, 그는 내가 화장실 변기와 뜨거운 스펀지 그리고 재니스 너처럼 영원히 다리를 벌리지 않는 미국년들에 몰두하고 있던 지난 10년 동안 아버지의 지식을 빨아들이고 있었던 거야. 뽈로는 내가 뉴욕이라는 사막에서 정원의 화초처럼 섹스에 대해 알아갈 때, 그의 스승으로부터 그에 관한 모든 가능한 질문의 해답을 구해왔다. 그리고 내일, 뽈로 이녀석이 아버지가 오늘 먹어치운 뚱뚱한 계집을 따먹게 될 거였지.

그러니까 아버지가 한 시간 뒤 쌴띠아고 한복판에 있는 관광부 건물 안에서 빠블로 바론을 앞에 놓고 나를 위한 때늦은 화풀이를 한 게 무어 그리 대수였겠냐 말이다. 빙산이 단지 발광하는 홀로그램으로 밝혀지기 전, 아마도 그것에 대한 우리들의 공통된 관심이 아버지에게 잠시나마 나의 존재를 환기시켜주었고, 그래서 그로 하여금 빠블로 바론 장관이 남의 집안일에 끼여든 것에 자신이 굉장히 화났다는 것을 보여주기 위해 '씨팔 왜 여기까지 오게 했냐'는 욕설을 하게끔 만든 것이다.

그러나 장관 또한 내심과는 다른 말을 할 줄 아는 사람이었다.

"밀라그로스의 집은 잘 돌아가나?" 그는 교활하게 물었다. 그때 그의 안경은 음흉하게 빛나고 있었다. 바론은 그와 끄리스가 세상에서 가장 친한 친구라고 알고 있었지만, 사실 아버지는 1992년 10월 12일 두 사람이 25년 전에 한 내기에서 누가 이겼나를 알기 위해서 말고는 그를 만나는데 다른 이유가 없었다. 위대한 매켄지는 빠블로 바론에게서 필요한 게 아무것도 없었다. 그러나 아버지가 몇년 동안 데리고 온 수많은 아이들은 정부의 도움을 필요로 했다. 아이들한테는 장관보다는 그의 살찐 손이 가슴 안주머니를 더듬어들어가 파커볼펜을 꺼내 그해 밀라그로스의 집이 빚을 지지 않을 만큼 충분한 금액의 수표에 서명을 해주는 편이 더 절실했다. 도망나온 아이들은 각기 다른 이데올로기를 가진 네 개의 칠레 정권들로부터 보조를 받아왔다. 1960년대말 프레이(Frei)의 개혁민주기독교당 정권, 70년대 초 아옌데의 사회주의정권, 17년간의 길고 길었던 삐노체뜨의 신자유주의 파시스트정권, 그리고 1990년도부터 이어진 빠뜨리시오 알윈의 과도기 민주정부 등. 뽈로의 열정적인 노력 덕분에 이 정권들은 오갈데없는 칠레 청소년들을 위해 아버지의 비정치적인 피난처를 흔쾌히 도왔다. 그래서 아버지는 빠블로 바론에게 욕을 하려면 할 수도 있었지만, 권력이 부를 때면 언제든지 나타나 장관이 가라고 할 때까지 어디서 불어오는지도 모르는 에어컨의 찬바람에 똥구멍이 얼 때까지 남아 있어야만 했다. 바론은 마음만 먹으면 우리를 이 가짜 얼음조각 앞에 세워두고 자신의 말을 듣게 할 수도 있었는데, 돈과 권력과 경찰을 손바닥 위에 놓고 마음대로 주무를 수 있었기 때문이다. 그는 내기에 이기기 위해 일을 착착 잘 진행시켜나갔는데 "날 보면 벌벌 떨며 혓바닥으로 구두를 핥게 될걸. 나는 권력 뒤에서 꼭두각시를 조정하는 사람이 될 거야." 우리는 그의 인질이었다. 그도, 그리고 우리도 그것을 알고 있었다. 사설이 끝났으니 본론을 이야기할 시간이 되었다. "우리는 이걸 쎄비야로 가져갈 걸세. 이 홀로그램이 아니라, 우리는 정말 70톤짜리 빙산을 가져갈 거야. 남극에서 직접 꺼내와서. 만년빙에서 9미터짜리 빙산을 떼어내서 조각조각낸 다음 뿐따 아레나스에서 다시 조립을 하게 될 거야, 그리고 이걸 대서양을 가로질러 에스빠냐의 뜨거운 태양과 20세기의 마지막 엑스포로 끌고 갈 거야. 올 여름 사람들한테 시원한 마실 것과 얘깃거리를 주게 되겠지. '92 엑스포. 다른 라틴아메리카 나라들은 언짢아하고 있다네. 그네들은 우리도 같이 공동 전시관을 쓰길 원하지만 우린 독자적으로 할 거야. 이 일만 끝나면 유럽에선 아무도 우리를 이 대륙의 다른 나라들과 혼동하지 않게 될걸세. 라틴아메리카여 안녕."

　"하지만 다른 나라들이 기분 나빠하잖아." 아버지가 되풀이해서 말했다. "그리고 빠블로…… 난 네가 불러서 할 수 없이 여기 와 있잖아. 그러니까 그 나라들만 기분 나빠하는 게 아니라고."

　"매켄지, 넌 정말 똑똑한 친구야. 그래서 널 이리로 데려온 거지. 그건 그렇고 너, 나 그리고 우리 가브리엘 셋이 커피나 한잔 하는 게 어때." 장관은 구석에 처박혀 있는 조그만 탁자를 향해 고갯짓을 했고 거기엔 미니스커트를 입은 아리따운 웨이트리스가 세 개의 잔에 커피를 따르고 있었다. "오늘이 고국으로 막 돌아온 이 젊은 친구의 생일이란 얘기는 들었네만, 그래서 이 친구 샴페인을 더 원할지 모르겠지만 말이야. 말하자면……" 그제야 빠블로 바론은 이야기하는 내내 주물러온 내 목과 어깨를 놓아주었다. 그리고 마치 내 몸에서 발산되는 어떤 날카로운 빛이 그로 하여금 시선을 고정시키도록 하기라도 한 양 안경의 광채 너머로 나를 유심히 살펴보았다. "그런데 자네 몇살인가? 난 자네가……"

"23살이에요, 빠블로. 오늘 스물셋이 된 거지요." 나의 자존심을 지켜주기 위해 끼여든 건 아버지가 아니라 엄마였다.

"나도 그렇게 생각하고 있었어요. 그래, 이 친구가 아만다 까밀라보다 5살이 많지. 그건 그렇고, 얘가 올 때가 됐는데, 오고 싶다고 우겨놓고서는……"

"가브리엘한테 사과하세요." 엄마는 장관의 팔 하나를 잡은 채 말참견을 했다.

빠블로 바론은 고개를 크게 끄덕거렸다. "물론 사과해야지요. 가브리엘, 나이를 잊어버려 미안하다. 네 엄마 말이 맞아. 너의 생일을 누군가 기억해야 한다면, 그건 바로 난데 말이야. 이런 무례가 있을 수가. 어쨌든 내가 바로 자네 아버지한테 밀라그로스와 결혼하라고 등을 떠민 사람인데. 안 그래, 매켄지? 자, 마셔. 트림이 나올 때까지 죽 마시자고."

"뽈로와 나는 저쪽에서 같이 한잔하겠어요." 엄마가 대답했다. "우리는 너무 할말이 많거든요. 서로 좀 알아야 하니까요." 엄마는 장관 대신 뽈로의 팔짱을 낀 다음 투덜거리는 녀석의 지저분한 입술을 두 손가락으로 막은 다음 마치 그가 어두운 남극의 얼음조각이라도 되는 양 저리로 데려가버렸다. 장관은 우리를 탁자에 데려와 앉히고, 손짓으로 웨이트리스를 내보냈다. 이윽고 주머니에서 연한 푸른색의 종잇조각을 꺼내 조심스럽게 아버지 앞에 놓았다. 아버지는 냅킨 끝을 사용하여 종이를 집어들었고, 내용을 읽었다. 그리고 놀랍게도, 예의상 그랬는지 아니면 반응할 시간을 갖기 위해서였는지 모르겠으나, 내게도 보여주었다. 어쩌면 아버진 나를 존중해주지 않았다가는 엄마의 금지된 과일을 한번도 베어먹지 못하게 되리라는 것을 눈치채고 그랬는지도 모른다. 혹은 누가 알아, 내 의견에조차 관심이 있어서 그랬는지. 재니스, 넌 내가 거짓말을 할 때면 알아맞히곤 했지. 넌 항상 내가 허풍을 떠는 경향이 있다고 말했었잖아. 그러니까 내가 아버지가 별 생각 없이 보이는 친절에 과잉반응을 보이고 있던 건지 알게 뭐야?

편지 얘기로 돌아가보자. 그 촌스러운 편지지에는 떼어붙인 종이에 이렇게 써 있었다.

우리는 너의 빙산을 묵사발로 만들 테다.

그 밑에는 우리는 너의 빙산을 묵사발로 만들 테다. 빙산은 네 물건이 아니야라고.

그리고 그 아래에는 내가 누구냐고? 그건 나만 아는 것이고 당신도 곧 알게 되겠지.

끝으로 편지는 당신이 아는 사령관이라고 서명되어 있었다.

아버지는 마지막 말을 혼잣말로 되뇌었다. "당신이 아는 사령관이라고? 이 편지를 네가 받은……"

웨이트리스가 잔에 커피를 채우려 다가왔다. 장관은 성급히 그녀를 물리치면서 혼자 커피를 따랐지만 아버지는 그녀를 다시 불러 말했다.

"설탕 좀 주세요." 그녀는 누구 말을 들어야 할지 혼란스러워했다. 그녀는 내가 혹시 도움이라도 줄까 하여 나를 바라보았다. 그건 지나친 생각이었다. 나는 보띠첼리의 마돈나처럼 생긴 그녀의 거무스레한 얼굴을 피하고 속옷을 바라보았다. 그녀의 몸에서 솟아나는 무언가 뜨거운 것을 느꼈는지 아니면 상상했는지 모르겠지만, 난 그녀가 내게 무엇이 필요한지 한마디 말이라도 물어보고, 커피를 내 잔이 넘치도록, 혹은 내 목구멍으로 뜨거운 물을 콸콸 쏟아넣어주기를 기다리고 있었다. 그러나 그녀가 말을 건넨 건 아버지였다.

"설탕 거기 있는데요."

"예." 아버지가 말했다. "나는 항상 두 덩어리를 넣지만, 아가씨가 넣어주면 하나면 되지요."

이런 아첨이 마음을 움직였는지 그녀는 작은 집게로 설탕 하나를 집어 긴장하며 잔 안에 떨어뜨렸다. 커피 두 방울이 튀어서, 그중 하나는 아버지의 손등 위로 떨어졌다. 아버지는 그것을 입으로 가져가 방울을 혀로 핥으면서, 마치 개구쟁이 꼬마처럼 웨이트리스를 바라보았다. 그녀는 웃음을 지어 보이면서 장관의 엄한 명령에 따라 테이블을 떠났다. 나한테는 설탕 하나 주지 않은 채. 아니면 솔직하게 말해 달콤한 생각조차 갖지 못하게 한 채 말이다. 그녀한테 농담이라도 해보았더라면, 혹은 아버지의 도시적이면서 음란함이 묘하게 뒤섞인 몸짓을 흉내라도 내보았다면 좋았으련만. 나는 한숨조차 내쉬지 못했다. 그건 마치 아버지가 세상에 여자 후릴 때 할 수 있는 모든 말을 독차지하고, 나의 목구멍은 마르고 텅 비게 남겨놓은 것만 같았다.

"맙소사, 이 친구야, 그만 좀 꼬셔!"

"그건 네 잘못이야, 빠블로." 아버지가 말했다. "잊지 말아. 자네가 내기를 걸었잖아."

"오늘 여자는 벌써 해치웠나?"

"알면서 왜 물어." 아버지가 다시 대답했다. "이그나시오의 똘마니들이 마치 내가 범죄자라도 되는 듯 주위를 어슬렁거렸지만……"

"걔네들이 오늘 보고서를 아직까지도 건네주지 않아서 그랬는지도 모르지. 아님 너를 쫓아다닌 게 아닐 수도 있고. 내가 만약 너한테 물어본다면……"

"오늘 아침엔," 아버지가 대답했다. "딱 한번밖에 안했어. 그러니까 오늘 너만큼 사람을 많이 후리지는 않은 셈이지."

빠블로 바론은 그 말을 칭찬으로 알아듣고 웃었다. "정치란 다 그런 거야. 다수의 행복을 위해서 소수를 희생할 수도 있는 거지. 그래서 어떤 사람들은 날 너무 좋아하고, 영원히 친구가 될 것을 맹세하기도 하지만, 또 어떤 사람들은 진절머리를 내고, 내가 개인적인 감정에서 그렇게 한 줄 알고 철천지원수로 변해버리는 경우도 있어. 그렇지만 그건 큰 착각이야. 정치에 개인적이란 건 있을 수 없지."

"그럼 네 적들, 혹은 네 친구들 중에 누가 이 편지를 보냈다는 거야?"

장관은 그걸 알면 내가 왜 널 불렀겠냐, 병신아, 하는 듯 어깨를 으쓱했다.

"편지를 어떻게 받았느냐고?"

장관은 목소리를 더욱 낮추고 이렇게 말했다. "오늘 아침에 내 사무실로 배달되었네. 보통우편이었어. 여기 봉투가 있네."

아버지는 봉투를 조사하기 위해 다시 냅킨을 썼고, 이윽고 내게 건네주었다. 연한 푸른색 봉투에 같은 활자체의 글씨가 씌어 있었다. 발신인란에는 **당신이 아는 사람**이라고 씌어 있었다.

"그래서……"

아버지는 생각에 잠긴 듯 커피를 마시다가 멈추고 웨이트리스를 찾아 사방을 둘러보았다. 우리 뒤에 있던 그녀는 마법에 걸린 듯 빙산에 몰입되어 있는 것처럼 보였다. 그녀를 바라보면서 여러 해 전 어느날 밤 뉴욕에서 25인치 텔레비전 화면을 통해 나오던 남극의 모습을 눈으로 들이마시던 내 모습을 보게 되었다. 언젠가는 실물을 꼭 보겠노라고, 남극을 여행하겠다고 맹세하던 11살 난 소년을 보게 된 것이다. 아버지는 물론 그런 생각이나 기억이 있을 리 없었다. 그는 단지 웨이트리스가 어떻게 그가 찻잔에 슬그머니 설탕 한 덩어리를 더 넣었는지 눈치 못 채게 하는 것에만 관심이 있었다.

"경찰은 뭐라고 하던가? 멀리 갈 것도 없이 나보다는 이그나시오가 더 잘 조사를 할 수 있을 것 같은데……"

"자네 미쳤나, *끄리스*? 이그나시오는 이 일에 대해서 털끝만큼도 몰라. 그 녀석이 군대에 보고할지 아니면 최고사령부에 보고할지 알게 뭐야. 그리고 다른 경찰들은 더더욱 믿을 게 못돼. 어제만 해도 내 전화내용을 도청하는 걸 알아냈어. 우린 지난 정부의 일도 제대로 캐내지 못했단 말일세. 이건 사립탐정이 필요한 일이야."

"나는 정치에는 관여 안해. 빙산하고는 더더욱 상관이 없어. 사실 말인데 성인들 일은 취급하지 않아. 너도 규칙들을 잘 알잖니. 가출자일 경우, 남자여야만 하고, 10세 이상 18세 미만이어야 하는 거 말야. 그리고 사실 나는 탐정이 아냐. 난……"

"알아, 알아. 심리상담가라는 거. 그 말을 백번도 넘게 들었겠다. 하지만 이번만은 네가 날 도와줘야 해. 왜냐면 이건 매우 심각한 일이거든. 이건……"

"그러니까 네가 잘릴 수도 있다, 이 말이냐?" 칠레에서 대통령 다음으로 권력이 있는 사내가 그 나라에서 어느 누구보다도 많은 여자와 섹스를 한 남자를 바라보았다. 그리고 잔들이 흔들거릴 정도로 탁자를 내려쳤다.

"너는 내가 내기에 지게 하려고 이 일을 안 맡겠다고 하는 거지? 네가 말하는 게 그런 거 아냐? 넌 내가 실패하길 원하는 거지? 언제 내가 너 안되라고 권력을 써본 적이 있니? 그런데 넌 지금 내가 너를 필요로 할 때 나를 망치려고 하는 거야. 그게 네가 말하려는 거지?"

"내 말은 이건 장난이라는 거야. 이 편지 말야. 못된 장난짓거리임에 틀림없어." 아버지는 이 말에 대한 빠블로 바론의 반응이 어떤지 보려고 기다렸다. 빠블로는 아무 말도 하지 않았다. "장난이란 말이야." 아버지는 마치 그의 친구가 귀라도 먹은 양 되풀이했다. "밀라그로스의 집에 있는 아이들이 주로 하는 못된 짓거리들의 하나일 뿐이야. 난 애들이 하는 버르장머리 없는 장난들을 알아볼 수 있어."

"그럼 만약 그게 아니면, 점쟁이 선생? 만약 새 민주정부를 반대하는 전역 장교나 현직 장교들의 우익단체라면? 아니면 정부 내에서 나를 끝장내려는 다른 장관들이거나, 혹은 과거에 있었던 끔찍한 인권침해사를 창피하게 사방팔방 떠들어댈 청승맞은 과부들을 쎄비야에 보내는 데 보조하지 않는다고 열받아 있는 테러리스트들이면 어떻게 할래? 아니면 우리가 자연을 강간한다고, 말하자면 우리가 남극의 다리를 벌리고 순백의 차디찬 대양을 겁탈하고 또 19세기에 천만 마리의 물개와 4만 마리의 고래를 죽인 것처럼 빙산도 죽일 거라고 생각하는 어떤 미친 페미니스트 환경론자라면 또 어떡하고? 이건 내가 하는 말이 아니라고, 끄리스. 그 여자의 말이야. 이 빙산을 광적으로 증오하는 사람들은 줄줄이 널려 있어. 그들은 그걸 파괴하거나 납치할 수도 있고, 인질로 삼거나 궁상맞은 물구덩이가 되게 녹여버릴 수도 있단 말야. 볼리비아 놈들은 말해서 뭘 해. 걔네들은 우리가 자기네 바다를 훔쳤다고 화나 있고, 또 아르헨띠나 놈들은 우리가 이렇게 남극 내 영토에 대한 권리를 합법화하려 한다고 의심하고 있지. 또 캐나다 놈들은 자기네가 '92 엑스포에 북극의 빙산을 가져가려 했었기 때문에 얼마나 질투에 불타고 있는데. 하지만 우린 캐나다 애들을 물리쳤어. 걔네들은 가난한 제3세계의 후진국을 따라한다는 오명을 듣고 싶지 않았거든. 그렇지만 우리는 그런 후진국이 아니야. 우리는 아니라고. 우린 라틴아메리카의 뉴질랜드란 말일세. 브라질 애들은 벌써 우리의 경제성장을 어쩔 줄 모르고 시기하고 있어. 그리고 우리의 궁극적인 마케팅 전략이 빙산을 에스빠냐로 가져갈 정도의 나라라면 열대지방 국가들과는 거리가 멀어도 한참 멀다는 것을 보여주는 거라는 걸 알게 되면 더더욱 분노하게 될 걸세. 전세계 국가들이 우리가 특별히 자기네들을 겨냥한다고 생각하게 될 거라고. 사우디아라비아 사람들과 카타르의 쑬탄 그리고 이스라엘 애들까지 빙산은 모래언덕을 정원으로 만드는 데 쓰여야지 엑스포에서 세간의 이목을 끄는 선전물로 쓰여서는 안된다고 외교문서를 보내왔단 말일세. 이 넓고 넓은 세상에 성난 사람들과 국가들 그리고 조직들은 엄청나게 많이 있고, 다들 우리를 노리고 있단 말야."

"초반치곤 다소 긴 용의자 리스트로군." 아버지는 불쑥 끼여들었다. "내 생각엔 그 모든 나라들은 이 쪽지 한장과 B급 우표보다는 훨씬 막대한 자원들을 갖고 있을 것 같은데."

"몇분 안에," 장관은 아버지의 이의를 무시하고 말했다. "우리나라에서 가장 중요한 사업가들이 저 문을 통해 들어올 걸세. 그들은 '92 엑스포에 투자하고 전세계를 향해 뻗어가는 칠레의 새 이미지를 살 준비가 되어 있지. 그들은 상품을 파는 게 아니라 나라를 송두리째 마케팅해야 한다는 것을 깨닫기 시작한 거야. 나라에 상표를 붙이고 온갖 치장을 해 내다놓는 것이지. 그들은 기쁨에 들떠 있지. 과거의 문을 닫고 진정한 칠레는 내일의 칠레라는 것을 선전하게 될 이 전적으로 새로운 계획에 흡족해 있다고. 그들은 현대적인 시각으로 미래를 보고 있지만 만약 이상한 냄새라도 맡으면 계획에서 등을 돌려버릴 거야. 이 편지를 보낸 자는 장난으로 봐주길 바라겠지만 우리는 더 심각한 문제라는 것을 알고 있지." 장관은 통통한 두 손가락을 꺾었는데 그 소리는 마치 채찍이 내리치는 소리 같았다. 그 소리는 방안을 울리며 거짓 백색으로 빛나고 있던 빙산의 홀로그램을 가로질러 갔으며 그때까지도 빙산의 상처난 계곡을 바라보고 있던 웨이트리스를 깨웠다. 가련한 소녀는 얼음이 진짜인 줄로만 알고 감히 만져보지도 못하고 있었다. 그녀는 황급히 머리를 들어 우리쪽을 바라보았다. 어리둥절한 그녀의 갈색 눈은 '장관님'께서 무슨 일을 시키지나 않았는지 묻고 있었다. "왜냐하면 이 나라의 사업하는 사람들이 돈을 날리는 것보다 더 무서워하는 것이 꼭 한가지 있기 때문이야. 자네 그게 뭔줄 아나? 그들은 우습게 보이는 걸 두려워해. 그리고 이런 종류의 협박을 생각한 정신나간 녀석은 그걸 잘 알고 있지."

"당신이 아는 사령관이라," 아버지가 말했다. "네가 아는 사람들 중에 즉시 의심이 가는 자가 있나?"

"그럼 네가 이 사건을 맡아주는 거야?"

아버지가 미처 아니라고 대답하기도 전에 나는 내 목소리가 터져나오는 것을 들을 수 있었다.

"네." 내가 말했다. "우리가 맡겠습니다."

두 사람은 내 말보다는 억양에 더 관심을 기울이며 동시에 나를 돌아보았다. 나 또한 그들이 지금 들은 것 같은 내 에스빠냐어를 들어본 적이 없었다. 뉴욕에서는 내가 라틴아메리카 토박이처럼 모국어를 구사한다고 아무도 의심치 않았다. 그러나 그때 내 에스빠냐어에 대해 아무 소리 하지 않던 사람들은 토박이들이 아니었다. 수천 킬로미터 남쪽 이곳에서 나의 날카로운 코맹맹이 소리는 문득 멀고도 정말 괴상하게 느껴졌다.

"너 뭐라고 했냐?" 아버지가 물었다.

그들은 나를 정말 갓난아기라고 믿었던 게로군, 응? 젖비린내 나는 얼굴이라는 건가? 남자답게 싸우지도 못하는 애송이라 이거지? 하여간 두 사람은 매우 놀라 있었다. 이 가브리엘 매켄지가 이 엿같은 칠레 사람들한테 근사한 걸 보여주게 될 테니까.

"우리가 이 사건을 해결하겠습니다." 나는 빠블로 바론에게 말했다.

"잠깐, 잠깐, 잠깐." 아버지는 의자를 넘어뜨리며 일어났다.

"아버지," 내가 말했다. "이걸 좀 보시겠어요? 좀 보세요." 그는 몸을 돌려 빙산의 홀로그램을 바라보았다. 비록 불빛이 그것을 통해 흐르고 있었지만 빙산 어디에도 투명한 곳은 없었다. 물처럼 깨끗하고 탁 트여 있지도 않았건만 그것은 누군가의 발길이 닿길, 누군가가 땅끝에서부터 다른 곳으로 데려가주길 원하는 것처럼 보였다. 나는 아버지가 실물은 얼마나 더 멋있을까, 그 누구도 빙산을 해치지 못하게 해야 하는데, 또 그것만이 내 아들놈과 함께 나누고 키울 수 있는 유일한 영토인데 등의 생각을 하고 있어야만 한다고 여겼다. 적어도 난 그것이 아버지가 생각하는 모든 것이길 기대했던 것이다.

아버지는 그 비슷한 어떤 걸 생각했음에 틀림없었다. 왜냐하면 우리를 향해 돌아섰을 때 이렇게 말했기 때문이다. "경고하는데 빠블로, 만약 이 문제가 잘 해결이 안되더라도 날 욕하지 말아. 우리가 잘 진전시키지 못하더라도 말야." **우리.** 아버지는 **우리**라고 말했다. 나는 그의 곁에 섰다.

"물론 끄리스 자네한테 잘못을 전가하지는 않을 거야. 난……"

"2주 동안만 하겠어, 빠블로. 그게 기한이야."

"그건 그때 가서 얘기하자고."

"서면으로 해두지, 빠블로. 그리고 그걸 쓸 때 밀라그로스의 집도 한해 더 보조하겠다는 증명서도 같이 쓰자구."

"끄리스, 정말 놀랐네. 차라리 마음이 아프다고나 할까. 그건 서로 상관없는 일들이잖아. 밀라그로스의 집은 국보라고. 벌써 오늘 아침에 보조금 요청에 싸인했는걸."

"정말 사려 깊군." 아버지가 말했다. "그렇다면 다른 걸로 갚도록 해."

"뭐?"

"뭔지 알잖아. 내가 뭔가 얘기했는데."

"그건 할 수 없어, 끄리스. 너도 알다시피 난 최선을 다하고 있어. 만약에 그만 내보내고 다른 죄수들은 가만 놔둔다면 무슨 일이 일어날지 알기나……"

"그렇다면 다 내보내주라고."

"아직은 안돼. 너도 알다시피 우리는 협상중이야. 군부와 대법원 그리고 야당과도 협상중이라고. 우린…… 그렇지만 한가지만 말해두지. 만약 네가 나한테 배후에 누가 있는지 실제 증거나 이름을 가지고 오면, 끄리스, 그땐 내가 네 동생을 감옥에서 끌어내줄게."

"나한테 약속하는 거지."

"내가 할 수 있는 한 최선을 다할게. 빤초는 석방될 거야."

"좋아. 그 약속이면 충분해." 빠블로와 악수하며 아버지가 말했다.

장관은 안도의 한숨을 쉬었다.

"아무에게도 얘기해서는 안돼."

"뽈로한테만 하지."

"뽈로야 물론이지." 바론은 그런 건 너무나도 당연해서 입에 담는 것조차 숨 낭비라는 듯 콧방귀를 뀌었다. "언론이 걱정이야. 그리고 사업가들도."

"그리고 경찰도." 아버지가 덧붙였다. "하지만 문제가 하나 있어. 용의자를 만들지 않고 사람들을 어떻게 조사하지?"

"난 그런 건 생각해보지 않았는걸."

"제가 그 문제를 풀 수 있어요." 내가 또 한번 그들을 놀래키며 끼여들었다. 그들은 마치 매번 내가 입을 뻥끗할 때마다 나의 존재를 깨닫는 것만 같았다. 그들의 말이 네트 위에 날아다니는 테니스공마냥 내 위로 넘나들기 시작할 때, 나라는 사람은 보이지 않기라도 하는 듯 말이다. "저는 신문기자예요."

"정말?" 빠블로 바론이 중얼거렸다. "난 네가 컴퓨터 전문가인 줄 알았는데." 그는 나에 대해 상당히 많이 아는 듯 보였다. 혹시 그가 이그나시오를 시켜 내 뒷조사를 해놓았나 걱정되었다.

"컴퓨터야 물론이죠. 그렇지만 저는 컬럼비아대학에서 저널리즘을 공부했어요."

"그렇다면 신문사에서 일하나?"

"곧 시작할 거예요." 내가 대답했다. 거짓말이 아냐, 재니스. 그때 나는 한달 내로 미국으로 돌아가 우리가 같이 생각했던 『뭐든지』(Whatever) 계획을 시작하려고 하고 있었거든. 인터넷에 굴러다니는 뜬소문들을 중점적으로 다루는 사상 최초의 온라인 매거진. 재니스, 그건 너의 착상이었잖아. 그런데 알아? 아주 잘 풀릴 거야. 난 이미 후견인까지 구해놓았는걸. 내가 계획이 실현되는 걸 보지 못하게 되었으니 참 유감이로군.

"내가 돌아가게 되면," 내가 덧붙였다.

장관은 자기가 아는 한 나는 절대로 뉴욕에 돌아가지 않을 거라고 대답했다——그 말은 틀리지 않았어. 봤지? 물론 그가 한 말은 컴퓨터에 관한 한 칠레에도 엄청나게 많은 직업과 기회가 있다는 뜻이었다. 칠레가 전체 라틴아메리카에서 평균적으로 가장 많은 데이터포트(Dataport) 사용국이고 인구당 가장 많은 팩스와 인터넷 사용국인지 내가 어떻게 알았겠니?

난 어떤 한 국가가 싸이버스페이스를 구축할 수 없다는 것, 말하자면 거기엔 지형적인 경계가 없다는 뜻이라는 걸 빠블로에게 설명해주지 못했다. 왜냐하면 그때 아버지가 끼여들었기 때문이다. 그는 "정말 재밌군"이라고 말했다. "하지만 아직도 나의 질문에 대한 대답은 되지 않아. 어떻게 네 저널리즘이, 그것도 아직 직장생활도 해보지 않은 상태인데, 내가 이 계획을 위협하는 수많은 사람들을 동요시키지 않고 조사하는 걸 도울 수 있겠어?"

"사람들한테 말하면 되는 거예요." 내가 말했다. "제가 칠레의 빙산에 대해 쓰기 위해 왔다고 하는 거죠. 쓸데없는 것들을 물어보면서 돌아다니는 거예요."

빠블로 바론도 찬동했다. "훌륭한 생각이야! 사람들한테 네가 『뉴욕타임즈』인가 뭔가 하는 데서 왔다고 하는 거지. 여기 사람들이야 뭐가 다른지 알게 뭐야. 양키나라에서 오래 살았어도 제법 똑똑하군, 녀석."

"그럼 난 그동안 뭘 하는 거지?" 아버지가 물었다. "난 하루종일 얘가 들고 오는 정보를 기다리고 있는 거야?"

"아버지도 저랑 함께 가는 거예요" 하고 내가 말했다. "아무도 의심하지 않을 거예요. 우리는 오랫동안 서로 보지 못했기 때문에 내가 돌아다니는 동안 아버지가 따라다니는 거죠. 다행히 뽈로가 사업을 맡아볼 수 있잖아요. 안 그런가요?"

"좋—아." 아버지가 손님들로 차기 시작한 방 건너편을 바라보면서, 단어를 질질 끌며 천천히 말했다. 그는 엄마와 뽈로가 보석을 잔뜩 걸치고 몸은 해골같이 말랐지만 엉덩이는 치솟아 있는 몇몇 여자들과 얘기하는 것을 바라보았다. "아마 뽈로를 데려가는 게 좋을 것 같다." "다이애너 왕비라도 필요하다면 데려가게." 장관이 말했다. "누가 내 계획을 망치려고 하는지 알아낼 수만 있으면."

"우리와 함께 일할 사람은 없나요?" 일에 말려들었으니 나는 대충 하고 싶진 않았다.

"호르헤 라레아(Jorge Larrea)와 시작하도록 해. 그야말로 이 모든 일의 두뇌지. 수개월 전부터 전체 계획을 총괄해오고 있어. 조금만 기다리면 올 거야. 내가 소개시켜주지……"

"이미 그자를 만난 적이 있어." 아버지가 말했다.

"그 친구 아들이 가출이라도 했었나? 아님 자네 그 친구 마누라하고 자기라도 한 건가?"

"그런 일에 대해선 한마디도 않겠어, 빠블로. 내가 아랫도리로 하는 일들은 완전히 개인적인 일이야. 또 누구를 위해 일하는 것도 마찬가지고. 예를 들어서 내가 아만다 까밀라를 찾아나섰다고 치자. 자네 그 얘기가 동네방네 소문이 나면 좋겠나?"

"내 딸을 찾아나선 적은 없었잖아." 장관이 말했다. 그리고 그때 난 처음으로 그의 목소리에서 강하고 단호한 무언가를 들을 수 있었다. "첫째, 그 아이는 집을 뛰쳐나갈 아이가 아니고, 둘째, 너는 계집애들 찾는 일은 하지 않잖아."

바론은 점점 더 흥분하기 시작했다. 그러다 돌변하여 안색과 태도가 부드러워졌다. 그는 우리 뒤에 있던 누군가에게 손을 흔들어 인사했다. 그의 뚱뚱한 몸이 자리에서 일어나려 할 때 그의 얼굴은…… 글쎄 재니스, 너도 알다시피 나는 한 말 또 하는 걸 싫어하잖아. 지금까지 갈고닦아온 작문실력에 자신이 있고, 내 말솜씨는 벌써 15살 때 이미 너를 침대였던가, 네 엄마의 소파였던가로 끌어들일 정도로 능란했으니까. 나는 글쓰는 데는 자신있지만 그래도 다음의 진부한 표현들을 용서해주기 바란다. 바론의 얼굴은 마치 떠오르는 태양과도 같았어. 판에 박힌 소리지. 하지만 사실이야. 여름이 가까워짐에 따라 얼음으로 뒤덮인 남극의 수평선으로부터 어떻게 태양이 천천히 움직여가는지, 그 주위의 모든 것이 부딪히거나 녹는 것을 보았으니 지금 바론의 얼굴을 남극의 태양과 비교해보겠어. 아니면 혹시 잠시나마 그의 권력의 가면이 산산조각나고 그의 방어벽이 무너져 약하고 적나라한 모습을 드러낸 자로 변해가고 있었다고 말하는 편이 더 적당할지도 모르지. 아무튼 그 이유는 바로 방금 들어온 사람 때문이었어. 나는 그가 말하기 전에 돌아다보았다. "계집애들 말이 나와서 말인데, 여기 하나 있지." 나는 바론이 덧붙여 이야기할 때 그녀를 바라보았다. "가브리엘, 아만다 까밀라(Amanda Camila)한테 인사해."

나는 그 얼굴을 본 적이 있었다. 엄마는 내가 5살 때 어떤 아기의 주위를 뛰어다니는 사진들을 보여준 적이 있었지. "얘야, 이 아이가 바로 아만다 까밀라란다. 우리가 돌아가면 만나게 될 거야." 그러나 내가 칠레에서 살아 있는 건장한 그녀를 바라보게 되었을 때 끌린 건 그녀의 얼굴 생김새가 아니었다. 날씬한 몸매와 우리를 향해 있는 풍만한 유방, 자기 아버지의 뺨에 살짝 입맞춤하는 입술, 또 우리 아버지한테 입맞춤할 때 그의 목을 만지며 살짝 떨리던 그녀의 손가락들, 그리고 내게 지나치리만큼 가까이 다가온 입과 이윽고 마주친 아주 진한 녹색 눈동자였다. 난 그 눈 속에서 수영하다가 기꺼이 빠져죽을 수도 있다고 생각했고, 그게 엄마가 고향이라고 부르는 이 나라에 온 이유라고 되뇌고 있었다. 난 저 눈 속으로 빠져들어가 그녀의 머리 깊숙한 곳까지 들어가려고 돌아온 것이거나, 아니면 혹시 내가 원하던 건 그녀의 몸 다른 부분, 허리 아래쪽으로부터 거꾸로 미끄러져들어가 눈 쪽으로 기어올라가는 것이었다. 기적처럼 나는 발기하고 있는 걸 느꼈고, 그녀의 아주 깊숙한 곳까지 꿰뚫고 들어가는 내 모습이 보고 싶어졌다.

"너 가브리엘이지." 그녀가 말했다. "네가 가브리엘이 틀림없어."

난 바보처럼 고개를 끄덕거렸다.

"안녕, 가브리엘." 아만다 까밀라가 말했다. "오래 전부터 우린 너를 기다려왔단다. 집에 온 걸 환영해."

"안녕." 내가 말했다. 장관은 그녀를 내쪽으로 밀었다. "아만다, 입맞춤이라도 해주렴. 앤 네 사촌이나 다름없어. 오늘이 생일이란다."

"조금 있다 밀라그로스의 집에 들를 참이었어요." 그녀는 장관의 제안을 무시하면서, 또 내 뺨에서 일정한 거리를 유지한 채 말했다. "그렇지만 우린 기다릴 수가 없었어요. 가브리엘, 네가 만나야 할 사람이 있어."

"누군데?" 내가 만나고 싶어하던 유일한 사람은 이렇게 내 앞에 정확히 서 있었고, 내가 그녀의 말을 앵무새처럼 따라하고 있었던 건 앞으로 아만다를 어떻게 좀 해보려면 아버지로부터 조만간 유혹하는 법에 대한 교육을 받아야 한다는 것을 의미했다. 그녀는 마치 춤이라도 추려는 듯 내 손을 이끌고 갔다. 그 손가락들의 우아함은 나의 가슴을 감미로운 고통에 젖게 만들었고, 하나하나 입속에 넣어 뼈만 남을 때까지 깨끗하게 빨아준 다음, 뼈와 관절들까지 조각조각 씹어먹고 싶은 느낌을 주었다. 그 손가락들은 내가 여자들하고는 인연이 없고, 아버지가 내 불운한 불알과 그보다도 더 재수없는 얼굴 생김새에 씌운 저주를 풀어줄 때까지는 아만다는커녕 어떤 여자와도 해볼 도리가 없다는 것을 잊게 해주었다. 어떤 이상한 생각이 그녀의 손을 붙잡고 있던 내 손을 느슨하게 하는 걸 눈치챈 아만다는 단호히 나를 끌고 갔다.

"건물 밖으로 나가야 해. 그녀는 들어오려고 하질 않아. 여긴 재수가 없다나." 내 아버지와 자신의 아버지에게서 나를 성공적으로 떼어낸 다음 아만다 까밀라는 내 손을 놓고 엄마 쪽을 향해 갔다. 그녀는 나를 잘 차려

입은 남자 여자들로 채워져가는 이 큰 방 한가운데 조난자처럼 내버려두었다. 그들은 처음 공개되는 빙산과, 누군가 음해하고 있는 '92 엑스포 계획을 보려고 몰려들고 있었다. 그들 중 누군가가 범인일 수도 있었다.

엄마는 저 여잘 언제 봤는지 생각하느라 애쓰며 두꺼운 안경 너머로 올려다보는 할망구들의 장갑 낀 손을 일일이 잡고 악수하고 있었다. 엄마가 그렇게 인사하는 걸 보면서 난 그녀가 17년이라는 시간이 그저 꿈이었길 바라며 자신이 없는 동안에도 바뀌지 않은 무언가를, 옛날 그대로인 누군가를 찾으려 애쓰고 있고, 달력을 속여서 우리가 떠난 1974년으로 되돌아가고 싶어하는 걸 알 수 있었다. 그순간 엄마는 우리를 향해, 아직도 사랑하고 있고 지금도 자신의 법적인 남편인 남자를 향해 시선을 돌렸다. 엄마의 눈 속에서 그녀가 궁금해하던 내가 두려워하던 무언가를 읽을 수 있었다. 엄마는 이 잃어버린 시간의 끝없는 늪에서 자신이 상실한 유일한 돌멩이가 실은 끄리스또발 매켄지뿐이었고, 앞으로 며칠밤 안으로 여러 해 동안 억눌러온 사랑을 보상받을 수 있을지, 체 게바라의 그림자 속에서 내가 잉태되었을 때 느낀 인생의 변치 않는 쾌락의 순간으로 되돌아갈 수 있겠는지 골똘히 생각하고 있었다. 그러나 엄마는 아만다 까밀라가 밀라그로스 이모! 밀라그로스 이모! 하며 정신나간 듯 웃으며 달려들자 이내 그 생각에서 깨어났다. 엄마와 아만다는 출구로 향하기 시작하자마자 마치 소풍이라도 가는 듯 내게 함께 가자고 손을 흔들었다. 난 그들을 따랐다. 그들 두 사람 중 누구도 내 시야에서 벗어나게 해 이런 천우신조의 기회를 순식간에 날려보낼 수는 없었다.

대사, 상원의원 그리고 은행장 들의 무리 가운데로 헤집고 나가기 시작한 바로 그때, 내 뒤로 웅얼거리며 들려오던 바로 그 목소리를 두 시간도 채 안돼 다시 들을 수 있었다.

"생각하지도 마." 아만다가 마치 내게 서두르라는 듯 머리칼을 흔들며 문을 돌아 오른쪽으로 나가던 바로 그순간 뽈로가 말했다. 꿈도 꾸지 말라고? 그녀석이야 생각하고 싶지도 않은 놈이었다. 아만다의 발랄한 모습은 잠시나마 뽈로의 존재를 지워버리는 데 도움이 되었다. 그런데 여기, 그가 다시 내 생각을 통밥잡으면서 서 있던 거였다. 내가 마치 독이 든 얼음처럼 훤히, 그리고 남몰래 생각하고 있던 것을 녀석은 족집게처럼 콕 집어냈다. "멍청하기는. 꿈도 꾸지 말라고. 아만다의 관심은 네 아버지한테 있어. 네 아버지가 찾아내게 집을 나가버리고 싶다더라. 자기 영웅인 매켄지가 여자애들도 찾아나서주길 학수고대하고 있다던데. 근데 한가지 말해둘 건 네 아버지는 그러지 않을 거라는 거야."

난 엄마만 빼고, 하고 생각했다. 아버지는 엄마를 찾아왔으니까.

"네 엄마만 빼고." 뽈로는 내 마음을 읽을 수 있는 능력을 자랑이라도 하듯 말했다. 녀석은 내게 착 달라붙었고 우리는 해군제독, 장관, 기자, 공무원, 전화회사 스폰서 그리고 구리 수출회사 부사장 들이 웅성거리면서 빙산과 빠블로 바론 장관을 칭송하는 사이를 조용히 빠져나왔다. "네 엄마가 처음이자 유일한 여자였지. 다시는 집 나간 여자애들을 찾는 일은 하지 않을 거야. 아만다는 자기가 두번째가 될 거라고 하지. ㄲ리스가 아만다한테 손끝 하나 대지 않겠다고 한 건 유감이야."

난 녀석을 사납게 돌아보았다.

"야." 난 말에 비수 같은 힘을 실으면서, 마치 그녀석 상판대기에 한마디씩 찍듯이, 녀석이 마치 농아인 듯이 말했다. "아만다가 너 오라고 한 게 아니잖아 넌-여기-있어."

"야, 가브리엘. 너랑 같이 가려던 게 절대 아냐. 네 아버지가 날 찾을 걸." 뽈로의 우스꽝스러운 눈이 차갑게 웃었다. "이번만큼은 돌아오는 데 17년씩 걸리지 말라고."

난 녀석이 그 방안의 아주 예쁘고 젊은 여자를 향해 군중 속으로 사라지는 것을 바라보았다. 아주 고전적인 투피스를 차려입은 우아하고 까무잡잡한 계집애였다. 내가 녀석이 그녀의 늘씬한 다리를 자기한테, 아니면 자기 상관, 그도 아니면 두 사람한테 다 달라고 조르는지 보려고 머뭇거리진 않았다. 난 계단을 뛰어올라 관광청 건물의 현관을 지나 거리로 나섰다.

"여기야." 아만다가 나를 반겼다. "여기가 진짜 칠레란다." 행인들과 행상들의 오만가지 냄새와 고함들, 뒤죽박죽이 된 울음소리 하며 갖가지 색깔들, 부랑자들, 그리고 회색빛 옷에 너무나 우울해 보이고 말이 없어서 딴세상에 온 것 같은 행인들에게 아이스크림, 아이스크림 사세요, 파인애플, 치리모야(chirimoya, 페루 원산의 과일의 일종—옮긴이), 초콜릿, 갈증을 달래세요 하며 한겨울에 아이스크림을 파는 정신나간 놈 등의 와자지껄한 소리가 내 눈과 귀로 뿜어져 들어왔다. 거리에는 딱따구리 인형 모조품들과 홍콩산 손전등, '알바아까, 빠뜨론시또, 뻬레힐 사세요' 하는 듣도 보도 못한 약초들과 그 냄새, 대기 속에 퍼져나가던 머리가 떵하게 들척지근한 튀긴 땅콩 냄새, 인도네시아에서 조립한 장난감들, 페루에서 온 장물 시계들, 인도산 스카프와 중고 레코드들, CD, 카세트테이프, 만화책 그리고 가짜 랭글러 바지로 가득 차 있었다. 이 사람들의 사육제에선 조그마한 라디오에서 나오는 노래에 소리지르며 춤추던 두 거지 꼬마들까지 모두가 놀랄 정도로 잘 차려입고 있었다. 그들의 청바지와 닳은 나이키 신발들, 헤어밴드, 거꾸로 쓴 야구모자와 파카까지 내가 입고 있던 것과 구별이 되지 않을 정도였다. 단지 거무튀튀한 얼굴과 왜소한 키가 그들이 백인도 미국인도 아닌 다른 인종임을 대변해주고 있었다. 인종이라는 단어에 엉겨 생각에 잠겨 있던 바로 그때, 내 시선은 우왕좌왕하는 걸 멈추고 그녀를 보게 되었다. 잠잠한 가운데의 혼동 속에서 난쟁이처럼 작은 늙은 여자와 손을 잡고 오는 엄마가 보였다. 두 사람은 모녀지간처럼 서로 다독거려주고 있었고, 마치 천길 낭떠러지 앞에 선 것처럼 떨어질세라 서로를 꼭 붙잡고 있었다.

저게 누구지? 혹시……? 저 여자가 틀림없어.

난 유모의 사진을 본 적이 없었다. 유모는 사진을 싫어한단다. 사진 따위는 믿지 않아,라고 엄마가 대수롭지 않게 말한 적이 있었다. 난 나름대로 빅토리아시대 의상을 입은 유모, 메어리 포핀스(Mary Poppins, 영국 작가 P. L. 트레버스가 쓴 동화의 주인공—옮긴이)처럼 아주 세련되고, 밤에는 제인 오스틴(Jane Austin)을 탐독하고 아침식사 땐 보마르셰(Beaumarchais)를 인용하며 자기가 기르던 어린 밀라그로스에게 인생과 자유와 남자에 대해 설명하는 모습을 생각해보곤 했다. 당연히 난 유모를 창백하고 우아한 유럽인으로 만들어버렸던 것이다. 내가 읽은 책 속의 유모들은 늘 그런 모습이었으니까. 재니스, 내가 처음 너한테 유모 얘길 꺼냈을 때 너도 디킨즈 소설에 나오는 사람처럼 상상하던 게 확실히 기억나. 그런데 이 여잔, 이 여잔 말야, 인디언이었어. 완벽한 중앙아메리카 사람으로, 잉카 사람보다 더 검고 누르튀튀한 구릿빛 피부색에 치켜올라간 눈, 회색빛의 가느다란 머리칼, 그리고 윗입술 위로 콧수염까지 살며시 돋아나 있더라니까. 나중에서야 나는 좀 산다는 칠레 사람들이 자기네 하녀들을 유모라고 부른다는 걸 알게 되었지. 어린아이들은 그 단어를 항상 집에 함께 있으면서 유모만이 낫게 할 수 있는 상처나 아픔, 마음의 고통 따위를 부를 때 쓴다는 것도. 그리고 시간이 흐른 다음에야 모든, 아니 대부분의 유모들이 시골 출신이고 인디언이며, 그들의 조상들은 매켄지나 가야르도, 바론이나 꼴롬보 성씨를 가진 사람들이 황금과 땅과 명예를 찾아 대서양을 건너기 전부터 여기에 살고 있었다는 것을 알게 되었어. 그리고 얼마 안 가 난 유모들이 모든 연령의 아이들의 고통을 빨아들이고, 그래서 저 유모도 나의 고통을 빨아들이게 되리란 것도 알게 되었어.

갑자기 거리에 한바탕 소동이 일어났다. 길 한모퉁이로부터 "경찰이다. 경찰이 온다" 하는 날카로운 경계의 소리가 장사꾼들 사이에 들리자 너나 할것없이 함께 길바닥에 펼쳐놓았던 담요를 집어 무서우리만치 빠르고 능란하게 보따리를 싸버리는 거였어. 경찰이 오고 있었고 노점상들

은 나와 아만다 까밀라를 지나 쏜살같이 사라져버렸다. 흥정중이던 노점
상들이 넷이었던 것 같은데 그 도망자들이 남기고 간 거리는 갑자기 깨끗
하고 고요해져서 엄마와 유모의 모습이 또렷하게 드러났다. 난 유모가 엄
마의 휘황찬란한 몸에서 손을 떼 내게로, 웃으며 팔을 벌리며 다가오는
것을 보았다.

유모의 팔은 차가운 겨울공기에서 나를 감싸 자신의 거친 외투 안으로
묻어버렸다. "아이고, 내 새끼, 내 새끼" 또 "내 갓난쟁이, 갓난쟁이야" 하
고 말했다. 그렇게 불러도 상관치 않았다. 나는 애정이 담긴, 골탕먹이려
는 의도는 추호도 없는 그런 호칭으로 불리기를 원했으니까. 난 환영받고
싶었고, 고향에 돌아와 모든 것을 다 알아보고 싶었지만 유모가 실은 내
가 기억해낼 수 있던 첫번째 사람이었다. 아마도 난 유모와 헤어졌다는
아픔을 느끼지 않으려 칠레를 떠나자마자 그녀에 대한 기억을 없애려 했
는지도 모른다. 허나 그 기억은 내 마음속에 자리잡고 내내 뛰쳐나오기만
을 기다리고 있었던 것이다. 유모의 체취는 오늘 아침은 물론 17년 전 칠
레를 떠나던 날 새벽에도, 그리고 엄마가 나를 밴 이튿날과 30년 아니 그
보다도 훨씬 전에 가야르도 교수와 그의 가족들을 위해 그녀가 구웠을 빵
냄새였다. 바로 여기서 매일매일 빵을 구울 때마다 자기 마음속 그리고
화덕 옆에 내 자리를 남겨놓고 일주일에 한번씩 까쑤엘라를 만들 때마다,
우리가 돌아올 날을 고대하며 보글보글 끓는 속삭임을 손끝에 담고 기다
리고 있던 단 한 사람이었다. 그래, 난 유모의 아기, 갓난쟁이가 맞았다.

난 눈물을 참을 수가 없었다. 지난 두 시간 동안 그리고 지난 20년 동
안 겪은 모든 일이 슬픈 강물처럼 터져나왔다. 3살 때는 손가락을 데고
유모한테 비틀거리며 다가갔었는데, 이젠 마음을 덴 23살의 아이가 되어
그녀의 품에 안기고 있었다. 유모는 이 갓난쟁이가 필요로 하던 게 뭔지
알고 있었고 실은 에스빠냐 사람들이 오기 전부터 칠레의 원시림 속에서
살던 유모의 모계 조상들이 사용하던 말에서 유래한 '구아구아(갓난쟁

이)'라는 단어를 되풀이하고 있었다. 구아구아란 말은 대대손손, 엄마에게서 딸로 전해져내려와 유모가, 우연히 칠레에서 태어났고 그녀의 손으로 태어나는 걸 직접 받은 나를 부르게까지 이르게 된 것이다. 유모는 내가 무엇을 원하는지 알고 있었고, 내가 마침내 집에 돌아온 꼬마 가브리엘이란 것도 잘 알고 있었다.

또다시 나의 귀환은 어떤 남자의 손길과 음성으로 중단되고 말았다.

"빨리 없어지지 않고 여기서 뭐 하는 거야?"

이그나시오처럼 그도 키가 크고 건장했지만 다른 점은 녹색의 추한 칠레 경찰제복을 입고 있다는 거였다. 그는 우리를 무자비하게 떼어놓고는 한손으로 유모의 팔을 잡고 또 한손으로는 내 팔을 잡은 채 거칠게 우리를 시동이 켜져 있던 흰색과 검은색을 칠한 길모퉁이의 경찰차로 끌고 갔다. 유모는 우리는 아무짓도 안했고 다만…… 하고 항변했지만 들은 척도, 아니 들으려조차 하지 않았다. "부랑죄에 불법판매, 당신이나 당신 손자나 대마초 피운 죄로 잡혀가는 거니까 경사님 앞에 가서 말해보시지. 자, 빨리빨리 가라고." 너무 순식간에 벌어진 일이라 난 어찌 대응할 겨를도 없었는데 이제 경찰의 손아귀에 붙들려서야 엄마와 아만다 까밀라가 우리를 서둘러 뒤쫓아오는 게 보였다. 두 사람은 내가 유모를 붙들고 울 때 잠시 자리에서 물러나 있었기 때문에 경찰에게 오해를 풀 기회는 갖지 못했다. 바로 그들 앞에, 경찰차 바로 앞에 이그나시오가 나타났다. 그는 경찰과 두 연행자를 불러세우곤 자신의 신분증을 보여주었다.

"야, 이 등신아. 그만둬. 일당을 채우려면 딴데 가서 해"라고 이그나시오가 말했다.

경찰은 우리를 즉시 놓아주진 않았다.

"이게 말귀를 못 알아듣나. 이 여잔 바론 장관의 유모란 말이야. 멍청한 놈아."

"그럼 이 사람은요? 이 여잘 못살게 굴고 있었단 말예요."

"갓난쟁이처럼 생긴 게? 얜 파리 한마리도 못 죽이는데. 얘 대부가 장관이야. 그러니까 가서 마약쟁이나 게이새끼들이나 잡아넣으라니까."

경찰은 우리를 놓아주고 길모퉁이로 갔다. 내 팔을 움켜쥔 손으로 곤봉을 부여잡으며 이그나시오한테 당한 모욕을 행상들에게 화풀이하려고 단단히 벼르는 모습이 보였다.

"야," 이그나시오가 내게 말했다. "괜히 봉변당하고 싶지 않으면, 네 얼굴부터 고쳐라."

"신경쓰지 마" 하고 말한 건 아만다 까밀라였다. "자기 목이나 따라고 해. 그래, 엿같은 영감쟁이들 다 목을 따라고."

칠레 젊은이들에게 일상적인 이런 표현을 들은 건 처음이었다. 원래 날카로운 칼을 뜻하는 이 말은 라이벌이나 못된 늙은이들을 죽여버리고 싶을 때 쓰는 표현이었다.

"잡혀가는 데 익숙해질 거야." 아만다가 계속해서 말했다. "젊거나……"

"난 많이 바뀐 줄 알았는데."

아만다는 웃으면서 "몇몇 사람들한테는 그렇지. 하지만 젊거나 가난한 사람들에겐……"

"불평은 네 아버지한테 가서 해." 이그나시오가 아만다에게 말했다. "안으로 들어가지. 여기 밖에 서 있을 순 없어. 난 돌아가야만 해. 다같이 가서 한잔하는 게 어때?"

"저긴 안 들어가요, 이그나시오 씨." 유모가 말했다. "그게 저 안에 있는 동안엔. 전 밀라그로스와 집으로 돌아가겠어요."

"몇시간이면 돼." 엄마는 내게 양해라도 구하듯 말했다. "너도 나하고 같이 갈래? 아님……?"

"아버지가 기다리고 있을 것 같아 가야겠어요."

"잘 생각했다." 엄마가 맞장구쳤다 "가서 유명한 탐정인 네 아버지가 어떻게 일하는지 좀 보렴. 네 생일파티에 맞춰 밀라그로스의 집으로 갈게."

유모가 무겁게 고개를 끄덕였다. "얘야, 내일은 꼭 날 보러 와야 해."

"유모, 내일 갈게요." 내가 약속했다.

"내일 꼭 와야 해." 아만다 까밀라가 거들었다. 아만다는 내게 좀더 가까이 다가와 마침내 그녀의 아버지가 성화를 부리던 대로 사촌의 볼에 입을 맞추었다. 향수냄새처럼 그녀의 입술이 잠시 얼굴에 스쳤다. 아만다의 입술은 마치 막 태어난, 아니면 죽기 직전의 나비의 날개처럼 내가 느껴볼 겨를도 없이 살짝 스쳐지나갔다. 비록 금세 사라져버리기는 했어도 그 퍼덕거림에 감사할 따름이었다.

난 나의 세 여인들, 칠레의 여인 세 세대가 사람들 속으로 사라지는 걸 바라보았다. 거리의 행상들은 한 블럭을 돌아 다시 제자리로 와서는 아무일도 없었던 듯 축축한 시멘트 바닥에 담요를 펴고 있었다. 그들은 내일도 모레도 그후에도 계속 여기에 있을 것이다. 우리가 떠나 있던 여러 해 동안 그렇게 죽 있어왔듯이, 그리고 우리가 돌아가더라도. 내가 뉴욕으로 돌아가려고 마음먹더라도 이 자리에 나타날 것이다.

이그나시오와 내가 건물 안에 들어갔을 때 나이 들어 보이는 한 사람이 이그나시오를 붙잡았다. 낮보다 밤에 보았더라면 차라리 나아 보였을 양복은 다 닳아빠졌음에도 불구하고 누군가 세심히 손질하고 다림질한 듯 보였다.

"그분, 이리로 나오시나요?" 그 노인네가 물었다.

"그 얘긴 내가 해줄 수 없다는 걸 아실 텐데." 이그나시오가 말했다. "집무실로 가서 만나보세요."

"뭣 하려요? 만나주지도 않을 텐데. 난 그저……"

"하씬또 씨, 내가 충고 하나 해드려도 될까요?" 이그나시오는 노인을 내려다보며 말했지만 협박조의 말투는 아니었다. 이그나시오는 마치 무자비한 햇빛 혹은 혹심한 바람으로부터 노인네를 보호하려고 그림자를 드리우는 듯 보였다.

"이런 식으로 한다고 장관이 부탁을 들어주진 않아요."

"제가 아니에요." 하씬또 씨는 행여 우리 앞에서 양복 깃이 떨어져나갈세라 고쳐 만지면서 말했다. "우리 아들, 7년 동안 빠블로 바론의 경호원이었던 우리 아들 말이에요. 7년 동안이나 말이오. 그런데 그 아이가 지금 받은 게 대체 뭐냔 말이오."

"바로 내 충고지." 이그나시오는 이렇게 말하고 경비원들에게 우릴 들여보내달라고 손짓했다. 문이 열리고 밖에 남은 노인은 안에 뭐가 있는지 보려고 목을 길게 뻗었다. "이상한 일이야." 이그나시오가 말했다. "10년 전에 난 저 사람 아들을 죽일 수도 있었어. 근데 이젠 그 아버지한테 충고를 해주고 있으니. 민주주의 거 참 좋네."

"저 사람이 원하는 게 뭔데요?"

"자기 아들에게 떨어질 떡고물이지. 편하게 돈버는 직장을 원하는 거야. 보건부 같은 곳 말야. 저 사람은 장관이 자기 아들한테 신세졌다고 생각하고 있어. 그 아들놈은 자존심이 대단해서 부탁도 안하고."

"장관이 그 아들에게 직장을 구해줄까요?"

"운이 좋다면야. 하지만 그런 애들은 지천이야. 지금까지 해서 안됐으면…… 저 노인네 일년도 넘게 매일 아침 장관 집무실 앞을 서성대고 있지."

"내가 뭔가 해줄 수도 있겠네요."

이그나시오는 나를 바라보며 말했다. "너한테도 충고 하나 해줄까?" 난 원치 않았지만 그는 개의치 않고 말했다. "끼지 마."

옳은 말이라고 생각했다.

아래층에선 빙산 계획의 개막식이 한창이었다. 머리가 허옇게 센 남자가 자기 뒤의 커다란 스크린에 비치는 방주 모양의 전시관에 대해서 장광설을 늘어놓고 있었다. 재료는 비록 진짜 칠레산 낙엽송이긴 하지만. "에스빠냐 정복자들이 이 땅에 올 때 타고 온 배와 같은 모양입니다. 모든 것이, 냉동기술까지 국내 기술로 조립될 것입니다, 여러분. 냉동시설까지 말입니다." 그는 넥타이를 고쳐매며 말했고, 난 순간 모든 남자들이 넥타이를 매고 있는데 나만 마치 감방에 들여보내진 것처럼 장소에 어울리지 않게 야구모자에 청바지 그리고 스웨터 차림임을 깨달았다.

"최고의 냉동시설은 연어·과일·어패류 등의 수출을 증대시켜줄 것입니다. 내일이면 싱가포르나 씨애틀로 음식을 나르게 해줄 것도, 세계에 우리의 능률과 책임감을 알려주게 될 것도 얼음입니다." 그가 손가락을 튕기자 그뒤 벽면에는 부유하는 얼음덩이로 가득한 검은 바다가 펼쳐지기 시작했고, 그건 확실히 내가 맨해튼에서 25개의 수상기로 보던 것과 같은 것이었다. "신사 숙녀 여러분, 지금 저 얼음으로, 남극에서 직접 온 얼음으로 여러분에게 음료수를 제공하겠습니다. 오늘 아침 얼음을 날라온 우리의 자랑스런 공군 덕분이지요. 자, 건배합시다! 여러분은 칠레의 순수함과 더불어 이 땅의 숭고한 원주민들이 유럽과 아시아를 거쳐 베링해를 건너오기도 전에, 지구의 마지막 끝에서 만들어진 진짜 얼음덩이를 들이마시게 되는 겁니다."

박수가 터지자 웨이터들이 큰 통에 담긴 얼음조각들과 그것과 섞을 여러 종류의 술들을 돌리기 시작했다.

난 아래층으로 내려가는 계단 중간에 서서 초청객들 가운데에서 아버지를 찾아보았다. 잠시나마 난 아버지가 근처의 호텔방에서 보띠첼리 그림의 모델 같은 웨이트리스의 섬세한 육체를 맛보며 달콤한 시간을 보내고 있지나 않나 생각했지만, 순간 흥분한 기업가들에게 위스키를 따라주는 그 까무잡잡한 아가씨는 물론, 뽈로의 말에 따르면 오늘 아님 혹시 내일이라도 나와 시간을 함께 보내기 위해서 일찌감치 목표치를 달성해놓은 아버지의 모습을 볼 수 있었다. 그런 생각은 훈장을 치렁치렁 매단 건장한 장군과 밥맛 떨어지게 금발 염색을 한 말라비틀어지고 주름살투성이인 그의 부인 앞에 서 있는 아버지와 뽈로를 보자 사라져버리고 말았다. 하도 못생겨서 아버지가 저 할망구와 나중에 데이트를 할 궁리를 하려고 한다는 생각은 조금도 들지 않았고, 다만 빙산이 처한 위험에 대해 정보를 캐고 있지 않나 하는 생각이 들었다.

그쪽을 향해 가자 아까 파티장을 나설 때 뽈로가 치근덕거리려 하던 멋진 투피스 차림의 아가씨가 날 불러세웠다.

"하나 물어봐도 되겠어요?"

뭐든지. 내가 아버지라면 뭘 해줄 수 있겠는지 물어보렴 하고 말할 뻔했다. 칠레를 떠나기 전에 너한테 뭘 해주고 싶은지, 지금 이 순간 내 자지가 흐물흐물 맥이 빠져 있지 않다면 뭘 하고 싶은지도 말이야 하고.

허나 내 입에서 나온 말은 "어…… 물론이죠"였다.

"빙산에 관한 거예요. 댁이 여기서 어려도 가장 어린 사람으로 보여서 묻는 거예요. 전 끄리스띠나 페레르(Cristina Ferrer)라는 기잡니다. 혹시 제 이름을 들어보셨는지……"

그녀는 내가 얼마나 라디오나 텔레비전 그리고 신문의 가십 기사에서 자기 기사를 보며 좋아해왔는지 모르겠다는 말을 해 띄워주길 기대하며 잠시 기다렸다. 그러나 난 나이 얘기 때문에 기분을 잡친 상태였다. 선심 쓰는 척하는 데는 신물이 나 있었으니까.

"전 의견 같은 건 내지 않아요, 아가씨. 그것들을 모은답니다. 저도 기자거든요."

좋아서 그러는 건지, 믿지 못하겠다는 건지 알 수 없었으나 그녀의 입이 짝 벌어지는 걸 보았다. 난 고삐를 늦추지 않기로 마음먹었다.

"『뉴욕타임즈』에서 일하고 있지요." 난 거짓말까지 하면서 인상을 심어줘야 하는 데 화가 났지만 그렇게 대답했다. "가브리엘 매켄지라고 합니다. 당신처럼 빙산에 대해 취재하고 있어요."

"매켄지라고요? 칠레에도 매켄지 성씨들이 있는데 혹시⋯⋯?"

"끄리스또발 매켄지가 제 아버지예요." 난 재빨리 대답했다.

그러자 그녀에게 뭔가 변화가 일어났다. 그녀의 생기에 찬 눈은 방을 둘러보다 아버지에게 가 멈추었고 난 그들이 같이 잔 적이 있다는 걸 눈치챘다. 뉴욕에서 내가 총각딱지를 못 떼고 있을 때 아버지가 들락거리며 약탈했던 9천명의 여자 중 하나가 코앞에 서 있던 거였다. 그리고 그녀가 날 새롭게 관심을 갖고 다시 보았을 때 또 한가지를 알 수 있었다. 이 작고 따끈따끈한 계집애는 아버지와 끝내주는 시간을 보내서, 아버지가 매일매일의 할당치를 채우려 침대로 뛰어들어가 새로운 여자의 가랑이를 벌리는 대신 전에 먹었던 걸 먹기로 마음만 먹는다면 얼마든지 예전에 같이 한 짓을 되풀이할 준비가 되어 있다는 것을 말이다. 그리고 이제 날 다르게 바라보는 시선에서 짐작할 수 있었던 건, 혹시 아들도 아버지의 사랑의 기술을 전수받은 건 아닌지 궁금해하고 있다는 것이다. 아님 그건 다 섹스에 굶주린 나의 상상에 불과했을까? 이게 내가 칠레에 온 이유였을까? 제2의 뽈로가 되어 아버지가 이미 다 갈고 측량해놓은 땅을 시찰하려고?

그리고 그 기자가 자기를 다시 소개하겠다는 핑계로 나와 악수하며 필요 이상으로 손을 쥐고 있었을 때, 빙산에 대한 것뿐만 아니라 다른 기사들도 나누자고 제안하며 손바닥을 야릇하게 누를 때, 또 그녀가 내가 칠레에 도착한 지 몇시간 만에 꿈에도 그려오던 계획을 실현시켜줄지도 모른다는 생각이 들자, 난 이제 날 자신의 인생으로, 아마도 잠자리에까지 초대한 이 아름다운 여자의 손을 맞쥐는 대신, 손을 빼어 그 꿈을 깨버리는 걸로 응수했다. 괜찮아. 괜찮다고. 난 그때 그 자리에서 아버지 혀의 달콤함을 맛보지 않은 여자들만 건드릴 거라고 단단히 마음먹었다. 그의 발길이 닿지 않은 곳만 갈 거고, 그가 따먹지 않은 게 확실한 사람하고만 잘 거라고, 그래서 다른 사람 아닌 아만다 까밀라에게 동정을 바칠 거라고, 가짜 빙산의 거대한 그림자 아래서 결심했다. 내 운명을 봉해버린 이 성급한 결정은 날 마치 더러운 강아지새끼마냥 질질 끌어 쎄비야의 이 방으로 데려오고 만 것이다.

내 비밀스러운 생각을 엿듣기라도 한 듯, 그순간 다가온 사람은 다름 아닌 내것으로 하리라고 맹세한 여자의 아버지였다.

"가브리엘," 빠블로 바론이 말했다. "까롤라에게 인사해. 내 집사람이자 두 아이의 엄마 그리고 내 목숨을 구해준 여자지."

까롤라는 아주 새빨간 색깔의 옷을 입은 상당히 매력적인 여자였는데, 그녀가 내 뺨에 교묘하리만치 부드러운 입맞춤을 해주었을 때 난 까롤라 같이 멋진 여자들이 주위에 넘쳐나는데 과연 아만다하고만 하겠다는 결심을 지켜낼 수 있을까 걱정이 되었다.

"목숨을 구해주었다고요?" 끄리스띠나가 빠블로에게 물었다. "그게 언제였죠? 좋은 기삿감인데."

빠블로 바론은 기자를 돌아보며 말했다. "이건 기삿거리가 아냐. 근데 끄리스띠나 양, 허송세월한 것 같지는 않군. 가브리엘하고 벌써 인사했나? 빙산을 쫓는 두 기자라. 누가 먼저 숨겨진 얘기를 알아낼지 궁금한데."

"그래서 말인데요, 장관님." 끄리스띠나 페레즈가 말했다. "아직도 빙산 계획에 대해 신세대가 어떻게 생각하는지 알아내지 못했거든요. 전……"

"아만다 까밀라는 어때?" 빠블로 바론이 물었다. "이 근처에 있을 텐데."

"집에 갔어요." 내가 말했다.

"그럼 까롤라는?" 장관은 집안 식구 중의 하나가 인터뷰하길 바라며 졸라댔다.

끄리스띠나는 마치 성형수술 자국이라도 찾듯 빠블로 바론의 아내를 유심히 살펴보았다. 그녀는 가까스로 "나중에 생각해보죠" 하고 말하고 자리를 뜨려다 내게 명함을 주러 돌아섰다, 유혹의 눈길도 함께 던져주면서. "아버지를 닮았으면," 끄리스띠나가 말했다 "나한테 전화하게 될 거예요."

그 말과 함께 그녀는 사라졌다.

"미친년." 까롤라는 이렇게 말하고 눈 하나 깜짝 않고 주제를 바꿔 "그래 언제 우리 쌍둥이들을 보러 올 거죠?" 하고 물었다.

"내일 갈게요." 내가 말했다.

"내일은 내가 안되는데." 까롤라가 중얼거렸다.

"섭섭한데요." 난 거짓말을 했다. "하지만 아만다가 절 잘 대접해줄 거예요."

"아만다 까밀라가 그렇게 좋아?" 내 뒤에서 난 목소리는, 진작에 알아챘어야 했는데, 뽈로의 것이었다. 정말 녀석은 소리소문없이 나타나는 데 천부적인 재능을 지녔다. 그림자처럼 슬그머니 다가와 귀에다가 가장 듣기 싫어하는 말만 해대니.

"그럼, 물론이지. 난 아만다가 좋아." 난 눈길도 주지 않고 말했다.

"얼마나? 얼마나 좋아하는데?" 녀석은 성화를 부렸다.

빠블로 바론이 눈살을 찌푸렸다. 뽈로를 바라보는 그의 눈동자엔 살기가 맴돌았다.

"그따위 질문이 어디 있어?" 빠블로 바론이 물었다. "젠장, 무슨 소릴 하고 있는 거야?"

"예?" 뽈로가 말했다. "아무것도 아닙니다. 장관님. 그냥 단순한 질문인데요."

"그럼 우리가 간단한 대답을 해주어야겠구나. 안 그러냐, 가브리엘?" 빠블로 바론은 날 격렬히 돌려세우곤 손가락을 어깨 속으로 꽉 파묻었다. 이 나라 사람들은 모두 내 몸을 자기네 것쯤으로 여기는 것 같았다. 자기들더러 찌르고, 파고, 밀라고 내가 뉴욕으로부터 날아온 걸로 생각들을 하는지 말이다. 이번에도 장관은 뽈로한테 화를 내고 있었지만 대신 대가를 치르고 있던 것은 내 몸이었다. 아니면 빠블로 바론이 실은 나한테, 자신의 힘은 장관자리에서 나오는 게 아니라 백정 같은 손에서 나오고, 정말 화가 나면 그 손으로 뭐든지 뚫어버릴 수 있다는 메씨지를 보내고 있었던 것일까? "레오뽈도. 네가 미처 세상에 나기도 전에 이 아이의 아버지와 난 이렇게, 이렇게 가까웠단 말이다. 가브리엘은 아만다 까밀라를 좋아하지 않으려야 않을 수가 없어, 오빠니까. 그게 아만다가, 또 내가 가브리엘을 믿는 이유이고, 내일도 모레도 우리 집으로 초대할 수 있는 이유지. 그리고 내 딸아이는 친오빠처럼 이 아일 대하게 될 거야. 가브리엘, 내 말이 맞냐, 틀리냐?"

난 그 말이 맞다고 했다. 달리 무슨 소릴 하겠어? 빠블로가 내 살을 마치 찰흙덩어리처럼 주물럭거리고 강탈하는 동안 아프다고 하겠는가, 아니면 처음 본 순간부터 당신 딸을 따먹고 싶어했고 사실상 아만다야말로 이 동네에서 아버지의 손때가 타지 않은 단 하나뿐인 여자이기 때문에 내 욕정을 확인시켜주고 내 물건을 뻣뻣하게 해줄 유일한 사람이라는 사실을 말해주겠는가? 빠블로 바론이 실수한 거라고, 그도 내가 잉태된 이튿날 아버지와 빠초 삼촌하고 한 저능아 같은 내기도 다 잘못된 거였다고 말할 수 있을까? 아버지가 마침 나타나 그 신비스런 눈으로 지금 벌어진 일을 살펴보고 있는 이 마당에 어떻게 속내를 다 털어놓을 수 있단 말인가?

"좋아." 장관이 말했다. "착한 아이로군, 끄리스. 우리 둘 다 긍지를 가져도 되겠어. 가브리엘, 넌 고향에 돌아온 날을 기억하게 될 거야. 세월이 지난 후 넌 네 아버지와 대부가 빙산을 보여주러 데려간 날을 기억하게 될 거다." 빠블로는 또다른 곰발바닥 같은 손을 아버지의 어깨 위에 철썩 올려놓았다. 기억해둘 만한 게 뭐가 있나? 빠블로의 딸, 좋아. 아만다와 유모, 좋아. 나중 일이지만, 다가가기만 해도 뿜어나오던 남극의 안개와 망령을 헤치고 하얀 고래처럼 물위에 떠오른 진짜 빙산을 보는 꿈이 실현될 날도 물론이지. 그런데 후원자들과 돈깨나 있는 사람들 그리고 군바리들을 현혹시키기 위해 가물거리다가 어둠속으로 사라져버릴 껍데기 모조품을 내가 왜 기억해야만 하는 거지? 일년 반이 지난 지금 이곳 쎄비야에서 돌이켜 생각하면 할수록 어떻게 내가 도착한 첫날 모든 것이, 내 운명과 다가올 죽음이 다 기록되어버렸는지 의아할 따름이다. 재니스, 나만 죽는 게 아냐. 나 혼자 가는 게 아니란다.

"피곤해요." 내가 말했다. "집에 가야겠어요."

난 뉴욕을, 리버사이드 드라이브가 내려다보이는 내 아늑한 방을, 컴퓨터로 얼굴 없는 친구들에게 슬픔과 희망을 털어놓고 야한 생각들로 꽉 찬 재니스, 너의 질문과 충고를 받아 여러가지 체위를 시험해보던 채팅룸을 뜻했던 거야. 넌 멀리 떨어진 내게 누워 있으니까 집어넣으라고 하곤 했었지. 실은 내 손가락은 딸딸이를 치고 있었고 넌 너대로 수음을 하고 있었음에도 말이야. 난 피곤했고, 집에 가고만 싶었다.

그들이 나를 데려간 집은 누뇨아에 있는 밀라그로스의 집이었고, 내 기분을 띄워주려 한 친구들은 그들의 보호자인 매켄지의 아들에게 "해삐 베르스데이 뚜유(Happy birthday to you)" 하며 생일축하노래를 불러주던 100여명 남짓한 아이들이었다. 그들이 생일선물로 준 워크맨은 완전히 무용지물이었고 날 데려간 방은 껌껌한 데서 반짝이던 전기난로와 뽈로가 누군가에게 시켜 담요 밑에 갖다놓은 뜨거운 물병에도 불구하고 춥고 습기가 차 있었다. 밤이 깊었다. 끝나지 않을 것만 같던 하루의 깊은 밤은 내가 원하지도, 필요로 하지도 않았는데 아버지가 생일선물로 준 손목시계 속에서 똑딱거리며 흘러가고 있었다.

채팅룸은?

물론 거기에 있었지. 모뎀을 연결하고 노트북을 켜는 즉시 어두운 인터넷 디지털 공간 속에서 너와 수많은 아이들이 들락거리며 웅성대고 있

제1부 123

을 네 이메일에 접속할 수 있을 테니까. 진작에 너한테 칠레에서 얼마나 재수가 옴 붙었고 아울러 사기까지 당했으니 다음날 미국으로 돌아가는 게, 그리고 기왕이면 맨해튼으로 네가 날 방문해주는 게 어떤지 물어봤어야 했는데 말이야. 그 기진맥진했던 밤보다 화면에서 내 눈으로 반짝거리는 네 글자들이 더 보고 싶은 적은 없었어. 그런데 번쩍 하고 불꽃이 튀더니 화면이 까맣게 되고 자판에서 연기가 모락모락 피어오르기 시작하더군.

"아이, 개씨팔!"

난 이제 또다른 화장실에서 딸딸이나 치도록 운명지워진 내 손이 타들어버리길 바라기까지 하며 뜨거운 것도 신경 안 쓰고 컴퓨터에 연결한 어댑터의 타버린 전선을 잡아뽑았다. 어떻게 이렇게 한심할 수가 있을까. 어떻게 변압기 쓰는 걸 잊어버릴 수가 있지? 만약 수리해야 한다면 노트북을 적당한 가격에 고쳐줄 사람을 찾는 데 얼마나 시간이 걸릴까?

그러나 차츰차츰 화가 누그러짐에 따라 혹시 이 사고가 하늘이 보내는 이상한 메씨지, 내가 풀어야 하는 암호가 아닐는지 의아해하며 좀더 차분히 생각하게 되었다. 왜 하필이면 이런 일이 내가 칠레에 온 첫날 벌어진단 말인가? 무얼 뜻하는 거지?

내가 고립되어버렸다는 건 자명했다. 재니스 너와 다른 인터넷 친구들과 다시 연결하고, 내가 갇혀버린 이 너무나도 단단한 공간을 제거해버리는 건 쉬운 일이었다. 내일 다른 단말기만 구하면 되니까. 빠블로 바론이 칠레가 현대적인 나라라고 하지 않았던가. 그런데 단말기만 있으면 되는 건가? 컴퓨터를 그렇게 어처구니없는 실수로 구워버렸다는 건 마음속 깊은 곳에서 무언가가 내가 어디 있다고 말해주자마자, 재니스 네가 해줄지도 모르는 경고, "칠레도, 네 멍청한 아버지도, 빙산도 또 네가 빠졌다는 그림의 떡 같은 계집애도 다 엿이나 먹으라고 해. 나한테로 와서 그날 저녁 소파에서 하던 일을 마저 끝내보도록 하자"는 소리를 듣고 싶지 않아서였을 것이다. 어쩌면 난 장차 내 인생의 복잡한 수수께끼들을 혼자서 풀어보려고 무의식적으로 그런 사고를 저질렀는지도, 어쩌면 갓난쟁이같이 생긴 얼굴을 없애버리는 유일한 방법은 정처없이 표류하는 것이었는지도, 어쩌면 다음날 너하고 연락하겠다는 약속은 지키지 말았어야 하는 건지도 모를 일이었다. 또 어쩌면, 어쩌면, 어쩌면……

자정이었다.

난 주전부리를 하려 아래층을 서성였다. 먼곳에 떨어져 있는 네게 제대로 전하지 못한 말들이 속에서 끓어넘치는데 잠을 청해봤자 소용없는 일이었다. 부엌 창가에서 기숙사를 바라보았다. 아버지와 엄마가 결혼 초기에 탐정 사무실에서 들어오는 돈을 죄다 털어서 산 벽돌과 시멘트 그리고 가출한 다음에 부모 곁으로 다시 갈 수 없었던 어린 도망자들과 돌아갈 부모조차 없는 아이들을 위해 산 침대, 그들을 위해 지은 화장실들로 이루어진 부속건물이었다. 쓸쓸한 불빛만이 기숙사 4층에서 비치고 있었다.

난 불빛에 이끌려 천천히 계단을 올라갔다. 내 발걸음을 집어삼키는 100여명의 아이들이 자면서 내쉬는 리드미컬한 숨소리에 마치 떠내려가듯이, 불빛이 새나오고 있는 방 앞에 이르게 되었다. 난 문지방 앞에 멈추어섰다. 아버지가 침대 끝에 앉아서 채 예닐곱살도 돼 보이지 않는 어떤 꼬마녀석에게 조용히 자장가를 불러주고 있었다. 밀라그로스에 들어올 수 있는 나이는 열살이 넘어야 하는 걸로 알고 있는데도 말이다. 그 아이는 울고 있었다. 난 간헐적으로 훌쩍거리는 소리를 들을 수 있었다. "괜찮아." 아버지가 꼬마에게 말했다. "다 괜찮아질 거야. 너, 꿈에 괴물이 나오는 게 좋으니, 아니면 이 방에 괴물이 있는 게 좋으니? 꿈속에서 괴물들을 물에 빠뜨려버리는 게 더 좋지? 안 그래? 그렇지?" 난 그때 내가 저 아이 또래였거나 더 어렸을 때, 뉴욕으로 떠나기 며칠 전의 일이 떠올랐다. 악몽에서 깨어나려고 안간힘을 쓰고 있을 때 침대 곁에 위대한 매켄지가 서 있었다. 그는 내가 자는 모습을 내려다보면서, 내가 스스로 깨어날 때까지 거기서 한참을 기다린 것 같았다. 내가 무서운 그 어떤 것과 싸우는 데 끼여들지 않으려 하면서도 날 내버려두지 않고 그저 바라만 보고 있다가 17년이 지난 지금 낯선 아이를 안듯 날 품에 안았었다. 난 거기서 잠시동안 가만히 듣고 있다가 마치 무슨 보지 말아야 할 것을 본 것처럼 뒤로 한걸음 물러섰다. 다시는 돌아갈 수 없는 내 어린시절과 잃어버린 아버지로부터. 내가 한걸음 물러서자 아버지는 내 쪽으로 고개조차 돌리지 않은 채 불렀다. "들어와, 가브리엘. 기다리고 있었다."

난 그 말에 따라 침대 쪽으로 걸어갔다.

"깔리또스야," 아버지가 꼬마에게 말했다. "내 아들 가브리엘이란다. 애도 한번 나쁜 꿈을 꾼 적이 있었지. 악몽이 절대로 끝나지 않을 줄로만 생각했단다. 허나 얼마나 컸는지 보렴. 앤 자기가 이렇게 클 줄은 전혀 생각지도 못했단다. 안 그러니, 가브리엘?"

"깔리또스야, 괜찮을 거야." 내가 말했다. "너 친구가 있니? 세상에 단 하나뿐인 친구 말야."

"응." 깔리또스가 말했다. "이 아저씨가 내 친구야. 날 찾아서 이리 데리고 온걸."

"친구는 하나면 돼." 내가 말했다. "살아가기 위해 친구 하나면 충분하지."

"쉬 마려워요." 깔리또스가 별안간 알렸다.

"좋았어." 아버지가 말했다. "가브리엘한테 그게 왜 좋은 건지 말해도 되겠니?"

"다른 사람한테 말 안한다고 약속하면요."

내가 약속하자 아버지는 깔리또스가 침대보를 적시곤 했는데 요 며칠 사이 나아지고 있다고 설명했다. 꼬마는 자기 전에 화장실 가는 걸 기억해냈는데 그게 바로 다른 사람들이 알면 안되는 비밀이었다.

깔리또스는 침대를 빠져나와 아버지의 손을 잡고 한밤중의 찬공기를 가로질러갔다. 그리곤 내게도 남은 한손을 내밀었다. 꼬마가 변기에 조용히 오줌 누는 소리에 나 또한 남대문을 열고 일을 보았고 곧이어 우릴 따라 아버지도 누는 소리가 들려왔다. 그순간엔 전적으로 옳다고 할 만한 뭔가가 있었다. 지구 한쪽에서 사람들이 컴퓨터를 켜고 글을 쳐가면서 말할 사람들을 문자로 찾아헤매고 있었고 내가 비록 그들 중에 있지는 않지만, 여기서 찬공기를 가르며 아버지와 집 나온 꼬마와 함께 오줌 누는 건 이상하리만치 편안하게 느껴졌다. 난 우리가 이렇게 영원히 있을 수만 있다면, 세 사람이 다같이 영원히 오줌이 흘러나오게 하며 있을 수만 있다면 좋을 텐데 하고 생각했다. 그리고 그런 행복한 느낌은 우리가 꼬마에게 이불을 덮어주고, 불을 끄고 잠이 들 때까지 머물러 있는 동안 지속되었다.

몇분 후 아버지와 난 구름 사이로 별안간 나타난 차가운 달빛을 맞으며 마당에 서 있었다. 아버지는 담배를 꺼내 내게 권했고, 내가 거절하자 웃으며 자기 담배에 불을 붙여 깊게 들이마셨다.

"저 아이, 여기 있기엔 조금 어리지 않나요?" 내가 물었다.

"여기 있는 대다수 아이들은 돌아갈 집이 있어." 아버지가 대답했다. "그곳을 구태여 집이라고 부른다면 말이지. 저 깔리또스란 꼬마는 길거리밖에 갈 곳이 없어. 어느날 중앙시장에서 내 주머니를 슬쩍하려 했었지. 난 누가 날 터는가 보러 이따금 거기에 가곤 하지. 그 아이들이야말로 내가 바라는 애들이야. 가장 똑똑한 아이들이고 그 중에서 날 표적으로 삼는 아이는 제일 대담한 아이지. 깔리또스는 경찰들이 세운 '아이들의 집'에서 뛰쳐나왔고 그 전엔 신부들이 운영하는 '그리스도의 집'에 있었대. 그 누구도 저 아일 어찌 해볼 수가 없었단다. 자, 그러니 과연 쟤가 우리랑 있을지 누가 알겠어? 벌써 여기 들어온 뒤 두번이나 거리로 뛰쳐나갔었는데, 뽈로가 한달 전쯤 본드를 마시고 있던 저 아일 찾아냈어. 한번만 더 도망쳐버리면 더 심한 약물에 빠지게 될 거고 그 돈을 구하려고 무거운 죄를 저지르게 될 거야. 그때 우리가 걔를 구해낼 수 있는 방법은 아무것도 없지. 그래서 좀 어려도 데려오게 된 거란다."

"만약에 여기가 꽉 차서, 저런 애를 위한 자리가 없어지면 어떻게 하죠?"

"그럼 길거리에서 죽게 되는 거야."

아버지 위에서 갑자기 달빛이 비치는 아래로 안데스 산맥 줄기가 눈에 들어왔고 산에 쌓인 눈이 그를 유령처럼 비치고 있었다.

"난 이 건물에 있는 모든 아이들을 알고 있어." 아버지가 말했다. "이름도, 자라온 환경도 죄다 말이야. 네 삼촌 빠초나 빠블로 바론은 세상을 구하겠다고 했지만, 난 아이를 하나씩 구해내기로 마음먹었어."

"아이를 하나씩이요." 내가 되풀이해서 말했다.

"그 누구 하나 개똥만큼도 신경쓰지 않는 아이들이지." 아버지가 말했다.

난, 나 같은 아이들이로군 하고 생각했다. 이제 아버지는 나를 부둥켜안을 것이고 우리는 이그나시오가 중단시켜버렸던 순간으로 되돌아가게 될 거야. 아버지도 나도 눈을 감고 사이가 가까워져서 모든 게 뒤틀어져버린 시각으로 돌아가게 되겠지. 그게 아버지가 지금 하려는 거야 하고 생각했다. 하지만 천만에. 아버지는 꽁초를 땅에 버리고 담배를 한 개비 더 꺼내 물고는 연기가 마치 베일처럼 우리를 감싸오르는 걸 바라보았다.

"가비(가브리엘의 약칭—옮긴이)야" 하고 아버지가 불렀다. 처음으로 아버지는 어렸을 때 부르던 그런 애칭으로 날 불러주었다. 우리들 중 누구도 그땐 내가 아버지 곁을, 칠레를 떠나게 되리라고는, 그리고 단지 빙산 때문에 다시 돌아와 함께 있게 될 수 있으리라고는 생각지 못했다. 빙산과 껌껌한 데서 오줌 누길 무서워하는 꼬마 양아치 덕분이라고 할까. "가비야." 아버지가 말했다. "이젠 피해의식에서 벗어날 때도 된 것 같구나."

아버지는 뒤돌아서서 안으로 들어가버렸다.

난 거기에 한동안 서 있었다. 그리고는 아버지가 피다 남은 꽁초의 남은 불을 짓밟았다. 한발을 들어 신발밑창으로 그 꺼지지 않은 불을 으깨 짓이겨버렸다.

그리고 거기가 이제 싼띠아고에서 첫날밤을 보내게 될 장소가 되었어. 난 이 글을 체 게바라가 죽은 지 25년째 되는 오늘 아침 5시부터 쓰고 있어. 재니스, 바람도 쐬고 싶고 배도 고프구나. 오늘밤 내가 중국 전시관에서 있을 뻬이징식 만찬에 식구들과 함께 나타나지 않으면 사람들이 의심하기 시작할 거야. 내가 무슨 짓을 하고 있는지 궁금해들 하겠지. 특히 아만다 까밀라가 말이야. 걘 이런 일엔 안테나 같은 걸 달고 다니니까. 하지만 속여넘길 거야. 여태까지 속여왔으니까…… 참, 내가 주문해놓은 닭들도 가지러 가야겠군. 그래, 재니스, 진짜 살아 있는 닭들이야. 무릎 사이에 올려놓고 죽을 때까지 목을 비틀어 질식시켜 죽여야 하는 그런 닭들. 유모가 가르쳐준 대로지. 그래, 오늘은 쓸 만큼 쓴 것 같다. 이틀 후이긴 하지만 끄리스또발 매켄지와 그의 가장 친한 친구인 빠블로 바론의 생일상을 준비할 시간이 된 것 같구나. 내가 두 사람의 쉰번째 생일을 위해 특별한 음식을 하기로 했거든. 절대로 잊혀지지 않을 뭔가를 말야. 그들의 마지막 저녁식사가 될 거야. 모든 게 다 날아가버리기 전에.

제 2 부

1992년 10월 10일

인간의 의식을 갉아먹는 기만은 믿는 사람에 의해 저질러진다.

단떼 『신곡』 중 지옥편, 지옥의 두번째 주기

재니스, 아직 거기 있는지 궁금하구나. '거기'의 끝은 너한테 기회 있을 때마다 거짓말을 해왔던 사람의 긴 유언장일 텐데 말이야. 나의 이 발견의 항해의 절정과 끝을 미처 보지 않은 채 네가 하선하지 않는다면 말이지.

난 너의 관심을 끌기 위한 온갖 서술기법들도 아직 다 써보지 못했어. 옛날옛적, 칠레에 오기 전에 난 작가가 되고 싶어한 적이 있었어. 그게 어제 쎄비야의 시장을 걸어가면서 곰곰이 생각에 잠겨 있었던 이유지. 쎄비야 박람회장이 아니라, 내일밤 까쑤엘라 요리에 필요한 재료를 파는 그런 보통 시장에서 아메리카대륙이 세상에 선물한 작고 둥근 감자를 고르면서. 이 이야기는 수수께끼이거나, 아님 적어도 어떤 수수께끼 같은 이야기니까 나의 유일한 독자인 재니스, 네가 설령 나의 연인이 되지 않는다 해도 너의 흥미를 좀더 끌어야겠어. 어쩌면 나만 죽는 걸로는 충분치 않을는지 몰라. 다른 사람들의 죽음도 바쳐져야 하지. 그래, 소위 괜찮다는 미스터리 소설에는 살인이 있게 마련이거든. 내가 하는 이 얘기에서도 살인이 등장하게 될 거야.

하지만, 그전에 이 수수께끼는 미궁에 빠졌단다.

엄마와 내가 칠레에 돌아온 지 정확히 2주일 후, 그리고 아버지가 수사를 포기하겠노라고 경고한 그 기간 중에 빙산에 관한 두번째 협박편지가 빠블로 바론 '장관'의 사무실로 배달되었다. 똑같은 연한 푸른색 종이에 똑같은 봉투, 우표, 그리고 같은 크기의 글자와 복수의 사령관이라는 서명까지 똑같은 채로 말이야. 단지 메씨지만이 달랐어.

환경이 나의 관심거리냐고?

그건 나만 아는 것이고 당신이 알아내야만 할 일이야.

분명한 건 우리가 너의 빙산을 작살내버릴 거라는 거지.

──당신이 아는 사령관.

빠블로 바론은 불쾌해했다.

"매켄지," 그는 장관실 책상 반대편에서 아버지를 불렀다. 속삭이는 듯한 말투였는데 그건 아직도 그가 삐노체뜨 장군의 똘마니들이 카펫 밑에 숨겨놓았을지도 모르는 도청장치에 강박증이 있기 때문이었다. "매켄지, 너 씨팔, 아무것도 안했잖아."

맞는 말이었다. 아버지는 범인을 잡는 데 눈곱만큼의 노력도 기울이지 않았고, 빠블로 바론은 그것을 알고 있었다. 장관이 짭새들한테 아버지를 밤낮으로 쫓아다니라는 명령을 취소했는지 알 수는 없지만, 분명 빠블로 바론은 그들의 보고가 필요치 않았다. 왜냐하면 그는 수사팀장의 아들이자 충실한 조수인 가브리엘 매켄지를 첩자로 두고 있었기 때문이지. 내가 바로 장관에게 위대한 매켄지는 사건 해결에 털끝만큼도 관심이 없다고 일러바친 거야. 이 두번째 편지는 제때 도착해서 장관으로 하여금 그의 가장 절친한 친구를 구석에 밀어넣고, 끄리스, 씨팔 너 정말 이럴 거야! 하며 사건 해결을 좀더 강력하게 닦달하게 했다. 그러나 내가 아버지를 배반한 그 대화 중에 장관에게 끝까지 이야기하지 않은 것은 바로 아버지가 빠블로 바론이 협박편지를 쓴 장본인이라고 믿고 있었다는 것이다. 난 바론에게 엄청난 양의 정보를 찔러주었지만 엄마와 내가 칠레의 항구에 돌아온 1991년 7월 10일 아침에 일어났던 일만은 말하지 않았지. 그날 아침 밀라그로스의 집에서 뽈로 옆에 나를 앉히고 늦은 조반을 들며 아버지는 우리에게 물었다.

"자, 이제 이 빙산 건을 어떻게 처리하지?"

"아무것도 안해도 돼요." 뽈로가 노란 마라께 빵에 버터를 바르며 말했다. "그건 틀림없이 바론 자신이 편지를 썼기 때문이지요." 나는 아마 이 세상 어느 곳에서도 찾아볼 수 없을 정도로 기이하게 생긴 빵을 집어들며 대체 그게 무슨 소린지 뽈로에게 물었다.

아버지는 식탁보에 수놓아진 물레꽃을 집게손가락으로 만지작거리며, 탁자 너머로 나를 바라보았다. 그 전날 안데스 산맥의 달 아래서 부자간에 나눈 신비함은 사라지고, 아버지는 이전의 비꼬는 듯하면서 약간 빈정거리는 모습으로 돌아와 있었다. 아버지는 날 가브리엘이나 '가비'는커녕 '갓난쟁이 같은 녀석'이라고 부르지 못해 안달이 난 것 같았지만, 깔리또스가 내 손을 잡고 있는 걸 보고 꾹 참고 있는 듯하였다.

"무슨 소리냐 하면 바론이 나를 엿먹이려고, 말하자면 내기에 이기려고, 편지를 위조했다는 거야. 그게 뽈로가 말하는 거야."

"그게 어떻게 아버지를 내기에 지게 하는 거예요? 잘 이해가 안돼요." 내가 말했다.

"너는 말귀를 못 알아듣는구나." 아버지가 말을 이어갔다. "세상의 모든 양키놈들처럼, 넌 아무것도 알지 못하는 나라에서 와서, 알지도 못하는 일에 발을 들여놓고는 처음 만난 사람에게 네가 문제를 해결할 수 있다고 약속한 거야. 실은 문제라고 할 수도 없지. 처음부터 바론이 짠 일이니까. 장관으로 임명되면서 무슨 수를 써서라도 나를 자기 영향하에 두려고 해왔으니까……"

"하지만 아버지의 제일 친한 친구잖아요."

"물론 그렇고말고, 형제같이 사랑하지. 그렇지만 열에 아홉, 아니 백에 아흔아홉은, 그는 이렇게 해서 내기에 이기려고 하는 거야. 봐라, 머지않아 우리를 빠뜨리고니아, 남극으로 보내려고 온갖 희한한 트집을 다 잡을 테니. 난 그깟 장난에 끼여들고 싶지 않다. 2주 안에 조사에서 손을 뗄 테야."

"남극에 가는 게 무슨 문제가 되죠?" 나는 물었다. 내가 몸을 부르르 떤 건 파라핀 곤로가 겨울의 찬공기를 잘 덥히지 못해서가 아니었다. 난 달콤한 기대에 몸을 떤 것이다. 20세기에 들어서야 인간이 개발하기 시작한 대륙, 스콧(R. F. Scott, 영국의 탐험가. 남극점 정복에 도전했으나 노르웨이의 아문센보다 한달 늦게 도착해 첫 정복에 실패했다—옮긴이)가 눈보라를 맞으며 유언장을 쓰며 죽어간 곳, 섀클턴(E. Shackleton, 영국의 탐험가. 남극의 얼음에 갇혔다가 극적으로 구조되었다—옮긴이)도 종단하지 못한 빙원과 산들. "아버지, 진짜 빙산을 보고 싶지 않으세요?"

뽈로가 대답하려 했지만 아버지가 그를 막았다.

"물론," 아버지가 말했다. 그의 눈빛과 음성은 조금 부드러워져 있었다. "실은 나도 무척 진짜 빙산이 보고 싶어. 그렇지만 나는 1992년 10월 12일 이후에는 가고 싶은 곳 어디라도 갈 수 있어. 내가 쉰살이 되면 말이지. 일년도 채 안 남았어."

"전 아직도 이 모든 것이 바론의 편지와 어떻게 연관이 되는지, 이해가……"

뽈로는 내가 질문을 마치기도 전에 "여자는 배에 탈 수 없어"라고 대답했다. "가령 항해가 보름 걸린다고 치면 하루에 한사람씩 끄리스에겐 15명의 여자가, 말하자면 합창단 하나가 필요하단 말이야. 그럼, 그런 종류의 칠레 군함에는 여자를 몇명이나 승선시킬 수 있을까? 빵이야. 단 한 명도 안돼. 잘하면 기껏해야 하나 정도는 봐주겠지. 그래서 네 아버지는 내기에 지게 되는 거고, 장관은 회심의 미소를 짓게 되는 거지. 매켄지 형제 중 동생은 감방에 있고, 라틴아메리카는 그가 예언한 대로 되지도 않았고 말이야. 알아듣겠니? 그리고 형은 끝도 없는 얼음 속에서, 승리를 앞두고도 거의 25년 만에 처음으로 물건을 써보지 못하고 꾹 참고 있어야만 되다니. 왜냐고? 왜냐하면 네가 바론이 파놓은 함정에 빠져버렸기 때문이야. 네가 너무 아는 척을 해서 그렇게 된 거지. 이젠 알아듣겠니?"

물론 알아들었다. 내가 개밥의 도토리가 된 것도, 찬밥 신세가 된 것도. 그리고 이런 식으로 미움과 실수들을 쌓아간다면, 칠레에서 총각딱지를 뗄 수 있는 기회들도 시시각각 멀어져간다는 것도 말이다. 내 인생은 여자 하나 없는 배를 타고 끝없이 남극으로 향하는 항해가 돼버리고 말 것이다. 난 스콧처럼 그와 동료들에게 밀어닥친 남극의 밤하늘을 바라보며, 한번도 사랑해보지 못한 따끈따끈한 여자들 꿈이나 꾸고 있겠지. 하지만 어젯밤 아버지는 내게 너무 그렇게 피해의식에 젖지 말라고, 심기일전하라고 충고하셨다.

"나도 내기를 하면 어때요?" 내가 말했다. "뽈로, 너하고 나 둘 중에 누구 말이 맞는지 내기하는 게 어때? 내가 빙산을 깨버리려고 하는 사람이 바론이 아닌 다른 사람이라는 데 내기를 걸면 어떨까? 내가 지면 앞으로 25년 동안 여자 근처에도 가지 않겠다. 여자는커녕 남자 근처에도 말이야. 양 궁둥이도 거들떠보지 않을게."

뽈로는 빵 씹는 걸 멈추었다. 그는 추운 부엌에서 김이 모락모락 나는 밀크커피 잔을 탁자와 입 사이에 든 채, 내가 말을 계속하도록 내버려두었다. 아마도 그는 처음으로 내가 우리 아버지의 자식이고, 그래서 무엇보다도 언변이 좋다는 것을 깨닫는 듯했다. 도박사 기질이 우리 가족의 유전자에 있다는 것은 물론이고 말이다.

"그리고 만약 네가 지면" 나는 계속했다. "너도 앞으로 25년 동안 여자한테 살도 대면 안돼. 절대로."

아버지는 나의 이런 허세에 웃고 말았다. 나한테서 그 옛날 생일상 앞에서 동생과 빠블로와 함께 앉아 있던 젊은이의 복사판을 보지 않았으리란 법이 있나. 그렇지만 아버지는 그의 친구인 뽈로가 망신을 당하고, 2016년까지 자지를 냉동상태로 놔둬야 할지 모를 가능성 때문에 심장마비를 일으키게끔 내버려두지는 않았다. 그는 휴전을 제의했다. "너희들 내기 같은 건 집어치워. 우린 할일이 있어." 혹은 아마 이 말은 막 부엌에 들어온 엄마를 달래려고 한 말인지도 모르겠다. 25년 전 테이블 앞에서 받아들인 내기를 후회하고 있다는 것을 간접적으로나마 보여주려는 듯 말이다.

"무슨 꿍꿍이예요?" 엄마가 물었다.

"빤초를 만나러 가려고 해." 아버지가 대답했다. "그리고 빠블로가 호르헤 라레아와의 모임을 주선해놓았어. 그 사람 기억나? 삐노체뜨 밑에서 재무장관하던 사람 말야."

"뽄차 알바레즈(Poncha Alvarez)하고 결혼한 사람 말인가요?" 엄마가 말했다.

"뽄차 알바레즈," 뽈로가 말했다. "맛이 괜찮았지."

라레아 부인과의 속이야기를 이토록 상스럽게 드러내는 데 아버지는 불쾌감을 느꼈다. 밀라그로스 앞에선 안돼. 이 멍청아!라고 그의 찡그린 두 눈썹이 말하는 듯했다.

"그 친구 맞아." 아버지가 대답했다. "그래, 지금은 우리 애도 관심 있어하는 빙산 계획에 관여하고 있다는군. 가브리엘이 그 건에 대해 글을 쓰고 싶어해."

"어, 정말?" 엄마는 꼬치꼬치 캐물을 듯이 바라보았다. "난 네가 여기서 무슨 일을 하리라고는 생각지 못했는데."

"어젯밤에 떠오른 거예요. 미국에 돌아가면 팔아먹어야죠" 하고 내가 말했다.

엄마는 더이상 말하지 않았다. 짐작건대 이미 오래 전, 여자가 남자들의 행사나 목욕탕에서의 말다툼, 또는 보이 스카우트 행사 따위와 맞닥뜨렸을 때에는 자기들끼리 알아서 하게끔 내버려두는 게 최선이라는 것을 배운 것 같았다. 비록 그러한 인내심은 몇분 후 내가 아버지와 뽈로를 따라 차를 타려 할 때 밀라그로스의 집 현관에 나를 불러세움으로써 끝나 버렸지만 말이다. 엄마는 내가 칠레에 온 걸 좋아하고 있는지 알고 싶어 했어.

엄마는 그리 흡족해 보이지 않았다. 눈은 부었고 지쳐 보였지. 수년 동안 그토록 안 좋은 모습을 본 적이 없었어. 뉴욕에서는 어린 가브리엘의 슬픔이 그녀에게 큰 부담을 지우지 않아 별 근심 없이 자신감 넘치게 살 수 있었던 반면, 지금의 엄마는 17년 전 자신이 떠나버린 나라를 되찾기 위해 속으로 안간힘을 쓰느라 매우 스트레스를 받은 듯했다. 그래서 엄마에게 잃어버린 아버지와 떼지 못한 총각딱지에 대한 고백을 상세히 하기엔 그다지 적절해 보이지 않았다. 그때까지 늘 그래온 것처럼 난 혼자 상황을 모면했다.

"네 아버지와의 일은 어떻게 돼가니?" 엄마가 재촉했다. "어젯밤 두 사람이 마당에서 이야기하고 있는 걸 보았어. 내 방 창문에서 바라보았지."

엄마는 내가 무슨 짓을 하는가 보고 있었던 것일까, 아니면 아버지가 자기 침실로 오는지 살펴보고 있었던 것일까? 하는 질문은 하지 않았어.

"잘돼가고 있어요." 내가 말했다.

"친구들은? 내가 아는 사람들의 자식들과 연결이라도……"

"괜찮아요." 내가 말했다. "아만다 까밀라가 다 알아서 해줄 거예요. 분명 날 잘 돌봐줄 거예요. 그애와 점심약속이 있어요."

"괜찮은 아이지." 엄마가 말했다. "안 그러니? 매력적이지 않아?"

"괜찮죠." 내가 말했다. "그렇지만 제 스타일은 아니에요."

"내 인상엔, 글쎄, 네가 그애에게 끌렸다고 느꼈는데."

"천만에요. 걔는 제가 좋아하는 타입이 아니에요."

"그러니까 모든 게 잘돼가고 있다 이거지?"

엄마는 무언가 의심하고 있었다. 난 그녀가 소외받고 있다는 느낌을 주지 않기 위해서라도 조금이나마 문젯거리를 내주어야만 했어.

"실은 어젯밤 컴퓨터가 망가졌어요. 트랜스 다는 것을 까먹었거든요."

언제나 도움을 주고 싶어 안달나 있다는 듯, 엄마는 컴퓨터를 빠블로 바론의 집으로 가져갈 것을 제안했다. 고맙다는 말을 하고 차로 향하는 동안 내 스카프는 참으로 맑고 깨끗한 바람에 휘날리고 있었다. 난 뽈로의 비꼬는 듯한 눈빛과 아버지의 차갑게 급변한 태도를 이해할 준비가 되어 있었다. 아버지의 육체는 마치 손이 없이도 할퀼 수 있을 것만 같았다. 감옥에 있는 동생에게 현실상 실현 가능성이 희박한 사면령에 대해 알리러 갈 때마다 아버지는 아마 이런 식으로 안절부절못했던 듯했다. 아마 벌써 동생에게 바론 장관의 엄숙하지만 아무 진전이 없는 약속을 전했는지도 모를 일이었다.

빤초 삼촌은 이번에도 빠블로 바론의 말 따위는 믿지 않았다.

"그 씹새끼가?"

그의 목소리는 죄수들과 그들의 얼어붙은 듯한 가족들이 초라한 책상 앞에 웅크리고 있는 크고 어두컴컴한 방에 크게 울려퍼졌다. 가까운 한쪽 구석에서는 수염이 덥수룩한 근육질의 젊은 남자가, 젊어도 한참 젊은 여자 하나를 무릎에 앉혀놓고 주물럭거리고 있었다. 모든 사람들이 보는 앞에서, 어린 꼬마와 감시병들도 있는 속에서 실은 그 여자와 성행위를 하고 있던 거였다. 아무도 거기에 신경쓰지 않는 것 같았다. 군인들은 그들 주위를 무심히 지나가고 있었고, 아무 생각 없이 다른 칙칙한 죄수들과 그들의 아내 혹은 어머니, 여동생들을 바라보고 있었다. 그 여자들은 한결같이 낡고 침침한 옷을 입고 있었는데, 마치 높은 창살을 통해 들어오는 먼지 낀 햇살이 간신히 비치는 차가운 어둠속에서는 어떤 색상도 눈에 띄지 않는다는 것을 아는 듯했다. 시선을 위로 향했을 때 거친 시멘트 벽

위에 두 개의 서글픈 듯한 전구가 금세라도 꺼질 듯이 깜박거리며 빛 대신인 듯 어둠을 방울방울 떨어뜨리는 걸 어렴풋이 볼 수 있었다. 여기가 바로 일급 치안 형무소인가? 작동하지도 않는 금속탐지기와 금세라도 곯아떨어질 것만 같고 다른 사람들 복장 검사보다는 자기들 이 쑤시는 데 더 관심이 많은 경비병들이 있는 이곳이? 난 디킨즈(Charles Dickens, 산업화의 그늘에서 살아가는 소외계층을 주로 다룬 영국 작가—옮긴이) 소설에 나오는 빚쟁이들의 감옥에서처럼, 아버지와 함께 눈 깜짝할 사이 삼촌을 구출해낼 수 있을 것 같았다. 우린 빠블로 바론이 필요 없었다.

빤초 삼촌조차 바론의 필요를 느끼지 않고 있었다. 사실은 그를 증오하고 있었던 것이다.

"배신자." 그가 으르렁거리자 모든 사람들이 흠칫 놀랐다. 경비병들은 걸어다니는 것을 멈추었고, 사랑을 나누던 죄수와 그의 연인은 잠시나마 왕복운동을 그만두었으며, 남자 여자 할 것 없이 모두 고개를 들어 삼촌을 바라보았다. 그러곤 곧이어 다시 모든 것이 정상으로 돌아와 한사람씩 자신의 불행을 차가운 입김으로 불어내고 있었다. 그들은 이러한 고함에는 이미 익숙해져 있는 듯했다. "그 배신자! 삐노체뜨의 신자유주의자들 좆이나 빠는 새끼. 그놈이 민주화운동을 할 때 말야, 조카, 경제모델이나 썩어빠진 자본주의 그리고 밀턴 프리드먼(Milton Friedman, 미국의 자유주의 경제학자—옮긴이)과 자유시장에 대해 뭐라고 떠벌인 줄이나 아는가? 바론이 독재에 맞서 싸울 때 말야? 끄리스, 네 아들에게 얘기 좀 해줘."

"빠블로가 널 이 시궁창에서 꺼내줄 수 있는 유일한 카드란 말야."

"난 우리 모두가 자유가 될 때까지 여기서 안 나가." 빤초 삼촌이 말했다. "특별대우는 필요 없어. 예전엔 가난을 몰아내겠다고 해놓곤 이제 와서 삐노체뜨가 하던 짓을 따라하는 놈들의 도움은 필요치 않다고. 이봐 끄리스, 가브리엘을 병원에 한번 데려가본 적이 있나? 환자들이 직접 솜과 아스피린을 들고 와야만 하는 가난한 병원을 보여준 적이 있어?"

"앤 어제 왔어." 아버지가 말했다. "병원을 보러 칠레에 온 게 아니야. 우리를, 가족을 만나러 온 거라고. 좀 진정해."

"난 죽어야 가만 있을 거야." 전투적인 답변이 바로 건너왔다. "난 신발 없는 사람, 학교 못 가는 사람, 직장 없는 사람들이 사라져야만 잠자코 있을 거야. 가브리엘, 너 세상에 얼마나 많은 사람들이 하루에 1달러도 안되는 돈으로 사는지 아니? 알아?"

"애 좀 가만 놔둬." 아버지가 말했다. 그러나 난 모른다고 대답해버렸다.

"13억명이야. 거의 15억이지. 1960년엔 20퍼센트의 부유층이 세상의 70퍼센트의 부를 소유했었어. 그런데 지금 그놈의 글로벌리제이션 이후 어떻게 된 줄 알아? 빠블로 바론이 제국주의자들과 다국적기업들의 젖꼭지나 빨면서 책임지고 있는 지금 말야. 부자들이 85퍼센트를 소유하고 있지. 그럼 빈곤층은 얼마나 가졌냐고? 예전엔 2.3퍼센트였는데 이제 1.1퍼센트뿐이지. 그리고 칠레는 점점 더 나빠지고 있어."

"통계자료에는 좋아지고 있다고 하던데요." 뽈로가 말했다.

"통계자료." 빤초 삼촌은 화가 나 숨을 헉헉거렸다. "누구나 그걸 자기 입맛에 맞게 쓴다고. 끄리스, 내 조카를 라 뻰따나(La Pintana)로 데리고 가봐. 상황이 과연 좋아지고 있는지 보게, 데려가보라고."

그들은 아직도 어린아이들인 것처럼 싸우기 시작했다. 아버지는 동생에게 가브리엘뿐만 아니라 그 누구도 정치엔 관심 없으며, 체 게바라가 죽었을 때 빤초가 자기 말을 들었어야 했다고 했다. 그러자 삼촌은 칠레의 타락은 아버지 책임이라고, 아버지처럼 멀리서 불 구경하듯이 아옌데 시절에 동참하지 않고 삐노체뜨를 저지하지 못한 모든 사람들의 책임이라고 반격했다. 그러자 아버지는 아무것도 하질 않아서 행복했노라고 말했다. 왜냐하면 빤초처럼 감방에 들어가 있을 테니까. 그러자 빤초는 끄리스가 감방 갈 두려워한 것은 내기에 질까봐, 그래서 등신 같은 여자

제2부 141

들을 못 따먹게 될까봐 그런 거였다고 말했다.

뽈로는 이때가 긴장을 깰 수 있는 적절한 때라고 생각했다. "빠초, 원한다면 우리가 여자 하나를 집어넣어주지. 내 생각엔 또렷또렷한 년 둘쯤은 구해줄 수 있을 것 같은데. 확실하게 검증된 것들로."

"여자들은 형을 약하게 하고 있어." 삼촌이 단언했다. "그네들은 형을 현실에 묶어놓고 가족이라는 짐을 지우길 원해. 그래서 레닌이 결코 자식을 안 가진 거라고. 그게 바로 형의 실수야. 밀라그로스를 만나기 전까지만 해도……"

아버지는 자리에서 일어났다. 더이상 참을 수 없었던 것이다. 뭐 때문에 동생을 방문해서 불쾌감만 가져야 하는지 알 수 없었다. 벌써 지난주에 가브리엘과 같이 올 테니 그애를 편히 해주기 위해서라도 제발 처신 좀 잘하고, 첨예한 논쟁 따위는 피하자고 이야기해두지 않았던가. 아버지는 할일이 많았다. 나 간다.

아버지는 방을 가로질러 가기 시작했다. 나는 그의 등에 대고 말했다. "아빠, 빠초 삼촌과 여기 좀더 있을게요." 아버지는 나를 바라보았다. 오늘 아침 두번째로 아버지를 놀라게 한 나의 돌출행동은 그를 아마 기쁘게 했을지도 몰랐다. 아버지는 고개를 끄덕였다. "난 간수장과 있을게" 하고는 그뒤를 바짝 좇는 뽈로와 함께 사라졌다.

"끄리스는 나쁜 사람은 아니야." 삼촌은 아버지가 보이지 않게 되자마자 조용히 말했다. "간수장은 네 아버지한테 신세를 지고 있지. 오래 전 그 자신이 가출을 했는데 끄리스가 찾아내 문제를 해결했어. 이젠 그자가 날 돌보고, 아무도 나를 건드리지 못하게 하고 있어. 내가 그걸 고맙게 여기지 않는다고 생각지는 마. 끄리스 생각에 나는 좀 소란스러운가봐. 하지만 내가 시끄러운 게 아니라 다른 사람들이 잠자코 있는 것뿐이라고."

아버지는 내게 그의 동생이 다혈질이라 성질이 조변석개(朝變夕改)라고 말한 적이 있었다. "너도 알겠지만 빠초를 고문하고 있어." 안데스 산맥을 뒤덮는 눈 아래 누구라도 자유로이 다닐 수 있을 만한 화창한 날 뻬니(Peni)로 가는 차 안에서 아버지는 내게 설명했었다. "자백을 받아내려고 하는 거지. 빤초는 아무것도 모른다고 우겨댔고, 결국 그들은 그를 꺾어버린 거 같아. 그때부터 재가……" 그러나 아버지의 그때 그 말은 내가 방금 들은 독설과, 지금 내 앞에 앉아 차분하고 거의 명한 듯 형의 좋은 점에 대해서 늘어놓는 빤초 삼촌에 대해서는 아무 준비를 해주지 못했다.

"내가 오늘 좀 시끄러웠어." 삼촌이 말했다. "일부러 그런 거야. 네 아버지를 보내고 너하고 함께 있고 싶어서 그랬어." 그는 내가 믿었던 것보다 재치가 있었다. 칠레에 단순하고 직설적으로 진실을 말하는 사람이 어디 있던가?

"저하고만 있고 싶었다고요? 왜죠?"

"무슨 일이 일어나고 있는지 좀 알아보려고. 빠블로가 내 석방의 대가로 그토록 원하는 게 도대체 뭐지?"

난 협박과 아버지의 의심에 대해 말했다.

"빙산을 폭파하려는 사람이 있다고?" 삼촌이 말했다. "넌 바론이 아니라는 건 확신해도 좋아. 그가 그 우스꽝스러운 내기에 이기려고 쎄비야 계획을 위험에 빠뜨릴 리가 없어. 장관이 바로 끄리스가 협박편지를 보냈다고 생각한다 하더라도 난 놀라지 않을 거야. 내기에 안달하는 건 도리어 끄리스니까. 내 형. 그래 끄리스가 바론 그 개새끼를 실각시키려고 내기에 이기려고 하는 거라고."

"아버지가 편지를 보냈다고요?"

"글쎄. 아마도 그래서 빠블로가 끄리스를 가까이 불러들인 거야. 감시하려는 거지. 이 나라가 그 모양이 돼버렸어. 모두가 다른 사람 눈을 파먹고 올라서려고 혈안이 돼 있어. 경쟁에 또 경쟁이야."

"더 단순한 일이 아닐까요?" 나는 넌지시 말했다. "삼촌 동지들 중의 몇사람이, 예를 들자면 방금 말씀하신 이유들 때문에 정부를 공격하려는 거 말예요. 사람들을 감방에 처넣는 그런 민주주의에 대한 항거."

"난 그렇게 생각 안해. 그렇다면 뭔가 내가 알았을 거야. 그렇지만 네 말을 듣고 보니 그걸 박살내버린다는 건 썩 나쁜 생각은 아니군. 너도 빙산을 본 적이 있니?"

난 그저 모형을 보았을 뿐이지만 이미 빙산의 신비함과 경이로움에 매료되었노라고 말하려는데, 삼촌이 즉시 말을 끊으며 빙산의 투명함과 새하얀 그리고 깨끗함에 반대되는 온갖 욕설을 늘어놓았다. (난 그게 푸르고 아름답다고 이야기하려 했는데도 말이야.) 삼촌은 빙산이 옛 기억을 상실한 칠레, 또 그렇게 애써 기억을 지우려는 칠레의 상징으로 보았다. 피, 낡은 구두 냄새, 군화처럼 나라의 깨끗함을 어지럽히는 모든 것을 버리고 고통을 망각한 채 과거와 단절하고 자신을 돌아보지 않고 근대화에만 매달린다면 더욱더 나라를 의존적으로 만들 거라고 했다.

나도 삼촌처럼 생각하려 애썼다. 그의 편협함에도 불구하고 난 여기서 칠레에서 날 처음으로 인정해주고 다른 목적으로 이용하려 들지도, 절대로 조종하려 들지도 않을 사람 앞에 있다는 인상을 받았다. 나는, 몇분 후면 삼촌은 다시 이 삭막한 방보다 수백배는 더 작을 감방으로 돌아갈 거고 난 나대로 거리를 쏘다니며 빙산을 폭파해버리려는 사람을 찾아나설 것이기에 그에게 빙산에 대한 나의 느낌을 서술하려 애썼다. "제가 무슨 느낌을 받았는지 아세요? 빙산을 바라보면서, 그 얼음 속을 들여다보면서 전 영원히 상실된 것, 천국과 같은 것을 되찾을 것 같은 심정이었어요. 그리고 난 혼자가 아니다. 아버지도……"

"그래, 너희 두 사람이 오염되지 않은 자연의 한조각에서 에덴동산을 찾는다 치자. 세상에 안 그런 사람이 어디 있어? 어떤 자연물이나 예술작품도 다 그런 작용을 하는 법이다. 엥겔스가 말하길, 엥겔스가 맞나? 하여간 거기에서 소용가치가 창출된다고 했지. 내 말 좀 들어봐. 세상의 모든 얼음도, 그 어떤 엑스포도, 평생을 일한 뒤에 누울 침대나 위로해줄 사람 하나 없이 길가에서 고뇌에 찬 채 죽어가는 늙은이에 비하면 아무런 가치가 없는 거야. 나라면 세상의 모든 예술박물관들을 이 노인이 웃으며 죽는 것과 맞바꾸겠다."

나는 삼촌과의 논쟁을 그만두었다. 자신의 신념 때문에 감방에 있는 사람과는 언쟁을 해봐야 소용도 없고, 또 그 사람이 살아가기에 필요하고 자신의 희생이 가치 있다고 확신하는 믿음을 빼앗는 것은 의미없는 일이었다.

"빤초 삼촌, 저 가겠어요."

내가 그를 부둥켜안았을 때 난 그의 몸이 경련을 일으키는 걸 느꼈다.

"빙산이 폭파되도록 내버려둬라, 가브리엘." 삼촌은 마치 세상에서 남길 마지막 유언처럼 급히 내게 중얼거렸다. "그 좆같은 빙산을 하늘로 날려버리게 도와주라고."

나는 그를 놓고 뒤로 물러섰다. 그는 사랑하는 나의 삼촌이지만 정신이 나가 있었다.

"난 빙산이 죽는 걸 보고 싶지 않아요, 삼촌."

"만일 내가 한 손에 다이너마이트를 들고 또 한 손에 성냥을 들고 있다면 넌 빠블로 바론의 빙산을 구하기 위해 날 쏘아넘어뜨릴 테냐?"

"지금껏 누굴 쏘아본 적은 없어요." 내가 말했다. "그리고 앞으로도 그럴 생각이 없고요."

"하려면 언제든지 할 수 있어."

그 말은 마치 삼류 갱영화의 대사처럼 들렸다. 삼촌과의 이 대화는 장차 이 쎄비야에서 비참하게 내려질 막의 전주곡과도 같은 것이었다.

"삼촌 다시 찾아뵐게요."

"하나만 더, 애야." 삼촌은 볼펜을 꺼내 종이에 몇자를 썼다. "네 방문을 기다리마, 가비야." 삼촌이 말했다. "이번 일요일에 네 아버지와 그의 자지 얘기나 떠들어대는 똘마니새끼 없이 오너라. 그래야 정말 우리가 서로를 알게 될 테니까." 그는 종이를 내 손에 구겨넣어놓곤 사라졌다. 감시병이 출구에서 나를 막아서서는 무엇을 숨기고 가는지 물었다. 그녀석들은 내가 생각하는 것만큼 바보들은 아니었다. 나같이 어수룩한 뉴요커들을 잡아내기 위해 일부러 자는 척했는지도 모를 일이었다. 난 손을 펴구겨진 메씨지를 읽으며 "이건 제 삼촌의 글인데요"라고 말했다.

"어떤 글도 여기서 빠져나갈 순 없어, 양키씨."

"이건 개인적인 건데."

"그건 내가 읽어봐야 알 수 있잖아, 안 그래?" 그는 신경질적으로 손가락 꺾는 소리를 냈다.

"네가 이 나라에서 여자와 자고 싶으면" 감시병이 삼촌의 메씨지를 한 마디씩 읽어나갔다. "이 나라를 먼저 사랑해라." 그는 나를 바라보며 말했다. "좆같이 이건 무슨 소리야?"

"당사자에게 물어보세요. 내가 쓴 게 아니니까."

"그 미친 새끼한테 뭘 물어봐? 끄리스또발 매켄지 동생만 아니면 그저……"

"그저 뭐요?"

"똑바로 살게 가르쳐주겠다."

난 창백한 죄수들과 송장 같은 그들의 친척들, 그리고 잠든 듯한 감시병들을 뒤로하고 그곳을 나오며 그 말의 의미를 되새겨보았다. 아버지는 고장난 금속탐지기 곁에서 기다리며 상복을 입은 여자에게 말을 하고 있었고, 근처엔 뽈로가 서성대고 있었다. "안돼요. 미안하지만 그럴 수 없어요"라고 아버지가 말하는 중이었다.

"그저 우리 엔리끼또가 살았는지 죽었는지만 말해줘요. 그거면 돼요. 우리 집에 오셔서 그 아이 방 침대에 앉았다가 개를 어디로 데려갔는지만 말해주세요. 우리 아이 침대는 그날 아이를 데려간 그 모양 그대로 있어요, 끄리스또발 선생."

"만약 그애가 자기 의사로 나간 거라면 기꺼이 이 사건을 맡겠다고 벌써 얘기했잖아요. 하지만 비밀경찰에 붙들려 갔다면……"

"글쎄 그 사람들은 매번 내가 물으러 갈 때마다 우리 애가 어떤 년하고 같이 가출했다는 거예요. 늘 하는 말이죠. 그들은 '당신 아들은 예쁘장한 계집애하고 달아난 거야. 못생긴 엄마랑 사는 게 지긋지긋해져서 그런 거지' 라고 말하곤 했어요. 그 사람들이 한 말을 근거로 이 일을 좀 맡아줘요."

"알았어요, 아주머니." 아버지는 차분히 말했다. "하지만 아시다시피 그건 사실이 아니에요. 그들이 당신 아들을 데려갔다는 것도 거짓이고, 이 새 민주정부가 정식으로 그 아이의 죽음을 확인했다는 것조차도 거짓말이라고요. 그래서 제가 할 수 없다는 게……"

"그렇다면 시신은 어디 있나요? 걔가 죽었다면 시신이 있을 거 아니에요? 그걸 말해줘요. 아님 절 도와주시든가. 당신은……"

"난 정말 가야 해요." 아버지는 내 팔을 잡아채며 말했다.

그 여자는 우리들을 바라보았다. 그녀의 눈은 죽어 있었지만 그 안엔 불이 활활 타고 있었다.

"얘가 당신 아들이로군요." 그녀가 말했다. "당신 아들이라는 걸 확실히 알겠어요. 만약 그들이 이 아이도 데려간다면 당신은……"

"아마 나 같은 탐정에게 찾아갈 거고 그는 내가 말하는 거랑 똑같이 얘기하겠죠. '난 납치나 정치, 살인사건 등은 취급하지 않아요' 라고."

"당신은 아들을 사랑하지 않는군요." 그녀가 별안간 말했다. "사랑한다면 절 도와줘요."

아버지는 대답하지 않았다. 그는 여자의 생기가 사라진 타는 듯한 눈을 뒤로한 채 나를 데리고 감옥을 나와 차로 걸어갔다. 차 안에서 내게 말했다. "너 충격받았겠구나." 그는 나의 눈빛을 오해했다. 난 아버지가 그녀를 대하는 태도를 비난하고 있는 것이 아니었다. 그는 내가 옛날에 소호에서 하던 대로 이런 유의 고통과 문제에 그는 그대로, 나는 나대로 등을 돌려 자신을 보호했을 뿐이었다. 내가 불만이었던 건 그 여자에 대한 태도가 아니라 나에 대한 아버지의 태도였다. 정말 그 여자 말처럼 그는 나를 사랑하지 않는다는 게 사실이기 때문이었다.

"난 그 여자를 도울 수 없다." 아버지는 주장했다. "아무도 그녀를 도울 순 없지. 15년 전 처음으로 찾아온 뒤 날 볼 때마다 매달리는 거야. 공손히 대해주고 있긴 하지만, 어쨌든 그 일엔 휘말리지 않을 테다. 너도 그 일에선 멀찌감치, 가능한 한 멀찌감치 떨어져 있도록 해. 그래, 너하고 네 엄마가 여기서 최대한 서둘러 떠나버렸던 것처럼 말이야."

"전 6살이었어요"

"넌 더 일찍 올 수도 있었어. 네 할머니가 돌아가셨을 때 넌 19살이었잖니. 아무도 못 오게 막지 않았잖아. 그러니 내가 거리를 둔다고 탓하진 마라."

그 말이 아버지와 그 여자의 거리인지, 우리 부자간의 거리를 뜻함인지 아니면 가출하는 애들을 제외한 다른 모든 일에 있어서 그의 일반적인 소홀함을 뜻하는지는 명확지 않았다. 가출소년들에게 아버지는 그가 내게 보낸 편지에서와 같은 온정을 보내주었다. 아니면 아버지의 열정이라는 것은 마치 피 흘리고 죽은 토끼새끼마냥 25년 동안 이 보지에서 저 보지로 현기증나는 밤을 되풀이한 끝에 소진되어버린 걸까. 그의 상냥함은 수도 없는, 그래서 기억조차 하지 못하는 칠레의 베갯머리에서 탈진해버리고 만 것일까.

우리는 그후 15분 동안 이야기하지 않았다. 우리는 교통체증으로 고립되어 있었다. 경적이 울리고 택시기사들의 욕설과 스모그와 푸른빛의 배기가스 들이 차 안으로 스며들어와, 차가 떠나기도 전에 이미 아버지와 뽈로가 피우기 시작한 담배연기와 뒤섞여버렸다.

문득, 놀랍게도 우리 왼편으로 구역질나는 색깔의 체비(Chevy) 승용

차 하나가 다른 차들이 피하거나 말거나 차선 반대방향으로 지나가는 것을 보았다. 운전사는 운전석에 파묻힌 채 핸드폰으로 쉬지 않고 주절거리고 있었다. 몇미터 못 가 선 그는 신경질적으로 경적을 울리며 다른 차들이 비켜줄 것을 요구했지만 다른 차들 또한 비록 상황이 더욱 악화되더라도 그렇게 해주질 않았다.

"저녀석 미쳤네요." 내가 말했다. "더 엉망으로 만든다는 걸 모르나?"

"그는 다른 사람이 먼저 하기 전에 했을 뿐이야." 아버지가 말하자 다른 차가 똑같이 우리 곁을 쏜살같이 지나 거의 체비 차를 칠 뻔했다. "이게 단지 제 생각만 하고 사는 사람들로 가득한 나라에서 벌어지는 일이란다."

"그런 줄 알고 있었어요." 내가 말했다.

아버지는 나를 바라보았다. 내가 아버지가 나를 대하는 거나 그 여자를 대하는 태도를 빗대어 말했다고 생각한 걸까? 아니면 내가 그를 그런 말할 자격이 없다고 비꼬아 말한다고 생각했던 걸까? 내 의도가 어쨌건 간에 끄리스또발 매켄지는 잘못 받아들였다. 그는 차 문을 열고 "나 간다"라고 말했다. 마치 예전에 자기 자식에게서 벗어나려고 했던 것과 같아 보였다.

"아버지, 저와 같이 호르헤 라레아를 보러 가려던 참이 아니었나요?"

"시간 낭비야." 아버지가 말했다. "나중에 가겠어. 할일이 있거든."

나는 무슨 소린지 상상할 수 있었다. 그 웨이트리스나 군침나는 어떤 계집과 잠자리를 맛보려, 또 한번 몸에 경련을 일으키며 따끈따끈한 하얀 액체를 뽑아내러 간다는 거였다. 아님 그냥 나를 내버려두고 가려는 핑계인지도 모를 일이었다. "뽈로, 이 아이를 라레아에게 데려다줘. 그리고 3시에 날 데리러 와. 어딘지 알지?"

"잠깐. 그럼 누가 날 아만다네 집으로 데려다주죠?"

"이미 다 알아서 해놨어." 뽈로가 말했다. "곧 알게 될 거다. 3시야."

아버지는 몸을 벌써 반쯤 차 밖으로 내민 채 되풀이해서 말했다.

"쌍둥이 실종사건을 맡는 건가요?" 뽈로가 물었다.

"돈 좀 벌게 될 거야." 아버지가 말했다. "그 빙산은 골칫거리밖에 안 돼, 안 그래? 가브리엘, 오늘밤에 보자. 너 어딘지 알지?" 내가 도대체 어디냐고 물어보기도 전에 그는 가버렸다. 나는 아버지가 옴짝달싹 못하는 차들 사이로 항해하듯이 나아가 차의 경적소리와 욕설 그리고 배기가스의 안개 속으로 사라지는 것을 보았다.

"별로 편칠 않아." 뽈로가 말했다. "네 엄마와 사이가 안 좋은 것 같아."

"너와는 별 상관이 없는 일 같은데."

"매켄지의 일은 곧 나의 일이야," 뽈로는 목소리에 조금도 적개심을 담지 않은 채 말했다.

"할일이 많아?"

"엄청나지. 우린 분점도 열고 새로운 탐정들도 고용하고, 다른 일들에도 관여할 수 있었어. 어떤 사업이나 마찬가지로 이 사업에서도 가장 중요한 게 뭔 줄 알아? 브랜드 인지도야. 부모들은 끄리스또발 매켄지는 해낸다는 걸 알아. 그래서 해가 갈수록 일이 점점 수월해지지. 우리 신세를 진 사람들이 매번 늘어나고 있어. 설령 그들의 도움이 없더라도, 우리 브랜드 인지도, 시장 안에서 우리의 위치면 충분해. 여자들도 마찬가지지."

"여자들이라고?" 내가 물었다. 묻지 말았어야 했다. 그건 아버지한테만, 다른 사람들은 제외한 아버지에게만 말했어야 하는데 그만 제어하지 못한 것이다. 만약 매사가 어제 오늘같이 돌아간다면 난 위대한 끄리스또발 매켄지와 스무고개는커녕 중대한 질문 하나 할 기회를 갖지 못하게 될 것이었다.

뽈로가 끄덕거렸다. "여자들, 그래, 갓난쟁이같이 생긴 친구." 우리 앞에 있던 차가 조금 움직였다. 아마 교통체증이 풀리려는 듯했다. 뽈로는 기뻐서 경적을 세차게 누르곤 액셀러레이터를 밟았다. "여자들은 그를 찾아가지. 글쎄 그가 마법이 있어서 뿅가게 해줄 거라고 믿나봐. 그렇지만 끄리스가 굉장히 많은, 셀 수조차 없이 많은 여자들과 잤다는 건 알지만 아무도 그게 내기 때문이라는 건 몰라. 이 나라에선 누구나 모든 걸 알게 되는 법인데, 이상한 일이야. 세상 여자들이 그에 대해 아는 건 그저 화끈하다는 거고, 그러면 충분하다는 거야. 그들은 상품을 써보고 소문이 맞는지 확인하려는 것뿐이지. 말하자면 끄리스가 물건을 넣어보기도 전에 벌써 절정에 다다라 있지. 여자들은 그가 그저 끝내주게 해주길 원하고, 그들의 기대는 매켄지 탐정사무소처럼 항상 충족되고 있어. 그렇지만 명성이라는 건 하루아침에 생기는 게 아냐." 차는 이제 속력을 내 나아갔고, 뽈로는 차 안에서 피우던 세번째 담배 꽁초를 집어던졌다. 꽁초는 길 한가운데에서 반짝이는 잘 익은 아보카도를 팔던 행상을 가까스로 비껴 떨어졌다. "한가지에라도 유명해지기만 하면 나머진 식은죽 먹기지. 세상사가 다 그렇다니까. 다른 남자들은 끄리스한테 존경심을 갖고, 서방질 당한 남편들조차 복수할 생각을 못한다고. 그들은 되레 싸인을 해달라고 한다니까. 물론 이 모든 일엔 한가지 나쁜 점도 있어. 뭔지 아니?"

난 뽈로가 계속 말할 거라는 느낌을 받았다.

"만약에 소문이 안 좋게 나기 시작하면, 그것으로 전쟁도, 사업도, 여자도 모두 끝장이야. 악명은 영원히 쫓아다닐 거야. 무슨 소린지 알겠니?"

난 무슨 소린지 물론 알고 있었다.

우리는 라레아 장군의 본부에 도착했다. 짙은 유리로 된 건물은 매연 속에서 빛나고 있었다. 난 뽈로가 7층에 있는 '92 엑스포 사무실까지 날 따라오는 게 싫었다. 오히려 그도 나를 혼자 놔둔다면, 앞으로 몇시간 동안 아버지가 어제 따먹은 이웃집의 통통한 식모를 사냥할 수 있어 기뻤을 것이다. 난 정중하게 "너도 함께 가겠니?"라고 물었다.

"시간 낭비야." 뽈로는 아버지의 말을 따라 했다. "우린 벌써 라레아 마누라를 따먹었어. 뽄치따는 예쁜 엉덩이를 가졌지."

"넌 우리 아버지가 잔 여자와 매번 같이 자는 거야?"

"전부 다는 아니야. 하지만 괜찮아. 너도 그를 바싹 따라다니면 아마 몇 년 정도 가로챌 수 있겠지."

그런 위로 섞인 예언을 남기고 뽈로는 떠나버렸다.

그리고 몇시간이 지나서야 나는 빙산계획과 3명의 수상쩍은 사람들이 있는 사무실 밖으로 나올 수 있었다. 아니, 실은 3명이 아니라 3명 반이 정확할 것이다. 아침나절에 한 일치고는 성과가 괜찮은 편이었다.

첫째 인물은, 바로 호르헤 라레아였다. 그의 머리는 은색인데, 지난밤 개막식에서 남극의 얼음을 넣은 위스키를 손님들과 잔뜩 퍼마셨다. 그는 이 임무의 책임자이며, 칠레를 나태와 재난 그리고 폭력의 상징인 라틴아 메리카로부터 떼어내려고 혈안이 되어 있었다. 이번이 외국사람들에게 칠레 국민이 체 게바라처럼 게으르게 생겨서 과거 탓이나 하면서 도움이 나 청하는 게 아니라 뉴질랜드나 홍콩처럼 부지런하고 책임감 있으며 능 률적인 사람들로 가득한 나라라는 걸 보여줄 기회라고 말했다. 칠레는 자 신감과 자립 그리고 번영의 국가라네. 그는 나를 데리고 '92 엑스포가 디 자인되고 있던 여러 방들, 40만 개의 상자와 조각들, 음향시설을 돌아보 며 자신의 이론들을 피력했다. 그는 내게 '소리들의 터널'이라는 카세트 하나를 쥐여주며, 그 음향들은 빙산을 보러 전시관으로 들어오는 관객들 이 듣게 될 멀티플 사운드로서, 칠레를 함축적으로 나타낸다고 말했다. 가는 불빛이 비치는 부드러운 목재로 된 굽은 복도와 투명한 구리철사로 반짝거리는 천장, 부드러운 색상과 엄숙한 형태의 형이상학적 가면들이 그려진 그림들을 가로지르며 그는 나를 이 방 저 방으로 데리고 다녔다. 그리고 마침내 그의 힘있는 손이 나의 힘없는 어깨에 올려질 때(이건 이 나라 관습이야. 내 어깨는 미끼처럼 누군가의 손가락을 엮어매곤 하지),

우리는 이 계획의 심장부에 도달했다. 냉장시설, 이것이 라레아가 이 계획을 지휘하기로 동의한 이유였어.

라레아는 빙산을 차갑게 보존할 수 있는 시설의 모델과 케이블, 기계, 항온장치, 튜브 그리고 보조 환기장치 등을 보여주었고, 나는 그의 말에 귀를 기울여야 했지만(여기야말로 결국 테러리스트가 습격할 곳이기 때문에), 설명에 집중할 수 없었던 것은 라레아가 전시관 어디에 빙산이 놓여질지를 정확히 설명하기 위해 칠레 국기가 그려진 조그만 나무상자에서 흐릿한 청색 종이를 꺼냈기 때문이야. 재니스, 너 그게 뭔지 알아? 크기는 인쇄체로 씌어진 빙산 폭파 협박편지와 똑같았고, 글자모양도 지금 라레아가 '빙산'이라고 휘갈겨쓴 뒤 내게 건네준 것과 매우 흡사했다. 나는 문득 밀라그로스의 집에 두고 온 점퍼 안에 그 원본이 있음을 기억했어. 불과 만 하루도 안돼 그와 똑같은 종잇조각을 보게 된 나는 그걸 세심히 살펴보고 가슴이 뛰는 것을 감추기 힘들었다. 그렇다면 라레아가 직접 편지를 쓴 걸까? 도대체 왜? 모든 탐정소설이 그렇듯 동기 없는 범죄는 없는 법인데.

그러자 마치 내 마음을 읽기라도 한 양, 라레아는 자기가 아끼는 계획, 스스로를 협박하게 될지도 모르는 얘기를 털어놓기 시작했지.

"1988년 그들이 이 계획을 갖고 날 찾아왔을 때 난 그저 삐노체뜨의 재무장관이었지. 난 따분했고 뭔가 할일을 찾고 있었어. 하지만 그보다 먼저 내 집안 얘기를 하도록 하지." 라레아는 조바심나는 듯 날 쳐다보았다. 난 부지런한 양키 기자의 습성대로 메모를 하기 시작했지. "우리 선친께선 50년 전에 아무도 생각지 않던 일을 하셨지. 그는 이 나라 안에서 칠레 상표를 가진 냉장고 제조에 착수하셨어. 정복자표 냉장고. 정복자, 왜냐구? 실은 1532년 칠레가 발견되었을 때 우리 25대 할아버지가 디에고 데 알마그로(Diego de Almagro, 에스빠냐의 신대륙 정복자—옮긴이)와 함께 오셨거든. 그 탐험은 실패로 끝났지. 그러나 우리 라레아가의 시조는 그후 뻬드로 데 발디비아(Pedro de Valdivia, 페루 정복에 나섰던 에스빠냐의 군인—옮긴이)가 다음 원정을 지휘할 때 다시 참여했어. 그들이 싼페르난도(San Fernando) 길을 통해 안데스 산맥을 넘을 때 말들은 비틀거리며 추위로 죽어갔지. 열대기후에 익숙해 있던 인디언들은 말할 것도 없고. 그리고 몇달 후 다른 정복자들이 같은 길로 산맥을 넘었는데 눈 속에 묻힌 말고기를 먹고 목숨을 부지했다는군. 그러한 일을 전해들은 라레아가의 시조는 모든 힘은 얼음에서 시작해서 얼음으로 끝난다는 교훈을 체득했고, 그의 아들과 손자들은 이런 생각을 자손들에게 물려주게 되었다네. 우리 가족 모두 얼음의 신에게 충성을 맹세하며 자랐지. 우리 조상들이야말로 얼음만 충분하다면 음식을 영원히 보존할 수 있다는 생각을 한 최초의 지주들이었다네. 종종 그들은 인디언 노예들을 산으로 보내 포도주를 저장할 얼음을 구해오도록 했지. 여름에 마시는 차가운 포도주. 이에 비할 것이 어디 있겠나. 이 손가락이 보이지?"

그는 내 어깨 위에서 방금 '빙산'이란 단어를 쓴, 혹은 며칠 전 '사령관'이란 글자를 썼을지도 모를 손가락을 보여주었다. 왠지 연기에 그을린 듯하고 창백해 보였다.

"내가 어렸을 때, 이 손가락을 냉장고에 넣은 적이 있었지. 형하고 누가 더 오래 견디나 내기를 한 거지. 염병하게도 내가 이겼어. 아무런 고통도 없었고, 난 형한테 누가 더 얼음을 사랑하는지, 누가 우리 아버지의 진정한 아들인지, 또 누가 깔차끼(Calchaqui) 인디언들이 습격하는 와중에도 칼처럼 날카로운 돌에 발에서 피를 흘려가며 안데스 산맥을 넘었던 첫번째 탐험에서 살아남을 수 있었을까 증명해 보인 셈이었지. 그리고 이제 난 에스빠냐로 얼음을 도로 가져가려 하고 있네. 아메리카의 대양과 사막이 두려워 오지 못하고 에스빠냐에 남아버린 다른 라레아 가문의 사람들에게 얼음을 가져가는 거야. 그들이 꿈도 꿔보지 못한 많은 얼음을."

그리고 다음이 바로 그의 연관을 폭로하는 대목이다. 그는 마치 무슨 비밀을 함께하려는 듯 기대서서는 빙산이 해빙되는 것을 막아주는 기계의 청사진과 모델 들 너머로 허스키한 목소리로 속삭였다. "근데 뭔가 부족한 게 있어." 그가 말했다. "이건 모험이지. 그래 맞아. 그렇지만 넘어야 할 장애물이 너무 많아. 과연 우리가 남극에 도달할 수 있을까? 우리의 순백의 아름다움을 잡아낸다는 게 가능한 일일까? 이건 수백톤의 얼음, 즉 20미터도 넘는 파도가 치는 가운데 떠다니는 빙산을 조각내야 하는 일이라고. 그리고 우리의 냉장시설이 제대로 가동할지도 의문이고. 그러나 뭔가가 빠졌어. 내가 원하는 게 뭔지 아나? 누군가 그걸 녹여버렸으면 하는 거야. 그게 정말 내가 기대하는 거라고."

"협박이 있었나요?" 난 침착을 유지하려 애썼다.

"아직까진 없어. 젠장, 하지만 난 정말 원하고 기도하고 있어."

"누군가 빙산을 파괴해주길 원하시는군요?"

"누군가 일을 저질렀으면 좋겠어. 내가 빙산을 사랑하는 것만큼이나 그걸 싫어하는 누군가가 시도했으면 하네. 그럼 아주 기쁠 텐데. 내가 언제 가장 생기에 넘쳤었는지 말해주겠네. 받아적어둬, 어서. 너희 외국 독자들에게 한두 가지 가르쳐줄 테니까. 언제였느냐고? 아옌데가 70년대 초반 우리 냉장고 공장을 공유화하려 할 때였지. 그래, 사회주의자들은 그걸 노동자들에게 넘겨주려 했다네. 그네들이 회사를 어떻게 운영해야 하는지 알기라도 하는 듯 말야. 정녕 그들이 원하는 건 회사를 망하게 하려는 것뿐이었네. 그래서 싸웠지. 아주 혼쭐나게끔 패주고 우리는 승리했어. 칠레, '승리의 국가'라는 표어 들어봤지."

그는 나를 쳐다보았다.

"알아, 알아. 자네, 감방에 갇힌 삼촌이 하나 있지. 역사는 그 사람을 잘 대해주지 않았지. 자네 가족들에게도 마찬가지고. 그렇지만 자네 삼촌이 만약에 역사의 승리자였더라면, 우리는 공산독재의 공포하에서 신음했을 것이고, 안데스 산맥은 베를린장벽이 돼버렸을 걸세. 그게 만일 아엔데가 실각하지 않았더라면, 네 삼촌 같은 사람들이 뜻을 이뤘더라면 일어났을 일이라고. 아옌데는 민주주의자였지. 나도 그걸 인정해. 그렇지만 그는 마치 께렌스끼(A. F. Kerenskii, 러시아혁명기의 정치가—옮긴이)처럼 무골호인이었어. 소련이나 꾸바처럼 그를 이용하려던 사람들은 어떠냐고? 나쁜 놈들이지. 그리고 우리 경제는? 파탄나버렸을 걸세. 경제기적도, 연 경제성장도. 힘있는 중산층도 없이 모두가 잿빛 제복을 입고 같은 리듬에 맞추어 살아갔을 거야. 그러나 그렇게 되지 않았지. 자네 삼촌이 지고, 칠레가 승리한 거라네. 칠레 엑스포엔 촌스런 회색빛 제복 따위는 없어. 자, 자네에게 마지막 전시물을 보여주지."

그는 나를 다음 방으로 데리고 갔다.

난 속으로 그가 자신을 속이고 있다고 생각했다. 아마 그는 스릴을 느끼기 위해 스스로 편지를 쓰고, 자신이 그렇게 한 걸 잊어버리고 있는지도 모를 일이었다. 또 어쩌면 어떤 적수가 그에게 총을 들이대고 빙산을 제거하라는 협박을 느끼는 게 필요했을 수도 있었다.

내 생각을 거기서 멈추었을 때, 재니스, 다음 방에서 누가 날 기다리고 있었는 줄 아니?

아만다 까밀라였어.

"여기서 대체 뭐 하는 거니?" 나는 어리둥절해서 물었다.

"나 여기서 일해." 아만다 까밀라는 인사하며 공주님 같은 미소를 지었다.

"우리 도우미 중의 하나라네." 라레아가 말했다. "가장 활발하고 생기 넘치는 도우미지."

"아빠가 이게 내게 필요한 거라고 결정했지." 그녀는 즐거운 듯이 덧붙였다. "내가 누구라고 아빠 일에 반대하겠어?"

"이 옷들을 보게." 마치 패션쇼의 사회를 보듯 라레아가 말했다.

아만다는 유니폼 같기도 하고 아닌 것 같기도 한 옷을 입고 있었는데,

하얀 블라우스와 무릎까지 내려오는 짧은 고동색 치마와 몸매를 교묘히 가리면서도 약간은 드러내주는 검푸른 코트를 입고 있었다. 나는 그 복장이 너무나도 우아하고, 최신 유행임에도 불구하고 성적인 매력을 거의 드러내지 않게 디자인된 데 놀랐다. 마치 난 둘러보도록 초대받았다가 이윽고 더이상은 가지 못하도록, 그 속에 정말 무엇이 있는지 보는 걸 제지당한 것 같았다.

그때 금발의 또다른 도우미가 들어왔다. "바론 장관이 찾으시는데요, 호르헤 선생님. 사무실에 전화가 와 있습니다."

"거기서 전활 받지, 라우라."

그는 나에게 두 아가씨의 복장을 감탄하게 놔두고 가버렸다.

"이게 바로 새로운 칠레라네, 젊은 친구." 그는 방문을 나서며 말했다. "자유롭고, 현대적이며, 개인적이면서도 공공의 목표에 뭉치는 국가." 라우라는 허벅지까지 내려오는 검푸른 셔츠에 밤색 코트를 걸쳤는데 두 아가씨들은 옷의 종류만 다르지 색상은 같은 복장을 하고 몸매를 보일 듯 말 듯 요염하게 서 있었다. 라우라가 막 떠날 무렵 아만다가 말했다.

"너 가브리엘 매켄지를 만나고 싶지 않니?"

라우라는 돌아서면서 "매켄지라고? 끄리스또발 매켄지하고 무슨 연관이라도?"

"그의 아들이야."

마치 야행성 짐승처럼 라우라의 얼굴에 음탕한 눈빛이 스쳐가는 것이 보였다. 그 눈빛은 '나중에 나를 한번 보러 와'라는 내게 보낸 추파였을까, 아님 또다시 날 전설적인 아버지의 대리자쯤으로 본 것이었을까? 내 안의 무엇인가가, 내 머릿속에 자리잡고 있는 아버지가 라우라의 옷을 벗기기 시작했다. 그녀는 내가 무엇을 하는지 깨닫고는 내 볼에 입맞춤하기 위해 다가섰다. 난 그녀의 가슴냄새를 맡았고, 그녀는 귀에다 대고 내 이름을 속삭였는데, 마치 벌써 뜨거운 샤워를 함께 하면서 내 가슴과 그녀의 젖가슴이 맞닿는 기분이었다. 아님, 이게 다 환상이고 난 미쳐가고 있는 거였을까?

어쩜 미쳐가고 있었는지도 모를 일이다. 만약 그때 패션모델처럼 생긴 금발의 남자가 라우라를 찾아 방으로 들어오지만 않았더라면 문을 바리케이드 삼아 닫아걸고 나의 큰 한 손으로 라우라의 젖가슴을 움켜쥐고 다른 손으론 아만다의 것을 잡고는, 나뿐만 아니라 칠레와 쎄비야의 남자들을 유혹하기 위해 공들여 만들어진 옷들을 벗겨버렸을지도, 아니면 그녀들의 가랑이 사이로 머리를 박고 제발 사정 좀 봐달라고 애원을 했을는지도 모른다. 젊은 남자의 재킷은 아만다 까밀라의 치마처럼 짙은 고동색이었지만 그의 검정색 바지는 강인한 목을 내보이기 위해 타이 없이 입은 남색 셔츠와는 대조적으로 보였다. 나는 그를 보는 즉시 증오했다.

난 오늘 아침 경찰과의 실랑이를 피하고 뉴욕의 민완기자 역할을 해내기 위해 정성스레 옷을 차려입었다. 야구모자와 낡아빠진 청바지 대신 양복과 넥타이로 바꿔입었는데, 아르마니 색상으로 완벽하게 차려입은 날씬한 엉덩이와 우아한 매너의 이 아도니스(그리스 신화의 미소년—옮긴이) 앞에서 난 너무나도 초라하게 느껴졌다. 재니스, 내게 마지막으로 은밀한 눈길을 보내며 다시는 못 보게 될 아름다운 라우라를 그녀석이 데리고 들어온 방문을 다시 나서기까지는 운 좋게도 채 10초도 걸리지 않았다. 상관없지. 뒤에 남아 있던 아만다 까밀라의 꽉 끼는 포옹은 라우라의 상실을 보상받고도 남게 했으니 말이야. 나의 음탕한 마음은 이 '발견'의 여행 중에 다른 사람 아닌 아만다 까밀라와 반드시 자야만 한다는 것을 상기했다.

"가브리엘, 여기까지 와줘서 정말 기뻐." 그녀는 나를 놓아주었다, 너무 이른 감이 있었지만. "이곳은 너무 따분해."

"넌 그리 따분해 보이지 않는데."

"난 항상 즐거워 보여야만 하거든. 여기 있는 사람들은 다 머저리들이야." 그녀는 육감적인 엄지손가락을 흔들어 보였는데 난 그걸 입에 넣고 한 시간 내내 빨 수 있을 것만 같았다. 아만다가 가리킨 건 복도를 오가며 도우미 일을 하고 있던 섹시하고 나긋나긋한 여자들이었는데, 칠레 사람 같지 않게 모두가 금발에 창백한 안색이었다. "난 이곳도 이 바보 같은 프로젝트도 싫어. 누가 그 빌어먹을 빙산을 묵사발로 만들었으면 좋겠어."

'묵사발로 만들다.' 그녀는 편지에서 나온 바로 그 단어를 썼다. 그리고 라레아 사무실의 종이를 썼을 수도 있겠지. 게다가 정말 화가 난 듯했고, 이 모든 게 협박편지가 어리석은 십대의 장난에 불과하다는 아버지의 의견과 딱 들어맞는 것이었다. 두번째 용의자!

난 조금 더 조사해보았다. "넌 라레아를 속인 게로구나."

"그래. 그렇고 또 그렇게 할 수 있어. 난 라레아뿐만 아니라 누구라도 속일 수 있지. 삐노체뜨 치하에서 얼마나 많이 훈련을 받았는데. 예를 들자면 우리 아빠도 내가 무슨 생각을 하는지 몰라. 그저 나를 항상 즐거운 아가씨 정도로 안다니까."

"그럼 아니야?"

"지금은 네가 여기 있으니까 행복해. 널 점심식사에 초대한다고 핑계를 대고 여기서 빠져나갈 수 있으니까. 넌 정말 사랑스러워, 가브리엘."

"얼마나 이 프로젝트에 관여해왔니?"

"처음부터일 거야. 아빠는 작년부터 라레아와 함께 일하고 있어. 왜 알고 싶어하는 거지?"

"그냥 궁금해서. 미국 같으면 이렇게 미묘하고 의견이 분분한 일엔 온갖 보안장치가 있을 텐데, 여기선 감시병 하나 보질 못했어."

"보안은 필요 없지. 빙산을 아주 싫어하는 사람이 없는 건 아니지만……"

"너처럼."

"그리고 내 친구들 대부분도. 하지만 걔들은 폭력적인 일 따위는 하지 않을 거야, 가브리엘. 이 나라 사람들은 폭력에 대해서 말은 많지만 이젠 민주주의니까 아무 일도 일어나지 않을 거야. 너도 알잖아. 삐노체뜨 암살을 한번 시도해보기까지 무려 10년을 기다려야 했으니. 참을성이 많은 나라라니까."

"그렇다면, 만일 네가 빙산을 녹여버리고 싶다면 어떻게 하겠어?"

그녀는 이 말에 웃었다. 그것도 내가 보기에 의심스러울 정도로 크게.

"빙산을 녹인다고? 아직 잡히지도 않았잖아. 누가 감히……" 마치 기다리기라도 했던 것처럼 라레아가 문을 통해 그의 은발 머리를 내밀었다. "아만다, 갈 시간이다. 네 아버지는 벌써 집에 있어. 너희 둘 다 한 시간 반 전에 집에 돌아와 있었어야 했다는군."

"전 아직 일을 다 보지 못했는 걸요." 내가 말했다. "우린……" "괜찮아." 라레아가 말했다. "오후에 다시 오게. 아무도 장관님을 기다리게 할 순 없지. 아무리 잘난 뉴욕 출신 조카라도 말야. 아만다, 차를 대고 10분 후에 건물 앞에서 이 젊은 매켄지 선생을 모시도록 해라."

"저하고 같이 가면 되는데."

"10분 후라고 했잖아."

그녀가 투덜거리면서 자리를 뜨자마자 라레아는 내게 돌아서서 말했다. "그러니까 자네 빙산에 아주 관심이 많은 게로군? 누가 녹여버릴까 해서. 응?" 그는 문간에서 다 엿듣고 있었던 것일까? 아님 지레짐작하는 것이었을까? "꼭 그런 것은 아녜요." 난 태연한 척 말했다. 그는 나를 출구 쪽으로 데려갔다. "내가 보기엔 그런 것 같은데." "전 그저 말씀해주신 것에 근거해서 생각해본 것뿐이에요. 선생님이야말로 제게 더 해주실 말씀이 있으실 수도 있겠죠."

"아무것도 들은 바 없네. 뭘 알았으면 좋으련만." 그는 담배 파이프를 찾으러 자신의 사무실로 갔다. "어쨌든 이 나라에선 결국 모든 게 밝혀지게 마련이야."

그의 뒤 책상 위에서 나는 예쁜 궁둥이를 가졌다는 그의 아내 뿐치따의 눈에 띄는 초상화를 보았다.

"모든 건 아니지요." 내가 그에게 말했다.

"아닌 게 뭔지 말해보게." 라레아는 나와 함께 엘리베이터 쪽으로 가며 말했다. 그러곤 증오에 차 자신이 정복자 조상의 적자임을 증명하기 위해 냉동시켰던 손가락으로 아래층으로 가는 버튼을 눌렀는데, 마치 그건 자신의 공장, 빙산 그리고 명예를 빼앗아가려는 적수에게 하는 것처럼 보였다. 난 아버지가 그를 서방질한 마누라를 둔 정복자로 만들어버렸다는 것을 그가 알지 못하게 되기를 빌었다. 비록 은발에 풍채가 좋은 라레아가 뽈로를 두어번 세게 걷어차주는 것은 상관없지만 말이다. "자네 무슨 소릴 들으면 내게 말해주게. 나도 그럴 테니까."

"알겠어요. 그런데 벌써 누군가를 의심하시는 것 같군요. 아니면……"

우리가 엘리베이터에 탄 후 등뒤에서 문이 닫히자마자 라레아가 말했다. "여긴 도청기가 없지." 그는 쓴웃음을 지었다. "자네도 알다시피 우리의 프로젝트는 이 나라와도 같다네. 나처럼 군사정권에서 일한 사람들을 우리의 적수들, 다시 말해 아옌데 지지자이던 사람들과 함께 일하게 하지. 그들이 다수를 차지하는데 이 계획에서 창의적인 재능들을 발휘하고 있네. 건축가, 영화제작자, 사회학자, 조각가 등등. 자네도 그들을 만나게 될 걸세. 그들 또한 나처럼 새로운 칠레를 원한다고. 아니 그들이 직접 그렇게 말했네. 왜냐하면 나도 혹시 그들이 시치미를 떼고 있는 것은 아닌지, 혹은 어떤 앙심을 품은 혁명분자가 우리 조직에 침투해 있는 건 아닌지 의심을 안할 수 없거든. 이건 우리끼리 얘길세. 알았지, 가브리엘?"

나는 고개를 끄덕였다. 있지도 않은 내 뉴욕 신문이 그의 폭로를 보도할 리 없으니까.

"난 예전 혁명분자들이 패배감에 젖어 있는 칠레에 진력났다고 얘기하는 걸 믿을 수 없어. 그래서 처음엔 그들이 빙산을 침몰시키려 한다고 의심했네. 생각해보게, 콜럼버스가 자신의 항해선 안에 배신자 하나를 실었다면 말일세."

우리는 이제 거리로 나왔지만 아침의 찬란함을 짙은 잿빛 덮개로 바꾸어버렸던 스모그조차도 그의 추리를 단념케 하진 못했다. 그는 고집스럽게 계속 말했다. "최근에서야 나는 내부에 배신자가 있다는 생각을 그만두었네. 제3자에게 집중하고 있지. 내가 여기까지 자네와 함께 온 건 바로 그녀를 만나게 하려는 뜻에서였네." 그가 비로소 말을 마친 것은 어제 만난 그 아름다운 여기자 끄리스띠나 페레르의 인사를 받고서였다. 그녀는 라레아의 뺨에 짧은 입맞춤을 하곤 돌아서서 내게 인사를 했다. "어머, 가브리엘 매켄지 아닌가요? 어쩜 이렇게 반가울 수가." 그녀가 소리쳤다. 나를 부둥켜안으며 귓가에 점심을 같이하자고 속삭였다. 내가 가지 않으면 아주 따분할 것 같다면서. 칠레의 여자들은 모두 이렇게들 한심한 걸까? 그녀의 숨결은 축축했고 거의 헐떡이듯 악명 높은 매켄지 가문의 성기와 두번째 모험을 노골적으로 갈구했건만 내 물건은 오히려 축 늘어져 무기력한 상태였다.

더 밥맛 떨어지는 일은 끄리스띠나가 남자들 볼에 키스를 퍼부어댈 때 그 옆에서 내내 못마땅한 듯 바라보고 있는 여자를 쳐다보았을 때였다. 큰 키에 각지고 깡마른 체구, 삼엄한 표정을 한 그녀의 사감선생 같은 복장은 생김새처럼 삼엄하고 빈약할 것 같은 매력 없는 몸매를 잘도 감춰주고 있었다.

"가브리엘 매켄지." 그녀가 말했다. 내 이름을 되풀이해 부르는 그녀의 모습은 자신의 살을 나와 향유하고픈 생각이 전혀 없음을 나타내는 듯했다. 뺨에 스치는 입술마저도 끔찍하게 난잡한 것인 듯한 모양이었다. "끄리스또발 매켄지의 아들이로군요."

"네." 나는 그녀가 친척이 아니라서 포옹할 필요가 없기를 바라며 더듬거렸다. "당신은?"

그녀는 날 부끄럽게만 만들었다. 아버지가 선거에서 이름을 빌려주는 것을 단호히 거절했으며, 독재자에 항거하는 국민투표에 참여한 적도 없고, 자선냄비에 도움을 주는 일도 하지 않았다는 것이다. 또 일본인들이 남쪽지방 숲을 남벌하는 것에도, 최근에 고래잡이를 일시적으로 제한하는 일에도 눈곱만치도 관심을 보이지 않았다고 했다.

가까스로 나는 난 아버지가 아니라고 말함으로써 그녀의 공격을 멈출 수 있었다. 폭포수 같던 그녀의 인신공격은, 과연 그녀의 입술에 스쳐지나가던 것을 그렇게 부를 수 있을지 모르겠지만, 미소로 바뀌었다. 그녀는 내가 남극이 '92 엑스포 때문에 훼손되는 것에 항의하는 데 서명한다면 그나마 집안의 명예를 살릴 수 있지 않겠냐고 제안했다.

항의라고! 그러니까 라레아가 내가 만나보길 원했던 용의자 중의 하나가 바로 여기에서 기존의 무수한 다른 사람들과 함께 용의선상에 오른 거였다. 실제로 그녀가 빙산에 해를 끼치려 계획했다면, 그보다 더 안성맞춤인 사람도 없을 듯했다. 게다가 '92 엑스포 사무실로 그녀를 잠입시켜줄 수 있는 내부의 공범까지 있다면……

"밤낮으로 하는 일이라고는 항의뿐이로군." 라레아가 그녀에게 비아냥거렸다. "아무도 거들떠보지 않는 걸 인쇄하고 돌리는 게 땅을 사서 나무 심는 데 드는 돈보다도 더 들겠다. 정말 당신이 오존층을 보호하는 데 관심이 있다면 말이야. 안 그래 베르따?" 베르따는 라레아 얘기를 들은 척도 하지 않았다.

"이 지구상에 이제 그곳 같은 곳은 남아 있지 않아요." 그녀는 인상을 부드럽게 하며 내게 말했다. "거기 가본 적이 있나요? 남극 말예요."

"아니오. 하지만 기꺼이……"

"이 친구 우리와 함께 갈 거야." 라레아가 말참견을 했다. "빙산을 집으로 데려오려고 말이지."

"빙산은 제 '집'에 있어요." 우리의 생태주의자 친구가 대답했다. "남극이 바로 빙산이 있어야 할 곳이에요. 그리고 우린 이 일을 막기 위해 무슨 짓이라도 할 거구요."

"무슨 짓이라도요?" 난 뭔가 폭력의 냄새를 맡으며 말했다.

오늘 같은 날은 매사가 다 나를 점점 더 놀라게 하는 것뿐이었는데, 폭력은 그 여자에게서 터져나온 게 아니라 불쑥 나타난 땅딸막한 사람에게서 왔다. 어디서 왔는지 제대로 보지도 못했는데 그는 라레아의 코에 정면으로 일격을 가해 길가에 넘어뜨렸다.

라레아가 코피를 질질 흘리며 보도에 나자빠져 있는 동안 그 남자는 성난 주먹을 겨눈 채 술주정 같은 욕설을 퍼부어댔다. "이거면 너 개씨팔 새끼하고 좆같은 빙산쪼가리한테 좋은 가르침이 될 거다. 나한테 욕하기 전에 한번만 더 생각해보라고."

라레아가 뭔가를 한번 더 생각했다 해도, 그건 분명 그자에게 욕하는 걸 포기하는 것은 아니었다. 정반대로, 예순살도 넘은 나이답지 않게 그는 벌떡 일어나서 마치 내가 그의 복싱 매니저인 양 안경을 건네주더니 재빨리 그 남자에게 두 방을 갈겼는데 한 방은 복부에, 또 한 방은 어퍼컷으로 턱을 강타해 그 땅딸이를 넉다운시켜버렸다.

너무나도 삽시간에 일어난 일이라 난 도무지 어찌할 바를 몰랐다.

"누구예요?" 난 끄리스띠나가 손수건으로 라레아의 코피를 막아주고 있는 동안 물었다. 그사이 베르따는 우리 발끝에 쓰러져 신음하는 상대방을 돕고 있었다.

"처음 보는 개새끼야." 라레아가 말했다. 그때 아만다 까밀라의 차가 타이어 끌리는 소리를 내며 우리 앞에 멈추었다. 그녀는 운전석 창문을 통해 마치 텔레비전의 한 장면을 보듯, 그리고 우리가 그녀를 즐겁게 해주는 연속극의 등장인물들이라도 된 양 벌어진 모든 일을 살펴보고 있었다. "자네 기사가 왔군." 라레아가 내게 말했다.

나는 경찰을 부르고 라레아를 병원에 데려가야 한다고 항변했다. 그러나 그는 대기중이던 스바루 자동차에 나를 떠밀어넣었다. 그는 괜찮다고 하면서 약속된 점심식사 동안 베르따와 토론을 벌이겠다고 말했다.

아만다 까밀라가 엑셀을 밟았다. 백미러로 보니 피가 떨어진 보도 위에서 벌써 내가 생각하는 두 용의자들 간에 토론은 시작되었고, 그사이 나의 사랑스런 세번째 용의자는 그 언쟁의 장소를 유유히 차를 몰아 떠나고 있었다.

"글쎄, 아무도 빙산에게 해코지하지 않는다는 너의 지론은 유명무실하게 되었군." 내가 말했다.

"넌 저 일이 빙산과 관련이 있다고 생각하니?"

"그럼 아니야?"

"내가 너의 어떤 점을 좋아하는지 아니, 가브리엘? 넌 너무 순진해. 아주 완벽한 양키야. 그래서 네 곁에 있으면 편하게 느껴져. 여기 사람들은 모두 널 갖고 놀고 싶어해. 널 이불 속이나 차 뒷자리 같은 데에 가두어놓고 낱낱이 알아보고 싶어하지." 그녀의 손은 기어 변속장치를 놓고 나의 팔을 어루만졌다. 마치 짜릿한 전류가 내 몸을 흐르는 것만 같았다. 그리고 어딘지 뻔히 알 만한 곳이 뻣뻣해짐도 느꼈다. "하지만 가비, 우리가 만난 그순간에 난 널 믿을 수 있다는 걸 알았어. 넌 그런 종류의 우정을 느낄 수 있다는 게 여자에게 얼마나 아름다운 건지 모를 거야."

재니스, 넌 아만다가 나의 위장된 순진함을 칭찬하는 서툴지만 다정스런 말 한마디 한마디에 내 성욕이 한풀 꺾였으리라 생각할지 모르지만, 실은 그놈의 물건은 내 바지 밑에서 전에 없이 잔뜩 성이 나 솟아오르고 있어서 바지 지퍼를 열고 당장이라도 그녀의 생각이 틀렸다는 것을 증명해주고 싶어 안달이 나 있었단다. 난 그녀의 말을 끊어서 그놈을 잠잠하게 해주려 하였다. "잠깐, 네가 말하는 게 방금 본 것하고 무슨 상관이야? 그 남자는 빙산 때문에 라레아를 공격했는데 넌……" 내가 말했다.

아만다 까밀라는 빨간불 앞에 멈춰서 핸드폰으로 주절거리며 길을 건너던 호리호리한 젊은 남자에게 손을 흔들었다. 물론 아는 사이겠지. 내 아만다를 집적거리려는 새끼들 중의 하나. 그후 몇분 동안 그녀는 다소 지나칠 정도로 상세하게 왜 그 주정뱅이가 빙산과는 아무런 상관이 없는지를 설명했다. 그녀의 표현으로 그건 단지 '망치로 코 때리기'라는 것인데, 칠레남자들은 아무것도 아닌 일에, 자신들조차도 이해 못하는 것 때문에 치고박고 싸움부터 한다는 얘기였다.

"아까 그 사람 말야? 아마 지난밤 술집에서 네번째 포도주를 시켰을 때 텔레비전에 나온 라레아가 지루한 말로 프로젝트의 개막연설을 하며 빙산이 우리가 얼마나 냉철하고 현대적인가를 상징한다고 하니까, 제 딴에는 자기 얘기 하는 줄 알고 그걸 자기 마누라가 자기한테 빙산처럼 차갑게 군다고 이해를 한 것일 거야. 또 라레아가 계속해서, 우리 아빠가 늘 하듯이, 모든 애국적인 칠레 사람들은 자신의 의무를 완수해야 한다고 하니까 이 싸움밖에 할 줄 모르는 머저리는 라레아가 자기한테 최근에 마누라에 대한 서비스가 신통치 않다든가 아니면 자기 엄마 생일 때 전화도 하지 않았다고 비난하는 줄 안 거지. 그러자 그자는 마음이 혼란스러워져서 이 궁리 저 궁리를 하며 계속 퍼마셨을 테고, 똑같이 취한 그자의 친구들이 그에게 라레아 버릇을 고쳐줘야 한다고 부채질했을 거야. 그래서 기가 잔뜩 오른 우리의 영웅은 한잠도 못 자고 대체 그 병신 같은 라레아가 어디서 일하는지 알아낸 다음에 아침나절 내내 그를 기다리고 있었던 거라고. 그리고 우리의 정복자들의 후손이 너를 차로 배웅하기 위해 바깥에 나오니까 빵, '망치로 코를 때린' 거야. 그 등신은 일어나면 왜 라레아를 그렇게 미워했는지 기억조차 못할걸. 아님 죽을 때까지 앙심을 품고 있든지. 가브리엘, 칠레에 온 걸 환영해. 질투심 많고 화 잘 내는 사람들의 땅. 모두가 남을 깎아내리고 초라하게 만들려고 안달이지. 그게 오늘 벌어진 일이야. 내기해도 좋아. 열 중에 아홉, 아니 백에 아흔아홉은 확실해."

맙소사. 그녀는 마치 우리 아버지처럼 말했다. 그리고 난 그걸 그녀에게 말하는 실수를 범했다. 위대한 매켄지 이름이 나오기가 무섭게 그녀는 흥분으로 눈을 반짝거리며 몇분간 아버지에 대한 질문을 해댔다. 우리 사이는 어떤지, 아버지를 따라 어디 재미있는 곳에 갔거나 특별한 사람들을 만난 적은 있는지, 어젯밤 내 생일에 함께 근교에라도 갔었는지 등등. 그리고 그녀는 나더러 그렇게 항상 새로운 모험을 할 준비가 되어 있는 아버지를 둔 게 얼마나 행운이냐고 재잘거렸다.

"모험 얘기가 나와서 말인데," 난 모험이라면 뭔가 타잔처럼 나무 사이를 오가는 위험 같은 걸로 해석하며 말했다. "우리 아버지가 독재정권에 손가락 하나 까딱하지 않은 데 비해서, 너희 아버지는 훨씬 더 위험에 처해 있었잖아. 너도 우리 아버지에 비하면 굉장히 위험했고. 우리 아버진 너무 겁을 내서 아무것도 하지 않았어."

"그다지 위험하지 않았어. 알잖아. 이렇게 말하면 안되지만, 난 그때가 그리워."

"독재정권이 좋다는 거야?"

"넌 이해 못할 거야. 너같이 외국에 있던 사람들은……"

"난 달라."

그녀는 나를 흘낏 보고 "난 달라"라는 말 속에 흐르는 슬픔과 외로움을 음미해보더니 결국 내 말을 믿기로 결심했다. 그녀가 말하길, 처음엔 자신의 삶이 온통 공포로(이게 그녀가 쓴 단어였다) 가득 차 있었다고 했다. 아만다의 엄마가 죽기 전 아빠와 엄마와 함께 숨어 지낼 때……

아만다는 잠시동안 침묵했다. 나는 그러도록 내버려두었다.

"반쯤은 무서워서 죽는 줄 알았고 또 반쯤은 지겨워서 죽을 것만 같았지. 난 아직도 뭐가 더 나쁜 건지 모르겠어. 그게 내가 9살인가 10살 때까지 지속되었어. 그러곤 데모가 시작되었지. 두렵기는 예전과 마찬가지였지만 적어도 우린 거리에 나와 있었고, 어떤 괴물이 와서 우리를 잡아가는 걸 기다리진 않게 되었지. 적어도 우린 활기에 차 있었고 무엇을, 왜 하고 있는지는 알고 있었어."

그녀는 초록바닷빛 눈을 내게 돌리더니 과연 내가 진심으로 받아들이고 있는지 살펴보았다. 그리고 다시 혼잡한 거리로 시선을 돌리며 손수레 가득 종이상자를 싣고 가는 한 사내를 용케 피했다. 내 반응이 맘에 들었는지 그녀는 계속 말을 이어갔다. "그 분노는 참으로 좋은 거였어, 가브리엘. 아주 화가 나서 나 자신에 대한 확신이 생겼지. 어렸을 땐 난 내가 나쁜 애라고 생각했어. 너 자신에게도 물어봐. 만약에 어른들이 내가 뭘 생각하는지, 내가 정말로 어떤 앤지 알았더라면 날 사랑하지 않았을 거야. 그런 나에게 마치 벌이라도 내리는 듯 엄마가 죽었다고 생각해. 모든 게 다 사라졌지. 모든 의심들이 위험 때문에 지워져버렸어. 그리고 난 난생 처음으로 진정한 순수함을 느끼게 되었고."

아만다의 목소리에 깃든 격정적인 진실함과 솔직함이 나를 놀라게 했다. 바로 그순간, 너무 질투하진 말아줘, 재니스, 난 그녀를 정말 사랑할 수 있을지도 모른다고 생각했단다. 단지 다른 사람에게 가까이 가기 위해 날 이용하고 있는 듯한 그녀의 성적 매력도, 나의 성욕을 자극하지만 실은 아버지를 탐내고 있는 그녀의 육체도 그 무엇도 아닌, 그녀를 사랑하는 것, 그래서 그녀의 옷을 벗기기보다 마음의 가면을 벗기는 게 훨씬 더 중요했다. 지구상의 단 한 사람이 될지라도 이성으로서 그녀와 잠자리를 같이하기보다 그녀의 말을 들어줄 사람이 필요하다는 걸 직감했다. 충동적으로나마 아만다가 나야말로 그런 사람이라고 부추겨세웠으니까 함께 자지 못한다 하더라도 적어도 그순간에는, 별 상관이 없었다. 사심없는 친구 역을 맡아 절제의 대가를 치르게 될지라도 할 수 없는 일이었지. 그리고 나의 성기가 구원의 울부짖음을 접어둔 채 쪼그라들어가는 데 안도를 느낄 수 있었다. 나 또한 그녀처럼 비밀을 함께 나눌 사람을 찾아 비참한 삶을 살아왔고 끝내 아무도 구할 수 없었으니까. 비록 내 아픈 구석을 그녀에게 말할 수는 없었지만, 내 자신이 그녀의 배수구가 된 게, 아만다 까밀라를 내 안에 들어오게 한 것이 기뻤다.

"지금은 어때?" 내가 물었다.

"이젠 우리 스스로를 옳다고 여기게끔 하던 사나운 늑대 삐노체뜨는 존재하지 않아. 지금은 모든 게 회색빛이야. 우리 아빠 말처럼 다행스럽게도 말이지. 위험도 없고 대단한 계획 같은 것도 없어. 그래서 난 무슨 일이라도, 가령 지진 같은 것이라도 일어났으면 해. 넌 지진에 대해 어떻게 생각하니?"

난 지진이 바지에 똥을 묻힐 정도로 무서웠다고 대답했다. 어렸을 때, 그러니까 내가 칠레를 떠나기 전, 엄청난 지진이 있었는데 난 그때 땅이 나를 삼켜버리는 줄로만 알았다. 분명 땅밑에 으르렁거리는 커다란 뱀이 입을 벌리고 있다고 유모에게 말한 적이 있었다.

"난 지진이 좋아." 아만다 까밀라가 말했다. "모든 사람들이 하느님의 재채기 한번에 개미새끼마냥 작고 무의미하게 된다는 건 재미있는 일이야. 그런 일이 마침내 일어난다고 상상하는 건 즐거워. 결국엔 모든 게 다 바뀔 거고 아무것도 전과 같은 건 없겠지. 자연은 우리가 누군지 깨달으라고 말하고 있는 거야. 이 지구상에서 안간힘 쓰면서 매달려 있는 한낱 보잘것없는 짐승에 불과하다는 걸. 난 목숨이 경각에 달렸어도 내가 할 수 있는 거라곤 아무것도 없는, 내 능력의 한계를 벗어나 있는 그런 느낌을 좋아해. 난 점점 더 갈구하고 소리친단다. 모든 게 폭발해버려. 세상의 종말이 왔으면 좋겠어,라고. 넌 그런 생각 해본 적 없니?"

그녀는 내가 그녀와 자게 되면 어떤 기분이 들까 하는 걸 염두에 두고 말한 거였지만 그런 생각은 접어두기로 했다. 우리가 다다른 이 화해의 섬을 망가뜨리고 싶지 않았기 때문이다. "그럼 지진이 끝나면 넌 뭘 할 건데?" 내가 말했다.

"너만의 지진을 만드는 거지." 그녀가 웃으며 말했다. "만사를 엉망진창으로 만들어버리는 거야. 나도 그랬단다." 그녀는 빙산 협박편지 얘길 하려는 것이었을까? 바야흐로 자신이 '사령관'이라고 밝히려는 것이었나? 난 좀더 깊은 이야기들을 기대했지만 들을 수 없었다. 그래서 그녀를 시험해보았다. "뭘 했다는 거지? 빙산 프로젝트에 관한 건가?"

그녀는 나의 의심을 말끔히 쓸어버렸다. 그녀는 거기에 잠시 동안만 있는 거라고 했다. 아만다는 문화인류학이나 고고학을 공부하고 싶어했고, 오래된 종족들의 지혜를 발굴하고 그들이 태초에서부터 현재의 인류에게 어떤 공헌을 했는지에 대해 편집증적인 관심이 있었지만 그녀의 아버지는 칠레는 이미 입만 나불대는 엉터리 지식인들로 가득 찼다는 말로 반대하면서 경영학을 공부하라고 주장했다. 그에 의하면 죽을 때까지 인디언 원주민들에 대해서 공부하는 것보다 장사 잘하는 방법을 배우는 게 그들을 위해 훨씬 많은 일을 할 수 있다는 것이었다. 아만다의 계모 까롤라는 그런 부녀 사이에 끼여서 중재안을 내놓는데, 아만다가 일년 동안 머리도 식힐 겸 돈을 벌고 있다가 그래도 끝까지 자신의 뜻을 주장하면 부모가 교육비를 대주겠다는 것이었다. 게다가 그녀의 부모는 사탕발림 선물로 빠따고니아로의 여행을 약속했다. 그녀의 꿈은 거기에 가서 사냥을 하고 카누를 타고 다니던, 그러나 지금은 몰살된 걸로 알려진 원주민 생존자를 만나보는 거였다. 혹시 백인이 오기 전의 세상이 어땠는지를 기억하는 사람을 한 사람이라도 만나게 되기를 기대하면서.

"그들은 자유로웠지." 아만다 까밀라가 흥분해서 말했다. "아마 그래서 내가 그들에게 그토록 관심이 있나봐. 그들은 너무나도 자유로웠으니까."

"그럼 가출을 해보지 그래?" 내가 물었다.

"나더러 가출을 하라고?"

"그래, 너희 아빠랑 사는 게 그렇게 싫으면 그냥 간단히 집을 나가라고. 직장도 구하고 방도 구하고, 융자를 받으면 되잖아. 어려울 것 없잖아."

그녀는 갑자기 주유소로 들어가 차를 멈추고는 점원에게 자동차 열쇠를 건네주었다.

"여긴 미국이 아냐, 가브리엘. 여기 애들은 그런 짓 안해. 내 말은, 나 같은 애들 말야. 여자들은 결혼을 해야 집을 나갈 수 있어. 남자들도 마찬가지지만."

"그건 바뀌지 않는 거야?"

"조금밖에. 아주 빠르게는 아니야. 그리고 난 관습을 깰 만큼 고집스럽지도 못하고. 난 편한 게 좋아. 아무리 세상만사에 불평을 늘어놓아도 난 이 자동차가 좋고, 좋은 집, 맛있는 음식, 든든한 아빠, 내 동생들이 좋은걸."

그녀는 자동차 열쇠를 돌려받고 기름값을 낸 다음 까무잡잡하게 생긴 점원에게 팁을 주고는 다시 운전을 시작했다. 그리고 자기가 12살 때 어느 주유소에서 있었던 일을 이야기해주었다. 까롤라가 아만다의 아빠와 살기 시작한 지 얼마 안되었을 때였다. 두 모녀가 차를 세우자 한 금발의 젊은이가 기름을 채워주러 왔다. 때에 전 유니폼과 기름범벅을 한 손은 옥수숫빛 머리칼이나 푸른 눈과 대조적이었다. 까롤라는 그 금발 청년의 가족이 누구인지 알아보았다. 반항심 많던 그 청년은 자신의 부유한 가족과 결별하고 혼자만의 삶을 찾아 나온 것이었다. 까롤라가 그가 누군지 얘기하는 투는 마치 그가 누구라도, 부모라도 죽인 아이인 듯했다. 아만다 저애를 보려무나,라고 까롤라가 말했다. 저 아이를 잘 보아둬라. 쟤는 무엇이든지 다 가질 수도 있었는데 지금은 거지처럼 살고 있단다.

아만다는 먼지투성이 가로수가 뻗은 길을 직시하고 있었다. "그때부터 나는 주유소에서 일하게 되는 악몽을 꾸곤 했지."

"말도 안돼. 여자는 주유소에 취직도 안되잖아."

"말이 안될 수도 있지. 그렇지만 그렇게 어른들은 아이를 길들이는 거야. 그들이 모든 돈을 다 쥐고 있으니까. 우리는 그저 시키는 대로만 하는 게 좋아. 집안식구들과 싸우는 것보다 길거리에서 경찰하고 싸우는 게 더 쉬워. 그래서 내가 네 아버지가 하는 일을 좋아하는 거야. 애들 부모에게 맞서고, 아이들을 보호하고, 집을 뛰쳐나가는 애들을 좋게 보지 나쁘게 생각하지 않잖아."

우리가 큰 녹색 대문에 이르자 아만다는 경적을 울려 문을 열었다. "여기가 우리가 사는 곳이야. **공동체지.**" 그녀가 말했다. "엄마가 죽고 유모가 우리 집에 일하러 왔을 즈음에 이사왔어. 아빠는 동네사람 모두가 반 삐노체뜨주의자인 아파트가 필요했어. 여긴 스무 가구 정도 사는데, 싼띠아고엔 더 크고작은 공동체들이 있단다. 어쨌든 만약에 군바리들이 와서 안방에다 무기들을 던져놓고 테러리즘 혐의를 뒤집어씌운다든가 아님 그냥 널 잡아가려 한다면, 많은 목격자들과 친구들이 있는 거잖아."

"살기에 안성맞춤이었겠군." 내가 말했다.

"옛날엔 그랬지." 그녀가 말했다. "진짜 공동체였지. 우리 모두 한마음이었어. 지금은 그저 남의 일에 참견이나 하는 얼간이들로 가득 차 있지만."

그녀는 기어를 바꾸고 문을 통과한 다음, 위에서 문이 닫히길 기다렸다. 문은 닫히질 않았다. 그녀는 경적을 두세 번 울렸지만 문은 꿈쩍도 하지 않았다. "가브리엘, 저걸 좀 닫아주지 않겠니? 어제 기술자가 와서 고쳤는데 저 빌어먹을 게 또 고장났네. 이 나라 참 현대적이지?"

문을 닫을 때 어제 빙산 리셉션장 밖에서 장관과 이야기해보려고 기다리고 있던 늙은 뚱뚱이 영감, 돈 하신또(Don Jacinto)가 눈에 띄었다. 그는 나무에 기대 담배를 피우며 사방을 둘러보고 있었다. 마치 오랜 친구라도 되는 양 그는 내게 손짓했고 나도 답례했다. 내가 그의 존재를 아만다 까밀라에게 얘기하려 할 때 나의 주의를 끄는 무언가가 보였다. 안쪽 구석 앙상한 나무들 아래 콘크리트로 만든 물 빠진 수영장이었다. 난 내 옆에 있는 아가씨가 중요한 부분만 가린 채 수영복 차림으로 일광욕을 하는 모습을 상상해보았다. 아무도 본 적이 없는 뽀얀 몸매와 차가운 물을 가르는 그녀의 움직임, 그리고 자신의 자유를 저당잡히고 얻은 이 수영장을 생각했다.

"음," 내가 말했다. "적어도 넌 수영장이 있구나."

"난 거기 안 가." 아만다 까밀라가 말했다. 그녀의 목소리는 별안간 날카로워졌다.

"에이, 여름에도 안 간다고?" 내가 말했다.

"너한테 이런 얘기를……" 그녀는 말을 시작하려다 입술을 깨물었다. "몰라도 돼."

"몰라도 되긴 뭘?"

"전부 다." 아만다 까밀라가 말했다. "전부 다 몰라도 돼."

"이봐, 저건 그냥 수영장이잖아. 왜 넌……"

"야, 난 그저 저 한심한 수영장 얘기를 하고 싶지 않을 뿐이야. 알겠니? 내 사생활 좀 존중해줄 수 없겠어? 아님 너도 여기 사는 개새끼들하고 같은 거니?"

유모가 준비한 음식은 기분전환을 해주고도 남았는데, 아만다의 기분은 점심식사 중에도 나아지지 않았다. 코로 느끼고 목을 통해 내려가는 그 경이로운 음식에 우울함을 느낀다는 건 불가능한 일이었다. 세 군데의 밀라그로스 레스토랑에서 파는 음식보다 더 훌륭했는데, 큼지막한 아보카도와 구운 빵, 완두콩 닭요리 그리고 우유밥 등은 엄마가 멀리 떨어진 뉴욕에서 어리숙하게 흉내내는 것이나 게걸스런 양키들이 암스테르담 거리에서 사먹는 것과는 차원이 다른 진정한 요리였기 때문이다. 유모는 비행기를 타지도 칠레를 떠나지도 않을 테니 양키들을 위해 음식을 준비하는 일은 없을 것이다. 그러나 아만다 까밀라는 뽀로통해서 전채요리와 빵을 갖고 장난을 치고 있었다.

실은 그녀의 아버지가 편히 내버려두지 않아서였다. "라레아와의 일은 어땠니?" 그가 물었고, 난 아만다가 사무실이나 집에서 공공연히 큰소리로 말하지 못하는 비판적인 견해를 내가 말해주길 원한다고 느꼈다. 그래서 난 사람들이 '92 엑스포에서 보여주려는 칠레의 이미지는 과거, 특히 인디언 원주민들의 과거와 국가 정체성 가운데 그들의 뿌리를 간과하고 있다고 지적했다. 그 얘기를 꺼내자마자 아만다는 벌떡 일어나 자기 아버지 뒤로 가서는 그가 보지 않게 내가 잘한다고 힘차게 고개를 끄덕거렸다. "제발," 빠블로 바론이 말했다. "너도 그놈의 지식인들 중의 하나라고 말하지 말아라. 내 말 들어, 가브리엘. 난 그들을 잘 알아, 염병할. 나도 그들 중의 하나였으니까. 그 작자들은 비디오에 핸드폰, 최신형 냉장고를 갖고 안락한 생활을 하면서 단 5분이라도 그런 서비스가 중단되면 별 난리를 다 부리지. 그들은 케이블방송, 팩시밀리 그리고 인터넷 없인 살 수 없다고. 그들이 인디언들에게 원하는 게 뭔줄 알아? 그 위선자들은 인디언 원주민들이 그저 신비롭고, 있지도 않은, 재건하기 불가능한, 지지리도 가난한 과거 속에 처박혀 있기를 바라는 거야. 아기자기한 마뿌체(Mapuche) 인디언(칠레 인디언 원주민 부족들 중 하나——옮긴이) 마을에 가서 가짜 토속음악을 듣고 싶어하는 것뿐이라고. 만일 네가 그럼 인디언들도 다른 사람들처럼 번영과 발전을 함께하는 게 어떠냐고 묻는다면, 그 소위 인디언이라고 불리는 사람들은 이제 칠레에 별로 남아 있지도 않지만……"

난 장관의 말을 끊었다. 빠블로 바론이 일장연설을 하기 시작한 이후, 그 뒤에 있던 아만다 까밀라는 천천히 그리고 경멸하듯 옷을 벗기 시작했는데, 입고 있던 엑스포 복장의 단추를 음란하게 하나씩 풀면서, 나더러 그녀의 아버지 말에 반박하라고 충동질하듯 키스를 보내고, 신고 있던 하이힐을 집어던지면서, 그 무언의 제스처로 빠블로의 말 한마디 한마디에 대꾸했다. 그녀는 만약 내가 여기 말고 다른 곳에서 홀로 홀딱쇼를 감상할 수 있는 기회를 갖길 원한다면, 자신이 아버지에게 가진 반항심을 내가 그 자리에서 대변해주면 나중에 그에 대한 보상을 해주겠노라고 시사하고 있던 것이었을까? 잠시나마 난 우리가 서로 통하고 있다는 환상을 가졌다.

"잠깐만요, 빠블로 아저씨. 전 어제 길에서 많은 사람을 보았는데 뉴욕 기자인 제 눈에 그들은 인디언처럼 보이던 걸요."

"그건 착각이야." 빠블로 바론이 말했다. "그렇게 보이지만 실은 아니라고. 가서 한번 물어보게. 그들 중 누구도 마뿌체 말 한마디 할 줄 모르고, 초가집에 살지도 않고, 주술사를 믿지도 않아. 그들이 원하는 건 이 나라 사람들이 바라는 것과 다를 바 없어. 그저 가난에 시달리지 않는 거지. 직장, 수돗물, 자동차, 컬러텔레비전, 좋은 옷, 그게 그들이 원하는 거야. 그들도 자기 자식들이 다른 애들처럼 인터넷을 통해 영어잡지를 읽게 되기를 바란다고. 아만다 까밀라가 그랬던 것처럼, 안 그러냐?"

빠블로가 돌아보자 아만다는 요상한 몸짓을 멈추고 다리를 긁는 척해야만 했다. 그녀는 다시 식탁에 공손히 앉아, 칠레 인디언들 같은 까다로운 주제에서 벗어나 내가 앞으로 뉴욕에서 할 사업에 대해 묻게 된 데 안도의 한숨을 쉬고 있는 듯한 자기 아버지를 바라보았다. 내가 우리가 계획하고 있는 잡지 『뭐든지』에 다른 사람, 즉 너 재니스도 참여한다고 들먹거린 건 실수였나보다. 아만다 까밀라에게 질투심을 불러일으키려고 그런 게 아니라, 그런 상품을 위한 공간이 인터넷에 있을 수 있는가에 대한 빠블로의 질문에 다른 사람도, 그러니까 바로 너, 재니스도 그 사업에 채산성이 있다고 확신한다고 대답하느라 자동적으로 나온 얘기였어. 조금은 거짓말이지만. 어쨌든 난 그가 내가 경제적으로 자립했다고 봐주길 원했으니까. 그러자 아만다는 조금 전의 짓궂은 장난기는 다 집어던지고 대체 그 여자가 누군지 알고자 하는 호기심으로 가득 찼다. 그녀는 내가 말한 여자 동업자가 아마 내 잠자리 파트너였으리라 짐작하는 듯했다. 게 다가 장관이 한 말 때문에 아만다는 너를 더더욱 미워하게 되었어. "얘,

너도 가브리엘한테 좀 배워. 마음먹고 일에 매달리면 어떻게 되는지 봤지? 경영학이 얼마나 좋은지 알겠니? 그 재니스라는 여자애는 자기 인생의 목표를 딱 세우고 있잖아? 밀라그로스가 단지 요리기술 하나로 사업을 하는 것도 좀 봐라."

바로 그때 유모가 후식을 들고 와 아만다 까밀라 앞에 접시를 놓으며 "네가 좋아하는 거란다"라고 말했다. 빠블로와 내가 최후의 만찬이라 불릴 만한 그 성대한 점심식사를 하지도 않은 것처럼 후식인 계피가루를 씌운 달콤한 쌀밥을 집어삼키고 있어도 아만다의 마음은 돌아서지 않았다.

그러나 난 마지막 시도를 해보았다. 아만다 까밀라가 뾰로통한 걸 눈치채고, 나와 내 파트너——재니스 널 가리키는데 자꾸 이런 식으로 네 이름을 들먹거려 미안해——는 아만다에게 한두 가지 배울 점이 있다고 했다. 우리 같은 양키들은 그녀처럼 고난과 어려움을 겪은 여자에게 뭔가 배울 수 있을 거라고 말한 거지. 그러나 그녀의 아버지가 또다시 대화의 중심을 차지하더니 자기 딸의 영웅담을 늘어놓는 대신 그때가 재미있었다는 식의 얘기를 꺼냈다. 사실 어둠침침하고 엄숙한 얘기는 그만 하고 반정부활동 중의 흥미로운 에피소드를 털어놓을 때라는 거야.

빠블로는 어느날 동료 한 사람을 아만다 까밀라와 그녀의 엄마가 기다리고 있던 안전한 집으로 데려가기 위해 길가 한구석에서 서서 기다리던 얘기를 길게 늘어놓았다. 그들간에는 서로를 확인하기 위한 암호가 있었는데, 바로 그걸 빠블로가 잊어버린 것이었다. 그래서 낯선 사람이 다가와 담배 한대를 달라고 했을 때, 그는 없다고, 틀린 대답을 해버렸다. 그 남자는 자리를 떠났다가 5분 후에 다시 돌아왔고, 두 사람은 가게 진열대의 물건을 구경하는 척했다. 그 이상한 사람이 접선할 인물임에 틀림없어 보이긴 했지만 혹시 경찰이 진짜 인물을 체포하고 빠블로에게 함정을 씌우려는 게 아닌가 하는 생각도 들었다. 그 남자가 담배를 꺼내 한대 피워물고 빠블로에게 한대를 권하자 빠블로는 기꺼이 받아들였는데, 그 또한

176

맞는 대답이 아니었다. 그럼에도 불구하고 그 남자가 담배를 건네줬으므로 빠블로는 상대방이 의심하지 않도록 그걸 피워야만 했다. 물론 담배를 피워본 적이 없었으니 기침이 꼬리를 물었고, 두 사람은 서로를 의심스러운 눈초리로 바라보다가 노숙자들처럼 서 있던 쇼윈도 안 설거지기계를 쳐다보기 시작했다. 그 남자는 달아나기 시작했고 빠블로는 길모퉁이를 도는 그를 지켜보았다. 빠블로는 그가 진짜 접선 대상이든 아니든 잡힌 고기가 되었다는 걸 깨달았다. 곧 사방에 거동이 수상한 자는 누구나 체포해버릴 군인 순찰차들이 쫙 깔릴 것이므로.

장관은 그의 안경 너머로 내게 눈짓을 했다.

"그래 내가 어떻게 한 줄 아니? 젠장, 난 모든 규칙을 무시해버리고 자기 차에 막 올라타려는 그자에게 달려갔지. 그리고…… 아만다, 가브리엘한테 내가 뭐라고 했는지 말해줄래?"

"야, 이새끼야, 씨팔, 암호를 까먹었단 말야!" 아만다는 무감각하게 내게 말했다. 수없이 들은 얘기였으니까.

"맞아, 그거야. 근데 그 친구, 내게 뭐라고 한 줄 알아? 나도 그래, 이 씹새끼야!" 빠블로는 상당한 양의 우유밥이 목에 걸린 채 웃어댔다. "나도 그래, 라니! 누가 반정부운동 때 얘기들을 블랙 코미디처럼 써야 돼."

"무섭진 않았나요?" 내가 물었다.

"물론. 그렇지만 두려움은 지루해. 언제나 똑같지. 하지만 재치는 다른 거라고. 내가 어느날 밤에 생긴 다른 얘기를 해주지. 그때 난 안전가옥에 있었어. 처음 몇달 동안은 이틀마다 집을 옮겨다녔는데, 아주 매혹적인 여자가 내게 은신처를 준 거였지."

"아이, 아빠." 아만다 까밀라가 불평했다. "그 얘긴 하지 말아요."

"우리 딸은 이 이야길 싫어하지." 그가 말했다. "아이들은 부모들이 성적인 동물이라는 것을 인정하지 않거든."

아만다가 일어섰다. "저 갈래요. 엑스포 사무실로 가겠어요."

"그래," 장관이 말했다. "이 친구는 내가 데려가지. 너 먼저 가렴." 그녀는 심통이 잔뜩 나서 휑하니 나가버렸다. 솔직히 난 그녀가 가버린 게 기뻤다. 돌아가는 동안 차 안에 갇혀 지금의 화풀이를 받아주고 싶지는 않았으니까. 더구나 빠블로가 꺼낸 얘기에 호기심도 발동하고 있었다. 혹시나 오묘한 자연의 법칙이나 신의 짓궂은 장난 아니면 체 게바라의 영혼이 장난질을 해서 아버지도 아닌 사람이 내게 삶의 조언을 해주도록 되어버린 것은 아닌지 의구심이 들었다.

"그러니까 내가 묵었던 집 주인은 정말 끝내주게 예쁜 여자였는데 말야, 한가지 말해둘 건 도망다니는 사람들에게는 어떤 티가 나게 마련인데 그걸 잘 써먹을 줄 알아야 한다는 거다. 여자들은 쫓겨다니는 남자를 좋아하게 마련이거든. 모성본능이 발휘돼서 보호해주고 싶어하니까. 내게는 그날밤밖에는 기회가 없었는데 무슨 수를 써야 그 여자를 침대로 끌어들일지 몰랐었지. 말하자면 날 곤경에서 구해준 여자를 화나지 않게, 이용당한다는 느낌이 들지 않게 해주고 싶은 게 당연하잖아. 나는 원하는 재미만 보면 되는 거니까. 안 그러면, 떠나기 전까지 끝내 서비스를 안해줘서, 혹은 도망치는 모습이 낭만적인 것과는 거리가 멀어서 그녀가 불쾌해할 가능성도 있는 거지. 그래서 난 이 두 가지를 다 만족시키기 위해 이런저런 뜻을 슬쩍 내비치고 있었는데, 마침 거리에서 소란스런 소리가 들리더니 식모가 뛰어와 군인들이 집집마다 수색을 하고 있는데, 다음번이 우리 집이 될 거라고 가르쳐주더군. 우리는 서로 바라보았고, 나는 그녀를 끌고 서둘러 침실로 올라가 옷을 벗기기 시작했지. 그녀는 그저 하는 척만 하는 거죠?라고 물었어. 난 물론이라고 했고. 그리고 아래층에서 개머리판으로 문을 두들기고 식모가 군인들에게 문을 열어주는 소리가 들려왔어. 군인들이 들어오자 우리는 침대로 뛰어들었고 내가 그녀 위에 올라탔지. 그녀는 내게 "정말 하는 척만 하기예요"라고 말했고 난 그렇다고 대답했는데, 글쎄 공포감 때문인지 내 물건이 그 어느 때보다 단단해져 있었고 그녀 또한 조금 흥분하는 듯이 보였어. 군인들이 계단을 올라오는 소리가 들리자 난 일부러 다 보라고 이불을 걷어치워버렸지. 그리고 문이 열리자 벌써 땀까지 삐질거리며 일을 벌이고 있던 그 여자와 이 빠블로 뒤로 의기양양하게 군바리 대장이 들어왔고, 그 뒤로 식모가 우릴 방해해선 안된다고 주의를 주었는데도 이렇게 됐다고 변명을 늘어놓으며 따라 들어왔지. 군인이 잠시 머물러 있는 동안에도 내 궁둥이는 펌프질을 계속하고 있었고 그녀는 진짠지 가짠지 모를 신음소리를 내고 있었어. 군인은 얼굴이 붉어져서 한발짝 물러섰고 난 그에게 헐떡거리며 조금만 있으면 된다고, 잠깐이면 된다고 말했어. 그러자 그녀석 '괜찮아' 하고 방을 나가버리는 게 아니겠어? 다른 군인들도 다 데리고 말야."

빠블로 바론은 내 반응을 기다리며 잠시 멈추었다.

"그래서 군인이 나간 다음에도 계속했나요?" 내가 물었다.

유모가 더 어리고 얼굴이 까무잡잡한 다른 하녀와 함께 상을 치우러 들어왔다. 빠블로 바론은 그들이 일을 마치고 가버리길 기다렸다가 내게 다가와 속삭였다. "내가 아무한테도 말 안한 건데, 알고 싶니?"

나는 고개를 끄덕였다.

"내가 계속했냐고? 그 여자는…… 바로 까롤라였어."

"까롤라라고요? 사모님?"

"그래, 내 집사람. 집사람이 내가 너한테 이 얘길 한 걸 알게 되면 엄청 화낼 거야. 모두들, 지금 장모나 전남편까지도 우리가 훨씬 나중에 알게 된 걸로 생각하고 있지. 그러니까 가브리엘, 군바리들이 한 짓이 다 나쁜 건 아니란 걸 알겠지. 만약에 개들이 그날 집에 들이닥치지 않았더라면 난 그녀와 침대에 뛰어들지도, 집사람을 얻게 되지도 못했을 거야. 그런데 또 알고 싶은 게 있는 게로구나. 어서 말해봐……"

난 언제 여자가 하고 싶은 건지, 언제 싫다고 하는 게 실은 좋다는 뜻인지, 언제 글쎄 하는 게 실은 승낙한다는 뜻인지 그리고 언제 몸은 허락

해도 더이상의 관계는 원치 않는 건지 설명해달라고 말하고 싶었다. 하지만 그 질문들은 나중에 위대한 매켄지에게 직접 묻고 배우게 남겨두기로 했다. 나는 빠블로에게 다른 것을 물어보았다.

"아만다 까밀라도 이걸 아나요?"

"말했잖아, 네가 처음이라고. 내 딸애가 신경질 부린 게 다행이야. 걔가 시무룩해 있을 때면 난 그 아이가 여기말고 어디 빠따고니아같이 고고학할 수 있는 곳에서 뼈다귀나 공부하고 있었으면 해. 어쨌든, 여기 남아 있다면 난 알맹이를 뺀 거짓 얘기를 했을 테니까. 이름도 생각 안 나는 여자와 침대로 뛰어들긴 했지만 하는 시늉만 하면서 군인들을 속였다고 말야. 비록 아만다는 침대에 들어가는 것보다 나가는 게 더 어렵다는 걸 모를 나이는 아니지만. 하여튼 걘 아무것도 몰라. 아무도 모르지. 내가 아만다 엄마가 살아 있을 때에도 까롤라를 계속 만났고 마르따가 죽은 다음에 이 이야기의 주인공인 여자와 결혼한 걸 말야. 그녀와 이렇게 쌍둥이를 갖지 않았겠나." 그는 두 아들을 생각하면서 미소지었다. "가브리엘, 이리 와서 애들 좀 봐. 그리고 우린 가야 돼. 대통령을 기다리게 할 순 없지. 내 조카가 고향에 돌아왔다 해도 말야."

빠블로의 두 아들은 나란히 놓인 침대에 누워 낮잠을 자고 있었고, 유모가 그들을 돌보며 나도 기억하는 노래를 흥얼거렸다. "자장자장 내 아기, 자장자장 내 햇님, 자장자장 내 마음(Arroró, mi niño, arroró, mi sol, arroró, pedazo de mi corazón)." 유모는 예전에 나한테, 우리 엄마한테, 그리고 그녀가 17살 때 우리 할머니한테 그랬듯 아기들을 내 아기, 내 햇님, 내 마음이라고 부르고 있었다. 빠블로 바론이 저만큼 어렸을 때 누군가 그의 귓전에도 그런 말들을 들려주었을 것이다. 빠블로는 내게 미소를 지어 보이곤 아이들의 이불을 잘 덮어주며, 마치 좋은 아버지는 이렇게 아이들을 돌본다고 말하듯, 눈을 찡긋 했다.

방문을 나서기 전 유모는 내 손을 잡았다.

"내 아가." 그녀가 말했다. "내일 점심 먹으러 오는 거지? 콩수프하고 장어튀김, 얼린 우유를 만들어줄게. 부엌에서, 우리 둘만이야. 저 사람은 빼고." 그녀는 빠블로 바론을 가리켰다. "아니, 쟤들도 빼고." 그녀는 쌍둥이들의 단잠을 지키듯 놓여 있던 미키마우스와 포키 피그(Porky Pig, 워너브라더스가 만든 애니메이션 시리즈의 주인공—옮긴이) 그리고 칠레 꼰도리또(Condorito, 칠레의 만화 주인공 독수리—옮긴이) 인형 옆에 걸린 아만다 까밀라와 까밀라의 사진들을 가리키며 덧붙였다.

난 이 나라에서 두번째로 권력이 센 남자가 자기 집안에서 이렇게 내쫓기게 될 때 어떻게 하는지 지켜보았다.

"유모가 대장이야." 그는 겸연쩍어하며 말했다. "우린 이 집에서 유모가 시키는 대로만 해. 유모야말로 여주인, 보스지."

그럴 수도 있겠지. 그러나 자동차 안에 들어서자 빠블로는 다시 보스가 되었다. 그는 기사에게 차가 나가는 걸 보자 담배를 집어던지고 뚱뚱한 팔을 풍차처럼 흔들어대는 돈 하신또 앞에 정차하지 말 것을 명령했다. 그 늙은이에 대해 물어보기도 전에 빠블로 바론은 전화로 대통령궁에 산적해 있는 중요한 문제들에 부지런히 답변하고 있었다. "아르헨띠나놈들이 빙산 때문에 상당히 열받았다는군." 전화를 끊고 그는 남들이 들을세라 내게 속삭였다. "그리고 볼리비아 해군이 비공식 항의를 해왔대. 바다도 없는 해군이 말야. 어떻게 생각해?" 그러고는 노조위원장에게 전화를 걸어 왜 지금 파업이 부적절한지를 설명하고 대통령도 긴장을 풀고 모든 게 아주 정상적으로 돌아가고 있다는 인상을 주기 위한 어떠한 노력에도 감사할 거라고 말했다. 이윽고 어느 대령에게 전화를 걸었다. "장군님께선 염려하실 필요가 없어요. 장담하건대 그 자제분에 대한 계좌 조사는 없을 겁니다." 그러곤 내게 윙크했다. "일이 너무 많아서 미안해. 너희들이 점심식사에 조금 늦게 왔잖아."

나는 그가 나와 점심식사를 하기 위해 국가의 업무들을 미뤄놓은 데에 기분이 당연히 그리고 최고로 우쭐해졌다. 비록 그의 딸이 말한 대로, 그리고 빠블로에게 신임을 주었을지도 모를 내 생김새처럼 내가 그리 순진한 것은 아니었지만, 그는 내게 뭔가를 원하고 있었다. 그건 그가 급한 통화를 마치고 한숨 놓은 듯이 빙산에 대한 조사가 어떻게 되어가느냐고 물었을 때 드러났다.

우리는 주택가에 있는 큼직한 2층 오두막집에 도착했는데 기사에 의하면 최근에 그곳이 컴퓨터 수리점이 되었다는 것이다. "여기가 최고죠." 그가 확신에 차서 말했다. "주인이 제 동생 친군데요, 씨몬 씨에라가 보냈다고 말해보세요."

"빙산 수사요?" 나는 몸을 반쯤 차 밖으로 내놓은 채 물었다.

"그래, 난 좀처럼 감을 못 잡겠어. 이그나시오에게 네 아버지의 활동에 대해서 보고하지 말라고 말해놓았지. 그래서 난 내 약속은 지키고 있는데 끄리스가 일은 하는지, 아침나절에 어떤 개새끼가 편지를 썼나 알아냈는지 통 알 수가 없어."

나는 장관에게 곧 돌아오겠노라고 했다. 나는 그에게 어떻게 대답을 해야 할지 혼란스러워하며 내 컴퓨터 수리 의뢰서를 쓰고 있는 까무잡잡한 계집애의 보라색 매니큐어를 칠한 가냘픈 손을 물끄러미 바라보았다. 다행히도 아버지 이름을 못 알아볼 뿐 아니라 이 매켄지도(혹은 다른 매켄지들도) 집안의 기준에 맞추며 살아야 한다는 걸 당장 알아보지 못하는 여자였다. 빠블로 바론의 질문에 정신이 팔려 있지 않았더라면 그녀를 꼬셔봄직도 했는데 말이다. 난 그녀를, 다른 나라의 수십억 여자들은 물론이고 수백만 칠레 여자들 가운데에도 우리 아버지가 손대지 않은 여자가 있다는 증거로 받아들였다. 그렇지만 이런 자유분방한 생각을 할 여유가 없었다. 바깥의 차 안에는 장관이 내가 우리 아버지에 대한 얘기를 할 준비가 되어 있는지 기다리고 있었으니까.

난 그럴 준비가 되어 있었다.

물론 위대한 매켄지가 다름아닌 빠블로 바론이 나의 출생의 기원이 되었던 내기에 이기기 위해 편지를 보냈다고 확신하고 있다는 말은 하지 않았다. 그러나 그걸 뺀 다른 얘기는 다 해주었다. 아버지가 오늘 아침 날 라레아에게 데려다주지 않은 것이며, 그래서 중요한 단서가 될 만한 것을 놓쳐버린 것(라레아의 푸른색 종이나 아만다에 대한 나의 의심까지 언급하는 것은 현명치 못하다고 생각했다), 그리고 아버지가 다른 일, 말하자면 여자문제에 몰두해 있는 듯하다는 것 등을 알려주었다.

"상관없어." 빠블로 바론은 '92 쎄비야 엑스포 사무실이 있는 건물 앞에 차를 세우며 말했다. "대체 누가 이 음모의 배후에 있는지 알아보고 새로운 소식이 있으면 내게 알려줘. 괜찮을 거야. 난 다음 주에 아만다 까밀라하고 빠따고니아에 가. 그 아이를 위한 선물이지. 요즘 말을 잘 들었거든. 너도 같이 가지 않겠니? 빙산의 안전장치를 점검하러 말이야. 혹시 끄리스도 함께 데려갈 수 있는지 궁리해보자고."

듣던 중 반가운 소리였다. 아버지를 빙산 일에 더 몰두하게 만들고 더불어 나하고도 함께 있게끔 하는 더러운 일을 장관이 하게 되었으니 말이다. 나는 마지못해하는 아버지와 나를 엮는 데 도움을 주도록 장관을 교묘히 움직이려 했다.

물론 난 내 계획이 기적적으로 잘 성사될 수 있을지 알 수 없었다. 왜냐하면 그로부터 2주 후 두번째 편지가 배달되었고, 그후로도 빙산을 파괴하겠다는 내용의 편지가 3차, 4차, 5차로 매달 화요일마다 연한 푸른색 종이에 씌어 도착했으니까. 두번째 편지가 도착했을 때 빠블로는 우리를 자기 사무실로 불러 편지를 빌미로 위대한 매켄지더러 진지하게 수사하라고 압력을 행사하려 했는지도 모를 노릇이었다.

그러나 그때 이미 난 빠따고니아에 다녀왔고 누가 편지를 보냈는지도 확실히 짐작할 수 있었다. 정말로 나는 '당신이 아는 사령관'을 사로잡을 덫을 이미 준비해놓았던 것이다.

자리를 비워 미안해.

여기 쎄비야 칠레 전시관 뒤쪽의 부엌에 다녀왔거든. 거기서 내일밤 내가 식구들을 위한 저녁식사를 만들 거야. 모든 게 계획에 따라 다 준비되었어. 돈 하신또의 아들 페데리꼬는 아무런 의심도 하지 않았고. 돈 하신또 생각나지? 자기 아들 직장을 구하러 다니던 그 뚱뚱한 노인네 말야. 그래, 난 빠블로 바론에게 압력을 넣어서 그 아들에게 일자리를 구해주었단다. 그가 처음엔 빙산 안전책임자였다가 나중에 전시관 관리자가 된 건 나한테 다행스런 일이야. 그 친구 도움이 필요하게 되리라고는 상상도 못했지만, 어쨌든 내일 전시관 안으로 냄비와 프라이팬을 홍당무, 양파, 산닭들 밑에다 숨겨 들어가는 것을 눈감아주도록 부탁해야 하니까 말이다.

애당초 내가 수위들을 속일 줄 알았더라면, 칠레에서의 이틀째 오후를 차들이 고장나고 시위가 폭동으로 변해버리는 싼띠아고의 더러운 거리에서 방황하는 대신 아만다 까밀라와 시간을 보내며 그녀의 신세타령을 계속 들어주다가 그날밤 잠자리를 함께할 수도 있었을 텐데.

물론 그런 일은 일어나지 않았다. 완전무장을 한 두명의 건장한 보초병들이 라레아의 꿈과 범접하지 못할 아만다 까밀라의 육체가 있는 건물 앞에서 나를 가로막았지. "들어갈 수 없습니다." 키가 좀 큰 녀석이 말했다. 내가 라레아에게 물어보라고 얘기하자 그들은 껄껄 웃어어. 호르헤씨(라레아의 다른 이름)는 조금 전 어떤 미친놈이 때리는 바람에 코가 부러져 병원에 실려갔고, 그래서 경비가 강화되었다고 했다. 다시 말해 주인님이 안 계셔서 확인이 안되므로 나를 들여보내줄 수 없다는 뜻이었지. 그들은 아만다 까밀라에게 연락을 취했는데 그녀는 그게 내게 무슨 도움이라도 되리라 생각했는지 시무룩한 기분을 버리고 꿀처럼 달콤하게 나를 대했다. "불쌍한 가브리엘. 내가 아빠한테 전화할게." 난 절대 안된다고 했다. 장관은 내가 고자질쟁이일 뿐 아니라 울보라고 생각할 테니까. 피해의식은 버려야 해. 맞아! 어젯밤 컴퓨터가 고장났을 때 난 그걸 긍정적으로 받아들이기로 했잖아. 그리고 지금 이 곤경은 칠레가 에스빠냐에 온 수많은 외국인들에게 어떻게 이미지를 쇄신할지 배우며 오후 내내 유리탑 안에 갇혀 있어서는 안된다는 뜻인지도 몰라. 라레아의 코가 부러진 덕분에 난 내가 태어난 미지의 도시를 몇시간 동안 혼자 경험하게 되었다. 이제부터 이 도시를 탐험하고 즐길 기회가 생겼으니 감방에 있는 삼촌 말처럼 총각딱지를 뗄 가능성도 높아지게 된 것이었다.

내 앞에 죽 널려 있는 환상과 날 부르던 수많은 거리들 중에서 난 아예 시초부터, 말하자면 싼띠아고가 세워진 장소부터 보고 싶었다. "싼따 루시아를 말하는 거로구나." 아만다 까밀라가 말했다. "어떻게 가는지 말해줄게. 정상까지 올라가도록 해. 거기엔 100여년 전 지어진 조그마한 극장이 하나 있어. 맹인 배우가 '여인들아 싼따 루시아로 오라,/에덴 동산으로 돌아오라,/처녀들은 배필을 구하게 되고/과부들도 낭군을 만나리' 하는 민요를 부르며 공연을 하곤 했지. 하지만 어두워지면 거기 올라가선 안돼. 창녀가 꼬셔도 말야."

"난 과부도 창녀도 관심없어." 난 내가 아버지의 자랑스런 아들이라는 걸 은근히 뻐기며 말했다.

아만다는 내 말을 모른 척했다. "진담이야. 겨울엔 해가 정말 일찍 진다는 걸 기억해둬."

난 그녀의 경고를 무시해버리며 "이 아가씨야, 난 뉴욕의 겨울을 17년 동안이나 버텼어" 하고 말했다.

난 나의 순례여행을 시작하러 시내 쪽으로 걸어가면서 기분이 적당히 달아올랐다. 알아보는 이 하나 없는 도시에서 이방인이 되고, 누군가의 입맛에 맞추기 위해 거짓말을 둘러대거나 차림새에 신경 쓸 필요 없이 혼자가 된다는 건 좋은 일이었다. 난 용의선상에 오른 사람들을 떠올리며 어슬렁어슬렁 걸어갔다. 아버지, 빠블로 바론, 라레아, 빙산계획에 참여하고 있는 과거의 혁명투사들, 베르따라는 환경운동가, 아만다 까밀라, 그리고 결백해 보이는 그 술주정뱅이까지. 나만 빼고 내가 만난 사람 모두가 빙산을 협박할 이유가 있는 듯했다. 난 빙산과 사랑에 빠졌고 새 출발을 기약하는 그것을 지켜낼 것이다. 빙산이야말로 칠레에서 유일하게 티없는 아침을 약속하는 것이기 때문이다.

내가 짧은 다리와 긴 생각 끝에 다다른 이 언덕에, 오래 전 싼띠아고의 창시자도 같은 생각을 하며 올랐을 것만 같았다. 그곳은 시내 한켠, 1541년 2월 12일 삐에드로 데 발디비아가 싼띠아고 델 누에보 엑스뜨레모(Santiago del Nuevo Extremo)라는 이름으로 도시를 세운 곳이었다. 내가 칠레에 오기 전 인터넷에서 본 바로는 삐에드로 데 발디비아는 필요 이상으로 남쪽에, 페루의 보급창에서 떨어진 곳에 터를 잡았는데, 그건 남쪽으로 펼쳐진 수천 킬로미터의 영토는 물론 마젤란이 그보다 20여 년 전에 발견한 인도의 부유함과 관련된, 위험하지만 탐나는 해협을 차지하기 위한 속셈 때문이었다. 발디비아는 안데스 산맥을 넘을 때 얼음에 집념을 보였다는 라레아의 선조를 동반했으며, 자신이 그 유명하고도 신비한 남극대륙의 주인이 되기 위해 바로 이 언덕에 수도를 정했다. 그는 자신의 꿈, 새로운 시작의 희망과도 같던 빙산 때문에 모든 재물과 인디언 노예들 그리고 토지 같은 세속의 재산들을 리마에 내버려두었다. 항간에 떠도는 소문에 의하면 그는 결혼한 몸으로 애인 도냐 이네스 데 쑤아레스(Doña Inés de Súarez)와 사랑을 즐기려고 리마의 따가운 시선을 피해 그렇게 했다는 설도 있다. 나는 여자 때문에 여기까지 온 그를 이해할 수 있었다. 그의 결정이 값진 것이었기를 바랐다. 쌴따 루시아의 싸구려 창녀 같은 건 그에게 어울리지 않으니까.

나는 베르나르도 오히긴스 길목 앞의 조그만 언덕에 멈춰서서 저 위 돌무더기, 나무숲, 기둥 쪽으로 나 있는 웅장한 로마식 계단을 올라갈지 말지 결정하지 못하고 있었다.

난 거기서 칠레의 정복자인 돈 뻬드로가 까를로스 5세에게 보낸 실제 편지를 각인한 돌을 들여다보고 있었다. 거기엔 에스빠냐 황제의 이름으로 그가 정복중이던 칠레가 얼마나 놀라운 곳인지 설득하면서 "그러므로 폐하께서는 여기에 정착하길 원하는 상인들과 백성들에게 정말로 와야만 한다고 일러주셔야 합니다. 왜냐하면 세상에서 이곳보다 더 살기 좋고 번식하기 좋은 곳은 없기에⋯⋯"라고 씌어 있었다.

글쎄, 뻬드로란 친구의 마지막 말은 맞는 말이었다. 그들은, 내가 실제로 본 바로도 또 내 뒤로 지나가는 수많은 자동차들을 보아도, 확실히 왕성히 번식해왔다. 나의 부모도 자손을 번성시키라는 뻬드로 데 발디비아의 훈계에 따라 씨를 뿌려 자신들의 복사판인 나를 만들어내려고, 옛날 이곳 알라메다에서 엄마는 아버지가 시위대에서 뛰는 걸 멈추고 조용히 근처의 호텔로 데려가주길 기다렸던 것이다. 그러나 번식은 나에게서 멈춰버렸다. 나는 이제 오갈 데 없는 스물셋의 숫총각으로 남아 옛날 정복자의 말과 그의 도냐 이네스에 대한 힘찬 사랑의 노래를 나에 대한 조롱으로 느끼고 있을 뿐이었다.

라레아의 초대의 말을 모욕으로 받아들인 어제의 그 술주정뱅이처럼 행동하고 있었는지는 모르겠지만, 발디비아 또한 나더러 정말 이 땅을 사랑한다면 이곳에서 자손을 번성시켜야 한다고, 여자의 몸에 날 집어넣어 아이를 갖게 해야 한다고 말하는 노인네들 중의 하나가 아니라고 누가 말할 수 있겠는가? 아마도 400여년 전에 그가 쓴 글은, 아직도 따끈따끈한 정액을 뉴욕시의 하수구에밖에는 쏟아부은 적이 없는 이 어린아이에게도 유효한지 모를 일이었다.

나는 벤치에 앉아 무엇을 할까 생각했다——언덕을 올라갈 것인가 아니면 여기서 사람들 속에 남아 있을 것인가, 과거로의 역사로 갈 것인가 아니면 현재의 역사에 있을 것인가?——그때 옆에서 한 영화제작팀이 금발의 키큰 남자를 찍는 것을 보았다. "이곳은 싼따 루시아 언덕인데, 인디언들은 우엘렌(Huelen)이라 불렀다고 합니다." 그 남자는 약간의 독일어 액센트가 섞였지만 거의 완벽한 영어로 말하고 있었다.

"오랜 세월 동안 이곳은 돌무더기와 먼지로 덮인 폐허에 불과했습니다. 1872년 칠레의 위대한 역사가이자 싼띠아고의 시장이던 벤하민 비꾸냐 마켄나(Benjamín Vicuña Mackenna)가 이곳을 장엄한 공원으로 바꾸었다고 합니다. 여기를 보시지요." 그는 잡초 사이에 반쯤 가려진 돌을 가리켰다. "마켄나는 공사를 시작하던 날 여기 글을 새겨넣었습니다. 모두들 미쳤다고 수군거렸지만, 그는 3년 만에 모든 공사를 마쳤습니다. 근처의 주민들이 폭파 때문에 큰 돌덩어리들이 지붕에 튀고 아이들을 다치게 한다고 불평을 늘어놓을 때에도 그는 멈추지 않았습니다. 그가 사람들에게 베푼 유일한 배려는 폭발이 있을 때마다 경고음을 보내 대피하게 하는 것이었습니다. 그당시엔 안전모가 없었으니까요."

그 젊은 녀석은 자기 말에 슬쩍 웃었다.

"여기 비문 좀 비춰주세요." 그가 에스빠냐어로 카메라맨에게 말했다. 카메라가 가까이 비춰감에 따라 그는 영어로 비문을 번역하기 시작했다. "'1820~72년 동안 여기 묻힌, 천국과 지옥에서도 추방된 자들을 애도하며.' 왜 추방되었냐구요? 왜냐하면 이곳은 옛날에 공동묘지였기 때문입니다." 말하는 동안 언덕을 위아래로 비춰요, 하고 그는 에스빠냐어로 또다른 제안을 했다. "산따 루시아 언덕 전체는" 금발의 키큰 남자는 영어로 계속 말을 이어갔다. "50년 동안 교회나 정부로부터 성스러운 장소에 묻히지 못할 사람들을 갖다 내버리는 곳으로 쓰였습니다. 자살한 사람, 이교도들, 처형된 자들, 그리고 살인자들이었지요. 누구 하나 원치도 바라지도 않던 사람들이었습니다. 그들 모두가 여기 묻혔던 것입니다. 영혼들로 가득한 언덕이지요. 슬픈 이야기입니다."

금발의 남자는 벤치에 앉아 있는 나를 똑바로 바라보았다. "혹은 그다지 슬픈 이야기가 아닐는지도 모르지요." 그는 내 눈을 뚫어질 듯 쳐다보며 말했다. "아마도 망명을 경험했던 비꾸냐 마껜나는 자신이 하고 있던 일을 잘 알고 있었겠지요. 죽은 자와 잊혀진 자들이 묻힌 곳에 공원을 세우고 처음부터 새로 시작해서, 나무도 심고 나팔을 불어 사람들을 깨우고 그들을 지킨다는 거죠. 죽은 자들에 대한 기억을 산에서 씻어냈던 겁니다. 과거에 사로잡히지 않으려 했던 것이죠."

그가 하도 확신에 차 열정적으로 말하는 바람에 나는 그가 내 대답을 기다리거나 아니면 마음을 달래주려는 천사로 느낄 정도였다. 아니면 나를 희생양으로 삼아 즐길 속셈의 악마였는지.

"과거에 사로잡히지 않으려 했던 것이죠." 그는 혼잣말처럼 되풀이했다. 그러곤 이윽고 "이 말은 편집해주세요. 컷."

카메라맨이 그에게 그만하면 다 된 거냐고 묻자 그 이상한 금발의 남자는 오늘내일 중에 다 찍도록 당장 언덕 위로 올라가자고 했다. 마치 나도 초대한다는 뜻이었는지, 혹은 예전부터 나를 잘 알고 있었다는 의미였는지 그는 호기심에 차서 나를 바라보았다.

난 아무 말도 하지 않았다.

그가 언덕의 계단을 오르기 시작했을 때 우리의 시선은 마지막으로 마주쳤고, 어째서 서로가 상대방에 대해 매력과 혐오를 동시에 느끼고 있는 건지 묻고 있었다. 그가 가버리자 난 그가 영원히 사라졌다고 생각했지만 언젠가는 돌아올 것을 알고 있었다. 뽈로처럼, 가장 쓸모 없을 때 나타나게 될 것이며, 이 이야기에서 적어도 두번은 그 금발의 나의 분신이 모습을 드러내게 될 것이다. 그당시엔 언덕에서 나를 떼어놓음으로써 내 인생에 영향력을 행사한 것이다. 왜냐하면 그는 내가 그를 따라 올라갈까봐 두려워했고, 결국 난 그렇게 하지 않았기 때문이다. 엄청난 실수였지만.

나는 벤치에 자리를 고쳐잡고 앉았는데 그순간 엉덩이를 찌르는 무언가를 느꼈다. 그건 점심식사 전에 라레아가 내게 준 카세트였는데 발디비아가 세상 끝에 이 도시를 세운 이후부터의 모든 소리가 수록되어 있다고 했다. 그 소리들은 쎄비야의 전시관에서 정복자들이 아닌 장사꾼들을 유혹해 이 땅에 와서 왕성히 번식토록 할 것이다. 그 소리들을 듣기에 여기보다 더 좋은 곳이 어디 있고, 오늘보다 좋은 날이 또 어디 있겠는가? 고향에 돌아온 날인데.

마침 내게는 밀라그로스의 집 아이들이 내 생일에 선물한 보잘것없는 워크맨이 있었다. 오늘 아침 옷 입을 때 기자들이 인터뷰할 때 쓰는 녹음기처럼 보이기 위해 윗도리에 넣어둔 것이었다. 나는 헤드폰을 꽂고 작은 테이프를 넣은 후 스위치를 눌렀다. 쎄비야 칠레 전시관의 방문객들이 빙산의 신전에 입장하기 전에 듣고 알아두어야만 할 것들을.

나는 좀더 집중하기 위해 눈을 감고 눈꺼풀에 드리운 어둠속에서 기다렸다. 그러자 유령과도 같은 침묵으로부터, 어렸을 때 싼띠아고 골목에서 들었던 것과 같은 아름다운 손풍금 소리가 들려왔다. 그때 유모에게 달려가 동전 한닢을 얻어다가 안절부절못하는 원숭이가 들고 있던 깡통에 넣어주곤 하던 일이 생각났다. 원숭이의 주인인 장님 노인은 내게 슬픈 노래를 불러주곤 했는데, 난 끝내 그 노래가사를 배우진 못했다. 여기서는 음악이 낮고 묵직한 음성과 뒤섞였는데 마치 말하는 사람이 잠이 덜 깨서 듣는 사람한테도 모두 잠이나 자러 가라고 말하는 듯, 혹은 마치 광물을 채취하듯 과거로부터 말들을 끄집어내는 듯했다. "형제여, 이리 올라와 나와 함께 태어나자(Sube a nacer conmigo, hermano)." 그 목소리의 주인공이 누구였는지 알아두었어야 했는데. 엄마가 긁힌 자국이 있는 레코드판으로 이 단조로운 목소리를 듣던 적이 있었는데 도무지 그 이름은 기억할 수 없었다. 어쨌든 나는 여기서 이미 태어났고, 되는 일도 없었으니, 고맙지만 새로 태어난다는 것은 썩 괜찮은 생각은 아닌 것 같았고, 형제라고는 있지도 않을뿐더러 도와줄 사람조차 없었다. 특히 그 다음에 들린, 숲속에서 나무가 갑자기 넘어지는 소리는 내가 얼마나 한심한 처지에 있는지를 알려주었다. 나는 그 나무에 대해 아는 건 없었지만 상당히 큰 나무 같았다. 줄기도 잎사귀도 종류도 모르고 나무가 쓰러진 숲속에 내가 가 있을 수도 없을뿐더러, 누군가 녹음기에 그 최후의 소리를 담기 위해 도끼질을 하기 전 나무가 자라던 산들도 상상할 수 없었다. 그러고는 축구장의 함성이 들렸는데, 무슨 소리를 하는지 알 수 없었지만, 한번도 본 적이 없는 꼴로-꼴로(Colo-Colo)라는 팀을 응원하고 있었다. 재니스, 난 더 들으면 들을수록 뭐가 뭔지 알 수가 없었다. 마치 이 테이프를 만든 사람은 내게 다시 내가 이방인이라는 것을 일깨워주고, 우리가 너희 엄마의 헌 소파에 누워 장난칠 때도 인정하지도, 말해준 적도 없는 나의 나라를 다시 한번 잃게 하려는 것 같았다. 설상가상으로 바로 그순간, 내가 가 본 적 없는 해변가(혹시 옛날 엄마가 집을 나갔을 때 아버지가 뒤를 밟은 그곳인지 모르지만)의 으르렁거리는 큰 파도소리와 또 그 파도가 젖은 모래를 때리는 음향에 덧붙여 성난 목소리와 행진하는 발소리 그리고 외쳐대는 구호소리가 들렸다. 나는 편집증적으로 순간 누군가 정말 나를 겨냥해서, 내가 소호에서 저버린 망명의 찬가를 기억하게 하려고 이런 정치적인 구호를 칠레의 토속음향에 집어넣은 거라고 생각했다. 그러나 눈을 떠 헤드폰을 떼고 보니 학생들이 외치던 그 특별한 소리는 카세트에서 나온 것이 아니라 엄청난 소음을 내면서 줄지어가고 있던 알라메다의 소수의 데모대, 바로 그곳에서 나는 것이었다.

그들은 붉은 깃발과, 정치범의 석방과 최저임금, 평등한 대학교육 혜택, 그리고 양키 제국주의자들의 최후를 요구하는 플래카드를 들고 있었다. 이 모든 문구는, 내가 가방에서 미처 꺼내지도 않았고, 지금 이 순간 쎄비야에서도 바라보고 있는, 언제나 날 따라다니는 별 달린 베레모를 쓴 체 게바라의 초상 밑에 씌어 있었다. 그들이 주먹을 치켜올리고 투쟁적인 목소리로 요구하는 표어는 25년 전, 1967년 10월 10일 싼띠아고의 찬바람을 맞으며 엄마와 아빠가 외치던 것이나, 엄마가 소호와 그밖의 다른 곳에서 협력을 강조하며 용감히 주장했던 것, 그리고 멀리 미국에서 텔레비전을 통해 보았던 칠레 젊은이들이 거리에서 독재에 항거해 소리치던 것과 다를 바 없었다. 나는 내 속에서 이상한 그리움이 솟아오르는 것을 느꼈다. 그 데모대에 합류한다면, 시간이 거기서 멈춰버리고 벤치에서 일어나 걸어내려와 거리로 나아가 시간을 무효로 만들 수만 있다면, 난 여자의 몸 속에 처음으로 들어가본 날 밤의 아버지와 다시 만날 수 있으리라고 상상해보았다. 아버지와 엄마가 만난 그순간으로 돌아갈 수만 있다면 어떻게 아버지가 자신의 동정을 버렸는지 이해하게 되고, 어렵지 않게 그의 행적을 따라가게 될 것이다. 그리고 내가 별 생각 없이 듣던 투쟁의 노래를 망명중의 엄마와 동지들이 부르던 그 순간으로 돌아갈 수 있다면, 나한테도 혼자 칠레에 돌아가 이 거리에서 생명의 위험을 무릅쓰고 싸운 후 따뜻한 연대를 나누는 아만다와 수많은 젊은이들과 함께 있을 수 있는 지혜와 배짱이 있었더라면, 하고 생각했다.

이랬더라면 저랬더라면 하고 생각만 했지 실제 난 그런 운동에 참여한 적도 없었고 시간의 거울의 한쪽을 표류한 것에 지나지 않았다. 너무 늦어버린 것이다. 여기 있는 데모대들은 예전 사람들처럼 깡충깡충 뛰거나, 대가를 치르지 않는 혁명놀음을 하는 자들이 아니었다. 또 찬바람을 맞으며 삐노체뜨에 맞서싸우며, 거리를 점거한 이유로 어떤 대가를 치러야 될지 잘 알고 있던 사람들은 더더욱 아니었다. 지금 싼따 루시아 언덕 앞에 있는 이 20명의 젊은이들은 병든 대중운동의 소외된 파편, 나 같은 과거의 찌꺼기에 불과했다. 그들은 구경꾼들의 호기심의 대상이거나, 버스를 타는 일, 샌드위치를 먹는 일, 어린 아들을 야단치는 일, 싼따 루시아 예배당에서 애인을 만나는 일, 혹은 전기요금을 내는 일 등에 정신이 팔려 있던 싼띠아고 시민들에게 거의 무시당하고 있었다. 이 대단히 심각한 데모대는 1991년 민주화된 칠레에 아직도 독재가 계속되고 있는 것처럼 행동했다. 그들은 검은 손수건으로 복면을 하고 사람들이 본 척 만 척해도 리듬감 있게 분노에 찬 구호를 외치고 있었다. 그들의 유일한 증인은 전혀 동참할 뜻이 없는 이 갓난쟁이 얼굴의 떠돌이였음에도 불구하고 말이다. 그래도 긴 머리를 한 여자 하나는 관심을 끌었는데, 그녀는 내게 다가오라는 시늉을 했다. 그녀는 나를 향해 주먹을 흔들었고, 우리는 마치 허공에서 사랑을 나누기라도 하듯 시선을 교차했다. 그리고 바로 그순간 내게 무엇보다도 필요한 건 어둠속에서 그녀의 손을 잡아 내 안에 품을 용기라는 생각이 들었다. 그러나 나는 그녀에게 고개를 저어 가지 않겠다고 했다. 나의 채 성숙하지 않은 얼굴은 그녀에게 너무 시간이 늦었다는 표정을 지었고, 그러자 마치 그게 데모대가 비밀리에 기다리던 신호였다는 듯, 행인들의 관심을 끌지 못하던 그들의 절망은 거의 즉시 폭력적으로 변했다. 대중이 그들의 목소리를 들어주지 않는다면, 그 존재를 거친 방법으로 일깨워주겠다는 거였다.

일당 중의 한명이 돌을 하나 집어들어 버스를 향해 그의 메씨지를 보냈다. 창문이 깨지고 차 안에 있던 한 노파에게서 피가 튀었다. 별안간 아수라장이 되었다. 군인들이 방망이를 흔들며 왔고, 싼띠아고가 세워질 때도 있었을 돌들로 투석전이 벌어졌다. 나의 동참을 바라던 여자애는 연행되어, 어제 이그나시오가 나를 구해주었을 때 있던 것과 같은 경찰차 중의 한 대 안으로 머리부터 집어던져졌다. 나는 최루가스를 가로질러 거기서 빠져나왔다. 시간은 확실히 빠블로 바론, 빤초 매켄지 그리고 그들의 친구들이 체 게바라의 죽음을 인정하지 않던 때로부터 흘러와 있었다. 또 아만다 까밀라가 바로 그순간 경찰차에서 얻어맞고 있을 여자애처럼 손을 꼭 쥐고 길거리에서 나를 기다리고 있은 때로부터도 시간이 흘렀다. 아만다 까밀라는 나를 기다리고 있었고, 나는 가지 않은 것이다.

알라메다에서 쏜살같이 뛰어내려오자 쌘띠아고의 시민들도 나만큼이나 무관심함을 알 수 있었다. 가죽점퍼에 꽉 끼는 바지를 입은 젊은이 하나가 자두 빛깔의 근사한 벤츠를 밀고 있었는데, 운전사가 힘내라는 격려를 하는 동안 구멍가게 앞에 있던 투실투실한 얼굴의 남자들과 뚱뚱한 여자들은 비꼬는 듯한 충고만 할 뿐 아무도 손을 더럽히거나 힘을 보탤 생각은 하지 않고 있었다.

재니스, 널 그 소파에 무정하게 팽개쳐둔 채 떠나버린 날부터 잘 알고 있었겠지만, 난 다소 이기적인데다 그 유명한 아버지와는 정반대로 곤경에 처한 사람들을 돕는 인물하고는 부류가 다르지만, 그순간에는 분노 같은 걸 느꼈다. 사람들이 부질없이 차를 밀고 있는 젊은이에게 보여준 일종의 적개심과, 특히 그렇게 고급 승용차를 갖지 못한 데서 오는 질투심에 대해 난 양키 특유의 분노를 느끼기 시작했다. 그들의 충고는 젊은이가 동성연애자였거나 적어도 그렇게 보였기에 이내 상스럽게 조롱하는 투로 변했다. '배기관에 집어넣어' '더 세게, 더 깊게'라거나 '윤활유가 좀 있어야 되겠는데, 색시' 하며 조롱했다. 그리고 조금 전에 데모대와 함께하기를 거부했던 나는 그 젊은 친구를 돕기로 마음먹고 구경꾼들이 말하는 것처럼 '더 세게, 더 깊게' 차를 밀어주기로 했다. 운전사는 얼굴이 붉어진 채 우리를 독려했고, 이제 사람들은 나까지 놀림감으로 삼았다. "그래, 너희 둘이 이젠 저 갓난쟁이 얼굴을 따먹게 됐구나." "야, 이 호모들아 경찰이 미성년자 위해죄로 잡아갈걸." 다행히 시동이 걸렸고, 가죽점퍼에 쫄바지 청년은 내가 탈 건지, 어디로 데려다주길 원하는지 궁금해했다. 비록 그게 구멍가게 앞 사람들의 야유를 더욱 증폭시켜 날 '맛 좋은 걸레'라고 부르게까지 하고 말았지만, 나는 뒷문을 열고 올라타 함께 그 자리를 떠나버렸다.

차 안의 사람들은 나를 귀빈 대접했다. 운전사 이름은 오스카(Oscar) 였고 가죽점퍼에 차를 밀던 친구는 나노(Nano)라고 했다. 이미 나를 좋아할 이유가 있었음에도 불구하고, 내가 미국에서 왔다는 얘길 하니까 그들의 호감은 이내 감탄으로 바뀌어버렸다. 나노는 "세상에서 제일 위대한 나라"라고 했고, 내가 뉴욕에 산다고 하자 날 데려간 레스토랑에서 오스카는 한숨 쉬듯 "크리스토퍼 거리"라고 말했다. 레스토랑은 싼띠아고의 제일 큰 언덕인 싼 끄리스또발 위 에노떼까에 있었다. "너무 멋져. 여기하곤 달라. 너도 알지." 오스카가 속삭였다. 난 그가 나노한테 말할 때의 상냥함이 웨이터에게 포도주를 시킬 때는 경직되고 남성적으로 바뀐다는 걸 눈치챘다. 칠레는 아직도 동성연애자들에게 폐쇄적이었다. "모든 게 다 바뀔 거야." 그는 내게 1988년산 포도주 '안띠구아스 레쎄르바스'(Antiguas Reservas)를 따라주며 덧붙였다. "옛것들이 점점 사라져감에 따라 사람들은 차차 관대해져가고 있어요. 그저 시간이 걸릴 뿐이죠. 시장, 자유시장체제가 다 해결해줄 거예요." 나노는 즉시 이 말에 이의를 제기했다. 그들은 마치 결혼한 부부 같았다. 나노는 아무것도 바뀌지 않을 거라고 했다. 남녀노소 심지어는 교회까지 동성연애자들을 혐오하고 있다는 것이다. 에이즈에 대한 광고도 콘돔 소리를 하는 바람에 텔레비전에서 금지되었다고 했다. 오스카는 나노를 너그럽게 바라보고 있었지만, 나노가 신파조로 "그들은 우리가 다 죽어 없어지길 바란단 말이에요"라고 비방하자, 자기 애인은 항상 부정적인 면만 부각시킨다고 말했다. 오스카는 그들이 처음 만났을 때에 비하면 살기가 좋아졌다고, 특히 싼따루시아 윗동네를 필두로 많이 좋아졌다고 했다. 그들은 훌륭한 아파트를 갖고 있는데, 내게 빌려주겠다고 했다. 내가 어떤 도움을 필요로 하면, 그들은 기꺼이 응하겠노라고도 했다. "당신이 올바르게 갈 수 있게 저희가 밀어드리지요. 우리가 도움이 필요했을 때 당신이 그랬던 것처럼."

쓸데없이 말만 많은 사람들을 또 만났다. 내가 진짜 필요로 하던 사람은 그순간에도 아마 얼굴도 모르는 아이 뒤나 밟고 다니고 있을 텐데, 칠레에서 가는 곳마다 나는 안내자를 자청하거나 도움을 주겠다고 나서는 사람을 만나고 있었다. 아버지는 여기 와본 적이 있을 것이다. 이 넓은 도시와 저 아래 외로운 불빛 아래서 기다리고 있을 수많은 여자들을 둘러보기 위해 나를 데려올 수도 있을 것이다. 오스카나 나노도 아만다 까밀라가 인용한 민요에서처럼 남편을 찾는 싼띠아고의 예쁜 계집애들이나 매력 있는 과부, 아니면 창녀라도 후리는 방법을 조언해주진 못했다.

"그럼 왜 떠나지 않는 거죠?" 나는 오늘 벌써 이 질문을 집에 가는 중에 아만다 까밀라에게 한 적이 있었다. 사실 이번엔 나 스스로에게 물은 것이었다. 대체 아버지도 없는 칠레에 왜 더 머물러야 하는 거냐고.

"아마 언젠간 그렇게 되겠죠." 나노가 말했다.

"하지만, 첫째로⋯⋯" 오스카는 마치 돈을 세듯 손가락을 비비며 덧붙였다. "이곳은 기회의 나라라고. 부자가 되기 위해선 세상에 여기보다 나은 곳은 없어. 우린 지금 뜨고 있어. '칠레의 기적'이라 불리는 세계에서 가장 높은 성장률을 자랑하고 있고, 나는 10여년 전부터 미국에 복숭아와 포도주를 팔기 시작했는데, 우리가 생산하는 것과 견줄 만한 게 없다고." 그는 옆 테이블에서 핸드폰으로 열변을 토하고 있던 한 말쑥한 남자를 가리켰다. "저 친구 보이죠? 내가 비밀 하나 말해줄게요. 장담하건대 우리가 만든 전화를 쓰고 있을 거예요."

"당신들은 전화도 만드나요?"

"가짜 전화죠." 나노가 말했다. "거리에서, 차 안에서 전화 통화하는 사람들을 본 적이 있죠? 그중에 반은, 아니 아마 반 이상이 핸드폰처럼 보이지만 실은 가짜예요."

"엄청나게 만들어내고 있지요." 오스카가 말참견을 했다. "이용료를 낼 수 없는 사람들, 실제로 필요하지는 않지만, 다른 사람들한테 앞서가는 것처럼 보이려고, 부러워 죽으라고 저러는 거죠. 저것뿐만 아니라 이젠 가짜 옷도 만들어내고 있어요. 베르사체, 아르마니, 크리스티안 디오르."

"당신들이 그 상표들을 다 취급한단 말인가요?"

"그렇다고 할 수 있지요." 나노가 장난스런 웃음을 지으며 말했다.

"우리는…… 상표만 만들어서 다른 상품에 갖다붙이는 거예요. 아무도 다르다는 걸 눈치채지 못해요. 사람들은 물건들을 뽐내고 과시하고 싶어하고, 남의 눈을 의식하죠. 우리는 엄청나게 돈을 벌었다고요."

그리고 그들은 더 많은 돈을 벌게 되겠지. 그들은 전 라틴아메리카에서 사유화되고 있던 공기업들, 싯가의 5분의 1 가격에 팔려버린 페루의 전화공사나 아르헨티나의 전력공사 등에 사업을 확장하려 하고 있었다. 대화가 창업 쪽으로 기울자, 재니스, 나는 그들에게 우리들의 인터넷 가십 잡지 『뭐든지』에 대해 얘기하기로 했다. 칠레에서 투자자를 구하면 뭐 어때? 하는 생각이 들었다. 위험을 무릅쓸 자신만 있으면 누구라도 돈을 댈 수 있으니까. 그리고 돈냄새만 맡으면 안 끼는 데가 없는 현대판 해적인 오스카와 나노는 다른 사람들이 그들을 부부처럼 식사나 파티에 초대하며 인정할 수밖에 없도록 만들었다. 돈은…… 확실히 몇시간 전 알라메다에서 데모대들이 던진 돌보다 남의 관심을 끌기에 훨씬 더 나은 방법이었다. 만민을 평등하게 해주니까.

재니스, 그들은 우리 계획의 가능성을 보고 좋아했어. 어쨌든 그들은 꿈을 좇는 장사꾼들이었으니까. 오스카는 인터넷에 더 많은 고객이 생기고 광고를 할 수 있는 충분한 회사들이 생기기까지는 그 계획을 이룰 수 없다고 생각했다. 반대로 나노는 한번 해볼 만하다고 여겼다. 비워진 포도주 잔이 채워지고 주변에 후식을 실은 손수레가 오가는 동안 우리는 예산에 대해 토의를 했다. 그리고 나의 새로운 친구들이자, 바라건대 미래의 동업자들은 벤츠를 몰아 싼띠아고의 언덕 위 거대한 성모 마리아상이 서 있는 싼 끄리스또발 언덕 정상에 도착했다. 그들은 어둠속 저 아래에 서 잠자리를 함께할 사람을 간구하며 성모 마리아에게 기도하고 있을 사람들로 가득한 도시의 전경을 가리켰다. 난 성모 마리아도 우리 아버지도 나를 위해 아무것도 할 수 없음을 뼈저리게 느끼고 있었다. 난 이제 언덕 아래로 차를 몰아 조금 전 함께 보았던 회색빛 거리를 가로질러갈, 별 도움도 안되는 오스카와 나노에 가로막혀 있었다. 오스카는 흥분하여 근처에 있는 차 안에서 가짜 핸드폰으로 소란스럽게 말을 뱉어내고 있는 남녀들을 가리켰다. 그들은 자신들이 실은 얼마나 외롭고 처참한지 아무도 알지 못하도록 차 안에서 혼잣말들을 하고 있었던 것이다. 하지만 나라고 그들을 비난할 자격이 있는 것일까? 새로 만난 친구들에게 내가 칠레에서 하는 일에 대해 거짓말하고 빙산에 대한 기사를 쓰고 있는 기자라고 허풍을 떨지 않았던가?

오스카와 나노는 빙산에 대한 의견도 없을뿐더러 그 프로젝트에 대해 거의 들어본 적도 없는 것으로 판명되었다. 얼마나 다행이었는지! 칠레에서 용의자가 아닌 사람들을 만나게 되다니. 그렇지만 탐정소설을 보면 전혀 의심이 안 가는 사람이 결국에 가서는 요주의 인물이 되는 법이니까, 나는 그들에게 두어 가지 질문을 하기로 했다. 재니스, 이게 내가 얼마나 맛이 가 있었나에 대한 증거지. 다행스럽게도 그때 차는 밀로그로스의 집 앞에 섰다.

"여기 사나요?" 오스카가 물었다. "매켄지? 당신, 끄리스또발 매켄지 탐정하고 무슨 관련이라도……"

"제가 아들인데요." 난 오스카가 찡그리는 것을 보았다. "무슨 일이죠?" 조금 망설인 끝에, 그리고 나노가 말리고 나서야 오스카는 나의 양해를 구하며, 내 아버지는 가출한 애들을 잡아다가 집으로 되돌려보내는 놀이를 하면서 좋은 일보다는 나쁜 일을 더 많이 하고 있다고 말했다. 아버지와 자식 간에 생길 수 있는 자연스럽고 건전한 갈등에 끼여들어서 아이들이 거리에서 경쟁하고 생존하는 방식을 배우는 걸 방해하고 있다는 것이었다. 과거에 정부가 마치 보호자라도 되는 것처럼 국민을 과잉보호하며 매사에 지나칠 정도로 개입했던 것처럼 말이다. 물론 몇몇 아이들은 나가떨어질 것이고 또 몇몇 아이들은 타락할 테지만, 그게 다 사는 거라고 했다. "17살 때," 오스카가 말했다. "나도 가출을 했었죠. 사실 단 하룻밤뿐이었지만, 우리 아버지는 내가 돌아오길 기다렸다가 혁대로 날 사정없이……"

"왜냐하면 네 아버지가 널 호모라고 의심했기 때문이지." 나노가 말했다. "넌 그렇다고 인정하고 도리어 아버지를 혁대로 때려줬어야 했어."

오스카는 이런 과격한 제안을 무시해버렸다. 그 끔찍하던 날 밤 배운 것은 아무도, 매켄지조차도 그를 구해줄 수 없다는 사실이라고 했다. 잘못을 하면 매를 맞는다는 건 살면서 배워야만 하는 거였다. 오스카는 그의 아버지가 매켄지를 고용하지 않은 게 자신에겐 다행이었다고 말했다.

"그랬더라면 오늘의 내가 있을 기회를 갖지 못했을 거야." 그가 말했다. "저 안에 있는 모든 애들의 삶은 어려움에서 벗어나 과잉보호되고 있어. 저 아이들 중 하나라도 이 다음에 큰일을 할 것 같아?"

우리는 시동과 히터를 끄지 않은 채 자동차를 주차했다. 밀라그로스의 집의 불빛이 반짝이고 있었다. 나는 건물 뒤 기숙사에 살고 있는 6살 난 까를로스, 어젯밤 동행한 그 꼬마를 떠올렸다.

"그렇지만 만약에 그 아이들을 거리에 놔둔다면 죽거나 감방에서……" 내가 말했다.

"만일 당신 아버지가 아이들을 거리에 내버려두었더라면," 오스카가 말했다. "대부분 죽어버렸겠죠. 맞는 말이에요. 약한 아이들은 말이에요. 하지만 개중 두세 명이 훌륭하게 된다면요? 개네들이 중요한 것이죠. 그 아이들이야말로 세상을 진보시킬 인물들이에요. 다른 애들은 안됐지만 할 수 없구요. 길 바깥으로 떨어져나가버렸으니. 당신 아버지 같은 사람들은 그저……"

"그만 입 닥쳐, 오스카." 나노가 말했다. "약간의 보호는 좋은 거야. 우리한테도 그렇고. 가브리엘, 우리가 거북스러워하는 점은 당신 아버지가 호모들을 싫어한다는 거예요. 그들도 당신 아버지 같은 사람인데…… 우린 말예요, 댁의 아버지가 애들을 사춘기가 되기 전에, 아니 그보다도 더 전에 데리고 나가 여자를 어떻게 따먹나 가르쳐준다고 들었어요. 가르쳐준답시고 그짓을 애들 앞에서 한다나요."

오스카는 즉시 자기 애인의 의견에 동의했다. "매켄지는 음탕한 개새끼야. 가브리엘, 미안해요. 내가 뭣 때문에 화내는지 알아요? 그런 사람이 사방에 콩까고 다니는데도, 모두가 그의 싸인을 원한다는 거죠. 우리가 방탕한 놈들로 불리는 반면에 말예요. 이봐요, 가브리엘. 나는 보수적인 일부일처주의자라고요. 나는 나노를 사랑하고, 나노도 날 사랑해요. 주일날 자기 죄를 고백하고 그 이튿날은 가장 친한 친구 아내를 따먹을 궁리나 하는 후레자식들에 비하면 훨씬 더 신의가 있지요. 그리고 항간에 당신 아버지는 치마 입은 사람은 사제하고 스코틀랜드 사람 빼고 다 먹어치웠다는군요. 사실이 아니란 말은 못할 걸요."

"좀 그렇기는 하죠." 나는 오스카와 나노가 밝힌 것, 밀라그로스의 집 아이들의 '총각딱지 떼기 의식'에서 나만 제외되어 있었다는 데서 오는 아픔을 보이지 않으려 애쓰며 말했다. "그분은 여자를 좋아해요. 저도 그렇고요. 그리고 당신은 뭔가 간과하고 있어요."

오스카는 날 바라보았다. 그는 내가 차에 올라타자마자 게이가 아니란 걸 눈치챘다. 사람들이 그 물건을 어디로 집어넣는지는 내겐 중요하지 않았으니까. 그가 지금 당황해 있다면 그건 내 말의 잔인함, 그를 비하하려는 나의 갑작스런 필요 때문이었다. 따뜻함이 스며나오던 그의 춤추는 듯한 두 눈은 이제 마치 차갑게 식은 두 개의 다이아몬드처럼 보였다. 왜,

그는 내게 묻고 있는 듯했다. 우리 사이에 너는 저쪽, 나는 이쪽이라는 식으로 선을 그으려는 거냐고.

"당신, 왜 당신 아버지가 그렇게 많은 여자를 따먹는지 알아요?" 오스카는 내 옆으로 팔을 뻗어 문을 열며 물었다. "왠줄 알아요? 그건 감히 남자들과 잘 수 없기 때문이지요. 그래서 걸레 같은 년들을 건드리는 거라고요. 남자 친구들하고 접촉하고 싶으니까 서로 같은 계집애들을 건드려서 자는 식이죠. 그래서 남자들이 그렇게 미친 듯이 쏘다니는 거예요. 자기 친구들이 조금 전에 손댄 그 여자를 따먹어서, 같은 장소를 차지하고 그 여자의 거시기를 통해 서로에게 접촉하는 거지요. 이 나라는 콩가루예요."

"이 병신이 하는 말 듣지 마세요." 나노는 작별인사를 하기 위해 차에서 내리면서 말했다. 나도 그를 따라 내렸다. "그건 정반대예요. 그렇게 여자들을 건드리는 건 남자들이 서로 싫어하기 때문이죠. 그들은 주변에 아버지들만 있길 원하지요. 그렇게 안하면 다른 남자들이 자신을 여자 취급할까봐 겁내는 거예요."

오스카도 차에서 내렸다.

"글쎄, 그들이야말로 뭘 잃어버리고 있는지 모르는 거예요. 가브리엘," 그가 말했다. "난 여자하고도 남자하고도 해봤어요. 뭐가 더 좋고, 화끈하고, 풍성한지 말할 수 있어요."

나노는 내게 작별의 포옹을 했다.

다음은 오스카 차례였다. 그는 마음이 누그러져서 명함을 건네준 다음 벤츠 안의 핸드폰을 가리키며 의미심장하게 눈썹을 찡긋 했다. "저건 진짜 전화예요. 우릴 곤경에서 꺼내주었으니 당신 편이 돼드릴게요. 밤을 보낼 곳이 필요하면 우리 집으로 오세요. 싼띠아고를 구경시켜줄 수도 있고, 충고나 필요하다면 잠자리도 제공하지요. 나노와 나한테로, 혹시 같이 사업을 하게 될지도 모르잖아요, 전화 주세요."

"내일은요?" 내가 말했다. "아마 우린 내일도……?"

"다음주로 하지요." 오스카가 말했다. "내일은 안돼요. 볼리비아에 가거든요."

그는 내가 관심 있어하는 것을 보고 나노와 눈짓을 나누었다. 나노가 고개를 끄덕였다. "이건 비밀이에요, 가브리엘? 아무에게도 이걸 얘기하지 말아요. 약속하는 거죠?"

나는 약속했다. 아마 그게 내가 지킨 유일한 약속이었을 것이다. 그리고 재니스, 넌 그들의 계획을 알게 되는 첫번째 사람이고.

오스카에 의하면 대부분의 사람들이 내년 신대륙 발견 500주년 때 돈벌 궁리를 하고 있다고 했다. 그러나 일단 그날이 지나고, 콜럼버스 또한 예전처럼 별 의미 없는 역사의 인물로 돌아가게 되면 상인들은 엄청나게 많은 기념컵과 싸구려 범선 모형들을 원가보다도 싸게 팔게 될 것이었다. 그러니까 돈을 벌고 싶으면 전설의 빛이 바래지 않는 그런 사람을 찾아내야만 한다는 말이었다. 그들이 누구 얘기를 하고 있는지 내가 알았느냐고?

물론, 그렇지만 난 그게 그이기를 바라지 않았다. 난 모든 사람들 가운데서도 유독 그가 날 계속해서 쫓아다니는 게 싫었다. 왜 날 혼자 놔두지 않는 거지? "누군데요?" 내가 말했다.

"성 에르네스또." 오스카가 말했다. "내년이면 그가 죽은 지 25년이 되지."

"그는 처형당한 거야." 나노가 끼여들었다.

"물론 그렇지. 체 게바라는 자기 나라도 아닌 데서, 그를 원치도 않는 농부들과 인디언들을 대신해서 반란을 일으키며 대체 뭘 했던 거지? 그들이 그를 죽인 건 확실해. 그라면 사로잡은 적을 어떻게 했겠어? 꾸바에서 그가 죄수들을 어떻게 했는데? 명령 불복종자는 총살대로 보내라고 그가 형 집행서에 서명했었단 말이야. 귀염둥이 나노야, 네 생각엔 그가 너는 어떻게 했을 것 같니? 적어도 재교육 정도는 시켰을 거다."

202

"잠깐만요." 내가 말했다. "그럼 사람들은 왜 그의 무덤을 찾아 볼리비아에 가는 거죠? 마치 그를 존경하지 않는 것처럼 말씀하시네요."

"그가 생전에 뭘 했건 무슨 상관이야? 누군가 죽으면 그 다음엔 산 사람들이 그를 어떻게 만드느냐에 달린 거지. 가브리엘, 그게 죽는다는 거야. 그래서 될 수 있으면 오래 살아서 사람들이 더이상 널 욕보이지 않게 해야 한다고. 자, 이 성 에르네스또 데 라 이구에라(San Ernesto de la Higuera, 체 게바라를 뜻함—옮긴이)로 말하자면 이제 훌륭한 돈벌이가 될 만큼 무르익었어. 따끈따끈하게 말이야. 그가 안전하게 죽어 있는 한, 그는 모두가 마음속으로 원하는 모든 저항을 대표한다고 할 수 있지. 문제는 말야, 물어볼 가치가 있는 유일한 문제는, 누가 그를 상품화하느냐는 거야. 나노는 티셔츠, 커피, 장난감 총을 만들자고 하지. 하지만 이미지는 누구나 재생산할 수 있고, 시장에 넘쳐나게 될 거야. 반면에 땅은 가치를 잃는 법이 없지. 라 이구에라 바예그란데(La Higuera Vallegrande). 그곳은 관광의 중심지가 될 거라고. 수많은 사람들이 물밀듯이 체 게바라가 순교한 곳을 찾아가볼 거야. 우리는 라 이구에라에서 구할 수 있는 모든 땅과 집, 가게, 학교건물 등등을 사들일 거야. '체 게바라 랜드'를 만드는 거지. 당장 하겠다는 건 아니야. 25주기부터 천천히 시작해서 30주기가 되면 알게 될 거야. 아무도 우릴 멈출 순 없어. 체 게바라 관광, 체 게바라 밀랍인형 박물관, 체 게바라의 생애 답사여행, 그리고 전세계에 아르헨띠나산 쇠고기와 꾸바 시골 음식인 밥과 콩요리로 체 게바라 레스토랑을 여는 거야. 체 게바라 비누도 만들지, 비록 그는 돼지처럼 더러웠지만 말이야. 생전에 사람들은 그를 '돼지'라고 불렀다는군. 위생관념이 없어서였대. 만약 CIA가 우리가 돈을 벌 수 있게 그를 처형하지 않았더라면 그 작자는 아마 때에 절어 죽었을 거야."

나노는 물론 이 계획에 동의하지 않았다. 그는 그거야말로 일시적이라고 생각했다. 체 게바라는 이제 현실과는 너무 동떨어져 있어서 아무도 그를 기억하지 않는다는 것이다. 오스카는 이에 맞서 더욱 체 게바라를 부활시켜야 하는 이유를 늘어놓으며 차에 올라탔다.

나는 그들의 차가 길 아래로 내려가는 것을 바라보았다. 그들은 벌써 말다툼중이었고 난 어느새 그들이 보고 싶어졌다. 그들을 따라 볼리비아에 가서 그 기회에 체 게바라를 내 인생에서 영원히 내쫓아버렸어야 했다. 그리고 아버지로부터도 해방되게 그들이 내 항문에 물건을 집어넣어주기를, 나도 호모였기를 간절히 바랐다. 아버지가 날 찾으려 들지, 아니 날 사랑이라도 하는지 알 수 있게 그들과 같이 그날밤 사라져버렸어야 했다. 그러나 그대신 난 조용히 밀라그로스의 집으로 들어갔고, 엄마와 뽈로 그리고 위대한 매켄지가 거실에서 장작을 피워놓고 꼬냑 같은 걸 마시고 있는 걸 보았다. 우선 샤워하고 옷을 갈아입은 다음에 거기 끼려고 생각하며 내 방으로 직행했는데, 지난 이틀 동안 서너 시간밖에 못잔 탓에 잠시 침대에 누워 워크맨을 듣자마자, 어린 시절의 오르간 소리와 칠레를 담은 소리들이 들려오자마자 잠이 들어버렸다. 내게서 미끄러지기만 하는 그 나라의 음악이 꿈속에서 연주되는 동안 난 깊은 잠에 빠진 것이다.

난 몇시간이나 지나 깨어났다. 누군가 내 품안에 따뜻한 물병을 갖다놓았고, 아기에게 하듯 두 장의 담요를 덮어주었다. 혹시 아버지가 잘 자라고 인사하러 슬며시 들어왔다가, 손수…… 그러자 그순간 갑자기 돌멩이가 창문을 깨뜨리듯 위대한 매켄지가 내가 아는 곳에서 만나자고 했던 약속이 기억났다. 그리고 그곳이 어디인지도 알았다. 그는 나를 기다려왔고, 어쩌면 지금도 깔리또스가 자고 있는 방에서 기다리고 있을지도 몰랐다.

새벽 5시였지만 난 계단을 내려와 추운 마당을 지나, 방으로 올라갔다. 혹시 아버지가 아직도 거기 있을지 몰라.

그는 없었다.

거기 있는 건 침대에 오줌 쌀까봐 두렵고 화장실 가기도 무서워서 베개에 머리를 박고 울고 있는 깔리또스였다. 싼띠아고의 거리들에서도 살아남은 녀석이, 이제 집안에 안전히 있게 되니까, 예전의 방어력이 약해지니까, 괴물들이 와서 잡아갈까봐 그러고 있는 거였다.

나는 그에게 망또를 씌워 화장실로 데려가 어제 오후 유모가 쌍둥이들에게 들려주던 노래를 해주었다. 그리고 칠레를 떠날 때의 내 나이와 같은 꼬마 까를로스가 내 그림자 밑에서 잠드는 것을 바라보았다. 내 안에 흐르던 친절함 속에는 실은 냉정한 계산이 숨겨져 있었다. 나의 이런 친절한 행동을 아버지가 알게 되길 바랐기 때문이었다. 어차피 다음날이면 내가 얘기할 것이었다. 아버지가 없었는데도 나는 그를 위한 연기를 하고 있었다.

그러나 그는 그 자리에 없었던 게 아니었다. 내가 뒤를 돌아보자 거기 아버지가 있었다. 아버지는 도대체 얼마나 오랫동안 문지방에서 까를로스와 자신의 아들을 지키고 있었던 것일까?

우리는 조용히 계단을 내려가 어제 그가 내게 더이상 패배주의에 젖지 말라는 말을 했던 마당으로 나갔다. 그는 또다시 담배를 피웠다.

"어제 잘 보냈지?" 그가 물었다.

"전 뭔가 좀 배운 것 같아요."

"겁 안 내는 거?"

"아마도요."

"한번 겁을 안 내기 시작하면 말야……" 그는 담배를 빨았다. "규칙이나 관습 따윈 깨어지게 마련이지."

"기억할게요."

"조사하는 건 어떻게 돼가니? 용의자라도?" 농담조의 말투는 전혀 아니었다. 오히려 점잖은 목소리였다.

"너무 많아요." 내가 말했다.

"그렇지." 위대한 매켄지가 동의했다. "그게 사건이 일어나기도 전에 해결해야 할 문제라니까. 세상의 누구라도 유죄일 수 있지, 안 그래?" 내가 대답하기도 전에 그는 말을 이었다. "내일 그 용의자들에 대해 좀 얘기해주겠니? 네가 내가 아이 찾는 일을 도와주는 동안에 말야. 재미있는 건이 하나 있어. 우리 수법을 잘 아는 아이 하나가 나를 떼어버리려고 애쓰고 있거든. 우린 하루종일 함께 있게 될 거야. 8시 정각까지 준비하고 있거라. 지금은 조금 자둘 필요가 있어."

그는 그랬을지 몰라도 나는 완전히 잠이 깨어 있었다. 난 내게 뭐가 필요한지 알았지. 약간의 운동. 재니스, 너 내가 15살 때 얼마나 조깅을 좋아했는지 기억하니? 아직도 쉬지 않고, 거침없이 즐겁게 뛰고 있단다. 그리고 마지막으로 운동을 한 지도 며칠이 지나 있었다. 나는 오래 샤워를 하고 조깅화를 신은 다음 준비운동을 마치고 싼띠아고의 새벽거리를 향해 뛰어들었어. 물론 아버지를 만날 시각보다 훨씬 전에 돌아오게 될 거였지. 내가 흥분해서 안절부절못하고 있었다는 건 인정한다. 칠레에 온 이후로, 아니 오래 전 어느날 밤 맨해튼에서 너의 열에 들뜬 그곳을 나 스스로 닫아버리고 집에 돌아온 그날 이후 처음으로 나 자신에 대해 좋은 느낌이 들었지.

그건 아마 깨어나기 시작한 새들이었을 것이다. 산밑에서부터 숨쉬며 정상을 향해 비추는 태양을 향해 내가 뛰어가는 동안 계곡을 덮고 있던 지독한 추위였을 것이다. 아니면 과일나무들과 태양 그리고 많은 사람들이 굳건하고 힘차게 걸어가고 있던 거리들의 약속이었을 것이다. 사람들은 일터로 가고 있고 난 오늘밤 사랑을 나누게 될 것이다. 난 완전히 확신에 차서 오늘 어떤 마술 같은 일이 벌어지리라고 생각했다. 아버지는 내게 비밀을 털어놓으며 엄마가 자신을 퇴짜놓던 밤 어떻게 다른 여자를 찾아낼 수 있었는지 말해줄 것이다. 오늘밤, 그것을 수없이 많이 해온 그 누구처럼 난 아만다 까밀라의 옷을 천천히, 부드럽게 벗길 것이다. 오늘밤 그녀의 녹색 파도빛 눈을 안으로부터 보게 될 것이다. 나는 막 구운 빵냄새와 집집마다 반짝 켜지는 전등빛 그리고 유모를 부르는 아기들과 화장실 물 내리는 소리(더이상 오늘밤 내 정액은 변기에 버려지지 않을 테지만)를 뒤로하며 언덕을 뛰어올랐다.

간단히 해결된 것이다. 수수께끼 같은 아버지와의 약속을 지키고 우리가 어디서 만나기로 한 걸 생각해냈을 뿐만 아니라 어둠속에서 무서워 떨던 아이에게 약간의 동정을 베풀어줌으로써, 그가 내게 요구하던 것, 아버지와 다른 어른들이 통로 반대쪽에서 기다리고 있던 의식 같은 시험을 통과해낸 것이다. 혹은, 적어도 아버지는 내가 계집애 같은 놈이 아니라는 걸 깨달았을 것이다. 아니면 혹시 내 얼굴에 오스카와 나노와 함께하기를 거부하고 그들과의 사이에 그은 선이 그려져 있었는지도 모를 일이었다. 그래서 그게 나를 마침내 남자로 만들어주었는지도 몰랐다.

해가 떠오르는 언덕을 향해 나는 뛰어올라갔다. 안데스 산맥의 일출이 시작되자 난 살아 있음을 찬양했고, 다리뿐만 아니라 그 물건도 가벼워짐을 느꼈다. 재니스, 이게 이상하게 들리리라는 걸 알고 있어. 특히 이제 와서 쎄비야에서 죽음을 코앞에 두고 보니 그때 내가 상상하던 건 완전히 거짓이었다는 걸 알겠어. 그렇지만 그때 난 내가 태어나고, 아만다 까밀라와 엄마 그리고 유모가 잠자고 있으며 삼촌이 탈출과 혁명을 꿈꾸고 빠블로 바론이 새로운 칠레를 구상하며 오스카, 라레아, 또다른 무수한 사람들이 사업계획을 짜고, 나노는 동성연애자 해방운동에 참여할 꿈에 부풀어 있을 도시를 품안에 안은 산을 고동치던 심장과 다리로 뛰어올라가며 내 운명도 이젠 바뀌었다고 생각했어. 망명과 시간이 나로부터 앗아간 인생이 이제 바야흐로 내 수중으로 돌아오고 있다고 생각한 거지.

나의 이런 격정 때문에, 나는 길을 잘못 들었어.

나는 가시 돋친 철조망과 '출입금지'라고 씌어진 거친 돌 표지판이 있는 초원에 이르렀어. 저 너머로 평화스럽게 풀을 뜯는 말 몇마리가 있었고 더 멀리 유칼립투스나무 숲은 바람에 흔들리며 손짓하는 듯했다. 그곳에서 보는 싼띠아고의 경치는 그야말로 대단하고 완벽했어. 오늘 아침 나의 새로운 탄생을 알리고, 내 안에서 겁내지 말라고 말하고 있는 아버지의 음성에 복종할 뿐 아니라, 오스카와 나노는 절대 하지 않겠지만 아버지는 그렇게 했듯이 이 나라를 빈틈없이 내 품에 안기에는 이곳은 안성맞춤이었다. 내가 철조망을 넘으려 하자 지나가던 두 인부가 "안돼, 젊은이. 그러지 말아"라는 식으로 날 제지했다. 그러나 난 별로 개의치 않았다. 아버지가 말하길, 규칙이란 깨지기 위해 만들어진다고 하지 않았던가. 그 인부들이 경고해주던 순간 햇빛이 나무들을 비추어 마치 나뭇잎 하나하나가 불타는 듯이 보였고 나는 그것을 철조망을 넘는 데 대한 하느님의 축복이라고 여기고 계속 언덕을 올랐다. 오늘은 어떤 나쁜 일도 일어나지 않을 것이다.

그러나 그날 엄청난 사고가 터지고 말았는데, 그 첫째가 내가 유칼립투스 숲에 다가서기 무섭게 불쑥 나타난 군인이었다. 그의 경기관총은 장전되어 있었다.

"여기가 군사구역이란 걸 모르나?" 그가 물었다.

나는 멈췄다. 나이키 신발과 리복 운동복을 걸치고 땀에 절어 헐떡이며 그날 저녁 여자를 정복할 욕망과 아버지의 비밀을 캐낼 계획에 부풀어 있는 모습은 다행스럽게도 날 간첩과는 딴판으로 보이게 해주었다. 이 어린 신병은 전날 감방에 있던 감시병이나 거리에서 본 군인들처럼 굴지 않았다. 마술 같은 일이 막 일어날 것 같았는데, 그는 나를 협박하거나 쏘거나 체포하려 들지도, 그렇다고 두들겨 때리지도 않았으니, 내가 아무 해를 끼치지 않을 거라고 생각한 게 틀림없었다. 난 양키 액센트를 강조하면서 미국에서 왔다는 것과 미안하단 얘기를 애절하고 문법도 안 맞게 더듬거리며 말했는데, 그 군인은 아마 그런 나 때문에 상당히 당황한 것 같았다. 그는 당장 거기서 나가라고 아니면…… 아니, 그런데 내가 들어온 쪽이 아니라 반대쪽의 가장 가까운 철조망을 가리키며 말했다. 그는 담대

했지만 아마도 누군가 나를 발견하고 그냥 보내주었다고 비난할까봐 두려워했을 것이다. 그는 총으로 철조망 쪽을 가리켰고, 내가 목초지를 지나 말들을 거쳐서 철조망을 넘어가는 것을 바라보았다. 재니스, 결국 난 숲속까지는 가지도 못했고, 새로운 날에 깨어나는 휘황찬란한 쌴띠아고도 볼 수 없었어.

내가 잘못 들어선 길은 출발했던 곳과는 이어지지 않았다. 굽은데다 내리막길로 이상스럽게 꼬이기 시작하더니 '군인 사택 지역'이라고 씌어진 거리가 끝없이 펼쳐졌다. 자그마한 초소들 안의 보초병들은 지난밤의 마지막 담배인지 아니면 오늘 새벽 첫 담배일지 모를 담배를 꼬나물고 나를 주시하고 있었다. 마침내 내가 다다른 곳은 공장지대로, 창고와 공장, 황무지 그리고 황량한 포도밭이 있었다. 완전히 그리고 꼼짝없이 길을 잃어버린 것이다.

적어도 공장 쪽으로 다가가 '정복자 냉동회사'라 씌어진 빛바랜 큼지막한 표지판을 볼 때까지는. 이럴 수가 있을까? 상황은 내가 생각한 만큼 절망적이거나 엉망진창인 게 아니잖아! 하고 많은 회사들 가운데에서도 유독 라레아의 회사와 맞부딪친 건 긍정적인 신호임에 틀림없었다. 라레아의 아버지가 다른 사람들의 만류에도 불구하고 세운 그 회사 말이다. 바깥에는 100여명쯤 되는 노동자들이 아침의 냉기 속에 문이 열리기를 기다리며 구두 끝으로 땅바닥을 차거나 농담을 주고받고 있었다. 내가 다가가자 그들은 조용해졌다. 나는 그들에게 내가 길을 잃었다고 말하고, 어디로 가야 하느냐고 물었다. 내가 가야 할 방향에 대해 그들의 의견이 나뉘었다. 한 편은 북쪽을 가리켰고 다른 편은 남쪽을 가리켰다. 또다른 사람들은 어느 쪽이 맞는지에 대해 토론하거나 우스갯소리를 하기 시작했다.

나는 앉아서 그들이 어떤 결론에 다다르는지 지켜보았다. 어차피 난 녹초가 되어 있었으니까. 아마 그때까지 한 시간도 넘게, 아마 한 시간 반

정도 조깅을 한 것 같았다. 자신을 전기기사라고 소개한 남자가 다가와 내 옆에 멈추더니, 가방에서 보온병을 꺼내 커피를 권했다. 몇몇 다른 사람들도 각자 가방을 뒤져 빵, 비스킷, 샌드위치들을 꺼냈다. 우리는 약간의 대화를 나누었다. 난 그들에게 잘 지내는지 묻고 나를 신문기자라고 소개했는데, 내 말을 믿는 듯했다. 그들은 앞날이 다소 걱정스럽긴 하지만 대체로 별탈없이 직장과 여러가지 혜택을 받고 있다고 했다. 그들은 칠레 사람들이 예전처럼 여기서 완제품 냉장고를 생산하지 않는다는 사실을 내가 독자들에게 알려야 한다고 했다. 이제 이 공장은 에콰도르나 인도네시아 그리고 어딘지 모르는 데서 들여오는 부품으로 단지 조립만 한다는 것이다. 그들 중 한 사람이 중국이라고 했고 다른 사람들이 맞다고 맞장구를 쳤다. 첨단 외제 냉장고가 수입돼 정리해고가 있을 거라는 소문도 돈다고 했다.

그리고 난 어리석은 짓을 저질렀다. 바보같이 그들의 선심에 보답하려 한 것이다. 거기서 난 길을 잃고 목이 말랐던데다 번민에 빠졌고 시간도 지체하고 있었고, 그 전기기사와 친구들은 나를 위로하고 있었다. 그러니 그 선심에 보답할 수 있는 유일한 방법, 내가 가진 유일한 카드는, 내가 공장주인 라레아를 안다고 하는 거였다. 그들을 고용할 수도, 해고할 수도, 좌천시킬 수도, 승진시킬 수도 있고, 새 공장을 열거나 아니면 이 공장마저 닫을 수도, 그리고 가정용 냉장고나 계속 만들지 아니면 산업용 냉장고를 만들지 결정할 수 있는 그 사람을 말이다. 나는 내가 공장주의 친구니까 걱정하지 말라고 했다. 비록 라레아를 만난 게 고작 어제였음에도 불구하고, 나는 그가 병원에서 나오는 대로 노동자들을 위해 한마디 하겠다고 했다. 그들은 어떤 술주정뱅이가 사장의 코를 깨버린 걸 아는 걸까? 도대체 나는 뭘 믿고, 내가 중요한 사람이란 걸 증명해 보이려고 그들을 도와준다고 약속했던 걸까? 왜 그저 고맙다고 말하고 집으로 돌아와 내 문제나 해결하려 들지 못했던 걸까?

공장의 싸이렌이 울리자 문이 열리고 노동자들은 안으로 들어갔다. 그중 몇몇 사람은 마치 저 양키를 믿어도 되는지 의아해하는 듯 뒤를 돌아보았다. 오로지 내게 커피를 권했던 남자만이 보온병 뚜껑을 닫을 만한 여유를 갖고 나를 안으로 들어오라고 했다. 내가 그렇게 호르헤 라레아 씨의 절친한 친구라면 관리자에게 전화를 빌려 택시 한대쯤 부르는 건 일도 아니라는 거였다. 그게 가장 논리적인 해결책이었지만, 난 고집스럽게 혼자 갈 수 있다고 우겼다. 아버지가 날 데리러 오게 하고 싶지 않았다. 그가 날 기다릴 거라고 확신하고 있었다. 어쨌든 나도 그 정도는 아버지한테 기대할 수 있지 않은가. 그래서 나는 스스로 상황을 해결할 수 있다고 상냥하게 전기기사에게 말했다. 그가 칠레 주부들이 고기를 보관하고 남은 고기를 얼려놓을 뿐 아니라 치즈와 아이스크림을 신선하게 보관하게 하는 일에 전념할 수 있도록, 나는 즉시 자리를 떠서 가까운 거리로 달려 들어섰는데, 그곳은 냉장고는 고사하고 고기 한점 사먹을 수 없는 사람들이 사는 곳이었다.

공장에서 몇 블록 떨어지지 않은 곳인데, 마치 지진이 난 뒤 복구할 시간조차 없었던 것 같은 궁색한 동네에 이르게 되었다. 양철로 지은 판잣집과 진흙탕 골목, 창문에서 나를 바라보는 가난에 찌든 여인들, 그리고 내 리복 체육복을 만지작거리며 뒤따라오면서 동전을 구걸하는 한떼의 꼬질꼬질한 아이들. 노동자들보다 훨씬 더 못살고, 첫날 본 싼띠아고 거리의 행상들보다도 가난한 또다른 칠레를 만나게 된 것이다. 그들은 경제 기적의 파고에서 소외되고 버려진 사람들이었다. 여기가 삼촌이 감방에 들어가 있는 이유이고, 여기가 엄마가 맨해튼에서 주먹을 불끈 쥐고 해방시키겠다고 맹세하던 칠레이며, 그리고 어젯밤 오스카가 죽어 없어지는 게 낫다고 한 인간쓰레기들이 사는 곳, 또 체 게바라가 죽어버려서 버려진 남자 여자 들이 사는 곳이었다. 그리고 여기에 아버지나 신부, 수녀들 같은 자선활동가들도 도와주지 못한 젊은이들이 있었는데, 그들 8,9명

정도의 한때는 차마 집이라고 부를 수 없는 오두막들이 양쪽에 늘어선 길이라고도 할 수 없는 진흙탕 골목 한가운데 모닥불을 피워놓고 모여서 있었다. 그들은 나와는 달리 칠레를 떠나지 못한 사람들이었다. 소외되었다는 사실을 잘 알고 있는 이들이 살고 있는 이 동네는 빙산이나 인터넷 혹은 핸드폰, 아니면 체 게바라 관광 따위와는 아무 상관없는 곳이었다. 그들은 단지 불을 쬐면서 무슨 일이 일어나지나 않는지, 누가 오지나 않는지 서 있을 뿐이었다. 그때 내가 나타난 거였다. 나는 달리기를 멈추고 그 자리에 섰다. 그들이 태어날 때부터 아마 칠레의 모든 사람들이 그랬듯 그들을 본체만체 무시해버리고 그 자리를 떠났어야 옳았다. 그들은 나의 다음 움직임을 기다렸다. 시간이 흐를수록 상황은 점점 내게 불리해졌다. 나는 그들을 비켜서 계속 가기로 결정했다.

"야, 씹새야! 어디 가?"

난 대답하지 않았다. 그들이 내 억양을 듣기를 원치 않았다.

"저 갓난쟁이같이 생긴 놈, 여기 콩까러 왔을 거야. 퍼키-퍼키(fucky-fucky)하러 말야." 키가 크고 호리호리한 녀석이 '퍼키-퍼키'란 영어단어를 쓰며 말했다. "너 여기 내 동생 따먹으러 온 거지?"

"저 똥구멍같이 생긴 새끼 니네 엄마 따먹으러 온 거야." 그중 하나가 말하자 나머지 애들이 웃어댔다. "맞지? 똥구멍같이 생긴 새끼야." 그가 내게 물었다.

"정말?" 그 키 큰 녀석이 말했다. 그의 오른쪽 눈두덩에는 검푸르고 깊은 흉터가 있었다. "그래서 온 거야, 이 갓난쟁이같이 생긴 새끼, 똥구멍 같은 새끼, 니미 보지같이 생긴 새끼야?" 그들이 좀더 가까이 다가왔다.

"지금 몇시야?" 그중의 하나가 말했다. "쟤한테 물어봐." "지금 몇신지 물어봐야 될 시간이네," 키 큰 녀석이 거의 나를 치다시피 하며 말했다. "몇시냐?"

나는 시계를 봤다. 아버지가 생일선물로 사준 것이었다. 8시가 다 되어 있었다. 그 시각, 계곡 아래 따스한 밀라그로스의 집에서는 아버지가 밀크커피를 거의 다 마셨고, 창밖을 바라보며 내가 어디 있는지 걱정하고 있었다. 그리고 그순간 뽈로는 밀라그로스의 집에서 자신의 시계를 툭툭 두드리고 있었다.

나는 팔을 들어 키 큰 녀석에게 몇시인지 보여주었다.

"안 보여." 무리의 리더 격인 놈이 사팔뜨기 눈을 하고 말했다. 그의 흉터가 초승달처럼 눈 위에서 꿈틀거렸다.

"눈이 나빠서 가까이서 봐야겠는데." 그는 손가락을 벌렸고 나는 그에게 시계를 건네주었다. 그는 시계를 쳐다보고 흔들어보고 냄새까지 맡아보았다. "이제 너한테 물어볼 게 하나 있는데 말야. 똑바로 대답해, 이 갓난쟁이같이 생긴 놈아. 내가 물으면 넌 대답하는 거야. 내일 이맘때는 몇시가 되는 거냐?"

"오늘하고 같은 시간이지." 나는 시무룩하게 대답했다. 머릿속으론 개척자니 정복자니 하며 내가 어떤 사람인지 이 칠레 인간들에게 보여주겠다고 그렇게도 주절거리고, 남극 여행을 꿈꾸고, 진짜 사나이는 나라는 생각에 오스카 같은 인간들하고는 금까지 그어놓고 있다가, 진짜 난관을 겪게 되자 내 입에서 튀어나온 건 이런 바보 같은 소리였다.

"이제 보니 이새끼 아주 바보는 아니구먼. 나보다 더 똑똑해. 왜냐면 난 내일 이맘때가 몇신지 모르거든. 너 나한테 이 시계 주고 싶어서 죽겠지? 네가 없을 때에도 내일 몇신지 내가 알아야 되니까 말야."

"가져." 내가 말했다. "근데 난 가야겠어."

"갓난쟁이같이 생긴 새끼가 가시겠단다. 근데 다들 봤지? 이 양키가 나한테 이 시계 선물한 거 맞지? 자, 이젠 레오가 너한테 물어볼 게 있대."

레오가 말했다. "그래, 너 신발 치수가 얼마냐?" 그는 쭈그리고 앉아서 내 신발끈을 풀기 시작했다. 난 그냥 내버려두었다. 그가 내 나이키 신발을 벗겨가는 것도, 제 발에 신는 것도 그냥 놔두었다. 진흙은 차가웠고 발이 몹시 시려웠다. 나는 재채기를 하고 말았다.

"자, 갓난쟁이같이 생긴 새끼야. 이젠 까를론초가 네 바지에 대해 질문이 있대. 너 그 바지 사실은 필요없지?"

"바지는 있어야 돼." 내가 말했다.

"글쎄," 까를론초가 말했다. "너 초끌로네 엄마랑 빠구리할 거면 바지 필요 없잖아. 아니면 바지 입고 할 거냐?"

"이새끼 니네 엄말 따먹을 거야." 초끌로가 말했다. "그리고 아무것도 걸치지 않을 거구. 네가 골라, 이 갓난쟁이같이 생긴 새끼야. 네가 벗을래 아니면 우리가 벗겨주랴?"

그들이 내 바지를 벗기기 시작했을 때 나는 엉뚱하게도 오늘 하려고 계획했던 것들이며, 이 두 녀석들이 하는 것처럼 어떻게 아만다와 함께 옷을 하나둘 벗어던지며 밤을 맞을까 궁리하던 것을 떠올리고 있었다. 난 팬티바람에 떨면서 이럴 수는 없다고, 여기서 내 달리기나 인생이 끝날 수는 없다고 생각했다. 이윽고 그들은 내 팬티마저 벗기기 시작했고, 나는 마치 바닷가에서 기저귀를 가는 아기처럼 한 발을 들고 다음엔 다른 발을 들어주었다. 녀석들 중 하나가 내 팬티를 돌돌 뭉쳐서 다른 아이들에게 던졌고, 그들은 그게 땅에 닿지 않게 발로 차기 시작했다. 축구에 천재적인 소질을 가진 마술쟁이 같은 놈들이었다. 싼띠아고의 차가운 공기 속에 물건을 늘어뜨리고 선 채 나는 길 잃은 아이처럼 그들이 노는 걸 바라만 보고 있었다.

"그만해!"

나는 뒤를 돌아보았다. 내 바지를 서로 먼저 입어보겠다고 다투고 있던 두 녀석과 레오, 까를론초, 초끌로 모두가 뒤를 돌아보았다. 거기엔 칠레판 터미네이터에서 나온 것처럼 이그나시오가 한 손에 거룩한 총을 들고 서 있었다. 채 36시간도 안돼서 아그나시오는 두번째로 나를 구해주

214

러 온 것이었다.

줌도둑들은 내가 시계와 신발, 바지를 자발적으로 준 거라고 우기며 버티지는 않았다. 그들은 나와 이그나시오 그리고 이젠 진흙에 처박힌 팬티만 남기고 사방으로 달아나버렸다. 이그나시오는 총으로 팬티를 집어들어 말없이 내게 건네주었다. 난 그것을 바라보다 도로 버렸다. 그것을 다시 입고 칠레의 구역질나는 전염병에 걸리느니 폐렴에 걸리든지 똥구멍이 얼어붙는 게 낫다고 마음먹었다.

우리 둘 다 잠시동안 팬티를 바라보았다. 나는 운동복 윗도리를 벗어 허리에 둘렀다.

"여기를 빠져나가는 게 좋겠군, 갓난쟁이처럼 생긴 친구." 이그나시오가 말했다. "좀 따뜻한 곳으로 가지."

나는 천연덕스럽게 그의 차로 따라갔다.

"우리 집으로 먼저 가자." 그가 말했다. "옷을 몇벌 줄게. 난 밀라그로스의 집 가는 길에 살거든."

나는 고개를 끄덕였다. 내가 엉덩이와 성기를 다 드러낸 채 집으로 돌아가지 않게 하려는 그의 배려였다.

"이 일은 아무도 알 필요 없어." 그가 말했다.

"당신은 어떻게 이걸 알았죠?"

"장관이 내가 널 감시해주기를 바라니까."

"그러니까 당신은 더이상 우리 아버지 뒤를 쫓는 게 아닌가요?"

"빠블로씨는 네가 곤경에 처할지도 모른다고 생각했어. 장관은 거의 언제나 틀림없다니까."

"글쎄, 감시당하는 건 싫어요."

"갓난쟁이같이 생긴 친구, 자네가 장관님이 되면 자네 명령을 따르지. 어떻게 생각해?"

"자, 이제 당신이 날 따라다니는 걸 알았으니 내가 당신을 따돌리면 어떻게 하겠어요? 이젠 쉬울 걸요."

"네가 도망치면 나는 쫓아가는 거야. 그렇지만 난 신중하지. 어제 오후 네가 두 게이들하고 있을 때 내가 방해했냐? 네가 군사구역을 지날 때 내가 말리기라도 했냐?"

이그나시오는 철제 창살 사이로 겨울꽃이 예쁘게 피어난 소박한 오두 막에 차를 멈추었다. 1분 뒤 그는 권투선수용 팬티 두 벌과 운동복 바지, 운동화 그리고 인디언 얼굴이 새겨진 '꼴로-꼴로' 셔츠를 들고 왔다. "이그나시오 치꼬 것들이야." 그가 말했다. "너한테 맞을걸."

"당신 아들은 몇살인데요?"

"열살, 갓난쟁이같이 생긴 친구. 그 아인 나처럼 커."

옷을 갈아입으면서 나는 이그나시오에게 한가지 제안을 했다. 지금부 터 그가 날 가브리엘이라 불러준다면 도망치지도 않고, 그의 보호를 받겠 다는 거였다. 오늘 아침 같은 어처구니없는 실수를 하기 전에 그와 상담 도 하겠다고 했다.

"괜찮은데. 근데 만약에 네가 도망치려고 했다간 내가 손수 다리몽둥 이를 부러뜨려놓을 거란 걸 알아둬."

"그건 나를 돌봐주는 게 아니잖아요, 안 그래요?"

"난 너를 보호하지만, 장관 식으론 아니야."

우리는 한바탕 웃었고 피차의 싸늘한 감정이 사라졌다. 나는 누구나 즐거워하게 마련인 좋아하는 축구팀 얘기를 꺼냈다. 그는 꼴로-꼴로팀 의 장점을 칭찬하며 생전 듣도 보도 못한, 그리고 다시 알고 싶지도 않은 선수들의 이름을 늘어놓았다. 내가 옷을 빌려 입은 그의 막내아들은 마라 도나만큼 축구를 잘하는데, 프로선수가 될 거라고 했다. 이윽고 우리는 그의 다른 식구들 얘기를 했고 그는 네 아이들의 사진 몇장을 보여주었 다. 큰아들은 벌써 제 갈 길을 가고 있다고 했다. 경영학에 미래가 있다 나. 둘째인 딸은 미술 디자인을 공부할 예정인데 광고업자가 될 거라고 했다. 이그나시오와 그의 아내의 삶은 괜찮아 보였다.

그런데 자식들 중에 누구 하나라도 자기 뒤를 따르길 원치 않는단 말인가? 그는 원치 않는다고 했다. 그가 보호하는 어떤 높은 놈의 집 밖에서 무작정 기다려야 하는 지루함이나 그가 감시하는 쓰레기 같은 따분한 인간들에 대해 말했다. 그는 나를 뒤쫓는 일은 기꺼이 맡았는데, 내가 너무나 예측불허인데다 '이상'해서라고 했다. 하지만 일반적으로 자기가 하는 일은 평범할 뿐 권장할 만한 인생은 아니라고 말했다.

난 좀더 개인적인 질문을 하고 싶어졌다. "그러니까 다리몽둥이를 부러뜨리는 것쯤은 대수롭지 않다, 이건가요?"

"누구 다리를 부러뜨렸는데?"

"이그나시오 씨, 몇사람 다리쯤은 부러뜨렸을 거 아녜요. 아까 거기 있던 녀석들도 당신이 잡았더라면……"

"걔들은 미운 오리새끼 같은 애들이야, 가브리엘." 그가 말했다. "매를 벌고 다니는 놈들이지. 난 그저 너 같은 사람들을 보호할 뿐이야. 너 같은 애들은 경찰이 야만적이라고 엄청나게 불평을 늘어놓지만 나 같은 사람들이 없다면 맨날 털리고 말 거다. 너, 인생이 즐겁지? 그게 나 같은 사람들 덕분이라고."

"그럼 다른 희생자들은요? 아시다시피 삐노체뜨가 있었을 때."

"그저 부러뜨려야 할 걸 부러뜨렸을 뿐이지." 이그나시오가 어깨를 움찔하며 말했다.

"너무 끔찍해요."

"지나친 상상은 해로워." 이그나시오가 말했다. "책상에 너무 오래 앉아 있는 것도 마찬가지고."

그게 그에게서 건질 수 있는 전부였다. 자기가 여태까지 뭘 했든 지금 뭘 하고 있든 그는 별로 상관하지 않았다. 그의 문제는 번뇌가 아니라 어떻게 지루함을 타파하는가였다.

"가브리엘, 약속한 거 기억해둬." 그는 밀라그로스의 집 앞에 나를 내려놓으며 말했다.

나는 그의 곰 발바닥 같은 손과 엄숙히 악수를 하고 안으로 들어갔다. 엄마 말로는 아버지와 뽈로는 약 한 시간 반 전에 나갔다고 했다. 그들은 한참을 기다렸다고 했다.

"지금 몇신데요?"

"너 시계는 어쨌니? 맙소사, 신발은 또 어딨고?"

"무슨 메모라도 남겼나요?"

"누가?"

"아버지가요."

"아, 네 아버지. 그 사람 우리가 온 뒤로 계속 그랬던 것처럼 좀 비아냥거리는 것 같고 뭔가 숨기는지 비협조적이었어. 네가 자기를 어디서 찾을 수 있는지 안다나." 엄마는 나를 바라보았다. "애! 너 신발은 어떻게 한 거야?"

"아실 필요 없어요. 샤워 좀 할게요." 내가 말했다.

늘 그렇듯 엄마는 나를 위한 계획을 짜놓고 있었다. 내가 아버지와의 약속을 지키지 못한 데 그다지 기분 나빠하지 않는 걸 느낄 수 있었다. 우리 모자가 아침 나절을 함께 지내려 밴을 타고 밀라그로스의 집을 나섰을 때 엄마는 아유 좋아라, 하며 기뻐 흥얼거렸다. 우리는 끔찍하게 비싼 나이키 신발 두 켤레를 언덕 위에 자리잡은 어마어마한 규모의 알또 라스 꼰데스(Alto Las Condes)라는 백화점에서 샀다. 물론 돈은 엄마가, 아니, 실은 뉴욕의 '연인들을 위한 라틴 음식'이란 간판이 걸린 그녀의 잘나가는 밀라그로스 레스토랑들이 내는 거였지만. 그 백화점은 내가 미국에서 본 여느 곳보다 컸으며 미니스커트를 입은 젊은 아가씨들이 롤러스케이트를 타고 가게들 사이를 누비면서 미국에서 직수입된 음식 샘플을 선전하는 곳이었다. 나는 입에 덥석 물었지만 엄마는 냉큼 뿌리쳤다. "나라를

218

이 모양으로 만들었구나." 이 말은 그날 오전 내내 엄마의 주문처럼 되었다. 엄마는 손수레에 물건을 가득 싣고 휘파람을 불며 가다가 계산대 앞에 서면 수레를 던져두고 물건 하나만 달랑 사는 사람들을 내게 보여주었다. 그들은 남들이 보라고 허세를 부리고 있는 것이었다. 내가 만일 모든 사람들이 그렇게 한다면 알또 라스 꼰데스 백화점은 진작에 망해버렸을 거라고, 누군가는 뭔가를 사지 않겠냐고 지적해도 엄마는 그저 "나라를 이 모양으로 만들어버렸구나"라고 할 뿐이었다. 그리고 조금 있다가 우리 차가 엄마가 어릴 적에, 사춘기 때, 그리고 처녀시절에 가히 유모의 그것에 견줄 만한 엠빠나다(empanada, 남미식 만두의 일종 ──옮긴이)를 줄곧 사던 길모퉁이에 이르자 같은 말을 되풀이했다. 지금은 초가지붕과 흰 벽돌로 된 움막 대신에 버거킹, 피자헛, 던킨 도너츠가 들어서 있었다. 난 늦은 아침식사를 후퍼 햄버거나 코카콜라로 때우겠다고 말하는 실수를 저질렀다. 엄마는 화가 나서 고개를 흔들었다. "그들이 나라를 이 모양으로 만들었어." 엄마는 '그들'이 이 유서 깊은 나라를 사라지게 하고 경이롭고 독특한 모든 것을 지워버리며 미국 고속도로에 늘어선 화려한 가게들로 바꾸려 하고 있다고 했다. 여기보다 차라리 뉴욕 암스테르담 거리의 밀라그로스 레스토랑에서 칠레의 전통을 지키는 게 더 쉬울 것 같다면서.

엄마는 그러나 곧 돌아갈 마음은 없었다. '그들'이 그녀를 패배시킨 건 아니었다. 별안간 엄마의 기분은 긍정적이고 거의 열렬한 낙관주의자가 되었다. 매번 차바퀴가 도로에 난 구멍에 걸려 덜컹거릴 때에도 정신나간 듯한 엄마는 만족해하며 중얼거렸다. "좋아," 엄마가 말했다. "저항하는 나라를 보는 건 좋은 일이야." 내가 도대체 무슨 소리냐고 묻자 그녀는 땅 바로 그 자체, 근대화에 저항하고 길을 부수어 사람들이 천천히 가게끔 하고 있는 칠레의 땅속을 찬양하는 장광설에 빠져들었다. 땅은 사람들에게 빨리, 빨리, 빨리, 이 나라가 이 모양이 된 걸 좀 보시오라고, 처음엔 삐노체뜨와 그 똘마니들 그리고 지금은 똑같은 경제계획을 계속 추진하고 있는 새 민주정부가 하는 짓들을 보라고 하고 있다는 것이다. 그러나 엄마는 그런 경제계획이 실패하리라고 생각하고 있었다. 그래서 나이키 신발을 신은 나를 이끌고 이런 식의 착취에 항거해서 투쟁을 계속하고 있는 사람들, 여전히 한 국가의 성공은 어떻게 민중의 필요를 만족시켜주는 가에 의해 판가름되어야지 어떻게 변동하는 국제시장에 순응하느냐에 따라서는 안된다고 믿는 사람들에게로 데려갈 계획을 세워놓고 있었다. 엄마에 의하면 그 공동체에서 일하는 사람들은 독재정권 때부터 내려오는 노동법을 바꾸려는 노조원들, 농민조합, 칠레에 남은 마지막 보건소마저 없애려는 경영자들에 반대하는 의사들의 모임, 직업훈련소, 극심한 빈곤과 맞서싸우는 신부들, 스웨덴 보조금으로 이주농들을 위한 집단농장을 연 사람, 정치적 이유로 처형당한 이들의 부모들, 자기 이웃들의 삶을 카메라에 담기 위해 가난한 마을들을 방문하는 비디오 제작자들, 고문 희생자들을 위한 물리치료사들, 가정폭력 방지를 위한 모임, 칠레의 남성우월주의에 반대하는 라 모라다(La Morada, 에스빠냐어로 '집'을 뜻함─옮긴이)라고 불리는 여권주의자들, 뉴욕의 가게들마다 넘쳐나는 살구와 포도를 재배하는 여인들이었는데, 그들은 아이들을 위한 놀이방을 설치하고 미국에서는 사용이 중지된 농약의 살포를 금지하기 위해 모임을 만들었다고 했다. 그리고 노동자들에게 공해의 영향에 대해 가르치는 일단의 생태주의자들……

"잠깐, 잠깐만요. 그들을 오늘 모두 찾아간단 말인가요?" 내가 말했다.

"오늘 못 만나는 사람들은 내일 보지. 아니면 다음주에." 엄마는 자기 정치활동 수첩에 나를 붙들어매놓은 것이다. "너 텔레비전에서 본 사람들 생각나지? 거리에 나와 위험을 무릅쓰는 사람들 말야. 몇몇 사람들은 변절했지. 다 잘돼간다고 생각하면서 돈벌기에 급급하단 말야. 그렇지만 다른 한편엔 잘 눈에 띄지 않지만 제 갈 길을 가는 사람들이 있단다. 난 어제 그 옛 친구들에게 전화하면서 하루를 보냈는데, 다들 이 나라가 요모양이 된 데 기분 나빠하고 있었어. 그들은 가난한 사람들이야말로 궁극적으로 우리의 진실한 모습을 간직한 이들이고, 저임금 일자리를 갖도록, 또 소비지향적이 되도록 강요당해선 안된다고 믿고 있어. 우리는 실제론 20세기도 갖지 못했는데, 그들에게 21세기로 뛰어들라고 해서는 안된다는 거야. 옛 칠레는 아직 살아 있어. 넌 그저 껍데기만 건드려도 알 수 있을 거야. 난 그런 칠레를 간절히 원해. 넌 안 그러니?"

솔직히 말해서 난 그렇지 않았다. 간절히 원한 게 있다면 그건 도너츠, 그것도 던킨 도너츠를 가능하면 빨리 먹는 거였다. 오늘 아침 그 가난이라는 것을 몸소 체험했는데, 그걸 또 되풀이하고픈 생각은 없었다. 까놓고 얘기해서 나를 귀찮게 하는 그들의 손이나 칼을 피할 수만 있다면, 그들뿐만 아니라 그네들을 도와주려고 나서는 사람들에게서도 멀어지면 멀어질수록 더할나위 없이 좋을 것 같았다. 지금 이 자리에서 독재와 압제에 대한 투쟁을 향한 나의 열정이, 완곡하게 얘기해 거짓이라는 걸 드러내는 건 적절해 보이지 않았지만 말이다. 게다가 우리가 이 나라에 없는 동안 일어난 일들 때문에 점점 치미는 울화가 엄마에게는 도리어 정신적으로 보탬을 주고 있는 지금은 더더욱 못할 일이었다. 확실히 엄마는 어제보다 나아 보였다.

"좋아요." 내가 말했다. "어디서부터 시작할까요?"

엄마의 기분은 한결 더 좋아졌다. 그녀는 공동묘지에 잠깐 들러보려고 생각하고 있었다. 커다란 구덩이에서 실종자들의 시체가 발견되었고, 법의학자들이 몇몇 사람의 신원을 파악했다는 거였다. 오늘 신문에서 그들을 위한 추도식이 있을 거라는 기사를 읽은데다 그 실종자들 중 하나는 엄마가 옛날 데이트도 했었던……

내 안에서 무언가가 툭 끊어졌다. 이젠 그만. 공동묘지도 집단무덤도 엄마랑 잔 옛 애인도 다 필요 없어. 체 게바라가 살아 있었을 당시 그 애인이 엄마에게 뭘 어떻게 했는지 그런 장황한 얘기는 더이상 듣고 싶지 않았다. 이것으로 끝.

"엄마, 나 여기서 내려줘요."

"어디? 왜?"

"저쪽 구석에요."

"차 세워요."

엄마는 밴을 세우고 한층 더 걱정스런 눈빛으로 나를 바라보았다.

"무슨 일이니? 가브리엘. 공동묘지에 가기 싫으면 라 모라다부터 갈 수 있어. 그리고……"

엄마한테 거의 내 속마음을 토하듯 얘기할 뻔했다. 그러나 엄마는 나라를 구하는 데 여념이 없었고 아버지는 가출한 애들을 찾아내는 데 빠져 있었으니, 둘 중 누구도 나에겐 관심이 없었다. 나한테 일어난 모든 일을 털어놓기에는 이미 너무 늦어버렸다. 이번 여행중에 벌어진 일뿐만 아니라 재니스, 너하고 일을 벌이려다 실패한 날 밤부터 아만다에 대한 나의 집착까지, 소호에서부터 싼띠아고까지 이르는 과거의 모든 일들을 말이다. 난 차에서 내려버렸다.

"아무것도 아녜요, 엄마. 그냥 아버지랑 어디서 만나야 하는지 기억이 나서 그래요. 공동묘지에는 나중에 같이 가도록 하죠."

엄마가 떠나자마자 난 사방을 둘러보았다. 이그나시오는 어디 있는 거지? 멀지 않은 길가에 주차된 그의 차를 발견하기까지는 그리 오래 걸리지 않았다. 나는 그에게 다가갔다. 그는 설탕에 튀긴 땅콩을 씹고 있었는데, 내게는 두 알을 주고 제 입엔 한주먹을 털어넣었다.

"아버지가 어디 있는지 아나요?"

"찾아낼 수 있어."

몇분 동안 설탕튀김 땅콩 한봉지를 다 먹고 나서야 이그나시오의 라디오로 찾던 정보가 들려왔다.

"날 거기로 데려가줄 수 있어요?"

"그럼 널 쫓아다닐 수고를 덜게 되지. 게다가 택시 타는 데 드는 돈을 군것질하는 데 쓸 수 있잖아."

차 안에서 우리는 땅콩을 더 먹어치웠다. 나는 그에게 새 나이키 신발을 보여주었고 그는 감탄해 마지않았다. 그래서 난 그가 아들 이그나시오 치꼬를 진짜 프로선수가 되게 열심히 훈련시키라고 다른 신발 한 켤레를 주었다.

"가브리엘, 너 참 친절한 애로구나." 덩치 큰 이그나시오가 말했다.

"우리 엄마한테 감사하세요. 아니, 다시 생각해보니 아무 말 않는 편이 낫겠네요. 내가 신발 준 걸 전혀 모를 테니까. 오늘 아침에 내게 일어난 일도 모르는 걸요. 그리고 장관에게도 말하지 않았다면 고맙겠는데요."

"장관은 벌써 알아."

"뭐라 그러던가요?"

"사람들을 위해 더 많은 일을 해야겠다고 하더군. 그애들은 독재의 산물이라나. 웃기는 소리지. 내 말을 이상하게 듣지는 말아. 우리에게 필요한 건 더 많은 경찰과 감옥이라고."

"저에 대해서는 뭐라 하던가요?"

"네가 무리 중의 두 녀석을 흠씬 패주었고, 두목인 듯한 놈이 칼을 빼들었을 때 내가 끼여들었다고 했어. 장관은 웃더니 그 아비에 그 자식이로군 하더군."

"아버지의 주먹세계를 생각한 거로군요."

"네 아버지 얘긴데……"

이그나시오는 어떤 나이든 신사가 차를 주차하려던 곳을 새치기했는데, 그 노인네는 항의하려다 이그나시오의 신분증을 보자 사라져버렸다. 칠레에서의 첫날 저녁 경찰에게 겁을 주었던 그 신분증이었다. 이그나시오는 길 건너편의 까페를 가리켰다. 창가에서 위대한 매켄지가 생긴 것과는 어울리지 않게 위노나 라이더 머리를 한 촌스럽고 평범하게 생긴 중년 여자와 진지한 대화를 나누고 있었다.

"저 여자를 건드릴 거야." 이그나시오가 말했다. "10분, 15분도 걸리지 않을걸."

"별로 매력 있어 보이지 않는데요."

"다리 사이에 저 여자가 뭘 갖고 있는지 누가 알아? 불만 끄면 다 마찬가지. 어쨌든 네 아버지가 알게 되지 않겠니?"

"아버지야 알겠죠." 난 아버지에 대해 잘 알지도 못하면서 말했다. 우리는 아버지가 여자를 유혹하는 걸 지켜보았다. 그는 장미를 꺼내서 냄새를 맡아보고 그녀에게도 맡게 하더니, 장미를 허공에 흔들고 샴페인 세 잔을 주문했다. 한 잔은 여자를 위해, 또 한 잔은 자기를 위해, 그리고 나머지 한 잔은 장미를 위한 것이었다. "공부를 거저 하네." 이그나시오가 숨을 내쉬었다. "저건 기억해둬야겠어. 꽃을 위한 샴페인이라." 그는 나에게 쌍안경을 건네주었다. "저 거품 좀 봐."

이런 프로 짭새와 아버지를 감시하는 건 이상한 일이었다. 아마도 그는 삐노체뜨 시절에는 삼촌이나 빠블로 바론도 감시했을 테고, 내가 고국에 돌아와 여자와 자는 것을 막으려 온갖 짓을 다 했겠지만 지금은 자기도 모르는 사이에 내가 총각딱지를 떼는 데 협력하고 있는 것이다. 나는 이그나시오가 그 여자의 젖은 얼마나 클지, 젖꼭지는 얼마나 불그스레할지 또 매켄지가 매일매일 하는데도 결코 피로를 느끼지 않는다면 그녀를 뿅가게 하는 덴 시간이 얼마나 걸릴지 궁금해하는 걸 들었다. "왜 네 애비는 쉬지도 않는 거지?"

"저 사람은 누구죠?"

"어디?"

"저 남자요." 내가 말했다. "저기 있잖아요."

나는 빌린 에스코트 차를 까페 근처에 주차하고 그 안에서 아버지와 그의 사냥감의 모습을 놓칠세라 바라보고 있는 한 남자를 가리켰다. 짜리 몽땅하고 낯빛이 창백한 그는 까페 창문 안의 두 남녀의 모습을 뚫어지게 쳐다보고 있었다. 이그나시오의 쌍안경은 그 남자의 작고 섬세한 손이 메모를 하는 것을 놓치지 않았다.

"아, 저 새끼. 신경 쓰지 마."

"저 사람도 당신과 함께 일하나요?"

"저 외국산 호모새끼 말야?" 이그나시오는 정말 자존심이 상한 듯이 보였다.

"넌 우리가 저런 놈을 쓰리라 생각하니?"

"정말요? 혹시 다른 임무로라도……"

"내가 재는 칠레 사람도 아니라고 했잖아. 그냥 미친놈이라고. 신경 꺼."

나는 그럴 수 없었다. 이건 또다른 수수께끼였다. 아버지가 제3의 인물의 감시를 받다니. 내가 걱정하고 있다는 걸 이그나시오에게 알리고 싶지 않았기에 나는 더이상 묻지 않았고, 그도 자진해서 대답하려 들지 않았다. 그런데 재니스, 곧 알게 되겠지만 그건 큰 실수였어.

까페 안에서의 일은 이그나시오가 예견한 것과는 달리 빠르게 진전되지 않았다. 위대한 매켄지가 주문한 요리가 막 도착했다. 그러자 별안간 뽈로가 모습을 드러냈다. 그동안 내내 까페 안에 있었던 걸까? 아님 곁문으로 들어온 것일까? 그는 아버지에게 무슨 말을 하더니 핸드폰을 건넸다.

"따분해." 이그나시오가 말했다. "내가 뭐랬어?"

우리는 아버지가 통화하는 것을 바라보았다. 바깥에 주차한 차 안의 키 작은 남자는 아버지가 통화를 마칠 때까지 메모하기를 멈추었다.

"이번엔 시간이 좀 걸릴 것 같군." 이그나시오가 말했다. "똥 좀 누고 와야겠다. 가브리엘, 도망가지 않을 거지?"

"누가 내 다리를 부러뜨리는 건 원치 않아요." 내가 말했다. 그가 내게 절대로 바보 같은 짓은 하지 않겠다고 약속하라고 했더라면 얼마나 좋았을까. 그런 약속을 했더라면 그 조그마하고 백짓장처럼 창백한 남자가 아버지와 그 거지발싸개 같은 머리를 한 못생긴 여자의 사진을 찍기 시작했을 때 한 것 같은 짓을 저지르지는 않았을 것이다. 뽈로는 다시 사라져버렸고 두 사람은 창가에서 키스에 여념이 없었다. 그 땅꼬마 스파이는 연신 사진을 찍어댔고 나는 화가 치밀었다. 그녀석도 나처럼 아버지의 성생활을 감시하고 있어서였을까? 아니면 아버지가 날 구해주는 대신에 내가 아버지를 구하는 역할에 몸을 던지고 싶었던 걸까? 혹은 흔들리고 있는 여자를 구해주는 역할에 끌려서? 그 동기는 정확히 모르겠지만 나는 이그나시오의 차에서 내려 필름 한 통을 거의 다 써가는 그녀석에게로 다가갔다. 그놈은 그녀의 열받은 남편이나 질투하는 애인, 아니면 사진을 뽑아 아버지를 곤경에 빠뜨리려는 자한테 매수당한 게 틀림없었다. 내가 나서서 해결하지 않으면 문제가 복잡해질 판이었다. 새벽 조깅이 엉망으로 끝나버린 이후에 아버지의 일상에 나를 재등장시킬 방법을 찾던 참에 이건 그야말로 하늘이 준 기회였다.

나는 땅꼬마의 차 문을 열고 한손으로 그의 셔츠를 움켜쥐면서 또 한손으로는 카메라를 낚아챘다.

"야," 내가 말했다. "이게 뭐야? 염탐질하는 거지? 이 피그미새끼. 얼마 받고 이따위 짓을 하는 거야?"

그 남자는 연결이 안되는 몇몇 단어를 웅얼거렸다. 그의 에스빠냐어는 형편없었다. 그는 영어로 말을 바꾸더니 제발 해치지 말라고, 자기는 그저 할일을 할 뿐이라고 울먹거렸다. 나는 그를 자리에서 끌어내 길가에 꼬나박았다. 그는 어린아이처럼 가벼웠고 달걀같이 큰 머리에 몸은 작고 구부정했다. "네 일이라고?" 이젠 나도 그에게 영어로 소리지르고 있었다. 다른 사람 명예를 훼손하는 게? 그는 갑자기 입을 다물었고, 난 왜 그랬는지 모르지만 그의 뺨을 갈겼다. 그를 때린 건 녀석이 만만해 보여서

226

이기도 했지만, 내가 아직 그날 아침의 치욕에, 지난 23년간의 모든 모욕에 화가 나 있었기 때문이었다. 재니스, 옛날 너하고 소파에 같이 있었을 때 너는 "가브리엘, 넌 참 부드럽고 생각이 깊어. 널 믿을 수 있을 것 같아"라고 속삭였었지. 그러니까 넌 그후 우리가 컴퓨터 화면상에서 온갖 해괴망측한 환상을 즐길 때까지도 나라는 인간은 거칠지 않다고 믿었던 게지…… 그러나 난 그녀석에게는 인정사정없었고 뒤에서 누가 내 손을 잡지만 않았으면 한대 더 때릴 뻔했다. 물론 그건 뽈로였다. 뽈로말고 누가 그렇게 소리없이 다가올 수 있겠어? 뽈로 뒤에는 아버지가 있었고, 아버지 뒤엔 그 여자가 있었다. 가까이에서 보니까 그녀는 무미건조한 얼굴에 머리모양은 엉망이었지만 생각했던 것보다 풍만한 육체와 아몬드빛 눈동자, 부드러운 피부 그리고 날씬한 다리를 갖고 있어서 한번 따먹기엔 괜찮을 듯싶었다. 그러나 더이상 바라볼 기회는 주어지지 않았다. 그녀는 곧장 뒤돌아서서 까페 안으로 돌아가 핸드백을 집더니 아버지가 미처 잡을 겨를도 없이 재빨리 길을 걸어내려가버렸다. 아버지는 아들놈 때문에 진절머리가 나 있었다.

"가브리엘! 너 뭐 하는 거냐?"

나는 그 남자가 무슨 짓을 하고 있었는지 설명했다.

아버지는 한숨을 내쉬었다. "뽈로, 설명해줘."

"『기네스북』이야." 뽈로가 말했다.

"뭐라고?"

"그 사람은 좆같은 『기네스북』 기자란 말이야." 뽈로가 말했다. "끄리스가 세상에서 여자를 제일 많이 연달아 따먹은 남자란 기록을 세우는지 보려는 거지. 그런 분야를 자기 보스들이 받아들일지 확실치는 않지만 말야. 아직도 그 문제로 토론중이래. 알다시피 가정윤리 때문이지. 저 친구는 지난 반년 동안 끄리스를 따라다녔어."

"그런데 사진은……"

"증거가 필요하잖아. 알겠냐?"

"이 나이 어린 야만인은 누구요?"『기네스북』의 땅꼬마가 물었다. "당신들 아는 사람이오?"

"뽈로, 말해줘."

"끄리스또발 매켄지의 아들이에요."

"그러니까, 이따위로 친절에 보답하는 건가." 그는 엉터리 에스빠냐어를 내뱉듯 말했다. "난 당신 이름을 책에 올리려고 명예훼손까지 감수했는데, 당신네 칠레 사람들의 답례란 이런 거로군. 야만인들. 당신은 우리 책에 실릴 가치가 없어."

"좆까라구." 아버지가 말했다. "난 당신네 그 얼빠진 책에 실리고 싶어한 적 없어. 난 그저 내기에 이기고 싶을 따름이야."

"그럼 당신 왜 날 도와줬어?"

"조용히 살려고 그런 거지. 자, 댁이 해놓은 걸 보라고. 당신이 릴라를 겁줘서 쫓아버렸잖아."

"당신의 바보 같은 아들이 그 여자를 쫓아냈지, 내가 그랬나? 아무튼 이젠 끝났어. 난 갈 거야. 영국으로 떠나겠어. 규칙은 분명해. 간섭이나 뇌물, 짜고 하기, 속임수가 있으면 우린 떠난다고. 매켄지 씨, 당신은 거의 할 수도 있었는데. 당신은 영원히 죽지 않는 사람 중에 하나가 될 뻔했다고. 새로운 돈 후안, 새로운 카사노바 말이오."

"난 그 둘 중 하나도 되는 거 바라지 않아." 아버지가 말했다. "나 자신으로도 충분해. 그리고 당신은 귀찮을 뿐이야. 그러니 당신이 여기서 빨리 꺼지면 꺼질수록 좋아." 화가 난 땅꼬마는 그의 에스코트 차에 올라타 시동을 켜곤 가버렸다. "뽈로, 지금 몇시지?"

"서둘러야 해요, 끄리스. 집 나간 꼬마가 도시 밖을 벗어났다면 우리는 밤새도록 가야만 해요. 그건……"

"알아, 알았어." 아버지는 나를 돌아보았다. "맙소사, 가브리엘. 대체

228

오늘 아침에는 어디 있었니?"

"조깅하러 갔다가 길을 잃어버렸어요."

"넌 정말 어쩔 수가 없구나. 뽈로, 안에 들어가 계산 좀 하고 와주겠니? 그 수녀는 잘 있나? 네 생각엔 그 수녀가……?"

"그 수녀는 몸이 달아 있어요. 근데 지금 당장 그녀를 수도원에서 나오게 하는 건…… 중앙시장의 일다는 어때요? 만 18살도 됐고 지난번에 당신을 보는 눈빛이…… 조개장사하는 거 몇시간만 쉬라고 하죠."

"그럼 일다로 하지. 네가 그 아이 좌판을 맡아줘야 돼."

뽈로는 잠시동안 우리 둘만을 인도에 남겨놓았다. 아버지는 그를 따라가는 듯한 시늉을 하다가 멈춰서 나를 쳐다보았다.

"네 생각에 내게 보호가 필요할 것 같니? 너 보기에 어느 년의 남편, 아비 아니면 오빠가 날 치러 오면 내가 그때마다 너한테 도와달라고 할 것 같아? 흡족해하는 여자들은 그만두고라도, 내게 고마워하는 수많은 부모들한테 전화할 때도 네가 있어야 하는 줄 아냐고? 젠장, 가브리엘. 대체 널 어떻게 해야 좋겠니?"

"나중에 뵙죠. 아버지도 아는 곳에서요."

"내가 어딘지 안다고?"

"네." 나는 대답하고 돌아섰다. 아버지가 나는 같이 갈 자격이 없다고, 또 만일 내가 오늘 아침 약속을 지켰더라면 바깥에서 엿보는 대신에 까페 안에서 아버지가 여자를 어떻게 꼬시는지를 볼 수 있었을 거라든가, 또 어떤 다른 미친놈이 『기네스북』 기자를 때려서 판을 망쳐놓았을 땐 바로 내가, 아버지가 상대할 다른 여자를 찾아내는 걸 도와줘야 된다는 따위의 얘기를 내 면전에서 한다면 참기 힘들었기 때문이었다. 우리 둘은, 아니 셋은, 얼굴은 그래도 살결은 부드러운 릴라의 대타를 열나게 찾아나서야 했을 것이다. 내가 아버지에게서 돌아선 이유는 만약에 그가 다른 여자를 찾지 못해 바론과의 내기에 진다면 그 곁에 가까이 있고 싶지 않았기 때문이었다.

이그나시오는 사라지고 없었다. 나는 그가 창피해서 길모퉁이에 숨어 있는 게 아닌가 싶었는데, 그게 맞았다. 거기서 그는 예전에 공항에서 그가 나와 아버지 사이에 다가왔을 때 처음 보았던 그 경멸의 눈빛으로 나를 쳐다보았다. 그러나 지금 난 그를 탓할 수 없었다.

어제 이맘때 술주정뱅이가 라레아에게 '망치로 코 때리기' 한 것에서 시작해 내가 똑같이 무고한 사람을 패준 걸로 끝나버린 일련의 상황에서 내가 탓할 수 있는 건 나밖에 없었다. 똑같은 일이 연거푸 일어나다니. 난 점점 자책감을 느꼈고, 점점 칠레 사람이 되어갔다.

"자, 이젠 뭘 할 거야?" 이그나시오가 물었다. 그리고 고맙게도 거기에 "가브리엘?"이라 덧붙이는 것을 잊지 않았다.

유모와의 점심약속이 있어서 난 그곳에 갔다. 재니스, 내가 이렇게 뒤늦게 네게 모든 걸 털어놓는 것처럼 유모는 옛날 내가 너를 좋아한 일 그리고 지금 아만다 까밀라를 원하는 것, 소호의 데모에서 내가 등을 돌린 일, 그리고 까페에서 『기네스북』 기자에게 실수한 거며 엉망이 된 칠레 도착 첫날 저녁과 만신창이가 된 오늘 아침의 조깅, 그리고 맨해튼 쇼윈도 앞에 비치던 조각난 빙산에 반해버린 일, 여자들에 대한 나의 두려움, 뽈로, 깔리또스, 라레아 등과의 만남, 나의 위선과 꿈들, 쪼그라든 자지와 커져만 가는 나의 욕망 등 모든 걸 다 털어놓을 수 있는 사람이었어. 체 게바라와 삐노체뜨, 엄마와 아버지 그리고 빠블로 바론과 빤초 삼촌, 오스카, 뉴욕에서의 긴 망명과 칠레에서의 짧은 망명 그리고 영원히 떠돌이가 될지도 모른다는 공포, 나의 동정과 허영과 슬픔, 전부 다 말야.

유모는 착하디착했다. 맹세컨대 이건 지어내는 얘기도, 상상하는 것도 아니고, 정말 그녀에게서는 나무에서 막 따서 축복 속에 먹을 수 있는 과일처럼, 만져볼 수 있을 것 같은 선함이 파도처럼 넘쳐났다. 유모만이 내게 이번 여행에서 경험한 중에 진정 평화로운 순간을 주었다. 내가 행상들로 넘치는 거리에서 지치고 낙담해 돌아왔던 칠레에서의 둘쨋날, 그녀는 쌍둥이들의 방에서 자장가를 부르고 있었다. 돌이켜보면 유모는 과거의 달콤한 소용돌이 같은 오르간 멜로디와 처음 맡는 빵냄새, 그리고 두 손을 꼭 부여잡고 난생처음 거리에 함께 나섰을 때처럼 항상 내 기억의 즐거웠던 매순간의 처음에 있었다. 누구 하나 의지할 데 없던 나를 유모는 항상 따뜻하게 안아주고, 곁에 두고, 사랑으로 머리를 넘겨주고 보살펴주기 위해 있었다. 유모가 가진 유일한 목적이란 싼띠아고에서 나와 놀아주고, 날 먹여주고 입혀주면서 영원토록 데리고 있는 거였기에 그녀야말로 나를 이용하지 않을 유일한 사람이었다. 유모는 엄마가 나를 잉태하던 날 밤 엄마를 밤새 기다리고 있었고, 그로부터 40여일이 지나 아버지가 내기에 이기려고 다른 여자를 건드리러 나가버렸을 때에도 엄마에게 충고를 해주었다. 유모야말로 이 몸뚱어리만 어른인 어린아이에게 어떤 얘기를 해줄 수 있는, 올바른 길로 이끌어줄 수 있는 사람이었고, 난 그녀가 그 대답을 갖고 있으리라 생각했다.

그러나, 내가 내 앞에 차려진 진수성찬을 다 해치우고 더불어 모든 고백을 남김없이 마쳤을 때 그녀가 한 말은 "시장 좀 봐야겠어. 내일은 까쑤엘라를 끓일 거야. 내 말 잘 들어둬"가 전부였다.

난 대체 뭘 해야 하느냐고 묻자 유모는, 세상에는 예를 들자면 가족의 식사처럼 지체해선 안되는 일이 있다고 말할 뿐이었다. 유모는 내가 언젠가는 이해하게 될 것이며, 자기가 대답할 준비가 됐다고 말할 때까지 아무것도 묻지 말아달라고 했다.

난 그녀의 말에 따랐다. 유모를 따라 시장에 가서 내가 오늘 낮 쎄비야에서 산 것처럼 그녀가 양파, 당근, 마늘, 호박 그리고 줄콩과 감자 등 온갖 재료를 사는 걸 보았다. 옥수수만 안 산 건 집 냉장고에 얼려둔 게 있었기 때문이다. 그러나 '네가 까쑤엘라를 만들 때는 신선한 옥수수를 사도록 해. 껍질을 벗길 땐 조심하고, 엄지손가락으로 알맹이들이 단단한지 확인도 하고'라는 말을 했다. 그리고 덧붙여 '닭을 잡을 땐 무릎 위에 꼭 잡고 숨이 끊어질 때까지 목을 비틀어야 하는데, 그 전에 꼭 짐승의 허락을 받고 고맙다고 해야 해. 너 우리가 어떻게 닭털을 뽑았는지 잊진 않았지? 그 다음엔 불 위에서 살을 약간 그슬려야 돼'라고 했다. 내가 내일 나의 마지막 저녁식사이자 바론과 매켄지의 최후의 만찬을 준비할 때처럼 말야. 재니스, 이건 나만의 생각인데, 유모는 이미 그때 깃털이 하나라도 남아 있는지, 불에는 잘 그슬려졌는지 확인하며 나를 위해 쎄비야의 저녁식사를 준비하는 것 같았어. 난 유모가 커다란 냄비에 어떻게 기름을 두르고 양념을 치는지 보았지. "가브리엘, 실란뜨로(cilantro, 양념의 일종—옮긴이)를 잊지 마. 그리고 항상 소금을 넣을 때 조심하고."

냄비가 끓기 시작하고서야 그녀는 앞치마로 젖은 손을 닦았고, 다른 하녀를 시켜 쌍둥이들을 근처의 공원으로 데려가게 했다. 그러고 나서야 "그 남자, 그 남자가 저지른 일이야"라고 말했다.

그 남자가 저지른 일이라니? 즉시 내 머릿속엔 그녀가 지목하는 그 남자는 아버지일 거란 생각이 떠올랐다. 하지만 누가 알아? 그 모든 피해를 끼친 게 빨로일지. 그는 유모가 집을 떠났을 때 그리고 나도 집을 나와 내 자리를 지키지 못했을 때 우리 자리를 차지했으니까. 아니면 삐노체뜨인가. 삐노체뜨야말로 우리 모두를 망쳐버리지 않았던가. 엄마와 날 망명길에 오르게 하고, 빤초 삼촌을 감방에 보내고, 아버지를 냉담하고 사무적으로 만들어버리지 않았나? 삐노체뜨야말로 내가 칠레에 남았더라면 속해 있었을 세대와 아만다 까밀라를 구석에 밀쳐넣고 분노로 채워놓은 장본인이 아닌가? 아님 제3의 인물이 있는 걸까? 유모만 아는 다른 사람. 그녀가 그림자 속에 남겨두기를 원하고, 정말로 우리에게 해코지를 하려는 가까운 데 있는 사람이라면, 빠블로 바론이란 말인가?

유모는 대답하려 하지 않았다. "난 내가 아는 걸 알 뿐이야." 그녀가 말했다. "그리고 네가 알아야 하는 건 여자고."

모든 문제는 그녀가 언제 처음 들었는지 말하지 않은 전설을 통해서만 이해할 수 있는 이야기로 축소되어버렸다. 옛날, 세상이 아직 걸음마를 할 적엔 여자들이 지배자였다. 그들은 괴물처럼 옷을 입고 무시무시한 가면을 쓰고 겁을 주며 남자들을 다스렸는데, 남자들로 하여금 그 괴물들이야말로 자기들이 여자들에게 순종하지 않으면 벌을 내릴 신들이라 여기게끔 했던 것이다. 여자들은 대대손손 오랫동안 남자를 지배했다. 남자들은 여자들이 진행하는 의식에 참여할 기회가 주어지지 않았고 오직 소녀들만, 그것도 그녀들 다리 사이에 처음으로 피가 흘러내리기 시작해서야 성스런 움막으로 초대되어 괴물들의 비밀을 듣게 되었다. 그러고 나서야 소녀들도 가면을 쓰고 남자들의 심장을 공포로 채워놓을 수 있게 되었다. 그런데 어느날 우연히 어떤 남자가 두 여자가 모닥불 옆에서 얘기하는 걸 듣게 되었다. 여자들은 어떻게 남자들을 골탕먹였는지에 대해 깔깔거리고 있었다. "이제 알겠지, 가브리엘. 여자들이란 옛날에도 지금과 마찬가지였단다. 남 얘기 하길 좋아하고 말을 많이 해서 모든 걸 잃어버리지. 그게 옛날에도 일어났던 게야. 그 남자는 다른 남자들에게 말했고 그들은 복수를 하기로 결심했지. 그들은 부족 내의 여자들을 하나씩 남김없이 죽이고 오로지 비밀을 들은 적이 없는 어린 여자아이들만 살려두었단다. 그러고 나서 남자들은 살려둔 여자애들이 클 때까지 기다렸다가 잠자리를 함께하고, 자신들이 직접 가면을 쓰고 그들의 아내와 어머니 그리고 애인들을 겁주었다는 거야. 남자들은 밤중에 귀신같이 옷을 입고 아무도 알아들을 수 없는 괴성을 질러댔는데, 여자들이 그들에게 순종하지 않으면 괴물들이 죽여버렸대. 그때부터 남자들은 그렇게 세상을 지배하기 시작했고, 그게 바로 내가 까쑤엘라를 만들면 빠블로 바론이 먹고, 네가 까쑤엘라를 어떻게 만드는지 배워야 하는 까닭이야." 유모는 나를 쳐다보았다. 난 그 전설이 뭘 의미하는지 알 수 없었다.

　"네게 이런 이야기를 해주는 사람이 여자라는 걸 절대로 잊지 말아라,

가브리엘." 유모는 내 손을 꽉 쥐고 이렇게 말했다. "요는, 여자들은 알고 있다는 거야. 우리가 모든 열쇠를 쥐고 있지. 아기와 쾌락과 음식 말이야. 까쑤엘라를 만들 줄 안다면 넌 세상을 만드는 거야. 인생도 섹스도 다 투쟁이란다. 여자들은 남자들한테 자신들이 실제로 얼마나 강한지 알려줘선 안돼. 우리 여자들은 너희 남자들이 강하기도 또 약하기도 했으면 좋겠어. 가면을 쓰고 있다가도 여자들을 위해선 벗어줄 수도 있게 말야. 무슨 말인지 알겠니?"

"잘 모르겠어요."

"그게 바로 여자들이 겁먹은 척하는 이유지. 그래야 남자들이 보호해줄 수 있으니까. 여자들은 괴물들이 어디서 오는지 모르는 척하는 거야. 자, 이젠 이해가 가니?"

나는 고개를 저었다.

"언젠가는," 그녀가 말했다. "언젠가는 이 전설을 떠올리겠다고 약속해주겠니? 네가 정말 필요로 할 때 말이야."

"그때가 언젤까요?"

"네가 제일 필요로 할 때지."

그리고 다시 유모는 이야기의 주제를 바꿨다. 그녀는 지금이 눈앞의 현실적인 문제를 다루어야 할 시간이라고 했다. 유모는 강하게 빙산이 마음에 안 든다고, 잡귀들로 가득 차 있다고 주장했다. 그러나 이 말은 적어도 지금 당장의 나의 문제들에 대한 해답을 갖고 있는 듯했다. 내가 뉴욕에서 창을 통해 처음으로 푸른 얼음덩이를 본 데는 그럴 만한 이유가 있었고, 어떤 메씨지가 내게, 아니 우리에게 전해진 것이었다. 누가 빙산을 협박하고 있는지에 관한 문제를 해결할 수 있다면…… 유모는 나의 혐의와 수사에 대해 상세히 물어보았다. 누가 그런 짓을 했을지, 범인이 누군지 지목할 수 있는지 등도.

별안간, 글쎄 재니스, 이걸 뭐라 옮겨야 될지 모르겠지만, 말조심을 해야겠다는 느낌이 들었다. 유모 때문만은 아니었어. 그녀는 아무에게도 한 마디도 하지 않겠다고 이미 맹세하고 "오로지 나의 그림자가" 되겠노라고 약속했지만 혹시 이그나시오가 밖에서 엿듣고 있는지, 이 집도 장관의 집무실처럼 도청되고 있을지도 모른다는 생각 때문이었고, 또 짭새가 실은 화장실 변기 빼고 다른 것과는 해본 적도 없는 나의 난감한 인생을 알게 될까봐 그리고 내 수사활동이 어떻게 진행되고 있는지 눈치챌까봐였다. 비록, 그들이 어쨌든 나보다 더 많이 알고 있을 게 틀림없었지만 말이다. 바론이 사건을 아버지와 내게 처음 설명해줄 때 암시한 것처럼 그들 자신이 범인일 수도 있었다. 나는 몇몇 강경파 군인들이 새 민주정부를 전복시키기 위해 이그나시오에게 부지런히 편지를 쓰게 하는 걸 상상할 수 있었다. 하지만 그들이 내가 수사하고 있는 걸 안들 무슨 대수겠는가? 지금까지 난 바론의 집무실보다 더 감시가 엄할 삼촌의 감방에서도 얘기를 했으니 그들이 나의 추리와 추측을 눈치챈다 해도 손해볼 것이 없었다. 난 라레아 아니면 아만다 까밀라라고 말할 수도 없었고, '망치로 코 때리는' 술주정뱅이의 이름조차 알지 못했을뿐더러, 아버지와 장관까지 의심하고 있다고 말할 형편도 못되었다. 그래서 그 여자 '생태주의자'에 집중하기로 했다. 그때까지는 그 여자가 모든 용의자들 중에서 부담없이 거들먹거릴 수 있는 유일한 사람이었다.

"생태? 뭐라고?"

"생태주의자요." 내가 말했다. "지구를 걱정하는 사람들이죠. 우리의 생활방식이 이 땅을 파괴하고 있다고 생각하는 사람들이에요."

"그 사람들이 맞네, 그 사람들, 그·생태 사람들 말야. 그 글자 어떻게 쓰는 거니?"

그러고 나서 유모는 앞치마에서 바론 장관이 집무실에서 받은 것과 똑같은, 그리고 열흘 뒤 내가 모르는 사이 그가 받게 될 것과 같은 연한 푸른색 종이 한장을 꺼냈다. 그녀는 어렵사리 대문자로 생태주의자

(ECOLOGICAL)라 썼는데, 그건 내가 이미 본 것이며, 또 한달 후에 다시 보게 될 것이었다.

물론 그건 어떤 근거도 될 수 없었다. 그때까진 그랬다. 내 머리에 떠오른 건 유모일 수도, 유모가 그 협박편지를 썼을 수도 있다는 거였다. 그녀도 라레아나 그의 조직 속의 좌익분자들 혹은 아만다 까밀라나 아버지, 아니면 바론이나 생태주의자 베르따 또는 아르헨띠나나 볼리비아 사람들, 삼촌의 동지들이나 덩치 큰 이그나시오 또는 수사가 진행됨에 따라 떠오르는 기타 다른 용의자들만큼 가능성은 얼마든지 있었다. 그렇지만 유모에게는 이유나 동기가 없었다. 그래서 실은 그런 생각을 아주 떨쳐버리지는 못했으면서도, 나는 속으로 쓸데없는 의심은 집어치워야 한다고 생각했다.

재니스, 이젠 그만 쉬어야겠다. 그때 난 유모와 대화를 나누자마자 어지럽고 몸이 아파오기 시작했다. 지금도 현기증이 나기는 마찬가지야. 어쩌면 오늘밤이라서 그럴 수도 있지. 몇시간 후면 밖에서 삼촌이 이곳 쎄비야에서 나와 접선하게 해놓은 사람을 만나기로 되어 있는데, 그는 내가 잉태되고 체 게바라가 바예그란데에 묻힌 지 25년째 되는 날 계획을 완수하게 할 수 있는 폭약을 내게 전해주기로 했단다.

재니스, 알겠지만 늙은이들 생일잔치에 밥만 대접할 수는 없는 노릇이잖아.

난 다른 계획이 있어. 그렇지만 너무 늦어서 날 제지할 수 없을 때까지 그 계획들을 네가 알 수 있는 방법은 전혀 없단다.

제3부

1992년 10월 11일

원만한 남녀 관계는 사랑에 의지한다기보다 우정에 근거한다.

몽떼뉴

오늘 우리 배로 여섯 사람을 실은 카누가 다가와 그중 다섯이
배로 올라왔다. 나는 그들을 붙잡아 데려가기로 했다. 얼마 있
다가 강 서쪽에 있는 집으로 선원들을 보냈더니 크고작은 7명
의 여자와 3명의 아이들을 데려왔다…… 오늘 저녁, 한 여자의
남편이자, 하나는 사내고 둘은 계집아이인 세 아이들의 아버지
가 우리 배로 왔다. 그가 자기도 우리와 같이 갈 수 있는지 물었
고, 나는 매우 기뻤다. 배에 있던 사람들이 이제 안심하는 걸로
봐서 그들은 친척간임이 분명했다.

크리스토퍼 콜럼버스의 일기에서

자, 그날이 왔다. 먼동이 트고 있다. 아메리카대륙이 500살 생일을 맞기 하루 전이자 같은 날 태어난 매켄지와 바론이 내기에 질 수 있는 마지막 기회의 날이기도 하지. 아버지는 오늘도 여느날처럼 아무 탈없이 지내기 위해, 지금 쁘린씨뻬 데 아스뚜리아스(Príncipe de Asturias) 호텔 방에서 엄마와 일을 벌이고 있을 것이다. 홀 건너편에 묵고 있는 빠블로 바론은 오늘도 여느날처럼 파면당하지 않고 무사히 지나도록, 싼띠아고에 있는 대통령에게 전화해 행사 진행은 어떻게 할 것인지, 어떻게 칠레정부가 그 빌어먹을 빙산을 다시 남극에 갖다놓기로 한 결정을 공포할 것인지 물으며 아첨을 해대고 있을 것이다. 칠레정부는 빙산을 처음 출발한 뿐따 아레나스(Punta Arenas)로 도로 가져갔다가 빠라이쏘만으로 이동, 거기서 빙산이 잡힌 지 1년 만에 다시 차가운 물속에서 그 형제자매들과 만나도록 풀어놓으려 계획하고 있었다. 다 남들 보라고 하는 수작들이다. 거대한 푸른 얼음덩어리가 실제로 돌아갈 수 있기라도 하다는 듯, 빙산이 잡혀 있는 동안 벌어진 일들이 정말 지워져버릴 수 있다는 듯 말이야. 그리고, 내가 오늘밤 그걸 폭파하지 않을 거라는 듯 말이야.

　그래. 내가 말한 대로야. 어쨌든 넌 이미 눈치챘겠지만.

그렇지만 말이 조금 앞서가고 있군.

재니스, 날 따라 남극에 가서 내가 빠따고니아에서 뭘 발견했는지 알게 되면 모든 걸 이해할 거야. 내가 거기 가지 않았더라면, 내 육체의 절규를 들었더라면 나 하나는 구할 수 있었을 텐데 하는 생각이 든다. 나의 육체는 가지 말라고, 죽지 않으려고 미친놈처럼 싸웠으며, 남아 있기 위해 이전에 경험해보지 못했을 만큼 앓았고, 아만다 까밀라나 그 아버지와 함께 띠에라 델 푸에고(Tierra del Fuego, 칠레 남쪽 지역—옮긴이)로 가지 말라고, 그래서 이곳 쎄비야에서 전세계가 보는 앞에서 자살하지 말라고 말리고 있었다.

난 내 육체의 비명에 귀기울이지 않았다.

유모에게 긴 고백을 마친 뒤 날 엄습한 현기증과 닷새 동안 침대에서 꼼짝달싹 못하게 앓은 걸 난 정반대로, 몸이 정화되고 있는 거라고 해석해버린 것이다. 원인과 결과가 분명했다. 유모에게 지난 7년 동안 누구에게도 말 안한 부끄러운 얘기들을 구체적으로 남김없이 털어놓자마자 난 먹은 걸 죄다 토해버리고 말았다. 정말이지 난 사춘기 때는 물론이고 너의 열기가 내 물건을 달구지 못했을 때도 아파본 적이 없었다. 그건 마치 내 갓난아기 같은 얼굴에 항체가 생기고 세상의 모든 병균들이 이 추락한 천사로부터 멀찌감치 도망치는 것 같은 느낌이었다. 난 지난 수년간 날 지탱해온 실패와 억압과 좌절과 욕망의 이야기들이 병균도 여자들도 내 근처에는 발도 못 들이게 한 짓궂은 거미 같은 집착이라고 해석했던 것이다. 그리고 이제 그 이야기가 자리하고 있던 곳에 별안간 구멍이 생겼다. 이야기를 다 하고 나니 난 마치 활짝 열린 여자의 성기처럼 병균이 퍼져 굳어질 지경이 되어버린 것이다.

장황한 이론까지 들먹일 필요는 없지만 내가 아픈 데에는 병리학적인 이유가 있었다.

시루엘로 박사가 날 검진하러 왔다. 칠레에선 아직도 의사들이 왕진을 다니곤 하는데, 어떻게 생각해? 칠레 의사들은 정규업무가 끝나는 저녁이면 집집마다 왕진을 다니면서 그 집 식구들과 셰리주를 홀짝거리기도 한다. 그러니까 보다시피 칠레에는 바쁘디바쁜 뉴욕에서 사는 우리가 배울 만한 오래된 전통이 남아 있다고 할 수 있어. 시루엘로는 23년 전 자기가 출산을 도왔던 아이를 보고는 대단히 기뻐했다. 그는 나를 진찰하면서 내가 얼마나 귀여운 아기였는지 말했고 그런 얘기는 그의 따뜻한 손길과 더불어 내게 힘을 북돋워주었지. 박사는 장관과 아만다 까밀라, 우리 엄마 그리고 가까이 있던 유모에게 범인은 조깅이라고 말했어. 아주 이른 아침일지라도 연대병력을 기절시킬 만큼의 매연이 공기중에 있는데, 특히 우리 가브리엘처럼 싼띠아고를 뒤덮고 초등학교 학생 절반을 결석케 만드는 스모그에 적응하지 못한 경우엔 더욱 심하다고 했다. 산들이 매연의 배출을 가로막고 있는데 그건 다 아라우깐 인디언들의 영광스런 계곡을 파괴한 저주라고 했다. 그는 가방을 챙기면서 내게 2,3일이면 나을 테니 염려하지 말라고 장담했다. 그리고 그는 바론을 향해 말했다. "진짜 범인은 말야, 빠블리또." 시루엘로 영감은 냉랭하게, 그리고 마치 장관도 자기 덕으로 세상에 태어난 것 같은 인상을 풍기며 말했다. "스모그라고. 지금 보고 있는 건 만약 앞으로도 우리가 계속 필요하지도 않은 자동차들로 대기를 연소시킨다면 우리 모두에게 닥칠 일일세. 여기 그 미래가 누워 있는 거야."

그 미래란 나를 의미하는 건데 난 이후의 토론에 끼여들지 않았다. 장관은 근대화를 두둔하면서 선진국들을 따라잡는 것만이 가난한 사람들에게 풍요를 나누어줄 유일한 방법이라고 했다. 시루엘로 박사는 그건 자살행위라고 주장하고, 우리가 아무리 스스로를 속이려 든다 할지라도 그런 식으로 가다간 잘살게 되기는커녕 공해로 끝장나버리고 말 것이며 선진국도 후진국도 아닌 최악의 경우가 될 거라고 했다. 시루엘로는 청진기로 바론을 가리키며 "그 우스꽝스런 빙산처럼"이라고 말했다. 수단과 방법을 안 가리는 발전논리로 나라를 오염시키는 장본인들이 세계에 청결하고 순수한 이미지를 수출하려 든다는 것이었다. 빠블로, 자네의 야심찬 계획은 쇼에 불과해. 나라 안에 할일도 많고 지을 병원도 많은데 엄청난 돈을 빙산에 낭비해버리다니. 그러자 장관은, 말은 그럴싸하지, 우리가 수출을 증대하지 못하면 무슨 수로 병원에 돈을 내겠어. 빙산은 말이지…… 그러자 시루엘로는 의사에겐 어울리지 않는 말로 말문을 막았다. 그 좆같은 빙산은, 가끔 날 정말 열받게 해. 다이너마이트로 날려버렸음 좋겠어. 그리고 나 가브리엘 매켄지로 말하자면, 날 세상에 나오게 도와준 박사의 가방에 몰래 손을 넣어 연한 푸른색 종이가 있는지 보고 싶은 생각이 들었다. 만약에 함정을 파서 그로부터 협박편지를 보냈다는 실토를 받아내기만 하면, 그 자백으로 수사는 종결되고 난 신문에 빙산을 구한 영웅으로 나올 것은 물론이고 삼촌을 감옥에서 석방시키고 아버지를 감동시킬뿐더러 여자도 얻게 될 것이었다. 그러나 난 물 한잔 입에 가져갈 기운도, 시루엘로의 수상쩍은 왕진가방에 몰래 손을 뻗칠 기운도 없었다. 그저 이 사람들이 대기와 오존층 그리고 남극 상공에서 커져만 가는 구멍과 한국산 버스들이 분진을 덜 배출할 거라는 등의 토론을 그만두었으면 하고 바랄 뿐이었다. 빠블로 바론은 웅변조로 볼리비아 사람들이 우리 낡은 버스들을 사서 엿먹게 되겠지만 어차피 그들은 고지에서 호흡하느라 애먹는 건 마찬가지라고 했다. 난 장관과 박사가 나에 대해서, 날 진정시키고 현기증을 덜어주기 위해, 아니 적어도 나의 외로움에 대해서라도 토론해주길 바랐다. 내가 원한 건 날 당장 일어나게 할 수 있는 신비한 알약이었고, 그래서 아만다 까밀라의 치마를 걷어붙이고 그 가랑이 밑으로 내 머리를 넣는 거였다. 그녀의 성기를 아래턱 가까이에서 느끼고 머리를 휘저으며 그녀의 다리 사이에 내 입을 묻어버리는 것, 그래서 왜 매켄지 가문의 사람들이 입으로 살고 입으로 죽는지 이해시키는 거였다. 내게 절실했던 건 병이 나아 가슴을 치는 고통과 머리를 때리는 북소리 그리고 내 물건의 무감각함이 사라지고 정신적 육체적인 건강이 돌아올 때까지 보살핌을 받는 거였다.

내가 기절로 얻은 유일한 소득은 그후 며칠간 유모가 아만다 까밀라의 집에 급히 마련한 손님방에 묵게 된 거였다. 몸이 그렇게 아픈 것도 아니니 밀라그로스의 집으로 돌아갈 수도 있었다. 그러나 나는 시치미를 떼고 모두, 아니 거의 모두에게 무진장 아픈 것처럼 속였다. 난 이게 사랑하는 여자와 가까이 있고 뽈로에게서 떨어져 있을 수 있는 기회라고 생각했다. 아버지로부터도 떨어져 있게 된 게 사실이지만 난 유모가 충직하게 내 면전에 들이미는 냄비에 뱃속의 것들을 게워내면서 속으로 만약에 위대한 매켄지가 이 도피자를 찾아와 집으로 데려가려 마음만 먹었다면 그렇게 할 수도 있었다고 생각했다. 거기에는 시험이, 아버지가 무슨 생각을 하는지에 대한 시험이 있었던 것이다. 그는 내가 나자빠진 바로 그 금요일에 몇시간 지나지 않아 나타났다. 난 아버지가 내가 몰래 엿본 데 대해 더 화내지 않길 바랐고, 내 병이 그날 아침 내가 『기네스북』의 땅꼬마한테 느닷없이 따귀를 휘갈긴 걸 잊게 해주길 기도했다. 아버지가 다가오는 소리가 들리자 난 눈을 감고 분명 '그가 들려줄 위로의 말'을 기대하고 있었다. 이마는 그의 손길을, 땀은 그의 손수건을, 그리고 자지는 그의 충고를 기다리고 있었다. 그러나 아무것도 없었다. 난 아마 아버지가 내 꿈속에 악마들이 침범하는 걸 막아주며 서서 날 지켜주고 있을 거라고 생각했다. 그가 깔리또스에게 그랬듯, 아니 지난밤 우리 둘이 그랬던 것처럼.

그런 환상은 곧 산산조각났다.

몇분 지나자 그는 자리를 떴고, 난 두 귀를 쫑긋 세우고 있었는데, 옆방에서 아버지가 엄마와 신경질적인 대화를 나누는 게 들려왔다. 아버지는 난 분명 아무 탈이 없고, 이건 마치 이전에 밀라그로스의 집에 있던 애들이 사고를 치면 도망치듯이 다 동정을 사려는 연극일 뿐이라고 했다. 내가 게이처럼 나약하거나 엄마가 날 응석받이로 키웠거나 둘 중의 하나라나. 엄마는 아버지에게 내가 정말로 꾀병을 부리고 있는 거냐고 물었고 아버지는 그렇다고, 그녀석 여기 도착하자마자 연극을 하면서 이 사람 저 사람 동정이나 사려 하고 불쌍하게 보이려 했다고 말했다. 엄마는 아버지에게, 끄리스, 당신은 이렇게 오랜 세월이 흐른 뒤 고향으로 돌아오는 게 얼마나 어려운지 이해해야 해. 아무리 당신이 삐노체뜨 없애는 덴 털끝 하나 까딱하지 않았다지만 다른 사람들, 청소년들과 세상의 모든 여자들한테 쏟는 인정을 당신 자식에게도 좀 주어보라고 했다. 아버지가, 그렇게 영웅을 원했으면 체 게바라하고 결혼하지 그랬어? 하자 엄마는 체 게바라는 죽었잖아 하고 대답했다. 그러자 아버지는 그래, 그날밤도 당신은 그렇게 말했지. 난 그걸 믿었어,라고 했고, 엄마는, 그건 당신 관심 좀 끌어보려고 그랬던 거야. 난 당신이 이렇게 인정머리없는 개새끼로 변할 줄은 몰랐어 하며 맞받아쳤다. 아버지가 게다가 그날밤 당신은 내가 냉정한 사람이란 걸 몰랐던 거야. 그렇지만 이젠 날 차갑다고 하지 못할걸 하자 엄마는 차라리 송장하고 자는 편이 나아 하고 대꾸했다.

난 그들에게 침대에 가서 한바탕 일을 벌여 좀 조용히 하라고 말할 기운도 위세도 없었다. 내 육체는 그들의 목소리를 무시하고 넘어갈 방어력이 없었다. 엄마와 아버지는 쌘띠아고의 공기보다도 더 나쁜 독으로 날 채우고 있었다. 위대한 매켄지가 마침내 자리를 뜨자 난 안도감을 느꼈다. 나를 무한한 섹스의 천국으로 데려갈 티켓을 쥔 그가 계단을 내려가자, 엄마는 내 곁으로 와 이마를 만지고, 체온을 재고 유모의 솜씨로 만든 기가 막힌 까쑤엘라 국물을 아기용 숟갈로 조금씩 내게 떠먹였다. 유모가 언젠가 나도 요리하는 걸 배우길 바랐고, 그게 바로 오늘밤 내가 이곳 쎄비야에서 유모만 뺀 다른 모든 사람들을 위해 만들 그 까쑤엘라였다.

"밀라그로스," 유모가 말했다. "밀라그로스의 집에 가서 네 물건하고 가브리엘 짐을 챙겨와야겠구나."

엄마는 유모를 바라보고 고개를 끄덕였다. 유모는 엄마에게 임신한 사실을 가르쳐주었으며, 그보다도 훨씬 전에는 어떤 사람들이 나쁜지를 일러주었고 또 끄리스또발 매켄지가 사따구니에 초상집 여자의 냄새를 묻히고 돌아왔을 때 엄마에게 집에 남아 있으라고 충고해준 장본인이었다.

"가브리엘." 엄마가 속삭였다. "우린 여기, 빠블로와 까롤라네 집에서 머물게 될 거야. 네가 나을 때까지 말야."

그녀의 말은 난 네 아버지를 떠난다. 이젠 아주 지쳤어. 이번 여행은 엉망진창이야란 뜻이었다.

엄마가 자신의 결심을 토로한 지 몇분 뒤, 아만다 까밀라가 직장에서 돌아와 아래층에서 내가 어떤지 묻는 소리가 들렸다. 그리고 나를 보기 위해 계단을 뛰어오르는 소리가 났고, 내가 꿈꿔오던 대로 그녀가 춤추듯 방안으로 들어오는 걸 보았다. 나의 마술의 소녀는 무엇으로 내 기운을 북돋워줄지 정확히 알고 있었다. "넌 너무 고리타분해, 가브리엘. 고리타분하고 단조롭잖아. 네게 필요한 건 음악이야." 아만다는 자기가 좋아하는 미국과 영국의 팝 아티스트들의 음악을 틀어 갔는데 난 듣도 보도 못한 것들이었다. "맙소사, 가브리엘, 대체 넌 지난 5년 동안 어디 가 있었던 거야?" 난 머리가 뱅뱅 돌아서 집중할 수는 없지만(니르바나? 대체 니르바나가 뭐야? 남자야, 여자야?), 모든 노래를 익히 알고 있다고 설명했다. 마치 아만다를 속일 수 있을 것처럼(다른 거짓말들은 성공했다), 그리고 지금까지 클래식 음악만이 오로지 내 책벌레 인생의 일부였지 라디오의 록 음악이나 파티, 춤, 마리화나 따위 등은 상관도 없었다는 걸 그녀가 눈치채지 못하는 것처럼 말이다. 내가 자리에서 일어나면 아만다는 내 인생의 불을 밝히고 나는 법을, 그리고 담배 피우는 거랑 트위스트, 부기 그리고 랩에 맞춰 춤추는 것도 가르쳐줄 것이다. 그녀는 귀여운 칠레 억양으로 완전히 뜻을 이해하지 못하는 영어단어들을 발음하며 내게 해석해달라고 했지만 아마 그건 내 머리가 그토록 어지러워서 모든 말이 외국어를 웅얼거리는 것처럼 들리지 않았더라도 할 수 없었을 것이다. 하지만 아만다가 내 손을 붙잡고 쓰다듬으며 손가락 혈관과 뼈 관절 마디마디를 그녀의 손으로 만져주는 한, 내게 불평불만은 없었다. 그녀의 에너지가 어렴풋이 내게 흘러오는 것을 느꼈다. 아니 그녀의 것뿐만이 아니라 바론 집안의 다른 식구들의 에너지도 내게 전해져오는 것 같았다. 곧이어 눈부시게 화려하고 건장한 까롤라가 성큼 들어섰는데, 그녀는 전보다 더 짙은 붉은색 옷을 입고 있었고 내게 더 많은 방문객들, 그녀의 개구쟁이 쌍둥이들을 사촌형과 만나게 해주려고 온 거였다. 얘들아, 여기 불쌍한 사촌형 좀 보렴. 아주 아프단다. 두 꼬마들이 내 배 위에 올라가 장난치기 시작하자 그들의 흐릿한 똥냄새가 내 속을 뒤집어놓긴 했지만 유모가 단호하게 그 꼬마들을 목욕할 시간이라며 데리고 갈 땐 좀 미안스러웠다. 아이들이 내 이와 귀를 갖고 장난친 게 다소 도움이 되었는지 엄마가 밀라그로스의 집에서 가방을 챙겨 돌아올 때쯤엔 몸을 반쯤 일으킬 수 있게 되었다. 엄마는 내 기분을 돋우려 카드놀이를 하자고 했고, 빠블로 바론이 각료회의를 마치고 뒤늦게 귀가해 저녁식사를 내 방에서 하기로 하자 분위기는 더욱 활기차졌다. 아무리 내가 음식을 다시 보고 싶은 생각이 들지 않더라도 "다른 사람들이 유모의 까쑤엘라를 먹어치우는 걸 보면 네 기분도 좋아질 거다"라는 게 장관의 말이었다. 그 말은 맞았다. 난 카드 한장, 포크, 심지어 국수 한가닥도 들 수 없었지만 사람들이 그토록 행복해하는 걸 보는 건 즐거웠다. 까롤라, 빠블로, 엄마 그리고 아만다 까밀라는 스프와 음료를 먹고 마시며 포커를 치면서 속임수를 쓰는가 하면 카드를 내 담요 속에 감춰 날 공범으로 만들기도 했다. 한사람씩 내 이마에 잘 자라는 작별의 키스를 하고 떠날 무렵엔 나한테 복통은 축복이었고, 운명이 복잡한 방법으로 나를 칠레에서 유일한, 혹시 나중에 내 집이 될지도 모르는 곳으로 안전하게 인도한 것이라고 받아들이게 되었다.

그래, 내 집, 가족이 사는 공간. 엄마는 아버지가 더이상 자기에게 손도 못 대게 하는데, 그가 지금 이순간 알지도 못하는 여자의 몸을 뚫고 있다 한들 무슨 상관인가? 날 사랑해주는 사람들이 있고 그들은 정성껏 날 치료해주고 있는데 말이다. 그렇지만 모든 게 다 좋은 것만은 아니었다.

온갖 귀빈대접을 받은 이틀 후 일요일, 빠블로 바론은 이제 냉정한 사랑의 시간, 그리고 내가 침대를 박차고 나와야 할 시간이 왔다고 결정했다. 단 몇분이라도 내게는 몸을 추스르고, 다리를 푸는 시간이 필요했는데도 말이다. "수요일." 그는 내가 48시간 만에 비틀거리며 첫발을 떼는 순간 곧 주저앉으려 하자, 마치 장난감이라도 되는 양 내 왼쪽 어깨 깊숙이 자신의 강철 같은 손가락을 넣어 일으켜세워주며 말했다. "수요일 우린 빠따고니아로 간다. 난 아르헨띠나 정보국장을 만나 몇몇 현안을 해결하고, 빙산을 위한 안전장치를 점검할 거야. 얼빠진 까롤라가 자기도 빠따고니아에서 할일을 만들어내서 함께 가게 됐는데, 내가 떠난 뒤에 며칠 더 여기 남아 너와 아만다 까밀라를 돌보기로 했어. 너희 둘이 사고치지 않도록 말야."

"그럼 우리 아버지는요?" 나는 가까스로 질문을 내뱉었다.

"아버지도 같이 배에 타기로 하지 않았나요?"

"그 친구 말이 빙산 협박편지 용의자를 쫓느라 너무 바쁘대. 정말인가?"

"뿐따 아레나스에도 여자는 많아. 그 친구 지금 뭘 놓치고 있는지 모르는군. 빠따고니아 여자의 궁둥이라고, 가브리엘."

"우리 엄마는요?"

엄마는 유모도 같이 가길 원했다. 그러나 유모는 동행할 수 없었다. 누군가 집에 남아 아이들을 돌보아야만 했다. "그래서 내가 유모가 대장이라고 했잖아." 빠블로 바론이 투덜거렸다. 그는 내가 침대에서 일어나 앉게 도와주었다. "전에 내가 유모가 이 집의 모든 일을 결정한다고 했잖아."

내 생각엔 꼭 그런 것 같지는 않았다. 만약에 유모가 정말로 대장이라면 까롤라가 쌍둥이들과 집에 남고 유모는 우리와 동행해야 했다. 그게 내가 바라던 해결책이었지만, 바로 그때 빨간 드레스를 입은 까롤라가 무선전화기를 들고 우쭐거리며 들어오는 바람에 바론에게 그렇게 말하진 못했다. 내가 칠레에서 받은 첫 전화였다. 엉뚱하게도 난 너, 재니스가 아닌가 생각했단다. 네가 여기까지 쫓아와 자자고 그러는 줄 알았다니까. 그러나 전화는 빤초 삼촌이 감방에서 걸어온 거였다.

오늘은 일요일, 면회날인데 난 대체 어디에 있는 거고, 바론네 집에서 뭣 하고 있느냐는 거였다. 왜 내가 적의 집에서 자고 있냐고 물었다.

"삼촌, 저 아파요." 내가 말했다. "이분들이 절 돌봐주고 있어요."

"너는 혼자뿐인 거야." 삼촌이 대답했다. "그들은 다른 사람들은 안중에도 없어. 나라는 매일매일 빚만 늘어가고 사람들은 살 수도 없는 상품들의 선전을 보기 위해 월부로 텔레비전을 사들이고 있단 말야. 그게 다 바로 네 친구 바론 책임이야. 옛날에 우리가 삐노체뜨에 맞서싸울 땐, 그 사람은 국가는 다수를 위해 생산해야지 부유층을 위해서는 안된다고 말하곤 했지. 빠블로한테 물어봐, 물어보라고. 옛날에 그런 얘기 한 적 없는지 말야."

방이 빙빙 도는 것 같았다. 난 다시 침대에 누워 머리를 베개에 누이고, 땀 나는 손으로 겨우 수화기를 쥐고 있었다. 내가 조용히 빠블로 바론에게 삼촌의 전화라고 가르쳐주자 그는 어깨를 으쓱해 보였다. 나 또한 어깨를 으쓱했다. 내 친척을 욕하고 싶은 마음은 없었다.

"노력해볼게요." 난 전화에 대고 말했다.

"언제 날 보러 올 거냐? 목요일?"

"저 빠따고니아에 가요. 빠블로 아저씨가 데려가주기로 했어요."

"뭐! 범죄가 벌어지는 곳에 가는군."

"무슨 범죄요?"

"빠블로 바론한테 물어봐. 바론 가문이 빠따고니아에서 무슨 짓을 했는지 말야. 그 증조할아버지가 과거에 한 짓을 이제 빠블로의 자식들이 저지를 거라고. 빠블로한테 자기 책임은 아니라고 그래라. 그자야 그저 자기 가족, 계급, 집안내력에 충실할 뿐이지. 내가 그랬다고 말해. 그의 레닌을 읽으라고 하라고."

"대체 빤초 삼촌이 무슨 말을 하는지 모르겠어요."

"알게 될 거야. 알게 될 거라고. 마지막 질문이 있네, 조카. 자네 입술은 괜찮아?"

"제 입술이요?"

"하도 뽀뽀를 해대서 구멍이라도 난 건 아냐, 가브리엘? 응? 아님 추위에 트기라도 했나? 춥고 외로워서 말야? 추위 말이 나와서 말인데 그 커다란 얼음덩이는 잘 있나? 아직 떠 있냐고. '당신이 아는 사령관'은 찾은 거니?"

난 빠블로 바론을 바라보았다. 다행스럽게도 그는 내가 그가 가장 싫어하는 적수에게 비밀을 누설한 것을 들을 수는 없었다. 난 대화를 짧게 줄이기로 했다. 혹시 누가 우리 대화를 녹음하고 있을지 모르니까. 삼촌의 간수들, 혹은 바론을 호위하는 사람들 혹은 이그나시오가 날 엿듣고 있을지도 있으니까…… 이 새로이 민주화된 칠레에는 구석구석 숨어 있는 짭새가 너무나도 많았다.

"잘 안 들려요. 돌아오는 대로 찾아뵐게요."

"넌 잘 듣고 있어. 근데 빠블로 그놈이 내가 하는 말을 들을까봐 겁을 내는 거지. 겁이야말로 이 나라를 엿먹이고 있고, 너도 그 병균에 감염된 거야. 너 아직도 '당신이 아는 사령관'이 누군지 알고 싶냐? 난 네가 혹할 수도 있는 몇가지 정보를 갖고 있어. 야! 그건 네가 생각하지도 못한 거야. 알아? 당장은 이것만 말해주지. 그자는 내부에 있어."

전화는 끊어졌고 난 긴 수화음을 듣고 서 있었다. 빠블로 바론은 수화기를 내게서 받아 제자리에 놓고 자기가 미친 개새끼 같은 삼촌이 아직도

248

공룡처럼 낡아빠진 맑스 이론에 빠져 새 세상, 새 질서를 받아들이지 못하더라도 얼마나 그를 사랑하는지 말했다. 바론은 그를 출소시킬 수 없는 건 참으로 유감이다. 몇달 전 강경보수파 상원의원이 좌익 테러리스트들에 의해 암살당했는데 아마 빤초가 속해 있는 그 그룹인 것 같다고 했다. 상원의원의 죽음은 친삐노체뜨파에게 희생양처럼 등장할 수 있는 빌미를 제공했고, 그들로 하여금 테러리즘을 국가가 당면한 주요 문제로 떠들게 했으며, 자신들이 과거에 인권유린한 건 덮어두고 민주주의가 되자마자 범죄율이 올라갔다고 주장하게끔 했다는 것이다. 만약 빤초 삼촌을 지금 놓아주면 암살은 정당한 것이었다고 떠벌리고 다닐 거고 그를 풀어준 장관은 모가지가 달아날 게 뻔하다고 말했다. 물론 그의 내기도. 비록 우리가 이번 공갈사건만 해결되면 약속한 걸 지킬 의향은 있었지만.

"삼촌은 빠따고니아와 여기 식구들에 대해 얘기했어요. 바론 가문과 숨겨진 어떤 범죄에 대해 물어보라고 하던데요."

"아, 그거," 장관이 말했다. "그건 비밀이 아니야. 내가 비행기에서 네 옆에 앉으면 모든 걸 말해주지. 아만다 까밀라하고 매번 다퉈야 되겠지만 말야. 걔는 넌 자기 거래."

"전 누구하고나 같이 있을 수 있어요."

"너 아만다와 사랑에 빠지지는 않겠지?"

난 나의 신속한 대답에 스스로도 놀라고 말았다. "돌아가면 재니스라는 여자친구가 있어요. 바람피웠다간 제 눈깔을 뽑아버릴걸요."

"가끔 우린 괜찮을 거라 생각하고 바보짓을 하곤 하지. 결국 눈깔이 빠지고 말면서도 말이야."

"아만다는, 말씀하셨듯이 여동생 같아요. 전혀 느낌이 안 와요."

"그럼 걔는? 그 아이는 널 좋아할 수 있을 것 같아?"

대체 뭘 알고 싶은 거지? 어째서 그 화제에 집착하는 걸까? 자기 딸한테 질투심이라도 느낀 걸까? 난 그가 어떻게 반응하는지 시험해보기로 했다. 속이 아무리 거북하더라도 아직까지 한두 가지 꾀를 낼 수는 있었다.

"제 생각엔요, 아만다는 우리 아버지한테 관심이 있는 것 같아요."

빠블로는 콧방귀를 뀌었다. "나도 알아. 그렇다니 기쁘구나. 몇년 후 좋은 사람을 만날 때까지 제발 끄리스한테 빠져 있었으면 좋겠구먼."

"하지만……"

"끄리스한테 가려야 갈 수도 없어. 왠지 말해주지. 이건 끄리스하고 나만 아는 건데 말야, 아만다, 아니 다른 누구에게도 말하지 않는다고 약속해."

나는 약속했다. 말하는 데 돈 드는 거 아니니까.

"아만다가 태어나고 채 두 시간도 안돼서 그 위대한 매켄지가 병원에 와 있었지. '빠블로' 하고 나를 부르더니 '자네 딸을 아직 보진 않았지만 말이야. 자네와 그 아이를 위한 선물이 있어'라고 하더군. 난 선물일랑 관두고 와서 새 조카딸이나 좀 보라고 그랬지. 지금 생각해도 참 이상해. 넌 벌써 아만다를 만났지. 아마 그때 서너살 먹은 꼬마였나……"

"다섯살이었어요."

"밀라그로스가 널 데려왔었지. 마르따, 나 그리고 시루엘로 박사를 빼면 아마 넌 아만다를 처음으로 본 사람이겠다. 서로 안 지 꽤 되었지, 안 그래?"

"아버지의 선물은 뭐였죠?" 난 장관의 기억을 상기시켰다.

"봉투 한장이더군. 그는 내게 얇은 봉투를 건네주었지. 열어봤더니 콘돔 하나가 손 안에 떨어지더군. '이거 장난하나?' 내가 물었지 '너는 내가 이따위 장난을 좋아한다고 생각하나 본데.' 그런데 끄리스는 내 말문을 막고 '그건 내가 절대로 쓰지 않을 물건이야'라고 하더군. '그건 내가 네 딸을 건드려볼 아무런 방법도 없다는 걸 알려주려는 거야.' '아만다는 어리고 네가 그런 생각을 하기엔 너무 이르잖아……' '남자가 딸을 갖게 되면,' 네 아버지가 그러더군. '그 남자와 다른 모든 남자들과의 관계는

250

별안간 변해버리고 마는데, 난 말야, 난 이 예쁜 아기가 우리 둘 사이의 관계를 해코지하지 않기를 바랄 뿐이야. 아만다가 태어난 바로 오늘 이 자리에서 맹세하건대 자네는 내가 그 아이를 털끝 하나 건드리지 않을 거라 확신해도 좋아. 그 아일 내 딸처럼 지키고 돌보겠어. 마치 네가 가브리엘한테 늘 그러는 것처럼.'"

"그래서 어떻게 하셨죠?" 내가 물었다.

"난 '그래, 고마워. 그런데 이 엿같은 콘돔은 싫어'라고 했어. '옜다, 도로 가져가'라고 했지. '갖고 있어. 진담이야.' 끄리스는 안 받으려고 양손을 주먹쥐고 '그 콘돔이 행운을 가져다줄 거야'라고 했어. 가브리엘, 그런데 실은 말야, 그때부터 그게 마치 마법의 별처럼 날 보호해왔다고. 아님 혹시 아만다 까밀라의 탄생이 날 지켜줬는지도 모르지. 그 아이와 함께 어떤 천사가 태어난 것처럼 말야. 그렇지만 난 미신을 더 믿어, 가브리엘. 난 그 콘돔을 항상 지니고 다니지. 여기 있어. 한번 보라고."

그는 지갑에서 조그마한 노란 콘돔을 꺼내 내게 보여주었다. 저게 바로 아버지의 발기된 성기에 씌워진 적 없고, 아만다 까밀라의 음부 속으로 들어가본 적도 없으며, 그녀에 관한 한 아버지가 나보다 앞서가지도, 내 갈길을 막지도 않게 할 보증수표라는 생각을 했다. 아버지가 건드리지 않은 다른 여자가 있다면 또 몰라도……

난 바론에게 물었다. "그게 아버지가 여자를 건드리지 않겠다고 맹세한 유일한 때였나요?"

"그때뿐이었지."

난 빠블로 바론과 친밀한 단계, 거의 우정 같은 것을 느꼈다. 이 나라에서 가장 힘있는 사람이 점점 나를 자신의 심복 내지는 친구로 삼아가는 중이었다. 그에게 날 녹초로 만든 건, 정말로 날 괴롭힌 병은 대기오염과는 상관없는 거라고 고백할 수 있었다면 좋았으련만. 난 지금까지 궁금해해오던 걸 묻고 싶은 기분이 들었다.

"저, 제가요, 질문 하나 해도 괜찮을까요? 저⋯⋯"

"가브리엘, 너하고 나를 갈라놓은 일은 단지 네가 내 딸아이를 건드리는 것, 쓸데없는 짓거리를 하려 할 때뿐이야. 그렇지만 그 아이에게서 멀찌감치 있는 한 뭐라도 할 수 있지. 뭐든지 말해, 어서."

난 어떻게 빠블로가 항상 할 준비가 되어 있는 그의 가장 친한 친구가 자신의 아내들, 첫째 부인 마르따와 나중의 까롤라를 거치지 않았다고 확신할 수 있는지 물었다.

"첫째," 장관이 대답했다. "우정은 섹스보다 더 중요한 거라고. 섹스는 지나가는 거야. 몇번 들어갔다 나오면 짧은 쾌락이 오고, 끝나버리고 말지. 그러나 우정은 지속되고, 그래서 살 가치가 있는 거지. 우정은 젖만 크고 머리는 새대가리인 여자들과 갖는 어떤 접촉보다 오래가는걸. 다른 사람들한테 내가 이런 말 하더라고 하진 마라. 요점만 말하자면 마르따는 끄리스를 싫어했어. 내 생각엔 끄리스를 질투했던 것 같아. 내가 자기보다 끄리스를 더 사랑한다고 생각했거든. 그리고 그 말이 맞아. 그래서 마르따는 끄리스가 나한테 나쁜 영향을 끼치고, 그렇게 바람둥이인데다 냉소적인 인간과 내가 어울리는 게 정치생활에 득될 게 없다고 투덜거리곤 했지."

"그러면 까롤라는요?"

"실은 말이지, 끄리스는 그녀를 건드렸을지도 모르고, 적어도 시도는 해봤을 거야. 그런 마음을 안 먹었을 리가 없지. 그렇지만 끄리스가 까롤라에게는 거리를 둘 거라는 생각이 드는군. 주변에 그렇게 여자가 많은데 하필 내걸 건드리겠나? 끄리스가 아만다 까밀라가 태어났을 때 그 얼빠진 콘돔을 들고 올 정도로 나와의 우정을 높게 친다면, 왜 거기에 독을 풀겠어? 네 아버지 판단이 옳아. 그건 최고의 관계를 파괴해버릴 수 있는 거거든. 우리, 너하고 내가 가진 것 같은 그런 최고의 관계 말야."

"우리가 가진 것 같은 거라고요?"

"그래, 가브리엘. 내가 원하는 걸 말해주지. 너의 맹세야. 네 아버지하고 똑같은 맹세를 하라고."

"무슨 맹세요?"

"절대로 내 딸을 건드리지도, 따먹지도 않겠다고 말야."

"아저씨," 내가 말했다. "정말 그럴 필요까진 없어요."

"필요해. 내 말을 믿어."

그는 날 궁지에 몰아넣었다. 난 성심껏 거짓 약속을 하면서 절대 그의 딸과 자지 않겠다고 맹세했다.

"'따먹지 않는다.' 이 말로 하라고. 절대로 따먹지 않겠다고 말야."

"절대 따먹지 않겠어요."

"만약에 그앨 따먹으면 넌 끝장나는 거야. 말해봐."

"만약에 그녈 따먹으면 난 끝장난다."

그리고 재니스, 내가 결국 아만다를 따먹고 말았을 때 세상은 끝장나버리고 말았어.

며칠 동안 마치 그 예고편이라도 되는 것처럼 하늘과 땅이 무너져내리기 시작했어. 아마 네가 내 고통스러워하는 모습을 봤더라면 쌤통이라고 했을 거야. 자기 동생이라도 되는 것처럼 날 부둥켜안아주며 건강을 찾게 돌보아주는 사랑하는 여자를 난 안아볼 수도 없었으니까. 그녀의 말을 듣는 달콤한 고통은 어떤 의미에선 완벽한 열병이었지. "가브리엘, 넌 내 꿈이야. 난 너한테 내숭떨 필요도 없고, 나 자신이 될 수 있어."

재니스, 넌 아만다가 내가 달아오른 걸 알고 날 갖고 놀고 있었다고 얘기하겠지. 실은 나도 유모가 옆에서 뜨개질을 하고 쌍둥이들이 장난질을 치는 동안 혼자 침대에 누워서, 의자에 앉아서 몇시간 동안 스스로 묻곤 했어. 난 아만다가 자기 아버지가 내게 맹세시킨 걸 알고 일부러 괴롭히고 있는 건지, 내가 그녀의 황홀한 육체에 절대로 올라타지 않겠다는 맹세를 하는 동안 옷장 속에 숨어서 웃음을 참고 있었던 건 아닌지 의아했다. 한가지 너한테 말해둘 건 재니스, 아만다는 마치 기생학교에서 배운 것 같은 기술로 나를 유혹했단 거야.

월요일 일을 마치고 개가 뭘 했는 줄 아니? 내 방에 옷을 10벌 갖고 들어왔어. 10벌을 말야. 뿐따 아레나스에 갈 때 입을 건데 어떤 옷이 제일 내 맘에 드냐고 하더군. 비록 우리는 박물관 같은 곳을 방문하고 실내생활도 많이 하게 될 테지만 겨울만 있는 지역에서도 가장 남쪽의 도시니까 몹시 추울 거라고 했지. 아만다는 내 앞에서 옷을 입어보러 들어온 거였어. 내가 가까스로 눈을 돌려서 브래지어 위로 솟은 젖꼭지와 팬티를 가득 채운 완벽한 엉덩이의 곡선 그리고 내게 들어오라고 손짓하는 음모만 슬쩍슬쩍 보는 사이, 그녀는 어떤 색상이 자기와 가장 잘 어울리는지 물어보면서 옷을 입었다 벗었다 하고 있었다. 아만다는 내게 바보, 봐도 괜찮아라고 했다. 그리고 화요일 저녁에는 나를 자기 방으로 부르더니 짐 싸는 걸 도와달라고 했다. 아만다는 옷을 하나씩 건네주었는데, 머지않아 뭐가 그녀의 육체를 감싸고 내가 뭘 행복에 겨워 그녀의 몸에서 떼어내게 될지(그건 빠블로 바론이 내 심장을 떼어내는 걸 의미하지만) 먼저 느낄 수 있었다. 짐을 다 싸자 이 요부는 자신의 마스카라, 화장품, 향수 앞에 앉아 자기한테 맞는 걸 나더러 고르라고 했다. 내가 다시 메스꺼움을 느끼자 아만다는 자기 침대에 날 눕히고 바지단추를 풀어주었다. "꼭 끼는 건 좋지 않아." 한숨을 내쉬고는 내 옆을 왔다갔다 하면서 갖고 있는 물건들을 보여주며 내 의견을 물었다. "오빠가 있는 건 좋아." 아만다가 말했다. "넌 내가 이런 걸 물어보는 첫번째 사람이야. 까롤라의 취향은 너무 빨갛고 구식이고, 아빠는 아무것도 모르고, 유모는 이런 인조물건들은 모두 악마의 것들이래. 가브리엘, 네가 온 건 행운이야. 이리 와서 내 머리 좀 빗겨줘."

그녀 곁에 그렇게 가까이 있는 게 천국에 있는 건지 지옥에 있는 건지 알 수 없었지만 난 간신히 일어나 5살 때 처음 보았을 땐 한올도 없던 머리카락을 힘주어 정성껏 빗겨주었다. 어쩌면 난 어렸을 때 그순간부터 아만다를 은밀히 원했는지도, 그때 그녀에게 암묵적으로 빨리 커서 함께 놀자고 졸라댔는지도 모를 일이었다. 그래서 그녀는 지금 내가 힘을 되찾고 질병의 악마들을 내쫓게 할 양으로 이 놀이를 함으로써 옛날 그 부탁을 들어주고 있는지도 몰랐다. 실제 내 다리 사이 공간에서는 끓어오르는 듯한 느낌이 들기 시작하고 피가 제대로 돌아가는 힘찬 신호가 느껴졌다. 어쩌면 아만다 까밀라는 그것이야말로 나를 낫게 할 유일한 방법이란 걸 눈치챘는지도 모른다. 그러나 만약 아만다가 그렇게 생각했다면 그녀를 향한 내 근육들의 숨겨진 욕망 또한 해독해냈을 것이다. 비록 그럴 가능성은 아만다가 계속해서 우리는 단지 친구일 뿐이라고 되풀이해 얘기하는 통에 희박해 보였고, 친구라는 말을 하도 강조해서 난 대놓고 꼬시지 않는 한 가까이 접근할 기회조차 잡을 수 없을 것 같았지만 말이다. 만약에 이 일에 대해 아버지한테 물어보았다면 '물론 아만다는 널 약올리고 있는 거다, 가브리엘. 네가 할일은 그 아이의 손목을 잡고 눈을 쳐다보면서 말하는 거다'라고 얘기했을 것이다. 근데 뭘? 뭘 얘기해야 하는 거지? 아만다를 영영 잃어버리지 않으려면 무슨 말을 해야 하는 거지? 아버지라면 어떤 말을 했을까?

아마 아버지가 아만다 하나만은 건드리지 않기로 맹세하지 않았더라면 우선 처음에 기회가 있었을 때 따먹어버렸을 것이다. 그게 그녀나 그녀와 비슷한 자기와 별로 친하지 않은 사람들의 무수한 딸들을 건드려왔듯이 그가 저질렀을 일이었다. 그리고 난 여기서 아만다를 만난 지 일주일 만에 그녀의 모습에 대한 달콤한 공포와, 가까이 있지만 범할 수 없는 그녀의 육체에 대한 달콤한 좌절감 그리고 그애와 어떤 짓거리를 했다간 당장 날 죽여버릴 그녀의 아버지, 그래도 지금 당장, 한시라도 빨리 일을 해치우지 않으면 나 스스로를 목 졸라 죽일 것 같은 내 두 손의 달콤한 광기에 빠져 있는 것이었다. 그 화요일밤 문득 모든 게 내겐 감당하기 힘들다고 여겨졌다. 어떤 상황에서도 절대로 다음날 빠따고니아행 비행기를 타지 않겠다고 결심했다. 더이상 아만다의 동그랗고 완벽한 배꼽을 곁눈 질하는 것도, 한방에서 같이 숨쉬고 있는 것도 참을 수 없었다. 우리끼리만 놔두고 바론이 싼띠아고로 돌아가거나, 까롤라가 떠나버려 내가 고삐 풀린 망아지처럼 아만다를 집적거리게 놔두거나 아님, 그 반대로 그녀가 내게 그렇게 하게 되면 무슨 일이 벌어지겠는가?

다음날 아만다가 날 깨우러 왔을 때 난 남아 있겠다고 했다. 아만다의 대답은 날 간지럼 태우는 거였는데——맙소사 재니스, 걔가 간지럼 태우는 동안 잠옷이 열려서 지난밤 사이의 살냄새가 어찌나 쏟아져나오던지——난 그 귀신들린 것 같은 손길을 빠져나오려고 침대에서 떨어지는 척하는 바보 같은 짓까지 해야 했단다.

"난 못 가." 내가 말했다. "아프단 말야. 정말 못 가."

"넌 가야만 해." 그녀가 대답했다. "왜냐면 너 없인 나도 빠따고니아에 안 갈 거니까."

"빠따고니아! 빠따고니아! 빠따고니아가 뭐가 그렇게 대단해?"

거기서부터 한바탕 강의가 시작되었다. 아만다는 내가 그때까지 알고 있던 것처럼 빠따고니아는 남극으로 가는 관문이 아니라고 지적했다. 빠따고니아는 실은 최초이자 마지막 인디언들이 멸종한 곳이라고 했다. 그게 바로 아만다가 그토록 고집스럽게 오나(Ona)족, 알라깔루페(Alacalufe)족 그리고 푸에기노(Fuegino)족들에 대해 공부하고자 한 까닭이었다. 그녀는 세계지도를 집어들고 북쪽을 가리켰다. 베링해협. 5만 년 전 그곳을, 그 얼음 위를 아메리카대륙의 첫번째 원주민들이 걸어서 건너온 것이다. 아메리카대륙의 시작이자 끝인 그 얼음을 난 오늘밤 아메리카 원주민이 된 아시아인들이 새 보금자리에서 보낸 햇수, 5만과 같은 숫자로 산산조각내버릴 것이다.

"이걸 좀 봐. 여기 아래." 아만다는 띠에라 델 푸에고를 가리켰다.

"더 남쪽으로는 갈 수 없어. 베링해협과 북극성들에서부터 시작한 여행의 끝이지. 거기가 처음으로 해협을 넘어 남쪽으로 계속 밀려내려간 사람들이 멈춘 곳이란다. 어떤 사람들은 그들이 가장 약한 종족이었고, 그래서 강한 부족들이 뒤에서부터 계속 남쪽으로 몰아냈기 때문이라고들해. 하지만 난 그들이 가장 모험심 강한 개척자들이었다고 생각해. 바이킹이나 폴리네시안들, 특히 콜럼버스 같은 개새끼 그리고 메이플라워호를 타고 온 청교도들, 마젤란 따위 등은 잊어버려. 우리 인디언 남자 여자들은 이 대륙이 어떤 사람에게도 속하지 않았을 때 이 땅에서 처음으로 사랑을 나누었단다. 그들은 4만년 후에 마침내 더이상 땅이 나오지 않는 남극 얼음의 가장자리에, 그래서 더이상 앞으로 가려야 갈 수도 없는 곳에 이르렀던 사람들의 선조들이지. 하기야 우리 인디언들이 밤도 낮같이 환한 여름에 카누를 타고 남극까지 가보지 않았다고 장담할 수도 없지만."

어떤 서글픔이 아만다가 말하는 동안 그녀의 목을 메게 했다. 인디언들의 멸종에 대해 말할 때였다. 단지 육신만 사라진 게 아니었다. 그녀에 따르면, 그들이 죽을 때 함께 사라진 건 수천년 동안 자자손손 북녘의 오로라를 처음 보고 남녘의 오로라를 보기 위해 발길을 재촉한 사람들의 눈동자라는 거였다. 그리고 그들의 전설과 이야기들, 그리고 최초의 시선의 메아리와 그들 부족 중 누군가가 전에는 누구도 보지 못한 것을 목격한 이야기를 담은 언어들도 묻혀졌다고 했다. 아만다는 인디언 신화에 대한 특별한 견해를 갖고 있었다. 그것이 추위와 바람에 적응하고 남쪽 세상의 혹독한 기후에서 어떻게 살아남았는가에 대한 해석이라고 이해하기보다는 전설의 창작자들이 옛날 가장 먼 북쪽에 살았을 때 알던 것으로 돌아가고자 하는 염원을 실은 거라고 생각하고 있었다. 인디언들은 뇌리에 깊이 박혀 있던, 그리고 엄마 젖처럼 그들을 키워준 빙산 얘기를 되풀이하고 있었던 것이다. 인디언들은 북극에서 남극까지 완벽한 순환을 만들어낸 것이다.

오로지 멸종당하기 위해서. 나는 그들의 오디세이가 이런 종말을 맞게 된 걸 지적했다. 그녀는 죽음보다 못한 거라고 했다. 그들의 멸종은 하나의 경고, 신대륙 발견의 이면이라고. 인디언들이 당한 인종말살은 오늘날 점점 번져가는 사태의 전주곡, 그들 다음에 오는 다른 어떤 문화, 어떤 종족이라도 동화되지 않으면 뿌리째 뽑혀버릴 거라는 최후통첩이라고 했다. 그들의 사라짐은 단지 다른 아메리카대륙 원주민들에 대한 것뿐만 아니라 더 극적인 것을 예고했다. 그건 우리가 그들에게 아무것도 배울 게 없다고 생각하며 살아가게 될 때 벌어질 우리 모두의 운명을 예고한다고 했다. 아만다는 잠시 멈추었다가 "가브리엘, 그들은 모든 걸 처음으로 보았을 뿐 아니라 이름도 새로 지어주었단다"라고 말했다.

그녀는 내가 어떻게 반응하나 보기 위해 잠시 멈추었다.

"무슨 말인지 알겠어? 푸에기노족의 조상들, 그 최초의 사람들은 저 북녘에 있는 얼음을 보고 이름을 붙여주었지. 그리고 나선 알래스카(Alaska), 싸스카체완(Saskatchewan, 캐나다 서부지방 서스캐처원—옮긴이), 오레곤(Oregon), 떼노치띠뜰란(Tenochtitlan, 멕시코 중앙부. 고대 아스떼까 왕국의 수도—옮긴이), 과떼말라, 보고따, 꾸스꼬(Cuzco, 페루 남부. 고대 잉까제국의 수도—옮긴이) 그리고 세상의 끝인 칠레라고 불리는 이 계곡까지 이름지었지. 그들은 옥수수, 토마토, 삶 등의 이름도 붙였어. 그러니까 정말 잃어버린 건 사물들의 이름, 즉 인디언들이 그것들을 접촉하던 세상의 새벽녘에 자연의 수많은 얼굴들이 어떻게 불렸는가 하는 거지. 그리고 내 소망은 어딘가 그들 후손 중의 하나, 단 하나라도 살아남아 있어서 그 마지막 생존자에게 질문을 해보는 거야. 왜냐하면, 그가 죽었다면 그건 우리 모두도 죽을 거라는 걸 예고하는 것이거든."

아만다는 자신의 종말론적인 이야기에 넋이 나가 있었다. 그렇지만 난 그녀에게 빠져 넋이 나가 있었다.

"그래서 그게," 난 더욱 상태가 안 좋아진 척하면서 간신히 물었다.

"내가 자리에서 일어나 남극 가는 배를 타고 멀미를 해야 하는 이유로군. 네가 있지도 않은 사람을 찾도록 말이야?"

"달리 시간을 보낼 뾰족한 방법도 없잖아."

난 그녀를 바라보았다. 누군가 날 구해줄 사람이 있다면 그건 아만다였다. 누군가 인간성에 대한 믿음을 내게 주입해줄 수 있다면 그녀뿐이었다.

"갈게." 내가 말했다.

그러지 말았어야 했는데. 3초도 지나지 않아 엄마가 내 방에 들어와 어떤 일이 내 앞에 기다리고 있는지 가르쳐주었을 때 이 약속은 잘못된 거라는 걸 깨닫게 되었다.

"얘들아 서둘러라." 엄마는 흥분해서 말했다. "공항에 가기 전에 경찰서부터 가야 돼. 네 시계 훔쳐간 녀석을 잡았대."

"가브리엘이 혼내주었다는 애 말인가요?" 아만다가 말했다.

도대체 아만다는 그런 소릴 어디서 들은 걸까? 이그나시오! 이그나시오가 빠블로 바론에게 거짓말을 했고, 빠블로는 그걸 자기 딸에게 말해주고, 그래서 얘가 날 영웅으로 생각하고 있던 거였다. 에오나 까를론초 혹은 이름이 뭔지 생각 안 나는 키큰 새끼, 그래! 초끌로, 그 씨팔 초끌로 새끼한테 진짜 쪽팔리는 얘기를 들을 때까진 그렇게 알고 있겠군. 재니스, 다시 침대로 기어들어가, 담요를 뒤집어쓰고, 마지막 오나족 찾기를 포기하거나 뉴욕에 돌아가 보이지 않는 너의 품에 안기기엔 너무 늦었던 걸까?

너무 늦어버렸다. 고단수의 꾀를 내서 아만다 까밀라가 실제로 어떤 일이 벌어졌는지 알아내지 못하게 확실히 해두어야 했다. 쉽지는 않겠지. 엄마가 말하길, 자기도 우릴 배웅하러 공항에 나간다는데, 내가 보기엔 호기심을 채우기 위해, 내가 어떻게 해서 시계와 옷을 잃어버렸는지 꼬치꼬치 알아보고 싶어서 그런 것 같았다.

"그 아일 너무 심하게 다루지 않았기를 바란다." 엄마가 말했다. "걔가 무슨 짓을 했건 그건 실제로 그 아이 잘못이 아냐."

"예? 그럼 누구 잘못인가요?"

"제도." 엄마가 말했다. "그 아인 삐노체뜨의 사생아일 뿐이라는 걸 기억해둬라. 갠 아무런 특권도 누리지 못했고 교육도 받지 못했어."

"엄마 같은 부모도 만나지 못했겠군요. 기억해둘게요."

"가브리엘은요," 아만다가 끼여들었다. "항상 옳은 일만 할 거예요."

난 아만다가 자기가 무슨 소릴 하고 있는지나 알길 바랐다. 왜냐하면 난 그렇질 못했으니까.

우리가 떠나기 전에 유모는 작고 부드러운 하얀 돌십자가를 내 손에 슬쩍 쥐어주었다. "성모 마리아가 널 보호해주길, 내 새끼" 하고 유모가 중얼거렸다.

"그리고 걱정 말아. 우리가 다 해결할게."

난 유모에게 '우리'가 무슨 뜻인지 물었다. 그녀는 내 얘길 누구한테도 말하지 않겠다고 맹세하듯 손가락을 입에 가져가 잠그고 돌리는 시늉을 했다. "오직 내 그림자만 알지. 전에 말했잖아. 내 그림자만 알고 있다고. 내 입은 닫혀 있어. 돌아가신 우리 엄마 무덤에 대고 맹세하지. 살아생전 본 적은 없었지만 말야."

"맹세할 필요는 없어요. 그냥 아무에게도 말하지 마세요."

눈치 빠른 엄마는 현관에서부터 말참견을 했다. "두 사람 무슨 음모를 꾸미고 있는 거냐? 어서 와, 가브리엘. 경찰서에 가기 전에 네 컴퓨터도 가지러 가야 돼. 비행기 시간에 늦겠다."

컴퓨터는, 역시, 고쳐져 있지 않았다. 한 기술자가 해체해놓았는데 다른 기술자가 실수로 고치지도 않고 다시 조립해놓은 것이다. 처음부터 다시 시작해야만 했다. 계산대의 여자는 긴 자주색 손톱을 흔들며, 돈을 받지 않겠다면서 날 진정시키려 했다.

난 컴퓨터를 거기 놔두었다. 별수 있나. 지금까지 재니스, 너나 다른 인터넷 친구들과 말 한마디 안하고도 살아남았으니까. 아마 가난한 나라의 신들은 아직도 내가 다른 사람 도움 없이 칠레라는 바다를 항해해야 한다고 암시하는 것 같았어. 비록 날 기다리고 있던 키큰 녀석을 피하기 위해서는 신의 중재가 필요했겠지만. 경찰서에 있던 건 역시 그놈이었다. 도둑놈 같은 생김새에 여드름투성이 얼굴, 눈썹 위의 사위어가는 것같이 생긴 반달 모양의 흉터를 잊어버릴 리 없지. 그 옆으로 그놈의 손을 잡고 있는 젊은 여자가 있었다. 동생인가, 애인인가? 그녀는 전에도 여러번 주일날에나 입는 제일 나은 옷을 입고, 여기서 녀석의 손을 잡고 있던 적이 있었을 것이다. 그녀는 나를 바라보았고, 난 모든 걸, 그 녀석이 무슨 짓을 했건, 누굴 해쳤건, 사람들이 그를 어디로 보내건 간에 그의 편이 되겠다는 그녀의 강한 결심을 읽을 수 있었다. 엄마가 채 한 시간도 전에 내게 동정심을 가지라고 말했던 것처럼 그녀는 내게 아무것도 바라지도 기대하지도 않아 보였다. 난 먼곳에서 와서 머지않아 다시 돌아갈 테지만 그녀는 또다른 아침에 똑같이 다시 옷을 차려입고 여기, 혹은 다른 경찰서에서 저 키큰 녀석이 땅에 묻혀 여자에게 뻗칠 손이 없어지게 될 그날까지 같은 손을 마냥 잡고 앉아 있게 될 거였다.

"여기 당신 시계가 있어요." 경사가 말했다.

난 그에게서 시계를 받았다. 난 초끌로의 여자친구를 바라보았고 문득, 무슨 이유에서인지 모르게, 그녀가 며칠 전 알라메다에서 눈과 입은 두건으로 가린 채 나를 뚫어지게 바라보던, 단지 그 불타는 눈으로 나도 행진에 동참하라고 부르던 그 여자라고 기억했다. 비록 이 사람이 경찰차에 매몰차게 내던져진 그 여자일 리는 없었지만 말이다. 난 시계를 받아 다시 돌려주었다.

"아닌데요."

"거기 당신 이름이 써 있는데," 경사가 말했다. "당신 1968년 7월 9일생 가브리엘 매켄지 맞지? 사랑하는 아버지의 생일선물이라고 써 있잖아?"

"제가 가브리엘 매켄지지만요, 이건 더이상 제 시계가 아녜요. 제가 이 사람한테 준 걸요."

그 키큰 녀석이 끼여들었다. "경사님, 저 친구가 주고 싶어서 준 거라고 제가 말씀드렸잖아요? 증인도 있다고 그랬고요. 하지만 누가 우리말을 들어주나. 안 그래요?"

"입 닥쳐." 경사가 말했다. "매켄지씨, 이 범죄자에 대해 두려워하실 필요는 없습니다. 본명은 쌀바도르 쌀라사르(Salvador Salazar). 흔히들 괴저병 환자, 또는 초끌로라고들 부르죠. 이녀석 조직에 대해서는 염려 마세요. 사실을 말씀하시고 고소하도록 하죠."

"전 겁먹지 않았어요." 내가 말했다. "제가 이 친구 궁둥이를 한번 까주었는데 지금도 다시 할 수 있어요. 맞지, 쌀바도르?"

초끌로는 내가 자기한테 뭘 원하는지, 뭐가 교환대상인지 알아채고 맞장구를 쳤다.

"이 사람이 제 궁둥이를 깠어요. 그리고 제게 시계를 준 거라고요."

"왜 저녀석한테 시계를 준 거죠?"

"오래된 채무라고 해두죠. 안돼 보였어요. 가난한 게 이 사람 잘못은 아니잖아요."

"그러니까 시계 돌려받는 게 싫다는 건가요?"

"그건 이 사람 거예요. 쌀바도르 쌀라자르."

"제거예요." 초끌로가 말했다. "그러니까 이리 줘요."

차로 돌아와서 공항까지 가는 동안, 내가 먼저 때리고도 그를 곤경에서 구해준 데 대한 엄마의 찬사와 아만다 까밀라의 장광설에 과열되어 나는 다시금 어지러움을 느꼈다. 난 사실 기분이 좋아져 있었다. 물론 나의 거짓된 강직함과 아량 때문은 아니었다. 난 참담한 상황을 승리로 만들어 낸 것이었다. 초끌로의 더러운 입을 막았고, 실제로 무슨 일이 일어났는지 알아챌 수 있는 가능성을 피했고, 이 두 여인의 우상이 되었을 뿐만 아니라, 경찰서에서 나, 아니 세상의 누구에게도 아무것도 바랄 것이 없었던 여자의 감사와 경이어린 시선까지 받게 되었으니 말이다. 내가 잃어버린 건, 실은 별로 원치도 않았던 시계였을 뿐이다. 안도감 또한 느끼게 되었으니 내가 빚을 지고 있었다고 경사에게 말한 건 순전한 거짓말은 아니었다. 난 칠레 레지스땅스의 돈을 훔친 적이 있었으니까 아마도 쌀바도르가 본의 아니게 칠레 사람의 대표로 내 시계를 가져간 셈이 되겠지.

"한가지 이해 못할 게 있는데," 공항에서 출국 라인에 차를 주차하며 엄마가 말했다. "그런데 왜 넌 옷까지 준 거니?"

"내기 때문이에요." 난 재빨리 말했다.

"내기라고?"

"네, 제가 그녀석에게 시계를 주고요. 그리고…… 엄마한테는 괜찮을 것 같은데, 아만다 앞에서 이런 말을 해도 상관없을까요?"

"계속해봐." 아만다가 말했다. "나도 다 큰 여자라고."

"그녀석 내가 싸움에서 이긴 걸 인정하더군요. 그리고 난 시계를 줄 때 그놈을 친구들 앞에서 더욱 망신주었어요. 그래도 그새끼 자기 자지가 내 것보다 더 크니까 별 상관없다고 하잖아요. 그래서 내길 하고 둘 다 벗었더니 다른 놈들이 옷을 훔쳐가버린 거예요."

"남자들이란," 엄마가 말했다. "넌 정말 네 아버지 아들이로구나."

"내기는 누가 이겼어?" 아만다 까밀라가 물었다.

그건 우리가 만난 지 처음으로 내게 대놓고 성에 대해 말할 빌미를 주었고, 난 그 기회를 놓치지 않았다. 꿩 먹고 알 먹는 일 아닌가. 또한 아만다가 빙산 문제에 관여돼 있는지도 시험할 수 있고.

"그건 단지 나만 아는 거고, 너도 곧 알게 되겠지." 내가 말하자 아만다는 날 이상한 눈으로 바라보았다. 자신이 편지에 쓴 문구를 눈치챘기 때문이었을까? 그 말을 통해 방황하는 그리고 갈망하는 나의 눈빛이 드러났기 때문일까? 이유야 어떻든간에 그녀는 나의 암시를 무시하기로 결심하고, 내가 그토록 버리고 싶어하던 순진함의 요람으로 날 데려다놓았다.

"너는 네 아버지 아들**답구나**." 아만다가 말했다. "넌 네 아버지처럼 아이들을 구해냈어. 쌀바도르 쌀라자르가 교육을 제대로 받았으리라 확신해. 넌 그 아일 범죄에서 구해낸 거야."

난 그녀의 장밋빛 낙관주의에 공감하지 않았다. 내가 소호에서의 그날 밤 가진 돈을 몽땅 내준, 브레이크 댄스를 추던 그애들마냥, 칠레의 그 양아치도 날 정신병원에서 탈출한 걸로 생각했을 것이다. 난 지금쯤 그녀석이 우리 아버지의 선물과 두어 개의 다른 시계들을 전당포에 팔아치우고 다음 범죄에 쓸 크고 긴 칼을 사고 있을 거라 확신했다. 그놈은 다음에 우리가 만나면 내게 단단히 칼맛을 보여줄 것이다. 그렇지만 아만다는 내게서 『레 미제라블』에 나오는 무슨 인정 많은 수도사 같은 모습을 보고자 했기에 난 그러기로 했다. 여자들은 영웅이나 성인한테 따먹히는 걸 좋아하니까.

난 더이상 거만을 떨 기분이 들지 않았다.

우리가 사람들이 운집한 공항 라운지를 가로질러갈 때 보게 된 건 다름아닌 브리티시에어 창구에 줄서 있던 『기네스북』의 땅꼬마였다. 자기 나라에 돌아가 끄리스또발 매켄지가 하루에 여자 하나씩 따먹기 정력시합에서 모든 기록을 다 깼다는 걸 알리려는 게 아니라 또다른 매켄지, 집안에서 제일 어린놈이 좆나게 무식하다는 걸 보고하러 가는 참이었다. 사실 저 사람이 나에 대한 사실을 알았더라면, 내가 싼띠아고에 체류하는 몇달 동안 내 뒤를 밟았더라면, 『기네스북』에 내가 손쉽게 이길 수 있는 새로운 종목을 만들어냈을 것이다. 우주에서 제일로 좆된 사나이. 그러나 그자는 날 지금 당장 여기서 덮칠지 아님 다른 데서 할지 머뭇거렸다. 그가 자신의 자그마한 두 손을 내 목에 쑤셔박는 걸 꿈꿔왔으리란 건 자명했다. 난 그가 우물쭈물하는 순간을 틈타 그곳을 빠져나왔다. "속이 조금 메스꺼워." 난 아만다 까밀라에게 말하고 즉시 땀을 뻘뻘 흘리며 짐꾼이 밀고 있던 가방더미 뒤쪽으로 갔다가 방향을 바꿔 가장 가까운 화장실로 뛰어들었다.

내가 때려눕혔지만 결코 존경받을 만하지도 명예롭지도 않은 그 동기를 아만다 까밀라에게 다 말해줄 수 있는 녀석을 마주칠까 떨면서 바지 지퍼를 내릴 때, 누군가의 목소리가 들렸다.

"당신, 장관의 아들 맞지?" 빠블로 바론에게 일자리를 구해달라고 조르던 뚱뚱한 노인 돈 하신또였다. 그는 물방울이 떨어지는 세면대 옆에서 담배를 피우면서, 내가 오줌을 누려 애쓰는 걸 바라보고 있었다. 당연히 쌀바도르의 것과 비교해본 적도 없고 다정한 재니스 워스, 너의 성기 안으로 집어넣어보지도 못했지만, 아만다 까밀라 속으로 들어가기 위해 불끈 솟아오르던 내 물건의 기능은 그의 시선 앞에서 간단히 마비되고 말았다.

"아뇨, 전 가브리엘 매켄진데요." 내가 말했다.

"그럼, 왜 장관의 집에서 사는 거지?"

"그게 무슨 상관이에요? 그리고 이 나라 사람들은 눈도 없나? 여기 '금연'이라고 써 있잖아요."

"나도 읽을 줄 알아. 빠블로 바론 씨가 우리 아들한테 보낸 편지 하나 읽어줄까? 당신, 우리 아들이 누군지 알아? 우리 아들은 옛날에 쫓겨다니던 어떤 개새끼 하나를 위해 위험을 무릅쓴 프레디 구띠에레스란 말이야. 우리 아들은 그자를 지키기 위해 다니던 대학도 관두고 너무 스트레스를 받아 직장생활도 계속할 수 없었지. 겁에 질려 있어. 당신도 한번 겁에 질려본 적이 있나, 꼬마신사양반?"

바로 그때 『기네스북』의 땅꼬마가 바깥에서 어슬렁대고 있는 게 보였고, 나는 여기 갇혀 내가 자기 아들을 도와줄 때까지, 또 내가 토하고야

말 때까지 뿜어대는 쓴 담배연기에 다시 몸이 아파지기 시작했다.

"장관이 보건복지부 우두머리한테 단 30초만 전화하면 되는 일이야. 30초로 7년의 빚을 갚는 거라고. 별것도 아니지? 안 그래, 꼬마신사? 이 편지야." 그는 연한 푸른색 봉투와 같은 색의 종이를 꺼냈다. 또다시 나는 미행당하고 있었던 것이다. 대체 싼띠아고에선 모두 다 이 사무용품들을 쓴단 말인가? 이 아버지도 바론의 빙산을 날려버릴 만큼 화가 난 걸까? 그는 봉투와 종이를 내 면전에서 흔들었다. "친애하는 돈 하신또에게. 기다려주셔서 감사합니다. 당신의 자제분을 도울 수 있다면 곧 연락드리겠습니다. 장관님께서는 프레디 군에게 안부를 전하며 그의 봉사를 가슴깊이 기억하고 계십니다. 바론 장관님께서는 지난 몇년 동안 프레디 군을 만나보지 못한 걸 유감으로 생각하고 계십니다. 이게 전부야. 장관은 우리 아들을 만나지 않을 거야. 그게 그의 진심이지. 만나지 않을 거라고. 우리 자식이 그자를 보호하느라고 7년을 보내면서 자기 인생을 망쳤는데도 말야. 그리고 지금 이제 다시는……"

돈 하신또는 내게 다가와 그 말들을 면상에 뱉듯이 말했다. 그의 허파에서 나오는 절망적이고도 케케묵은 니코틴 냄새를 맡을 수 있었다. "넌 장관의 아들이야. 네 아버지한테 뭘 해야 하는지 말해주란 말이야, 말하라고."

"난 장관의 아들도 아니고 할말도 없어요"라고 말하고 난 돌아서서 화장실을 재빨리 빠져나갔다가 더 빨리 다시 돌아왔다. 바로 바깥에 『기네스북』의 땅꼬마가 내 쪽으로 등을 대고 숨어 기다리고 있었는데, 내가 좀더 나갔더라면 틀림없이 들켰을 거였다. 그의 목의 굵직한 근육들은, 내가 매연 덕분에 꼼짝 못하고 있던 지낸 닷새 동안 그가 세상에서 가장 머리가 긴 남자나 얼마나 많은 십대들이 전화박스에 들어갈 수 있는지, 우주에서 가장 큰 사과파이 등의 기록을 추적하고 평가할 수 있었던 끈기와 난쟁이 특유의 고집으로 내게 집착해왔으며, 매분마다 칠레를 떠나기 전에, 내게 말로 아니면 주먹으로라도 마지막 작별인사를 할 수 있도록 날 만나게 해달라고 『기네스북』의 신에게 기도하고 있었음을 말해주는 듯했다. 그는 나한테 손가락 하나 대지 않고 앙갚음을 할 수도 있었는데 내가 여기를 슬쩍 빠져나가지 못하는 한, 비행기도, 빠따고니아에 가는 기회도 그리고 나의 모든 문제를 해결해줄 성스러운 빙산에 가까이 갈 기회도 다 잃게 될 거였기 때문이다. 아만다와 바론이 저 하늘 위에 떠 있는 사이 난 이 화장실에 영영 갇혀서 돈 하신또가 내 등뼈 속으로 내뱉는 자기 아들 잘못된 얘기나 듣고 있을 판이었다. 난 그 영감을 마주대하기로 마음먹고 돌아섰는데, 우리는 서로가 상대방이 원하는 걸 갖고 있다는 걸 깨달았다. 난 장관한테 돈 하신또 아들의 일을 진전시키게 할 수 있었고 하느님은 돈 하신또에게 내가 뒤에 숨어 비행기 쪽으로 다가갈 수 있을 만큼 크고 육중한 몸을 선사했던 것이다. 그래, 바로 그거였어! 돈 하신또가 『기네스북』 땅꼬마의 날카롭고 고집스러운 눈초리로부터 날 숨겨준다면 난 그의 아들 프레디를 보호해줄 것이다. 난 맞바꾸기에 점점 익숙해져가고 있었다. 아마도 결국 칠레는 내게 뭔가를 가르치고 있었던 것 같다. 여자도 이렇게 꼬시는 거라고 하면서.

돈 하신또는 그 위험한 『기네스북』 땅꼬마가 눈치 못 채게 마치 밀수꾼처럼 날 빼내주었고, 난 이륙하자마자, 이제 난쟁이 놈이 맨체스터같이 별 유쾌하지 않은 도시를 향해 아마존 상공을 날고 있을 거라는 생각에 긴장이 풀려 곯아떨어진 낮잠에서 깨어나기 무섭게, 하신또와의 약속을 지켰다. 빠블로 바론은 내 옆에서 한가득 쌓인 서류를 부지런히 처리하고 있었다. "괜찮아?" 그가 말했다. "창 밖을 좀 봐."

우리 아래로 너무나도 파래서 눈이 감기는 바다가 있었다. "슬픔의 만"(El Golfo de Penas)이라고 장관이 말했다. 저 멀리 웅장한 빙하와 화려한 색깔의 절벽이 보였음에도 불구하고 난 이 나라 구석구석은 왜 하필 내 처지를 떠올리게 이름지어진 걸까 하고 생각했다. "다윈이 발빠라이쏘로 가는 길에 발견했지." 빠블로 바론이 말했다. "그런데 그는 벤띠스꾸에로 꼴간떼(Ventisquero Colgante)는 보지 못했어. 얼음이 폭포처럼 끊임없이 바다로 떨어지는 곳이지. 아, 가브리엘, 이 나라는 정말 아름다워. 권력을 가진 우리 같은 사람들도 이 나라만큼 깨끗하고 멋지다면 좋으련만." 빠블로는 격정적으로 말을 맺었다. "아마 우리는 민중에 걸맞은 정부를 선사하게 될 거야."

난 돈 하신또에 대해 이야기할 수 있는 기회라 여기고, 그의 아들을 위해 뭔가 해줄 수 있지 않겠느냐고 제안하여 나의 의무를 완수했다.

"넌 마음씨가 좋구나." 빠블로 바론이 말했다. "네 아버지를 닮았어. 무슨 문제가 있는지 말해주. 우리는 삐노체뜨와 어떤 약속을 했어. 아주 간단하지. 민주주의가 회복되어 국민투표를 하고 검열도 사라지고 고문과 처형도 없어지면 우린 보복하지 않겠다고 말야. 말하자면 한마디로 인권유린에 대한 재판이나 항소도 하지 않고 삐노체뜨가 임명한 수많은 고용인들도 자기 자리에 그대로 말뚝을 박을 수 있다는 얘기지. 결과? 그래서 독재기간 동안 한 일로 보상을 기대하는 사람들에게 줄 건 턱없이 부족한 형편이 되었지. 그렇다고 새로운 일자리를 만들어낼 수도 없는 거 아니냐. 사실 우린 국제적으로 예산을 줄이라는 압력을 받고 있다고, 가브리엘. 그래서 우리는 얼마 안되는 일자리를 가장 유능한 사람들에게 주어야만 해. 우린 직업소개소가 아니거든. 그 프레디란 놈, 돈 하신또의 아들 말야, 걔는 거드름 피우던 개새끼였어. 정말 좆같은 새끼였지. 그 새끼가 어떤 실수들을 저질렀는지 생각하고 싶지도 않지만……"

바론은 어쨌든 계속 내게 얘기를 들려주었다. 프레디는 꼰셉시온(Concepción)에 있는 한 해군 정보장교의 마누라를 건드렸는데, 결코 레지스땅스에 보고하지 않았다는 거였다. 설상가상으로 언젠가는 임무 수행 도중에 그냥 사라져버린 적도 있다고 했다. 그러곤 바론과 그의 친구들이 선거에서 이기니까 프레디의 아버지가 훌쩍거리면서 일자리를 구하러 온 거라는 거였다. 장관은 프레디가 자기 생명의 은인인 줄은 알지만 선심이나 베풀면서 정부를 한낱 마피아조직으로 만들 수는 없는 일이라고 했다.

난 관광청 건물 밖, 바론의 집 밖 그리고 공항 화장실 밖에서 손을 흔들어주던 노인을 떠올렸다. 난 장관에게 말했다. "라레아 밑에서 일하는 건 어때요? 엉겁결에 맞았으니 보안을 잘 아는 사람이 필요할 텐데."

그러자 바론은 어쩔 수 없이 승낙하며 다 나 때문에 해주는 거라고 말했다. 바론도 나도 그땐 프레디가 몇달 후 바로 오늘밤, 수위들을 비웃듯 칠레 전시관 뒷문으로 나는 물론 음식물과 폭약을 몰래 들여보내줄 사람이 될 줄은 몰랐다. 빠블로 바론은 분명 그가 도와주는 일이 자신의 죽음과 직결되리란 걸 알지 못했다. 그는 내가 너무 물러터지지 않은가 염려했다. "이번만이야, 가브리엘. 알았지? 더이상 다른 희생자들을 위한 어떤 청탁도 안돼. 누구일지라도. 약속하는 거지?"

난 하품을 하며 고개를 끄덕였다. 빠블로 바론은 내 쪽으로 건너와 담요를 바로잡아주었고 난 잠에 빠져들었다.

얼마나 지났을까, 마치 거인이 비행기를 때려갈기는 듯한 격렬한 움직임에 잠이 깨었다. 복도에서부터 접시와 컵들이 깨지는 소리가 들려왔다.

"걱정 마." 빠블로 바론이 말했다. "이건 마젤란풍일 뿐이야." 안개가 걷힐 때까지 뿐따 아레나스 공항을 선회하고 있기 때문에 연착하게 될 거야."

"굉장하지 않아요?" 비행기가 별안간 고도를 잃고 계기들이 굉음을 내며 우리를 갑자기 붕 떠올리는 순간, 아만다 까밀라의 밝고 흥분된 목소리가 터져나왔다. 그녀는 비행기가 요동치고 흔들릴 때마다 춤을 추듯 바로 우리 옆에 와 섰다. "네 자리로 돌아가!"

"아빠, 추락할 거 같아요?" 아만다 까밀라는 비행기가 다시 오르락내리락하자 죽지 않으려는 듯 자기 아버지의 좌석을 붙잡고 말했다. "이게 우리의 마지막 여행이 되는 건가요?"

"네 자리로 돌아가지 않으면 너한테 마지막 여행이 되리란 건 분명해. 좌석벨트를 확실히 매도록 해."

"알겠습니다!" 아만다는 군인처럼 대답하고 비틀거리면서 복도 쪽의 자기 자리, 까롤라의 옆으로 돌아갔다. 까롤라는 하얗게 질려 눈을 감고 기도하듯 입술을 떨었다.

"저것 봐."

나는 겁에 질린 까롤라처럼 차라리 눈을 감고 내가 죽는 모습을 안 보고 싶었지만 빠블로의 말을 따르고 말았다. 검은 바다 한가운데 띠에라 델 푸에고, 이슬라 그란데(Isla Grande, 큰 섬이란 뜻—옮긴이)가 보였다. 그건 눈덮인 산맥 옆에 자리한 고원으로 커피색 녹초지 위에는 수많은 작은 흰 형체들이 무리를 지어 천천히 움직이고 있었는데……

"저게 뭔지 알아?"

"양이요." 난 단번에 알아맞혔다.

"양이야." 장관이 대답했다 "세계에서 가장 좋은 양털이지. 여러가지 염료를 흡수하는데…… 석유를 발견하기 전까진 이 지방의 주 생산품이었어. 너, 네 삼촌이 바론 가문의 범죄에 대해 말한 것 기억하니? 그래, 저게 이유야. 저 짐승들과 또 우리 증조부가 저것들을 보호하기 위해 한 일이 없었더라면 오늘날의 나는 있지 않았을 거야."

난 그순간이 과거에 대해 배울 때라고 생각하지 않았다. 과연 앞으로 어떻게 되는지 미친놈처럼 기도해야 할 때였다. 하지만 죽기 전에 누가 재밌는 얘기 듣길 마다하겠는가? 재니스, 네가 씨애틀에서 이걸 읽고 있는 것도 내가 결국 자살하겠다고 약속했기 때문 아니겠니? 사실 빠블로 바론의 이야기는 비행기가 흔들리며 난리를 치고 미친 듯 삐걱거리는 동안 나의 관심을 끌 수 있었다. 그게 어쩌면 애당초 그가 원하는 바였는지도 모르지만. 그는 나중에 그 이야기가 자신의 관에 박는 또하나의 못이

270

되리란 걸 눈치채지는 못했다.

　거인들이던 떼우엘체(Tehuelche)족, 덩치 큰 오나족 그리고 몸집이 작은 야간(Yahgane)족 인디언들은 지구상에서 가장 사람이 살기 힘든 이곳을 1만년 동안 방황하면서 몇몇은 육지의 라마를, 카누를 탈 수 있는 종족들은 물개를 사냥하면서 살아왔다. 처음 유럽의 개척자들은 원주민들과 약간의 갈등만 있었지 학살 따위는 하지 않았고, 단지 유럽에 보여주기 위해 몇몇 오나족을 납치해갔을 뿐이었다. 다윈 자신도 야만인 한 명을 잡아갔지만 19세기 중반 약간의 금광맥이 발견되어 백인들이 대대적으로 밀려오기 시작했을 때에도 상황은 크게 바뀌지 않았다. 빠따고니아에 양이 도입되기 전까지는. 원주민들, 특히 오나족은 때로는 먹기 위해 또 때로는 단순히 침입자들을 괴롭히고 떠나가게 하기 위해 양떼를 죽이곤 했다. 오나족은 자루를 메고 양떼 속으로 들어가 목을 조르거나 칼로 찔러죽이고는 그 사체가 추위에 얼어붙게 내버려두었다가 몇개월 후 먹거리를 찾아 돌아가곤 했다. 그러나 얼음은 양고기를 수출하는 데에도 쓰이고 있었다! 그게 바로 결정적인 타격이었다. 띠에라 델 푸에고 수출 회사는 많은 돈을 잃게 되자 인디언의 머리 하나하나에 현상금을 붙였다. 실은 꼭 머리뿐만이 아니라 귀나 성기도 상관없었다. 인육 한더미에 1파운드씩.

　"그게 내 증조부가 저지른 범죄란다."

　"인디언들을 직접 죽였나요?"

　"사냥꾼들에게 현상금을 주었어. 그는 탁자에 앉아 날마다 그들에게 돈을 지불했지. 신대륙에 돈을 벌기 위해 온 세무사 하나만 달랑 책상 뒤에 앉아 있었던 거야. 실은 네 삼촌은 틀렸어. 그 사람은 바론이 아니야. 영어 이름이 있었는데, 웬델(Wendell)이라고 했지. 우리 어머니 쪽으로는 엄청난 수의 영국인, 크로아티아인, 그리고 스코틀랜드인들이 건너왔어. 내가 아는 바로는 매켄지 성씨를 가진 사람들은 없었어. 만약에 지난

세기에 끄리스의 증조부가 여기서 우리 선조들 곁에서 일하고 있었다면 우스꽝스러운 일이 되겠군. 한 사람은 죽이고 또 한 사람은 거기에 돈을 지불하고 있는 꼴이었을 테니까. 그러나 그런 일은 없었어. 끄리스는 자기 가족사를 훤히 알고 있는데 내가 우리 집안내력을 얘기하니까 자기네 하곤 아무 상관이 없다고 하더군. 난 우리 집안내력을 역사책을 읽다가 우연히 알게 되었어. 열여덟 아니 열아홉살 때 대학교 역사수업 숙제를 하던 중이었는데, 정말 난 그때 풀이 죽어버렸지. 가브리엘, 그땐 열정의 시대였어. 꾸바혁명 그리고 체 게바라는 신인류의 필요성을 선언하고 있었고, 게다가 베트남 등등. 난 정말 광적이었어. 난 항상 정치에 미쳐 있었지. 난 죄의식을 느꼈고, 참회해야 한다고 생각했어. 조지프 웬델이 인디언들에게 한 짓을 보상해야 한다고 말야. 난 세상의 못 가진 사람들을 위해 주먹을 치켜들고 있었는데 우리 집안에선 어머니의 할아버지가 인류의 마지막 유목민들을 전멸시키는 데 일익을 담당했다니. 그래서 무산자들을 해방시키겠다고 결심했어. 그들이 아니더라도 다른 소외된 사람들이라도 말야. 그당시 우리 모두는 이 체 게바라 콤플렉스를 갖고 있었어. 그렇다고 내가 이젠 해방이나 새 사회 건설, 힘없는 사람들을 보호하는 걸 믿지 않는다는 얘긴 아니야. 그래서 네 삼촌이나 시루엘로 박사가 날 비난하는 게 부당하다는 거지."

"혹은 우리 엄마도요." 내가 덧붙였다.

"혹은 밀라그로스도. 맞아. 사람들은 망명을 떠나버렸고 돌아와선 자기네들이 두고 간 그때 그대로의 모습을 이 나라에서 찾으려 하지. 그러나 우린 뒤에 남아 할 수 있는 것과 할 수 없는 것, 이상과 현실의 차이에 대해서 배웠어." 그는 비행기가 착륙준비를 하며 급작스레 날뛰며 요동치는 데 개의치 않고 그 화제에 열을 올리고 있었다. 나는 토하고 싶은 걸 참으며 용기를 갖고 바론의 말에 집중했다. "난 후회할 게 없어. 사람의 생각이란 바뀌기 쉬운 거야. 그런데 주절주절 말만 늘어놓지 않고 매일매일 책임있게 일을 처리할 때, 또 가난을 근절하기 위해 학교를 충분히 지어야 할 때나, 생산자단체의 회원들에게 세금을 올리는 게 나라에게 유익한 일이라는 걸 납득시켜야만 할 때는 실질적이고 현실적이며 또 유동적이 될 필요가 있다는 말이야. 난 우리 증조부 책상 위에 잘려 내던져진 성기의 주인인 인디언들을 살려낼 순 없지만, 그 후손들에게, 피가 얼마나 섞여 있든 간에 기회를 갖게 해주겠다고 맹세해. 그게 작으나마 그들에게 빚을 갚는 일이고."

비행기는 기울어졌다 제자리를 찾았고 아만다는 기쁨의 비명을 질렀다. 그녀는 이 비행을 지진보다 더 즐기고 있었다.

"쟤도 이걸 아나요?" 내가 물었다.

"아만다 까밀라 말야? 모를걸. 쟤한텐 말 안하려고 해왔는데. 네 삼촌 같은 사람들이 고래고래 소리지르고 다니니 혹시…… 알지도 모르겠군. 아마 그때문에 저 아이가 빠따고니아에 집착하기 시작했는지도 모르지. 내 짐작엔 아만다는 자기가 얼마나 오나족과 떼우엘체족의 구전 이야기들을 녹음하고 싶어하는지 네게 다 말했을 거 같은데. 허나 그게 불가능하다는 걸 아만다도 알고 있지. 인디언들은 모두 죽었고 아무도 남아 있지 않아. 그렇지만 우린 거기에 대해 전혀 얘기해본 적이 없어. 그 얘긴 안하려 하고 있지. 난 지금까지 잘 처신해왔어. 왜냐하면 너도 알듯이, 가브리엘, 미친 소리지만 난 아직도 죄책감을 느끼기 때문이야. 말하자면 더 많은 일을 할 수도 있었는데 우리, 우리 세대를 옭아맨 역사가 우리가 해야만 했을 일을 못하게 한 것 같은 느낌이 들어. 그런데 내가 이런 얘길 아만다 까밀라에게 하면, 문제는, 내 생각엔 그 아이가 말귀를 못 알아들을 거라는 거야. 가브리엘, 하지만 넌 정말 내 말을 이해하고 난 널 믿을 수 있다는 느낌이 든다."

대체 무슨 일로 이 집 식구들과 이 나라 사람들은 날 계속해서 신뢰하는 걸까? 도대체 모든 사람들이 왜 내게 다가와 자기네들의 비밀을 내 귓가에 뱉어내고 있는 걸까? 모든 사람, 단지 우리 아버지만 빼고. 그 많은 감정과 정보와 속얘기들에 대해 난 어떻게 행동해야 하는 걸까? 나는 뭘 해줄 수도 없거니와 내가 가진 건 내 영혼을 이끌어줄 80살 먹은 힘없는 유모밖에는 없는데 말이다.

"내가 아만다한테 의심나는 점들을 얘기하면," 바론은 계속 말했다. "그 아인 그저 내게 그만두라고, 정부일에 사표를 던지라고 할 거야. 그렇지만 문제는 그게 아니거든. 난 우리가 성취하고 있는 일에 긍지를 느껴. 아만다는 자기 아버지가 다른 대안이 있지 않을까 고민했다는 걸 이해하려 들지 않았어. 그러나 대안은 예나 지금이나 없어. 그게 요점이지. 우리가 처한 상황에서 우리가 선택한 것 외에 다른 방법은 없었어. 이만치라도 이룬 건 기적이라고. 3년 전만 해도 난 감방에 있었는걸, 젠장."

"감방에 있었다구요?"

"며칠 동안만. 데모를 주도했다는 엿같은 죄목으로 말야. 날 건드리진 않았지. 그렇지만 5년 전엔 집으로 와서 몽둥이질을 하고 국외로 추방시켜버리겠다고 협박했었어. 그리고 10년 전엔 만약에 내가 누군지 알았거나 어디 숨어 있는지 눈치챘더라면 죽여버리고 말았을 거야."

바람에 얻어맞은 비행기 계단 밑에 대기중이던 장교들이 공항 귀빈실에서 빠블로에게 보여준 찬사, 그리고 시내로 들어갈 때의 무장경호는 빠블로가 겪은 위험했던 지난 순간들과 한층 더 격세지감을 느끼게 했다. 난 아만다 까밀라와 함께 두번째 리무진에 동승했는데, 그녀는 자기의 냉정함을 아빠가 항상 염두에 두고 있다고 경멸스럽게 말했다. 아만다는 운전사가 예민한 귀와 캐묻는 듯한 눈을 가지고 있다는 걸 고려할 정도로 현명하긴 했지만, 자신을 완전히 제어할 순 없었다. "대체 아빠 왜 그 사람들과 껴안고 농담하고 항상 그네들에게 미소를 지으며 자식들 사진을 좀 보여달라고 해야만 하는 거지?"

"빠블로는 자기 할일을 할 뿐이야." 난 그를 변호해야 한다고 느끼며 말했다. 비행기에서 그가 내게 보여준 솔직함은 날 어느정도 그의 비공식 대변인으로 바꾸어놓고 말았다.

"군바리들 똥구멍까지 핥을 필요는 없어." 아만다가 말했다. "악수면 충분하다고."

"난 좀 이해가……"

"알게 될 거야. 아빠가 예약한 방들에 우리가 투숙하게 되면 그게 무슨 소린지 알게 해줄게."

빠블로 바론이 예약한 방들은 호화스러운 까보 데 오르노스(Cabo de Hornos) 호텔 맨 꼭대기에 있었는데, 아만다 까밀라는 내게 미처 침대에 몸을 던질 여유조차 주지 않았다. 그녀는 바람처럼 나타나 날 창가에 세우고 커튼을 젖혔다. 우리 앞에는 마젤란이 최초로 세계일주를 할 때 지나간 해협과 오후 3시 반이었는데도 불구하고 녹색 벼랑과 흰 산들 그리고 검은 물 위로 지는 겨울의 태양이 보였다. 아만다는 어찌 보면 섬처럼도 보이는 반도를 가리켰는데, 그것은 약 100킬로미터나 그보다 조금 먼 곳의 물길 속에 공격적으로 쑤셔박힌 모습이었다. 마지막 햇빛이 작은 언덕 중의 하나를 불그스름하고 노랗게 바꿔놓았다.

그건 도슨(Dawson)섬이었는데, 만약 1973년 쿠데타 이후 며칠 뒤 군인들이 아만다의 아버지를 체포했더라면 보내버렸을 곳이었다. 거기서 살아남은 사람들은 운이 좋은 편이었다고 아만다가 말했다. 공항에서 바론을 열렬히 환영한 바로 그 작자들은 그 섬을 쌀바도르 아옌데 정권에서 일했던 장관들, 국민에 의해 선출된 국회의원들, 또 아만다의 아버지 같은 비서관들로 가득 찬 수용소로 만들어버렸고, 그들로 하여금 자신들의 감방과 캠프를 짓게 하곤 재판도 없이 가두어놓았던 거였다. 아만다는 자기 아버지가 그런 자들에게 고분고분하게 대하고, 옛일에는 일언반구도 없이 군바리들의 심기를 건드리지 않으려 하는 데 못마땅해 있었다. 난 아만다가 자기 아버지에 대해 너무 심하다고 생각해서 그렇게 말했다. 빠블로는 나라를 위해 일하고 있는 거라고, 그녀와 다른 모든 사람들에게 안정을 주고자 하고 있으며 내가 칠레에서 만난 사람들 중 가장 친절하다고 했다. 아만다가 그녀를 걱정하고 사랑해주는 아버지를 가진 게 얼마나 행운인지를 모르는 거라고 말했다. 그녀는 빠블로를 가만 놔두어야 한다고.

아만다 까밀라는 한숨을 쉬고 내 이마에 가벼운 입맞춤을 해주었다. 난 그 입이 조금만 내려와 내 입으로 미끄러져 들어와주길 기다렸다. 그런 일은 벌어지지 않았다.

"알았어." 아만다가 말했다. "가브리엘, 널 봐서라도 아빠에게 친절하게 대하도록 할게. 아빤 우리가 잘 지내도록 최선을 다했잖아, 안 그래? 게다가 내가 이 여행을 얼마나 기다려왔는데. 엄마한테 우리 둘만 있게끔 허락도 받은걸. 너도 알게 될 거야. 우린 아주 좋은 시간을 갖게 될걸. 단지 우리 둘만 함께."

우리끼리 좋은 시간을 갖는 것은 고사하고 단둘이 있게 되는 일도 벌어지지 않았다. 제3의 훼방꾼이, 저녁식사 아니 디저트 먹을 때에 별안간 나타났기 때문이다. 아만다 까밀라는 우리가 그날 저녁이 지나 식사하러 갔을 때 빠블로가 그 남자 쪽으로 고갯짓을 하는 걸 보고 그자의 존재를 의식했다. '까보 데 오르노스'라 불리는 파르페가 식탁에 도착하자 저기 있는 젊은 사람은 누구냐고 빠블로 바론에게 물어온 건 바로 아만다였다. 난 방을 가로질러 그를 바라보고 그가 누군지 대번에 알아챘다. 그는 싼따 루시아와 그 무덤에 대해 카메라 앞에서 주절거리며 날 뚫어지도록 수상쩍게 바라보던 금발의 남자였다.

"누구?" 빠블로 바론이 물어보았다.

"저 사람요." 아만다 까밀라가 말했다. "잘생긴 사람 말예요."

난 그가 잘생겼다고 생각하진 않았다. 말하자면 깨끗하게 생겼다고나 할까. 조각 같은 얼굴과 금발의 곱슬머리, 곧고 강해 보이는 코, 그래 맞아, 재니스, 녀석은 잘생겼어. 그 엿같은 푸른 눈에선 영화배우 같은 광채가 났다니까. 그러나 그때는 내겐 절대 충고 같은 건 해주지도 않는 아버지한테 저녀석을 앞으로 며칠 동안 어떻게 방어해야 할지 물어봐야 한다는 경계심은 떠오르지 않았다. 아만다의 눈을 사로잡은 녀석이 빠블로 바론의 손짓에 응답해 우리 쪽으로 방을 가로질러오던 그순간에 난 아버지에게 몇가지 상담을 해야만 했었는데도 말이다.

"막스 베렌스(Max Behrends)." 그자가 식탁의 미로를 항해하듯 다가오는 동안 장관은 중얼거렸다. "칠레 영화제작자야. 놀라울 만치 재치있고 결단력 있는 친구지. 난 계속 빙산을 찍어달라고 부탁해왔는데, 자기 계획이 따로 있다는군. 분명히 너희들에게 그 계획에 대해 털어놓을거야."

막스 베렌스는 분명 우리들에게 그 계획을 이야기해주었다. 그후 며칠동안 난 그를 원하는 것보다도 더 많이 알게 되었다. 재니스, 너 혹시 존경과 혐오를 동시에 품을 수 있는 사람을 만나본 적 있니? 동작, 표정 하나하나 그리고 그 사람 자체가 질타나 도전으로 보이고, 잘만 했다면 그처럼 될 수 있었을 텐데 하는 인상을 풍기는 사람, 만약에 더 재수가 좋았거나 은혜를 입었더라면 혹은 제때 제대로 된 결정을 내리는 뚝심이라도 있었더라면 내가 그렇게 될 수도 있었을 것 같은 사람 말이야. 막스 베렌스는 바로 그런 사람이었다. 내 인생을 망친 수많은 실수들을 깨닫게 하려는 명백한 목표를 갖고 땅에 떨어진 사람이었다. 그는 내가 잘 못하는 일들을 대단히 잘해냈다. 예를 들자면 매번 내가 쌍갈래길에서 우물쭈물하다가 한쪽 길을 택하면, 재니스, 넌 그가 다른 쪽 길을 택했다고 보면돼. 막스는 내 복사판이야. 아니, 지금한 말 취소. 막스는 내 인생을 훔쳐가버렸어.

실제로 그는 내 생일 이틀 뒤에 23살의 생일잔치를 했다. 7월 11일. 이날짜는 중요한 거야. 곧 알게 될 거야. 내가 싼따 루시아 언덕 밑에서 그

를 본 이튿날이었지. 그도 나처럼 망명자였어. 오스트리아에서 태어나 6
살 때 칠레에 왔는데, 난 그 나이에 칠레를 떠났지. 우린 공항에서 지나쳤
을 수도 있어. 그가 칠레땅을 밟는 그순간 난 떠나고 있었을 수도. 칠레에
서의 나의 삶이 끝나갈 때 그는 내 몫까지 챙겨서, 그의 삶을 시작했던 거
지. 재니스, 그게 전부가 아냐. 그는 그후 5년 동안 내가 미국에서 당한
것들을 겪었어. 이방인이 된 느낌, 부모 중 하나하고만 사는 경험. 그의
경우는 아버지였는데 우리 엄마가 먼곳에 떨어져서 고국에 집착했듯이
그의 부친도 오스트리아를 기억하길 고집했어. 그리고 대강 같은 시
기——난 그가 정확한 날짜와 연도를 말했을 때 믿을 수가 없었는데——
1979년 9월에 난 칠레와 결별하고 미국인이 되기로 결심했고, 칠레에 있
던 막스는 정반대의 결심을 하게 되었단다.

칠레의 꼬마들은 세계 여느곳의 아이들이 그렇듯 외국인들을 놀려대
지. 아이들은 독일계 사람들을 느리고 둔하다는 표시로 오또 혹은 프리츠
라 부른다. 그들은 독일사람의 억양을 흉내낸다. "어이, 오또. 오또 씨."
칠레 꼬마들은 학교 운동장이나 동네에서 막스를 조롱했어. "야. 프리츠,
너 소시지 좀 볼래?" 그로부터 막스가 반격하기까진 5년이 걸렸는데 그
가 그렇게 했을 때의 결과는 파격적이었다. 1979년 9월의 그날, 막스는
자기를 못살게 구는 애들에게 말했다. "난 너희들 모두를 합친 것보다 너
희 나라에 대해 많이 알아. 내기할 테면 해봐."

막스는 나, 우리 아버지 그리고 아만다 까밀라만큼이나 내기를 잘했
어. 그리고 막스는 자기 학교 급우들이 대답할 수 없었던 두어 가지 질문
으로 그들을 놀라게 했다. "너희들 싼 끄리스또발에서 처음으로 살해된
여자가 누군지 알아?" "마뿌체 인디언들이 여자 몸에 문질러서 달아오르
게 하고, 처음 보는 남자에게도 몸을 주게 할 때 쓰는 풀이 뭔지 알아?"
"너희들 중에 싼따 루시아가 옛날에 공동묘지였던 거 아는 사람 있어?"

칠레 꼬마들은 자기 나라에 대해 완전히 무식했기에 잠자코 있었고,

막스는 지난 몇해 동안 칠레의 역사·국민·동물·건축·영웅·악당들을 닥치는 대로 외우며 보낸지라 이제 세세한 얘기들을 조목조목 말할 준비가 되어 있었다. 1820년 한 백작이 자신의 연인이 가장 친한 친구와 정을 통하고 있다는 잘못된 의심을 하여 애인의 목을 자른 일이 있었다. 그는 싼 끄리스또발 위에서 칼로 살인을 하고 시체를 묻은 다음 형벌은 하나도 받지 않고 영원히 떠나버렸다. 그는 여인의 모친에게 1년 동안 손해배상으로 돈을 얼마 지불해야 했을 뿐이었다. 막스가 그당시 꼬마들에게 들려주거나, 그후 그가 나흘 동안 나와 아만다 까밀라를 빠따고니아로 안내하며 들려준 얘기들은 항상 에로틱하고, 황당하고, 흥미로운 것들이었다. 우리들은 꼬마들처럼 홀딱 빠져서 '우에낭구에'(huenangue)라고 불리는 마뿌체족의 사랑의 풀에 대해 알고 싶어했고, 막스가 중앙시장 가판대에서 발견했다는 그 사랑의 묘약을 조금만 구해달라고 졸라대기도 했다. 난 관심을 보이지 않으려 했지만 아만다는 그런 조심성을 갖고 있질 않았다. "나도 그걸 좀 써보았으면." 그녀는 막스의 지프가 뿌에르또 암브레 (Puerto Hambre)의 눈길을 삐걱거리며 헤치고 나아갈 때 말했다.

"사람의 내분비선에서 나오는 것보다 더 좋은 약은 없어." 막스가 대답했다. "그래도 써볼 테면 써봐."

"그러니까 아이들은 그 미신을 믿게 된 거로군." 내가 말했다.

"물론." 막스가 대답했다. "네가 그걸 어떻게 부르든 상관없어. 그게 아이들이 사춘기의 수줍음을 극복하는 걸 도와줬다면 말야. 그리고 그 풀은 내가 살아남는 데에도 도움을 주었지. 난 변두리에서 떠돌다가 우두머리가 됐으니까. 더이상 외국인으로 남지 않게 되었어."

또다른 형태의 생존이 그를 기다리고 있었다. 그로부터 4년이 흐른 후 그가 집에서 가출했을 때, 그가 갖고 있던 칠레에 관한 엄청난 정보는 그로 하여금 역경을 극복하게 해주었다. 공교롭게도 아버지가 재니스 워스, 너와 나 사이에 끼여들어 내 주위를 맴돌기 시작해 널 건드려보지도 못한 그날과 거의 같은 날, 막스 베렌스는 자신과 아버지의 관계를 깨고 있었다.

"가브리엘, 발터 라우프(Walter Rauff)가 누군지 알아?" 막스가 물었다. 그는 언제나 내가 대답하지 못하는 질문들만 쏘아댔다. 나도 잘 알 만한 사람들의 이름이었지만 그는 항상 자기가 묻고 자기가 대답했다.

"나찌 전범으로 수십만의 유대인을 직접 몰살시킨 장본인이지. 1963년 칠레 최고법원은 그를 추방하기를 거부했어. 이 나라 안에 놔두고 그지없는 자유를 누리게 해주었지. 그건 이후 군사 쿠데타가 일어났을 때 그가 무방비상태에 있는 육체를 어떻게 다룰 수 있는가에 대한 한두 가지 방법들을 군인들에게 제공하는 계기가 되었지. 난 그를 만나본 적이 있어. 1974년 칠레에 도착한 지 며칠 지나지 않아 우리 아버지는 뿐따 아레나스로 내려갔고 거기서 날 그에게 소개시켜 악수하게 하고 그의 무릎에 날 앉히기도 했어. 친절하고 상냥한 노인이었지."

"그 사람, 여기 빠따고니아에서 뭣 하고 있었는데?" 난 더는 무관심한 척 못하고 궁금해서 물었다.

"제2차 세계대전 후에 여기 왔지. 냉동선박에서 죽은 짐승들을 검사하는 직장을 얻었어."

"육류에 관해." 아만다 까밀라가 참견했다. "라우프는 훌륭한 직업경력을 쌓았지. 빠따고니아에서 그를 고용한 다른 사람들처럼 말야. 그들은 그전에 나름대로 학살을 해본 적이 있었거든." 그녀의 목소리에 자신의 조상인 웬델이 그 학살자 중의 하나였으며, 우리가 막 지나고 있는, 막스가 어릴 적에 가본 농장들에서 웬델이 일한 적이 있다는 사실을 아는 듯한 인상은 받지 못했다. 어릴 적엔 모르고 지내다가 시간이 흐른 후 막스는 자신의 아버지 알베르트 베렌스가 월터 라우프의 재무사로서, 신나찌주의자들이 그에게 보내는 돈을 전달하는 통로였다는 걸 알아냈다. 왜냐하면 월터가—여기서 막스는 자기 아버지 편지 중의 하나를 인용했는데——"제3제국의 이상을 다시금 재현할 수 있는, 군부가 타락하고 병약한 그리고 암내나는 사회를 청소하기 위해 어느정도 피 흘리기를 겁내지 않는" 나라에 살고 있었기 때문이었다.

막스는 그 편지와 아버지가 쓴 일련의 다른 편지들을 읽고 곧장 맞서서 욕을 하고 대문을 뛰쳐나와 열다섯 나이에 가족의 도움 없이 살아가기로 결심했다. 같은 날 북반구에서 나는 나의 성생활을 아버지 탓으로 얽어매고 있었다.

"난 아버지와 절연했어." 막스가 말했다. "그 이후로 내가 한 모든 일은 내 노력의 결과지 다른 누구의 덕이 아냐."

"그런데 너희 아버지는 널 뒤쫓지도, 찾으려 누굴 보내지도 않았단 말야?" 빠따고니아의 눈을 가로질러가던 그날 오후 그것이 유일하게 내 속에서 나온 질문이었다. 혹시 우리의 삶에 또 하나의 환상적인 교차점이 있었는지, 그날 아침 위대한 매켄지가 슬픔에 젖어 도움을 청하는 베렌스 부인의 전화를 받았는지 궁금해하면서……

"난 아버지에 대해 다시 들어본 적이 없어. 내 생각에 아버진 그 정보, 그 편지들을 1983년 그날 일부러 내가 보라고 내버려둔 거였어. 그렇게 그는 날 시험했지. 그가 누군지 알게 하고 날 자신의 발밑에 영원히 두려하면서 말야. 아버진 내가 박학다식한 걸 싫어했어. 꼬마인 주제에 내가 칠레 인디언들에 관심을 갖는 게 아버지한테는 돌아가신 우리 엄마를 떠올리게 했나봐. 아버지는 엄마를 미워했지. 확실히 싫어했어. 결국 엄마도 여자였으니까. 아버지는 종종 엄마는 부패하고 더럽다고 말했지. 그건 엄마의 생리 때문이었어. 그런 엄마를 욕망하는 자신이 미웠을 거고, 엄마의 아들인 나도 미웠겠지. 아버진 내가 길거리에서 죽어버리길 바랐어."

그러나 죽기는커녕 막스는 출세했다. 펭귄과 싼 그레고리오의 목장 그리고 빨리 아이께(Pali Aike) 동굴의 원시 인디언들의 유적들을 보러 갔을 때 그는 우리 둘에게 나머지 얘기를 남김없이 들려주었다. 그는 역사를 알았기에 살아남은 것이다.

"난 싼따 루시아 언덕으로 갔어. 가브리엘도 거기 가본 것 같은데……"

"어떻게 그런 생각이 드는지 모르겠군." 둘 중 누구도 우리의 발길이 이미 교차했음을, 안면 있는 눈빛을 교환했음을 인정하려 들지 않았다.

"난 두 사람의 독일 관광객과 얘기했지." 막스가 계속해 말했다. "그들에게 관광 가이드를 했고, 대가로 돈을 좀 받았어. 그리고 아일랜드 사람들을 만났는데 그들은 오 히긴즈와 메케나같이 수많은 아일랜드 출신의 가톨릭교도가 칠레의 독립에 기여했다는 걸 알고 기뻐했어. 그리고 저녁 무렵에 나는 작은 호텔방 값을 낼 만한 돈을 벌게 되었어."

저녁식사를 그는 아르마스광장의 레스토랑 체스 헨리의 쓰레기통에 있는 남은 음식으로 때웠다. 그 음식찌꺼기를 다른 아이들과 나누어 먹었는데, 그 아이들은 식사를 하고 마뽀초강 다리 밑으로 자러 갔다. 그들은 지금도 그 자리에서 자고 있든지, 감방에 있든지 아니면 죽었을 것이다. 막스는 그동안…… 성공해서 돈을 벌었고 마약과 도둑질은 하지도 않았으며 강간을 당한 일도 없었다. 그당시 대부분 칠레 사람들은 자유시장의 경이로움을 아직 인지하지 못하던 때라 막스는 1페소를 2페소로, 2페소를 8페소로 만들어냈다. 막스는 어떻게 투자해야 하는지 알았고, 자기의 돈을 제대로 굴리는 방법에 노심초사했다. 그는 사업에서 항상 이익을 낼 준비가 되어 있던 오스트리아 출신 해적이었다.

처음엔 여행정보보다 더 값진 무언가를 관광객들에게 팔 수 있다는 건 그저 영감에 지나지 않았다. 막스는 손님들을 데리고 가는 식당들에 수수료를 요구하기 시작했고, 그가 권해서 관광객들이 사가는 기념품 하나하나에서 약간의 돈을 떼었다. 그가 자신이 토산품을 관광객들에 직접 판매하면 이익이 늘어나리라는 걸 깨닫게 된 건 그로부터 얼마 지나지 않아서였다. 그리고 우리 엄마가 맨해튼에서 그랬듯이, 막스도 옛날식으로 요리한 칠레음식점을 열어 돈을 벌어들였다. 충분한 자본을 갖게 되었을 때그는 마뿌체족으로부터 직접 물건을 사들였다. 그러나 실은 막스가 마뿌체족에게 디자인을 제공해 관광객 구미에 맞는 물건을 생산하도록 한 거였다.

막스는 18살이 되었을 무렵 자신의 작은 영화제작사를 차릴 만큼의 충분한 돈을 모았다. 처음 찍은 건, 싼띠아고에서 그를 본 날처럼 몇몇 회사를 위한 관광안내용 비디오였다. 그러나 칠레에서 정치열기가 높아지자그는 데모와 평범한 삶 등을 찍어 정선된 작품들을 외국 방송국들에 파는데 주력했다. 난 그의 눈을 통해 칠레를 본 것이었고, 칠레 민중이 삐노체뜨를 전복시키고 날 고향과 아버지, 따뜻한 잠자리로 돌아가는 걸 희망하던 수년 동안 아무도 모르게 내게 칠레를 떠먹인 것도 막스였다. 그는 개판이었던 국민투표를 통째로 찍어 미국 어느 산간지방의 거지 같은 영화제에서 최우수 다큐멘터리상을 수상하고 뭐 골든인지 뭔지 하는 데 후보작으로 선정되었다. 독일에서 온 엄청난 보조금을 바탕으로 그는 영화대본을 쓰고 미국에서 첫 장편영화를 감독하기도 했다. 재니스, 너도 봤을지도 몰라, 「인투 더 베이비(Into the baby)」라고. 법의학 전문가에 관한영화지. 한 미국인이 어떤 여자와 함께 칠레에서 실종되어 죽은 걸로 추정되는 그녀 남편의 생사를 확인하려 찾아나서게 되고 그러다 사랑에 빠진다는 스토리였지. 기억하나 모르겠는데 이 영화로 막스는 떠오르는 새로운 중남미 영화제작자로 인정받게 돼. 그리고 이제 막스는 어렸을 때와본 적이 있는 빠따고니아에 내려와 있는 거야. 자신의 다음 영화를 준비하면서 빚을 갚으러 온 거라더군. 빚을 갚는다고? 영화를 준비한다고?그녀석은 내 여자를 훔치러 온 거였어.

까보 데 오르노스 호텔의 레스토랑에서 막스가 아만다 까밀라를 알게된 날 밤 그는 구상중인 영화에 대해 얘기하며 우릴 괴롭혔다. 막스 그 개새끼는 자리에 앉아 내 파르페를 가로채며 "괜찮지? 가브리엘" 하고 친한 척을 했고 난 괜찮다고 대답했다. 난 그가 화내기를 바랐다. "빠따고니아에 대해 뭘 알고 있지?" 그는 내 아이스크림을 집어삼키며 내게 말했다. "내 말은, 신문기자들은 여행하기 전에 뭔가 읽어두잖아. 안 그러나? 뭘 읽었지? 챗윈(Chatwin)? 삐가페따(Pigafetta)? 피츠로이(FitzRoy)? 브리지스(Bridges)?"

"다 조금씩은 읽었어." 난 내심 그들이 겸손함으로 받아들여주길 기대하면서 무식함을 숨기며 말했다.

"싸르미엔또 데 감보아(Sarmiento de Gamboa)가 누굴 거 같아?"

난 내 기억의 저장소를 뒤져보았다. 싸르미엔또라, 싸르미엔또! 어디선가 들어본 이름인데…… "아르헨띠나의 대통령이잖아." 난 의기양양해 소리쳤다. "19세기에 라틴아메리카에 관한 책을 썼지. 문명이 야만을 타파하지 못하고 도시가 거친 농촌을 다스리지 못하면 중남미는 결코 진보할 수 없을 거라 주장했지." "『파꾼도』(Facundo)," 아만다 까밀라가 도와주듯 말했다. "그게 싸르미엔또가 쓴 책이름이야. 『문명과 야만』(Civilización y Barbarie)이라고."

그러나 막스는 데 감보아 성을 가진 다른 싸르미엔또에 대해 이야기하고 있었다. "그는 1581년 영국인과 네덜란드인 들이 얼씬대지 못하게 빠따고니아해협을 식민지화하려고 했지. 15척의 배로 에스빠냐를 떠나, 해협에 이르기까지 만 3년을 소요했는데 그때까지 남은 건 범선 한척뿐이었어. 두 개의 항구를 세운 뒤 그는 식민지에 필요한 식량과 사람들을 구하기 위해 에스빠냐로 돌아갔어. 빠따고니아에 다른 모든 남자, 여자와 아이들이 탈출하지 못하게 배 한척 남겨두지 않은 채로. 그들에겐 싸르미엔또가 돌아올 때까지만 견딜 수 있는 식량이 있었을 뿐이야."

막스는 극적인 효과를 위해 잠시 멈추었다.

그에 따르면 싸르미엔또 데 감보아는 결코 남겨진 사람들에게 돌아가지 않았다. 그들은 기다리고 또 기다렸다. 영국 해적 캐번디시 (Cavendish)가 몇년 후 두 개 중 하나의 항구를 지날 때 15명의 생존자들 중에 또메 에르난데스(Tomé Hernández)라는 남자 하나만 구해주었어. 다른 사람들은 죽게 내버려두었지. 그리고 캐번디시가 다른 항구로 갔을 때 거기엔 아무도 살아 있지 않았어. 교수대엔 한 사내의 뼈가 매달려 있었지. 에스빠냐 왕의 법은 폐허 한가운데서도 계속 시행되고 있었던 거야. 캐번디시는 그곳을 '허기의 항구'(Puerto Hambre)라 불렀지.

막스는 자신의 순진해 보이는 푸른 눈에 우리를 가둬두려는 듯 또다시 말을 멈추었다. "원한다면 나하고 같이 가서 볼 수도 있어. 대본 쓰기 전에 장소를 물색중이거든."

"우린 시간이 없을 것 같은데." 내가 끼여들었다. "너도 알다시피 고고학이나 원주민에 대한 것 등 할일이 많은걸. 박물관에도 가야 하고, 아만다, 안 그래?"

"맞아." 아만다가 말했다. 그러면서도 그녀의 목소리는 떨렸는데, 불과 한 시간도 되기 전에 내 방에서 좋은 시간을 보내자고 공공연히 말한 것을 정말로 실행하려는지 분명치 않았다. 그녀는 우리 둘만 함께라고 말했었다.

"싸르미엔또 데 감보아는 어떻게 됐지요?" 까롤라가 물었다. 그녀도 막스를 잘생겼다고 여긴 듯 한마디라도 놓칠세라 앞으로 다가왔다.

"싸르미엔또는 에스빠냐로 가는 항해중에 월터 롤리(Walter Raleigh) 경에게 붙잡혀 영국으로 끌려갔는데, 영국 여왕이 불쌍히 여기고 풀어줬지요. 그리고 고향으로 돌아가는 도중 프랑스의 깔뱅교도들에게 잡혀 2년 동안 감옥에 갇혀 있었어요. 재수가 엄청 좋지요? 싸르미엔또는 펠리뻬(Felipe) 2세가 몸값을 지불해 풀려나긴 했지만 아직 그를 기다리고 있던 사람들을 구출하기 위해 원정대를 보내도록 왕을 설득하지는 못했어요. 그때쯤엔 빠따고니아에 있던 사람들은 다 굶어죽었지요. 그리고 에스빠냐 사람들은 다시는 띠에라 델 후에고를 식민화하려 하지도 않았구요."

"참 우울한 영화로군." 난 막스가 다 먹어치운 빈 아이스크림 접시를 바라보며 말했다.

"글쎄, 사실 이건 사랑이야긴데," 막스가 말했다. "난 까딸리나라는 배역을 만들어두었는데, 싸르미엔또 데 감보아는 그녀를 사랑하면서도 남겨두게 되지. 또메 에르난데스도 그녀를 유혹하지만 포기해버리고 말아. 두 남자 모두 까딸리나에게 영원한 사랑을 약속하지만 결코 돌아오지 않지."

"그럼 더욱 우울해지잖아. 관객들한테 까딸리나가 허기의 항구에서 굶어죽는 걸 보라는 거야?"

"오, 아니야. 까딸리나는 살아남아. 그녀는 여자만 할 수 있는 영리한 일을 해서 셀크남(Selknam)족에 합류하게 되지."

"셀크남족이라고?" 내가 물었다.

"오나족의 진짜 이름이야." 아만다 까밀라가 말했다. "그들은 스스로를 그렇게 불러."

"옛날에 그렇게들 불렀지." 바론이 정정해주며 말했다.

"멋진 영화가 되겠는데." 아만다 까밀라는 자기 아버지가 오나족은 멸종됐다고 일러준 걸 무시하며 말했다. "자신을 버린 에스빠냐에 등을 돌리고 원주민들과 새 인생을 시작하는 여자도 멋지고."

"글쎄, 그녀의 두 연인은 돌아가길 원했지만," 막스가 말했다. "단지 그러지 못했을 뿐이지. 사실 그들에겐 결국 역부족이었잖아. 제 영화제목이 뭔지들 아시나요?"

"사라져버리다." 내가 말했다.

막스는 나의 조롱기 섞인 제안에 개의치 않았다. "바람 때문에." 그가 말했다. "왜냐하면 이 영화에서 진짜 악역은 바람이거든. 지금 밖에도 그 바람이 있지. 들어봐." 우리는 귀를 기울였다. 난 비행기가 요란스레 흔들릴 때부터 그 바람을 듣고, 겪어오고 있었다. "싸르미엔또는 자기 친구들과 또 내가 지어낸 연인에게 작별인사조차 하지 않았어." 막스는 계속했다. "왜냐하면 바람이 그가 브라질에 도착할 때까지 대양 한가운데로 불어 내몰았기 때문이지. 그는 몇달 동안 돌아오려고 애썼지만 바람은 그를 다른 방향으로만 보내버린 거야. 마침내 선상반란이 일어나고 선원들은 강제로 그를 에스빠냐로 가게 했어. 한편 또메 에르난데스는 몇년 후 캐번디시의 배에 타게 돼. 빠따고니아에 있던 다른 14명의 사람들이 과연 이교도의 구원 제의를 받는 게 자신들의 육신과 영혼의 영생을 위태롭게 하지 않겠냐고 옥신각신하며 남아 있는 동안 어디선가 순풍이 불어왔고 그러자 영국인 깔뱅교도는 지체없이 항해를 떠나버렸지. 말하자면 에르난데스 또한 작별인사를 못한 셈이지."

"불쌍한 여자로군." 빠블로 바론이 말했다.

"꼭 그렇지만은 않죠." 막스가 대답했다. "그녀는 결국 행복해진다고 생각해요. 까딸리나는 셀크남족의 삶이 유럽사람들의 그것보다 더 평화스럽고, 훨씬 만족스러우며 인간적이라는 걸 깨닫게 되거든요."

"픽션일 뿐이야." 장관이 콧방귀를 뀌었다. "알지도 못하는 사람들의 흥밋거리로 만들기 위해 누가 내 인생을 비비 틀어서 자신의 영화나 소설의 인물로 쓰지 않는 건 다행이야."

"말의 앞뒤가 맞으면," 막스가 말했다. "역사를 가지고 어떤 일이라도 할 수 있는 거죠. 까딸리나는 제가 만들긴 했어도 그녀의 경험은 포로생활에 근거한 거지요. 아주 많은 여자들이 인디언들에게 납치되었는데 그중 대부분이 문명으로 돌아가길, 구출되길 원치 않았던 걸로 판명되었어요. 그러니까 까딸리나의 애인들이 대서양 건너편에서 한탄하고 있을 때 그녀는 그 남자들을 그리워하기보다 오나족 남자들과 사냥을 하고, 고래사냥을 위해 남극을 향해 가지요. 그녀는 얼굴에 미소를 띤 채 흰눈 속으로 사라집니다. 영화는 여기서 끝을 맺지요."

"멋지다." 아만다 까밀라가 한숨을 내쉬었다.

난 그 한숨과 동경의 눈빛이 맘에 안 들었고 그 잘난 척하는 아리안 녀석이 내 남극과 나의 발견 그리고 내 사랑의 영역까지 집적거리는 게 싫었다.

"그러니까 넌 바람이 네 영화를 망쳐버려도 두렵지 않은 게로구나?" 내가 말했다. "네 영화의 주인공들을 그렇게 한 것처럼 말야."

"영화에 투자한 사람들이 겁먹지 않는다면," 막스가 말했다. "내가 왜 겁내야 하지?"

"글쎄, 만약 투자자들이 오리발을 내밀거든," 빠블로 바론이 말했다. "우리가 제안한 걸 생각해보게. 쎄비야로 가는 빙산의 여정을 전해줄 위대한 예술가가 필요하거든. 결국 그건 자네가 만들어낸 여자가 결코 해보지 못한 바로 그 귀향의 여행이 아닌가. 자네 이야기의 기승전결이 완성되는 거지."

"여자는 빙산이 아니지요. 장관님."

"어떤 여자들은 그렇기도 하지." 빠블로 바론이 대답했다. "다행스럽게도 오늘 합석한 사람들은 아니고. 하여간 내 제안을 생각해보게."

"정부가 영화산업을 발전시킬 새 법안을 고려한다면 장관님의 제안을 생각해보지요. 외국돈을 가지고 이 영화를 만들어야 한다는 건 부끄러운 일이죠. 우리나라에는 아무 이익도 안 남을 텐데."

"그 일을 연구중이라네."

"예. 에스빠냐 왕도 싸르미엔또에게 그렇게 말했죠. 예나 지금이나 마찬가지예요. 옛날사람들은 눈멀고 볼 수 없어 여기 바로 코앞에 있는, 가져가기만 하면 되는 부와 경이를 내버려두었죠. 우리 라틴아메리카 사람들은 매사에 뒤늦어요. 만약 에스빠냐 사람들이 싸르미엔또 데 감보아의 말을 듣기로 결심했더라면 300년이라는 시간은 잃지 않았을 거예요. 이

288

곳이 오래 전에 정복되었더라면 어떤 경이로움을 우리에게 선사했을지 누가 알겠어요? 북극 근처의 에스키모들처럼 혹시 푸에기노족이 오늘날까지 살아 있을지도 모르죠."

"아니, 어쩜 더 일찍 사라져버렸을 수도 있지. 그들 중 하나를 사진 찍어두기도 전에 멸족시켜버렸을는지도 말야." 그게 아만다 까밀라가 처음으로 막스를 비판하는 말을 들은 거였고, 나는 그 기회를 이용해 자리에서 벌떡 일어났다. 아마도 내 행동이 급작스러웠는지 모두가 놀란 듯한 눈치였다. "만나서 반가웠어, 베른스. 혹시 내년에 뉴욕에 올 일이 있으면 연락해."

"오!" 막스가 대답했다. "다시 만날 때까지 그렇게 오래 걸리지 않을 것 같은데."

난 그 얘기가 진담이라고 생각지 않았다. 나는 그가 결코 다시는 나타나지 않을 거라는 믿음으로 나 자신을 속였다. 막스는 아침식사 때에도, 해군 소속 리무진이 갈바리노호가 11월에 빙산을 채취하러 떠날 부두로 데려갔을 때에도 나타나지 않았으며, 우리가 처음엔 얼음저장소로 그리고 그뒤 조각가 아르만도 호르꾸에라(Armando Jorquera)가 얼음조각들을 조립할 스튜디오로 쓰일 냉동선 시무노빅호를 둘러볼 때에도, 내가 제독으로부터 보안장치들에 대한 자세한 답변을 들을 때에도 모습을 드러내지 않았다. 그를 보게 될까봐 염려한 유일한 장소, 호텔의 식당에서 우리가 빠블로 바론을 위해 건배하고 작별인사를 하며 그가 돌아가야 하는 게 너무 섭섭하다는 거짓말을 늘어놓을 때에도 나타나지 않았다. 베렌스 성을 가진 라이벌은 내가 아만다 까밀라와 무뇨스 가메로(Muñoz Gamero) 광장을 가로질러 살레시오회 박물관으로 갈 때, 30분 동안 바람을 맞으며 한 블록 반을 가기 위해 길 가장자리를 지그재그로 움직이며 나아갈 때도 나타나지 않았다. 난 우리의 막스 군이 까보 데 오르노스로 가는 배를 타기로 결심하고 싸르미엔또 데 감보아의 수많은 난파당한 선원들의 운명을 되풀이했길 바랐다. 바로 그순간 막스가 그의 영화장비와 더불어 비글해협의 가장 깊은 해저로 가라앉고 있길 열렬히 소원했다. 그리고 얼음같이 차가운 물속에서 가라앉아가는 그가 시건방진 죽음을 맞이하는 모습을 카메라가 계속해서 찍어주길 바랐다. 누가 본다면 막스에게 아카데미상을 안겨줄 그런 다큐멘터리를 촬영하면서. 하기야 그렇게 되면 아무도 영화를 볼 수 없겠지만. 아무도 그와 그의 모습을 더이상 보지 못하게 되겠지만.

그런 행운은 없었다.

막스 베렌스는 우리를 기다리며 살레시오회 박물관에 벌써 와 있었다. 아니, 실은 아만다 까밀라를 기다리고 있었던 것이다. 어제 오후와 지난밤 나는 박물관과 아만다 까밀라가 좋아하는 오나족에 대해 공부했다. 호텔의 넓은 도서관에 처박혀서 눈알이 벌게지도록 읽어댔다. 누가 어떤 정보와 일화 그리고 이야기들을 갖고 내기를 걸어도 난 이길 자신이 있었다. 그리고 나의 작전은 맞아들어가는 듯했다. 박물관으로 가는 도중 아만다 까밀라는 그 건물이 누구에 의해 설립되었는지 설명하려 했는데, 난 말을 가로채 도슨섬의 선교를 위해 창설된 가톨릭 성직자회인 살레시오회 신부들에 의해서지라고 말했다. 그래, 오랜 세월이 지난 뒤 수용소로 쓰이게 되는 바로 그 도슨섬 말이야. 칠레 정부는 그저 이딸리아어밖에는 할 줄 모르고 원주민들에 대해선 아무것도 모르던 살레시오회 신부들에게 현상금을 노린 사냥꾼들로부터 인디언들을 지킬 권한을 주었어. 신부들은 처음엔 떼우엘체족을 그리고 2년 후엔 오나족 몇몇을 수용하기 시작했고 20년이란 처참한 세월 동안 그짓을 되풀이했지. 1911년경 신부들은 그들의 선교사업을 끝낼 수밖에 없었는데, 대부분의 '보호받던 사람들'이 폐렴과 다른 질병으로 죽어버렸기 때문이야. 남은 거라곤 박물관이 전부고, 그때 쓰던 도구와과 천들 그리고 사진으로 가득 차 있다더군.

아만다 까밀라가 이런 내 설명에 놀란 건 분명했다. 그리고 만일 막스 베렌스가 박물관 관리인인 신부의 친절한 허가를 얻어 우리에게 박물관 구경을 시켜주러 나서지 않았더라면 더더욱 놀랐을 것이다. 막스는 여러 번 이곳에 온 적이 있었다. 뿐따 아레나스는 다섯번째였다. 그는 나처럼 하룻저녁 머문 게 아니라 이 지역과 원주민에 대해 공부하며 생의 절반을 보낸 것이다. 그는 내가 말하는 것마다 정정하고, 내가 아는 것에 더 많은 정보를 붙였고, 나의 모든 견해에는 그의 관점이 곁들여졌다.

우리는 선교생활을 묘사한 장면 앞에 멈춰섰다. 심각한 신부와 근엄한 수녀가 난로 옆에서 원주민 여자가 지금 박물관의 전체 벽을 덮고 있는 것과 같은 천을 짜는 것을 감독하는 모습이었다. 실물 크기의 인디언 모델은 다리가 없이 일을 하는 모습이었는데 그건 채 완성되지 않은 채 하반신이 콘크리트 속에 묻혀버렸기 때문이었다. 마치 그 여인이 다리 없이 그곳에 영원히 박혀버린 것처럼.

"그들은 이 인디언이 도망가길 원치 않은 거야." 내가 말했다. "그래서 다리를 만들지 않은 거지."

"또다른 해석도 있지." 막스는 상냥하게 말했다. 그는 결코 공격적이거나 우쭐거리는 일 없이 항상 최고의 예의를 갖추었다. "섹스야. 만약 무언가를 설명할 수 없을 때 어떤 성적인 실마리를 찾게 되면 매사가 이해 가능해지게 마련이지. 살레시오회 신부인 마요리노 보르가뗄로 (Mayorino Borgatello)가 인디언들의 멸족에 놀라 그들을 구할 선교활동 자금을 구하러 1889년 이딸리아에 갔을 때, 뭘 갖고 돌아왔는지 알아?"

난 아무 말 하지 않았다. 속으로 음식, 약, 섹스에 관한 것 등을 생각했다.

"옷." 아만다 까밀라가 말했다.

"맞아." 막스가 대답했다. "옷, 엄청난 양의 옷이었지. 왜냐하면 벌거벗은 사람들에게 하느님의 말씀을 전할 수는 없었으니까. 불경한 육체는 가려져야 했어. 육체가 구원받기 전엔 영혼도 개종될 수 없었으니까. 인디언들은 수천년 동안 야외에서 살아왔어. 진눈깨비조차 그들의 기름기 있는 육체에 미끄러져버렸으니까. 그들의 몸 전체는 보통사람의 얼굴처럼 최악의 기온도 견뎌낼 수 있었는데 신부들이 옷을 입게 만들었고, 그게 인디언들이 허약해져버린 이유지. 정확히 20년이 흐른 뒤 인디언들 대부분은 죽어버렸어. 사냥꾼들이 죽이지 못한 걸 질병이 깨끗이 청소해버린 거야. 역사는 이렇게 돌아가게 마련이지. 먼저 총으로 사람을 죽이고 겁먹게 만들고는 문명으로 죽여버리는 거지. 생각해봐, 그들이 하나둘 죽어가고 그들의 언어도 함께 사라져버리고, 넓어져만 가는 공동묘지와 천국에 간 인디언들의 영혼, 박물관을 뒤덮은 인디언들의 천조각과 남은 거라고는 그들의 해골뿐인 것을."

막스는 어두운 한쪽 구석에서 우리에게 웃음을 보내던 한줄의 해골들을 가리켰다.

"그럼 저 여자는?" 아만다 까밀라가 천 짜는 다리 없는 여자 쪽을 향해 움직이며 물었다.

"신부들은 저 인디언 여자에게 성을, 신체의 근본이 되는 부분을 주지 않은 거야. 죄를 저지를 수 있는 성기를 아예 지워버린 거지. 그리고 동시에 임신도 하지 못하게 해놓았지. 저걸 조각한 신부는 아마도 저 여인이 영원히 차갑고 순진한 어린애의 모습으로, 살레시오회의 성이 없는 처녀로서 남기를 바라는 숨은 의도를 표현한 건지도 몰라. 그렇다고 신부들이 인디언들의 성생활과 아이 갖는 걸 다 막을 수는 없었어. 선교활동이 막 끝나기 전, 지금으로부터 70년 전에 한 아이가 태어났지. 만약 그 여자아이가 살아 있다면 마지막 오나족이 될 거야. 하지만 모두 죽어버렸어. 좋은 의도가 최악의 결과를 낳다니, 참 이상도 하지. 목축업자들로부터 인디언들을 지키러 온 신부들이 일을 더 망쳐놓았으니 말야. 고작 이 박물관만이 남은 거지. 이게 전부야."

"어쨌든 결국은 인디언들이 다 죽었을 거라는 생각은 안 드니?" 내가 물었다.

"글쎄," 막스가 말했다. "만약 인디언들을 야생에 놔두었더라도 그들이 무슨 해악을 끼쳤겠어? 그냥 그대로 두었다면 그들로부터 뭔가 배울수도 있었을 텐데. 그러나 우린 절대 그러지 않았고, 그걸 원하지도 않았어. 여기 와 학교에서 쓰던 공책을 좀 보라고. 벌로 백번을 쓰게 했어. '나는 내 이마의 땀으로 빵을 벌겠습니다.' 이게 인디언들이 배운 거야. 마치 그들이 수천년 동안 조개와 고기, 열매를 제 힘으로 구하지 않은 것처럼. 에스빠냐어는 말할 것도 없고, 이딸리아어가 생기기도 전에 인디언들은 셰익스피어가 쓸 수 있었던 것보다 더 광범위한 단어를 가진 언어를 구사하고 있었지. 이리 와. 내가 보여줄게."

그만하면 충분했다. 멸종해버린 인디언들의 감상적인 얘기도 그렇지만 특히 막스 베렌스의 당당한 모습과 의견에 지겨워지던 차였다. 난 막스가 아만다의 갈색 팔을 잡고 자신의 손가락으로 박물관을 상세히 안내하게 내버려두었다. 그가 박물관을 돌아볼 동안 난 다른 방을 기웃거렸고, 그러다 어떤 사진 앞에 멈춰서고 말았다.

그건 내가 한 발견, 그것도 대서특필할 만한 발견이었다.

엄마 아빠 사이에 작은 오나족 소녀가 천진난만한 모습으로 나의 눈을 똑바로 뚫어지게 바라보고 있었는데, 그건 바로 유모였다. 무엇인가를 가득 문 듯한 입과 찢어진 눈, 강한 인상과 뻣뻣한 머릿결은 유모의 것이었다. 물론 사실 사진의 여자아이는 유모일 수 없었는데, 왜냐하면 그 사진은 유모가 태어난 뒤 몇십년이 지나 찍힌 것이기 때문이다. 그러나 1931년 사냥에서 막 돌아와 화장을 한 일단의 오나족은 이미 세상도, 사진기도 그들에게서 등을 돌렸을 뿐 아니라 사진을 찍고 있는 사람도 사진을 현상하는 것 외엔 그들을 구할 수 있는 어떤 일도 할 수 없다는 걸 모르는 듯 카메라를 바라보고 있었다. 사진사가 할 수 있는 일이란 60년이 지난후 나와 다른 사람들이 이 박물관에서 사진을 보게 놔두는 것, 그리고 아마도 유모가 셀크남족의 일원, 저 사진 속 소녀의 자매나 이모 혹은 어떤 친척일지도, 마지막 오나족일지도 모른다고 호소하게 하는 거였다.

난 아만다 까밀라를 불렀고, 막스도 물론 그녀와 함께 왔다. 조용히 사진을 보여주며 그녀의 반응을 기다린 건 내가 환각상태에 있지 않다고 확신하고 싶어서였다.

"맙소사," 아만다가 말했다. "이건 놀라운데."

"놀랄 만큼 비슷하지?"

"누가? 뭐가?" 막스 베렌스는 전혀 말귀를 이해 못하고 있었다. 처음으로 그가 상황파악을 못하는 거였다.

난 그런 막스를 몽매함 속에 놔두길 원했지만 아만다 까밀라는 사진 속의 소녀가 우리의 유모와 판박이처럼 똑같다고 알려주었다. 유모는 80살이나 되었고 마뿌체족 출신이라 사진 속의 아이일 리가 없었지만, 아만다는 확신에 차 있었다.

"유모의 키가 얼마나 되지?" 막스는 마치 증거를 찾는 검사마냥 꼬치꼬치 캐물었다.

"작아." 아만다가 말했다. "거의 난쟁이일 정도로."

"그렇다면 셀크남족일 리가 없군. 커야만 해. 셀크남족은 모두들 건장했지."

"전부 다는 아냐." 아만다가 말했다. "하지만 만약에 우리 유모가 마지막 오나족이라면, 그 오나족의 마지막 생존자가 지금까지 날 돌봐준 거였다면 정말 대단하잖아. 마지막 생존자를 찾겠다는 것이 내 꿈이었는데."

"오나족은 모두 죽었어." 막스가 말했다. "우리가 할 수 있는 건 상상속에서 그들을 부활시키는 것뿐이야."

"그게 무슨 소용이야." 내가 말했다.

"그래도 누군가가 그들의 이야기를 할 순 있지." 막스가 대답했다.

"맞아." 아만다가 말했다. "그게 바로 네가 '바람 때문에'에서 할일이야. 관객들에게 인디언들이 어떻게 살았는지, 유럽사람들이 여기 왔을 때 살아남지 못한 거하며, 마치 띠에라 델 푸에고 원주민들이 아직도 생존해 있는 것처럼 그들이 남극의 주인이었던 것을 보여주는 거지. 네가 만들어낸 여자는 우리를 과거로 안내하고, 그녀가 버림받았을 때 인디언들이 목숨을 구해준 것처럼 사람들에게 다시 삶을 불어넣어줄 거야."

나는 패배했다. 신부와 수녀의 눈 아래서 영원히 천을 짜는 다리 없는 여자가 나보다 차라리 섹스할 기회가 더 있는 듯했다. 아만다는 마치 뿐따 아레나스의 바람에 지평선 너머로 날아가버리듯 내게서 멀어져만 갔다. 이 막스란 놈은 심각한 골칫거리였다. 내 인생을 훔쳤고, 아만다의 마음을 가로채고 있었지만, 부지중에 성난 빠블로 바론이 내 심장을 조각내 먹어치울 것에서부터도 지켜주고 있었다. 내가 재빨리 손을 쓰지 않으면 막스는 바다만큼 푸른 아만다의 눈으로 헤엄쳐와 나보다 먼저 도착해 내가 홀로 차지하겠노라고 맹세한 그 육체를 빼앗아갈 판이었다. 나는 사진을 다시 보았다.

그리고, 갑자기, 그게 유모가 확실함을 깨달았다. 재니스, 넌 그저 내가 내 말이 맞고, 잘생긴 오스트리아 출신 적수가 틀린 것만을 찾는 데 골똘하다가 그를 이겨보려고 이런 소릴 하는 거라고 생각할 거야. 하지만 꼭 그런 것만은 아니었다. 그 길이 덜든 수컷 라이벌은 그저 내 추리를 부채질해줄 뿐이었지. 거기서 유모의 눈과 똑같은 눈을 바라보면서 난 어젯밤 막 자기 전에 읽은 것을 기억해냈다. 막 눈꺼풀이 내려와앉을 때, 호텔 도서관에서 훔친 책 중의 하나에서 클로케텐(kloketen)에 관한 글을 볼 기회가 있었어. 셀크남족 남성들의 성인식에서는 사내들이 가면을 쓰고 여자들에게 겁을 줌으로써 여성에 대한 남성의 지배를 재현하고, 남자를 잡아먹는 여자와 복수심 많은 달의 신 그리고 옛날 것과 똑같은 가면을 쓰고 남자들을 속이며 통치했던 여자들의 귀신을 쫓았다고 해. 난 너무 졸려서 거기에 대해 깊이 생각해보지 않았는데, 이제 보니 여기에 유모가 내 고백 후에 들려준, 내게 잊지 말라고 한 기원, 그 수수께끼 같은 전설이 있는 거였다.

얼마 후 이 유모의 기원에 대한 폭로는 나의 인생을 바꾸게 돼. 그러나 그순간 나를 키워준 여자의 먼 과거 신분을 캐내는 게 베렌스를 떨쳐버리거나 그의 손이 아만다 까밀라를 집적거리는 걸 막지는 못했다. 내가 유모에 관한 한 더 많이 알고 있다는 사실을 막스를 내쫓아버리는 도구로 변환시키지 않는다면 머잖아 그는 내가 사랑하는 소중한 여인의 몸을 손으로 더듬고 말 거였다.

이게 바로 그 일요일 내가 뿐따 아레나스의 호텔방에서 외로운 나의 손을 여느때처럼 외로운 내 물건 위에 얹어놓고 골똘히 생각하고 있던 거였다. 늦은 아침이었고, 나는 아만다가 갑자기 들어오지 못하게 방문을 잠가놓고 있었다. 난 벌거벗고 누워서 우울과 무기력감을 느꼈지만 하늘에 솟구친 내 물건은 급한 서비스를 요구하고 있었다. 뉴욕을 떠난 지도, 그 어느 여자도 해주지 않는 안식의 의무를 손으로 한 지도 너무나도 많은 날들이 흘러갔다. 다시 말하자면, 재니스 네가 씨애틀의 잠 못 이루던 밤에 보낸 글들이 화면에 꾸물꾸물 올라올 때 그 앞에서 했던 것처럼 난 자위행위를 하고 있었던 거야. 내 물건을 천천히 쓰다듬어주고, 이리저리 비벼주면서 난 눈을 감고 아만다 까밀라 팬티 속의 작고도 단단한 엉덩이와 유혹하듯 살짝 비쳐 보인 음모의 모습들을 그려보았고, 이건 정말 하고 싶어하는 게 아니라는 생각이 들었다. 지구 끝에서 딸딸이를 치며 내 위대한 임무와 모험을 궁상맞은 정액 거품으로 마감하다니, 이 얼마나 엄청난 패배인가. 내 곁에 두었던 클리넥스에 쾌락이 쏟아져나오는 순간, 그 고귀하고도 지옥 같은 순간에 난 실패를 자책하고 전장을 적에게 넘겨주어야 한다는 걸 예감했다. 반시간 안에 막스는 우리를 나딸레스 항구로 데려가려 올 거였고, 난 그가 아만다와 단둘이 가게 내버려둘 작정이었다. 막스는 날 완패시켰다. 막스가 아만다를 유혹하는 걸 막아낼 재간이 내겐 없었다. 저녁 무렵에 그의 손은 아만다 방문의 손잡이를 열 것이며 그녀의 손은 침대시트를 열어젖히고 있을 것이고, 난 옆방에서 그 소리를 듣고 있을 것이다. 그들의 정사에 난 관객이 되도록 예정되어 있었던 것이다. 막스는 똑똑하고, 내가 되고 싶어하던 모든 것이었으며, 오나족과 빙산, 칠레 그리고 여자에 관해 내가 알았어야만 했던 모든 것을 다 알고 있었다고 그 전날 이미 기록되어 있었다. 나의 아주 작은 의사표현도 그의 이론에 맞부딪치곤 했다. "생각해보니 뉴욕은 여름이겠군." 난 적어도 그의 상대가 될 수 있는 분야로 대화를 전환하려 이렇게 말했다. 그러자 막스의 코멘트는 "계절만 바뀌는 게 아냐. 가브리엘, 아만다. 다른 것들도 다 마찬가지야. 우린 모든 걸 반대로 살고 있어. 서양의 위대한 신화, 역사가 이곳에 전해지면 맞질 않아. 뭔가 다른 걸로 변화하고 말지. 예를 들어 율리시즈가 그토록 이타카로 돌아가려 한 거나, 오이디푸스 신화, 엘렉트라, 안티고네 그 모든 게 과장되고 곧바로 알아볼 수 없을 정도로 뒤틀려버리지. 사람들은 다른 방식으로 살고 있다고." 그러자 아만다의 말. "그럼 돈 후안은?" 막스가 아만다를 향해 미소지었다. "만약에 라틴 아메리카가 지옥이라면 돈 후안은 자기가 강간한 여자의 아버지에 의해 제대로 지옥으로 보내지지 못하겠지. 안 그래?" 막스는 아만다에게 마치 난 널 이 지옥에서 꺼내줄 수 있어. 천국으로 보내줄 수 있다고, 어디 한 번 해보라니까 하고 말하듯 미소지었다. 그리고 아만다는 바로 오늘, 일요일밤 어디 한번 해볼 것이다. 성녀 우르쑬라와 11,000명 처녀들의 순교 기념일이 시작된 만에서 멀지 않은 곳에서 아만다는 막스에게 처녀성을 넘겨줄 것이고, 비록 훗날 내가 그녀의 '개인적인 영역'에 들어가 삽질을 해보려 해도 이미 그가 먼저 와 땅을 일구고, 씨를 뿌리고, 아마 추수까지 마친 뒤가 될 뿐이었다.

난 그런 상황에 처해 있었다. 그들의 야합을 막지 못할 바에는 억지로 그 증인이 되지는 않으리라 마음먹었다. 난 자지를 거울로 비춰보며 손장난을 치고 있었고. 거울이 날 보고 있는 여자라고 여겼다. 그리고 점점 절정에 다가감에 따라 입에 물이 고이는 듯한 느낌을 받았고, 전혀 뜻밖의 일이 벌어졌다.

난 멈추었다.

내게 그런 의지력이 있는지 몰랐다. 사정 직전에 그만둔 거였다. 내 성기 안의 고통이 폭발하려는 순간 멈추었다. 칠레에서 나의 첫번째 오르가슴을 이런 식으로 외로이 침대에 누워, 이전에 수많은 정치범들이 낙심에 빠져 자위행위를 하며 정액을 바람에 날려버렸을 도슨섬을 바라보며 맞아서는 안되었다. 옛날 호시절에 마젤란과 쿡 선장 그리고 다윈이 지나간 해협을 바라보는 곳에서 어떻게 내 씨앗들을 날려버릴 수 있겠는가? 난 지구 끝에 고작 딸딸이나 치러 왔단 말인가?

난 멈추었고 자지가 쭈그러들게 내버려두었다. 그리고 전화를 집어들어 싼띠아고의 아버지에게 전화했다. 단지 좆같은 사실 전부를 있는 그대로 털어놓으며 단도직입적으로 얘기하겠다고 생각했다. "아빠, 저 도움이 필요해요"라고. 이해해주길 바라며 눈빛으로 구걸할 필요도 없고 남자 대 남자로 직접 얘기하리라. 내가 막스 베렌스보다 나은 한가지는 나의 아버지는 나찌가 아니라는 사실이지. 비 맞는 애들을 도리어 집으로 데리고 들어왔는걸.

전화를 받은 건 물론 뽈로였다. 그는 항상 그렇듯 친절했다. 아버지는 안 계시고, 혹시 내가 궁금해할까봐 말해주는데, 아버지는 엄마와 같이 있지도, 관계도 기대한 만큼 잘 진전되는 것 같지도 않다고 했다. 그는 내가 덜 어지러운지도 물었다. 뽈로에 따르면 아버지는 단 한번도 내 건강에 관해 눈곱만치의 관심을 보인 적이 없다고 했다. "혹시 화났는지도 몰라." 뽈로가 말했다. "왜냐면 네가 그 기네스북 녀석을 좀더 세게 때리지 않아서일 거야. 혹은 다른 것, 깔리또스 때문에 널 탓하는지도 모르지. 그 새끼 도망가버렸거든. 끄리스가 그 앨 잡으러 나가고 마침내 찾아냈을

298

때 걔가 뭐랬는 줄 알아? 자기가 도망친 건 너 때문이라나. 네가 걔를 찾아가보겠다고 약속했다는군. 그래서 그 아인 우리가 약속을 안 지키는 걸로 결론을 내린 거지. 아마 그래서 끄리스가 화났나봐. 네 생각은 어때?"

"아버지한테 내게 전화 좀 해달라고 해. 뽈로, 알았지?" 난 뽈로가 내 말을 전한다 해도 아버지가 눈썹 하나 꿈쩍 안 할 것을 알면서 말했다. 나의 예감은 뽈로의 마지막 농담으로 굳어졌다. "아만다 까밀라한테 끄리스 아저씨가 인사 전한다고, 돌아오거든 저녁식사나 하잖다고 전해줘." 뽈로는 아마 그 거짓말을 연습해보았을 거고, 어떤 식의 작별인사가 깔리또스가 밀라그로스의 집을 도망나간 우울한 소식보다 더더욱 나를 화나게 할지 곰곰이 생각해보았을 것이다. 그러나 뽈로는 부지중에 날 정말 괴롭히던 문제에 대한 답을 주고 있다는 사실은 모르고 있었다. 어떻게 귀찮은 막스 베렌스 녀석을 해치울 것인가에 대하여. 뽈로는 내게 완벽한 해독제를 건네주었고 벌써 내 머릿속엔 한가지 계획이 세워지기 시작했다. 전화벨이 울렸을 때 난 허겁지겁 옷을 입고 있었다. 잠시나마 혹시 아버지일 수도 있다는 가능성에, 깔리또스를 찾아 두 사람이 내가 집으로 돌아오길 바라며 기다리고 있는 건 아닐지 하는 생각에 가슴이 뛰었다. 그건 매켄지는 매켄지인데, 아버지가 아니라 감방에서 전화하는 삼촌이었다. 일요일 면회날임에도 방문객이 하나도 없었다고 했다. 그는 여기까지 날 추적했고 "싼띠아고엔 언제 돌아와?" "범인은 찾았어?" 하고 물었다.

"삼촌, 한가지 물어볼 게 있어요."

"너 내가 왜 범인이 내부에 있다고 그러는지 알고 싶은 거지?"

"내가 알고 싶은 건요, 삼촌은 아무도 할 수 있을 거라 생각지도 않은 것들을 하려고 한 경험이 있으니까 묻는 건데, 불가능한 걸 바랄 때 제일 필요한 건 뭔가요? 정말 얻기 힘든 목표를 성취하려면 말예요."

"인내심." 빤초 삼촌이 말했다. "네가 뭘 구하려 하든지간에 시간을 충분히 두도록 해. 왜냐면 너무 급하게 굴면 십중팔구 일이 틀어지게 마련 이거든."

그게 바로 아만다 까밀라를 침대로 끌어들이기 위한 그후 몇달 동안의 나의 운동에 영감을 준 충고였다. 장기간의 전략 그리고 인내심. 그러나 난 그보다 좀더 구체적인 일에 착수했다. 아만다에게 뽈로가 말한 대로 아버지의 안부인사를 전했다. 일요일 나딸레스 항구로 가는 도중에 막스 베렌스로부터 아만다를 교묘하게 떼어놓기 위해 아만다의 증조부 웬델이 떼돈을 벌었다는 커다란 양 목장들을 방문했을 때 그 말을 전했다. 그리 고 말끝마다 위대한 매켄지를 들먹거렸다. 재니스, 넌 우리 아버지를 갖 고 아만다를 흥분시켜, 그 아이의 부드러운 음부가 아버지 생각에 촉촉해 지게 하는 게 바보 같은 짓이라고 할 거야. 그렇지만 아버지가 절대로 아 만다를 꼬시지 않겠다고 한 거며, 아버지만이 그녀를 활활 타오르게 할 수 있지만 빠블로 바론의 지갑 속에 고이고이 접혀 있는 콘돔 때문에 두 사람의 욕정은 채워질 수 없다는 걸 생각해봐. 아만다가 아버지에 대해 갖고 있는 열정을 다시 불지피는 건 내가 시간을 벌고 내 사랑하는 여인 과 별안간 튀어나온 영화제작자 베렌스의 관계를 훼방놓기 위해서였다. 그게 바로 메넨데스 브라운의 집에서도, 거대한 목장주들의 무덤에 둘러 싸여 오나족의 최후를 알리던 초라한 안내판 앞에서, 그리고 그날 갔던 모든 곳에서 내가 한 짓이었다. 아만다를 우리 아버지에 도취시켜 환상을 채워주고 그래서 또다른 매켄지를 원하게 하는 것, 다시 말해 우리 아버 지에로의 접근이 불가능하다는 걸 깨닫게 될 때 그녀는 차츰차츰 가까운 곳에 또다른 매켄지가 자신을 위로를 해줄 준비가 되어 있다는 걸 깨닫게 될 것이었지. 계획은 들어맞았다. 그 일요일 오후에는 우리 셋만 다닌 게 아니라 우리 아버지의 망령까지 일행과 함께 다녔다. 난 쉬지 않고 아버 지를 인용하고, 그의 연애기술을 찬양했으며, 막스가 하는 말을 꼬집기 위해 아버지를 써먹었으며, 그의 이름으로 아만다를 유혹했다. 마침내 무관심한 아버지의 도움을 받을 수 있는 길을 발견한 거였다.

물론 막스를 위대한 매켄지로 대체하여 제거하는 건 위험한 짓이었다. 아만다 까밀라의 눈에서 아버지의 그림자를 패퇴시키는 유일한 방법은 아버지 본인에게서 내가 정말 도움을 받아낼 수 있느냐에 달려 있었다. 그것이 삼촌이 말한 바 소위 장기전술이라는 건데, 나는 그 인내심으로 가득한 계획을 두번째 편지가 배달된 이후 몇주, 몇달 동안을 시행했다.

그때 유모는 나의 계획의 주요 후원자가 되어 있었다. 난 월요일에 싼띠아고로 돌아왔고, 이튿날 아침, 정확히 말해 7월 23일 화요일, 막스가 아만다를 덮치는 걸 미루게 한 지 이틀 후, 난 아버지와 뽈로가 두번째 편지를 우울히 바라보며 날 기다리고 있던 장관의 집무실로 소환당했다. 그제야 모든 일을 감잡을 수가 있었다. 첫째로 관심을 끈 건 우표에 찍힌 날짜였다. 금요일 아침은 바로 내가 막스 베렌스 지프차의 뒷좌석에 앉아 그의 머리와 아만다 까밀라의 흔들리는 머리를 쳐다보며 허기의 항구의 유적들을 보러 간 날이다. 금요일 아침. 아만다 까밀라가 편지를 누군가에게 건네주지 않은 이상, 자신의 알리바이를 만들지 않은 한 최고 용의자인 그녀의 혐의는 풀리게 되는 셈이다. 그러나 그것만으로는 말이 안된다. 아만다는 다른 사람을 필요로 하지도 않았고 자신이 의심받고 있다는 것조차 알지 못했다. 그녀는 함부로 누군가에게 연한 푸른색 봉투를 건네는 위험을 자초하지는 않았을 것이다. 우리가 떠나기 전 수요일에 자신이 직접 우체통에 집어넣었을 것이다. 절대로 아만다는 범인이 될 수 없었다.

그리고 빠블로 바론의 책상 위에는 내가 유모에게 '생태주의적 (ECOLOGICAL)'이라는 단어를 써준 것과 똑같은 연한 푸른색 종이가 놓여 있었다. 그러니까 유모는 수단도 정보도 갖고 있었다는 얘기다. 그러나 무엇보다도 난 이번 빠따고니아 여행 덕분에 유모에게 범행동기가 있다는 걸 알게 되었다. 복수. 아마도 유모는 지난 수년간 자기가 셀크남족이라는 것과, 자신이 바로 80년 전에 도슨섬에서 태어난 바로 그 소녀이며, 그 섬에서 태어난 마지막 오나족이라는 걸 알고 있었을 것이다. 그래서 아직은 내가 이해하지 못하는 이유로, 자신을 감추고 마뿌체족으로 행세하기로 결심했을 것이다. 그러고 나서 아마도 최근에서야 자신의 주인인 빠블로 바론이 인디언 살점 1파운드에 1파운드씩을 지불하던 재무사 조지프 웬델의 증손자라는 걸 발견하게 된 거였다. 그리고 이제 웬델의 후손이 그녀와 먼 옛날 안개를 헤치고 배를 저어와 만물에 이름을 붙인 죽은 조상들에 속했던 땅덩이로부터 빙산을 떼어내려 하고 있었다.

내게는 물론 아무 증거도 없었고 많은 의문점들이 해답 없이 남아 있었다. 유모에게 그녀의 어린 시절에 대해 넌지시 말해보거나 어떤 질문을 해도 대답은 항상 묵묵부답이거나 얼버무리기였다. "난 고아야" 하거나, "더이상 말할게 없구나" 등등. 유모가 어릴 적부터 요람에서 키워주고 먹을 것을 만들어준 바론 집안의 사내들이 바람소리를 듣던 귀들과 유모를 만들어낸 씨앗을 간직했던 고환들에 돈을 지불했다는 걸 모르고 있다면 어떻게 되는 거지? 나의 의심을 유모의 다정함, 가족에 대한 충성심에 어떻게 끼워맞추지? 아니면 이거야말로, 처음에 부딪쳐서 패한 뒤에는 고개를 숙이고 절대로 강자가 속마음을 짐작도 못하게 하고 빙하보다도 고집스럽고 끈질긴 침묵 속에서 안식을 구하는, 그 유명한 인디언식 시치미 떼기란 말인가? 그거였나?

이런 의문들은 결국 중요한 게 아니었는데, 그후 몇달 동안 난 유모가 범인이라는 결정적인 증거를 확보하기 때문이다.

내가 파놓은 함정에 유모가 빠져버린 것이다. 매주 우리는 식구들만의 점심식사를 했는데 목요일마다 유모는 내게 아주 유심히 지켜보게 하면서 자신의 유명한 까쑤엘라를 요리했다. 식사를 끝낼 때마다 나는 빙산 건에 관련된 매번 다른 용의자에 대해 말을 꺼내곤 했다. 그러면 다음 편지에 연관된 사람은 예외없이 항상 금요일에 편지를 보내왔다. 예를 들면 내가 목요일에 유모에게 범인은 볼리비아 영사임에 틀림없다고 말하면, 그 말은 빠블로 바론이 분노에 차 들고 있던 편지에 씌어 있었다. "내가 볼리비아 출신이라고? 그건 나만 알고 있고 당신도 곧 알게 되겠지." 아님 쎄비야에서 작품전시가 취소된 예술가의 짓거리라고 하니까 다음 편지에는 확실하게 "쎄비야에서 내 작품이 못 나가서 내가 화났다고? 그건 나만 알고 있고 당신도 곧 알게 되겠지"라고 씌어 있었다. 매번 편지들은 조화롭고 체계적으로 내가 다른 사람말고 유모에게만 한 말들을 되비추고 있었다.

물론 난 비밀을 지키기로 했다. '생태학'이란 단어를 읽고 범인이 유모라고 추측하던 날, 난 비밀을 지키기로 굳은 결심을 했다. 난 내 발견을 아버지에게도 빠블로 바론에게도 말하지 않을 것이다. 뭣 하러 내가 칠레에 온 날부터 바라던, 매일 아버지와 몇시간씩 함께 보내는 하늘이 보내준 선물을 받은 순간에 수사를 종결한단 말인가? 장관은 위대한 매켄지로부터 앞으로 매일 아침, 일주일에 닷새는 우릴 조롱감으로 삼으려는 자를 찾아내는 데 바치겠다는 약속을 받아냈던 것이다. 만약 그러지 않으면 빠블로는 내년 밀라그로스의 집에 대한 예산을 갱신하지 않겠다고 했다.

그러나 실은 유모의 비밀을 지키는 게 그다지 이익이 되지 않을지라도 난 그녀를 절대로 신고하지 않기로 했다. 뭣 하러? 만약에 유모가 범인이라도 그녀는 분명 해를 끼칠 수도, 협박을 실현시킬 수도 없었다. 내가 자기가 범인인줄 알면서 이용해먹고 있다는 사실조차 깨닫지 못하는 순진한 여자니까. 내가 아버지와 유대를 맺고 아만다와 자게 되는 때가 오면, 위대한 매켄지를 한쪽으로 데려가 수사를 계속할 필요가 없다고 말하리라 생각했다. 나는 이 사건을 이미 오래 전에 해결한 것이다. 아마 아버지나 다른 사람에게 이런 말을 할 필요조차 없을지도 몰랐다. 내가 비밀을 간직하고 있다는, 그리고 나만 아는 꿍꿍이가 있다는 사실은 날 즐겁게 했다. 유모는 내가 자기를 좇고 있는 줄도 모르고 있었지만 내가 그렇게 해서 그녀가 동족들을 내쫓고, 그것도 모자라 남극마저 훔치려는 사람들에게 복수하려는 계획에 협력하고 있는 것 또한 유쾌했다. 오나족을 위한 봉사, 그건 막스 베렌스가 카메라로 요리할 수 있는 어떤 것보다 더 만족스러운 일이었다.

재니스, 혹시 내 말이 너무 정의감에 들떠 있는 것처럼 들린다면 걱정마. 그건 그저 나를 위해 한 거니까. 사실 내가 간접적으로 죄를 뒤집어씌운 첫번째 사람은 바로 다름아닌 막스 베렌스였다. "유모, 내가 실은 누굴 의심하는 줄 알아요?" 여행에서 돌아온 지 며칠 안돼 유모에게 한 말이다. 우리는 단둘이 집에 있었다. 쌍둥이들은 낮잠을 자고 있었고, 다른 하녀는 멕시코 연속극을 보고 있었다. "뿐따 아레나스에서 영화제작자를 만났어요. 손가락이 보기 흉한 놈이었죠." 난 이름이나 다른 상세한 것들은 말하지 않았고 유모는 전에 '생태학적인'이란 말에서 그랬듯이 영화제작자란 단어를 어떻게 쓰는지 물었다. 며칠 후 빠블로의 책상에 편지가 놓여 있었고 그가 그 수수께끼 앞에서 미간을 찌푸리고 있는 것을 보았다. 내가 빠따고니아를 사랑하고 빙산이 영화에 찍히는 걸 싫어하는 영화제작자라고? 그건 나만 알고 있고 당신이 찾아내야 할 일이지. 난 장관의 머릿속에 어떤 예감이 애벌레처럼 자리잡고 커가는 것을 볼 수 있었다. 그가 막스에게 제안한 빙산을 영화에 담는 계획을 취소하거나 '바람 때문에' 제작에 대한 정부의 보조를 재고하거나 하는 것 말이다. 그렇다, 몇주 안에 빠블로는 나의 라이벌이 하는 소리에 귀를 기울이지도, 집에 발을 들이지도 못하게 할 것이다. 빠블로는 유모에게 막스가 전화하면 아만다는 집에 없다고 하라고 지시하게 될 것이다. 난 그저 아버지가 이미 빠따고니아에서 있었던 사랑의 전장에서 손가락 하나 까딱 않고, 보지 않고도 물리쳐버린 그녀석의 메씨지들을 쓰레기통에 처박고, 그가 가진 기회들을 훼방놓는 걸 확실히 해두었다. 나는 또한 아버지가 막스를 만나게 주선해 그녀석의 잘생긴 얼굴 앞에 위대한 매켄지를 자랑할 수도 있었다. 나는 시치미를 떼고 빠블로에게 영화제작자의 편지에 대해 언급하면서 혹시 사무실에 칠레 영화제작자들의 명단이 있는지 물었다. "단 하나 확실한 건 뿐따 아레나스에서 만난 막스라는 친구가 이 편지와는 무관하다는 거지요." 난 이 말이 아버지의 고개를 번쩍 들게 만들고, 내가 무죄를 보증하는 사람이 대체 누구인지 물어보리라는 걸 모르는 듯, 아버지가 단지 날 골탕먹이기 위해서라도 내가 무죄라고 주장하는 친구를 조사하리라는 걸 생각지 못하는 듯 넌지시 흘렸다. 2주일이 지난 후 막스가 왜 우리가 자기를 방문했는가에 골똘해하는 모습과 아버지와 나의 분신인 막스가 얼굴을 맞대고 있는 것을 보고 난 속으로 흐뭇했다.

조사가 끝난 후 나는 다시 막스의 사무실에 고개를 내밀었다. "아만다 까밀라에게 전할 말이라도 있니?" 난 악의를 품고 말했다. '그래' 아니면 '뭣 하러' 같은 소리가, 내가 뽈로를 통해 아버지한테 소식을 전했을 때 같은 슬픈 음성으로 들려오기를 고대하면서.

막스는 내게 그런 즐거움을 주진 않았다. "아니." 그는 양미간을 찌푸렸지만 날 흡족하게 할 만큼의 아픔은 담지 않고 말했다. 그리고 대화의 주제까지 완전히 바꿈으로써 날 더더욱 놀라게 했다. "너 라우따로 (Lautaro)가 누군줄 알아?"

라우따로? 라우따로?

인디언이지. 언젠가 그 이름을 본 적이 있어. 허나 그저 입끝에서 맴돌 뿐이었다. 그리고 막스가 옛날에 우쭐거리던 급우들에게서 요란스런 승리를 거둔 것처럼 나하고 또 누가 칠레에 대해 더 잘 아나 게임을 해서 우쭐거리면서 날 패배시키려는 거라고 생각했다.

"인디언이야." 백과사전 같은 막스가 내게 말했다. "그가 발디비아의 시종이 되었을 땐 내가 집을 나올 때 정도의 나이였을 거야. 뻬드로 데 발디비아라고……"

"나도 알아, 안다고."

"라우따로는 에스빠냐 사람들의 언어와 전쟁기술을 배웠지. 비록 많은 원주민들은 그의 전쟁기술이 오래 전부터 잉까족을 상대로 한 싸움에서 쓰이던 걸로 생각했지만 말야. 그건 아직도 논쟁거리야. 그러나 분명한 건 라우따로가 정복자들의 비밀을 모두 캐낸 뒤 탈출하여 자기 부족을 연전연승하게 한 거야. 발디비아도 죽이고 말았는데 금을 녹여서 입에 들이붓지는 않았어. 그건 말하자면 지어낸 얘기야. 하나의 은유일 뿐이지."

"이봐 막스, 네가 나한테 역사강의를 하는 건 좋은데 더이상 잘난 척할 필요는 없어. 라우따로가 누군지 나한텐 전혀 상관이 없으니까."

"난 그냥," 막스가 말했다. "네가 관심 있으리라 생각했을 뿐이야. 만일 네가 정말로 인터넷에 도통했다면 말이지."

"그게 인터넷하고 무슨 상관이지?"

"어떤 사람들, 말하자면 몇몇 원주민들에게 라우따로는 어떻게 원주민들이 현대의 상황을 다루어야 하는가에 대한 모범이거든. 침략자들에게서 배우고 그들의 무기를 받아들인 다음 격퇴하는 거지. 옛날엔 화승총과 말이었지만 오늘날엔 인터넷이지. 그런데 넌 흥미없다 이거니?"

"난 네가 무슨 소릴 하는지 모르겠어." 내가 말했다.

"그래," 막스가 대답했다. "넌 정말 아무 생각이 없구나."

"그래. 내 아버지가 날 기다리고 계셔." 나는 그저 내게는 아버지가 있고 그에겐 없다는 걸 상기시켜주기 위해서 나의, 나의 아버지라는 말에 일부러 힘을 주었을 뿐이다. 나는 복도로 나왔다가 막스가 하는 소리를 듣고 곧바로 돌아갈 수밖에 없었다.

"죽여버려."

"뭐라고?"

"네 아버지를 죽여버려. 내 충고에 관심이 있다면 말야. 넌 물론 아무 흥미 없다지만 네가 아무리 나처럼 되고 싶어 안달을 해도 넌 절대로 그럴 수 없어, 가브리엘." 막스는 마치 우리가 동갑내기가 아닌 것처럼, 마치 내 할아버지라도 되는 양 말했다. "넌 내가 한 짓을 하지 않는 한 나처럼 될 수 없어. 집을 나가. 넌 아무 상관없다고 하지만 라우따로를 봐. 그는 두 번이나 집을 나갈 수밖에 없었지. 처음엔 자기 부족의 집이었고, 나중엔 에스빠냐 사람들의 집에서 도망쳤고, 마침내 양아버지인 발디비아마저 죽여버렸어. 발디비아만 해도 그래. 그는 에스빠냐를 떠났고, 페루를 떠났으며 마지막엔 싼띠아고를 떠났지. 왜냐하면 더 멀리 가고 싶었기 때문이야. 내 말 명심해. 네 아버지를 죽이지 않으면 넌 결코 자유로워질 수 없어."

"내가 아만다 까밀라를 먹게 될 때 네 충고를 기억하지." 나는 이런 과감한 말을 막스의 귓전에 남기고 자리를 떴다.

"저 기생오라비 같은 놈이 아만다 까밀라에게서 뚝 떨어져 있었으면 좋겠구먼." 거리에서 만났을 때 아버지는 내게 이렇게 말했다. 나도 열렬히 고개를 끄덕였다.

아마도 그게 지난 두 주 동안 우리가 의견을 같이한 유일한 일이었을 것이다. 아버지와 나의 관계는 간단히 말해서 잘 진전되지 않고 있었다. 아버지는 내가 약속을 어겨 아직도 화가 나 있는 듯 보였다. 그는 수많은 아이들에게 절대적인 충성과 책임감을 강요했고 사실 어느정도는 폭군이었다. 그런 순종에 아버지는 완벽하고도 자상한 헌신으로 보답했지만, 잘못하는 날에는 내가 『기네스북』 녀석에게 한 것처럼 국물도 없었다.

빠블로의 지시로 시작된 아침 외출도 부자간의 관계를 펴주진 못했다. 아버지가 바라는 건 이따위 외출 대신 가출한 아이들을 뒤쫓는 것이었고, 나한테 밥 한 끼 사주거나 전희에 초대할 생각은커녕 어떤 아가씨나 물오른 아줌마와 관계를 갖기 위해 점심시간을 손꼽아 기다리고 있을 뿐이었다. 그리고 아버지는 항상 뒤쫓아다니는 뽈로 덕분에, 당연하게도 더 분개하게 되었다. "이게 웬 시간낭비람." 뽈로는 투덜댔고 위대한 매켄지는 그에 대답이라도 하듯 콧방귀를 뀌었다. 두 사람이 마치 코카인 중독자들처럼 킁킁거리는 것은 빠블로 바론이 밀라그로스의 집을 꽉 움켜쥐고 있지만 않다면, 빤초 삼촌이 감방에 붙들려 있지만 않다면 아버지가 이따위 일에 매달리지는 않을 거라는 뜻 같았다.

그럼에도 불구하고 난 밀라그로스의 집 기숙사에서 깔리또스의 두 수호천사처럼 아버지와 만났던 이틀밤 동안 그가 내게 준 친밀감을 다시 얻으리라는 희망을 버리진 않았다. 나는 깔리또스가 누군가의 희생물이 되거나 강도를 당하려 쌘띠아고의 거리로 도망쳐나가기 전부터 어딘가에, 그때 내 마음을 불태웠던 희망을 되살릴 곳이 있으리란 걸 알고 있었다. 난 미래에 대한 계획을 그런 뿐따 아레나스에서의 마지막날 밤 완성시켰다. 그때 난 석달 후면 얼음대륙의 떠다니는 산들에서 채취한 80톤의 푸른 얼음을 싣고 돌아올 부둣가에서 남쪽을 바라보았다. 아버지와 바다 위에 함께 있는 것, 그에게서 뽈로를 떼어놓는 것, 그래서 아버지를 낮에는 도망간 아이를 뒤쫓고 밤이면 여자를 사냥해야 하는 스트레스에서부터 해방시키는 것이 필요했다. 우리들을 홀려버린, 내가 소호에서 조국을 배신한 날 밤 뭔가 황홀한 것을 줄 것을 약속한 그 신비의 얼음으로 아버지와 함께 항해해나갈 수만 있다면. 그래, 바로 그거야. 나는 확신했다. 얼음이 아버지의 화를 녹이고, 거리감을 누그러뜨려줄 것이다. 아버지는 내게 마음을 열고 엄마가 해줄 수 없었던 아버지 인생의 이야기들을 완결지어줄 것이다. 어떤 방법으로 인생에서 처음 다른 여자를 정복했는지, 또 자정까지는 한 시간 반밖에 안 남았고 경험도 없는데 처음 보는 사람을 설득해 침대로 끌어들이려면 무얼 해야 되는지 등등.

재니스, 넌 내게 있는 기회들이 썩 좋지 않다는 걸 짐작했을 거야. 매사는 내 뜻과 정반대로 움직였으니까. 내가 들고 있던 하나의 카드, 밀라그로스 가야르도, 엄마만 빼고 말이야. 엄마는 아버지의 마음을 열 진짜 열쇠였지. 엄마는 아버지를 떠밀어 남극 가는 배에 실은 유일한 사람이었다.

엄마의 도움을 받는 건 생각보다 어렵지 않았다. 유모의 충고를 바탕으로 나는 작전을 짰다. 무엇보다도 세 개의 밀라그로스 레스토랑은 엄마가 손수 나서지 않아도 잘 돌아가고 있으니 칠레에 몇달 동안 더 체류하자고 설득하는 게 필요했다. 내가 더 머물려는 이유는 근본적으로는 경제적인 것으로, 여기서 직장을 구했다고 이해시켰다.

그건 사실이야 재니스. 오스카와 나노가 볼리비아의 부동산시장을 돌아보고 와서는 나를 컴퓨터 자문위원을 구하던 몇몇 회사들과 연결시켜주었거든. 나를 채용한 경영자들은 실은 대부분의 경우 별 소용도 없는 인터넷과 웹페이지들을 개설하려고 혈안이 되어 있었는데, 그건 단순히 자기네들이 얼마나 현대적이고 앞선 기술이 있는가 다른 동료들과 라이벌들에게 자랑하기 위해서였어. 난 엄마에게 이 모든 게 수익성 있는 계약을 하거나 우리의 잡지 『뭐든지』에 투자하게 할 수도 있는 일이라고 내비쳤다. 감성적인 공갈이지. 재니스, 엄마를 싼띠아고에 붙들어두는 데 엄마의 출국이 나의 직업, 그것도 태어나 처음으로 큰돈을 벌 일을 망쳐버릴 수 있다고 암시하는 것보다 더 좋은 방법이 어디 있겠어? 엄마를 설득하기 위해 억지를 부려야 할 줄 알았는데 승낙은 거의 곧바로 떨어졌고, 그럼 엄마 없이 남아 있으라는 제안도 없었다. 뉴욕에서는 식당 지배인이 매일매일 일을 잘 돌보고 있었고 임금이 미국의 20분의 1밖에 안되는 이 나라에서 우리가 왕족처럼 살 수 있을 만큼 충분한 돈을 부쳐왔다. "영원히 여기 남을 수도 있어." 엄마는 한숨을 내쉬었다 "만약에 일이 제대로 돌아가면. 무슨 소린지 알지?"

다음 단계는, "내 새끼 가브리엘," 유모는 내가 엄마가 계획에 반대하지 않는다고 보고하자 이렇게 말했다. "매일 오후 네 엄마가 하는 모임에 동행하는 거야. 엄마가 방문하고 싶어하는 사람들, 장소, 모임 들에 같이 가렴. 가서 그 사람들을 칭찬하고 네 엄마를 기쁘게 해줘."

재니스, 솔직히 얘기하는데 그 오후들은 이상했어. 오후 3시엔 보험회사의 중견임원들에게 어떻게 컴퓨터 프로그램을 써서 손해배상 청구를 차단하거나 줄이는가를 가르치다가, 두 시간 뒤 5시에는 엄마를 따라 더러운 동굴 같은 홀에 모인 재해노동자들을 만나러 갔지. 그들의 손해배상은 내가 방금 가르친 바로 그 경영자그룹에 의해 기각된 거였어. 내가 참석한 좌익 성향의 모임들이 정말 이상스러우면서도 기적처럼 느껴지기도 했던 건 나로 하여금 엄마의 시각을 내가 이해하기 시작하고 배울 준비가 되어 있다고 느끼게 해주었고, 마침내 어느날 내가 세상에서 엄마에게 바라는 단 하나의 부탁은 그저 함께 빙산 취채여행을 가는 거라고 암시하자, 엄마는 준비가 되어 있고, 기꺼이 그렇게 하겠다고 말하게까지 되었다. 엄마야말로 내기의 규칙에 따라 아버지가 계속 잠자리를 해서 빠블로와의 내기에서 지는 일이 없도록 하고, 위대한 매켄지를 배에 신도록 유혹할 수 있는 유일한 미끼였다. 그게 바로 내가 총각딱지를 뗄 수 있는 청사진이었다. 빌어먹을 아이들용 디즈니 포르노 영화처럼, 나는 부모님을 한데 모아 다시 결혼시켜야만 하는 것이다.

물론 엄마만 그 아이디어에 들뜨게 해서는 안될 일이었다. 그 고집 센 아버지는 어떻게 하는가? 어떻게 빠블로로 하여금 위대한 매켄지를 갈바리노호의 갑판에 오르게 할 것인가? 바론에게 무슨 말을 해서 내 계획을 성사시킨담? 그저 단순한 명령조로 "끄리스, 넌 잔말 말고 가야 돼"라고 했다간 "빠블로, 네가 내기에 이기고 싶어 이러는 줄 알고 있어. 허나 좀 덜 유치한 걸 생각해보지. 세상에 그 느려터지고 여자라곤 없는 남극행 배에 날 승선시킬 방법은 없어"라는 친구의 비꼬는 듯한 대답을 듣게 될 게 뻔했다.

그렇다. 난 반론의 여지가 없는 어떤 것을, 적어도 아버지가 가치 있다고 고려할 만한 어떤 이유를 찾아내야만 했다. 아버지가 자신의 존재가 여행에서 필수적이란 걸 이해해야만 난 엄마에게 '태초부터 있어온 얼음을 향해 항해하며 시간을 보낸다면 얼마나 좋겠어요'라고 아버지한테 말하게 만들 수 있을 것이다. 세상에서 가장 추운 곳에서의 신혼여행은 어때요? 헤어져 있은 지 17년 만에 서로 열기를 나누는 건 어때요?

또다시 내게 해답을 준 건 삼촌이었다.

빠따고니아에서 돌아온 며칠 뒤 그를 방문하러 갔을 때 난 범인이 가까운 곳에 있다는 게 무슨 소린지, 혹시 유모가 관련되어 있다는 삼촌 자신만의 빼도박도 못하는 증거를 가지고 있는 건 아닌지 의아해하며 물었다.

그런 것 같지는 않았다. 삼촌은 음흉스레 속삭이길, 누가, 왜, 언제라고 밝힐 순 없지만 자신의 짭새들이 가르쳐준 바에 의하면 바로 빙산계획의 내부자 누군가가 연루돼 있다는 거였다. "빙산 일에 매달리는 모두가 다 배신자들이거든." 삼촌이 말했다. "전부 한때는 좌익이었지."

"라레아요?" 난 이의를 제기했다. "삐노체뜨 정권 때의 재무장관 말예요? 그자는 공장을 갖고 있어요."

"그자는 아니야. 다른 사람들 전부. 꾸이뇨네스, 그는 빙산계획을 입안한 사람이지. 아르만도, 그는 얼음덩이를 조각할 사람이고. 하꼬보, 그는 빙산을 촬영할 거지. 그리고 헤라르도, 난 그자를 망명하기 전부터 잘 알고 있어. 엔지니어인데 빙산 얼리는 방법을 고안해냈지. 얼음을 6개의 남근 모양의 기둥들로 둘러싼다더군. 설계도를 본 사람들이 내게 말해줬지."

"마치 6개의 거대한 자지 같겠군요." 내가 말했다. "그런데 그거하고 헤라르도가 빙산 일에 관여해서 삼촌이 화나는 거하고 무슨 상관이죠? 그건 그 사람 작품이잖아요."

"헤라르도는 배신자야. 그는 아옌데파였다가 망명해서 몇년을 보내곤 2년 전에 돌아왔어. 지금 그자는 자기를 망명길에 오르게 한 바로 그 작자들에게 협력하고 있다구. 그리고 또 랄로 고익이란 놈이 있는데, 최악질이지. 무장투쟁을 선동했었는데 지금은 빙산 홍보를 하고 있어. 내가 제일 의심하는 자는 이들 중의 하나야."

"그러나 왜요, 삼촌? 왜 그들 중의 누군가가 자신의 일을 파괴하려 들지요?"

"난 그 인간들을 알아." 빤초 삼촌은 졸면서 순찰을 돌고 있는 경비병들을 바라보며, 긴장한 듯 두 손을 비비며 말했다. "그들은 빙산에 모든 걸 바치고 그걸 쎄비야로 가져가길 원하지. 그들의 인생이 빙산에 걸려 있어. 허나 그보다 더 중요한 건, 맑스가 말했다시피 그들의 삶이 물질적인 데 의존하고 있다는 사실이야. 그들은 성공하여 향후 몇년간 일을 보장받을 수 있겠지. 하지만 그렇다 하더라도 내심으로는 이건 잘못이란 걸 알고 있고, 양심상 편히 있을 수가 없는 거야. 그들은 죄책감을 느끼고 그래서 그때 책상에 앉는 거야. 그 작자들 중의 하나가 첫번째 편지를 쓰기 위해 자리에 앉았지. 속으로 그저 장난이야, 다른 뜻은 없어라고 하면서. 그날밤 협박편지를 보낸 그 작자는 잠을 잘 잤겠지. 그러나 날이 가면 갈수록 앙심 같은 게 수면 위로 떠오르고 그는 마약중독자처럼 되어버린 거야. 약이 필요해졌지. 그는 심장이 뛰고 머리가 쿵쾅대는 것을 멈추기 위해, 또 속에서부터 '야 개썹새끼야, 권력에 아첨하지만 속으론 네가 그렇게 좋다고 하는 이런 변화가 너도 싫지?' 하고 말하는 음성을 막으려고 두번째 편지를 써야만 하는 거야."

"그러니까 이게 마지막 편지가 아닌가요?"

"더 올걸."

편지가 더 올 거라는 삼촌의 말은 옳았다. 각각의 편지는 내가 유모에게 흘리는 헛정보를 담고 그녀에 의해 보내졌다. 그러니까 빙산계획 내부의 5명의 용의자에 대한 삼촌의 생각은 물론 틀린 것이었다. 그러나 그런 사실도 내가 삼촌의 예감을 내 일정을 위해 멋대로 이용하는 것을 막지는 못했다.

재니스, 난 그 사람들에게 죄를 뒤집어씌웠다. 유모의 대화 속에 천천히 그들의 동기들을 짜깁기하며, 그 동기들이 유모의 손으로 빠블로가 매주 화요일마다 받는 편지들에 씌어지게끔 유도했다. 우선 "내가 프로젝트 안에 있다고? 그건 나만 아는 일이고, 당신이 찾아내야 할 일이지." 그리고 몇주 후엔 "난 당신이 생각하는 것보다 가까이 있지. 얼마나 가깝냐고? 그건 나만" 등등. 그리고 몇주 지나 몇몇 인디언 인권단체들과 한 천주교 사제가 빙산계획의 물질주의를 고발한 내용, 또 내부에서 흉계를 꾸미는 사람들 등 다양한 암시를 하고 나서 "누가 그 얼음덩이를 가져다 쓸데없는 조각을 하는 걸 마다하겠는가", 그리고 조금 지나서는 "빙산이 촬영되는 동안 녹여버릴 수도 있을까?" 식으로. 이런 수수께끼 같은 암시는 훌륭한 조각가, 훌륭한 영화제작자들에 대한 것이었다. 내가 '훌륭한'이라고 말하는 이유는, 우리가 남극으로 내려가기 전에 난 아르만도, 하꼬보 그리고 다른 사람들을 알게 되어 그들과 많은 시간을 보냈는데, 그들을 배신해야 했기 때문이다.

고백하건대 내가 하는 일에 약간, 아주 약간 거부감을 느끼게 되었다. 삼촌의 주장은 얼토당토않은 것이었다. 나의 새로운 친구들은 독재정권 하에서 고생했고, 그래서 몇몇은 망명하고 또 몇몇은 직장을 잃었으며 어떤 사람들은 감방신세도 졌다. 그러나 그들은 내가 아는 한 과거를 접어둔 데 대한 죄의식은 느끼지 않았다. 그들은 과거의 고통에 갇혀 지내기를 바라지 않았다. 그들 말로는, 그들은 경험을 통해 성숙해졌으며 빙산계획을 자신들의 이상에 대한 배반이 아니라 도리어 자신들의 복권이라보았다. 한가지 예를 들자면, 헤라르도는 빙산을 수년 전 자신을 집 떠난 거지처럼 받아들였던 에스빠냐에 당당하게 돌아갈 수 있는 방법 정도로 여겼다. 모두가 비슷한 생각들을 하고 있었다. 세상은 잘못 발음된 알아들을 수 없는 언어들의 더듬거림처럼 어쩔 수 없이 그들에게 귀기울이게 되었지만, 이젠 그들의 능력을 인정해야만 한다고 말이다. 그들은 또한 모두들 유머가 풍부했는데, 이거야말로 칠레를 엄격함과 꽉 끼는 칼라, 잿빛 넥타이에서 해방시키는 길로 보았다. 그들은 장난기가 많았다. 불평하거나 찔찔 우는 것은 이제 그만, 과거의 분열된 조국을 완전히 정신나가고 뻔뻔스러운 빙산계획 주위에 뭉치게 할 시간이라고들 했다. 그들은 내가 이제까지 가졌던, 그리고 앞으로 생길 어떤 친구들보다도 더 가까운 사람들이 되었다.

그렇다고 그런 사실이 내가 그들을 이용해 교묘히 죄를 뒤집어씌우고, 빠블로의 편집증을 악용하여 아버지를 압박하는 걸 막진 못했다. 아버지와 빠블로의 49번째 생일인 1991년 10월 11일 금요일에 배달된 편지는 내가 유모에게 주입시킨 내용을 담고 있었다. **내가 빙산이 첫번째 항구에 닿기 전에 공격할 것 같은가?** "범인은 내부에 있다는 생각이 들어요." 난 유모에게 말한 적이 있었다. "제 생각엔 '당신이 아는 사령관'은 빙산이 첫번째 항구에 닿기 전에 공격할 거예요." 그리고 유모는 내 명령에 따라 위대한 빠블로가 위대한 매켄지에게 경고할 수 있는 상황들을 만들어냈다. "그자는 배에 탈 가능성이 있어. 난 배 안에 믿을 만한 사람이 필요해." 빠블로가 미처 다른 말을 하기도 전에, 아버지가 적임자라는 압력을 준비하기도 전에, 위대한 매켄지는 기꺼이 남극에 가겠다고 대답했다. 장관은 너무나도 놀라, 끄리스또발을 배에 태우고 어떤 조건이라도 다 받아들일 수밖에 없었다. 처음 빠블로는 자신의 가장 친한 친구를 속여서 내기에 지도록 꼬여냈다고 생각했었다. 그러나 빠블로는 아버지가 요구하는 걸 듣고 얼굴이 창백해지고 말았다. "밀라그로스도 같이 가는 거야." 빠블로는 밀라그로스가 탈 자리는 없어, 그런 배에 여자는 태우지 않는단 말야,라고 말할 수조차 없었다. 그는 말문이 완전히 막혀버렸다. 어쨌든 엄마는 그때까지도 나와 함께 빠블로의 집에서 묵고 있었다. 빠블로의 짭새들이 우리 부모의 관계가 원만치 않다고 고해바쳤음이 틀림없었다. 짭새들이 눈치채지 못한 건 엄마가 유모의 충고에 따라 바로 그 전날밤 아버지와 식사를 하고, 그들이 좋아하는 포도주를 마시며 남극 문제를 꺼내었으며, 아버지는 자신의 여자에 흠뻑 빠져서 "그러니까 우리 같이……" 하고 대답했다는 것이다. 빠블로는 충격을 받았다. 그보다도 더 쇼크를 받은 뽈로는 불현듯 자신이 집에 남아서 애들이나 돌봐야 할 신세가 된 것을 깨달았다. 불쌍한 뽈로. 내가 칠레에 온 그날밤 아버지가 엄마와 자지 않을 거라고 내뱉은 그의 운명적인 말은 그에게로 되돌아가 어슬렁거리고 있었다. 뽈로는 구석에 몰렸다. 그는 밖에서 굴러들어온 이 가브리엘을 제거하고, 내가 총각딱지 한번 못 떼고, 사랑 한번 못해보고 뉴욕으로 돌아갈 거라는 자신의 조그마한 내기에 지고 만 것이다.

바로 그순간, 재니스, 사무실에서 빠블로가 아버지의 조건들을 받아들이는 걸 들었고, 나는 아만다 까밀라를 갖게 되리라는 확신에 차 언덕을 뛰어올라가던 아침 이래 처음으로 비로소, 비로소 시간이 내 편에서 움직이고 있다는 걸 분명히 느끼게 되었다.

난 속으로, 나머지 즉 이 두 남자와 내 맘대로 조종하고 있던 다른 사람들을 쳐다보는 일은 누워서 떡 먹기라고 생각했다. 난 남극을, 그리고 아만다 까밀라를 정복할 것이다. 그녀 마음속의 우리 아버지를 대신하고 아만다 아버지의 질투심 많은 눈빛을 피해 사랑을 쟁취하게 될 거라고.

난 모든 일이 잘 풀리리란 걸 알고 있었다. 놀라운 건 모든 게, 아니 거의 대부분 생각대로 맞아떨어졌다는 것이다. 계획은 완벽했다. 내가 생각지 못한 한가지만 빼고서. 난 유모의 죽음은 생각지도 못했었다.

유모가 죽었고 모든 건 엉망진창이 되어버렸다.

1991년 11월 1일, '모든 성인들의 날'(el Día de Todos los Santos) 우리는 빙산을 사로잡으러 항해를 떠났다. 난 지구 최남단의 도시에서 엄마 아버지와 함께 미국에서의 나의 삶을 짓누르고 있던 저주를 영영—난 아주 영영이라고 생각했다—걷어버리려 출발한 것이다. 우리들의 목적지는 남극제도의 굴곡부 안에 있는 유난히 잠잠한 빠라이쏘만으로, 떠다니는 얼음덩이 하나 건지는 일이 그리 위험한 곳은 아니었다.

　"우리의 임무가 전혀 위험하지 않다는 건 아닙니다." 그날 오후 아메리카대륙의 끝이 시야에서 사라져갈 때 선장이 식탁에 모인 사람들에게 말했다. 대륙의 마지막 땅, 그곳은 베링해를 건너온 부족들의 후손들에게도, 또 세상에서 가장 변덕스럽기로 소문난 바다에 미처 들어가보기도 전에 죽어간 수많은 난파선 선원들에게도 끝을 의미했다. 선장은 자신이 무슨 말을 하는지 알고 있었다. "이러한 시도는 전에 있어본 적이 없었습니다. 드레이크해를 지나는 대부분의 선박은 빙산을 피하려 하지, 배에 실으려 하진 않습니다. 고로 모든 배들은 지금까지 얼음을 적으로만 생각해왔지요. 빙산이 배를 두쪽 내기 때문만이 아니라, 얼음은 하늘에서 비를 내리게 할 수도, 밑에서부터 꼼짝달싹 못하게 할 수도 있고, 마치 태풍처럼 측면을 내려쳐 배를 침몰시킬 수도 있기 때문이지요. 관광선들도 항해할 수 있었던 몇달 전 하절기에 출항했더라면 좋았을 텐데 말입니다. 허나 우리가 받은 명령은 빙산을 11월 중순까지 가지고 오는 겁니다. 그래야 쎄비야에 제 시간에 도착하게 되지요. 그리고 전 명령에 따를 뿐입니다. 제가 이 배에 승선한 모든 분들이 제 명령에 따르길 바라는 것처럼요. 그리고 비상시에는 손님으로 오신 분들을 포함해 저희 모두 소환될 수도 있습니다. 모두 다 말입니다."

칠레 해군의 일원인 선장은 나의 갓난아기 같은 얼굴을 미덥지 않게 바라보았다. 여자를 배에 태운 데 정말 화가 나 있던 그가 나말고 누구한테 분풀이를 할 수 있겠는가. 여자를 승선시키는 건, 게다가 그 여자가 어떤 남자, 그것도 위대한 매켄지와 관련이 있다는 건 재앙을 자초하는 일이었다. 아버지는 전에 없이 신중하게, 주변을 둘러싼 사내들의 시샘을 사지 않도록 엄마의 손을 너무 꼭 쥐거나 만지작거리지 않으려 최선을 다하고 있었다. 아버지는 자기가 밤마다 이 휘황찬란하게 아름다운 여인의 몸을 들락거리는 동안 그들이 들어갈 수 있는 매력적인 곳이라곤 수면 밑에 가라앉은 조그마한 침대뿐이라는 인상을 주지 않으려 애쓰고 있었다. 난 걱정하지 않았다. 아버지는 그들의 호감을 살 것이고, 매일 아침 자신의 얼굴에서 피어오르는 성적 만족감을 감추려 애쓸 것이며, 이야기를 하면서 항상 다른 사람들을 즐겁게 해줄 테니 말이다. 엄마는 스키모자에 맞도록 머리를 짧게 잘랐고, 선원의 일원으로 보이게끔 복장을 남자같이 하여 가슴을 옷 속에 감추었다. 사람들은 엄마의 존재 또한 받아들이게 되었다.

나의 작전은 필요할 때만 아버지와 얘기하고 두 사람끼리만 놔두는 거였다. 난 그저 여행에 몰두한 채 아버지와의 관계는, 사람들을 통해서, 수많은 얼굴들 중의 하나, 아침식사하는 사람들 중의 하나 그리고 하얀 바다 속에서 갑자기 성난 듯 튀어나온 덩어리가 우리 배와 부딪치지나 않을까 안개 속을 감시하는 눈들 중의 하나가 되어 그와 천천히 엮이도록 만들어갔다. 레이더가 감시를 하지만 그렇더라도 대양 한가운데서 사방 수천 킬로미터 안에 육지가 없다는 걸 알고 있고, 육지 쪽으로 항해하는 대신 정반대로 엄청나게 큰,(녹았다 하면 뉴욕도 칠레도 쎄비야도 끝장낼) 대서양의 모든 물과 맞먹는 얼음덩이를 향해 가고 있다면, 누구나 수평선을 바라보며 기계음을 내는 장비보다는 본능적인 느낌을 더 신뢰하게 되어 타이타닉호처럼 점점 죽음의 물속으로 가라앉는 운명을 밟지 않도록 항상 감시하게 될 것이다. 아버지와 나는 둘 다 눈앞의 풍경에 사로잡힌 채 있을지 모를 위험에 집중하고 있었다.

남쪽으로 가는 동안 우리는 운이 좋았다. 바다가 너무 고요하여 일등항해사 뿌에르따스가 걱정을 하기 시작했다. 그는 혹시 어떤 예기치 못한 불상사가 예비되어 있을까, 자연이 이 균형을 깨고 결국 우리로 하여금 고요함에 대한 대가를 치르라고 할까봐 걱정했다. "날씨는 한 시간 내에도 바뀔 수 있지요." 호세 뿌에르따스가 말했다. 우리는 뱃머리에서 함께 바닷물이 튀는 것을 즐기고 있었다. 그토록 잔잔한 바닷물에 젖는다는 건 어려운 일이었지만. "그러니까 대비하고 있어야 해요. 물론 갈바리노호는 훌륭한 배지만 말예요. 모든 곳을, 아니 거의 모든 곳을 다 항해했고 남극대륙을 훤히 꿰뚫고 있어요. 갈바리노호 덕분에 무사한 여행이 될 거예요."

랄로 고익이 침묵을 깼다.

"나라면 그렇게 이름 붙이지 않았을 텐데." 랄로가 말했다. "갈바리노보다는 돈 호세가 어떨까요? 배이름을 바꾸자고 하면 해군에서 반대할까요?"

"배이름을 바꾼다고요?" 일등항해사가 말했다. "갈바리노가 어때서요?"

"인상이 안 좋아요." 랄로가 대답했다. "신체 절단 그리고 피와 연관되

318

는 이름이잖아요. 하필 모든 배들 중에서 에스빠냐 사람들이 처음엔 오른손을, 이어서 왼손을 잘라버린 인디언 추장의 이름을 딴 배를 선택했는지. 나쁜 인상을 주잖아요."

일등항해사가 말할 때 마치 그는 자신이 도끼를 휘두르는 것 같았고, 랄로 고익은 자기의 두 손이 잘려나가지 않도록 조심하는 듯했다.

"정말 나쁜 인상은, 고익 씨," 일등항해사가 말했다. "만약에 이 배가 수천년 동안 큰 얼음덩이에 붙어 있던 빙산을 떼어내다가 침몰하게 되는 일이지요. 얼음이 갑판에 떨어져 선체에 구멍을 내면 당신은 이 차디찬 물에서 헤엄쳐야 할 텐데 아마 몸을 녹이기 위해 냉장고 속에라도 기어들어가려고 할 거요. 꽁꽁 얼어서 피도 터져나오지 않고 추위에 눈알이 다 말라붙어 깜빡거릴 수도 없을 때, 정말 나쁜 인상을 남기게 되지요. 내 임무는 그런 일이 일어나지 않게 하는 거고요. 당신의 임무는 자기 손을 자른 나쁜 놈들에게 욕을 퍼부은 갈바리노를 영웅으로 만드는 일이지요. 갈바리노는 그로 하여금 더이상 침략자들을 죽이지 못하게 한 죽음 그 자체에 욕설을 한 거지요. 그는 자기 이름을 딴 배가 밤낮으로 사투를 벌이는 데 긍지를 느낄 거예요. 선장님께 당신 생각을 말하는 건 현명한 일이 아닌 듯하군요. 그럼 이만."

일등항해사는 하늘과 바다가 붉은색과 노란색으로 범벅이 되어 영원토록 지속될 것처럼 보이던 타는 듯한 저녁노을 속에서 자신의 말을 되새겨보도록 우리를 남겨두고 자리를 떴다.

한참동안 입을 다물고 있다가 랄로가 말했다. "난 모르겠어요. 뿌에르따스 같은 사람을 존경해야 하는지 동정해야 하는지 말예요. 저 사람이 들려준 자기를 죽인 살인자들에게 욕설을 해댔다는 갈바리노 이야기도 대부분은 아마 사실이 아닐 거예요. 물론 에스빠냐놈들이 갈바리노나 그와 비슷한 어떤 사람을 죽였고, 손을 잘랐겠지만, 그것만으론 안되지요. 극적인 게 더 필요해요. 한손이 아니라 양손이 잘렸다고 하고 거기서 피가 뿜어져나오는 동안 투쟁의 시를 읊었다고 해야지요. 마치 빅또르 하라 (Victor Jara, 칠레의 저항가수. 삐노체뜨 정권 때 체포되어 두 손이 잘린 후 처형되었다고 전해짐—옮긴이)의 경우처럼 스타디움에서 양손을 부러뜨린 다음에 총살시켰다는 것만으론 성에 안 차요. 안되지요. 망명중이던 몇몇 머저리 같은 저널리스트들이 갈바리노를 본떠 하라도 손이 잘렸다고 지어내야만 했던 거지요. 군부가 5천여명 정도 죽였다고 하면 불충분해요. 우리는 수만명이 죽음을 당했다고 주장해야만 했던 거지요."

"그건 왜냐하면," 또다른 목소리가 참견했다. 그는 아르만도 호르꾸에라였다. 그는 저 멀리 남쪽 끝에서 비치는 불빛에 눈을 고정시킨 채 남극의 장막을 바라보며 앞으로 캐낼 자신의 작품 재료가 될 푸르고 투명한 얼음층을 제일 먼저 보고 싶어했다. "그건 왜냐하면 사람들이 잊으려고만, 과거를 덮어두고 그 진실이 드러나지 못하게 하려고만 하기 때문이지요. 군부는 한 사람도 죽이지 않았다고 우기고, 우린 그들이 실제보다 훨씬 더 많이 죽였다고 하고 있잖아요. 일진일퇴라고 할까. 그렇게 우리를 어렵게 만드는 망각이 진행되고 있지요." 그는 우리 옆으로 흘러가던 크고작은 얼음덩이들을 가리켰다. 바람과 파도에 의해 얼음은 갖가지 형태로 잘려져 있었다. 아르만도에게 그건 천국이었고 꿈이 이루어진 것만 같았다. "내가 빙산을 사랑하는 이유가 바로 저거예요. 보고 싶은 것 어떤 것이라도 그 속에서 볼 수 있지요. 어떤 사람들은 거기서 진보를, 어떤 이들은 건망증을 보지요. 또 어떤 사람들은 파괴된 자연을, 또 어떤 사람들은 자연에 대한 사랑을 보고, 또 우리가 가진 것 중 가장 라틴아메리카적인 거라고 말하는 사람이 있는가 하면, 빙산은 차가우니 게르만이나 유럽에 어울린다고 하는 사람들도 있지요. 내가 빙산에서 보는 건 기회예요. 다시 시작할 수 있는 기회요. 그 누구도 얼음에 손댄 적이 없잖아요. 손하나, 손가락 하나, 기억 하나 닿은 적이 없어요. 우리는 바라는 어떤 것이라도 만들 수 있고, 난 상상력이 원하는 대로 그걸 정리할 수 있어요."

내게 아르만도는 도전이었다. 그에게 누명을 씌워서 그런 것이 아니라——사실 난 승선중인 모든 엑스포 관련자들에게 다 그랬으니까——막스처럼 내가 가지 않은 길을 걸어왔기 때문이다. 이런 차이에도 불구하고 아르만도는 나의 친구였고, 아니 적어도 그 자신은 내 친구라고, 내가 그의 영적인 동반자이며 자신을 이해해주는 사람이라고 믿고 있었으며, 실제로 난 그를 이해했다. 그러나 난 아만다 까밀라를 더 사랑하고, 아버지를 더 필요로 했다. 난 아르만도에 대한 충성과 내 자지에 대한 충성 사이에서 선택해야만 했지만 주저하지는 않았다. 빠블로로 하여금 아르만도를 의심하여 그를 탐험에서 거의 제외시키게까지 만들어버리고 말았다. 그가 빙산을 사로잡겠다는 평생의 꿈을 이루는 걸 거의 망쳐버리고 만 것이다.

재니스, 이야기를 잠깐 거꾸로 돌려서 말하자면, 아르만도는 내가 엄마한테 끌려 망명길에 올랐던 같은 시기에 뉴욕으로 갔어. 아르만도는 실은 나보다 나이가 몇살 많지만 그 또한 아버지를 잃었는데, 쿠데타 때문이 아니라 암으로 돌아가셨다더군. 그리고 나처럼 미국에서 대학을 다녔대. 또다른 평행선은 그도 내가 그랬던 그즈음 칠레에 등을 돌렸다는 거야. 그는 어머니에 의해 로봇처럼 끌려다닌 일, 반독재 노래들, 엠빠나다 그리고 시위대에 지긋지긋해하고 있었어. 하지만 여기까지가 우리 둘 사이의 비슷한 점이야. 아르만도는 여러 대회에서 수상한 자신의 작품들과 최연소 예술가로서 받은 매카서 영재장학금을 들고 삐노체뜨가 퇴진하기 전 칠레로 돌아가버렸어. 재니스, 왜 그런 줄 아니?

바로 남극 때문이었어! 단지 남극뿐만이 아니라 남극에 대한 어떤 텔레비전 프로그램 때문이었대. 소호에서 돌아오던 날 밤 25개로 나뉜 화면에서 나를 매료한 바로 그 다큐멘터리 프로의 장면들을 아르만도 역시 자기 집에서 보았다고 갈바리노호 선상에서 내게 털어놓았어. 그것도 말야, 재니스, 뉴욕 북동쪽, 내가 거리에서 빙산에 넋이 나가 서 있던 곳에서 불과 1킬로미터도 떨어지지 않은 곳에서 말야. 결국, 아르만도가 그 허깨비 같은 빙산들을 보고 만일 자신의 조국이 저런 모습이라면 가고 싶다고 결심했을 때. 난 그처럼 빙산의 모습에 반하고서도 칠레와 무관하게 서둘러 양키가 되길 바랐고 결국 그건, 재니스, 우리들의 식어버린 땀이라는 대실패로 종지부를 찍고 말았지. 같은 텔레비전 프로그램이 나는 막다른 골목으로 이끌었지만 아르만도는 고향에 돌아가 새로운 인생을 시작하고 저 바다에서 자신의 눈 밖으로 터져나올 것만 같은 무언가를 만들어낼 재료를 구할 수 있으리라는 신념, 자신의 조각을 통해 아메리카 대륙의 신비, 얼음이 세상을 지배했었고 언젠가 다시 지배하리라는 생명의 신비, 그리고 언젠가 다시 지구가 차가워지고 우주만방에 아무것도 남지 않게 될 미래의 차디찬 찌꺼기를 예언할 기회로, 멸망하게끔 예정된 인류를 위한 기념비를 조각할 기회로 인도한 거였다.

나한테 그런 열정이 눈곱만큼이라도 있었더라면. 재니스, 빙산에 대한 열정을 얘기하는 게 아니야. 나도 아르만도만큼이나 매혹되고 황홀감에 젖었지. 그가 가졌고 지금도 갖고 있는 미, 형태, 움직임에 대한 재능과 각지거나 둥글고 부드러운 물체와 관련한 소질 같은 게 내게도 있었다면 내가 이 모양은 되지 않았을 거야. 나의 모든 지능을 다른 사람들을 속여넘기고 여자를 따먹는 데 돌리지 않았더라면, 나의 정력을…… 그러나 난 지금의 좌절을 과거 탓으로 돌리는 데 지나지 않아. 이런 식으로 말한다는 건 옳지 못하지. 왜냐하면 분명 그 두 주간은 내 인생에 최고의 시간들이었으니까. 아르만도는 빙산에서 미래를 보았고, 나 또한 그랬으니까. 빙산은 나를 아버지에게로 가까이 이끌어주려 했다.

빙산은 그렇게 하려고 했고 실제로 그렇게 해주었다. 난 내 작전이 들어맞고 있다는 걸 이틀째 되는 날 우리가 남극에서 가장 소중한 것인 물을 실으러 비글해협의 마지막 기지에 들어갔을 때 눈치챘다. 재니스, 바다의 얼어붙은 소금 한가운데서 목말라 죽을 수도 있어. 오히려 아따까마

(Atacama, 칠레 북부의 사막—옮긴이), 고비, 사하라 사막들에 이 추위로 얼어붙은 대륙보다 더 물이 많다고 해야 할 거야. 물은 배급될 거라고 일등항해사 뿌에르따스가 설명했다. 목욕할 때 물을 낭비하지 말라고 말할 때 그는 선장처럼 엄마를 보지 않으려고 나를 바라보았는데, 배 안에 있던 유일한 여자에게 긴 샤워나 목욕으로 소중한 물을 허투루 쓴다고 비난하고 있다는 인상을 주지 않기 위해서였다. 난 그의 눈에서 그가 엄마가 어떻게 머리를 헹구고 얼마나 옷을 깨끗이 입으려 주의하는지 상상하고 있는 걸 보았고, 배에 여자가 탄 걸 그가 얼마나 싫어하는지 그리고 얼마나 엄마와 자고 싶어하는지도 읽을 수 있었다.

난 모든 걸 봤지만 상관하지 않았다. 그 바로 몇분 전 배로 운반되는 물을 바라보고 있을 때 처음으로 아버지와 마음을 터놓고 만났다. 아르만도는 승선한 사람들이 같이 씻거나, 한번 쓴 물을 또 써야겠다고 농담삼아 말했다. "우리가 어렸을 때처럼 말이야." 그가 말했다. "그래야 빠라이쏘만에 깨끗하고 말쑥하게 도착하게 되겠지." 그의 말은 나와 아버지가 자신의 거울 속에 수년 동안 방치한 기억 하나를 텅 빈 어둠속에서 떠올리게 했다.

엄마와 내가 칠레를 떠나기 며칠 전에 일어난 일이었다. 찢는 듯한 헬리콥터의 소음이 날 잠에서 끌어냈다. 그 금속성이 날 토막내고 나의 손을 자르고, 그 소음은 내 양팔을 갈아내며 차츰 심장을 향해 다가오는 꿈을 꾸고 있었다. 난 밀라그로스의 집의 안방으로 뛰어들어갔고 엄마는 커다란 침대에 혼자 잠들어 있었다. 침대로 기어올라가, 날 덮치려 하던 가위에서 구해달라고 엄마를 흔들어깨우려 할 때, 반쯤 열린 화장실 사이로 한줄기 빛이 비치는 것이 보였고 샤워하는 물소리가 조용히 들렸다. 아버지였다. 그때는 물론 아버지가 다른 여자와 한바탕 즐기고 방금 돌아왔는지, 엄마와 다시 한번 더 하기 위해, 아님 적어도 침대라도 함께 쓰기 위해 항상 몸을 깨끗이 닦는지 알 턱이 없었다. 그때까지도 엄마는 내가 태어날 때의 일이나 체 게바라, 그 내기들에 대해 가르쳐준 적이 없었다. 내가 알고 있던 건 엄마를 깨우지 않으면 아버지의 칭찬과 위로를 받으리라는 것이었고, 엄마가 이미 말한 것처럼 머잖아 내가 아버지도 헬리콥터도 다신 볼 수 없게 떠나버릴 거라는 것이었다. 엄마는 절대로 다시는 그런 나쁜 군인들을 보지 않겠다고 맹세했었다.

그렇게 나는 화장실 안으로 들어갔고 거기엔 벌거벗은 아버지가 샤워를 하며 흥얼거리고 있었는데, 그는 물을 맞고 있다기보다 얼굴에 햇볕을 쬐고 있는 듯한 표정으로 눈을 감고 있었다. 내가 거기 있다는 걸 알리기 위해 잠시 기다리고 있었더니 곧이어 아버지는 고개를 돌려 눈을 비비고 긴 머리를 뒤로 넘기고서 내게 미소를 지었다.

"꼬마야," 아버지가 말했다. "나쁜 꿈을 꾼 게로구나. 이리 와. 이리 오렴. 이건 요술을 부리는 물이야. 모든 나쁜 생각, 슬픈 생각을 죄다 씻어버리지."

"아빠." 내가 부르자 아빠는 조용히 하라고 했다.

"조용히 있자꾸나. 엄마를 깨우고 싶지는 않겠지? 남자는 여자를 돌봐야 하는 법이지. 여자들이 별탈없이 잘 자게 해줘야 하는 거야."

난 잠옷을 벗고 김나는 샤워기 아래 아버지와 함께 서 있었다. 그 전에 한번 보았음직도 했지만, 어쨌든 그때 내 기억에 아버지의 성기를 처음이자 마지막으로 보았고, 그건 아주 가까이에 서 있었다.

"좆." 난 내 눈가에 어른거리는, 불과 한 시간 전에는 어떤 여자의 몸속에 있었을 아버지의 자지를 가리키며 말했다. 난 아마도 그 물건에 어떤 특별한 일이 일어난 걸로 생각했던 것 같다. 재니스, 아버지의 성기는 두껍고 길고 인형의 목처럼 예쁘게 생겼으며, 발기하지 않아도 큼지막했고, 늘어졌다기보다 편히 쉬는 듯이 보였어. 내가 그걸 '좆'이라고 부른 건 밀라그로스의 집에 있던 양아치 아이들에게서 배운 단어였기 때문이지.

아버지는 웃었다.

"고추." 난 아버지가 또 웃을까 하여 말했다. "잎사귀, 바나나, 권총, 막대기, 호박."

"그만." 아버지가 말했다. "그런 말 하고 다니면 안돼. 네 유모가 화낼 거야. 남자들끼리는 괜찮아. 뻬네(pene, 에스빠냐어로 남자의 성기─옮긴이)라고 불러라. 너도 있고, 아빠도 있고, 엄마도 갖고 싶어하는 물건이지. 세상에 그보다 더 중요한 건 없단다, 가비야. 뻬네 하고 불러봐."

"뻬나(pena, 슬픔이란 뜻─옮긴이)." 난 단어를 잘못 발음하여 말했다.

"아니야." 위대한 매켄지가 말했다. "뻬나는 슬픔. 네가 울고 싶다고 느낄 때야. 가비야, 뻬네는 그와 정반대란다. 한 글자 차이일 뿐이지만 말야. 네가 뻬네를 어떻게 사용하는지 알게 되면, 세상에서 슬픔이 줄어들 거야."

아버지는 내가 그의 성기를 만지는 걸 허락지 않았다. 단지 자신의 땀구멍에 묻어 있던 여자의 체취를 닦느라 쓰던 비누를 건넸을 뿐이다. 아버지는 나 또한 그 냄새를 씻어내야 하는 듯, 비누거품이 잘 나게 도와주었다. 우리는 그렇게 오랫동안, 재니스, 얼마 동안이었는지도 모르게 서 있었다. 어렸을 땐 몇분도 참 오랜 시간처럼 느껴졌지. 하지만 그건 꽤 긴 시간이었다. 발가락 살들이 물속에서 쭈글쭈글해졌지만 아빠는 마치 우리 위로 안데스 산맥의 모든 미지근한 강물들이 넘쳐흐르길 바라듯 날 끌어안고 어깨 위로 들어올렸으며, 나도 아버지를 들 수 있다고, 그리고 우리의 이별의 순간을 한 시간, 일년처럼 늘어뜨리며 두 사람을 나누어놓았다가 떼어놓았다가 같이 붙여놓기도 하며 물길도 들어올릴 수 있다고 믿게 하고 싶어했다. 그리고 물이 다 떨어지고, 밀라그로스의 집에 있던 엄청난 보일러가 천천히 식어갈 때에야 아버지는 내게 어떻게 수도꼭지를 잠그는지 보여주었다. 그리고 샤워실에서 나와서 아버지가 남극의 푸른 일출 색깔을 한 긴 수건으로 내 몸을 말려줄 때, 아버지도 나도 17년 후 서로를 찾기 위해 남극에 가도록 운명지어진 것을 알진 못했다. 아버지는 내가 다시 잠옷 입는 것을 도와주었고, 자신의 아내이자 나의 어머니가 남편 끄리스또발이 살에서 다른 여자들의 체취를 씻어내지 않아도 되고 오로지 자기만을 사랑해줄 미래의 어느날을 꿈꾸고 있던 물침대로 데려 갔다. 그날밤 우리 세 사람은 사랑에 빠져 죽기라도 하듯 서로가 서로에 게 파묻혀 잠을 잤다. 그후로 나는 다시는 그 침대에서 잘 수도, 아버지가 팔로 엄마를 감싸안고 손으로 내가 마치 날아올라가 영영 돌아오지 못할 연이라도 되듯 내 작은 손가락들을 잡고 있던 아침을 맞을 수도 없었다. 그게 마지막이었다.

그리고 이제 우리가 15일간 견딜 수 있는 물을 싣고 남쪽을 향해 가는 갈바리노호의 갑판에서, 아버지 또한 그때를 기억했다. 과거의 물속을 헤 치고 지나가자 거기에 똑같은 행복과 똑같은 사람들이, 우리 세 식구가 더 큰 침대에 다시 모여 이번엔 우리끼리 잘 지낼 수 있기를 염원하고 그 옛날 콜럼버스가 항해에 나선 이후로 사람들을 추위에 떨게만 했던 바다 가 우리를 축복해주길 소망하는 게 보였다. 그 옛날 처음 내린 눈은 수많 은 세월이 지나 아버지가 날 목욕시키고, 악몽을 쫓기 위해 잠자리로 불 러들였던 날에도 내리고 있었다.

우리는 곤충채집에서 핀으로 벌레를 고정시키듯 그 이야기를 꺼내 그 순간을 망치진 않았다. 엄마가 우리에게 그렇듯 아버지와 나는 추억이 우 리 사이에 그저 매달려 있게 내버려두었다. 엄마는 우릴 이어주는 만남의 장소였으며 그녀의 깊은 곳은 내가 나온 곳이자 아버지가 항상 돌아가고 자 하는 곳이었다. 오후 11시가 되어 하늘이 어두워지기 시작하자, 우리 는 마치 해가 생각보다 일찍 뜬다고, 수평선 아래의 그 여린 빛이 결코 우 릴 완전히 저버리지 않았다고 말하듯이, 옛 기억을 허공에 머물게 두었 다. 난 추억에 구멍을 뚫지 않았고 아버지도 그 얘기를 꺼내지 않았다. 아 버지와 내가 함께했던 물에 관한 추억이 오래 전 헬리콥터와 침대의 밤에 우릴 감싸주었듯이 다시 우릴 씻기고 보호해줄 것을 약속하도록 내버려 두었다.

아버지가 내게 직접적으로 접근하거나 말을 건네진 않았지만 그후로도 며칠 동안 추억은 우리 사이에 남아 있었다. 아버지는 분명 아주 만족스러워했고 엄마도 혼자서 아버지를 소유하게 된 데에 너무도 열정적으로 행복해 있어서 그 기쁨의 전염성이 모든 이를 아주 즐겁게 만들었다. 투덜거리고 화 잘 내는 일등항해사도 랄로 고익과 체스를 둘 정도였고 랄로는 매번 그를 이기게 해주었다. 엄마는 어느날 아침식사를 마치고 갑판 위를 산책할 때 자기는 아들의 소원을 들어주러 함께 왔지만 대가로 사랑하는 사람의 선물을 받고 있다고 털어놓았다. 슬그머니, 두 사람의 관계가 배가 귀환하고 빙산이 7개의 콘테이너 상자에 실려진 이후에도 지속될 수 있음을 내비친 것이다.

그날밤 난 엄마 아버지의 선실 밖에 서서 그들이 사랑을 나누는 소리를, 그들이 분출하는 신음소리와 숨죽인 웃음소리를 들었는데, 마치 그건 달빛 속에서 순진했던 내 지난날이 다시 씻겨지는 것 같은 느낌이었다. 난 조금도 질투를 느끼지 않았다. 엄마와 아버지는 나를 다시 만들어내고 새 삶의 허가증을 내주는 중이었다. 아버지는 내가 이 일을 꾸민 것도, 이전에 내가 그들 사이에 그저 끼인 존재였다면 이젠 모든 것을 바꾸고 아버지로 하여금 내기와 엄마 둘 다를 얻게 해주고 있다는 것도 알고 있었다.

구태여 아버지가 그걸 내게 말할 필요는 없었다. 사우스 셰틀랜드 (South Shetland) 섬에 있는 마지막 칠레 기지에 도착한 넷쨋날, 난 눈보라 속에서 아버지와의 새로운 관계를 확신할 수 있었다. 우리가 내린 곳은 여기저기 뒤틀리고 울퉁불퉁한 바위들이 튀어나온, 가히 광활한 눈의 황무지라 할 만한 곳이었는데, 그곳의 미니도시에서 한겨울을 보낸 100여명의 군인, 장교 들은 우리의 도착을 환영해 마지않았다. 그들이 우체

국과 현금인출기까지 비치한 은행(농담 아니다)을 보여주고 자랑스레 오락실을 과시할 무렵, 중위 하나가 위대한 매켄지 앞에 종이 한장을 흔들며 나타났다. 끄리스또발 매켄지에게 온 급한 이메일이었다. "선생님께 솔직히 말씀드리는데요." 그는 장화에서 콧수염까지 허옇게 서리가 낀 채 말했다. "제가 이렇게 직접 전해드리게 되어 얼마나 영광인지 모릅니다. 선생님께선 언젠가 지금은 금융계에서 썩 괜찮은 직장에 다니는 제 조카를 구해내신 적이 있습니다. 선생님이 아니셨다면 그 아인 인생을 망쳤을 거예요. 저 여기 메일이 있습니다."

아버지는 그걸 즉시 받지 않았다. "누구에게서 온 거지요?"

"뽈로라는 사람인데요." 중위가 대답했다.

난 가슴이 철렁했다. 난 내 무덤을 판 거였다. 나도 정말 쓸모가 있다는 걸 뽐내고 싶은 생각에 그만 입에 담고 싶지도 않은 뽈로에게 인터넷의 즐거움을 가르쳐주다니. 사냥한 새 쌓아놓듯 약속만 해대는 수리점에 내팽개쳐져 잠이나 자고 있을 내 컴퓨터로 뽈로를 가르치는 게 아니었다. 난 오스카와 나노가 건네준 오래된 컴퓨터들을 밀라그로스의 집에 대신 설치했다. 그리고 지금 뽈로는 또다시 날 엿먹이고, 뒤통수를 때리고, 내가 가르쳐준 지식을 써먹고 있는 거였다. 마치 라우따로처럼! 녀석은 아마도 어떤 위기상황을 만들어 위대한 매켄지를 기지에서 철수시키려 애쓰고 있을 것이다. 틀림없이 벌써 군인들과 접촉해 옛날 미국으로 떠나기 전날밤 날 땀에 젖어 잠에서 깨웠듯 사돈의 팔촌쯤 되는 헬리콥터로 아버지를 데려가게 해놓았을 것이다. 그 헬리콥터는 날 아버지에게서 떼어내 남극의 반도를 향해 항해해가는 배에 나만 홀로 남겨둘 것이고, 결국 빙산은 우리 두 부자를 재결합시키리라는 약속을 지키지 못하게 될 것이다.

"중위님, 부탁 좀 합시다." 아버지가 말했다. "뽈로인지 뭔지 하는 작자에게 이 메씨지가 너무 늦게 도착했다고 전해주시오. 난 벌써 항해중이라고 말해주세요. 안 그러냐, 가브리엘?"

"물론이죠." 내가 말했다.

그날밤――사실 고작 네 시간 동안 어두워지는 걸 밤이라고 불러야 할지 모르겠지만――날 잠에서 깨운 건 엄마였다. 엄마 혼자만 날 깨웠다고할 수 없는 건, 일곱겹 그녀의 옷 밑에서도 아버지의 홍건한 정액냄새를맡을 수 있었기 때문이었다. 난 큰 파도들이 배와 그리고 우리가 빠르게다가가는 반도와 더불어 유희를 벌이듯 아버지와 엄마가 육체를 즐겼다는 게 기뻤고, 그들이 무(無)에서 나를 만들어낸 것과 나도 새하얀 죽음의 어둠으로 되돌아가기 전에 내 맘에 드는 사람과 같은 즐거움을 나누게되는 건 좋은 일이라는 걸 받아들이게 되었다. 엄마와 아버지가 날 치유하고 있음을 느낄 수 있었다. 그리고 지금 아버지의 숨결을 몸과 다리에아련히 묻히고 내게 다가오는 엄마는, 아버지가 다른 여자의 체취를 없애기 위해 나도 함께한 그 샤워를 더이상 하지 않을 거라는, 우리 세 식구가마치 빠라이쏘만처럼 같은 강물에서 함께 목욕하게 될 시간이 다가오고있다는 증거였다.

"네가 보아야 할 게 있어." 엄마가 속삭였다. 그러자 잠들어 있던 사람들이 그 소리를 듣고, 엄마가 여자란 것도 개의치 않고 어둠속에서 서둘러 옷을 입기 시작했다. 모두가 갑판으로 뛰어올라가자 거기엔 위대한 매켄지와 선장이 전방과 상공과 측면을 응시하고 있었다.

우리 앞 2킬로미터도 안 떨어진 곳에 도시만한, 축구장보다도, 맨해튼최대의 고층빌딩숲보다도 더 크고 고요한 얼음덩이가 히말라야 산봉우리같은 모습으로 갈라 벌어진 협곡을 드러내 보인 채 괴기스레 번쩍이며 수평선을 아름답게 가리면서 부유하고 있었다.

"한번 돌아보도록 하지요." 선장은 행여 빙산이 들을세라, 혹은 신이엿듣는다면 냉정하게 우리 배를 뒤쫓도록 빙산에게 명령할까봐 조심스레말했다. "새 한 마리가 저 위에 앉아도 저 괴물은 뒤집어질 수 있지요. 오랜 세월에 걸친 풍화작용으로 그토록 불안정해진 거예요. 만약에 우리가 그 틈새에 걸리기라도 하면……"

빙산은 우리 앞을 가로막고 있었다. 더이상 나아가지 말라고 말하고 있었다. 빙산은 내게 조심하라고, 돌아가라고 말해주고 있었다.

그 빙산은 빠라이쏘만의 입구를 지키고 있었다. 그리고 그 경고에 개의치 않았음에도 불구하고, 빙산이 남극의 안개 가운데서 중얼거리는 말을 곰곰이 생각해볼 필요조차 없었던 건 그 경치에 딱 어울리는 이름인 '폐허의 만'(Bahía Desolación)에 배 한척이 걸려 있어서 구조에 나서기 위해 우리는 어차피 돌아가야 했기 때문이다. 다가가자 겨울부터 꼼짝 못한 채 돛대가 얼음 위로 삐져나온 배가 보였다. 배 안에는 독일남자와 그의 아내가 있었다. 그들은 두 아이들과 함께 늦여름에 이 만으로 항해해 들어왔다가 무엇에 비할 수 없을 정도로 매섭고 천천히 고리처럼 주위를 에워싸는 추위에 갇혀버려서 결국 아무것도 움직일 수 없게 되었다. 남극의 밤 어둠이 오르락내리락하며 그들을 에워싸자 그들은 아이들만 철수시키고 남아 있기로 결심했다. 독일인과 그의 아내는 그곳에서 단지 서로의 몸을 벗삼고 점점 줄어만 가는 물에 의지하여 7개월 동안의 겨울을 지내고도 남을 준비가 되어 있었다. 우리는 이 모든 이야기를 아버지와 나 그리고 일등항해사, 아르만도 또다른 두 명의 선원이 7시간이나 거대한 얼음찌꺼기들을 긁고 그들의 배로 가로질러 가 음식과 보급품을 전해주고서야 알게 되었다. 그들이 육지로 데려다주겠다는 우리의 제안을 거절하는 것을 보고 내가 아담과 이브 같다고 하자 아버지는 고개를 끄덕였다. 내가 6개월이나 매일밤을 사랑하는 여자와 보내는 것만큼 좋은 것은 없을 거라고 말하자 아버지는 미소를 지었다. 그건 사랑하는 여자와 6개월이나 계속되는 낮을 함께 보내는 것만큼이나 좋은 거야, 왜냐하면 말이지, 아버지는 여기까지 말하고 멈추었는데, 난 그가 준비되고 나도 준비가 되면 그때 가서 나머지 이야길 해주리란 걸 알았다.

여행 일곱번째 날 새벽 4시 태양이 세상 끝의 하늘 위로 떨어지고 있을 때, 우리는 아무도 우리가 도착한 걸 알길 원치 않는 듯, 빙산을 강탈이라도 하려는 듯 빠라이쏘만으로 미끄러져 들어갔다.

빙산은 그렇게 쉽사리 잡힐 물건이 아니었다.

아르만도는 자신이 찾는 게 무엇인지 정확히 알고 있었다. '이엘로스 네그로스'(hielos negros)라는 남극의 검은 얼음으로, 그런 이름이 붙여진 까닭은 그게 수세기 동안 점차적으로 투명해진 오래된 얼음이기 때문이었다. 검은 얼음은 스스로의 불완전함을 삼키고 과거를 지워버렸을 뿐만 아니라 자신의 기억들을 조종했으며 하늘만큼 바다만큼 푸른 자신의 속살을 누군가 와서 들여다보아주기를 기다리고 있었다. 그러나 빙산의 연령, 투명함 그리고 금강석 같은 깊이만으로는 충분치 않았다. 아르만도는 각각의 조각들을 어떻게 비틀어야 할지, 각 부분을 어떻게 조립할지를 구상하였다. 떠다니는 얼음 시체더미들을 쎄비야로 가져가려면 어떤 거대한 단면과 깎아지른 절벽 그리고 작은 계곡들이 필요한지, 에스빠냐의 불빛 아래서 얼음덩이들이 춤을 추도록 빙산의 몸통에서 다리를 떼어내고 엑스포의 전기 아래서 새 몸을 자라게 하려면 무엇이 필요한지 아르만도는 알고 있었다.

우리는 두 척의 보트로 얼음부스러기들의 무덤, 마치 시공의 종말을 알리려는 듯 남쪽으로부터 수백만년 동안 불어온 눈보라와 바람의 찌꺼기들을 향해 갔다.

"이쪽 길로." 아르만도가 외쳤다.

"어떤 길?" 일등항해사가 물었다.

"저쪽, 저쪽. 얼음들의 길 말이오. 길에 있는 얼음들 좀 보세요. 길에 얼음들의 피가 흐르는 걸 보세요!"

그건 신기루가 아니었다. 이틀 전 우리는 아무것도 없는 바다에서 파도를 헤치고 마치 고래처럼 나타났다 사라지는 빙산과, 마치 푸른 모래사막인 양 바다를 건너는 캐러밴 일행의 허깨비를 본 적이 있었고 녹색과 흰색의 야자수로 덮인 섬들과 거기서 우리를 부르는 여자의 목소리를 들었을 땐 내 몸뿐 아니라 남의 몸까지 꼬집어보았다. 과장이 아니야, 재니스. 이게 바로 남극대륙이 자신을 방어하는 방법인데, 사람을 미치게 만들고, 항해도구 따위를 무시하도록 유혹하며 죽기 전에 하얗게 눈이 멀어 길을 잃게 하는 거야. 그런 속임수들을 쓰는 건 바로 빙산이지. 나도 많은 사람들을 속여왔고, 이렇게 나보다 더 거짓말쟁이였던 돈 후안의 도시 쎄비야에서 끝장이 나서 그와 마찬가지로 지옥에나 갈 처지지만, 우리 따윈 빙산이 수천 마일 밖에서 하늘의 반사경을 통해 내비치는 환영으로 사람을 부르는 것에 비하면 아무것도 아니었다. 그러나 아르만도가 보고 있던 건 신기루 거리들이 아니라 우리 배에게, 인간이 기억하는 한 그 누구도 감히 손대본 적 없는 틈새 안, 깨진 금 사이, 구멍 속 그리고 휘파람소리를 내는 갈라진 협곡 사이로 들어오라고 손짓하는 얼음의 미궁이었고, 그 위에 올라서서 불을 피우고 그 재 위를 걸어갔던 사람들을 거의 모두 죽인 얼음덩이였다.

그리고 우리는 손가락만큼도 아니고 그 표면의 부스러기의 부스러기도 아닌 60톤, 80톤, 100톤의 얼음을 잘라내려 하고 있었다. 그러나 빙산은 우리에게 저항할 것이다. 재니스, 빙산은 살아 있고, 숨어 있었어. "있잖아요." 아르만도는 나와 아버지에게 말했다. "빙산은 우리가 자길 데리러 와주길 원하고, 기다리고 있었어요. 얘야, 넌 날 기다려왔구나, 함께 여행을 떠나고 싶어서 말이야."

첫날 우린 거의 자정까지 일했지만 얻은 건 정말이지…… 아무것도 없었다.

"우리는 암컷 빙산을 찾게 될 거야." 아버지가 몸을 떨며 말했다. 아버지가 자신의 정력과 내기를 온전히 지키도록 엄마가 그를 데려가 사랑을 나눌 수 있는 시간은 채 한 시간도 남아 있지 않았다. "내일 말이야."

"어떻게 빙산이 암컷이란 걸 알지요?" 엄마가 물었다.

"찾는 데 엄청나게 시간이 드니까." 아버지가 말했다. "그리고 찾으면 도망쳐버리니까."

"아녜요." 엄마가 말했다. "여자한테 결국 다다랐을 때 도망쳐버리고 한군데 머무는 걸 못 견디는 건 남자라고요."

"내일." 위대한 매켄지가 말했다. "당신도 우리와 함께 가자고."

"내가 수컷을 찾을 거예요." 엄마가 말했다. "내가 그 빙산을 찾을 테니 두고 봐요."

그리고 엄마는 그렇게 했다. 혹은 엄마가 거기 있어서 빙산을 생기게 했는지도 모를 일이었다. 맹세코 우리는 같은 장소를 열번이나 지났고, 그때마다 그전에 없던, 무엇과도 비교가 안되게 더러운, 새로운 백색 얼음들만 보였는데, 별안간 거기 찾고 있던 게 있었다.

아르만도는 즉시 그걸 알아보았고, 엄마의 눈과 내 눈을 통해 그리고 내가 칠레에 도착한 첫날 맨해튼의 재니스, 네게로 돌아가는 걸 막은 가짜 빙산을 아버지가 바라보던 것처럼 보았다. 아르만도는 노 젓는 선원에게 단지 그쪽으로 가자고 손짓했고 우리는 눈앞의 장엄한 실체 속으로 미끄러져 들어갔다. 암컷인지 수컷인지 모를 그 얼음은 내가 잉태될 때에도 아버지와 엄마가 잉태될 때에도 콜럼버스가 태어나기 전에도 만들어지고 있었고, 우리가 봐주길 기다리면서 굳어져 자신을 드러내고 여행할 채비가 되자 조각가의 마음과 손길을 범하고 있었다.

임무를 즉시 완수하기엔 너무 늦어 있었다. 중요한 부분들을 떨어뜨리지 않으려면 동틀녘부터 만 하루의 빛이 필요했다. 아르만도는 엄마에게서 아이를 떼어내는 것처럼, 빙산에게 세상 밖에 있는 게 삶이지 죽음이 아니라는 걸 납득시키려는 것처럼 얼음을 그가 자란 산에서 떼어낼 때 두루 살펴볼 수 있어야 했다. 만을 지키는 거대한 얼음성들 뒤로 태양이 슬픈 듯 잦아들기 시작할 때가 아니라 떠오를 때, 그 작업을 바라보았어야 했다.

"빙산을 재배치하는 건 별 문제 없겠어." 일등항해사가 얼음톱 기사들이 벌써부터 으르렁거리던 바람에 장갑 낀 손가락들을 비벼대고 있을 때 말했다.

밤새도록 눈이 왔다.

눈이 오자 만의 새벽햇살은 완전히 다른 광경을 보여주었다. 모든 것이 눈에 덮여 다시 감추어지고 심연 모두가 가득 찼으며 물길은 알아볼 수 없이 되었다. 바람이 불기 시작해 종이배마냥 서로 부딪히고 흔들리는 빙산들을 움직여갔다. 남극의 짧은 여름밤 동안 난 빙산들이 내내 투덜거리고 서로 부딪쳐 깨지며 내는 소리와 바람이 오래 전 그 헬리콥터 안에 숨어 있던 괴물 울음소리를 내며 우리 일행을 비웃는 것을 들었다. 바람은 상처입은 짐승 같은 소리를 냈는데, 내일 빙산이 자신을 키워준 어미 산에서 떨어져 여러 조각으로 잘릴 때도 같은 소리를 낼 거였다. 침대에서 뛰어내렸을 때 다른 사람들은 이미 다 나간 후였다. 피로로 파김치가 되어 있었지만 난 우리가 빙산을 찾지 못하리란 걸 알았다. 눈의 위장술에 빙산을 잃어버리고 만 것이다. 모든 게 똑같이 보였다. 남극의 밤이 그걸 데려가지 못하게 지키려고 보낸 백색의 덮개 속으로 빙산은 또다시 모습을 감추고 말았다. 우리에게 남아 있는 나흘 안에는 절대로 녹지 않을 폭설이 더 내렸고, 그것이 푸른 수정으로 변하기까지는 10년이 걸릴 것이었다. 성난 바람이 몰아치는 배 주위에서 눈보라의 잔해와 얼음조각들 한가운데에서 눈을 깨끗이 치우고 빙산의 모태를 찾아내지 않고서야……

갈바리노호는 거의 모르는 사이 방향을 바꾸었다. 두 척의 보트를 불러모으기 위해 두 발의 조명탄이 발사되었다. 우리는 만을 빠져나가고 있었다. 상황은 점점 위험해졌다. 흘러다니는 어떤 얼음덩이라도 우리를 침몰시키고 부숴뜨려 바다 한가운데에서 동태로 만들어 우리가 빙산을 20세기의 마지막 엑스포에 관광객들의 구경거리로 만들려 했듯이, 우리를 세상 끝의 엑스포에서 바람과 신천옹들의 구경거리로 만들 수 있었다. 그렇게 우리를 500년 동안 기다려온 바람은 그 손과 폭풍우의 눈으로 사냥꾼을 포로로, 조각품으로 만들어버릴 거였다.

"눈이 계속 내리면," 그날밤 우리가 기운을 북돋우는 마술 같은 유모의 까쑤엘라와는 하나도 공통점이 없는 수프를 풀이 죽어 훌쩍거리고 있을 때 선장이 말했다. "그걸로 끝입니다. 빌어먹게 생겼어도 처음 걸리는 놈을 건져야 할 겁니다. 제 말이 심했다면 용서하세요."

"쌍놈의 얼음덩이." 엄마가 말했다. "재수없는 씹새끼 같으니라고."

"맞아요." 선장은 약간 움찔했다가 최고명령권자로서의 자세를 되찾고 말했다. "자, 제 할말은 다 했습니다."

우린 그놈을 보았어, 재니스. 만질 수 있을 정도로 가까이서 말야. 재니스, 무슨 말인지 알아? 쎄비야의 빙산, 내가 오늘밤 아메리카대륙의 생일 그리고 끄리스또발 매켄지와 빠블로 바론의 생일 전에 날려버리려는 그 암놈인지 수놈인지 모를 것이 우리에게 얼굴을 내비쳤었단 말야. 그 빙산이 어제 늦은 시각까지 기다렸던 건 우리가 거기 그렇게 있어도 자기는 절대로 사로잡히지도, 비밀을 노출하지도 않으리라는 걸 알리려는 거였다. 빙산이 누구의 발도 닿지 않은 계곡처럼 자신을 둘러싸온 안개를 걷어낸 건 몸 안의 전율과 삐걱거리는 깊고 푸른 빙산의 아래쪽이 폭풍우가 몰려와 자기를 덮어 보호하리란 걸 알았기 때문이지. 빙산은 우리가 절대로 만지지 않고 자기를 보아주길, 욕보이지 않고 꿈꿔주길, 그리고 남은 여생을 자기를 찾으며 보내주길 바랐다. 그게 빙산이 원한 거였다.

빙산은 영원히 순결을 지키길 원했다.

난 그날밤 잠들지 않았다. 잦아드는 바람소리를 들으면서 갑판으로 올라갔더니 눈은 이미 잦아들어 아침 4시인데 멀리로 태양이 보였다. 태양은 엉망진창이 되어버린 우리의 탐험에 작별을 고하고자 우리 눈앞에 아무 형상도 없이, 평평한 수면 위로 끝도 없이 펼쳐진, 하늘 같은 백색에 뒤덮인 경치를 드러내고 있었다. 빠라이쏘만. 그곳은 우리가 건너온 길도, 남겨놓은 표지들도 다 지워져버린 텅 빈 천국이었다.

아버지와 엄마가 묵고 있던 선실로 가 문을 두들기고 위대한 매켄지가 몸을 드러내기를 기다렸다. 그의 머리는 지난밤의 전투로 헝클어져 있었고, 그 뒤로 엄마는 좁은 침대에 머리카락조차 보이지 않을 정도로 베개에 푹 파묻혀 누워 있었다.

"아버지가 필요해요." 내가 말했다.

아버지여야만 했다. 난 그가 할 수 있으리란 걸 알고 있었다. 그의 장기는 도망나간 아이의 욕망을 좇아서 마침내 그가 아무도 자길 찾지 못할 거라고 생각하는 장소에 숨었을 때 찾아내는 거니까 빙산이라고 찾지 못할 이유가 없잖은가?

"미쳤구나." 아버지가 말했다. "난 아이들을 집으로 데려다주지 아이들을 빼가려고 집에 뛰어들지는 않아. 난 도망친 아이들을 유괴하는 그런 좆같은 형사나부랭이가 아니라고. 난……"

"빙산은 찾아주길 원해요." 내가 말했다. "아시잖아요. 빙산이 여기서 영원히 썩고 싶어하지 않는다는 걸."

"난 못해."

"빙산이 부르는 소릴 들어보세요." 내가 말했다. 아버지를 부르던 건 나였고, 그때 그는 내가 그가 한번 시도해봐주길 원하는 걸 알고 있었다.

아버지는 11월 9일 아니 어쩌면 11월 10일이었을 그날 정오, 빙산을 찾아냈다. 세상의 가장자리에선 시간도 존재하길 멈춘다. 끄리스또발 매켄지가 아무것도 없이 눈만 수북이 덮인 곳을 가리키자 아르만도가 선장으로부터 사용허가를 받은 거대한 팬이 돌아갔다. 인공의 바람이 스콧을 묻어버리고 아문센을 거의 죽을 지경까지 몰았고 또다시 빙산을 500년 동안이나 우리 눈에 띄지 않게 거의 덮어버린 남극의 바람에 맞선 것이다. 팬이 멈추자 선원 중 세 사람이 마치 거대한 코끼리라도 되는 양 빙산

위로 기어올라가 가장자리까지 눈을 바다로 쓸어버렸다. 마치 음악이 빗자루질을 하듯 그들은 섬세하게 쓸어내렸고 그러자 밑에서부터, 내가 아만다 까밀라를 알게 되고 유모의 품에 안긴 날 밤 아버지 손을 만지려 애쓰던 만큼의 아픔과 연약함을 간직한 빙산의 표면이 빛나기 시작했다. 거기에 우주의 시작만큼이나 푸른 빙산이 향신료와 금을 구하기 위해 콜럼버스를 보냈던 유럽의 열기 속으로 여행을 떠날 마음을 먹고 있었다. 수많은 관광객들은 빙산의 신비를 결코 이해하지 못할 테지만 적어도 세상에 저런 게 있다는 것, 아직도 인간이 발자국과 손때 그리고 지도와 기계로 점령하지 않은 대륙이 존재한다는 것 쯤은 알게 될 것이다.

빙산은 집에서 떨어져나갈 때 울지 않았다. 톱소리와 지렛 소리, 땀이 떨어지는 소리, 땡볕 아래 일할 때의 불평, 그리고 빠라이쏘만의 물속으로 얼음이 천천히 떨어져 부서지는 소리, 빙산을 뒤쪽에 있던 배로 예인할 때 파도가 우리를 적시고 물결이 그 가장자리를 핥는 소리 외에 다른 소리는 나지 않았다. 그날밤 선반 위에서 잠이 들었을 때에도, 아르만도의 디자인에 따라 이상야릇한 조각으로 잘려질 때에도 빙산은 아무 소리를 내지 않았다. 삐걱거리는 갈고리와 그물 밖으로 깨진 얼음덩이들이 자꾸만 떨어지던 소리, 빙산을 옥죄며 흠집 내던 강철 로프의 쇳소리 외에 어떤 불평도, 영혼의 멜로디도, 신기루도 없었다. 단지 이튿날 사람들이 욕하고 애쓰고 한편 기뻐하면서 수많은 삐쭉삐쭉한 얼굴을 한 빙산들을 포로로 하기 위해 사슬로 묶고, 즐거이 그리고 조심스레 그것들을 갑판에 내려놓고 캄캄한 콘테이너 안으로 옮겨 뿐따 아레나스에서 대기중이던 냉동실에 앞으로 몇달 동안 보관하게 될 때까지 얼음 속 깊은 곳의 한기를 탈없이 보존시켜줄 보온 모포가 가벼이 부딪는 소리와 끝으로 가까운 장래에 가공할 만한 쎄비야의 더위 속에서도 남근을 닮은 6개의 기둥들이 서늘한 숨을 내쉴 수 있도록 콘테이너 하나하나를 잘 확인하는 사람들의 소리뿐이었다.

그 소리들 외에 어떠한 소리도 이 여행의 시작이자 내 여정의 마지막에는 들리지 않았다.

우리가 그 모든 과정을 아버지와 함께 지켜볼 때 그는 담배를 피우며 깔리또스를 바라보던 부드러운 눈빛으로 빙산을 그리고 나를 쳐다보았다.

그것이 바로 내가 빙산을 남극의 떠다니는 푸른 산에서 떼어내고자 한 이유였다.

싼띠아고에 온 이래 난 폭풍우치는 바다의 쪽배마냥 이리저리 끌려다니기만 해왔다. 삼촌이 뭐라 하면 맞다고 하다가, 라레아가 정반대 말을 해도 옳다고 했다. 또 아만다 까밀라가 시키면 시키는 대로, 빠블로 바론이 웃으면 따라 웃으며 그들의 손과 목소리와 욕망에 따라 움직여왔다. 마치 칠레에 돌아오기만 하면 모든 게 해결될 것처럼 생각하며 그토록 많은 시간을 보냈던 이 가브리엘 매켄지는 뼈도 없는 듯이 말이다. 내 개성이란 건 바람에 흩어져버리는 안개에 불과했고 알맹이도 없는 껍데기 얼굴로 위장하고 있었으니, 나는 마치 뜨거운 바다에 떠 있는 얼음처럼 갈팡질팡하며 언제 녹아버릴지도 모르는 채, 그저 컴퓨터 속에 뜨는 글자들보다는 덜 덧없는, 오래 지속되는 무엇인가에 정박하길 갈망하고 있었다. 재니스, 넌 그 느낌을 알 거야. 우린 농담삼아 그 이야기를 한 적이 있었지. 난 깨달었어. 내가 칠레에 온 건 설사 아버지가 날 좌초시킬 암초가 될지라도 육지를 찾아 상륙할 수 있는 아버지라는 해변을 찾아서였다고. 그게 내가 칠레에 온 이유지만, 칠레는 아직까지 나의 부름에 대답해주지 않았다.

"아빠." 난 갑자기 말했다. "저 아직 총각이에요."

"알고 있어." 아버지가 말했다.

"그리고 더 일찍 돌아오지 못해서 죄송해요. 끌라우디아 할머니가 돌아가시기 전에 절 다시는 못 보여드린 것도 죄송하고요."

"그건 맞아." 아버지가 말했다. "당연히 그래야지."

우리는 하꼬보와 그의 카메라가 사라질 때까지 기다렸다가 7개의 상자 안에 조용히 잠들어 있는 빙산에서 멀어졌다.

"아빠, 도움이 필요해요." 내가 말했다. "전 정말 도움이 필요하단 말이에요."

"도와줄 테니," 아버지가 말했다. "말이나 해봐."

아버지는 내가 점찍어둔 운 좋은 여자가 누군지 알고 싶어했고, 나는 물론, 끄리스띠나 페레르라고 거짓말했다. 난 아버지가 아만다 까밀라가 태어나던 날 빠블로 바론에게 한 콘돔의 맹세가 가브리엘 매켄지에게까지 이어지는 걸로, 매켄지 성을 가진 모든 남자들에게 빠블로의 딸이 금지되는 걸로 생각하고 있을까 걱정스러웠다. 결과적으로 아버지에게 마음을 열어달라고 부탁하던 바로 그순간 나는 아버질 믿지 않았다. 또하나의 치명적인 실수였다. 그래도 그나마 괜찮다고 생각한 건 거의 동시에 아버지가 내게 거짓말로 대답했기 때문이다. "그리 나쁘진 않군." 아버지가 끄리스띠나에 대해 이렇게 평하자 난 그를 떠보았다. "아버지 제 말은, 끄리스띠나도 아버지가……" 그러자 아버지는 아냐, 물론 아니지, 끄리스띠나는 내 취향이 아니야라고 말했다. 얼마 안 있어 아버지의 비밀 중의 하나, 즉 그에게 취향 같은 건 없다는 걸 내가 알게 되었음에도 불구하고 말이다. 아버진 눈에 띄는 여자는 다 좋아했고, 종종 각각의 여자에게서 그녀만의 고유한 특징을 하나 이상 발견하곤 했다. 그러나 여기서 중요한 건 아버지와 내가 서로에 대한 초반의 실망을 시인하고 동업자가 되었다는 것이다.

"그렇다면 뭐가 문제인지 말해주겠니?"

"아버지가 문제예요."

"나라고? 넌 나하고 같이 지내지도 않았잖아. 네 교육을 책임진 건 네 엄마였고, 편지에서는 네가 뉴욕 여자의 반은 건드리고 있다고 그러던데. 그리고 만약에 아버지 없이 자란 게 널 못살게 군다면 야, 세상엔 나나 빤초 삼촌같이 아버지 없이도 잘만 살아온 사람이 깔렸어."

난 아버지한테 재니스, 너의 순결한 소파에서 돌아온 그날밤 맨해튼에서 어떻게 엄마가 내게 자기의 카사노바 남편 얘기를 털어놓았는지 들려주었다. 날 망친 건 아버지의 부재가 아니었다. 아버지의 지나친 존재감이 날 망친 거였다.

"아, 밀라그로스, 밀라그로스." 아버지는 한숨을 쉬었다. "여자들이란. 그래도 난 아직 대체 네가 나한테 뭘 해달라는 건지 모르겠는데."

난 내가 처음 어떻게 잉태되었는가에 대한 이야기를 들은 이래 내 물건을 활활 태우던, 아니 되레 풀죽게 만들고 엄마는 답변해줄 수 없었기에 내겐 다소 걸림돌이 되었던 바로 그 질문을 했다. "아빠가 엄마를 혼자 놔두고 다른 여자를 찾을 시간이 한 시간 반밖에 남아 있지 않았던 그날밤 대체 무슨 일이 벌어진 거죠?"

아버지는 내게 너무 서둘지 말라고 말했다. 먼저 그는 내가 벌써 알고 있는 엄마와의 연애담을 되풀이 이야기해주었다. 그렇게 뜸을 들이고 나서는 마침내, 배가 돛을 들고 환호 속에 북쪽으로 항해를 시작할 무렵 아버지는 내가 15살 때부터 그리고 8년 동안 동정을 간직하며 손꼽아 기다려온 이야기에 이르렀다. 12살 때부터 자신만을 사랑하기 위해 준비해온 여인과 가진 40여일간의 성생활이 고작이었고, 체 게바라를 땅에 묻던 날 밤 이전까지는 여자맛을 보지도 못했던 사람이 대체 어떻게 천하의 바람둥이가 되어버렸는가? 아버지가 할 수 있었다면 나도 할 수 있을 것이기 때문이었다. 만족하지 못해 화가 난 여자들이 날 이부자리에서 내쫓을 때에도, 그래서 매번 다른 남자들이 먹음직스럽고 농염한 여자들을 가로채는 걸 볼 때마다 나도 할 수 있다고 다짐했었고, 이제 그 비밀을 막 배우려는 참이었다.

"비밀 따윈 없어." 남극반도가 멀어져가고 신천옹 한 마리가 바다에 뿌려진 쓰레기를 먹으려 일렁이는 파도를 따라오는 걸 바라보면서 아버지가 말했다. "열시 반, 한 시간 반밖에 안 남았을 때 내가 운좋게 거기 있었던 거야. 내가 아무리 애를 써도 그 누군가를 만나지 못하게 될 땐 누구건 간에 그 여자가 이 넓고 어둡고 축축한 도시에서 날 찾아내고 말 거라는 확신이 섰으니까. 가비야, 그땐 7월말이었고 아침부터 비가 내렸지. 난 어슬렁거리기로 마음먹었고 그러면 운명이 다 알아서 해주리라 생각했어. 실은 내기를 한 지 한달이 조금 지나 내가 제일 먼저 지게 되리라는 게 뻔했지만 말야. 그리고 우산도 없이 비오는 길을 쏘다닐 때, 빗물이 내 머릿결을 타고 흘러서 얼굴이 처량하게 보였나봐. 그게 날 살렸지. 왜냐하면 네 엄마를 떠난 지 5분 아니 10분 후에 이라라자발 거리의 어느 아파트 문간에 있던 남자가 내 얼굴을 본 거야. 그 사람은 대문을 열어주며 날 알기라도 하는 듯 고개를 끄덕이더군(난 그 사람을 그전에 본 적이 한 번도 없었어). 내게 와줘서 고맙다고, 그리고 자기네들이 얼마나 비통해하고 있는지 말하더니 비를 맞고 들어오던 두 남녀를 맞이하더군. 그 남자는 우리 세 사람에게, 어디로 가야 하는지 아시죠? 하면서 내가 두 남녀를 따라 이층으로 올라가는 동안 대문을 열어두고 있었지. 난 속으로, 이거야말로 오늘밤 내게 온 유일한 초대다, 비를 피해 여기서 앞으로 몇 시간은 보낼 수 있겠는걸 하고 생각했지. 자정이 와서 가랑이 사이로 꼬리를 내린 채 네 엄마한테 돌아갈 때까지 말야. 그런데 내가 아파트 안에 들어가서 무얼 봤는지 아니?"

"섹스파티요." 내가 말했다.

"초상집이었어." 아버지가 말했다. "밤샘을 하고 있더군. 나한테 인사하던 친구는 나중에 알고 보니 죽은 사람의 동생이었는데, 내가 너무 궁상맞아 보이니까 문상객으로 착각한 거야. 집안엔 조그마한 응접실 주위로 둘러 앉은 50여명 되는 사람들, 관 속에 드러나 있던 시신, 촛불, 화환, 성당의 신부가 있었어. 모두가 눈이 벌게서 울거나 잔기침을 하고 있었고 개중엔 벌써 죽은 사람 흉을 보는 사람도 있었지. 내가 도로 나가려고 하니까 같이 온 남녀가 나더러 미망인에게 위로의 말을 전하라더군. 그녀는 검은 상복을 입고 시신 옆에 굳은 자세로 앉아 있었는데, 시신도 그 어느 누구도 안 보려고 애쓰는 것 같았어. 사람들이 날 슬쩍 밀었지만 참 유감이로군요라고 했는지 다른 바보 같은 소릴 했는지, 하여튼 초상집에서 으레 하는 말을 하는 것밖에 달리 할일이 없더군. 내가 손을 내밀었더니 그녀는 마주잡고 '고인을 잘 아시나요?' 하고 묻더군. 또다른 바보 같은 소릴 주절거리고 물러나야 할 판이었지. 그런데 뭐라고 할까, 난 그 여자가 너무 측은하게 느껴졌어. 동정심이란 말이 어울리겠지. 가브리엘, 난 그널 꼬시려고 한 게 아니었어. 한 시간도 안돼 그 여자와 화장실에서 그짓을 하게 되리라고는 꿈도 못 꾸고 있었으니까."

"예뻤나요?"

"이해를 못하는구나. 가브리엘, 그 여잔 진짜 초라하고, 멋대가리 없는데다 뚱뚱했어. 네 엄마에 비하면 그 여자는 정말 개라고 할 수 있지. 그런데 그게 중요한 게 아니야. 여자의 생김새를 살펴볼 때 제일 먼저 할일은 네가 그 여자가 예뻐서 선택하는지 아니면 주변 남자들을 샘나게 하려고 그러는 건지 스스로에게 물어보는 거야. 만약 그날밤의 과부가 끝내주는 여자였다면 난 절대로 일을 치르지 못했을 거야. 왜냐하면 한시바삐 따먹고 싶은 생각에 골똘했을 테니까. 그건 잘못된 작전이었을 거고, 솔직히 필요없는 거였지. 내가 일을 성사시킬 수 있었던 건, 안달하지 않고 마음을 비웠기 때문이야. 난 소중한 시간을 낭비하고 있었지. 시계는 똑딱거리고 남은 시간은 75분뿐이었지만 난 과부 곁에 머물렀어. 난 얼마나 내가 그녀의 남편을 잘 알고 있냐는 질문에 솔직히 대답했단다. 왜 그렇게 말했는지 나도 모르겠지만, 그저 그 여자가 아마도 거짓말에는 진력이 나 있을 거란 느낌이 들었어. 누군가 죽으면 모두가 고인에 대해 거짓말을 하잖아. 난 '천만에요, 부인. 전 그저 비를 피하려고 했을 뿐이에요. 그러나 곧 나갈 겁니다. 당신을……' 하고 말했지. 그랬더니 그 여자가 내 손을 붙잡고 '그냥 있어요' 하더군. '제발 있어줘요. 당신이야말로 내가 그 개새끼를 얼마나 싫어했는지 말할 수 있는 유일한 사람이에요. 제발 가지 말아요'라고 말야."

"그 여자가 남편을 싫어했다고요?"

"남자가 바람을 피워서 그런 게 아니라," 아버지가 말했다. "문제는 남자가 여잘 때린 거였어. 음식이 차면 차다고 때리고 너무 뜨거우면 뜨겁다고 때리고, 술 취했을 때 때렸다가, 깬 다음에도 자기가 괜히 때린 게 아니라는 걸 보여주기 위해 또 때리고. 몇분 간격으로 울며 문상하러 오는 사람들로 말이 끊어지긴 했지만 난 그녀가 중얼거리며 하는 불평을 들어야만 했지. 처음에 말이 끊겼을 때 도망쳤어야 했지만, 난 그럴 수가 없었어. 그 여잔 너무 외롭고 세상에 의지할 어느 누구도 없었거든. 그래서 난 남아 있기로 했어. 그 방에는 큰 괘종시계가 있었지. 시간이 흐르는 걸 바라보면서 난 벌써 그날밤 밀라그로스에게 할 이야기와 이튿날 빠블로와 빠초에게 이제 미래는 그들끼리 떠들라고 말해줄 걸 생각중이었지. 라틴아메리카가 사회주의가 되든 빠블로 바론이 우리나라에서 제일 끗발좋은 사람이 되든 세상에 태어난 유일한 목적이 잠자리나 함께할 짧은 시간 동안 육체를 나누며 다른 사람을 행복하게 해주는 거라 생각하는 놈한텐 상관없다고 말이야. 그 여자 이름은 엔리께따였는데, 내가 좀 이상하다는 걸 눈치챘는지 별안간 자기가 얼마나 그 개 같은 남편을 증오했는지, 그 시체가 천길 땅속에 벌써 파묻혀버리길 얼마나 바라고 있었는지에 대해 말하는 걸 멈추었어. 그녀는 날 보고 '그 사람을 몰랐다면 왜 그렇게 슬퍼하고 있는 거죠?' 하고 묻더군."

"그리고 아버진 내게에 대해 이야기한 거로군요. 그 여잘 사랑한다고…… 맙소사. 무슨 말을 한 거죠?"

"가브리엘, 난 내 문제로 그 여자한테 부담을 주고 싶지는 않았어. 그저 지금 하기엔 너무 긴 얘기라고 설명해주었지. 그랬더니 우리가 만난 뒤 처음으로 그 여자는 자기 신세타령을 멈추고 내가 일어나 화장실이 어디냐고 물어볼 여유를 주더군. 11시 반이었고, 그 여잔 내 눈이 어딜 가리키고 있는지 보았어. 약간의 두려움의 경련이 그녀의 눈에 어른거렸지. '돌아올 거죠?' 그녀가 물었어. 난 어찌할 바를 몰랐어. 사실 그게 도망나올 기회였지만 '물론이죠, 돌아올게요' 하고 대답했지."

"그리고 그 여자는 아버지를 따라 화장실로 들어갔고요."

"그 여자는 화장실로 날 따라왔어. 밖에서 기다리다가 내가 나가려 하자 재빨리 안으로 끼여들어오더니 문을 잠갔어. 내 물건을 움켜쥐더군. 이렇게 말야. 그리고 '나 좀 먹어줘요' 하고 말하더라."

"나 좀 먹어줘요? 그게 무슨 소리죠?"

"아마 남편이 정말 먹어준 적이 없나보지. 몰라. 안 물어봤어. '날 위해 해줘요' 하더라. '당신이 하고 싶어하는 거 알고 있어요. 하지만 날 위해 해주세요.' 그래서 해줬지. 화장실 문에 걸려 있던 목욕가운 쪽으로 밀어놓고, 내 인생의 두번째 여인인 엔리께따를 처음이자 마지막으로 따먹었지. 콘돔 끼울 시간이 겨우 있었어……"

"콘돔 생각을 할 정도로 침착했다는……"

"네 엄마한테는 약속하지 않았지만, 세상을 애들로 우글거리게 하고 싶진 않았어. 내기대로 하면 수천명이 될 텐데 애초에 조심하는 게 낫지."

"그럼 그때부터 항상 콘돔을 썼나요?"

아버지는 잠시 멈추고 남극에서 등을 돌려 배 쪽을, 우리가 지금 영원한 얼음의 가면으로부터 탈취한 것을 싣고 향하고 있던 북쪽, 뿐따 아레나스 쪽을 바라보았다. 아버지는 웃으며 "항상, 약속은 지키거든"이라고 말했다.

"그 다음엔 어떻게 되었죠?"

"두 사람에게 그건 잠깐이었어. 우린 거의 즉시 일을 끝내버렸거든. 내가 사정하고 있을 때 그 여자가 내 귓전에서 헐떡거리면서, 내가 죽였어

344

요, 그 개새끼한테 독약을 먹였어요라고 말하는데, 누군가 조심스레 문을 두들기더군."

"남편을 독살한 건가요?"

"그렇다더군. 내가 더 짜릿하라고 그런 건지 아님 그렇게 했더라면 하고 바라고 있던 건지 모를 일이지. 여자들은 섹스중에 이상한 소리들을 하니까. 어떤 여자는 웃고 어떤 이는 울고, 또 어떤 여자들은 남자들이 오래 하라고 정말 음탕한 얘기를 속삭이기도 하지. 이 내기를 이기는 건 힘든 일이야, 알겠어? 하지만 여자가 자신을 열 때 어떻게 반응하고 그 얼굴이 어떻게 바뀌는가를 예측할 수 없는 건 섹스를 즐겁게 만드는 것 중의 하나지. 그건 항상 달콤하단다. 가브리엘, 하지만 네게 말해둘 것은 너를 만들어낸 날 밤 너희 엄마와 처음 해볼 때 빼고는 엔리께따와의 섹스가 최고였다는 거야. 비록 채 몇분 되지도 않았지만 기대하지 않은 일이었던데다 날 구해주었고, 그후 다른 수많은 여자들을 만나는 탐험을 계속하게 해주었으니까. 그리고 내가 그런 상을 받기 위해 한 일이라고는 고작 그녀의 말을 들어주고 날 필요로 할 때 함께 있어준 것뿐이거든. 그러므로 첫번째 교훈은……"

"생긴 거에 신경쓰지 마라."

"그리고 두번째 교훈은 남의 말에 귀기울일 줄 알아야 한다는 거야. 여자들은 거의 하루종일을 남자들이 얘기하는 거나, 다른 여자들이 남자 얘기를 하는 걸 들으며 보내고 있어. 여자 말을 들어주는 남자가 얼마 안 가 그 여자 몸을 차지하기란 어려운 일이 아니지."

"항상 그렇게 되나요?"

"오, 아니. 그런 법이 있는 건 아니지. 네가 귀를 기울여주면 여자가 해주는 그런 법칙이 있는 건 아냐. 결국 연기를 하는 거지. 여자가 얘기하는데 네가 관심이 있다고 믿게 만드는 거라고. 네가 여자 입에서 나오는 소리에 눈곱만치도 관심이 없다는 걸 그녀가 눈치 못 챌 수도 있고 아니면 알아채지만 상관하지 않고 하고 싶어할 수도 있고."

"하지만 지금 말해주시는 건 최선의 방법은 아니잖아요."

"최선책은 아니지. 때로는 실패하기도 하지. 너의 진지한 관심에 섹스로 보답하지 않는 여자들도 있으니까. 그렇지만 그런 여자들이 실은 최고야. 차례로 하나씩 결혼할 수만 있다면, 그런 여자들이 결혼하고 싶은 사람들이지."

"그럼 아버지도 실패한 적이 있나요?"

"엄청나지."

"그럼 어떻게……"

"처음 퇴짜당하고 몇가지 잔꾀를 배웠지. 첫째, 난 매일 아침 부고란을 읽었어. 그리고 만약 저녁 10시나 10시 반까지 그날의 점수를 따놓지 않았으면, 초상집으로 가는 거야. 거기엔 항상 하고 싶어하는 여자들이 있게 마련이거든. 시간은 빨리 흐르고 장미도 시들게 마련이고 누구나 머잖아 죽으니 즐기는 편이 낫다는 그런 엿같은 시구도 있잖아. 하지만 그런 건 다 필요 없어. 내가 깨달은 바로는 여자를 따먹는 최고의 방법은 마음을 비우고 접근하는 거야. 네 마음 한구석으로 또는 자지 끝으로 일이 뜻대로 되길 바라지 않는다고 말하라는 건 아니야. 나도 사람이지 성인은 아니잖아. 거리를 두고 시작하라는 거야. 당신은 날 믿을 수 있어요, 해치지 않을게요, 손끝 하나 대고 싶지 않아요, 이토록 난 당신을 존중하고 있다고요 하면서. 그렇게 하면 여자들의 경계심이 사라지고 자연적인 본능이 자리잡으면서 너도 슬슬 땡기게 되는 법인데, 그런 변화는 찌는 여름날 밤에 기어나온 벌레새끼마냥 느려서 너도 여자도 깨닫지 못하고 마는 거야. 하지만 결국 두 사람은 알게 되지. 어떤 이들은 두 사람이 이제 막 무슨 일이 일어나리라는 걸 알게 될 때, 여자가 내게 뭘 할지 또 내가 여자에게 뭘 할지를 알게 될 때가 최고로 황홀한 순간이라고 말하지."

"그럼 그런 순간이 오지 않으면 언제 포기하고 초상집으로 가는 거죠?"

"곧장은 아냐. 그게 내가 대체로 여자들을 대낮에 만나는 이유지. 왜냐하면 여자가 거부할 때, 퇴짜놓을 때, 그때가 일이 진짜 재미있어질 때거든. 바로 포기하지는 마라. 엔리께따처럼 여자는 네가 모든 걸 잃어버릴 찰나에 있다는 걸, 네 모든 인생이 그녀의 한마디에 달려 있다는 걸 감지하거든. 여자는 네가 '당신하고 하지 않으면 난 망해요'라고 말할 때 농담이 아니라는 걸 눈치챘다고. 네가 사랑에 빠진 걸 알아채지. 진담이야. 가비야, 넌 즉시 사랑에 빠지고 재빨리 거기서 빠져나올 수 있어야 해. 여자에게 네가 아무리 충직하고 거기 그렇게 항상 있더라도 그녀의 무관심이—가브리엘, 무관심은 무거운 죄란다. 남의 고통에 대한 무관심은 대놓고 저지르는 잔인함보다 더 못된 짓이지. 왜냐하면 잔인함은 감춰져 있지는 않은 채 사람의 의식을 갉아먹으니까—널 파괴할 수 있다는 걸 느끼게 해야 해. 그때 여자는 정말 무너지는 거야."

파도는 점점 커져서 큰 물결이 내려치고 있었다. 드레이크의 바다는 일주일 전 우리가 남쪽을 향해 지나갈 때처럼 잘 대해주지는 않을 모양이었다. 세상에서 제일 사나운 바다가 우리에게 본때를 보여주려 하고 있었다.

"난 가봐야겠다." 아버지가 말했다. "네 엄마가 좀 안 좋아. 그리고 나도……"

"시간이 늦었군요." 나는 무슨 말인지 알아듣고 동의했다.

"너 그걸 보고 싶니?"

"그걸 본다고요?"

"만약에 그게 도움이 된다면 말야. 내가 널 방안에 몰래 넣어주면 아마 하는 게 그다지 어렵지 않다는 걸 보고 깨닫게 될 거야. 네 엄마는 네가 있다는 걸 꿈에도 생각지 못할걸. 뱃멀미를 하고 있어서 말야. 그리고 설사 안다 해도 상관치 않을 거다. 너를 너무 사랑해서 무슨 짓이라도, 정말 어떤 일이라도 널 행복하게 해준다면 할 거야."

"아버지, 엄마한테 오늘 내가 한 얘기는 하지 말아주세요."

"입도 뻥긋 안할게. 남자들만의 비밀이야." 아버지는 내 어깨를 부드럽게 쳤고 나도 그에게 그렇게 했다. "그러니까…… 그게 네가 필요했던 거냐? 이젠 내 저주가 너한테서 떨어져나간 거니?"

"아버지의 제안은 고마워요, 그런데……"

"별것도 아닌데 뭘." 아버지가 말했다. "말하자면 해답은 처음부터 너한테 있었던 거야. 밖에서 찾아볼 수도 있지. 그럼 그게……"

"괜찮아요, 아버지. 제가 알고 싶은 건 그 다음날 무슨 일이 일어났는가 하는 거예요. 초상집에서 과부하고 한 그 이튿날, 그 다음엔 누구하고 했는지, 그거면 충분해요. 그거만 말씀해주시면…… 다 아시잖아요."

"내가 잔 모든 여자 얘기를 다 하라는 거냐, 아니면 3, 4, 5번이면 된다는 거냐? 전부 다 얘기하려면 몇년은 걸릴걸. 얼마나 알고 싶은 거야?"

난 뭐라 대답해야 할지 몰랐다. 그저 아버지의. 첫번째 혼외정사 얘기만 해준다면, 재니스 너와 일을 망쳐버리고 집에 돌아온 다음부터, 아버지가 그 남겨진 얘기를 마저 해주기만 한다면, 난 이런 소망을 속으로 되새겨왔고 그래서 매번 섹스에 실패할 때에도 순례자가 예루살렘 혹은 메카, 아니면 어떤 언덕 위의 사원에 도착하기만 하면 모든 것이 용서되고 과거가 청산된다고 생각하듯, 희망을 잃지 않고 살아왔어. 아버지가 지금까지 해준 말은 내가 여자랑, 그것도 아무 여자랑이나 한번 자보는 게 소원이던 때는 혹시 도움이 되었을지도 모르겠지만, 지금 내가 처한 상황에서 그런 정보는 아무런 마술 같은 효력을 갖고 있지 않았다. 내가 정말로 배우고 싶었던 건 날 자기 동생쯤으로 다루는 여자애를 어떻게 침대에 오르게 하느냐였다. 그리고 날 자기 아들처럼 대하는 여자애의 아버지가 날 죽이려 들지 않게 설득하는 것에 대한 충고 또한 환영이었다. 그러나 그런 것을 위대한 매켄지에게 드러낼 수는 없었다. 난 아버지가 털어놓는 얘기들 중의 하나가 내 경우와 비슷하기를, 어떤 일화 하나가 미로를 관통하는 실마리가 되고, 그의 말 한마디가 열쇠가 되어주길 바랄 따름이었다.

"전부 다요." 내가 말했다. "다 기억하시나요? 여자들 모두를?"

"그건 내가 여자들한테 유일하게 맹세한 일인걸. 절대로 잊지 않겠다고 맹세했고, 지금까지 그 약속을 지켜왔어. 물론 각각의 경우를 기억하고 있지."

"전부 다 알아야겠어요."

"만약에 우리가 무인도에서 1년 동안 지낸다면……" 아버지가 말했다.

"하지만 우리가 세상의 모든 시간을 다 갖더라도 그게 네 문제를 해결해줄 것 같지는 않구나. 그럼 이렇게 하지. 내일 아침식사 후에 만나자. 괜찮겠니?" 아버지는 바다를 가리켰다. 마치 배가 거대한 기계 안에 사로잡혀 토막토막 썰릴 것만 같았다. 난 고개를 끄덕였다. "작은 실험을 하게 될 거야. 다른 사람들하고 대화도 하고."

"우리가 한 얘길 사람들한테 말하진…… 그리고 내 얘기도……"

"네 비밀은 걱정 마라. 난 그저 섹스할 때 뭐가 제일 좋은지 물어볼 거야. 그외에는 없어. 뭐라고 대답하는지 보자고."

이튿날 아침, 난 간질병 환자의 손처럼 부들부들 떨리는 침대에서 황급히 뛰어내려 식당으로 기어가다시피 했는데 거기엔 거의 아무도 보이지 않았다. 모두가 아픈 건지 아니면 바쁜 건지는 알 수 없었다. 아버지는 날 기다리고 있었다.

"가브리엘, 이 사업에서 여자들을 정복하고 싶으면 여자들 심리가 어떻게 움직이는지 아는 것만으론 안돼. 남자들의 짐승 같은 꿍꿍이가 무언지도 알아야만 하거든. 난 배 안에 탄 남자들을 쭉 봐왔어. 아무리 나만 좋다는 여자하고 있어도 항상 다른 경쟁자들을 염두에 둬야 하거든. 언제나 라이벌이 될 만한 사람들의 능력을 측정해야 돼. 저 친구부터 시작하도록 하자."

아르만도 호르꾸에라를 가리킨 거였다. 그는 근처 탁자에 앉아 있었는데 멍하니 허공을 보면서도 손은 마치 자동장난감처럼 움직이며 마라꾸에따(marraqueta, 칠레식 빵의 한 종류—옮긴이) 부스러기로 벽돌을 만들어 무의식중에 쎄비아에 세울 빙산의 모형을 조립하고 있었다. 아르만도는 거기에 하도 열중해서 아버지는 그가 대답할 때까지 질문을 두번 되풀이해야만 했다. '성관계 중에 가장 좋을 때가 언제죠?' 그의 대답은 아버지가 해준 초상집 얘기와 딱 들어맞는 거였다. 아르만도에게 최고의 순간은 사람들이 꽉 찬 방안에서 여자를 보고, 두 사람이 시선을 교환하면서 조만간 뭔가를 맞바꾸게 되리라는 걸 알게 될 때라고 했다. 아르만도는 다 생각하기 나름이라고, 한번 머리에 떠오르면 그 다음에 벌어지는 일들은 어쩔 수 없이 불완전하게 마련이라고 했다. 나중 일을 불평하는 건 아니지만, 마치 벌거벗은 여자가 천천히 이불을 감아올리며 몸을 드러내는 것처럼 다가올 미래를 상상하는 것만큼 찬란한 순간은 없다고 했다.

"다음은," 아버지가 말했다. "우리의 영화제작자. 내 참, 그 얼간이 막스가 아닌 게 다행이로군."

우리는 하꼬보의 선실을 방문했다. 몸이 썩 안 좋은 편이었다. 그는 빙산을 카메라에 담아 세계의 눈이 그가 본 것을 보도록 바다가 허락하여 호락호락하게 집에 보내주지 않으리란 걸 깨닫고 있었다. 난 위대한 매켄지가 구토에 식은땀을 흘리는 불쌍한 하꼬보를 그냥 놔둘 줄 알았는데, 그는 대답하다보면 좋아질 거라며 같은 질문을 했다. 그리고 그건 그에게 조금 기운을 나게 해주었다. 하꼬보는 두말할 것 없이 최고의 순간은 정말 집어넣을 때라고 했다. "쭉 안으로 들어간 순간, 여자 안으로 들어가 물러날 일이 없는 관통의 순간이죠. 여자는 자신을 열어 나한테 안식처를 주고 그 안에 내가 머물도록, 나가지 않도록 받아들인 거니까요. 비록 곧

빼버리거나 여자가 날 내쫓거나 혹은 내가 후퇴하거나 아님 너무 오래 하거나 빨리 하거나 간에, 그 무엇도 여자가 나랑 해줄까 안해줄까, 내가 할 수 있을까 없을까 하는 수많은 상상 끝에 내가 결국 해냈구나, 세상이 다 바뀌었구나 하고 깨닫게 되는 안도의 순간만한 건 없지요."

"생각대로 되어가고 있군." 하꼬보에게 속내를 털어내주어 고맙다고 말하고 점심식사를 같이 할 수 있게 몸이 낫기를 바란다는 말을——그 말에 우리의 영화제작자는 속에 있는 걸 게워내려 세면대로 향했지만——남긴 후 아버지가 말했다. "넌 아마 엔지니어가 뭐라 할지 짐작할 수 있을걸."

헤라르도는 바깥에서 수백 톤의 얼음을 담은 콘테이너들을 검사하고 있었다. 파도가 연이어 갑판을 때리고 세 사람이 콘테이너를 묶은 케이블을 붙들고 있는 동안, 헤라르도가 다 단단히 묶여 있는지 확인하며 수고하던 와중에서 우리에게 외친 대답은, 예견하던 대로, 자기가 제일 좋아하는 건 여자의 은밀한 것을 캐내는 순간, 오르가슴 전의 모든 것, 될 수 있는 대로 오래 사랑하면서 하는 모든 유희와 발견, 왕복운동, 그리고 안 싸고 버티기라고 했다. "할 수만 있으면 그건 순간보다 더 오래 가죠." 그는 우리 귓전에 대고 으르렁댔다. "영원토록 지속할 수만 있다면 정말 행복할 거야. 그게 최고로 좋은 부분이죠."

그리고 우리는 랄로가 이른아침 먼곳에 있는 기자들에게 탐험의 진척 상황과 갈바리노호가 얼음을 조국으로 가져가기 위해 몸집을 불렸다는 소식을 전하고 있는 통신실로 들어갔다. 랄로는 아버지의 질문에 답하느라 상당 시간 하던 일을 멈추었고 그걸 마치 퀴즈문제쯤으로 생각했다. 랄로가 일을 다 끝낼 때보다 더한 쾌락은 없다고 하자 옆에 있던 통신수는 고개를 끄덕였다. 시작도 하기 전에 삽입하는 순간, 그리고 그 안에서 장난질하는 걸 상상하는 건 엿같은 일이며 자연의 섭리는 여자가 원하든 원하지 않든 간에 그 안에 자기 자신을 비워버릴 때보다 더 즐거운 게 없도록 되어 있다는 것이다. 나머지는 바로 그 순간을 위해 준비되고, 그걸 위해 봉사하는 것이며, 진짜 불꽃놀이에 비교하자면 B급이라고 했다.

"선장을 끝으로," 아버지가 말했다. "설문조사를 마치도록 하자."

선장은 키를 일등항해사에게 건네고 우리를 자신의 선실로 데려가 먼저 배 안에서 가장 소중한 선물인 물을 대접했다. 선장은 최고의 순간은 두말할 것 없이 모든 것이 다 끝나 상대방의 팔에서 잠들 때, 격전을 치른 후의 휴식, 이별을 섭섭해하는 클리토리스에 하는 마지막 애무, 여자의 가슴에 얹어놓은 손, 자신뿐만 아니라 상대방도 함께 망각으로 떨어질 때라고 하면서 그거야말로 우리가 임무를 다 마치고 배가 항구에 무사히 들어가 여행을 끝냈을 때 맛볼 순간이라고 대답했다.

"우리 여행은," 아버지가 물었다. "어떻게 돌아가고 있나요?"

"내일이면 뿐따 아레나스에 닿습니다. 이 폭풍은 길어야 서너 시간 안에 멈출 거예요."

"시간은 충분하군." 아버지가 말했다. 그는 나와 함께 점심을 배급하고 있던 식당으로 돌아갔다. 요리사가 엄마한테 수프를 데워주는 동안 아버지는 날 돌아보며 "자, 누구 말이 맞는 것 같니?" 하고 물었다.

"모르겠어요, 전 한번도……" 내가 말했다.

"저 사람들은 경험자들이지. 그래서 다들 다른 대답을 하는 거야." 위대한 매켄지가 말을 잘라버렸다.

"그럼요? 전 누굴 믿어야 하는 거죠?"

"너무 많은 충고를 하고 있군." 아버지가 말했다. "난 너한테 너무 많은 충고를 하고 있는데, 그건 좋지 않아. 이게 바로 우리 실험이 주는 교훈이란다. 난 너한테 이 나라에서 유혹하고 함께 잔 모든 여자들의 오르가슴에 대해 털어놓을 수도 있지만, 그래도 넌 이해하지 못할 거야. 더 나빠질 뿐이지. 내가 얘길 해주면 해줄수록 내 그림자는 점점 커질 거고, 너는 나처럼 되고 싶어할 거야. 문제는 네가 너 자신이 되는 걸 배우지 못한

데 있는데도 말야. 넌 날 흉내내려고 하는데 여자들은 그걸 알아채버리지. 자, 여자들이 너하고 네가 숭배하는 사람 중에 하나를 고르라면, 진짜하고 모조품 중에 같은 돈을 내고 산다면, 뭘 선택할 것 같니? 그러니까 강의는 이제 끝. 싼띠아고에 돌아가면 나하고 같이 다니자꾸나."

"도착하는 날 밤이요?"

아버지는 웃으며 "그 다음날, 그 다음날 밤에 너하고 네 엄마가 짐을 챙겨서 밀라그로스의 집에 여장을 풀고 점심식사 때 만나는 거야. 같이 시간을 갖자고. 먼저 집 나간 녀석들을 찾고, 그 다음엔 여자를 구해보자고. 할일이 꽤 있어."

"무슨 할일이요?"

"네 얼굴 말야, 가브리엘. 어떻게 네가 네 얼굴을 아끼고 써먹어야 하는지 가르쳐주마. 곧 알게 될 거야."

난 알고 싶지 않았다. 갈바리노호 안에서의 나머지 만 하루 반 동안 아버지와의 사이가 더더욱 좋아지고 엄마도 우리와 함께해서 1974년 칠레를 떠난 지 처음으로 세 식구가 모여 깔깔대고 웃을 때에도, 또 배가 드레이크해협을 뒤로하고 마젤란해협으로 들어간 때에도 난 풀이 죽어 속으로 알고 싶지 않다고 누누이 되새겼다. 빠따고니아에서 비행기가 이륙할 때에도 속으로 또 한번 알고 싶지 않다고 중얼거렸다. 내가 염원하던 극적인 반전은 일어나지 않은 채 우리는 뽈로의 땅으로 돌아가고 있었다. 공항에서 우리를 기다리던 뽈로를 보자마자 난 녀석이 수단방법을 안 가리고 날 돌봐주겠다는 위대한 매켄지의 마음을 바꾸게 만들리라는 걸 알아챘다. 그리고 녀석이 날 사지에서 돌아온 형제를 만난 것처럼 부둥켜안을 때, 그리고 지금쯤 뿐따 아레나스에서 조용히 엄마를 찾아 훌쩍거리고 있을 빙산이 맺어준 잊지 못할 모든 친구들에게 작별을 고할 때에 난 더더욱 뽈로가 어떻게 해서든 아버지의 마음을 돌리고 말 거라는 걸 확신했다. 그리고 그날밤 혼자 빠블로의 집에서 아만다 까밀라와 그녀의 아버지 그리고 까롤라에게 있지도 않은 여유까지 부리며 빙산을 포획한 이야기를 늘어놓을 때, 그리고 결코 나와 한 침대에 누워 내 귓전엔 내쉬지 않을 옆방의 아만다의 숨소리를 들으면서 뒤척이다 새벽에야 잠이 들었을 때, 난 일이 어긋나버렸음을 완전히 확신했다. 내일이면, 저 숨소리가 내 가슴 밑에서 할딱거리는 걸 느껴보지도 못하고 이 집을 떠날 것이다. 아버지와 나는 내 얼굴에 관한 일을 같이 하지 못하게 될 것이다. 언제나 그랬듯 나의 기대를 저버릴 어떤 일이 터질 것만 같았다.

뽈로 탓은 아니었지만 당연히, 어떤 일은 벌어지고야 말았다.

다음날 정오쯤이었을 것이다. 난 짐을 싸고 있었다. 유모는 내가 밀라그로스의 집으로 돌아갈 것을 어떻게 알고 내 셔츠와 바지를 모두 다림질한 것은 물론 양말까지 빨아놓았으며, 책들을 상자에 담고 침대 위에 있던 쓰지 않은 컴퓨터를 케이스에 넣어 정리해두었다. "얘야, 봤지? 다 해결하는 법이 있다고 했잖아." 그리고 그 자리에서 이그나시오가 나를 찾았다.

그는 나쁜 소식들을 가져왔다.

한 시간 전에 아버지와 뽈로가 체포되었다는 것이다. 그들은 지금 취조받는 중이라고 했다. 이그나시오는 내가 아무리 졸라도 왜 그렇게 되었는지는 말해주려 하지 않았다. 이 소식을 내게 전하러 온 것만으로도 그는 벌써 모가지가 달아날 위험에 처해 있었다. 빙산에 관한 일 때문이라고, 그게 자기가 말해줄 수 있는 전부라고만 했다. 그리고 군 정보부가 관여되어 있는 듯, 두 사람을 연행하도록 수사대에 시켰다고 했다.

"맙소사." 유모가 자신의 뚱뚱한 상반신에 성호를 그으며 말했다.

"엄마는 어디 있지요?" 난 유모에게 물었다.

"네 엄만 까롤라하고 딸까(Talca)에 갔어. 까롤라가 자기가 일하는 농촌조합이라든가 뭔가 하는 사업계획을 보여주고 싶어했거든. 내일까진 안 돌아오는데."

"까롤라는 핸드폰을 갖고 있나요?"

"그 사람 새로 나온 물건들을 싫어해." 유모가 말했다.

난 빠블로 바론의 개인번호로 전화했다. 장관은 대통령을 만나고 있으니 방해해서는 안된다고 그의 비서가 말했다. 빙산 전시 조직위원회로 아만다 까밀라에게 전화했을 때에도 마찬가지였다. 파레요네스산에 가서 마치 진짜 남극에 간 것처럼 그 얇은 옷을 입은 채 바람과 진눈깨비를 맞으며 '92 엑스포 도우미 패션쇼를 촬영할 것이다. 교환원은 아만다 까밀라가 언제 돌아올지는 모른다고 했다.

"이그나시오, 날 아버지 있는 데로 데려다줄래요?"

그는 그렇게 하겠다고 말했다. 이그나시오에 의하면 아버지와 뽈로는 외부와 두절되어 있지 않고, 사실 아마 내일이면 석방될 거라고 했다. 내일이라고! 그 말에 내 가슴은 덜컥 내려앉았다.

"그럼 장관은 이 일을 알고 있나요?" 빠블로나 아만다 까밀라 혹은 도움을 줄 수 있는 사람으로부터의 전화를 기다리는 유모를 뒤로한 채 우리가 횅하니 집을 떠날 무렵 내가 이그나시오에게 물었다.

그는 어깨를 움찔했다. "내 생각엔 네가 물어보는 게 좋을 것 같아."

"그리고 왜 날 도와주는 거죠?"

그는 썬글라스를 고쳐쓰더니 나를 바라보았다.

"얼마 전에 너 나한테 옛날에 한 짓들을 후회하냐고 물어본 거 기억나? 삐노체뜨 장군이 대통령이던 시절 사람들 다리를 부러뜨리던 거 말야. 난 아니라고, 절대로 후회 안한다고 했었지. 그리고 지금도 안해. 군사독재는 나라를 깨끗이 해주었어. 난 내가 한 일에 자부심을 느껴, 가브리엘. 누군가 부탁하면 또 할 거야. 그렇지만 지금 일은 달라. 자신의 위치를 이용해 이익을 챙기는 사람들이 있어. 돈 이야기를 하는 게 아냐. 그건 당연한 거니까. 하지만 권력을 남의 마누라를 뺏거나 애인을 협박하고, 실력도 없는 자기 자식을 대학 보내는 데 써서는 안돼. 내가 무슨 말을 하는지 알아, 가브리엘? 어떤 놈이 수많은 사람을 죽일 폭탄을 설치하려 한다면 그 전에 죽여야 하는 거야. 너무나도 나약해서 스스로 방어할 수 없는 사람들을 위해 때로는 사람을 죽여야 할 때가 있는 거라고. 하지만 내기에 이기고 싶어서 다른 사람을 해코지해서는 안되는 거지. 네가 내 말귀를 알아듣는지 모르겠지만 말야."

"장관이 아버지를 엿먹이려고 이런 짓을 하고 있단 말인가요? 내기에 이기려 말이에요?"

"무슨 내기를 말하는지 모르겠구나. 장관이 무슨 짓을 했는지 안했는지 난 아는 바 없어. 지금 한 얘기는 없던 걸로 치자. 하지만 남자라면 그런 짓을 하는 게 아냐. 그건 옳지 못하다는 걸 알아주기 바란다. 무슨 말인지 알아듣는다면 말야."

"당신은 아버지 편이로군요."

"네 아버지가 널 데려올 수 있냐고 내게 부탁하더라. 네 아버지는 옛날에 내 조카녀석을 도와준 적이 있어. 매켄지 같은 대장부에게 이 정도는 새발의 피지. 그 사람 때문에 난 칠레 사람이라는 게 자랑스러워."

아버지는 날 보고 싶어했고 자신을 곤경에서 꺼내줄 믿을 만한 사람으로 나를 지목했다.

허나, 그건 허튼생각에 불과했다.

"너," 서로 버튼을 눌러야 상대방 말을 들을 수 있는 유리창을 사이에 두고 마침내 아버지와 얘기하게 되었을 때 그가 한 말이었다. "이 좆같은 곳에서 나 좀 꺼내다오. 네가 날 여기 넣었으니까, 꺼내달란 말야."

무슨 소린지 알아들을 수 없었다. 내가 무슨 죄지? 내가 뭘 어쨌기에……

"다 함정이었어." 시간이 지나 자정이 가까워짐에 따라, 25년 만에 처음으로 여자를 해치우지 못하고 하루를 날려보내게 될 것처럼 보이자 아버지의 분노는 점점 커져만 갔다.

"그리고 뽈로가 경고했던 것처럼 너도 그 함정에 빠진 거야. 빠블로가 날 끌어들이려고 첫번째 편지를 쓴 거고, 내가 반대했는데도 넌 그 사건을 맡아버렸어. 그러곤 너와 함께 있도록 두번째 편지를 보내서 나하고 뽈로가 의심 갈 만한 것을 모조리 찾아다니게 한 거고, 그러고도 계속 편지를 보내 내가 어쩔 수 없이 남극에 가게, 갈바리노호에 갇히게 만든 거야. 여자 하나 없이 말이지. 그런데 그게 뜻대로 안되니까……"

"그가 편지를 쓴 게 아니에요." 난 아버지의 말문을 막았다. "빠블로 바론이 편지를 쓴 게 아니라고요."

"그만둬, 가브리엘." 아버지가 말했다. "쓸데없는 자기기만일랑은 집 어치워라. 빠블로가 쓴 거야. 그러곤 군 정보국에 조금씩 정보를 흘려주면서, 빙산하고 문제가 있다 싶은 사람은 죄다 일러바쳤다. 아르헨띠나 대사관, 생태주의자들, 쎄비야에 못 가는 예술가들, 반1492 운동가들 (1492는 아메리카대륙이 발견된 해임—옮긴이), 사막에 700억 달러어치의 얼음을 공급하는 프로젝트의 관련자들, 남극의 물에 대한 독점 사용계약을 추진하는 이스라엘 사람들과 '새 시대 얼음'조직 사람들. 완벽한 리스트를, 빙산에 공갈을 때릴 만한 사람들의 정보를 빠블로가 어디서 구했을 것 같아? 누가 그 정보를 주었을 거 같냐?"

아버지는 잠깐 멈추었다. 내 대답을 기다리던 그의 침묵은, 재니스, 어떤 말보다도 더 날 아프게 했다.

"저요."

"그래. 네가 빠블로한테 정보를 준 거야. 그래서 그놈이 내 동생을 감방에 가둔 담당자들한테 가서는 그 용의자들을 죄다 만나본 사람이 누군지 아느냐고 말한 거야. 끄리스또발 매켄지하고 그의 친구 뽈로 그리고 젖비린내 나게 생긴 얼굴을 한 아들이 범인이 아니라면, 왜 그들을 그저 하룻밤쯤 데려와 심문해보지 않느냐고 한 거지. 어째서 그들이 만나는 사람마다 그 좆같은 빙산을 아주 박살내버리는 게 썩 나쁜 생각은 아니라고

들 하는지 그냥 조사해보는 것뿐이라고. 빠블로는 군 수사국에 이 매켄지라는 녀석이 위험천만한 제 동생 프란치스꼬 매켄지가 잡혀 있는 걸 복수하고 어떻게 해서든 조국을 욕보이려고, 아마도 그 모든 조직들에 정보를 건네고 직접 편지를 쓴 거라고 꼰지른 거야. 그러나 매켄지가 나라 이름에 먹칠을 하고 있는지 확인하기 위해선 하루면 충분하다고, 조국은 그렇게 나약하지 않다고 겁만 한번 되게 주면 된다고 한 거지. 그래도 그가 공무원들의 자식들이 집 나간 것을 많이 도와줘왔으니, 말귀를 알아들으면 내일이라도 내보내라고 한 거야. 적어도 하룻밤은 감방에서 보내는 걸 조건으로 내걸고 말이지."

"빠블로는 아버지의 제일 친한 친구잖아요." 내가 따졌다. "어떻게 아무 증거도 없이 빠블로를 몰아붙일 수 있지요?"

"그래서 그녀석이 잘난 거야. 빠블로는 자기는 무죄라고 하겠지. 아무 짓도 안했고, 군바리들을 말리려 했다면서. 그러나 만약 군부가 날 심문한다고 하면…… 결국 그네들을 기쁘게 해주는 게 그녀석이 하는 일이라고. 그리고 그게 우연하게도 내기에 이기는 걸 도와주게 된다면. 글쎄, 내 절친한 친구, 빠블로 바론은 생각지도 않았는데 자기가 바라던 걸 얻게 되는 거지. 너나 내가 빠블로를 찾아간다면, 그는 네 눈을 똑바로 쳐다보며 자기는 결백하다고 할 거야. 내일 나한테 그럴 것처럼."

"그러면 왜 난 체포하지 않았나요?"

"왜냐하면 처음 편지가 왔을 때 넌 칠레에 있지도 않았으니까." 위대한 매켄지가 대답했다. "그래서 넌 배후가 될 수도 없고, 누가 편지를 보냈는지 알 수도 없어. 빠블로는 오늘 아침 날 체포하러 온 사람들에게 그리고 방금 날 심문한 자들에게 널 망친 건 나라고 말했을 거야. 아니면 넌 너무 어려 보이니까 상관없다고 생각했을 수도 있지. 궁금하면 빠블로한테 물어봐. 왜 너만 싼띠아고 거리를 배회하면서 옛날에 다 내 손을 거쳤지만 넌 따먹지 못할 여자들을 기웃거릴 수 있는지 말야, 쓸데없이."

경비병이 아버지를 슬쩍 건드리며 면회시간이 끝났음을 알렸다.

"만약에 제가……" 우리 두 사람 모두 자리에서 일어났을 때 내가 말했다. "누가 정말 그 편지들을 보냈는지 안다고, 그리고 증거도 있다고 말씀드린다면 말예요. 제가 그걸 말씀드리면 어떻게 되는 거죠?"

"나한테 말하지 말고, 빠블로한테 해." 그게 아버지가 남긴 말이었다.

난 그렇게 했다.

또다시 장관의 비서에게 전화를 했고, 그는 아직도 대통령과 함께 있었는데, 장관의 딸이 급히 할 얘기가 있어서 그러니 당장 집으로 돌아오라고, 정말로, 정말로 심각한 일이라고 전했다. 그리고 유모에게 전화를 걸어 빠블로가 전화하면 아만다 까밀라가 할말이 있는데 방에 들어가 나오려 하지 않는다고 하라고 시켰다. "아 참, 그리고 유모도 어디 나가지 말아요. 내가 할말이 있으니까. 곧 갈게요."

난 유모를 부엌에 앉게 했다.

"곧 장관이 올 거예요. 유모." 내가 말했다. "그가 오기 전에 내가 다 알고 있다는 걸 알아줬음 해요."

유모는 날 침착하게 바라보았다. "네가 아는 게 뭐냐? 얘야."

"난 유모가 그랬다는 걸 알아요,"

"내가 뭘 했다는 거야?"

"편지 말예요, 유모."

유모는 잠시동안 아무 말도 하지 않았다. "끄리스또발이 편지 때문에 잡혀간 거니?" 한참 있다가 이렇게 물었다.

"그래요. 그리고 진짜 편지를 쓴 사람이 나타나지 않으면 아버지는 내기에 지게 돼요."

"그럼 넌 네 아버지를 구해낼 거니?"

"예."

"그럼, 가브리엘, 내 새끼야, 넌 혹시 네 아버지가 내기에 지는 게, 그

놀이를 그만두는 게 그 사람한테 더할나위없이 좋으리란 건 생각해본 적이 없니?"

"유모, 난 아버지를 구해낼 거라고요."

"그러니까 내 도움을 원한다는 거로구나."

"유모가 다 털어놓았으면 해요."

"털어놓긴 뭘?"

"유모가 그 편지들을 썼잖아요."

유모는 천천히, 마치 허리에 통증이라도 있는 듯 고통스럽게 자리에서 일어섰다. 그녀는 싱크대로 가 주전자에 물을 담아 불 위에 올려놓았다.

"그럼 왜 내가 편지를 썼는지 물어봐도 되겠니?"

"빠블로 바론한테 화가 나 있었기 때문이죠."

"내가 빠블로 바론한테 화가 났다…… 확신하니?"

"빠블로가 유모한테 한 짓 때문이죠." 내가 애매모호하게 말한 건 그녀 자신이 동기를 털어놓길 바라서였다. 혹시 마지막 오나족이라는 추측이 틀릴 경우엔 다른 이유가 있을는지도 모르니까.

"그러니까 넌 내가 빠블로한테 그렇게 얘기하길 바라는 거니? 내가 편지를 썼다고 말하기를 정말로 원하는 거니?"

"아무한테도 말 안할게요, 유모. 사실 나만 알고 그냥 지나가려고 했었는데. 믿어주세요. 유모가 쓴 편지 때문에 아버지가 감옥에 있지만 않다면, 난 절대로……"

"난 널 믿어. 자식은 항상 가족 편을 들고, 여자는 무엇보다도 자기 자식 편을 드는 거고, 아버지는 언제나 아이들을 보호해야 하는 법이야. 세상만사가 다 그렇지."

주전자가 소리를 내기 시작했다. 난 유모에게 내가 차를 준비하겠다는 시늉을 해보였지만, 그녀는 한사코 바삐 일어나 손수 차를 준비했다. 잔하나는 나에게, 또하나는 자기에게 그리고 식탁 끝에 빈잔 하나를 놓으며

"장관을 위한 거야" 하고 말했다. "그래야 내 말을 귀담아 들어주겠지. 그게 네가 바라는 거니? 장관이 내 말을 들어주는 거 말이다."

"예."

"그게 정말 네가 원하는 거라고 확신하니? 장관이 내 말을 믿을 거라고 생각해?"

"그건 사실이잖아요. 장관은 유모를 믿어야만 해요." 내가 말했다.

"그래." 유모가 말했다. "그 사람도 별 도리가 없겠지." 그녀는 차를 마시다가 혀를 데었는지 얼굴을 찡그렸다. "그럼, 넌 장관이 내가 그런 걸 알게 될 때 나한테 닥칠 일은 걱정되지도 않니?"

그 점에 대해선 생각해본 적이 없었다. 실은 유모가 처벌을 받을지에 대해선 잠시도 고민한 적이 없었다. 장관은 바로 자기 집안에 배신자가 있었다는 데 대해 어떤 반응을 보일까? 그토록 교활하고 자기를 증오하는 여자에게 자신의 쌍둥이들을 맡긴다는 걸 어떻게 느낄 것인가? 만약에 빠블로가 유모를 싸고돈다면, 군부는 어떻게 나올까? 군바리들은 그걸 빠블로의 나약함 혹은 칠레의 이미지를 수호하려는 그의 단호함 중에 어떤 메시지로 받아들일까?

나는 "빠블로는 유모가 말한 것처럼 선택의 여지가 없어요. 유모 없인 장관도, 까롤라도 그리고 나도 살 수 없어요" 하고 말했다.

"얘야, 내 새끼야, 넌 나 없이도 살 수 있어. 얼마나 쉬운지 알게 될 거야."

"그럼 유모는 빠블로가……"

"내가 한 건 내가 한 거야." 유모가 말했다. "그리고 이젠 대가를 치러야겠지. 세상 모든 게 다 대가를 치르게 마련이거든. 이 생에서 안 갚으면 다음 세상에서라도 말야. 하지만 얘야, 걱정 말아. 네 말이 맞아. 장관은 나한테 아무 짓도 하지 않을 거야."

"유모, 정말 확신하는 거예요?"

"너야말로 너에 대해 확신해야 할 사람이야." 유모가 대답했다. "내가 한 건 내가 한 거고, 넌 네 할일을 하면 되는 거야."

그때 타이어가 끌리며 차가 멈추는 소리가 나더니 빠블로 바론의 묵직한 발걸음이 보도를 울리는 소리가 들렸다. 난 그를 만나러 문으로 뛰어갔다.

"아만다 까밀라는?" 그는 헐떡였다. "대체 무슨……"

"아만다는 별일 없어요, 빠블로 아저씨." 내가 말했다. "오시라고 하기 위해 아만다에게 무슨 일이 났다고 할 수밖에 없었어요. 아만다는 멀쩡해요. 파레요네스산에서 사진을 찍고 있거든요. 실은 아버지 일 때문이에요."

"네 아버지를 도우려고 날 여기까지 뛰어오게 했단 말이야? 너 때문에 하마터면 심장마비 걸릴 뻔했잖아."

"아빠는 저 때문이라고 하고 있어요. 제발 아버질 풀어달라고 해주세요, 제발. 아저씨, 한번도 제가 부탁해본 적이……"

"내가 할일은 아무것도 없어, 가브리엘. 맙소사, 날 여기까지 오게 하다니 믿을 수가 없군. 난 군바리들한테 해명하려고 했지만 걔네들은 대갈통 속에 쇳덩이, 시멘트가 들어 있단 말야. 혹시 네 아버지가 빙산을 협박하는 데 연루됐는지 알아보려고 하룻밤만 데리고 있겠대. 어떻게 넌 내가 군인들 도움을 받아서 내기에 이기려고 한다고 생각하는 거지? 난 말야……"

군인들의 소행은 빠블로를 아주 행복하게 해주었다. 누가 편지를 썼는가에 대한 끄리스또발 매켄지의 생각은 틀렸지만, 빠블로의 속셈에 대한 그의 추측은 전적으로 옳았다. 자신의 적수를 이기기 위해서 수수께끼의 사령관의 편지들을 이용한 것이나, 아버지를 함정에 빠뜨리기 위해 나를 보고원으로 쓴 것 등, 장관의 작전에 대한 끄리스또발 매켄지와 이그나시오의 생각은 옳았다. 빠블로를 설득해서 아버지를 감옥에서 꺼내는 방법은 없을 것 같았다. 아버질 집어넣은 건 바로 그였으니까.

"만약에 아저씨가 직접 군인들에게 누가 편지를 썼는지 찾아냈고 그리고 자백도 받아냈다고 한다면 어떨까요? 아버지를 풀어줄까요?"

빠블로 바론은 안경을 벗어 손수건으로 닦고 다시 쓰고선 출렁거리는 내 눈물샘을 똑바로 쏘아보았다.

"가브리엘, 넌 대단한 아이야." 빠블로가 말했다. "그러나 아무도 네가 편지를 보냈다고 믿지는 않을 거야. 첫번째 편지가 도착했을 때 넌 칠레에 있지도 않았으니까. 아들이 자기 아버지를 구하려는 거라고 알아채고 말걸."

"거짓증언을 하고 있는 게 아니에요, 아저씨. 전 진짜로 편지 쓴 사람에 대해 얘기하고 있단 말예요."

"누군데?"

"누구라고 말하면, 아버지를 석방하라고 말해주겠다고 약속할 수 있어요?"

"내가 할 수 있는 일은 다 하지. 만약……"

"아저씨, 그것 가지고는 안돼요. 아저씨 약속이 필요해요. 딸의 목숨을 걸고, 아이들의 목숨을 걸고 말예요. 오늘밤 10시 전까지 아버지를 풀어주겠다고요."

"내가 그걸 어떻게 보증하지?"

"사임하겠다고 엄포를 놓는 거죠. 발칵 뒤집어놓는 거예요. 선량한 사람을 잡아놓고 있으니 옛날처럼 인권을 침해하는 건 받아들일 수 없다고요."

"범인이 누군지 안다는 거야? 너 알아?"

"아저씨의 약속이 필요해요."

"약속하지. 누가 그랬냐? 누가 편지를 썼지?"

"한가지 더 필요해요. 아버지한테 하신 약속이지요. 빤초 삼촌에 관한 건데, 그분도 풀어주세요."

"그건 할 수 없어. 넌 정부 일에 끼여들고 있는 거야."

"아저씬 아버지한테도, 또 저한테도 약속했잖아요. 누가 빙산을 협박하고 있는지 알아내면 빤초 삼촌을 석방하겠다고요. 오늘이 아니라도 괜찮아요. 올해 안으로 풀어주기만 하면 돼요."

"만약 내가 안한다면?"

"범인의 이름을 공개하겠어요."

"그게 내가 약속을 하게 만든다는 거냐?"

"물론이죠. 약속해주세요. 형제 둘 다 풀어주겠다고." 내가 말했다.

"약속하마." 빠블로 바론 장관이 말했다. "두 사람 다 풀어줄 무슨 구실이라도 있었으면 좋겠군. 하지만 너 나하고 무슨 뚱딴지 같은 장난이라도 하고 있는 거라면……"

난 그를 부엌으로 데리고 갔다. "유모, 장관이 이야기를 들을 준비가 되었대요." 내가 말했다.

"이게 뭐야? 이게 무슨 유치한 농담이지?" 빠블로 바론이 말했다.

"빠블로씨, 앉으세요." 유모가 의자를 가리키며 말했다. "차를 좀 드리지요."

"차 마시고 싶지 않아요. 앉고 싶지도 않고. 왜, 대체 무슨 일인지 알고 싶단 말이오."

"유모가 편지를 쓴 거예요." 내가 말했다. "유모가 그것들을 썼다고요. 처음부터 마지막 것까지. 처음 것은 혼자서 썼고, 나머지는 나한테 용의자들의 정보를 받아 쓴 거죠."

"뭐?"

"유모가 한 짓이에요. 물어보라니까요. 어서요." 내가 말했다.

"유모, 가브리엘이 돌아버린 거요? 아님 당신이……?"

"만약에 내가 안 썼다면 누가 썼을까요, 빠블로씨?" 유모가 말했다.

빠블로 바론은 건네준 의자가 마치 무덤이라도 되는 듯 주저앉았다.

"빠블로씨, 내가 편지를 썼답니다." 유모는 차를 따르며 마치 저녁식사 메뉴를 말하듯 담담하게 말했다. "처음 편지는 제가 화가 나서 그런 거고 나머지는 혹시 가브리엘을 도와줄 수 있을까, 일을 쉽게 풀어줄 수 있을까 해서 한 짓이지요."

"화가 났다고? 왜 화가 난 거요?" 장관이 말했다.

"빠블로씨, 이유야 많지요. 나라고 이유가 없으리라 생각하나요?"

"이건 말도 안돼." 장관이 말했다. "가브리엘, 너 창피한 줄 알아. 나이든 여자에게 누명을 뒤집어쓰게 해서 아버지를 풀어주려 하다니……"

유모의 목소리는 날카롭게 올라갔다. "내가 편지들을 썼어요."

"그럼 누가 종이를 주었지? 어떻게 종이를 구한 거예요?"

"아만다 까밀라는 늘 집에 그 종이를 갖고 왔지요." 유모가 대답했다.

"난 빙산을 위해 씌어지는 종이에다 내 할말을 쓰면 좋을 거라 생각했지요. 난 절대로 빙산을 좋아하지 않았어요. 정말 누가 터뜨려버려도 상관없지요."

"아만다 까밀라가 그 종이를 준 거요?"

"그 아이가 준 건 아녜요, 빠블로씨. 내가 몰래 꺼내온 거지."

"유모의 말은 믿을 수 없어요."

"믿어야만 해요, 장관님. 그게 사실이니까. 난 당신이 지금쯤 눈치챘으리라 생각했어요. 처음부터 편지에 당신 주변의 누구라고 했었잖아요. 당신이 아는 사람. 당신이 아는 사령관."

"당신이 아는 사령관." 빠블로는 기계적으로 찻잔을 들어 뜨거운 차를 한모금 마시고는 숨을 쉬듯 그 말을 되풀이해 중얼거렸다.

"빠블로씨, 원하시면 제가 짐을 싸서 나가지요. 말씀만 하세요."

빠블로는 마치 아무것도 못 들은 것처럼 멍하니 유모를 쳐다보았다. 그리고 자리에서 일어났다. "안돼. 물론 안되고말고. 이건 그저 농담일 뿐이야. 매켄지가 말한 것처럼 유모가 나한테 바보 같은 장난을 하고 있는 거야. 그래서 가브리엘을 도와주고 싶은 것뿐이라고."

"빠블로씨는 까롤라하고 밀라그로스, 또 아만다한테 이 일을 숨길 수 있다고 생각하나요? 빠블로씨, 내가 이 나이에 그런 바보짓을 했다는 걸 그 사람들이 알게 된다면, 난 정말 어쩔 줄 모를 거예요. 그들은 날 결코 용서하지 않을 거예요."

"쓸데없는 소리." 빠블로 바론은 유모에게 다가가 이마에 살짝 입을 맞추었다. "세상에 용서 못할 것은 없지. 어떤 것도. 이 문제는 잊어버리는 게 좋겠군. 하지만 지금부터 더이상의 편지는 안돼요. 알겠죠?"

"빠블로씨, 제가 형사들에게 말해야 하지 않을까요?"

"아니, 물론 아니지." 빠블로가 말했다. "내가 알아서 할게요. 그 사람들도 날 망신 주고 싶어하지는 않아요. 나한테 신세진 게 좀 있으니까, 이번엔 날 봐줄 거요."

"아버지를 놔주는 것처럼요." 내가 말했다. "지금 당장."

"물론, 물론이지. 내가 할 수 있는 한 신속히……"

"우리 약속은 지금 당장이었어요." 내가 말했다.

그는 눈에 띄게 동요하고 있었다. 자기 집에서 협박편지가 씌어진 걸 누가 알게 될까봐 분명 두려워하고 있었다. 난 그가 칠레 사람들이 정말 두려워하는 유일한 것은 대놓고 망신당하는 일이라고 말하던 게 떠올랐다. 빠블로는 내가 건네주는 전화를 마치 자기 손을 물어뜯으려 드는 짐승처럼 바라보았다. 그는 전화기를 받아 다이얼을 돌리기 시작했다.

"유모, 정말……?"

"빠블로씨, 정말이고말고요. 이거야말로 가족을 구하는 단 한가지 방법이지요. 전 해야 할 일을 한 거예요. 이젠 그쪽이 할일을 해야 하는 거지요."

빠블로 바론이 전화 다이얼을 다 돌렸다. 그는 전화에 대고 무슨 이름

하나를 마치 짖어대듯 불러냈고 그 사람이 나타나자 말하길 "끄리스또발 매켄지를 풀어주도록 해. 알아, 내가 지난밤에 무슨 말을 했는지. 하지만 지금은 놔줘야겠다고. 나중에 얘기할게. 그래, 내가 책임질게. 그러지 않으면…… 내가 그만둔단 말야."

난 그의 어깨를 살짝 쳤다.

그는 나를 짐승처럼 쏘아보았다. 그의 눈이 얼굴에서 빠져나올 것만 같았다.

"잠깐만," 빠블로는 전화에 대고 말하고 나서 내게 돌아서서 말했다. "젠장, 이번엔 또 뭐야?"

"뽈로는 일주일 정도 더 있어도 상관없어요." 내가 말했다.

"일주일이라고?"

"우리 약속은 매켄지 형제에만 국한하는 거잖아요."

빠블로는 교활하고 악의 가득한 눈으로 날 쳐다보았다. 그는 미소짓고 고개를 끄덕이더니 "끄리스또발 매켄지만" 하고 전화에 명령을 내렸다. "같이 연행된 레오뽈돈가? 이름이 뭐더라? 그 친구는 서두를 것 없어. 내가 책임 못 지니까. 그래 그놈은 다음주까지 놔두라고. 그럼, 수고해."

빠블로 바론이 전화를 끊었다.

"유모, 믿기지가 않아. 정말 믿기 어렵군." 그가 말했다.

"믿고 있는 사람이 실은 그럴만한 가치가 없다는 사실은 항상 믿기 힘들죠." 유모가 말했다. "그건 언제나 배우기 힘든 교훈이지요. 장관쯤 되면 그 정도는 알아야겠지만, 때로는 사는 게 다 그런 거라는 걸 받아들이기까지 오랜 시간이 걸리죠. 저 좀 보세요, 빠블로씨. 80살이나 먹었는데 아직도 배운답니다. 사람들이 하는 짓을 볼 때나 누가 누구를 사기치는 걸 보면 아직도 놀라지요."

"유모는 좋은 사람이에요." 빠블로 바론이 말했다. "유모는 좋은 사람이니 어떤 바보짓을 했더라도 괜찮아요. 우리는 유모가 여기 있어줘야지,

다른 데 가면 안돼요."

"빠블로씨, 제가 군인들 앞에서 말해야 할 것 같으세요?"

"그 사람들이 못살게 굴지 못하도록 해둘게요, 유모."

나는 빠블로가 차 타는 곳까지 따라갔다.

"엉망진창이로군." 빠블로가 말했다. "가브리엘, 넌 네가 일을 얼마나 엉망으로 만들었는지 모를 거다."

"제가요? 제가 뭘 했게요? 왜 제 탓이지요?"

"그래 그래, 네가 옳아. 그렇지, 너야 잘못이……"

"전 끄리스띠나 페레르한테 갔었을 수도 있어요." 내가 말했다. "그리고 얘기를 전부 털어놓는 거죠. 얼마나 우리가 친한지 아시잖아요."

"알아, 알아. 넌 아주 책임감 있게 처신한 거야. 진담이야. 내 말이 심했다면 미안하다. 난 바로 내 집에 사는 누군가가 그런 짓을 했다고 생각하니 당연히 화가 난 것뿐이야. 그만두자. 이 모든 사건은 접어두고 정말 중요한 일에 매달리자꾸나. 난 정말로 중요한 일들을 소홀히할 수 없어."

그는 차에 올라탔다. "가브리엘, 넌 좋은 애야. 최고지. 정말이야. 이 일은 비밀에 부치도록 하자. 아무도 모르게 해야 해."

칠레의 늦은 봄은 덥고 건조했다. 태양은 보도 위의 나를 녹이고 있었다. 나는 이그나시오가 어디 있나 돌아보았는데, 아니나 다를까 길 아래쪽에서 기다리고 있던 그는 빠블로가 떠나자 모습을 드러냈다.

"빠블로가 아버지를 풀어줄 거예요. 고마워요." 내가 말했다.

"무슨 소리를 하고 있는지 모르겠구나. 어디 데려다줄까?"

난 자백을 해서 아버지를 구해줘 고맙다는 말을 유모에게 하러 안에 들어갈 뻔했지만 위대한 매켄지가 감옥에서 나올 때 거기에 있고 싶었다. 세상의 무엇보다도 그순간을 놓치고 싶지 않았다. 그리고 다섯 시간 뒤 아버지가 정말로 풀려나와 생전 처음으로 날 그의 품에 꼭 안아주었을 때, 난 아버지에게로 직접 갈 수 있다고 생각했다. 우리 부자의 육체 사이에는 내 어깨를 툭 치고 아버지를 장관에게 끌고 가는 이그나시오도, 내 귓전엔 음담패설을, 아버지에게는 아첨을 늘어놓는 뽈로도 없었다. 마침 내 우리 두 사람이 포옹을 풀고 언젠가 아버지가 공항에서 했듯 "왜 오는 데 그렇게 오래 걸렸니?"라고 말했을 때 재니스, 난 모든 게 다 잘되리라 는 걸 알았어. 그때 난 유모 대신에 아버지를 선택한 게, 유모의 자백을 받아내 아버지를 석방시킨 게 백번 잘한 일이라 확신했지. 그때 바로, 이 건 정말인데, 난 내 몸에 뭔가 일어나는 걸 느낄 수 있었어, 나의 탐스러 운 재니스, 내 얼굴은 마치 위대한 매켄지가 발산하는 열기가 거기에 조 각을 하듯 바뀌고 있었던 거야. 얼굴이 성숙하게 변한 게 아니라 단지 내 생긴 그대로를 사랑하게 되었고, 그토록 순진해 보인다는 게 멋진 일이라 는 걸 받아들이게 되었지. 그때 난 얼마 전 산길을 조깅하며 내 가슴속을 매연으로 채웠던 날 깨달은 걸 새삼 확인했어. 일주일 안에 아만다 까밀 라는 내것이 되리라는 걸, 바로 그때 깨달은 거야.

시간은 저녁 9시 반이었다.

"두 시간 반 남았군." 위대한 매켄지가 말했다. "시간은 충분하고도 남 아. 그래 어떻게 날 꺼냈니?"

아버지가 석방서류들에 사인하는 동안 "제가 범인을 찾았어요. 자백 도 받아냈고요. 빠블로는 아버지를 풀어줄 수밖에 없었지요"라고 내가 말했다.

"빠블로가 직접 쓴 게 아니냐?"

"아뇨. 제3의 인물이에요."

"누군데?"

"제가 이름을 밝힐 입장이 아닌 거 같아요. 아버진 그저 저만 믿으시면 돼요."

아버지는 잠시 생각에 잠기더니 "좋아, 비밀, 좋지. 널 좀 신비롭고 매 력적으로 만들어주니까" 하고 말했다.

"빠블로는 빠초 삼촌도 풀어주기로 약속했어요. 우리가 이 사건을 해결하면 해주기로 약속한 대로요."

"거짓말 마."

"올해 안으로요. 정말이라니까요."

"잘했다, 가비야." 아버지는 책상에 앉아 있던 형사를 돌아보았다.

"레오뽈도 고메스는 어디 있지요?"

형사는 몇몇 서류를 훑어보았다. "좀 있다 나올 겁니다."

난 아버지의 반응을 지켜보기로 했다. 소동을 일으킬까? 뽈로를 기다릴까? 뽈로를 만나겠다고 우길까? 자기 조수도 석방될 때까지 여길 떠나지 않겠다고 할까?

"뽈로에게 말 좀 전해주시겠소?" 아버지가 말했다. "내가 내일 면회 와도 되냐고요."

난 위대한 매켄지가 거리로 활보하고 있다는 소식을 감방의 뽈로가 듣는 것을 상상해보았다. 뽈로의 얼굴이 비정상적으로 하얗게 질리는 모습이 떠올랐다. 마치 오래된 사진 하나가 감방 안 그의 거울 속에서, 꺼져가고 있을 그의 눈앞에서 색이 바래기 시작하는 것처럼. 난 일주일 후 우리가 그를 데리러 갔을 때, 그가 7일 밤낮을 손꼽아 헤아리는 동안 내가 아버지의 마음을 다시 사로잡은 걸 보면 어떤 표정을 지을지 궁금했다. 특히 녀석이 함부로 나설 수 없던 일곱밤의 실습기간을 알게 된다면.

"그럼," 아버지는 내가 뽈로라도 되는 듯, 벌써 내가 그의 자리를 차지한 듯 물었다. "이제 어디로 가는 거지?"

나는 『엘 메르꾸리오』(*El Mercurio*) 신문에서 오린 그날의 부고란을 아버지에게 보여주었다. 아버지는 그걸 보고 내가 상당히 영특하다고 생각했으며, 특히 내가 그가 시작한 곳에서부터, 그의 발자취를 될 수 있는 대로 가까이에서 쫓아가는 건 참으로 치밀하다고 지적했다.

"제 얼굴에 대해 말씀하신 적이 있었죠." 초상집으로 가는 택시에서 내가 물었다. 물론 이 동네 저 동네 사정을 잘 아는 아버지가 자신있게 우리의 목적을 이루기에 적당하고 위로를 기다리는 여자 문상객들로 가득차 있을 초상집을 골랐다.

"내 얼굴을 어떻게 해야 하는지."

"넌 네 얼굴을 쓸 줄 모르는 거야. 내가 너처럼 생겼으면 하늘에 할렐루야 하고 외치겠다."

"정말요?"

"가비야, 하나님이 주신 건 써야 하는 법이야. 네 문제는 얼굴하곤 상관이 없어. 여자들은 널 자식처럼 대하고 싶어서, 자기 자궁 안으로 도로 집어넣고 싶어서, 또 얼러주려고 저희들끼리 안달이 나 있을걸. 그런데 넌 그런 여자들한테 네 얼굴이 잘못되었다고, 너 스스로 싫다고 그러는 거야. 그러니까 어떻게 여자들이 널 좋아하겠냐?" 아버지는 조목조목 짚어가며 나를 위아래로 훑어보았다.

"그런데, 아니? 뭔가 벌써 변했어. 나도 뭔지 잘 모르겠는데, 넌……아마 너한테 아무것도 가르쳐주지 않아도 될 거 같아."

그 뭔가는 아버지의 사랑과 열정이었다. 그거야말로 내가 정말 필요로하던 전부였다. 그후 일주일 동안 아버지의 가르침은 광범위했다. 그의이야기들은 재미있었고, 그의 본능은 정확했으며, 그가 여자를 사냥하는 솜씨는 놀라웠다. 그러나 그 어떤 것도 아버지의 다정한 음성과 우리의 새로운 관계보다 중요치 않았다. 그것들은 아버지가 25년 동안 세상 여자들의 꽁무니를 쫓아다닌 지혜보다 더 많은 것을 주고 있었으니까. 그는내게 자신의 전부를 주고 애정을 주입했을 뿐만 아니라 감옥에 마중나갔을 때 부둥켜안던 그 강렬함으로 날 믿음으로 감쌌다.

우리가 찍은 여자들은 그리 중요한 게 못되었다. 아버지는 그 여자들과 했지만 나는 아니었다. 나는 "전 끄리스띠나 페레르랑 하겠어요"라고말했다. "준비가 될 때까지는 안할 거예요." 아버지는 내 말을 알아듣고 입으로 하는 법, 손가락으로 하는 법을 가르쳐준 다음, 여자들한테 내가 신부 수업을 하기 때문에 신앙을 배반할 수 없고, 어머니가 임종하시던 침상에서 돌아가신 뒤 1년 동안은 절대 여자를 건드리지 않겠노라 맹세했다고 하라고 시켰다. 아버지는 내게 여자들과 순식간에 성실하고 깊게 사랑에 빠지는 법을 배우라고 했다. 여자 한사람 한사람에게서 다른 여자들이 갖지 못한 것을 찾아내 사랑하고, 여자의 한가운데로 날아가 그 유일하고 매력적인 것의 심장에 손을 얹고 그녀와 함께 있는 동안 온힘을 바쳐 그걸 사랑하라고 했다. 그리고 여자의 기억을 결코 지우지 않고 매일매일 그 추억을 되새기겠다고 약속하라고 했다. 가브리엘, 너한테 내가 사랑한 여자들을 하나하나 얘기해줄 수도 있어. 그들도 그걸 알아. 왜냐하면 그중에 어느 한사람도 불평한 적이 없고 나를 못살게 굴지도, 원한을 품은 적도 없다는 게 그 증거야. 넌 그 시간, 그 한 시간 반, 아니 그날만큼은 그 여자한테 진실해야 해.

재니스, 아버지가 해주는 말들은 그가 곁에서 기술을 전수해주고 있다는 사실만큼 중요하진 않았어. '여자는 남자한테 두 가지를 원하는 거야. 자기를 보호해줄 아버지와 자기가 보호해줄 아들을 원하지. 넌 그중의 한 가지 역할을 하거나 둘 다 할 수도 있어. 그러나 네가 그 역할들을 잘못 수행하면, 말하자면 강해 보여야 할 때 나약하게 비쳐지거나, 무기력한 사람을 찾는 여자들 앞에서 지나치게 자신만만하고 건방진 모습을 보여준다면 일이 꼬이게 되는 거야." 좋은 충고들이었지만 그가 옆에 있는 것만큼 좋지는 않았다. 충고나 체위, 요점 그리고 여자를 꼬실 때 쓰는 말들은 섹스 안내서나 헨리 밀러, 카사노바, 프랭크 해리스(Frank Harris, 미국 문필가·언론인. 대담한 성애묘사로 유명한 자서전을 씀—옮긴이) 등의 자서전에서도 볼 수 있는 것들이었고, 그중 대부분은 마치 연못에 떨어진 잎사귀가 비에 부풀어 바닥에 가라앉는 것마냥 이미 다 외워서 알고 있는 것들이었다. 아버지야말로 내가 삼키고, 내 안에 자리잡게 하고 싶은 사람이었다. 나를 보고 어떤 변화가 일어나고 있는 걸 알아채기 시작한 아만다 까밀라의 눈빛도 그걸 증명했다. 내가 아만다의 집에 다시 들른 바로 그날밤 그녀는 나를 바라보고 변화를 감지했다.

갑작스런 이그나시오의 방문과 그 때문에 생긴 위기로 늦어진 밀라그로스의 집으로의 이사를 하느라 가방을 찾으러 간 길이었다.

아만다는 계단 끝 어둠속에서 기다리고 있었다.

"아만다 까밀라!" 난 그녀의 이름을 속삭였다. "그 위에서 뭐 해?"

"너 어디 있었던 거야?"

"바깥에, 아버지와 함께 있었어."

아만다는 내게 손전등을 비추었다. 갑작스런 불빛에 난 눈을 깜빡였다. "정전이 되었었어." 그녀가 말했다. "널 찾았어. 여기 없더라. 널 기다리고 있었어."

그녀가 손전등을 내 얼굴에 비치게 내버려두고 난 피하지도 손으로 가리지도 않았다.

"자지 않고 기다릴 필요는 없는데." 내가 말했다.

"여동생이면 자기 오빠 걱정을 하는 게 당연하잖아."

"난 네 오빠가 아니야. 네 오빠처럼 취급당하고 싶지 않아." 내가 말했다.

아만다의 손전등 빛이 어지럽게 움직이기를 멈추었다. 불빛 뒤로 나를 바라보던 그녀의 바다 같은 시선은 대체 무엇이 내게 변화의 파도를 일게 했는지 의아해하고 있었다. 불빛은 내 목과 가슴 밑으로 내려가더니 무릎에서 멈추었다.

"어디 있었어?"

"말했잖아. 아버지와 같이 있었다고."

불빛은 아직 같은 자리에 머물면서 마치 내가 아만다와 섹스를 하고 있는 듯, 그것을 통해 대화를 나누고 있는 듯 두 사람을 묶어주었다.

"말썽꾸러기였던 적이 있니?" 아만다 까밀라는 날 아기로 만들려고 하면서, 황급히 사라져가는 중인 그러나 실은 있지도 않았던 나의 순진함을 붙들어두려 하고 있었다.

"나 숫총각이야." 내가 말했다. 더도 덜도 아니고 꼭 이렇게 말해버렸다. 아버지 말씀이 여자들은 탁 터놓고, 간단명료하게 얘기하는 걸 좋아한다고 하지 않던가. 만약에 솔직히 말하기 힘들면 진실한 척이라도 하라고. 네가 그렇게 말하면 여자들은 몸으로 화답할 것이다. 네 말이 들어간 곳에 머잖아 너의 물건도 따라 들어가리라고. 난 지금 아만다 까밀라에게 그렇게 말하고 있었다. "난 한번도 여자와 자본 적이 없어."

"거짓말 마."

이럴 땐 키스하는 거야 하고 아버지가 말했다. 불과 이틀 전만 해도 난 감히 나하고 자보면 알게 될 거야, 믿고 싶으면 한번 해봐, 내가 농담하는지 말야 같은 말을 할 엄두를 못 냈다. 내 속에서 위대한 매켄지는 키스하라고 말하며 내 입술을 아만다 쪽으로 밀었다. 대답 대신에 입맞추는 거야. 네 입술이 대담하게 놔두라고. 그럼 아만다의 입술도 네가 진실을 말하고 있다는 걸 이해하게 될 거야.

난 아만다에게 입맞추었고 그녀는 이해했다.

그건 짧은 입맞춤이었다. 난 즉시 떼고 말았다. 아버지가 너무 끌지 말라고 말하고 있었기 때문에. 난 바로 그날밤 아버지가 어떻게 스무살쯤 먹은 여자 둘을 유혹하는지 보았었다. 저 문상객 중에서 경험이 많은 여자를 고를래, 어려도 밝힐 것 같은 여잘 고를래 하고 아버지가 말했다. 두 여자 다 폐암으로 3년 동안 기침을 하다 죽은 자기 삼촌에 대해서는 별 관심이 없었다. 그녀들에겐 삼촌이 자기들의 오늘밤 데이트 약속을 망쳐놓은 장본인일 뿐이었다. 난 아버지가 여자들을 달아오르게 해놓은 다음 딱 10분 동안 무관심한 척해서 그들로 하여금 제 발로 기어오게 하는 걸 보았다. 나중에 아버지는 내게, 처음엔 사냥꾼이 되고 나중에는 포로가 되는 거야라고 설명해주었다. 처음엔 네가 위에, 다음엔 여자가 위에. 처음엔 앞에서 다음엔 뒤에서, 처음엔 밑에서 다음엔 위에서. 다양함이 중요해, 가비야. 언제 예, 아니오, 혹은 아마도라고 말할 줄 알아야 하는가도 물론이고."

"아마도." 난 지금 아만다 까밀라에게 '아마도'라고 말했다.

"난 네가……"

여자들한테 너무 말을 많이 하게 하지 말라고 아버지가 말하지 않고도 내 속에서부터 말하고 있었다. 그날 저녁은 물론 그 이전과 이후에도 아버지가 한 적 없는 말을 나는 가슴속에서, 내 피부 속으로부터 만들어내고 있었다. 여자들이 말로 힘을 빼게 하지 말라고, 몸짓이 항상 더 나은 법이니까.

난 아만다의 입술에 손을 갖다댔다. "너 자야겠구나." 그녀의 손전등을 받아들고 손을 잡고 방으로 데려다주었다. "내일 보자." 내가 말했다.

"여기서?"

여자와 자려고 계획중인 장소에 너무 자주 가지 말아라. 아버지는 멀리서 또 가까이에서 내게 중얼거렸다. 그곳의 신선함을 망가뜨리지 말아라, 그래야 마침내 네가 일을 성사시켰을 때 모험을 한 것처럼 보일 테니까.

"라 까싸 비에하 레스토랑에서 만나." 내가 말했다.

"여기서 점심식사 안 할 거야?"

"라 까싸 비에하에서 오후 2시에 만나." 내가 말했다.

"너 밀라그로스의 집으로 가는 거니? 유모가 그러는데 넌……"

마지막 말이 가장 중요한 법이지. 밤새 여자를 메아리처럼 쫓아다니고 다음에 만날 때도 메아리칠 수 있는 그런 말.

"나 떠나. 그래야 널 만나러 올 수 있을 테니까."

난 아만다의 방문을 닫고 지난밤 그랬듯이 문밖에서 기다리고 있었다.

이번엔 그녀도 내가 거기 있다는 걸, 자기의 숨소리를 듣고 있다는 걸 알았다. 아만다는 그날밤 잠자리가 편하리라는 것도, 그리고 자기가 잠을 자고 내가 밖에서 기다리는 와중에도 내 얼굴이 속에서부터 바뀌어가고 있다는 것도 알고 있었다.

난 짐을 챙겨 계단을 내려와 현관에 놓고 택시를 불렀다.

그리고 마지막으로 위층으로 올라갔다.

유모의 방 쪽으로 갔다. 유모는 자고 있었을까? 매일 저녁 하듯이 침대 끝에서 기도를 하고 있었을까? 아니면 깨어 있는 채 침대에 누워 내가 작별인사를 하러 와주길 기다리고 있었을까? 난 어젯밤 그리고 오늘밤 아만다 까밀라에게 그랬듯 유모의 숨소리를 들어보려 했다. 아무것도 들리지 않았다. 그러나 유모의 잠을 방해하지 않으려는 배려였는지, 혹은 고된 하루를 보냈으리라 생각해서였는지, 아니면 내가 상상했던 그녀의 원망 섞인 눈빛을 피하고자 함이었는지 혹은 그보다 더 나쁜 경우로, 유모는 내가 자기보다 우선해서 아버지 편을 든 걸 용서해주었지만 나의 오락가락하는 영혼이 그녀의 고귀함을 받아들이기엔 역부족이란 걸 알아버려서였는지, 난 그녀의 방문을 두드리지 않았다.

한없는 사막 같은 유모의 방을 가로질러 침대로 가 손을 뻗어 잠든 그녀의 잿빛 머리를 마지막으로 어루만져보는 대신 문간에 멈춰서 방문을 열지 않고 계단을 내려와 택시가 왔나 살펴본 다음 가방을 들어 기다리던 차로 끌고 가게 만든 건 두려움 때문이 아니라 수치심 때문이었기를 바랐다. 제발 유모를 만나지 않은 게 부끄러움 때문이었기를 바랐다.

수치심 때문이었다면 난 용서받을 수도 있을 텐데. 그때 부끄러움을 느낄 수 있었다면, 지금이라도 그럴 수 있다면 용서받을 수 있을 텐데.

난 밖으로 나갔고, 다시는 유모를 만나지 못했다.

끝내 작별인사를 하지 못했다.

유모가 죽던 날 밤 난 아만다 까밀라를 정복했다.

유모가 죽어가는 걸 알았던 건 아니다. 죽어가던 건 나였고, 나의 아만다도 거의 죽는 듯싶었다. 처음엔 내가 아만다 위에 올라타 아무런 경고 없이 재빨리 그녀 속으로 들어갔고, 그 다음엔 아만다가 내 위에 올라갔다. 내가 아만다에게 했듯 아만다로 하여금 나를 이용하게 하자, 나와 그녀의 구분이 없어졌고, 밤의 적막 속에서 우리는 행여나 산 자와 죽은 자를 다 깨워놓지나 않을까 하는 두려움에 하나가 된 심장을 진정시켜야만 했다. 그러나 그 모든 노력도 유모가 이승에서 저승으로 가는 걸 막지는 못했다. 우리의 사랑은 같은 처마 아래 방 몇개를 사이에 둔 곳에서 유모가 죽어가는 걸 막지 못했다.

재니스, 잘 치른 일을 서투른 묘사로 고리타분하게 만들고 싶지는 않다. 그리고 상대가 네가 아니었던 것도 미안해. 만약 거기 씨애틀에서 내 이야기로 몸을 달굴 생각이었다면 더 미안하고. 맙소사, 너하고 내가 거의 할 뻔한 이후로 난 이순간만을 기다려왔지. 반년 이상이나 말야. 하지만 카메라는 조심스레 돌아가야 하는 거야. 게다가 우리의 섹스는 같이 여행하던 다섯 사람이 섹스의 가장 황홀한 순간으로 지적한 기대, 삽입,

왕복운동, 사정, 휴식 중에 그 어느것도 아니었을뿐더러 아버지의 말처럼 그 전부 다도 아니었어. 내가 최고로 즐겼던 건 우리들의 이야기, 아만다 까밀라와 섹스 후에 가진 노곤한 대화와 서로를 다른 방식으로 공유한 것, 아만다의 손가락이 내 머리카락을 감아말던 것, 그리고 그녀의 가슴을 문지르던 내 손이 그녀가 숨쉬고 말할 때마다 천천히 오르락거리던 거였어. 그게 소중한 기억이고 지금도 그리울 뿐이다. 만약 이 세상에 그래도 날 놔두고 자살과 살해의 계획을 철회하게끔 할 수 있는 유일한 게 있다면, 그건 그런 황홀경을 다시 맛볼 수 있다는 약속일 거야. 말도 안되는 일이지. 그런 약속은 절대로 일어나지 않아. 가까운 곳에서 유모가 죽어갈 때 더 가까운 곳에 있던 아만다 까밀라는 누구에게도 하지 않은 이야기를 들려주고 있었어. 우리는 상대방이 느낀 점을 세심히 살펴보았고, 이렇게 서로 물어보면서 살아갈 수 있는, 타인이 나보다 더 소중한 세상이 있을까 궁금해하기도 했다. 난 천국을 한마리 새처럼 내 손 안에 쥐고 있었고, 손 안에 그걸 쥐고 있다가 비틀어 죽여버리고 말았다. 아만다가 말하고 내가 듣고 있을 때 그건 죽어가고 있었다. 아만다에게 처음으로 성관계를 갖는다는 건 어떤 의미였을까?

"분노." 아만다가 말했다. "몇년 전부터 난 터져버릴 것만 같았어. 그리고 지금은 그런 분노가 흘러서 빠져나가기 시작했어. 아니, 그렇다고 다 사라진 건 아냐. 아직도 남아 있긴 하지만 그건 좋은 분노야. 너같이 모든 걸 털어놓을 수 있는 사람과 함께라면 그 분노는 본연의 역할을 할 수 있게 되지. 왜냐하면 이제 난 말할 사람이 있으니까. 내 몸으로, 내 입으로 말야."

아만다는 처음으로 날 자기 집에 데려다주던 날 정오에 차에서 내게 하려다 만 얘기를 들려주었다. 민주주의가 가까이 오게 되어 자신이 얼마나 희망에 들떠 있었나를. 난 기적을 믿었던 것 같아. 이제 보니 우린 꿈을 꾼 거였어. 그렇지만 믿음을 갖고, 모든 바람을 몇몇 사람들, 그중엔 정치를 시작한 우리 아빠 같은 이들에게 건다는 게 어떤 건지 넌 모를 거야. 너 반삐노체뜨 캠페인에서 우리의 구호가 뭐였는지 아니? 라 알레그리아 야 비에네(La alegría ya viene), 기쁨이 이제 곧 온다는 뜻이지. 그들은 우리에게 그렇게 약속했어. 물론 기쁨은 근처에도 오지 않았지. 사회가 변하지 않았다는 건 아냐. 그렇게 말한다면 옳지 않지. 좀더 자유로워지고 공포심도 줄었지만, 기쁨은 아니야. 기쁨은 오지 않았어."

아만다가 침대에 일어나 앉자 내 손은 그녀의 몸을 미끄러져 허벅지에 멈추었다. 화장실에서 흘러나오는 희미한 불빛만이 아만다의 벗은 몸을 내 눈에만 보이게 반짝거리며 감쌌다. "내가 언제 그 모든 게 사기극이었다는 걸 알았는지 아니? 정확히 언제였는지 말야, 가브리엘."

수영장 때문이라고 했다. 아만다의 동네사람들이 함께 사용해온 그 수영장은 우리가 방금 사랑을 나눈 이 집에 내가 도착하던 날 그녀를 매우 기분 나쁘게 만들었다. 삐노체뜨에 저항해 싸우던 수년 동안 사람들은 수영장뿐만 아니라 다른 것들, 공포와 위험, 시위용 냄비, 비밀전단지 그리고 음식까지도 나누었다고 했다. 그건 작은 에덴동산이었고, 바깥세상, 독재하에서 벌어지던 것과는 정반대의 일들이 일어나던 하나의 섬 같았다.

"우리는 함께 제3의 공간을 만든 거야." 아만다가 말했다. "공포가 지나가면 이 나라 모든 사람이 살아가게 될 희망의 장소라고 할까. 우리 모두가 그걸 지었어. 집주인들뿐만 아니라, 가브리엘, 모두가 참여했어. 집집마다 가정부 한사람, 어떤 집은 두 사람까지 있었지. 그 여자들도 동참했었단다. 그들도 시위에 참가했고, 그 누구 하나 여기 사는 반체제주의자들을 배반하지 않았지. 우리는 한가족이었으니까. 특히 집사였던 에두아르도까지 포함해서. 부르기 편하게 집사라고 하지만 에두아르도는 모두의 친구였을 뿐 아니라 정원사, 목수, 꼬마들의 축구코치 등 뭐든지 되었지. 그 아들 알바로는 양아치였는데 걔도 다른 사람과 똑같이 대우받았어. 에두아르도는 시골 출신에 인디언 피가 많이 섞여 거무튀튀하고 겨우 읽고 쓰기를 할 수 있을 정도였지만 말야. 알바로가 나랑 세상에서 가장 친한 친구였다면 거짓말이겠지만, 우린 소꿉친구였어, 알아? 우리가 이 동네에 살기 시작한 이래 에두아르도 쭉 함께 있어왔으니까. 그리고 유모는 마치 그 아일 입양이라도 한 것처럼, 자기가 가져보지 못한, 오랫동안 잃어버렸다가 찾은 자식처럼 대했어. 무척 사랑했지."

세월이 지나면서 동네사람들과 알바로의 관계는 냉랭해져갔다. 알바로는 점차 앙심을 품게 되었고, 다른 아이들은 당연히 받는 교육과 취직의 기회를 가질 수 없으리라는 걸 깨닫자 점점 다루기 힘들게 되어갔다. 그리고 지난 여름에 일이 터졌다고 했다.

"알바로는 다른 아이들처럼 수영장에 친구들을 데려왔어. 알바로의 친구들은 가난하고, 우리, 그러니까 집주인들의 자식들처럼 생기지 않았고 또 행색 또한 남루했다는 것뿐 다른 아이들과 똑같았지. 엄마 아빠가 알바로한테 너도 우리 식구야, 우린 널 자식처럼 생각한단다라고 항상 말해와서 친구들을 집에 데려온 거였어. 물론 알바로는 마약을 했어. 그러나 그땐 누구나 했는걸. 그리고 우리도 그랬듯이 어른들한테 버르장머리가 없었어. 내 말은, 알바로는 십대였다는 거야. 그런데 까롤라는 그애가 나쁜 영향을 준다고 했고, 아빠도 덮어놓고 동의하더군. 아빠는 그때 정권이양에 깊숙이 관여하고 있었는데, 정권교체팀의 리더로서 새 대통령의 내각 구성과 삐노체뜨가 군 총사령관직을 내놓을 때 종신의원직을 줄 것인지 하는 문제, 또 군부와의 협상, 취임식 등 모든 일에 정신이 없어서 집에서 무슨 일이 일어나는지 거의 모르고 있었어. 하지만 아빠는 여기 일에도 신경을 썼어야 했어. 새 대통령이 취임한 지 일주일 후 동네사람들이 모여서 알바로 일을 어떻게 할 것인가에 대해 의논한 다음 집사에게 이사를 가도록, 더이상 동네에서 식구들과 살지 못하게 하는 투표를 했는데, 아빠는 물론 다수 의견에 표를 던졌어. '잘된 일이야.' 그날밤 아빠가 말했어. '알바로는 제 무덤을 판 거야. 정신차리라고 누누이 얘기했건만.

380

알바로 아니면 우리가, 알바로 아니면 다른 애들이 피 보는 거지. 세상일 이란 게 다 그런 거야' 라고 개새끼 같은 우리 아빠가 말하더군."

"그렇지만 아빠 말에도 일리가 있다고 생각지 않니?" 언제나처럼 난 자상한 장관을 무자비한 딸의 공격에서 방어하며 말했다. 빠블로가 내게 보여준 친절 때문만이 아니라 정말로 그의 생각을 이해했기 때문이다. 그 보다 더 중요한 건 이제 아만다 까밀라에게 감히 반박을 해도 된다고 생각하게 된 거였다. 그녀와의 섹스가, 재니스, 날 불안에서 해방시켰다고 느낀 거지. 비록 얼마 못 간 해방이었지만 말야. 난 이제 내가 정말 생각하는 게 뭔지 눈치 안 보고, 아만다가 나한테 그러듯 나도 말할 수 있다고 생각했어. "네가 그렇게 좋아하는 그 알바로란 친구 좀더 조심했어야 했어. 네 아빠가 옳아. 실수를 하고도 계속 되풀이해서 같은 짓을 하면 자기 재수를 탓할 수는 없는 거야. 그건 어리석은 짓이지. 그녀석은 제 스스로 일을 망친 거라구."

"가브리엘 매켄지," 나의 아만다가 목소리를 높이며 말했다. 난 그녀를 말리려 했다. 사람들을 깨워서 우리가 침대에 있는 걸 보게 하고 싶지는 않았다. "부끄러운 줄 알아. 알바로한테 죄가 있다면 가난하다는 것뿐이야. 걔네 아버지가 우리의 고용인이고, 자기 집이 없다는 거지. 만약에 알바로네가 집이 있었다면 그쯤은 눈감아줬을 거야. 사람들은 내가 아무리 못되게 굴어도 참고 넘어가. 왜냐하면 난 장관의 딸이니까."

"그렇지만 그건 어디서나 마찬가지야." 내가 이의를 달았다. "내가 리버싸이드 드라이브의 우리 아파트에 술 취해 돌아오면 수위가 엘리베이터를 타게 도와주지. 그렇지만 만약 어떤 거렁뱅이가 길에서부터 비틀거리다가 홀 안에 구토라도 하는 날에는 수위라도 발길질해 내쫓아버릴 거야."

"우리가 삐노체뜨를 없애고자 할 땐 그렇지 않았어." 아만다는 흥분하여 대답했다. "다른 세상이 되리라 생각했지. 모든 사람이 동등한 기회를 갖고, 가진 걸로 사람을 결정짓지 않는 나라 말야."

"세상에 그런 나란 없어." 난 딴지거는 걸 즐기며 말했다.

"글쎄, 어딘가엔 있을 거야." 아만다 까밀라가 대답했다. "그리고 그게 정치꾼들이 약속한 나라였어. 그리고 그건 그후에 벌어진 일을 설명해주지도 않아."

"그후에 무슨 일이 났는데?"

"에두아르도와 그의 처 그리고 알바로와 다섯명이나 되는 아이들은 이사해 나갔어, 가브리엘. 그래도 에두아르도는 계속 정원을 손질하고 수영장을 청소하러 왔지. 말하자면 네가 여기서 일할 수는 있어도 살 수는 없다는 거고, 네 손으로 정원수를 돌보는 건 괜찮지만 내 궁둥이를 만질 수는 없다는 얘기야."

"말도 안돼."

"비유하자면 그렇다는 거야, 바보야." 아만다가 말했다. "어쨌든 나한테는 모든 게 엉망진창이 된 걸 의미했어. 그 일은 세상이 어떻게 되어가리라는 걸 상징한 거야. 집안의 자유 없이 자유로운 국가를 세울 수 없고, 일상생활에 정의를 실행하지 않고서 정의를 주장할 순 없는 거야. 왜냐하면 남의 집 일엔 이러쿵저러쿵 말할 수 있어도 자기 집안 일에 공정하기는 힘들기 때문이지. 그렇지만 물론 난 아무 일도 하지 않았어. 취업문제와 또다른 모든 일 때문에 까롤라하와 아빠와 충분히 고충을 겪었거든. 알바로와 함께 자란 아이들 중 누구 하나 아무 소리도 하지 않았어. 우린 그저 잘 가라고 한 다음 계속해서 살아갔을 뿐이야. 단 한사람만 빼고."

"유모였군." 내가 말했다.

"그래." 아만다 까밀라가 확인해주었다. "유모는 매일 조그마한 시위를 했지. 매일 수영장에 가서 샌들을 벗고 발을 물속에 담가 식히곤 했어."

"그게 전부야?" 내가 물었다. "그게 유모의 시위였단 말야?"

"그거면 됐던 거야. 에두아르도와 그의 가족을 내쫓은 바로 그 동네 모임에서, 집주인들이 수영장 사용에 대한 새로운 규칙을 정했다는 얘길 했나? 가브리엘, 그 사람들이 바로 반삐노체뜨 저항의 주인공들이었다는 걸 기억해둬. 그들은 시위 때문에 투옥되기도 했고 추방되거나 국외로 망명했던 사람들이야. 몇몇 사람들은 심하게 얻어맞거나 더 심한 일도 겪었지. 그들이야말로 새 정부를 본질적으로 책임지고 우리를 약속의 땅으로 인도할 사람들이었는데, 어떻게 투표했는지 알아? 하인들이 수영장 쓰는 걸 제한하자고 결정해버린 거야. 하인들이 그렇게 많이 물에 들어가는 건 아니었지만 특히 유모처럼 아기들을 돌보는 몇몇은 구식 수영복을 걸치고 물장난을 치곤 했었지. 유모조차도 그 작은 발을 그다지 많이 물에 담갔던 건 아니야. 그러기엔 너무나도 보수적이었으니까. 언제나 살을 내보이는 게 아니라고, 상상에 맡기는 게 낫다고 항상 말하지. 결코 수영장에는 조그마한 관심도 보인 적이 없었어. 하지만 그날부터 유모는 일부러 더럽힌 듯 먼지가 잔뜩 묻은 두 발을 의미심장하게 수영장에 담그곤 했지. 하루도 안 빼고 말야. 그 누구도 수영장 옆에 페인트로 써붙인 규칙들을 읽어보라고 감히 나서지 못했어. 그들은 유모를 두려워한 거고 지금도 마찬가지라고 생각해. 나도 유모가 무서우니 섣불리 나서지 못했을 거야. 그러자 사람들은 그후로 다시는 유모가 수영장에 들어가지 못하게 투표를 했어."

"네 아버지도 동의했니?"

"어쩔 수 없었다고 하더군. 장관으로서 민주주의 절차와 다수의 의견 같은 거지 같은 것들을 지지해야 한다나. 아빠는 유모를 한쪽 구석으로 데려가 어떤 결정이 내려졌는지, 왜 다시는 수영장을 쓸 수 없는지 설명해주었어. 유모는 아빠를 바라보며 '빠블로씨, 제가 짐을 싸서 나가야 마땅한데요, 갈곳이 없어요. 그래서 남아 있겠어요. 오늘 저녁식사로 특히 드시고 싶은 게 있나요?'라고 말했지. 그러자 아빠는 까쑤엘라면 좋겠다고 대답했어. 그렇게 아무 일도 없던 것처럼 끝나버린 거야. 가브리엘, 그런데 그게 나한테는 참기 힘든 일이었고, 자제심을 잃게 만들어버렸어. 난 아빠를 아주 세게 쏘아붙였어. '남자는 하녀를 건드려도 되지만 하녀가 남자의 부인과 수영장에 같이 들어가선 안된다는 거로군요. 애들 밑을 닦아주는 건 되지만, 애들하고 같이 목욕을 해서는 안된다는 거구요. 그리고……' 아빠는 손을 들어올렸어. '그만하시지, 아가씨. 이 집에서 하는 일이 마음에 안 들면 취직해서 나가버리면 될 거 아니냐. 쉬지 않고 쫑알거리고 투덜대는 데 나도 지쳤다. 난 할일이 있고, 사람들은 그런 나한테 고마워들 해. 여기서 살려면 웃도록 해라. 우리랑 같이 살려면 우릴 즐겁게 해줘야 해. 그게 네가 할일이야.'"

"그래서 넌 어떻게 했니?"

"아빠 말을 따르고 잠자코 있기로 했지. 정말 아빠한테 뭔가를 가르쳐줄 수 있는 기회가 올 때까지 기다리기로 했어. 복수를 상상하곤 했지. 지금 생각해보니 유치해. 비록 한가지 아주 유치한 짓을 하긴 했지만."

"뭘 했는데?"

"네가 도착하기 며칠 전이었어. 난 엑스포에서 내가 하는 일과 라레아가 칠레에는 더이상 인디언이 살지 않는다고 말하는 통에 정말 화가 나 있었어. 여기 유모와 수백만의 마뿌체족이 살아 있는데……"

"넌 유모가 마뿌체족이라는 걸 확신했었니?"

"유모의 출생신고서에 의하면 그래. 하지만 그게 중요한 건 아냐. 가식적으로 행복한 체하는 얼굴들과 최신 유행의 유니폼, 여기저기 널린 빙산 그리고 그게 칠레의 이미지를 바꿀 거라고 우쭐거리는 아빠가 더 문제였어. 아빠 빙산이 모든 사람들에게 얼마나 우리가 추운 곳에 있는지, 열대지방에서 얼마나 멀리 있는지 보여줄 거라고 했어. 난 속으로 빌어먹을 영감쟁이한테 겁을 좀 주어야겠다고, 적어도 하룻밤쯤은 잠을 설치게 해야겠다고 마음먹었어. 그래서 편지를 한통 썼지. 빙산을 엿먹이고 녹여버리겠다는 익명의 협박편지를 아빠한테 썼어."

"뭐?"

"야, 뭐 그리 화낼 필요는 없어. 그건 장난이었고, 열받은 걸 좀 식히려고 한 것뿐이야. '당신이 아는 사령관'이라고 서명했지. 아마 아빠 쓰레기통에 던져버렸을 거야."

"잠깐, 잠깐만. 넌 편지 한통만 쓴 거지? 그게 다고, 그 다음에 더이상 편지를 쓰진 않았지?"

"물론 아니지. 뭣 하러 그러니? 그날 네가 나한테 얘기만 안해주었더라면 더 보냈을지도 모르지. 기억나니? 누가 칠레에서 빙산을 녹여버리길 원하느냐고 물은 거. 그때 난 내 공갈이 어리석다는 걸 깨달았어. 체제를 전복하려는 사람은 그런 상징물 따위를 박살내려 들진 않아. 사람을 박살내지. 그리고 그건 분명 내가 할 수 있는 일이 아니잖아."

"맙소사, 아만다, 왜 나한테 얘기해주지 않은 거야? 왜 말하지 않았나고?"

"왜 그래야 하는데?"

"왜냐하면 넌 날 믿는다고 했잖아. 나한테 모든 걸 말해주겠다고 약속했었잖아."

"만약 너한테 다 털어놓았더라면, 우린 지금 침대에 있지도, 내가 널 사로잡지도 못했을 거야. 지난 몇달 동안 널 쭉 지켜봐왔어. 여자는 늘 뭔가를 뒤에 감추는 법이지. 난 그냥 유모의 충고를 따른 거야. 유모는 나더러 인내심을 가지라고 했어."

"유모! 맙소사, 유모!"

"뭐가 잘못됐니?"

뭐가 잘못돼도 한참 잘못됐지. 유모는 내게도 빠블로에게도 거짓말을 한 거였다. 아만다 까밀라가 범인이라는 것을 알고 있었음에 틀림없다. 그리고 장관 또한 유모가 거짓자백을 하고 있다는 걸 분명 깨달았을 것이다. 그 두 사람이 함께 이 계집애의 범행을 눈감아준 거였다. 그래서 빠블로가 그렇게 빨리 유모의 이야기를 받아들이고, 그 다음 아무 일도 생기지 않았으며, 난 그토록 쉽사리 아버지를 감옥에서 꺼낼 수 있었던 거였다. 빠블로는 딸과 자기자신을 보호하고자 했던 것이다. 밥하고 애나 보는 팔순의 식모가 알지도 못하는 일에 정신나간 편지를 보내는 것하고 장관의 혈육이 그런 테러에 연루되는 건 하늘과 땅 차이였을 테니까. 빠블로는 아마도 사임해야 했을 수도, 자신의 쉰번째 생일을 내가 기다리고 있는 쎄비야로 오는 대신 망신살에 파묻혀 보냈을 수도 있었다.

그러나 첫번째 편지를 아만다가 썼다 해도 두번째 편지는 어쩔 수 없었던 것이 그게 보내졌을 때 아만다는 나와 뿐따 아레나스에 같이 있었다. 그 다음 편지들도 용의자들의 명단이 없으므로 그녀가 썼을 리가 없다. 하지만 아만다가 아니라면 대체 누구란 말이지? 유모? 아니면, 분명 생각했던 것보다 거짓말을 잘하는 유모가 자기 출생증명을 위조한 것은 물론이고, 제3자에게 내 계획을 실행하게 도와준 편지들을 쓰게 했을 수도 있었다. 그럼 그 제3자는 누구란 말인가, 누가……?

갑자기 해답이 떠올랐다. 유모가 세상에서 제일 사랑하는 사람, 유모가 자신의 인생을 바쳤고, 세상에 나올 때도 받아냈으며, 생모가 죽을 때 보살펴주기로 한 사람. 그가 아기를 가졌을 땐 밤새 기다려주었고, 새 신랑이 급히 여자를 구하러 밤중에 뛰쳐나갔을 때 자기 옆에 있으라고 충고해준 사람. 유모가 기꺼이 누명을 뒤집어써줄 수 있는 유일한 사람, 유모는 그 사람에게 아무 소리 안하겠다는 약속에도 불구하고, 나의 비밀들을 몰래 들려주었을 것이며, 그 이야기를 들으면서 그는 아들의 머릿속이 엉망이고, 게다가 성생활은 더 엉망진창이 된 책임이 바로 자기에게 있다는 걸 깨닫게 된 것이다. 그 사람은 자기의 망명생활과 절대로 수그러들지 않는 성기를 가진 신비한 아버지와의 삶이라는 부담을 아들에게 지움으로써 자식의 인생을 체 게바라의 그것보다도 더 망쳐놓았다는 걸 깨닫기 시작했고, 아들을 그런 얘기들의 볼모로 만들었기에, 지난 과거 그의 고통과 외로움을 외면한 데 대한 배상을 해야겠다고 문득 이해하게 된 거였다. 그래서 그녀는 한장씩 한장씩 편지를 써나갔는데, 그건 다 아들이 억지로 아버지를 수사팀에 참가시켜 함께 남극으로 가도록 유도하기에 필요한 것들이었다. 어쨌든 아버지가 남극으로 가기를 원한 사람. 그녀의 전략과 나의 전략, 그녀의 이해와 나의 이해는 아버지를 갈바리노호에 태워 남쪽의 열도로 보내자는 데서 일치하고 있었다. 자기의 아들과 결혼 그리고 스스로를 구하기 위해 그런 편지들을 썼을 세상에 단 하나뿐인 사람이자 유모의 그림자인 밀라그로스 가야르도. 거짓말쟁이, 모사꾼, 사기꾼 밀라그로스 가야르도.

난 침대를 뛰쳐나왔다. "잠깐, 잠깐. 어딜 가는 거야?" 난 아만다의 소리를 듣지 않았다. 옷을 주워입고 유모의 방을 향해 복도를 달려갔다.

그리고 죽어가는 유모를 발견했다. 소생시켜볼 수도, 깨워볼 수도 없게 그녀의 숨소리와 맥박은 거의 들리지 않았다. 식어가는 몸의 피가 천천히 돌면서 유모의 입에서는 거칠게 숨 넘어가는 소리가 났다.

나의 유모는 죽어가고 있었다. 그러나 난 사람들을 즉시 불러모으지 않았다. 아만다 까밀라가 지척에 있고, 내 자지와 사타구니에서 여자의 음부냄새와 말라붙은 정액냄새가 나고 있다는 것을 너무나도 잘 알고 있었기에, 만약 빠블로와 까롤라가 깬다면 우리가 숨어서 한 짓을 내 얼굴에서, 두 사람 얼굴에서 보게 되리라는 게 불 보듯이 뻔했기 때문이었다. 나는 방으로 돌아와 아만다 까밀라에게 샤워하라고 말했다. "왜? 왜 그러는 거야?" 조금 이따가 설명해줄게. 우선 내 말을 들어. 나도 샤워를 하고 조심스레 머리를 말린 다음에야 유모의 방으로 감히 돌아갈 수 있었다.

유모는 죽어 있었다.

난 그녀를 소생시킬 수 있었을까?

쓸데없는 질문이야, 재니스. 아무 의미도 없는. 적어도 그땐 말이야.

혹시 재빨리 구급차를 불렀다면 도움이 되었을 수도 있겠지만, 칠레에선 말야, 장담하건대 위급할 때 구급차가 그렇게 전속력으로 달려오지는 않아. 싸이렌 소리를 내며 집에까지 오는 데 한 시간 아니 그 이상 걸릴 거야. 그리고 그 정도면 유모는 어쨌든 죽어 있었을 테고. 씨루엘로 박사는 뇌출혈이라고 결론지었어. 누구도 유모를 살려낼 순 없었으며, 고통이 없는 발작이었기에 아무것도 느끼지 못했을 거라고 말이야. 굳이 따지자면, 만약에 구급차가 5분 안에 도착했더라면 인공호흡기로 소생시킬 수도 있었겠지만. 그렇지만 그게 정말 유모가 원하는 거였을까? 정말 알고 싶은 건, 혹시나 죽는 데 선택의 여지가 있다면, 왜 유모가 그날밤 죽었고, 죽기로 했느냐 하는 거야. 분명 그날밤 유모는 두 처녀총각이 함께 자는 걸, 자신의 전인생을 바친 두 집안의 아이들이 마침내 사랑을 나누는 걸 보았던 거야. 아마도 유모는 인생의 임무를 마치자 죽은 건 아니었을까?

하여간, 서둘러 목욕탕으로 가서 유모가 편지의 누명을 씀으로써 가능케 해준 나와 아만다의 사랑의 증거를 물로 씻어내면서 나는 스스로에게 이렇게 설명했다. 뜨거운 물이 내 고환에서 아만다 까밀라의 피냄새를 씻어내릴 때 나는 유모가 자기 영혼을 우리에게 집어넣으려 했고, 우리가 새로운 생명을 창조하려 하자 죽은 거라고 이해했다. 유모는 자기가 아버지와 엄마 그리고 아만다를 구해내기 위해 한 거짓말들을 내가 발견하려는 순간 죽은 거라고 스스로에게 말했다. 난 유모가 비로소 내가 살기 시작할 때 죽은 거라고, 자기 없이도 살아갈 수 있게 죽은 거라고 생각했다. 자신이 예견한 대로 유모는 자신을 마지막까지 다 주어버렸다. 그는 결코 자기 조상들을 죽인 사람들을 욕보이려는 원한을 품은 노파도, 과거가 사라져버리는 걸 원치 않은 인디언 마녀도, 인류의 여명기에 베링해협을 건너 모든 것이 처음 보여지고 이름 붙여진 아메리카대륙에 울려퍼지던 잊혀진 단어들로 채워진 과거의 목소리도 아니었다. 정반대로 유모는 마지막까지 충실한 하녀의 역할을 잘 수행하며 숨이 붙어 있을 때까지, 아니

388

숨이 끊어진 후에도 주인을 섬겼던 것이다. 유모는 엄마와 그 배에서 나온 아이를 사랑했고, 또 엄마처럼 엄마 없던 또다른 아이, 아만다 까밀라와 버려져 도움을 청하던 수많은 다른 아이들을 돌보던, 호색가 끄리스또발 매켄지마저 사랑했다. 그리고 최후의 순간까지 사랑하는 모든 사람들을 한데 모아 꺼져가는 숨결로 모두에게 봉사한 것이다. 그게 숨겨진 사연이자 유모의 죽음과 나와 아만다의 사랑이 들어맞은 이유였어, 재니스. 유모가 내게 남기는 유언을 속으로 되새겼어. '그래, 난 더이상 살고 싶지 않아. 살아서 더이상 할일도 없고. 왜 네게 거짓말을 했는지 묻지 말아주렴. 마지막 오나족에 대해서도 물어보지 않았음 좋겠구나. 아무도 그 비밀들을 내게서 강제로 알아내지 못하게 그것들을 무덤으로 가져가고 싶구나. 이게 너와 네 자손에게 주는 나의 축복이란다.'

유모의 죽음을 서글퍼하지 않은 건 아니야. 나름대로 조의를 표했지. 난 다른 사람들과 함께 울먹였어. 모두가 서로 다른 이유와 서로 다른 유모의 모습을 떠올리고 있었지만, 하지만, 재니스, 여기엔 서글픈 사실이 하나 있단다. 유모의 죽음은 내게는 그다지 슬픈 일이 아니었는데, 그건 내가 새로 발견한 삶과 너무나도 깊이 사랑에 빠졌기 때문이야. 그건 왜 매켄지 성을 가진 사람들이나 바론가 사람들뿐만 아니라 우리 인간들이 사라져 다시는 돌아오지 못하는 것에 대해 슬퍼하지 않는가의 진짜 이유지. 난 매일 밤, 낮, 아침마다 아만다와 사랑을 나누는 데 열광하고 있었고, 육체와 육체가 뒤엉킨 다음에 말과 말이 엮이는 대화에 깊이 몰두해 있었어. 난 위대한 매켄지가 체 게바라가 묻히던 날 밤 밀라그로스 가야르도의 몸안에 처음으로 들어갔을 때 경험한 즐거움을 되풀이하고 있던 거야. 엄마나 아버지한테 체 게바라의 죽음이 결국 그들을 함께 이어준 것 그 이상도 이하도 아니었듯, 나도 세상에서 유모가 사라져버린 데에 별 신경을 쓰지 않았어. 햇빛이 매처럼 어깨를 움켜쥐는 듯하던 11월의 어느날 유모의 관 위로 삽으로 뜬 흙더미가 떨어지는 것을 보고 있을 때 내 목덜미로 누군가의 손이 내려왔다. 그건 이그나시오도 빠블로도 아버지 매켄지도 뽈로도 아닌 빤초 삼촌이었다. 삼촌은 결코 알 리 없었겠지만, 그는 그에게 자유를 준 이 여인의 장례식 시간에 맞게 석방된 거였다. 삼촌은 잠시 날 부둥켜안았다가 떨어져서 무덤으로 꽃 한송이를 던졌다. 나도 그를 따라서, 마지막 오나족이었을지도 모르는, 아니면 그저 마뿌체족이었지만 분명 이 세상에서 나를 진정으로 온전하게 사랑해주고 날 위해 희생을 마다하지 않은 유일한 사람인 유모를 덮고 있는 흙에 붉은 카네이션을 던졌다. 그리고 아만다 까밀라와 한번 더 하러 집으로 돌아갔다.

아버지와 엄마가 25년 전에 지나간 발자취를 밟으면서 그들한테 있었던 일을 그대로 반사하듯, 아만다가 자기의 임신을 알리기까지는 꼭 40일의 낮과 밤이 걸렸다. 성탄절 사흘 뒤, 헤롯왕이 갓난아이들을 참살하라고 명령했던 12월 28일 '선량한 사람들의 날'에 아만다 까밀라는 임신을 했다고, 아기 이름은 유모의 이름을 따서 메르세데스라고 붙이자고 내게 말했다. 난 미처 유모의 본명조차 알지 못했다는 사실에 주의를 기울일 수도 없었다. 단지 속으로 생각한 건 이 사실을 빠블로가 알면 난 죽는다는 거였다. 내 달아오른 엄지손가락이 자기 딸의 젖꼭지 끝에 닿기만 하더라도 죽여버린다고 했으니까. 그런데 그녀와 자버리기까지 했으니, 약속을 깨버린 거였다.

난 당황했다. 감히 아버지 엄마의 도움을 청할 수가 없었다. 위대한 매켄지를 비롯해 그들 모두에게 거짓말을 했으니까. 어떻게 아버지한테 그의 대녀를, 그것도 그애가 그가 손대지 않은 유일한 여자이기 때문에 건드렸다고 말할 것이며, 아버지의 도움을 받고자 좋아하는 여자에 대해 거짓말한 걸 털어놓겠는가? 그리고 아버지가 애당초 내게 거리를 둔 게 옳고, 실은 내가 정말 엿같은 새끼라는 걸 어떻게 말하나? 예전에 내가 자기 일에 끼여든 걸 알고 감방에서 얼마나 나한테 매정하게 등을 돌렸었는지, 또 쓰고 난 콘돔 내버리듯 날 따돌려버렸는지 보았으면서도 말이다.

엄마한테도 말할 처지도 못되었다. 지난 수년간 한번도 하지 않은 애기를, 유모를 통해서만 알았지 나로부턴 한마디도 듣지 못한 걸 어떻게 털어놓는단 말인가? 어떻게 두 눈 똑바로 뜨고 유모가 죽게 내버려두었노라고 말할 것이며, 아버지와 엄마 그 누구에게 두 사람 다 내게 착각하고 있었다는 끔찍한 사실을 알려줄 것인가? 이게 유모가 죽음으로써 내게 보내는 메시지란 말인가. 넌 알아서 네 앞가림을 할 만큼 컸어, 넌 더이상 오줌싸개 얼굴이 아냐…… 그리고 애야, 세상일에 책임을 지는 게 어른이 된다는 거란다. 왜냐하면 더이상 어른들이 네 일을 해줄 수 없기 때문이지. 그건 초상날 밤 얘기를 들어주고 만사가 표류하고 있을 때 넋두리를 들어주던 유모 없이 살아야 한다는 걸, 그리고 어른이 된다는 걸 의미하는 거였다. 유모는 돌아올 수 없으니, 고아가 된 너는 스스로 세상일을 헤쳐나가야 해.

그때 처음으로 난 마음속에서 유모와 이야기를 나누었다. 그녀가 없음을 느끼고, 누군가의 죽음이 의미하는 걸 깨닫기 시작했다. 저세상 사람한테는 말을 건넬 수도, 충고를 구할 수도 없고, 그 사람 잠자리에 가 팔베개를 베고 기운을 다시 차릴 때까지 달래달라고 할 수도 없는 노릇이었다. 내가 잠들 때 그리고 그 잠든 뒤 머리맡을 지키며 노래를 불러주던, 내가 잘 자라게 음식을 만들어주고, 손풍금 악사의 손에 건네줄 동전을 쥐여주던 유모를 다시 볼 수는 없게 되었다. 유모는 갔다. 영원히, 내 어린 시절마저 가지고 흔적 없이 사라져버렸다. 그제야 난 희미하게나마 지난 일들과, 나의 행복과 유모의 죽음 사이의 연관성 그리고 어떻게 그녀를 되살릴 수 있을지를 생각해보았다. 생각의 파편은 머릿속에 들어왔다가 곧 혼미함 속으로 사라져버렸는데, 그건 이제야 총각딱지를 뗀 걸 죄의식으로 망가뜨리고 싶지 않았을뿐더러, 아무리 혼란스러워도 이 어지러움에서 유모가 날 구해줄 수는 없었기 때문이었다. 이젠 나 자신이 모든 걸 풀어나가야 했다. 엄마가 날 배고 돌아왔을 때는 유모가 그 곁에 머물렀건만 내 곁엔 그녀가 없었다. 당장 빠블로가 어떤 끔찍한 짓을 저지르더라도 그는 널 죽이지는 않을 거야, 널 죽이지 못할 이유가 있거든 하고 말해줄 유모가 이 자리엔 없었다.

유모는 내게 겁내지 말라고 말해주었을까? 유모는 내가 아만다 까밀라에게 신경질적으로 애를 지우라고 하는 것을 막아주었을까, 또 이 방에 유모가 있었더라면 아만다 까밀라를 설득해, 세상 여자들이 항상 그래왔듯이 날 덮어주려고만 들지 말고 나와 함께 그녀의 아버지를 만나보라고 했었을까? 아만다 까밀라가 우선 빠블로가 뱃속의 아이의 아버지가 나라는 것을 알아채는 걸 막아야 한다고 고상하게 주장했을 때 유모는 말렸을까? 아만다는 빠블로한테 아기가 생긴 건 내가 남극에 있었을 때인 11월 초라고 말할 거라고 했다. 아만다는 언젠가 내가 나서서 그녀의 옆자리, 아기아버지로서의 내 자리를 주장할 때를 확실히해두고 싶어했다.

"딸일 거야." 아만다가 말했다. "그리고 애이름은 메르세데스라고 할 거야. 왜냐하면 아이는 속에 유모의 영혼을 지니게 될 거거든. 그리고 가브리엘, 세상 누구도 나한테서 아일 빼앗을 순 없어."

재니스, 그건 착각이었어. 세상엔 아만다가 알지 못하는 일들이 있었는데, 그것들은 그녀를 백정 같은 의사에게 데려갈 것이었고, 유모가 우리 곁을 영원히 떠나간 날 갖게 된 아이를 지우게 하고 말 거라는 것, 또 난 아만다에게 그 일들을 말해주게 예정되어 있다는 것이었어. 그리고 그게 뭔지 알게 된 건 이튿날 빠블로가 밀라그로스의 집에 있는 내 방으로 폭풍처럼 몰아닥쳤을 때였다. 그의 표정으로 보아 아만다 까밀라가 말한 것이 분명했고, 그의 분노로 미루어 세상의 모든 남자들처럼, 딸이 나의 무죄를 강변했음에도 불구하고, 자기 생각대로 내가 강간했다고 생각하는 게 틀림없었다.

그는 저주와 음흉함 그리고 부성애로 가득한 눈으로 나를 쏘아보았다.

"가브리엘! 맹세해! 네가 아니라고 맹세하란 말야. 화내지 않을게. 안 그럴 테니, 약속해. 화 안 낼게. 하지만 사실을 알아야겠어."

모든 게 불과 몇초라는 저울 위에 놓여 있었지만, 그 시간은 내게 남극의 어두운 겨울보다도 길게 느껴졌고, 그 끝없는 몇초 사이에 난 빠블로에게 사실을 털어놓고, 그의 분노와 나의 거짓말들을 대비시킨 다음, 남자로 다시 태어나 살기로 마음먹었다. 유모의 말소리가 끓어오르는 듯 내 귓속에 웅얼거렸다. 그러나 난 기회를 잡지 못했다. 운명을 바꿀 기회를 잡지 못하고 말았다.

시간을 너무나도 지체했다.

그러자 빠블로 바론이 23년 넘게 간직해온 자신만의 진실로 그 공허함을 채워버렸다. 그 또한 밖에 드러낼 수 없던 자신만의 비밀과 거짓말을 갖고 있었다. 그가 떠들어대는 통에 난 입도 뻥긋 못한 채 내 거짓말과 비밀들을 오장육부에서 썩일 수밖에 없었다. 그는 다가와 안경을 바로하고 날 쳐다보고는 무슨 소린지 알 수 없는 말을 절망적으로 중얼거리곤 물러섰다. 그와 나의 죽음을 하루 앞둔 지금, 이 쎄비야에서도 아직 그 목소리가 들리는 듯하다. 그때도 빠블로는 누군가가 알게 될까, 도청장치나 내게 말하는 자신의 쉰 목소리를 듣는 사람이 있을까 두려워했다.

"그 아인 네 동생이야." 빠블로 바론이 말했다. "네가 아니라고 말하란 말야. 젠장, 네 동생하고 하지 않았다고 말이야."

"내 동생? 내 동생이라구요?"

"네 엄마가 네 아버지를, 즉 밀라그로스가 끄리스또발을 만나기 하루 전날 밤 난 네 엄마하고 잤단 말이야. 그동안 우린 이걸 숨겨왔어. 네 아버지가 아는 게…… 네 아버지한테 이 이야긴 한마디도 하지 마라. 자기 외동아들의 아버지가 나라는 걸 알게 되면 날 죽여버리고 말걸."

"말도 안돼요." 내가 말했다. 하지만 그건 말도 안되는 소리가 아니었다. 모든 게, 그것도 끔찍스럽게도 말이 되는 말이었다──칠레에 온 이후로 빠블로는 날 끔찍이도 위해주었다. 자기 집에 불러들이고, 마치 돌아온 자식처럼 대해주었으며, 내가 하는 모든 일에 자부심을 느끼는 아버지처럼 칭찬해주었다. 이제야 왜 그가 자기 딸에게서 떨어져 있으라고 경고했는지, 둘을 같이 있게 해주려 하면서도 떨어뜨려놓아야 하는 고통을 감수했는지 설명이 되었다. 어쩌면 그런 이유 때문에 내가 아만다에게 끌렸는지도, 그래서 빠블로의 집, 아만다의 침대, 진짜 가족이라는 은신처로 찾아오게 되었는지도 모를 일이었다. 그리고 왜 내 아버지 매켄지가 날 자동적으로 멀리했는지, 어째서 내게 애정을 보이기까지 그토록 시간이 걸렸는지에 대한 열쇠도 손에 쥘 수 있었다. 왜냐하면 아버지는 동물적인 본능 같은 것으로 이 안경잡이 샌님이 진짜 자기 아들이 아니라는 걸 알아챘을 테니까. 말이 되는 얘기였지만 난 그런 생각들을 받아들일 수가 없었다. "믿을 수가 없어요." 내가 말했다.

"왜? 네가 동생을 건드렸기 때문에? 가브리엘, 난 진실을 알고 싶어."

난 빠블로의 폭로가 만들어놓은 썩은 우물 속에 빠져 숨이 막혀가고 있었다. 그렇다고 사실을 털어놓고, 내 고상한 의도로 환기시킬 만한 순간도 아니었다.

"아뇨." 내가 말했다. "내가 아만다를 손대지 않았다는 걸 알잖아요."

"좋았어." 빠블로가 말했다. "네가 내게 얼마나 자랑스럽고 기쁜지 모를 거다. 넌 이제 날 도울 수 있어."

"돕다니 무슨 소리죠?"

"아만다는 그 바보 같은 아기를 갖고 싶어하는데 난 그 아길 지우라고 설득할 수가 없어. 하지만 오빠라면 아버지가 못하는 말을 할 수 있잖아. 게다가 너희 둘은 상당히 가깝고. 그 아이가 널 아주 깊이 좋아하는 걸 알아. 너무 좋아해서 난…… 가브리엘, 우린 아만다가 인생을 망치게 두고 볼 순 없어."

"아만다의 인생요?" 내가 물었다. "내 인생은요? 전 어떻게 되는 거

394

지요?"

"넌 이 일로 아무 상처도 입지 않았잖아." 빠블로가 말했다. "나이 열아홉에 애를 가진 건 네가 아니잖아. 우리는 아만다를 걱정해야 할 사람들이라고. 우리가 그 아일 구해야 해."

"전 엄마하고 얘기를 해야겠어요. 그 말이 사실인지 알아봐야겠어요."

"물론 그렇게 하렴. 허나 끄리스에겐 한마디도 하지 마라. 약속해다오." 빠블로가 대답했다.

"저한테 약속하라고 그러는 건가요? 맙소사, 날 이렇게 갖고 놀면서 그동안 어떻게 그걸 비밀에 붙일 수 있었죠?"

"내가 그렇게 한 건," 빠블로 바론이 말했다. "네가 상처받지 말라고 그런 거야. 내가 사랑하는 사람들이 상처받지 말라고, 다 잘되라고 그런 거지. 그리고 지금 난 네게 네 동생과 아버지를 도와달라고 그러는 거고."

엄마는 끄리스또발 매켄지가 알라메다에 나타나기 전날밤 빠블로와 잔 걸 시인했다. 바예그란데에서 체 게바라를 처형하던 그날밤 빠블로 바론은 밀라그로스와 광적인 사랑을 나누었다. 항상 내 이야기의 처음엔 체 게바라가 따라다녔다. 빠블로와 엄마는 낙담하여 서로를 원했고, 여자는 상대방이 자기가 수년 동안 기다려오던 남자의 가장 친한 친구들 중의 하나라는 사실을 모르고, 또 남자는 여자가 그 친한 친구의 아내가 될 사람이라는 것을 모르는 채 서로의 품에 안겼다. 그렇지만 엄마는 빠블로가 자신의 몸 안에 사정하지 않았다고 확신하고 있었다. 뭔가가 그녀에게 말을 하고 경고하는 통에 빠블로의 성기가 발기해서 껄떡거리며 점점 깊숙이 파고들어 삽입이 정도를 지나치자 질 밖으로 내쫓아버렸다고 했다. 그렇게 빠블로 바론은 엄마의 침대시트로 내보내졌다는 것이다.

"밀라그로스의 집에서 한 건가요?"

"그땐 그렇게 불리지 않았어. 하지만 물론이지. 난 많은 남자들을 여기로 끌어들이곤 했는걸."

"그럼 유모도 알았나요?"

"그럴 수도 있었겠지." 엄마의 눈은 갑자기 죽은 유모를 기억해내곤 상심의 그림자로 덮였다. "유모는 나 그리고 우리에 대해 알 만한 건 죄다 알고 있었어. 근데 중요한 건, 가브리엘, 빠블로가 사실은 전부 다 얘기하지는 않았다는 거야. 그 이야기를 이제 와서 하는 이유를 모르겠군. 세월이 이렇게 한참 흘렀는데. 맹세컨대 끄리스가 네 아빠야. 아마도 빠블로는 우리가 다시 함께 잘 지내고 있으니까 내기에 이길 수 없다고 생각했을지도 모르지. 그래서 가장 친한 친구의 아들 앞에서 결국 무승부란 있을 수 없다고 우쭐거리기로 마음먹은 거지. '끄리스와 나는 둘 중에 누가 먼저 태어났는지, 누가 나이를 더 먹었는지 결코 알 수 없을 거야. 그러나 넌 정말 끄리스 아들이 아냐. 내가 네 진짜 아버지다. 끄리스는 모든 여자를 다 건드려봤지만 그 모든 자식들을 가질 사람은 바로 나야. 후세에까지 전해질 유전자는 내거란 말야' 라고 말하면서. 네가 설령 그 말을 믿지 않더라도 빠블로의 기분은 좋을 거야. 남자들이란 모두 허황되지. 그 얘기는 모두 우리가 남극에서 본 것 같은 신기루일 뿐이지만 빠블로에겐 자신이 끄리스 외아들의 아버지이므로 내기에서 이겼다는 게 필요하고, 그는 그걸 믿는 거란다."

"그럼 그 말은 사실이 아닌가요?"

"빠블로가 한 말은 잊어버려. 엄마인 내가 잘 알아."

잊어버릴 수가 없었다. 아만다 까밀라는 정말 내 동생일 수도 있었다. 그리고 유모는 다 알고 있었으면서도 가만 있는 게 틀림없었다.

실은 교활하고 음흉하고 사악하기 짝이 없던 유모가 치밀한 궁리 끝에 엄마한테 건네주지 않은 정보 하나는 내가 아버지일지도 모르는 사람의 딸과 자고 싶어한다는 사실이었다. 성기 하나에 몇푼을 주면서 자기 부족의 씨를 말려버린 바론가와 웬델가에 얼마나 좋은 복수란 말인가. 아니면 유모가 마뿌체족이었더라도 갈바리노의 손을 자르고 그 자손들은 노예로 만들어버린 에스빠냐 사람들을 골탕먹이기에 얼마나 좋은 방법인가 말이다. 설사 그런 종족적인 동기가 계획 속에 없었다 해도 순전히 흙이 잔뜩 묻은 발을 수영장물에 담가보지도 못하고 쫓겨난 애에 대한 모멸감과 알바로가 그가 자란 동네에서 추방당한 데 대한 복수 때문에라도 대들 필요는 있었다. 자기가 죽던 날 밤 빠블로의 두 아이들이 근친상간을 하도록 내버려두는 것보다 자신의 월등함을 표현하는 데 더 나은 방법이 있었을까? 유모는 그 두 아이들을, 이 계곡을 노략질하고 주저앉은 인간들의 후손을 엿먹이고는 기쁨에 겨워 눈을 감았을 것이다. 아만다와 나는 소위 선진문명이라 불리는 것의 종착역인 이 기형적인 나라에서 기형아를 낳는 남매가 될 것이다.

엄마 말대로 내가 빠블로의 자식이 아니라 할지라도, 망명한 자기 자식에게 입힌 상처를 눈 가리고 아웅하듯 지난 넉달 동안 뻔뻔스럽게 편지를 보내고 화장실 변기 사용법, 체 게바라 포스터 그리고 인띠—이이마니의 노래들과 숨막히는 황홀한 얘기들로 아버지를 느끼게 해주며 속여넘긴 엄마는 믿을 수 있단 말인가? 날 보호한다는 핑계로 내게 거짓말을 하도록 유모를 훈련시키고, 빠블로가 아버지를 해코지하지 못하고 승리를 선포하는 걸 막기 위해 어떠한 거짓말도 할 수 있다면, 내가 그런 엄마를 과연 믿을 수 있을까? 내가 아버지의 사랑을 마침내 얻어낸 이상 엄마는 빠블로가 자기 자식을 끄리스로부터 빼앗아가려는 것을 허용치 않을 것이며, 자신이 남편의 사랑과 그보다 더한 것을 즐기고 있는 지금 빠블로가 부부관계에 끼여드는 걸 놔둘 리 만무했다.

그래, 엄마는 거짓말을 하고 있어. 생각이 여기에 미치자 난 최종판단을 내렸다. 재니스, 왜냐하면 모든 게 기막힐 정도로 재수없는 나의 상황에 딱 들어맞았거든. 지금까지 모든 일이 돌아가는 모양새며, 체 게바라의 저주에 이은 유모의 저주, 마치 술주정꾼처럼 내 인생 주위를 어슬렁거리는 그녀의 혼령 등에 비추어 난 내 애인이 내 동생이고 내 자식은 조카뻘이 되리라는 가능성이 상당히 높다고 확신하게 되었다. 만약에 신이 날 골탕먹이고자 내가 마침내 행복을 찾았다는 기쁨에 딱 일주일 동안만 들떠 있게 했다가 결국 아주 보잘것없어지는 이 모든 시나리오를 조작해 왔다면 이보다 더 지독한 추락이 어디 있단 말인가? 사실이라고 하기에 내 운명은 너무 미쳐버리고 꼬여 있었다.

난 아만다 까밀라에게 말했다.

그 아인 날 믿었다. 마치 나와의 관계를 끊고자 하는 핑계를 찾았다는 듯, 그래서 연인이 아닌 남매 관계로 돌아가길 바랐다는 듯 너무나도 빨리 내 말을 믿었다. 내가 아만다의 몸 겉과 속의 모든 것을 핥을 생각과 내 모습을 그녀의 눈 속에서 보기 위해 그 초록빛 눈을 헤엄치려는 생각뿐이었을 때에도, 처음 날 만났을 때부터 거리를 두고, 그 긴 몇달 동안 자기 머릿속에 우리를 오빠 동생으로 남겨두기로 한 자신의 판단이 얼마나 옳았는가를 확인이라도 하는 듯했다. 내가 그 뇌쇄적인 눈에 얼이 빠져 있을 때조차 아만다는 서로 거리를 두는 게 좋겠다는 암시를 해왔고 그렇게 해왔다. 아만다는 그렇게 내가 그녀를 즐겼듯 나를 즐겨왔던 것이다. 친밀한 대화와 섹스에 이르지 않고도 얻을 수 있는 동료애 등등으로.

전에도 종종 보던 것처럼 아만다의 얼굴은 갑자기 일그러지며 심한 감정의 변화를 보였다. 아기를 지키려 했을 때 같은 집착을 이제 자기 몸에서 아기를 지우고 우리 사이를 40일 전의 원점으로 되돌리려는 데 내보였다. 아만다는 아이를 지움으로써만이, 자신이 지금 갈구하는 순수함을 우리가 회복할 수 있다고 믿었다.

아만다는 문제의 해결을 내게 부탁했다.

빠르면 빠를수록 좋다면서.

난 빤초 삼촌에게 부탁했다. 위대한 매켄지에게 감히 이러쿵저러쿵 할 형편이 못됐다. 사실 난 아버지와 마주치지 않으려 했다. 내가 아버지라고 느끼고 그렇게 계속 불러왔고 아직도 그렇게 부르고 있는 내 아버지 끄리스또발은 뭔가 잘못되었음을 눈치챘는지도 모른다. 아버지는 눈치가 빨랐고, 곤경에 처한 사람들에게 너그러웠지만 난 나대로 가면을 쓸 필요가 있었다. 아버지는 여자들로부터 나 자신을 감추고도 그들을 내 품에 안게 오로지 필요한 부분만을 보여주는 기술들을 가르쳐주었다. 이제 나는 아버지를 속이고, 빠블로가 그보다 먼저 엄마 안에 들어갔었다는 사실을 눈치 못 채게 하는 기술들을 완성시켜야 했다. 나, 이 가브리엘이 아버지가 사랑으로 가르쳐준 교훈들을 침묵을 통해 갚음으로써 결국 그를 보호하게 되는 것이다. 그런 까닭에 빤초 삼촌 외엔 대안이 없었다. 여자 이름을 밝히지 않아도 되니 편했고, 삼촌 또한 관심도 없었다. 단지 날짜만 물었다.

"임신한 지 얼마나 되었는데?"

"한달쯤이요."

"그럼 예정일이 언제야?"

"계산은 안해봤는데 8월말, 8월 24일이라고 한 것 같아요. 그쯤이라고."

"체 게바라가 세례받은 날이로구나." 빤초 삼촌이 말했다. "네 아이는 체 게바라 부모가 그를 하느님께 인사시킨 날에 태어날 뻔했는데, 어떻게 생각하냐?"

난 그거야말로 내 좆같은 운명에 얼마나 매사가 꼬여 있는지와 체 게바라가 드리운 역병에서 벗어날 수 없는 무력감의 또다른 증거라고 생각했다. 혹시 이 모든 걸 그가 소개받은 사악한 신의 도움을 받아, 저 먼곳으로부터 조종하고 있는지도 모를 일이었다.

"아무 생각도 없어요, 삼촌." 내가 대답했다. "우린 그저 애만 지우면 돼요. 도와주실 거죠?"

삼촌은 아기한테 체 게바라의 영혼이 스며들더라도 도와주겠다고 했다. "여자들은 자신의 몸에 대한 권리가 있지. 물론 칠레에서는 그런 권리를 인정받지 못하지만, 여기 그 독재에 항거했던 사람들이……"

"삼촌, 난 상의가 아니라 낙태수술할 의사가 필요해요. 도와주는 거죠?"

빤초 삼촌은 수년 전 자기한테도 훌륭히 일을 해준 적 있는 한 의사의 주소를 들고 왔다. "이 사람 아직 일하고 있을 거야."

의사는 영업중이었다. 다만 문제는 내달까지 단 한사람도 받을 수 없다는 거였다.

"언제까지 하길 바라는 거지?" 그는 천으로 손을 닦으며 물었다. 그는 자신의 비서이자 간호사, 교환원도 되었다. 그는 모든 일을 아르뚜로 쁘라츠(Artyro Pratz) 거리에 있는 비밀병원에서 행하고 있었다.

"내일이요." 내가 말했다.

"내일이라구? 임신한 지 한달쯤 되었으면 1월말이나 2월초에 해도 돼."

"내일이어야 한다구요."

"이봐 젊은이, 내일은 12월 31일이야. 알까 모르겠는데 한해의 마지막 날이라구. 아침은 예약되어 있고 오후엔 나도 새해 맞을 준비를 해야지. 삐스꼬 술도 만들고 낮잠도 자야 해. 집사람이랑 비냐에 가서 불꽃놀이를 볼 거란 말이야."

"낮잠을 자지 마슈." 삼촌이 말했다.

"정말 너무 많이 요구하는군 그래."

"돈을 두 배로 준다면 너무 많이 요구하는 것도 아니지."

"두 배로 낸다고? 왜 진작 얘길 안했소? 오후 세시는 어떤가?"

"여자애 혼자 올 거예요." 내가 말했다. "그 아인 누가 따라오는 걸 원치 않거든요."

"당신 둘 중에 누가 애아버지요?" 의사가 물었다.

400

"저예요." 나는 갑자기 떨면서 말했다.

의사는 내게 손을 내밀었고 난 삼촌을 바라보았다. 삼촌은 고개를 끄덕였다. 괜찮아, 이 입술 두툼하고 졸린 눈의 의사가 돈만 챙기고 수술을 안하진 않을 거야. 난 돈을 세어 탁자 위에 놓았다. 전부 다 새 지폐로. 그날 아침에 달러를 환전해놓았기 때문이었다.

"다음번엔," 의사가 말했다. "콘돔을 쓰도록."

25년 전에 빠블로 바론에게 해주었어야 했을 충고였다. 아님 이 말을 듣고 주의를 기울여야 할 사람은 끄리스또발 매켄지였는지도 몰랐다. 두 사람 다 이 말을 들었더라면 나는 여기 있지도 않았을 거고, 내 아버지로 추정되는 사람들이 그들의 정액과 엄마 사이에 콘돔을 끼워놓았더라면, 재니스, 난 더 행복해졌을 거야. 태어나지 않았더라면 더 행복했을 테니까.

아만다에게 전화해 주소를 가르쳐주었다. 직접 가서 그녀의 얼굴을 보고 배를 만지고 그 안에 있는 생명의 소리를 듣는 일은 차마 하지 못했다. 갑자기 애를 낳자고, 영원히 처절하게 근친상간의 죄를 저지르며 산들 무슨 상관이 있냐고 매달리고 싶은 생각이 들었다. 그러나 그런 말을 하는 대신, 난 전화를 끊고 공중전화 박스를 나와 당장 미국으로 돌아가는 티켓을 예약하기로 마음먹었다. 이 좆같은 칠레를 떠나 뉴욕으로 돌아가 다시는 이 쓰레기장에 돌아오지 않으려고 말이다. 어느 누구에게도, 특히 아만다 까밀라에게는 더더구나 아무 작별인사 없이, 조용히 가방을 챙기고, '안녕 나 집에 간다. 다음 세상에서 만나' 하는 쪽지나 남기고 떠나려 했다. 아만다의 뱃속에서 나의 씨를 빼내고 있을 순간에 이 도시에 남아 있지 않기 위해서.

그날밤 모든 비행기 좌석은 예약이 되어 있었고, 1월까지도 그랬다. 여름방학이었으니 칠레 사람들은 디즈니랜드 가는 데 혈안이 되어 있었다. 빠따고니아에 가는 게 더 멋질 거라고 생각하는 사람은 거의 없었다.

모든 비행기가 만원이었다. 그러나 우연히도 이튿날인 12월 31일에 자리 하나가 비어 있었다.

"섣달 그믐엔 거의 여행들을 하지 않죠." 아메리칸에어라인의 코 큰 아가씨가 말했다.

"사람들은 새해를 비행기 속에서 맞고 싶어하지 않거든요."

"하늘에 떠서 나라와 나라 사이에 있는 것보다 한해를 보내기에 더 좋은 장소는 없을 것 같은데. 제게 그 자리를 주세요. 시차가 바뀔 테니 새해를 두번 맞을 수 있겠네."

그녀는 내게 웃어주었다. 아버지 매켄지가 가르쳐준 온갖 기술로 그 여잘 꼬시거나 또다른 아버지 빠블로가 까롤라와 엄마 그리고 다른 여자들을 후렸듯 그 여잘 후리는 건 식은죽 먹기였다. 아무 힘도 안 들었고, 난 속으로 '그래, 밑져야 본전이지'라고 생각했다. 항공회사 사무실 밖에서 무슨 일이 생기나 기다려보았다. '싼띠아고에서 마지막 밤을 보내기에 이보다 더 좋은 방법이 어디 있담?' 그 여자는 그 큼지막한 코 밑으로 미소를 지으며 내가 가진 티켓을 바꾸기 위해 한 시간 일찍 공항에 가야 한다고 확인시켜주었다.

"아직 시간 많은데요." 내가 말했다. "그쪽은 어때요?"

"그건 그쪽이 어떤 생각을 하고 있느냐에 달린 건데요." 그 여자가 말했다.

"술이라도 한잔하면서 그게 뭔지 알아보도록 하죠."

그러나 그 여자가 일을 마치고 나왔을 때 난 그 자리에 없었다. 그녀는 그날밤 내가 맛본 여체가 아니었다.

아메리칸에어라인의 사무실을 나오자마자 아구스띠나스 거리에 밀집한 인파 사이로 예쁜 엉덩이를 흔들면서 길을 건너는 여자를 보았다. 오후의 태양이 그녀의 빛나는 어깨에 부드럽게 내리쬐고 있었다. 그녀는 내가 아버지한테 관심이 있다고 한 적이 있는, 또 아버지는 늘 그러듯 한번도 같이 자본 적이 없다고 거짓말을 했던 끄리스띠나 페레르였다. 아만다 까밀라 대신 저 여자를 따먹고 낙태시술 의사한테 보냈어야 했는데.

끄리스띠나가 손을 흔들었고, 나는 답례했다.

재니스, 그날밤 난 끄리스띠나를 따먹었다. 거짓말하는 게 아냐. 알라메다 거리 근처의 호텔에서 난 끄리스띠나와 세 번, 아니 네 번을 했어. 난 그 호텔이 우리 엄마하고 아버지가 나를 가진 곳이었거나 빠블로와 엄마가 밀라그로스의 집에 오기 전날 밤에 묵었던 곳이기를 바랐어. 끄리스띠나의 그곳에선 그런 대답도 진정한 쾌락도 나오지 않았지. 이제 뭐 네게 다 털어놓는 거지만, 열나게 한 다음에 말 한마디도 나누지 않았고, 두 아버지 중의 어떤 사람의 이야기를 재탕하고 있다는 데 대한 안도감이나 그래야겠다는 결심 따위가 생긴 것도 아니야. 난 끄리스띠나의 음부에서 아만다를, 다시는 내 사람으로 만들 수 없는 여인을, 그리고 지금 이순간 우리 아이를 지울 준비를 하면서 잠 못 들고 외로운 밤을 지새우고 있을 여인이자 내 여동생을 찾았건만 그 아인 거기 없었다.

"너 나한테 전화 안했지? 개구쟁이 같으니라고"라고 내가 길을 건너 자기 쪽으로 다가가자 끄리스띠나가 말했다. "한해도 다 저물어가는데, 넌 전화 한번 하지 않았어."

그러자 난 끄리스띠나의 손목을 잡고 그녀의 시계를 바라본 다음 "한 해가 벌써 다 갔다고 얘기할 수는 없겠는데"라고 삼류 영화배우처럼 말했는데, 그게 먹혀들어갔다. 이런 대사들의 가장 나쁜 점은 종종 먹혀들어간다는 것이다. "하룻밤에 엄청 많은 일이 벌어질 수도 있지. 그러나저러나, 난 우리 아버지하고는 달라."

"뭐?" 끄리스띠나는 그게 혹시 결국 자기와 자지 않겠다는 소린가 하고 의아해했다.

"난 먹은 거 또 먹어도 안 질려." 내가 말했다.

그후 난 끄리스띠나와 다른 여자들을 먹고 또 먹었다. 낮이나 밤이나

칠레에서나 쎄비야에서나 그리고 양쪽 사이에 있는 항구들에서, 난 나만
의 카탈로그를 만들고 단지 위대한 매켄지가 전수해준 기술과 전략 그리
고 충고만을 써서 여자들을 재미로 유혹해갔다. 정 따위는 주고받지도 않
았다. 서로의 이름은 관두고 잠자리만 그저 얼룩처럼 기억이 났다. 아, 난
여자들 한사람 한사람의 이야기를 들어주었어. 아버지, 아니 아버지로 추
정되는 사람처럼 시간에 쫓기지 않았다. 나는 여자들이 말하는 모든 것에
관심이 있는 척했다. 물론 정신적, 감정적으로는 그들과 거리를 둔 채 떠
들거나 말거나 난 마치 자동비행기를 탄 것처럼 날아다녔어. 마치 그 여
자들의 뇌에 매료당한 듯, 그들이 다음엔 무슨 소리를 할까 듣고 싶어 안
달이 난 것처럼 굴었지. 내가 여자들에게 원하는 게 실은 그들의 하반신
에 슬그머니 날 꽂아넣고 6, 7, 8초, 가끔은 그보다 조금 더 자아를 잊어
버리게 되는 순간이라든가, 여자들 속으로 깊이 파고들어 그들로 하여금
내 진정한 사랑은 바로 그 밑에, 거기에 있어, 하고 믿게 하려 할 때였다.
내가 빠져나가지 못하게 여자들이 엉덩이를 더 꽉 죄고 있을 때면 오, 주
여! 눈을 뜨면 여기 있는 여자와 잠들 때까지 대화를 나누고 서로에게 자
신의 비밀을 털어놓고 우리만이 나누는 세상에 대해 이야기할 수 있게 해
주세요 하고 기도하곤 했다. 하지만 눈을 뜨면 아만다 까밀라는 거기에
없었다.

아만다 대신 끄리스띠나와 보낸 밤에 했던 말장난과 일상이 자리잡아,
과거 내 몸속에 있던 그 바보 같은 오줌싸개 녀석에게 앙갚음을 하게 되
었다. 그러나 끄리스띠나가 오르가슴에 오랫동안 몸을 비비 꼴 수 있게
내가 싸지 않는 걸 증명해 보이는 것도 날 기쁘게 하진 못했다. 난 오로지
마침내 곯아떨어져 머릿속을 꽉 채운 희망과 기억들을 지워버리는 순간
에야 진짜 행복을 느꼈으니 사정을 늦추면서 끄리스띠나에게 기쁨을 주
는 것쯤은 안중에도 없었다.

이른아침 끄리스띠나가 작별하려고 날 깨웠을 때 난 순간 잠꼬대로 고

백할 게 있다고 중얼거렸다. 난 기자가 아니야. 문턱에도 가본 적 없어. 그러자 끄리스띠나도 나도 실은 할말이 있어, 네 아버지하고는 자본 적 없어, 단지 멀리서 그를 존경했을 뿐이야라고 했다.

내가 지어낸 걸까? 더욱 풀이 죽고 싶어서 난 끄리스띠나와의 그 대화를 만들어낸 거였나? 만약 칠레에서의 첫날 아만다 까밀라 대신에 끄리스띠나를 만났더라면, 또 아버지가 나보다 선수를 친 게 아니라는 걸 알았더라면, 어쩜 끄리스띠나가 내 총각딱지를 떼어주는 여자가 될 수도 있었다는 말이 아닌가? 끄리스띠나야말로 그냥 지나칠 뻔한 또다른 기회가 아니었나? 난 더이상 뭐가 사실이고 거짓인지 분간할 수가 없었다. 자는 거야말로, 영영 깨어나지 않으리라는 희망을 품고 잠드는 거야말로 진실이었다.

오전 11시경쯤 전화가 울렸고, 호텔 프런트 종업원이 조는 듯한 목소리로 손님들이 방에서 대기중이라는 말을 전해왔다. 지난밤 방값은 끄리스띠나가 지불한 뒤였다. '다음엔 네 차례야. 모든 매켄지들 중에서 네가 최고야'라는 메모를 남겨놓은 채. 난 쪽지를 돌돌 말아버리고 전화기 쪽으로 가 아만다 까밀라에게 다이얼을 돌렸다. 가정부가 아가씨는 외출중이라고 대답했다.

"제게 무슨 메모라도 남겼나요?"

"잘 가라고 하더군요."

"그게 전부예요?"

"안녕. 내가 받아적었어요. 댁에서 전화할 줄 알고 아만다가 날 더러 받아쓰라고 하더군요."

빠초 삼촌을 만나기까진 몇시간의 여유가 있었다. 그 못생긴 호텔 전화기로 삼촌에게 전화했다. 칠레를 떠나기 전 내가 가봐야 할 곳이 한군데 있었다. 삼촌이 끄리스또발 매켄지와 빠블로 바론과 함께 내기를 걸었던 그 식당.

"내가 진 내기 말이군." 삼촌은 침울하게 말했다. 뒤로 함께 일하는 사람들의 소리가 희미하게 들려왔다. 아버지가 그에게 연금 플랜이나 미래보장보험 등을 판매하는 직장을 구해주었다고 했다. 삼촌 말로는 사람들이 필요로 하는 건 실은 다른 것, 불확실한 미래에 대한 의식이고 그래야저항할 수 있다고 했다. 하지만 일은 일이었고, 전형적인 유물론자로서그는 직장과 노동을 받들었으며, 빤초 삼촌을 취직시켜달라고 전에 아무탈 없이 찾아 돌려보낸 아이의 부모에게 간청한 아버지에게도 고마워하고 있었다. 아니면 삼촌은 사고도 안 치고 다른 사람들과 노조도 만들지않을 것이며, 고객들에게 그들의 구질구질한 쌈짓돈을 누가 머잖아 망해자빠져 투자자들을 알거지로 만들어버릴 시장에 쏟아놓고 있는지 따져보라고 꼬드기지도 않을 것이며, 일이 터지면 고객들을 곤란하게 만들 계약서의 깨알 같은 글자들을 조목조목 설명해 손님을 잃게 하지도 않을 것이라고 약속한 데 대해 우울해 있는지도 모른다. 삼촌은 내기뿐만 아니라다른 것에서도 졌기에 우울해하고 있었다.

"그 식당이요." 내가 말했다.

"정 그러면," 삼촌이 말했다. "두시에 만나자. 거긴 시간 때우기에는안성맞춤이지. 똑 부러지게 할일이 없을 땐 말이야."

호텔을 나설 때 재니스, 난 한마디로 걸레 같은 기분이었어. 비록 너무상투적이고 직설적인 표현이지만 제일 어울리는 말인 것 같아. 살갗에 달라붙은 듯한 때는 물, 아니 지구상의 어떤 액체로도 씻겨지지 않을 거라생각했지. 난 절대 다시 아버지의 샤워실에 비집고 들어간 꼬마도, 배가빙산으로 항해하기 위해 물을 싣는 것을 아버지와 함께 바라보던 청년으로도 되돌아가지 못할 테니까. 오빠로서, 연인으로서, 그리고 자기 새끼가 자라는 것을 도와주는 대신 씨를 짓밟아버린 아버지로서도 난 실패작으로 낙인찍혀버리고 말았어.

그런 산만한 생각들로 가득 찬 채 난 알라메다와 싼따 루시아 언덕 쪽으로 발길이 닿게 내버려두었다. 발디비아의 편지가 그곳에 자리잡는 누구나 번창할 것을 약속했고, 그가 산 아래에서 아무 거리낌없이 이네스 데 수아레스와 정을 통했던 그 언덕에 처음 희망에 차 도착한 지 다섯달 만에 다시 온 것이다. 싼따 루시아 언덕에는 나도, 내 여동생도 순결을 간직하고 있을 때 왔었다. 그곳은 여자를 건드릴 수도, 되레 강간을 당할 수도 있으며, 영혼마저 강탈당할 수 있는 곳이다.

별안간 누가 바짓자락을 당기는 느낌이 들어 돌아서자 언덕 위로 줄행랑치는 한 꼬마를 볼 수 있었다. 내 돈을 훔쳐가다니! 두번 생각할 것도 없이, 녀석을 쫓아 동상들로 가득 찬 테라스를 뛰어올라 재빨리 자꾸만 위로 달아나는 꼬마를 어렴풋이 바라보면서, 모조 로마시대 기둥들과 하수도를 지나 넓은 광장에 다다랐는데, 거기 한쪽 구석의 커다란 바위 위엔 인디언 동상이 세워져 있었다. 바로 그 동상 밑에서 꼬마를 붙잡아 내 지갑을 빼앗을 무렵 다른 꼬마들 한떼가 나를 에워쌌다.

그들은 초끌로와 그 똘마니들에 비해 왜소하기는 했지만 다섯달 전 빈민가에서 겪은 경험을 내게 되풀이하게 해줄 만큼 충분한 숫자였다.

싼띠아고와 이렇게 작별하게 되다니. 녀석들은 날 이 언덕 위에서 발가벗겨버릴 참이었다. 같은 시간 얼마 떨어지지 않은 곳에선 나와 잠자리를 함께했던 여동생의 옷이 의사의 무자비한 불빛 아래 벗겨지고 있었다. 모든 게 새로운 악몽을 향해 돌진하고 있었다.

"그냥 놔둬."

그건 이그나시오의 목소리가 아니었다. 깔리또스였다. 내가 기억하는 것보다 조금은 더 자라고, 전에는 전혀 느낄 수 없던 자신만만한 태도로 그가 거기에 있었다. 재워달라고 훌쩍거리고 화장실도 내 손을 부여잡고 갔던 그 꼬마가.

"가브리엘이야." 깔리또스가 말했다. "끄리스또발 매켄지의 아들이지. 날 돌봐준 사람이야."

아이들은 일제히 한걸음 물러섰다.

"맙소사. 너 대체 어디 있었던 거야? 아버지와 난 널 찾아다녔다고." 내가 말했다.

깔리또스는 훔친 꼬마로부터 돈을 되찾았다. "여기 있어." 그가 돈을 건네주며 말했다. "우린 친구 돈은 훔치지 않아."

"괜찮아." 내가 말했다. "너도 돈이 필요하잖아. 난 상관없어."

진담이었다. 깔리또스를 아버지에게 되돌려보내는 거야말로 내가 이 나라를 위해 할 수 있는, 누군가의 삶에 자그마한 기쁨을 남길 수 있는 마지막 기회라고 생각했다.

"나하고 같이 밀라그로스의 집으로 가자." 내가 말했다.

어쩌면 결국 내가 이 꼬마를 구원하게 하려고 여태까지 일이 이렇게 되어왔는지도 몰랐다.

"싫어, 가브리엘. 난 거기가 무서웠어. 날 봐. 여기서 난 왕이라고." 깔리또스가 말했다.

그는 내게 그의 꼬마 친구들을 소개했다.

"내가 먹을 것을 좀 살게." 거의 애원하다시피, 선행으로 구원이라도 받아야 되는 양 내가 말했다. "너희들 모두에게."

깔리또스는 내게 돈을 찔러넣어주며, 강제로 되돌려주지 못하게 몇걸음 물러섰다.

"난 안 가. 거기 돌아가기 싫어. 나더러 다시 가라고 하지 말란 말이야." 그가 말했다.

혹시 내가 조를 줄이라도 알았더라면, 우리가 따뜻한 음식을 먹는 동안 깔리또스를 설득해 의기양양하게 밀라그로스의 집으로 데리고 돌아갈 수 있었을지도 모른다. 그러나 바로 그때 마치 병든 여름 그림자처럼 짭새가 광장에 모습을 드러냈고, 아이들은 사방으로 모두 흩어져버렸다.

깔리또스는 계단을 뛰어올라갔고, 나는 그를 따랐다. 그러나 그는 사라져버렸다. 언덕 꼭대기의 아름다운 공터에서 날 기다리고 있던 것은 뻬드로 데 발디비아의 동상이었다. 날카로운 칼끝에 영어의 몸이 된 동상은 원래 흰색의 대리석이었을 테지만 이젠 그가 세운 도시처럼 매연으로 때에 절어 있었다. 그가 왕에게 보낸 편지에 천국 같은 푸르름과 산들바람이 넘치는 곳이라고 쓴 곳이 두텁고 짙은 스모그 속에 갇혀 있는 모습을 의아해하며 내려다보고 있는 것만 같았다. 동상을 가까이서 보면 흰색 반점이 있는데 그건 이 계곡에 에스빠냐 사람들이 오기 전에도 살았고 내가 발디비아처럼 죽은 뒤에도 살아갈 새들이 남긴 작은 흰 똥자국들이었다.

그때 뒤에서 음악소리가 들려왔다.

그건 내가 칠레와의 인연을 끊기로 한 날 밤 소호의 한 갤러리 밑에서 들은 바로 그 인띠-이이마니의 노래를 한 께나 인디언이 구슬프게 부는 피리소리였다. 순간 난 병적인 강박감으로 혹시 내 인생의 설계자 또는 내게 닥친 이 불행들을 화면에 편집하고 있는 누군가가 날 조롱하기 위해 하늘에서 그 음악을 씨디에 녹음해두었던 게 아닌가 생각했다. 그런 편집증적인 생각은 뒤돌아섰을 때 작은 성당 근처의 공터 한쪽에서 조는 듯한 젊은 원주민 여인을 보자 사라졌다. 검게 치켜올라간 눈에 검은 머리, 짙은 갈색 피부 그리고 귀여운 두상을 지닌 그녀의 섬세한 손가락들은 애처롭게 악기를 연주하고 있었다. 그녀는 내가 흥미로워하는 걸 알아보고 머리를 끄덕이며 연주를 계속했지만, 난 음표 하나하나가 11살 때 소호의 거리에서 삶의 방향을 바꾼 것을 꾸짖고 있다는 건 알지 못했다. 난 혹시나 엄마가 이 모든 것을, 복수의 뒤틀린 종말을 계획해놓았던 게 아닌가라고도 생각했다. "넌 언젠간 내게 달려와 칠레에 대해 이야기해달라고 졸라댈 거야" 하고 아마도 엄마는 이 예쁜 인디언 여자에게 돈을 주고 내 주위에 머뭇거리라고 했을 수도, 아마도 그것이 엄마의 병적인 생각으론 내가 아직도 체 게바라에게 빚을 지고 있고, 아직 그 빚을 갚지 않았다는 걸 상기시켜줄 수 있는 방법이라고 여겼는지도 몰랐다. 아님 혹시 체 게바라 자신이 이 인디언 여자를 내 앞에 보냈는지도.

별안간 난 이전에 유모에게 과거를 고백하던 그 오후만큼 몸이 안 좋다는 걸 느꼈다. 아만다가 몇시간 안에 맡을 마취약 냄새와 며칠 전 내가 별 생각 없이 들이마신 도살장 같은 산부인과의 피냄새가 한여름 매연과 뒤섞여 나는 듯했다. 그러나 실제 날 조롱하고 야유하고 있는 건 이 싼띠아고라는 계곡 그 자체, 썩은 공기를 한없이 들이마시면서도 날 비웃던 수백만 칠레 사람들의 허파였다. 오염된 것은 공기가 아니라 그들이었고 내게 벌을 내리고 있는 것도 그들이었다. 모든 시작과 끝은 거기에 있었다. "체 게바라는 **살아 있다!**"는 함성이 내가 태어난 대륙을 스스로 부정하게 만든 맨해튼에서의 그날밤 운명은 결정적으로 뒤틀려버렸다. 난 갤러리의 계단을 올라가 엄마에게 돈을 돌려주고 그들이 열렬히 합창하던 노래에 동참했어야만 했다. 난 그렇게 했어야 했다. 그랬더라면 내 운명은 그저 아주 조금만 바뀌었을 것이다. 그 다음날엔 위대한 매켄지로부터 늘 그랬듯이 집에 돌아오라고 재촉하는 편지가 배달되었을 것이고, 난 승낙하고 이곳, 뻬드로 데 발디비아가 세운 도시로 여행을 했을 것이다. 그리고 아버지는 내게 조언을 해주고 날 바로잡아주었을 것이고, 2년에 한번씩 여름 동안만이라도 다녀갔더라면 그동안 아버지는 엄마가 말해주기 전에 그 어리석은 내기 얘기를 털어놓았을 것이며, 난 산 아래에 누워, 당연히 그렇게 되었어야 옳았듯이, 어느 칠레 소녀의 몸 속으로 들어갔을 것이다. 지금 내 이야기를 듣고 있는 이 공주님이 그 소녀가 되지 않았으리라는 법도 없지, 아무렴. 그리고 다시 미국에 돌아와 나의 충실한 재니스 워스 너에게, 우리 서로 간절히 원하던 그걸 주었을 텐데 말이야. 그럼 아만다 까밀라는 머릿속 한구석에 자리한 먼 친척 중의 하나로 남아 있었을 테고, 빙산은 『뉴욕 타임즈』에 난 칠레 사람들의 기묘하고 썰렁한 짓거리들 중 하나로 읽었을 것이며, 난 내 딸도 죽이지 않았을 것이다. 존재할 수도 없었을 테니까. 제대로 되었더라면 그렇게 되었을, 그러나 내가 맨해튼 길거리에서 브레이크댄스를 추던 아이들에게 돈을 줄 때 함께 내동댕이쳐버린 또다른 만약에…… 중의 하나다. 그랬어야 체 게바라의 저주가 내 귀향을 막는 걸 저지했을 것이다.

그때 더욱 괴이한 일이 벌어졌다. 인디언 소녀는 별안간 마치 내가 속으로 괴로워하는 소리를 듣기라도 한 양 나무피리로 인띠-이이마니의 멜로디를 불던 걸 중간에서 멈춰버렸다. 신성한 휴식은 불과 몇초에 지나지 않았다. 그녀는 다른 음악을 연주하기 시작했는데, 놀랍게도 그 가는 숨결에서 끄집어낸 게 뭔지 아니? 인띠-이이마니의 노래보다 날 더 혼동스럽게 하고 무자비하게 조롱하기에 충분한 지구상의 단 한곡, 그건 모짜르트의 「돈 지오반니」였어. 레포렐로가 돈 지오반니가 건드린 여자들의 명단을 전달하는 장면. 그건 내가 아버지에 대해 물을 때마다 엄마가 뉴욕에서 항상 틀어주던 부분이기도 했지. 원주민 여인은 그 아리아를 계속 연주하면서 돈 지오반니가 여자들이 뚱뚱하건 말랐건, 금발이건 흑발이건, 늙었건 젊었건 상관치 않았음을 내게 또다시 상기시켜주려는 것 같았다. 돈 지오반니의 여자 다루는 법을 샘 많은 레포렐로가 노래로 표현했다면, 지금 여기 칠레의 언덕에선 인디언 여인이 피리로 그 대목을 연주하고 있었다. 인디언이 모짜르트를 연주하다니. 내가 상상한 걸까? 정말 그럴 수 있을까? 모짜르트나 인디언 둘 다에 있어 당시 에스빠냐는 그 어떤 나라보다 번영했고 뻬드로 데 발디비아가 에스빠냐를 떠날 당시에도 돈 후안이 살아서——그는 에스빠냐에서 이미 천 명하고도 세 명의 여자를 따먹었는데——계속 엽색행각을 하는 걸로 끝을 맺고 있었다. 난 더이상 견딜 수가 없었다. 처음 이 검은 피부의 천사가 내 아버지와 체 게바라를 상기시켜주고 내가 어떻게 그와 엄마를 배신했는가를 떠올리게 했다면, 지금 그녀의 두번째 곡은 나의 두번째 배신을 들먹이며 칼을 휘두르고 있었던 것이다. 끄리스띠나와 잠자리에 들며 상처받은 아만다를 내팽개치기까지 채 하루도 안 걸리다니.

난 인디언 여인이 첫번째 곡과 둘째 곡을 조합해서 재즈 같은 음악을 만들어내기 시작하자 황급히 그쪽으로 다가갔다. 그녀는 엄마와 아버지가 여기서 얼마 떨어지지 않은 곳에서 날 갖기 위해 서로의 몸 안팎을 오가며 뒤엉켰던 것처럼 두 곡을 뒤섞어 연주했고, 난 주머니 속에 손을 넣어 깔리또스가 이 여행중에 만난 여느 사람들마냥 동정 받지 않기 위해 거절했던 돈을 한움큼 꺼냈다. 마치 발디비아와 그의 후손들이 유모로부터 훔쳐간 것의 새발의 피만큼이라도 그녀의 먼 자손들에게 돌려주듯, 마치 그렇게 하는 것이 이 인디언 여인이 부추기고 내몰아가는 근친상간의 기억에서 날 해방시켜주기라도 하듯 돈을 가져다 그 원주민 악사 앞에 던져놓았다. 난 그녀의 맨발 앞에 돈을 던지고 그 귀여운 인디언 여인의 입에 "그만, 제발 그만" 하고 속삭였다. 그러자 그녀는 멈추었다. 너무나도 놀라면서 그녀는 마치 이전에 그런 건 본 적이 없다는 듯, 마치 쌴띠아고가 세워질 당시로 돌아가 에스빠냐 사람들이 가져온 잡동사니와 동전들을 멀뚱멀뚱 바라만 보던 마뿌체족들처럼, 돈을 바라보았다. "잠깐, 기다려요." 촉촉하게 빛나고 놀라움으로 가득한 눈빛으로 그녀는 내게 말했지만 난 뒤돌아 다음 광장으로 서둘러 뛰어내려갔고 숨을 몰아쉬며 올라올 때 지나친 인디언 동상 아래 기대섰다. 그리고 그 이름을 보게 되었다. 까우뽈리깐(Caupolican).

전에 어디서 이 이름을 들었더라? 내가 잉태되던 날 밤 아버지가 뽈로를 발견했다는 극장! 쌴띠아고의 잿빛 햇살이 까우뽈리깐의 얼굴에 비쳤고, 내 뒤로부터 너무나도 귀에 익은 목소리가 입을 열고 말을 시작했다.

"우엘렌(Huelén)" 하고 낮은 목소리가 말할 때 난 그가 뽈로이길 간절히 바랐다. 쌴띠아고 계곡에 사는 악마들이 짜고 뽈로를 시켜 내 뒤를 밟다가 오늘밤 내가 떠나게 되자 등뒤에 나타나 자신이 아버지의 유일한 적자요, 내 유산을 강탈한 걸 가르쳐주려는 거라고. 그러나 가슴이 철렁하며 알게 된 건 그가 뽈로보다도 더 나쁜 막스 베렌스란 사실이었다.

"우엘렌이야." 막스가 되풀이해 말했다. "마뿌체족 말로 고통이란 뜻이지. 마뿌체족은 수백년 동안 이 언덕을 그렇게 불러왔다. 누군가 이곳에 이딸리아 출신 성인의 이름을 따 붙이기 전까지 말야. 고통, 네가 보기엔 인디언들이 에스빠냐 사람들이 오기 수백년 전에 벌써 자기네가 박해받을 것이고 역사에 남겨지는 건 오로지 똥구멍에 박힌 말뚝뿐이라는 걸 알았을 것 같니? 이 인디언의 똥구멍에 정말 말뚝을 박았다구. 까우뽈리깐은 그렇게 죽었지. 화형을 시키려 했는데 그가 개종해 기독교신자가 되었어. 그러자 에스빠냐 사람들은 동정심을 베풀어서 까우뽈리깐을 창끝에 앉혀 피를 흘리며 죽어가게 해주었지. 천천히 말야."

난 뒤돌아서서 가려 했지만 막스의 강인한 게르만족의 손아귀가 내 팔을 움켜쥐었다. "왜 그리 서두르는 거야?" 막스가 말했다. "네가 만났으면 하는 사람이 있어. 그 여자는 네게 이 동상에 대해 말해줄 수 있을 거야. 예를 들자면, 어째서 동상의 궁둥이에 말뚝이 보이지 않나 하는 거 말야."

이새끼 돌았나? 이게 내가 저를 아만다 까밀라에게서 떼어놓은 데 대한 복수란 말인가? 날 볼모로 옛날 이 언덕에서 자기가 관광가이드 노릇하던 걸 재연이라도 하겠다는 건가? 언덕 아래서 우리가 처음 만났을 때, 자기가 열심히 돌아가는 카메라를 향해 이곳이 옛날에 저승에서도 이승에서도 쫓겨난 사람들의 무덤이라는 걸 설명하던 바로 그때로 날 끌고 가려는 걸까?

늘 그렇듯, 막스는 스스로 대답하기 위한 질문을 했다. 이역만리 잘츠부르크에서 태어났지만 자기가 얼마나 칠레 사람다운지 보여주려는 수작이었다. "이 동상의 똥구멍엔 말뚝이 박혀 있지 않아." 막스 베렌스는 카메라 앞에 설 때의 목소리로 말했다. "이건 엉터리야. 아라우까노 인디언하곤 하나도 닮지 않았어. 미국대사관의 양키 몇놈이 칠레 조각가에게 의뢰했는데 그 작자는 뭐 『모히칸족의 최후』(The Last of the Mohicans)라는 미국소설에서 찾은 한 인디언 귀족의 판화에서 영감을 얻었다더군. 너 그 소설 읽어봤니?"

"이봐, 막스," 내가 말했다. "난 점심 약속이……"

"양키놈들은" 막스는 나는 아랑곳없이 계속 말을 이어갔다. "저 동상을 싫어했어. 당연하지. 자기네 상상 속의 멍청한 미국 토종 인디언을 원한 게 아니라 전형적인 실제 칠레 인디언을 바랐으니까. 마치 그런 게 진짜 있기라도 한 것마냥 말야. 그래서 양키들이 동상을 되돌려보냈을 때 조각가가 어떻게 했는 줄 아니?"

난 알고 싶지도 않았고 눈곱만치도 관심이 없었다. 그렇다고 막스와 치고박고 싸울 준비가 되어 있었던 것도 아니다. 막스는 키가 크고 체격도 좋았으며, 지금 자신 앞에서 지겨워서 죽으려고 하는 단 한명의 청중을 증오하고 패버릴 만한 이유도 갖고 있었다.

"그 조각가는 곧바로 자신의 작품을 싼따 루시아 언덕에 팔아버렸지. 까우뽈리깐이라고 거짓말을 치면서 말야. 그리고 칠레국민들은 그 동상을 사랑하게 되었어. 그들은 동상이 미국의 모델을 베꼈다고 해도 개의치 않았지. 그게 세상사야. 처음엔 에스빠냐놈들이 까우뽈리깐 궁둥이에 불에 달군 말뚝을 쑤셔박더니 나중엔 그 칠레 후손들이 고통 없는 동상을 세운 거야. 내가 보기엔 이게 에스빠냐놈들이 저지른 것보다 더 나쁜 범죄인 것 같아. 칠레에서 가장 유명한 동상 중의 하나가 학생들에게 왜곡된 역사를 가르치다니. 사람을 고문하는 거하고 과거를 망각하는 거하고 어떤 게 더 나쁜 거야? 응, 가브리엘?" 내 팔을 쥐고 있는 힘이 점점 세졌다. "하지만 너한테 물을 필요는 없지. 살아 있는 증인이자 이 분야의 전문가가 지금 이리로 오고 있는데 그 사람한테 물어보자고. 빅또리아 우에삐물(Victoria Huepimul)이 직접 오니까."

막스의 손아귀에서 벗어났을 때 거기엔 음악을 연주하던 예쁜 원주민 여자가 서 있었다. 그녀는 내 뒤를 따라 계단을 내려왔고, 이제 마치 누군가 그 찬란한 엉덩이에 말뚝이라도 박아주었는지, 아니면 더욱 경악스럽게 내 엉덩이에 하나쯤 꽂아주려는지 내 쪽으로 오고 있었다. 다행히도 그녀는 그런 대담한 짓은 하지 않았다. 빅또리아는 발 앞에 던져준 돈을 조용히, 그러나 책망하듯 내밀었다. 난 받지 않았다. 이 여인과 돈 사이의 연결고리가 그녀와 그녀의 열정을 계속해서 접촉할 수 있는 기회란 느낌이 들었고 그게 그순간 나의 변덕스런 마음이 생각해낼 수 있는 전부였다. 어쩌면 기적이라도 일어나 이 인디언 여자야말로 내가 칠레에 온 이유였고, 결국 매사가 다 틀어져버린 것만은 아니라는 걸 뜻하는지도 몰랐다. 마치 어린아이처럼 난 주먹을 꼭 쥐고 뒷짐을 지었다.

"두 사람 전에 만난 적이 있나?" 막스는 푸른 눈으로 나와 인디언 여인을 번갈아 보며 물었다. "빅또리아, 혹시……?"

"얘가 날 거지취급했어, 막스." 빅또리아가 말했다. "네 친구가 날 엿같이 뻔뻔스런 인디언 거지라고 여겼단 말야."

막스는 좀 전에 내 팔을 쥐던 손으로 빅또리아의 팔을 부드럽게 잡았다. "앤 실은 내 친구가 아니야. 그렇지, 가브리엘? 비록 날 도와주기는 했지만 말야. 얘가 아니었다면 빅또리아 너하고 만나지 못했을 거야. 앤 가브리엘 매켄지야. 기억하지?"

"뿐따 아레나스에서 네가 좋아했던 여자애와의 사이를 갈라놓은 놈 말야?"

"바로 그 개새끼야. 고맙다는 말을 할 기회도 없었군. 가브리엘, 네 권모술수에 감사한다. 네 덕분에 아만다를 포기하고 빅또리아를 만날 자유를 얻었거든."

"무슨 소리를 하는지 모르겠군. 나 가야 돼." 내가 말했다.

그렇지만 난 꿈쩍도 않았다. 빅또리아의 눈이 날 지면에 고정시키고 그녀의 욕망에 닻을 내리게 만들었다. 순간 난 그 매혹의 근원이 무엇인지 알 수 있었다. 빅또리아는 뿐따 아레나스에서 보았던, 시간과 공간 그리고 거리와 욕망을 초월해 날 부르던 오나족 소녀, 사진 속의 유모를 상기시켜주었기 때문이다. 빅또리아의 눈과 입술 그리고 어깨선에는 유모의 지혜가 배어 있었다.

"빅또리아를 알게 되면 좋아하겠군." 막스가 말했다. "빅또리아는 훌륭한 음악가 중의 하나고 대단한 작곡가이기도 하지. 심포니 오케스트라에서 클라리넷을 연주하거든. 26살에 관악기 지휘자라니, 대단하지? 가브리엘, 네가 왜 착각했는지 이해할 수 있어. 정확히 다섯달 전, 내 생일날 빅또리아를 처음 보았을 때 나도 혼동했거든. 생일선물도 못 알아보고 말이야."

"막스 베렌스." 빅또리아가 말했다. "말이 많구나. 그 입을 네 친구인지 적인지 아님 개뼈다귀 같은 그녀석한테 돈 도로 가져가라고 설득하는데 쓰는 게 어때? 그래야 우리가 여기서 갈 수 있잖아, 안 그래? 내 리허설은 아주 망쳤어."

"자기야, 나한테 아주 공정하고 융통성 있는 해결책이 있어." 막스가 말했다. "자기는 돈을 받고 싶지 않고, 앤 되돌려받길 원치 않으니까, 방법은…… 내가 맡아두는 거지." 그는 빅또리아의 손에서 돈을 낚아챘다. "네 라우따로 프로젝트에 기증하려는 거야. 괜찮지, 가브리엘? 인터넷 전문가로부터의 기부금, 어때? 가브리엘이 자기 아버지하고 날 만나러 온 날 말야. 난 아직도 왜 왔는지 이유는 알 수 없지만, 어쨌든 그날 가브리엘이 널 도와줄 수 있을 거라는 생각이 떠올랐어."

"너 인터넷 잘하니?"

빅또리아는 날 덜 공격적으로 바라보고 있었던 걸까?

"빅또리아는 아주 특별한 계획을 갖고 있지." 막스가 계속 말했다.

"마뿌체 마을들을 인터넷으로 연결하는 거야."

"최고의 하드웨어와 최신 소프트웨어를 제공해서 말야."

본능적으로 고른 두 곡의 노래로 나로 하여금 가장 강렬한 기억들을 되살리게 한 빅또리아는 날 못미더워하면서도 한편으로는 그래도 막스보다는 내가 더 말귀를 잘 알아들으리라 생각하며 말했다.

이 여자와 한번 자본다면 그리고 섹스 후에 대화를 나눌 수 있다면 얼마나 꿈만 같을까? 혹시 난 끄리스띠나와 아만다를 잊어버리려고 빅또리아를 써먹고 있었던 걸까? "원주민들의 웹사이트를 만들어 연결하는 거야. 마을마다 컴퓨터 한대씩이면 돼. 처음엔 구인소식 같은 걸 내고. 지금 우리의 근본적인 문제는 분산되어 있는 거니까, 전산망은 더이상 함께 모일 수 없는 사람들에게 유대감을 다시 만들어내고 우리 땅을 되찾는 데 같이 노력하게 만들 거야."

"라우따로가 살아 있다면 했을 만한 일이로군." 난 빅또리아의 말에 불을 지피며, 아니 언젠가는 단순한 대화 이상의 것을 바라는 희망에 불을 지피며 말했다.

"이제 말귀를 알아듣는군. 처음엔 막스도 너처럼 이해하질 못하더군. 막스는 내가 우리 문화를 파괴하길 원한다고 이해했어. 막스는 칠레에 대해서는 너무나 많이 알고 있지만 인디언들에 관해서는 여전히 너처럼 그저 싸구려 동정으로 돈이나 던져주고 가면 되는 언덕배기의 거지할멈쯤으로 생각하고 있었거든. 난 막스에게 외부에 문호를 개방하지 않는 집단은 멸망하게 된다는 걸 가르쳐주었어."

"동감이야. 그 계획에 돈을 쓰도록 해." 내가 말했다.

"좋았어. 가서 짐을 챙겨오지 그래, 자기." 막스가 주머니에 돈을 챙겨넣으며 말했다.

"그럼 가브리엘, 언젠가 날 도와줄 거지?" 빅또리아가 물었다.

"물론이지. 기꺼이 그러고말고."

막스와 나는 그녀가 계단을 되올라가 시야에서 사라질 때까지 바라보았다.

"대단하지?" 막스는 흥분해서 물었다. "빅또리아는 내 영화의 음악을 맡을 거야. 쟤가 연주하는 걸 들은 그날⋯⋯”

“네 생일 말이로군.” 내가 말했다.

“그래.” 막스가 대답했다.

“네 생일이라.” 난 날짜를 상기하며 또 한번 말했다. 그렇다면 막스는 빅또리아를 7월 11일, 내가 여기 처음 와서 막스를 본 바로 이튿날 만났다는 얘기다. 만약에 내가 막스보다 앞서 우엘렌인지 싼따 루시아인지 하는 이 똥더미 같은 공원 위로 올라갔더라면 먼저 빅또리아의 음악을 들었을 것이다. 난 옛 정복자 동상 아래 바로 그 벤치에 자리를 잡고 앉아 빅또리아에게 말을 걸었을 테고 그녀는 라우따로 계획에 대해 들려주었을 것이다. 그럼 난 오스카와 나노 대신 빅또리아에게 내 재능을 제공했을 것이다. 그리고 이제 아만다와의 모든 관계가 철저히 소실되어 망가져버린 지금 빅또리아와 사랑에 빠질 위험에 처한 것처럼, 아마 그녀를 좋아하게 되었을 것이다. 결국 난 불과 몇걸음, 몇분 차이로 칠레에서 나의 숙명이 되었어야 할, 나의 구원자가 될 뻔했지만 지금은 막스의 소유가 되어버린 여인을 놓쳐버리고 말았다. 막스는 빅또리아를 자랑하고 싶어 내 팔을 잡고 늘어진 거였다. 그녀가 자기 애를 배고 있다고, 그리고 그가 아만다 까밀라한테 접근하는 걸 방해한 데 감사하기 위해서였다. 막스가 싼띠아고에 돌아오고 아만다에게 다가갈 길도 막혀버렸을 때, 그는 어느 잠 못 들던 날 밤 그 피리의 멜로디를 기억해내고 이튿날 아침 일찍 우엘렌 언덕으로 뛰어올라가 빅또리아를 몇시간 동안이나 기다렸다고 했다. 그리고 그날 오후 마침내 빅또리아가 미래로부터 만들어져오듯 나타나자 막스는 그 곁에 조용히 앉아 끝까지 연주를 들었다. 그는 빅또리아에게 자기 영화음악을 부탁했고 둘은 이윽고 같이 식사를 하러 갔다.

막스는 내 인생을 두번 도둑질해갔다. 첫번째는 6살 때 싼띠아고 공항에서 그는 입국하고 나는 출국하면서 우연히 지나쳤기에 알지 못했지만, 두번째 이제 둘 다 23살이 된 지금, 내가 그의 길을 닦아준 셈이 되고 말았다. 재니스, 넌 내가 미쳤다고 할 거야. 그래 맞아. 난 미쳤어. 내일 신문을 읽어보렴. 신대륙 발견 기념일 쎄비야에서 폭탄테러 발생. 한 미친 칠레인이 체 게바라의 이름으로 폭파 감행. 내일 뉴스를 들으면 내가 얼마나 돌았는지 알게 될 거야. 하지만 빅또리아 우에삐물과 빠블로 바론의 사생아가 완벽한 한쌍이 되었으리라는 것, 그리고 내가 빅또리아에게 모든 인터넷 기술들을 전수해주고 여생을 라우따로 계획에 바쳤으리라는 것, 우리 두 사람은 유모의 눈을 가진 아이들을 갖게 되고, 진짜 내 아버지가 누군가 하는 건 밝혀지지도 않았을뿐더러 또 날 키워준 여자를 배신하며 수많은 거짓말들을 만들어낼 필요도 없었으리라는 건 사실이야.

"너 개랑 잤니?" 막스 베렌스가 물었다.

난 미친 게 내가 아니라 막스인 양 그를 바라보았다.

"아만다 까밀라 말야." 막스가 말했다. "너 걔하고 했어?" 막스는 내 눈에서 우엘렌을 보았음이 분명했다. 내 눈에서 넘쳐나오던 고통을, 그 대답을 보았음에 틀림없었다. 막스는 이 언덕 아래에서 날 흘낏 보았을 때에도, 그로부터 일주일 후 빠따고니아의 까보 데 오르노스 호텔 탁자들 사이를 헤집고 다닐 때에도, 그리고 내가 이곳 싼띠아고에 있는 그의 사무실을 찾아가자 아버지를 죽이라고 충고할 때까지도 지금처럼 얼마나 우리가 얽히고설킨 관계에 있었는지 알지 못했다. 무언가가 막스로 하여금 그가 나일 수도 있었고, 나의 고통이 그의 것이 될 수도 있었으며, 둘 다 어찌해볼 수 없는 운명이 우리 자리를 바꿔 그에게는 기쁨을, 내게는 가브리엘 매켄지라고 불리게 되는 불행을 안겨주었다는 사실을 알려주었다. 판은 그렇게 돌아가고 있었고 막스는 그렇게 끝나가리라는 걸 잘 알게 될 거였다.

"꿈도 꾸지 마." 막스가 말했다. 수개월 전 빠블로 바론이 그런 것과 같은 목소리로 그는 빅또리아를 염두에 두고 "꺼져. 돌아오기 전에"라고 말했다.

난 갈 데도, 가고 싶은 곳도 없었다. 난 막스를 바라보았지만 그에겐 손톱만큼의 동정심도 없었다.

"여기서 냉큼 꺼지라고 했잖아!"

난 거기서 냉큼 꺼져주었다. 그리고 끄리스또발 매켄지가 동정을 잃은 다음날 갔던 식당을 찾아갔다. 모든 게 시작된 곳만큼 정리하기 좋은 곳이 어디 있겠어?

식당은 여전히 쁘로비덴시아에 있었다. 같은 메뉴에 웨이터까지 그대로. 빤초 삼촌은 잘 알아보지 못했지만, 변함없이 식탁 곁에 서서 손님 하나하나가 얼마나 많은 팁을 내놓을지 주판을 굴리며 유심히 살펴보는 모습이나, 여전히 손님들에게 해산물을 먹을 거냐 스테이크를 먹을 거냐, 포도주는 싼따 리따표 백포도주를 마실 거냐 아님 싼 에밀리아노표 적포도주를 마실 거냐 권하는 투가 예전과 같은 사람인 듯했다. 내가 완전히 살아 있기도 전, 태어나려고 엉금엉금 기어다니고 있을 때에도 저 웨이터는 자기의 재능을 늘어놓고 있었을 테고 만약 그때 빠블로 바론이 끄리스또발 매켄지로 하여금 향후 25년을 어떻게 살 것인가 말하게 하는 싸움을 걸지 않았더라면, 또 만약 빠블로 바론이 자신의 가장 친한 친구이자 라이벌을 바로 전날밤 자기가 씨를 뿌린 여자와 결혼시키려 들지만 않았더라면 난 유산될 수 있었다. 그러면 충분했다. 그날 빤초 삼촌이 와서 대화를 시작하지 않았더라면, 한 시간 후 정확히 오후 3시에 내가 여동생 아만다 까밀라에게 배게 한 아기가 더이상 살아 있지 않을 것처럼 나 또한 태어나지도 않았을 것이다. 저 웨이터는 그날도 변함없이 이 빤초 삼촌에게 오늘의 특별요리들을 늘어놓았을 것이고……, 그 옆에는 다른 고민들을 가진, 어쩌면 조금씩 얼굴이 어른스러워져가는 조카를 볼 수 있었을 것이다. 내가 아닌, 다른 어떤 아이를.

"그 내기 한 데엔 유감 없어." 삼촌이 말했다. "진 게 유감일 뿐이지. 날 위해서가 아냐. 라틴아메리카에 사회주의가 있었다면, 또 우리가 우리의 미래를 스스로 조절할 수 있었다면 더 잘살 수 있었을 모든 사람들 때문이라고. 거리의 아이들을 네 아버지가 떠맡을 필요가 어디 있어? 그건 모두의 책임이란 말이다. 사실 그런 애들이 있어서도 안되지. 거리의 부랑아들은 꾸바에도 소련에도 없어. 물론 이젠 다시 생기겠지. 대기업, 부랑아, 창녀. 넌 이제 자본주의가 어떤 짓을 하는지 보게 될 거다. 넌 사회주의가 정확히 성공사례는 아니라고 말할 거야. 수많은 사람이 무고하게 죽었으니까. 맞는 말이야. 허나 탄생은 고통스러운 법이야. 사람이란 실수를 한 다음 깨우치고 수정을 하지. 그러나 가브리엘, 꿈은 사라지지 않을 거야, 절대로. 왜냐하면 자본주의는 가난을 해결할 수도, 사람을 진정으로 행복하게 할 수도 없거든. 자본주의는 자멸할 거고, 지구까지 파괴하고 말 거야."

난 삼촌과 정치토론을 하고 싶은 기분이 아니었다. 25년 후엔 모든 게 달라져서 이 세상 초끌로족들이 영웅적으로 장벽을 설치해놓을 것이고, 오나족이 부활할 것이며, 라레아의 공장들은 노동자에 의해 운영될 뿐 아니라 깔리또스가 칠레의 대통령이 되리라는 예언들 따위를 듣고 싶은 심정이 아니었다. 절대 아무것도 바뀌지 않을 거라는 나의 한 아버지 매켄지가 옳았다. 혹은 변화가 생긴다면 체제하에서 점진적으로 바뀌게 되리라는 또다른 아버지 바론이 맞을 수도 있겠고, 그도저도 아니면 결국 사람들이 박해에 진절머리를 내고 구역질을 하며 모든 걸 부숴버리리라는 삼촌 말이 옳을는지. 그러나 중요한 건 내가 누구 말이 옳은지에 전혀 관심이 없다는 거였다. 어떤 상황도 날 바꿀 수는 없었으니까. 아무것도 날 변화시킬 수 없으며 난 오늘밤 칠레를 떠나게 될 것이다. 이게 내가 칠레에 고하는 작별인사였다.

그리고 운명이 대전환을 할 수 있는 마지막 기회가 지금 들이마시는 공기중에 떠 있다 할지라도, 그 마지막 기회가 지금 당장 생겨나 이 식탁 위에 내려앉는다 하더라도, 모든 게 너무나도, 너무나도 늦어버린 것이다.

"삼촌, 빠블로하고 아버지 중에 누가 이길지 생각해본 적 있어요?" 난 삼촌이 과거로부터 끄집어낼 게 있으리란 건 꿈도 안 꾸고 물었다. "삼촌이 지는 건 관두고 그 두 사람 다 이길 거라는 거 말예요."

"물론이지." 삼촌이 대답했다. "비밀을 지킬 수 있겠니?"

"전 정말 입이 무거워요." 난 늘 그렇듯 거짓말을 했다.

"빠블로는 벌써 졌어." 삼촌은 스테이크를 사납게 공격했다. 마치 고깃덩이가 구역질나는 다우존즈 주가지수라도 되는 듯, 전세계가 기적이라 일컬으며 베끼기에 여념 없는 칠레의 새 연금사유화 정책인 듯 싹싹 썰어, 거의 5년 동안 감방에서 오로지 콩밥만을 게걸스레 먹던 이로 씹어먹으며 말했다.

"빠블로가 벌써 졌다니 무슨 뜻이죠? 쫓겨나기라도 한다는 건가요?"

삼촌은 내가 모르는 것을 알고 있는 걸까? 아니면 이건 그저 자기와 같이 반체제운동을 했던 배신자가 망신당하고 쫓겨나기를 바라는 또하나의 몽상, 자위행위란 말인가.

"어, 아니 자리야 지키겠지. 빠블로는 시키는 대로 잘하고 있는걸. 삐노체뜨 없이도 삐노체뜨식 경제계획을 꾸려나가고 있으니까. 노동자에겐 빵부스러기나 주고 대기업들에겐 큰 이익을 주면서 말야. 너 칠레가 그 어느 때보다도 국제시장에 더 의존하고 있다는 거 아니?"

"삼촌, 그런 이론들은 전부 다 알고 있어요. 그저 빠블로가 졌다는 게 무슨 소린지 얘기해줄 수 있겠어요?"

웨이터가 포도주를 잔에 조금 따라주었다. 삼촌은 그를 보면서 그가 일을 마치고 물러날 때까지 끈기있게 기다렸다가 다시 말문을 열었다. "형은 쉰살이 될 때까지 두 사람 다 약속을 지킨다 해도 자기가 빠블로보다 더 우위에 있다고 확신했지."

"우위에 있다니 무슨 뜻인가요?"

"내가 한 내기는 중요한 게 아냐, 가브리엘. 그건 죄다 자기네들끼리

422

얘기라고. 처음엔 누가 먼저 태어났는지, 그 다음엔 누구 자지가 더 큰지 하는 식이었어. 유치원 때부터 누구 게 더 큰가, 누가 더 멀리 오줌을 깔기나 하는 사내녀석들 장난 같은 거 말야."

"그러니까……"

"그러니까 내 형 끄리스는 내기를 한 지 얼마 안 지나 상대방을 엿먹이기로 작심했다 이거지."

"어떻게요?"

"잘 생각해봐. 그들 각자의 영역이 뭔지 생각해보란 말이다. 빠블로는 권력을 가졌고 그걸 활용했지. 적어도 권력을 쓰려고는 했다는 게 끄리스가 말하는 거고 나도 동감이야. 그렇다면 끄리스가 빠블로를 이기려면 뭘 해야겠어? 끄리스가 잘하는 게 뭐지? 끄리스가 빠블로를 이기고 비밀리에 승자가 되려면 여자한테 뭘 할 수 있었겠니? 이건 아무도 몰라. 한사람의 증인, 나만 빼고 말야. 나한테 다 털어놨어. 그래서 우리가 이 자리에서 내기할 때 제3자인 내가 필요했던 거란다. 끄리스는 비기는 한이 있더라도, 내가 자기가 이겼다는 걸 알아주길 바랐어. 결국 진짜 게임에선, 진짜 세상에선 끄리스가 빠블로 바론한테 승리한 거지."

"아만다 까밀라를?" 난 가슴이 철렁해서 말했다. 그럴 리 없어. 아버지가 결국 아만다를 건드렸다니. 그럼 그가 빠블로한테 한 맹세는 다 사기극이고, 아만다는 나한테 거짓말을 했다는 건데.

"아만다 까밀라지." 삼촌이 확답했다.

"아만다 까밀라를 건드렸단 말예요?"

"건드리다니? 천만에, 끄리스가 아만다의 아버지란 말이야. 걔 엄마 마르따를 건드렸다고. 어떤 경우라도 이긴다는 걸 확실히 해두기 위해 그렇게 한 거지. 마르따가 배란하는 날을 계산하고 했던 거야."

"마르따는 아버지를 싫어했다던데. 빠블로 바론이 나한테……"

"마르따가 그럼 무슨 소릴 하겠니? '끄리스를 사랑해요, 할 수만 있다면 그와 맨날맨날 자고 싶어요'라고 한단 말이냐? 당연히 마르따는 빠블로의 의심을 죽이려고, 끄리스또발 매켄지가 남편에게 나쁜 영향을 주고 있다고 말할 수밖에 없었지. 그렇지만 마르따는 형에게서 네 엄마 빼고 다른 여자는 절대 얻지 못한 걸 받아냈지. 아기 말이야. 그러니까 아만다 까밀라는 네 여동생이야. 가브리엘, 어때냐?"

그렇다면, 아만다는 내 동생이 아니었다. 삼촌이 말한 게 전부 다 사실이라면 그애는 내 동생이 될 수 없었다. 아버지들이 바뀐 셈이 되니까. 아만다는 끄리스또발 매켄지의 딸이고, 난 빠블로 바론의 아들……

"이건 말도 안돼요." 난 빤초 삼촌에게 말했다. "누구 그걸 아는 다른 사람 있어요? 삼촌이 말한 걸 확인할……"

"야, 진정해." 삼촌은 내가 안절부절못하는 걸 즐기고 있었다. "아무도 없지. 마르따는 물론 죽었고, 알고 있는 다른 사람도 역시 죽었으니까."

"누군데요?" 난 벌써 정답을 알고 있었음에도 물었다. 갑자기 모든 게 분명해졌고, 순간 모든 걸 이해하게 되었다.

"네 유모지 누가 더 있겠냐? 그 노친네 결국 다 알아내고 말았어. 어느 날 네 아버지를 한쪽 구석으로 데려가더니 단도직입적으로 묻더군. 사실 그게 유모가 밀라그로스의 집을 떠난 진짜 이유였단다. 밀라그로스를 기다린 7년의 세월이 다 바보짓, 거지발싸개가 돼버렸으니까. 장담하지만 유모는 밀라그로스가 집에 돌아올 때까지 700년이라도 기다렸을 거야. 그렇지만 유모는 매켄지의 딸, 네 배다른 여동생을 돌보려 했지. 그래서 빠블로, 그 개새끼네 집으로 들어가기로 한 거야. 유모는 빠블로가 어떤 사람이냐고 내게 물었지. 난 그를 의심하기 시작했지만 그당시까진 아직 우린 친구였으니까. 벌써 그때 난 그새끼가 삐노체뜨하고 협상을 하려는 걸 알고 있었어."

"삼촌, 제발 정치얘긴 그만둬요."

"난 유모한테 빠블로가 좋은 사람이라고 했어. 사실을 귀띔해주었더라도 유모는 어차피 갔을 거야. 빠블로가 히틀러라도 아만다가 자랄 수 있도록 돌보아줄 자리라면 어디라도 들어갔을 테니까. 아만다는 사랑하는 밀라그로스를 위해 고른 남자의 딸이었고, 유모 스스로 밀라그로스한테 아무리 끄리스가 바람을 피우더라도 그만을 사랑하라고 충고했었으니까. 그래서 유모는 이제 가족의 한사람인 끄리스의 딸이 자기 같은 사람에게 보호받기를 확실히해두고 싶었던 거지. 근데 너 어디 가나?"

나는 내 아기를 구하러 가고 있었다.

3시 30분 전이었으니까 서두른다면 제 시간에 닿을 수 있었다. 이제 왜 끄리스또발 매켄지가 빠블로 바론한테 막 태어난 아만다 까밀라에겐 절대로 쓰지 않겠다며 콘돔을 선사했는지 이유가 밝혀졌다. 그 콘돔은 끄리스가 피임도구 없이, 그의 정자와 상대방의 질 사이에 비닐을 씌우지 않고 상대했던 유일한 여자, 마르따와의 관계에서 쓰지 않고 남은 것이었다. 엄마에게 진실하기보다 내기에 더 이기고 싶어했던 끄리스는 빠블로 바론을 제압하고픈 욕망에 조강지처를 배반하고 엄마에게 준 것을 다른 여자에게도 선사한 것이었다. 그렇게 끄리스는 딱 한번 엄마와의 약속을 어겼다. 빠블로는 칠레에서 가장 권력이 센 사람이 될 수도 있었지만, 그 힘은 끄리스의 자지가 빠블로와 그 집안의 대를 잇기 위해 정해둔 성스러운 장소를 침범하는 걸 막진 못했다. 그래서 끄리스는 친구의 딸을 건드리지 않겠다고 맹세한 것이다. 그가 자신의 섹스편력에서 보호한 건 자신의 딸이었으니까. 끄리스는 내가 아만다와 저질렀다고 생각한 근친상간을 하지 않겠다고 약속한 것이었다.

나도 근친상간을 한 게 아니었다. 빠블로의 착각이었다. 난 아만다의 오빠가 아니니까.

유모는 알고 있었다. 그건 내게 결정적인 증거였고, 잃어버린 퍼즐의 마지막 조각이었다. 난 항상 나와 아만다를 그토록 사랑하던 유모가 왜 빠블로의 자식들이 그짓을 하도록 내버려두었는지 의아해하고 있었다.

그때는 유모가 악마였고 부당하다고 생각했지만 실은 그녀는 천사였다. 처음부터 나와 아만다에게 다가와 분위기를 띄워주며, 자기가 사랑해온 여자의 아들과, 그 여자가 영원한 사랑을 맹세하며 결혼한 남자의 딸을 맺어주려 한 것이다. 유모는 끄리스의 딸과 밀라그로스의 아들을 부추겼고, 그 아들이 자기의 슬픔을 토로하자 밀라그로스에게 알려서 편지들로 내 문제를 풀어주려 했던 것이다. 유모는 아만다나 내가 친아버지가 누구인지 알아내는 걸 원치 않았다. 그렇게, 두 아이들이 사랑을 나누던 날 밤 유모는 자신의 영혼을 아만다 까밀라에게서 잉태되던 아이에게 건네주고 우리의 결합을 축복하면서 숨을 거두었다. 그리고 아직 모든 걸 되돌릴 시간이 남아 있었다. 아이를 구해내고 유모의 계획을 실행시킬 시간이.

난 병원문을 두들겼다.

아무런 응답이 없었다.

다시 문을 두들기다가 옆집 문지방에서 우울히 담배를 피우고 있는 여자를 보았다. 그녀는 나중에 내가 경찰에 붙들리기라도 하면 "저 사람, 저 사람이 낙태수술비를 냈어요" 하고 알아볼 수 있게 내 생김새를 기억이라도 해두려는 듯 수상쩍게 쳐다보고 있었다. 손잡이를 돌리자 문이 열렸고 난 안으로 들어갔다. 의사는 청소중이었다. 수술대엔 피가 묻어 있었고 그는 걸레질을 하고 있었다. 마취약 냄새가 진동했다.

"여기서 뭐 하는 거야? 누가 들여보내줬지?"

"걔 어디 있어요?"

"갔어. 누가 들여보내줬냐니까?"

"여기 3시에 오기로 했는데."

의사는 하던 일을 멈추고 세면대로 가 손을 씻었다. 물이 벌게졌다. "그래, 그런데 그 아가씨가 전화 걸어서 나더러 좀 일찍 할 수 있겠냐고 묻더군. 젠장, 밥도 못 먹게. 그렇지만 후딱 해치워버리면 낮잠도 잘 수 있겠군 하고 생각했지. 그런데 넌 내 질문에 대답 안했잖아?"

난 수술대 옆의 의자에 털썩 주저앉았다. "벌써 가버릴 리가 없어요. 다른 사람이었겠죠. 착각하셨을 거예요."

의사는 손을 닦으며 내게로 왔다. 그는 유별나게 물기를 닦았다. 마치 장갑을 벗듯이. 처음엔 오른손 손가락들을 하나씩 세심하게 닦고 다음엔 왼손 손가락들을 그렇게 닦았다. "빠블로 장관의 딸이더군. 맞지?" 의사는 내 옆에 섰다. 그는 때 절은 흰색 터키식 모자를 쓰고 있었다. 그 위에는 파리 한마리가 급할 땐 언제든지 날아갈 준비를 하고 내려앉아 수백만 개의 분열된 눈으로 날 보고 있었다. "빠블로 바론의 딸이었어. 그렇지?"

"예." 내가 말했다.

"그럴 줄 알았어. 확실하지 않아서 직접 물어보진 않았지. 환자가 누군지 알아보는 건 항상 즐거운 일이지. 가명을 대고 오기는 하지만 가끔씩 누군지 알아맞힐 수 있거든. 협박하려고 그러는 게 아니야. 난 그런 짓 안하니까. 걱정일랑 집어치우게. 아 참, 이건 자네 거야."

의사는 전날 내가 준 지폐더미를 되돌려주었다. 삼촌이 섣달 그믐날 수술할 것을 종용하며 준 돈이었다.

난 기계적으로 그 돈을 받았다. 단지 생각나는 건 아기를 잃어버렸다는 것, 내가 늦게 왔다는 것, 그래서 아기도, 유모의 작은 사랑의 숨결도 숨을 거두고 말았다는 것뿐이었다.

"장관 딸의 수술비를 자네한테 받을 순 없어." 의사가 말했다. "빠블로 바론은 훌륭한 사람이야. 그 사람 때문에 우리나라에 평화가 왔고 마침내 기회를 엿볼 수 있게 되었지. 용감한 사람이야. 군바리들하고 담판을 지어서 권력을 포기하게 하고 국민이 그걸 받아들이게 하다니 말야. 우리는 그런 이성적이고 신념이 있고 정직한 사람이 필요해. 설사 그 사람 딸이 조그만 실수를 저질렀더라도 난 괜찮아. 그 집 식구 누가 오더라도 한푼도 받지 않겠어."

수술한 게 실은 매켄지 집안 사람이고 자기 앞에 있는 사람이 바로 바론 집안의 아이란 걸 의사가 알았더라면.

난 손에 들고 있던 돈을 바라보았다.

"받아둬." 의사가 고집했다. "그건 위대한 사람에 대한 나의 기부금이자 이름없는 존경심의 표시일세. 그리고 다음번엔 콘돔을 쓰게, 제발. 내가 길에 나앉게 되더라도 말야."

"저 좀 보여주세요." 내가 말했다.

"뭘?" 대답하기도 전에 그가 말했다. "보지 않아도 돼. 볼 것도 없어. 벌써 갖다버렸는걸."

난 왜 스스로를 괴롭히려 했을까? 왜 더 피를, 지연된 생리 그리고 바론 집안과 매켄지 집안의 첫번째 손자의 피를, 살아 있어야 함에도 그 죽음 속에 얽힌 두 집안, 유모의 혈관에서 길을 잃고 심장으로부터 터져나온 피, 그리고 싼띠아고가 생긴 이래 이 계곡을 흘러온 그 모든 피를, 어째서 보고자 했던 걸까? 왜 피가 더 보고 싶었을까?

"아들이었나요, 딸이었나요?"

의사는 불을 끄고 문을 가리켰다. "알 필요 없어."

"알고 싶어요."

"계집아이야." 그가 말했다. "아마도. 하지만 너무 일러서……"

우리는 길거리로 나갔다. 그는 아직도 담배를 피우고 있던 그 관능적인 여자에게 새해인사를 했다. 저 여자에게도 입 다물고 잠자코 있으라는 뜻으로 무료수술을 해주었는지도 모를 일이었다. 의사가 무슨 비밀을 알고 있는지, 누구의 자궁을 청소했는지, 어떤 기억과 희망 들을 묻어버렸는지 그리고 어떤 사람들에게 마치 아무런 일도 없었다는 듯 인생을 다시 시작하게 해주었는지 아무도 모를 일이었다.

난 최후의 기회가 남아 있다고 믿기로 했다. 최후라고 말하는 건 그게 정말 마지막이었고, 그 이후로는 영영 기회가 주어지지 않았기 때문이다. 바로 그순간 문득 마음 깊은 곳에서 자장가를 들려주던 유모의 목소리가 들리며 나도 다른 여느 칠레 사람들처럼 과거를 지워버릴수 있고, 나 같은 사람들에게는 인생에 필요 이상의, 또 한번의 기회가 주어진다고 믿게 되었으며, 두 아버지처럼 속이고 거짓말을 해도 결코 대가를 치르는 일 없이, 곁들여 좋은 일도 할 수 있다는 생각이 들었다. 미래로부터의 환상이 몰려와서 지금 내가 할일은 아만다와 얘기하여 전적으로 내 말을 믿게 하고 용서를 빌고, 나 또한 그녀를 용서하여 새 출발을, 내가 진작 출발했어야 할 그 자리에서부터 새로운 시작을 하는 거라고 일러주었다. 그런 환상은 이승에서 삶이 허무하게 지나갈 때만큼, 총알이 체 게바라의 몸을 박살낼 때만큼, 피가 유모의 심장을 갈라버렸을 때만큼, 의사가 수정란에 구멍을 냈을 때만큼의 시간밖에 지속되지 않았다. 그만큼의 시간 동안만 난 매사가 잘되리라는 희망을 가질 수 있었다.

그 찰나적인 희망의 깜박임이 날 한쪽 구석으로 몰아 이곳 쎄비야에서 죽도록 데리고 온 거였다. 쎄비야의 거리에서 그 말도 안되는 희망 따위를 떨쳐버리며 나는 바뀌는 건 아무것도 없다는 걸 깨달았다. 또한 이 세상 누구의 호의도 다시는 믿으려 들지 않을 것이며, 언젠가는 행복해질 수 있다고 믿는 바보짓도 다신 하지 않으리란 것을 알았다. 그밖에 더 알게 된 거라면, 이게 다 날 함정에 빠뜨려 갖고 놀고 있던 사물인지 사람인지 혹은 운명인지 좆도 모를 그 무엇, 그 누군가가 날 희생시키고 즐거워하는 방법이었다는 것이다. 그들은 내가 막 경험한, 눈 깜짝할 사이의 믿음을 부어주고 계속 가라고, 계속 시도해보라고 부추기면서 날 조종해온 것이다.

젠장, 엿이나 드시지. 어제는 거지 같은 소파에 앉아 있었고 오늘은 거지 같은 모니터 앞에 앉아 있을 재니스, 너한테 하는 소리가 아니야. 날 가지고 이렇게 어지러운 실험을 하고 있는 누군가에게 하는 말이지. 그놈들은 "이녀석 갖고 한번 혼쭐나도록 열나게 골탕 좀 먹이자. 제대로 일이 안 풀리고 쌉쌀하게 돌아갈 때마다 녀석에게 또다시 어렴풋한 희망을, 다른 목표를, 다른 여자를, 다른 보지구멍을, 따라가고 본받을 만한 새로운 아버지상같이 새털만한 희망을 줘서 계속 살게 만드는 거야. 그럼 우린 녀석이 일어서서 보이지 않는 미래로 갈 때마다 즐길 수 있잖아" 하며 놀고 있었다.

젠장, 엿이나 먹어라. 네놈이 하늘에 있든지 지옥에 있든지 아니면 그 사이 어디에 있든지 말이다.

그리고 내 인생의 설계자인 놈들에게 보내는 엿 안에는 대단한 폭로나 머리를 번쩍하게 하는 그런 생각은 아니지만 나 스스로 목숨을 끊어야만 자유로워질 수 있다는 계획 또한 들어 있었다. 그게 비록 신들이 내게 바라는 것일지라도, 다 짜놓고 나를 미쳐 자살하게 한 다음 저들끼리 낄낄거리려 했다 해도, 별 상관 없었다. 자살이야말로 나의 마지막 행위가 될 테니까. 신들은 이제 갖고 놀고 땜질하고 도박을 할 다른 누군가를 찾아 나서야 할 것이다. 죽는 건 자유라는 생각이, 전에는 상처받은 아만다와 나만 함께 있던 공간에 의사가 손과 수술도구들을 쑤셔넣어 조금 전 나의 희망을 절제해버린 병원 담벼락에 기대서 있을 때 머릿속을 가로질러갔다. 자살이야말로 유일하게 이 광대극에 마침표를 찍을 수 있는 길이었다.

여름의 황량한 거리, 거기서 난 마침내 내가 누군지 깨달았다. 막스가 말한 우엘렌 언덕이 생각났고, 조국도 없고 묻힐 땅조차 없던 추방당한 사람들의 운명을 회상하던 일도 떠올랐다. 나는 집도 절도 없던 그들 중의 하나였다. 막스는 그걸 알고 있었고 싼띠아고가 건설되고 칠레의 역사가 시작된 저 산 아래를 바라보면서 내가 이교도, 반역자, 그리고 불신자 중의 하나임을 눈치챘다. 특히 내가 자살자이기 때문에 그렇다는 걸, 그리고 살인 때문에도. 지금 여기 쎄비야에 있는 난 그 사실을 잘 알고 있으며, 유모가 죽던 그해의 마지막 날, 마지막 시간들이 점점 다가오던 그때 싼띠아고에서도 이미 다 이해했었다. 날 어루만져주고, 계속 살아가라고 말해주고 분노를 씻어줄 유모가 필요했지만, 내 손으로 그 마지막 오나족을 죽였거나, 아니면 그 아름다운 바보 할망구는 날 위해 죽어버리고 말았다. 유모가 정말 오나족이었는지 아닌지는 중요하지 않을지도 모른다. 마뿌체족인지 푸에기노족이었는지 아니면 아스떼까 인디언이었는지 알 순 없지만 난 방아쇠를 당기듯 그녀를 죽였다. 모두가 거짓말로 유모를 죽였고 나를 사랑해서 한 그녀의 거짓말이 유모 자신을 죽이고 말았다. 아만다 까밀라와 밀라그로스를 향한 사랑이 유모를, 나의 연인이자 참 신부였던 그녀를 죽인 것이다. 그래, 우리 모두가 저지른 일이야. 하지만 난 유모가 홀로 죽게 어둠속에 버려두었고, 내가 숨이 끊어질 때라면 손을 잡아주었을 그녀의 손을 잡아주지도 않았으며, 세상을 하직할 때 곁에 앉아주지도 않았다.

그게 내가 날 용서할 수 없는 이유였다. 기만과 음모 등등 나는 내 두 아버지를 비롯해 주변의 모든 칠레 사람들이 하는 짓 외에는 아무것도 한 게 없었다. 살냄새를 씻어내는 동안 유모를 운명하게 내버려둔 것이나, 비록 그녀가 내가 근처에 있는 걸 몰랐다 하더라도 눈가의 머리카락을 쓸어내려주지 않고 혼자 놔둔 건 용서의 여지가 없었다. 마지막 말이나 최후의 침묵을 기록해야 했는데. 나를 위한 성스러운 땅도, 내것이라 부를 수 있는 어떤 장소도 세상엔 존재하지 않았다. 뼈를 묻을 곳도 없고, 내 나라라고 부를 곳도 없으며 최후를 기억해줄 자손들조차 없을 것이다. 난 남극대륙처럼, 아래쪽의 땅이나 마냥 위로 솟구친 산들, 감춰진 화산이나 펭귄은커녕 가마우지나 신천옹 한마리 날 만한 섬도 가지지 못했다. 온기는 말할 것도 없고. 있는 거라곤 단지 나뿐이었다. 얼음, 얼음으로만 된.

하지만 세상을 떠날 땐 멋지게 할 거야.

가브리엘, 이제 갚아줄 시간이 되었어.

자살에 대한 생각은 내 곁을 맴돌았다. 그 생각은 속에 머물다가 내가 빠블로 바론의 집에 가서 진실에 대해서는 입도 뻥긋 못한 채 아만다에게 우리의 아픔을 위로하며 우리가 여전히 남매지간이라는 여운만 남기게 되었을 때 커지기 시작했다. 그 마음은 아만다를 조심스레 침대에 뉘여 잠을 재우고, 베개 위 그녀의 머리에 입맞춤을 하고 불을 끄고 나오는 사이에도 뇌리를 맴돌았다. 그리고 방에 돌아와 짐을 챙겨 떠나는 대신 칠레에 남아 있기로 마음먹었을 때에도 난 죽으려는 생각뿐이었다. 죽을 바에는 혼자이고 싶지 않았다. 증인이 있었으면 했다. 바로 그때 두번째 생각이 첫번째 생각과 맞물렸다. 어쩌면 난 혼자 죽을 필요는 없어. 누군가를 데리고 가야 할는지도 몰라. 뽈로나 막스가 될 수도 있겠지. 그녀석들에게 결코 이긴 게 아니라고, 내게는 한두 장의 카드가 더 있다는 걸 보여주기 위해서라도 말야. 그런 생각을 하며 어린아이처럼 팔을 오므린 채 잠이 든 나를 깨운 건 엄마였다.

"가브리엘, 새해 맞는 걸 놓치겠구나. 서둘러." 나에게 애정어린 편지들을 써준 엄마, 그러나 그 사랑도 엄마가 내가 뉴욕에서 보낸 여러해 동안의 고통을 애써 모른 척하게 하지는 않았다. 엄마는 자신의 불장난이 날 어디로 몰고 가게 될지, 내가 정처없이 방황하리라는 생각은 전혀 안 하고 이틀밤 연속 다른 남자들과 그짓을 했던 것이다. 나는 엄마에게 천사와 악마의 두 마음을 품고 웃어 보였다. "물론이죠, 엄마. 곧 내려갈게요." 엄마는 들떠 있었다. "끄리스와 빠블로가 쉰번째 생일파티를 생각중이래." 엄마가 말했다. "빠블로는 10월 12일에 '92 엑스포 전시관을 닫아야 하는데 그때 우리 모두를, 너하고 나도 쎄비야로 초대한단다. 그리고 끄리스도 가길 원해. 처음으로 해외여행할 마음을 먹었어! 물론 우리 두 사람이 같이 간다는 조건으로." 난 계속 웃어 보였다. "멋져요, 엄마. 재밌게 보낼 수 있겠군요. 당장 내려갈게요."

쎄비야는 다른 여느 곳과 마찬가지로 나처럼 벌레 같은 인간들을 싹쓸이하기에 좋은 장소인 듯했다. 돈 후안의 도시, 콜럼버스의 도시는 사실 완벽한 곳으로 여겨졌으며 저승길로 함께 가는 것도 뽈로나 막스가 아닌 다른 사람들이 될 것이다. 녀석들이야 이 드라마의 조연이자 B급 배우들일 뿐이니까. 내가 죽을 때 죽어야만 하는 사람들은……

난 자정에 그 두 사람이 서로 부둥켜안고 신대륙 발견 500주년이 되는 해, 그들이 쉰살이 되는 해를 선포하는 걸 보았다. 두 사람은 내가 칠레에 돌아오던 날 유모를 부둥켜안은 것처럼 아주 열렬한 포옹을 했고, 나도 그들 중 누구 하나라도 저렇게 안고 싶다는 생각이 들었다. 그들은 상대 방에게 그리고 내게 어떤 짓을 했는지는 숨긴 채, 서로의 눈을 바라보며 새해의 덕담을 나누었다. 그리고 그들, 나의 두 아버지는 돌아서서 내쪽을 보았다. 그들은 1992년 새해를 즐거워하는 밀라그로스의 집의 모든 아이들과 춤추고 입맞추고 샴페인을 뿌려대는 온갖 친구들로 가득한 사람의 바다를 두 마리 게처럼 비틀거리며 헤쳐나왔고 날 네 팔이 나를 동시에 부둥켜안았다. 우리 세 사람은 마치 집단성교라도 하듯 호응했다. 술에 취한 그들의 더운 숨결이 내 목의 이쪽저쪽에서 다가왔고 어깨와 갈비뼈 그리고 팔꿈치를 움켜쥐는 손가락들이 느껴졌다. 두 사람은 귀에 침을 튀기며 "가브리엘, 우린 정말 널 사랑해"라고 말했고, 난 그 말을 믿는 양 웃어 보였다. 난 내가 무엇을 해야 하는지 깨닫기 시작했다.

그들에게 둘러싸여 있던 바로 그때 모든 것이 명확해지기 시작했다. 그 두 사람을 향한 나의 증오는 너무나도 강렬했기에 그 감정을 숨길 여유가 없었다. 그 미움은 내 호흡처럼, 내 피처럼 너무나 자연스럽고 깊어서 절대 사라지지 않을 것이었다. 빠블로와 끄리스, 그들은 각자 서로를 파멸시키기 위해 날 이용한 것이다. 나를 꼭 누르고 있던 아버지 매켄지의 몸은 내 곁에서 부르르 떨었다. 그렇게 아버지는 날 만들지 않았을 때에도 엄마와 딱 붙어 있었고, 아만다 까밀라를 만들어낼 때도 빠블로의 아내에게 붙어 있었다. 결국 그는 내가 사랑한 여자아이에게 먼저 다가간 것이다. 자신의 씨를 가져다가 아만다의 육체와 성을 만들어냈으니, 내가 해보기 수년 전에 이미 먼저 그 아이 안에 들어간 셈이 되고 말았다. 그리고 내 옆에 있던 또하나의 몸, 자신의 가장 친한 친구보다 하루 먼저 엄마의 몸 속으로 들어가 전율했던 나의 아버지 빠블로는 친구에게 거짓말을 하고 그걸 지난 수년 동안 그는 물론 나에게까지 숨겨왔다. 내게 거짓말을 가르쳐준, 그리고 할 수만 있다면 사랑하는 사람들을 속이고 엿먹이라고 가르쳐준 나의 아버지 빠블로, 그게 그가 친구 끄리스와 함께 내게 가르쳐준 교훈이었으며, 난 그걸, 칠레로 찾으러 온 아버지들의 지령이라도 받은 것처럼 묵묵히 행해왔던 것이다.

그들이 거짓사랑을 거짓말로 늘어놓으며 질식시킬 게 두려워 그들의 품에서 빠져나왔다. 증오가 내 속에서 마치 시커먼 정액처럼 넘쳐나고 소용돌이치던 그때까지도 계획은 세워져 있지 않았다. 난 당연히 죽는 거고 아마 저들도.

그런데, 어떻게? 무슨 목표로?

늘 그랬듯 난 어찌할 바를 몰랐다. 어떤 신호가 오길, 어떤 목소리가 날 구해주길, 그리고 살았거나 죽었거나 아무나 내 음모에 동참하여 죽음의 얼음 속으로 함께 가주길 기다릴 뿐이었다. 그리고 그 기도에 응답이라도 하듯 엄마가 고대하던 이름을 가르쳐주었다. 엄마는 그 이름으로 날 성가시게 해왔고 기억하는 한 내 삶의 벽을 그 이름으로 망치질해왔건만. 너무나 간단명료했다.

건배를 제의하고 엄마는 세번째로 말하기로 되어 있었다. 처음엔 라레아. 그는 크리스토퍼 콜럼버스와 냉장고를 위해 건배했다. 그것들은 지난 500년 동안의 두 가지 경이인데 첫째, 콜럼버스는 우리를 발견했을 뿐만 아니라 마치 모세처럼 대서양의 사막을 가로질러 우리를 이리로 데려왔으며 둘째, 냉장고는 우리가 순전히 인디언들이 아니라는 것을 증명해 보이기 위해 빙산을 '모국'으로 운반해줄 수 있는 기술이라고 했다.

그 말에 모두 건배.

다음은 뽈로였다. 그는 또다른 크리스토퍼, 끄리스또발 매켄지와 그의 친구 바론 장관을 위해 축배를 들었다. 그들은 올해 쎄비야에서 아주 성대하게 자신들이 지구상에서 반세기를 살아온 것을 축하하게 될 것이고 우리 모두도 거기에 초대되었다고 했다.

그 말에도 모두 다 건배.

마침내, 엄마의 순서가 왔다. 체 게바라가 처형당해 매장된 올해의 기념일은 그가 고아가 되어 신대륙을 떠난 지, 그리고 그의 손이 갈바리노처럼 잘린 지 만 25주기가 된다고 했다. 그러나 그는 많은 사람들이 생각하듯 죽어버린 게 아니라고 했다. 체 게바라는 돌아올 것이며 그땐 폭풍우가 몰아치리라고 했다. 체 게바라를 위해 건배. 어서 돌아와 영생하기를. 그 말에는 눈에 띄게 많은 사람들이 건배하지 않았다. "그 죽으려고 환장했던 미친놈한테 건배는 무슨." 멋을 잔뜩 부린 여자 하나가 자기 남편한테 속삭였다. 몇몇 사람들이 체 게바라를 위해 잔을 들었다. 아마도 한두 명은 좌익혁명분자로 보이는 게 멋지다고 생각해서, 또 밀라그로스의 집의 두어명 아이들은 체 게바라가 긴 머리에 성난 눈을 부릅뜬 사람이라는 생각에 그랬던 것 같았다. 그러나 대부분의 손님들은 그저 술잔에 입을 갖다대거나 못 들은 척했을 뿐이다.

끄리스와 빠블로는 그 말을 듣고도 서로를 곁눈질로 바라볼 뿐이었고 그 눈이 마주치던 순간 난 두 사람이 각자 무엇을 비뚤어지게 생각하고 있는지 눈치챌 수 있었다. 그들은 각자 속으로 체 게바라가 어떻게 자기들을 밀라그로스 가야르도의 육체로 인도했는지, 그리고 어떻게 25번째 생일날 식탁 앞에서 내기를 하게 만들었는지 생각중이었고, 10월 11일 쎄비야에서, 정확히 11시 59분에 상대방을 깜짝 놀라게 할 일에 골몰해 있었다. '난 네 마누라하고 잤다. 아냐, 내가 네 마누라를 건드렸어' 하며 스스로를 승리자라고 자처할, 그리고 두 사람 다 가장 친한 친구에게 패배한 거라고 말하게 될 그순간을 음미해보고 있었던 것이다.

그렇게 되지는 않을걸. 내가 기회를 주지 않을 테니까. 내가 털어놓을 것이다. 끄리스와 빠블로 그리고 신대륙, 셋의 생일을 축하하러 쎄비야로 건너온 모든 사람들 앞에서, 난 두 사람 다 패배자이고 나야말로 그들의 승리자라고 말할 것이다. 왜냐하면 난 내 진짜 아버지 체 게바라의 이름으로 두 사람을 죽이고 나 또한 목숨을 끊을 테니까.

'맞는 말 아닌가?' 체 게바라의 죽음이 날 세상 밖으로 밀어냈고 빠블로와 끄리스를 엄마 다리 사이의 그 찢어진 칼자국으로 밀어붙였다는 게. 체 게바라가 아직 살았더라면 어떻게 했을까? 그의 아들 가브리엘에게 뭘 하라고 말해주었을까? 빤초 삼촌은 처음 우리가 감옥에서 얘기할 때 해답을 말해주었다. 체 게바라라면 빙산을 하늘 높이 날려보냈을 거라고. 물론 상징적이긴 하지만, 오스카와 나노 같은 놈들이 체 게바라를 시장에 내놓아 팔려고 하고, 체 게바라가 지키려 한 인디언들이 혁명보다는 인터넷을 신봉하고 또 그가 승리로 이끌려 했던 노동자들이 자신들의 연금을 어느 회사 주식에 투자할 것인가에 여념이 없는 마당인데 어떤 다른 반란이 가능하겠냔 말이다. 더 멋지게 반대할 수 있는 방법이라도 있나? 죽은 다음에 유언은 내 행동이 체 게바라를 기념하기 위한 거라고 알리게 될 거야. '92 엑스포가 끝난 다음 끄리스띠나 페레르가 쎄비야에 있는 자신의 호텔에서 찾아낼 수 있도록 유언을 남길 거야. 난 체 게바라의 기억을 더럽히는 데 저항하는 거라고. 하지만, 내가 칠레에 돌아왔을 때 아버지 매켄지와 이어주었고 그를 유혹해 남극으로 데려가 날 자식으로 받아들이게 한 얼음을, 또 내 아버지 바론이 자신의 명성과 미래를 쏟아붓고, 내게 접근해 희롱할 구실로 쓴 그 얼음덩이를 날려보내면서 난 개인적인 이유들은 덧붙이지 않을 것이다. 난 체 게바라의 아들이다. 엄마는 늘, 넌 체 게바라에게 빚진 거야. 그 사람 아니었으면 넌…… 하고 말하곤 했지. 오로지 폭력만이 세상을 바로잡고 모든 걸 제자리에 돌려놓는다고 말한 게 체 게바라가 아닌가? 난 협박편지에 씌어 있던 대로 빙산을 엿먹이고 말 거야.

그건 단지 체 게바라뿐만이 아니라 유모를 위해서이기도 하지. 왜냐하면 유모는 분명 그렇게 하라고 했을 테니까. 유모는 내가 무슨 짓을 하는지 알아챘을 거고, 기꺼이 계획에 협력했을 것이며 또 자신을 이용하게 내주었을 거다. 언젠가 라디오 연속극을 듣던 유모가 엄마가 죽는 대목에서 "세상에 사랑하는 사람들에게 잡아먹히는 것보다 더 좋은 팔자가 어디 있을까" 하며 한숨짓는 걸 본 적이 있다. 그래, 내가 유모를 잡아먹은 거야. 유모는 몇달 동안 암암리에 나더러 자길 잡아먹으라고 말하고 있었던 거지. 숨은 보조자였던 유모는 내가 불러주는 편지를 받아적고 있었던 것이다. 실은 내가 결국 그 협박들을 실행할 수 있도록 유모가 편지들을 불러준 셈이지만. 빙산을 폭파하기로 결심한 데에는 물론 만족할 만한 그리고 정당하다고까지 할 만한 이유가 있었다. 그때까진 완벽하게 깨닫지 못하고, 그저 유모의 대문자 글자조각 편지들로 아버지를 조종하고 도움을 청한 줄만 알았었다. 하지만 돌아보면 난 마음 깊은 곳에서부터 내 본심과 부고장을, 그리고 그날밤 뉴욕에서 많은 화면을 통해 미리 보았던 수많은 빙산들이 쎄비야에서 어떻게 희생될 것인지 남극에게 속삭이는 편지를 쓰고 있었던 거야. 사실 나 때문에라도 모든 건 희생되어야만 해. 내 아버지의 쉰살 생일과 체 게바라가 매장된 지 25주년이 되기 바로 전날, 내가 사랑했던 모든 것을 끝장내버리는 바로 그날 말이야. 곰곰이 생각해보면 그건 내 증조부 웬델이 한 짓을, 우리 집안이 유모의 집안에 한 짓을 사죄하고 빚을 갚는 일이니까. 유모가 바보처럼 날 두둔하고 먹여주고 재워주느라, 사랑하는 엄마와 아만다 까밀라를 지키기 위해, 또 사랑하는 끄리스와 가브리엘이 어슬렁거리며 다니다가 살아생전 여자를 조금이라도 더 따먹을 수 있게 놔두느라 모든 수모를 감수하는 대신에 했어야 할 일을 내가 완수하는 것뿐이야. 유모에겐 얌전한 유언보다 더 나은 게 있어야 마땅했다. 체 게바라와 함께 유모는 이 통쾌한 결말에 참석할 것이다. 내 진짜 어머니 유모와 내 진짜 아버지 체 게바라는, 내가 세상을 하직하는 오늘밤 내 손을 이끌고 함께 있을 거야, 재니스.

"여러분," 난 소란스러운 사람들에게 소리쳤지만 아무도, 아만다 까밀라마저도 관심을 기울여주지 않았다. 그녀는 가까스로 화장을 하고 파티에 나와 자신의 불행과 낙태된 아기를 1991년의 썩어빠진 기억들과 함께 뒤로하며 새해를 맞고 있었다. 저마다 새해가 자기 인생과 우주 최고의 해가 되리라고 떠들어대는 통에 아만다는 내 목소리를 듣지도 못했고, 내가 있는지도 알지 못했다. 단지 뽈로만이 알아들었을 뿐이다. 그는 "새해 복 많이 받아" 하고 미친놈처럼 소리치며 술잔을 내 손에 밀어넣고는 그 안에 샴페인을 쏟아부었다. "어이구." 녀석은 샴페인을 쏟아 날 고래새끼처럼 푹 젖게 만들어버렸다. 물론 일부러 한 짓이었다. 난 넘어지는 척하면서 녀석을 붙잡고 술잔이 날아가도록 내버려두었다. 잔은 녀석에게 부딪혀 윗도리를 적시고 바닥에 떨어져 깨졌다. 그러자 모든 사람들이 쳐다보았다. 사람들은 뭐가 깨지는 걸 보길 좋아하니까. 그때 내 발밑에서 깨진 유리조각들은 이제 몇시간 후면 산산조각날 빙산의 전주곡이었다고나 할까. 그렇게 사람들은 날 쳐다보게 되었다. 폭력이지, 재니스. 체 게바라는 자신의 말이 무얼 뜻하는지 잘 알고 있었지. 너의 존재를 알리기 위해 약간의 폭력만큼 좋은 건 없으니까.

"어이쿠," 내가 말했다. "미안하게 됐는데. 하지만 사고라고 다 나쁜 건 아니지. 그리고," 난 대기하고 있던 하객들을 향해 "자, 이제 절 보시는군요. 숙녀 여러분 그리고 신사 여러분들도 계시다면 물론 함께. 제가 아버지와 빠블로 바론에게 드릴 생일선물이 뭔지 알려드리겠습니다."

"그건 비밀로 해둬야잖아." 호르헤 라레아가 말했다.

"말하지 말라고."

"그것말고 또 놀랄 만한 게 있는 걸요." 내가 말했다. "하지만 지금 말해둬야겠어요. 다른 사람들이 똑같은 걸 하는 건 싫으니까. 확실히해두려는 거죠."

사람들은 모두 숨을 죽이고 나의 말을 기다렸다. 좌불안석이 되어 긴

438

장한 뽈로가 보였다. 그는 내가 혹시 자기 선생에게 자기의 선물을 쓸모없이 만들 만한 것을 선물할까 신경이 곤두서서 불안해하고 있었다. 그는 걱정할 필요가 없었다.

"까쑤엘라입니다." 내가 말했다.

파티장에 있던 사람들은 웃음을 터뜨렸다.

"까쑤엘라요." 난 되풀이 말했다. "유모의 까쑤엘라죠. 그게 바로 두 분과 그날밤 거기 계실 여러분께 제가 요리해드릴 겁니다. 1992년 10월 11일 쎄비야에서요. 모두 신선한 재료로 말입니다. 칠레 음식을 쎄비야에서 드시게 되는 거죠. 유모의 비법으로 제가 직접 요리할 겁니다. 저한테만 그걸 전수해주었거든요."

"그거 참 기특한 생각이구나." 엄마는 내게 입맞추며 말했다.

"멋진데." 아만다 까밀라도 동의했다. 나의 아만다는 창백했고 비틀거리고 있었지만, 신들에 홀려 속아넘어간 채 방안의 모든 사람들처럼 자신도 나아질 거라고, 다 잘 풀릴 거라고 믿고 있었다. "멋져, 가브리엘. 유모가 참 기뻐했을 거야."

"아들한테 받을 수 있는 최고의 선물인데." 위대한 매켄지가 말했다.

"그건 내가 하려던 말이야." 빠블로가 능글맞게 웃으며 말했다. 그의 안경은 내것처럼 번쩍였다.

"저는 그저 유모도 거기 있었으면 해서요." 내가 사람들에게 말했다. "유모가 어디 있든간에 우릴 향해 웃어주었으면 좋겠네요."

그 이후는 쉬워도 너무 쉬웠다.

재니스, 너한테 상세히 다 털어놓을까?

어떻게 내가 빠블로 바론과 호르헤 라레아를 설득해 빙산을 싣고 며칠 후 발빠라이쏘에서 쎄비야로 향할 아콘까구아호에 승선할 수 있었는지, 아무도 내 폭파계획에 선수를 치지 못하게 어떻게 그 배에 올라타게 되었는지 말이야. 또 어떻게 빙산과 함께 드레이크 선장의 항로를 따라 적도를 넘어갔는지도 말해줄까? 밤이면 태평양의 뜨거운 달빛 아래서 으르렁 거리고 서글퍼하며 날 부르던 빙산의 울부짖음을 들으면서 어떻게 파나마를 지나 대서양으로 들어갔는지, 발보아가 보았고, 마젤란과 사르미엔또 데 감보아가 항해한 길을 뒤로한 채 콜럼버스가 네 차례의 항해 동안 여덟번이나 지나친 바다를 거슬러올라가, 그의 발이 닿기 전 이미 오나족과 유모의 선조들이 살아왔고, 5만년 동안이나 눈을 맞아온 남극의 파편을 가지고 갔는지도 말이야. 어떻게 컨테이너에 갇혀 볼 수 없는 빙산에게 바깥풍경을 중얼거리며, 그가 태어난 영원한 얼음땅의 것들과는 너무나도 다른 갈매기들과 뜨거운 파도 그리고 폭풍우를 몰고 오는 후텁지근한 구름에 대해 말해주었는지, 어떻게 내가 빙산의 유모라도 된 양 그를 세상의 눈들로 그리고 최후로 데려가고 있었는지도 말해줄까? 어떻게 생태주의자들의 해코지를 피하기 위해 선장에게 다른 항구, 까디즈로 항로를 바꾸자고 제안했는지, 그리고 빙산의 수호자이자 연인인 그들이 어떻게 내 말을 받아들였는지도 다 듣고 싶니, 재니스? 콜럼버스가 그의 여행을 마치고, 카리브해의 섬들과 신화 속의 인어들에 관한 기억도 사라져갈 무렵 되돌아간 에스빠냐의 추운 초원 위로 우리의 트럭들이 줄지어 간 이야기하며, 당시 귀족들은 아무도 콜럼버스의 말을 믿지 않았기에 할 수 없이 발길을 돌린 까르뚜하섬에서 이제 엑스포가 그가 발견한 것을 기념하게 된 얘기도 알고 싶니? 공연히 신대륙의 태양을 범접해 그로부터 영원히 추방된 내 먼 친척 로드리고 데 뜨리아나를 기념하여 명명한 거리에 어떻게 아파트를 구하게 되었는지, 매일매일 빙산 설치하는 걸 감독하고 아르만도 호르꾸에라가 톱으로 빙산의 푸른 조각들을 파고들었을 때 그 고통을 기록해둔 거라며, 함께 죽을 나만 빼고 아무도 빙산에 해코지하지 못하게 세심하게 감시한 얘기도 말야. 또 마치 우편배달부처럼, 수도계량기 검침원처럼, 알까싸르 거리의 오렌지나무들 밑에 꽃을 가꾸는 사람처럼, 아무도 모르게 돈 하쎈또의 아들 프레디로 하여금 박람회장 안으로

440

날, 마치 주인이라도 되는 것처럼 계속 들여보내게 만든 경위하며, 어떻게 각각이 담으로 둘러싸인 농장 같은 쎄비야 엑스포의 전시관들과 익숙해져가며 마지막 만찬을 위한 재료들을 모아가기 시작했는지에 대한 이야기도 알고 싶니? 칠레 대통령이(빠블로가 아니야. 그는 아직 오지 않았지. 남아서 국정을 맡고 있었으니까) 전시관을 개막하던 4월에 어떻게 내가 그 자리에 있었는지, 어떻게 내가 빠라이쏘만에서 알아보고 이튿날 아버지에게 눈덮인 곳을 둘러보자고 해서 찾아낸 빙산에 수많은 사람들의 시선이 흠뻑 쏠리는 걸 보게 되었는지도 말해줄까? 얼마나 사람들이 정말 새로운 칠레에, '소리의 터널'에, 우리가 만든 현대적인 나라에 경이로워했는지 ─누가 그런 걸 상관이라도 하나?─ 듣고 싶니? 어떻게 내가 4월에서 10월 사이에 여자애들을 사냥했는지도 말이야. 난 영어로 꼬셔서 에스빠냐어로 따먹곤 했지. 마치 어린아이들이 방문하는 나라마다 코카콜라 병을 수집하듯 독일년들, 파키스탄년들, 러시아 창녀 그리고 또하나는 세네갈에서 온 계집애였나? 어쨌든 정확히 말할 수 없는 건 걔네들이 내 머릿속에서는 눈보라처럼 어지럽게 여겨졌기 때문이야. 여자애들은 마치 내가 막으려 해도 하루이틀 밤 후면 다시 열리는 같은 구멍 같았고, 피부색들과 한마디도 알려 하지 않은 언어들의 일식현상처럼 느껴질 뿐이야. 이젠 걔네들에 대해 하나도 제대로 기억하는 게 없어. 다만 엑스포와 빙산을 취재하러 나, 매켄지 가문 사람들 중에 최고인 나하고 자려고 때때로 나타나곤 하던 끄리스띠나 페레르가 기억나는군. 끄리스띠나가 오로지 나만을 위해 카르멘 복장을 하고 나타나 포르노 영화에서처럼 홀딱 벗고 허벅지로 담배를 말던 얘기를 해도, 글쎄, 나는 무덤덤한데, 너도 상관없겠지? 내가 1992년 7월 9일, 24번째 생일이자 처음 아만다 까밀라의 푸른 눈에 잠수하고 싶어 어쩔 줄 몰라한 지 1년이 되는 날을 어떻게 보냈는지, 어떻게 내가 로뻬 데 베가 극장에서 소리야(J. Zorilla)의 「돈 후안 떼노리오」(Don Juan Tenorio) 연극 티켓을 사게 되었는지도 말야. 거기서는 끝에 돈 후안이 수녀인 이네스의 사랑으로 구원되는데, 그건 띠르소의 원작에서 바람둥이가 사령관의 석상에 의해 지옥으로 끌려가는 것을 각색한 가짜 해피엔딩일 뿐이었어. 그래서 내가 연극 끄트머리에 너무나 열이 받아 나오면서 세상 어느 여자도 나, 빙산, 그리고 두 아버지를 구해내진 못할 거라고 다짐했었는지. 두 사람은 자기들이 곧 도착할 거라고 열나게 편지를 보내고 있었지. 흥, 곧? 내가 어떻게 10월 초순의 어느날 난생 처음으로 신혼여행을 즐기고 있던 엄마와 아버지를 만나러 프라하까지 가게 되었는지, 그들이 어떻게 모짜르트가 「돈 지오반니」를 직접 초연한 오페라하우스로 그 작품을 보러 갔는지, 그리고 난 나대로 같은 날 밤 모두가 조종당하지만 결국에는 구원받는, 익살스럽고 소란스러우면서 엉망진창인 「돈 지오반니」의 인형극 버전을 보게 되었는지 알고 싶니? 그리고 우리 세 사람이 어떻게 쎄비야, 13세기 한 아랍인이 거기 사는 사람들이야말로 가장 장난이 심하고 남 골탕먹이길 잘한다고 묘사했던 그 쎄비야로 돌아가게 되었는지도 말야. 그곳엔 아만다가 아직도 자기가 내 동생인 줄 알고 와 있었고, 난 아직도 시치미를 떼고 있었어. 아만다의 빛나는 모습에 나 자신을 용서하면서, 전부 다시 새로 시작하고 싶은 유혹에 빠질 뻔한 게 뭐 대단한 건지, 그리고 바로 그날 어떻게 우리가 투우를 보러 가서 지치고 힘이 빠져 죽어가는 소를 보면서, 4만명이나 되는 관중들이 투우사한테 소에게 한번 더 기회를 주라고, 살려주라고 하얀 손수건을 꺼내 흔들어도, 나만 가만 있다가 칼이 소의 경련하는 등에 꽂히자 축제라도 되는 양 소리지르며 아만다가 공포에 질려 가엾어하는 걸 즐겼는지도 알고 싶니? 어느날 아만다와 함께 쎄비야의 인디언척식회사 문서보관실에 가서 기아의 항구의 유일한 생존자인 또메 에르난데스가 오나족에 대해 남긴 글을 보러 간 것이며, 엘 아레날 거리를 활보하면서 술집마다 들러 공짜 안주들을 맛보며 다닌 것도 다 알아야겠니? 마치 이제 우리 앞에는 영원히 행복만 펼쳐질 것처럼 아만다를 기만 했기에, 대성당 앞 노천까페에 앉았을 때 집시들이 손금을 봐주겠다고 한 걸 거절한 것도 말이야. 남매지간처럼 혹은 육체적 사랑을 나누기엔 너무 늙어버린 연인들처럼 우린 너무 평화스러웠고, 적어도 아만다는 과거를 묻고 새출발을 할 수 있다고 믿게 되었지.

재니스, 일일이 얘기하기엔 너무나도 많은 날들과 일들이란다. 내가 어떻게 세상에, 쎄비야에 모인 전세계에 작별을 고했는지 알고 싶니? 난 매일매일 세상 구석구석을 누비듯 녹초가 될 때까지 전시관들을 샅샅이 돌아다녔고, 내 임무가 끝나기 전에 해야 할 일인 이 편지를 쓰고 부칠 사흘을 갖기 위해 모든 준비를, 세상을 떠날 모든 준비를 마쳤어. 모든 게 끝난 다음 누군가 이 글을 읽도록, 그리고 1992년 10월 중순의 어느날 네가 너만의 미국에서 깨어나 나의 마지막 행적을, 내가 왜 죽었는지에 대한 설명과, 왜 소식 하나 보내지 않았고 어째서 너는 내 소식을 다시는 들을 수 없게 되었는지를 알도록 말이야.

자, 이젠 더 할말이 없구나.

과달끼비르 위로 해가 지고 있고 돈 후안의 도시가 날 부르고 있다.

난 정말 그 일을 하게 될까? 정말 난 영원한 제3의 얼굴인 엄마가 보는 앞에서, 아만다가 그러지 말라고 간청하는 그 앞에서 나와 함께 25년 전 내게 생명을 준 두 얼굴을 죽여버릴 수 있을까? 정말 난 내가 태어나도록 도와준 빙산을 폭파시켜버릴 수 있을까?

그건 나만이 아는 일이고 너도 알게 되겠지.

나는 죽은 것도, 산 것도 아니었다.

Io non morti, e non rimasi vivo

지아꼬모 까싸노바가 자서전에 인용한 아리오스또의

『성난 오를란도』(*Orlando Furioso*)의 한 대목

애야, 가브리엘, 그럼 안돼.

네 인생을 얘기하는 게 아냐. 바보천치라도 네가 어떤 문제를 갖고 있는지, 내가 널 도와주지 못한 이래 네가 어떤 곤경에 처했는지 다 알 만큼 명확한 일인걸. 그래, 난 까쑤엘라 얘길 하는 거야.

애야, 난 죽은 뒤에도 너와 연락을 취해보려고 했는데 이제야 되었구나. 그런데 이게 뭐냐? 내가 지금 보고 있는 게 뭐지? 물이 끓고 있구나. 내가 물은 끓지 않을 만큼 뜨거워야 한다고, 나중에 닭털을 뽑기 좋을 만큼만 뜨거우면 된다고 하지 않았니? 그래, 불을 줄여 꺼버렸구나. 잘했다. 마치 내 말을 듣고 있는 것처럼 말이야. 여기 바로 내 곁에 있는 친구는 네가 내가 하는 말을 들을 수도, 그렇게 하려고도 않을 테니 너하고 연락하는 게 쓸데없는 짓이라고 하는구나. 하지만, "이봐요, 체 게바라, 가브리엘은 내 말을 듣고 있어요. 내가 말한 대로 닭들을 물에 넣고 있잖아요" 하고 말해주었지. "당신이 살아생전에 말해준 방법들을 가브리엘이 기억해내고 있는 것뿐이오"라고 체 게바라가 말하는구나. 내 친구 체 게바라는 이런 것 따위는 아예 믿질 않아. 사실 달리 할일이 없어서 날 도와주고 있을 따름이지. 저 사람 우리가 여기에 오랫동안, 아주 오랫동안 함

446

께 갇혀 있게 되리라는 걸 잘 알고 있고, 그래서 나랑 잘 지내려고 하지. 가브리엘, 이 친구 체 게바라한테 널 도와주라고 설득하는 데 이승시간으로 사흘이나 걸렸단다. 그래, 바로 너에게 얘기하고 있는 거야. 쎄비야의 칠레 전시관에서 성난 듯 죽은 닭들의 털을 뽑고 있는 내 사랑하는 밀라그로스의 아들, 가브리엘 매켄지, 네게 말하는 거란다. 봐라, 털이 정말 부드럽게 뽑혀지지 않니? 그런 다음엔, 애야, 닭을 한마리씩 불에 천천히 그슬려야 돼. 닭살에 아직 붙어 있는 깃털들을 태워없애야 한단다. 추수한 다음에 겨를 태우듯이 말야. 그러니까 여기 있는 체 게바라가 자기 수염을 어루만지며 "남자 수염의 삐져나온 털들을 깎을 때처럼"이라고 하는구나. 말이라도 거들어주는 게 내게는 반가운 일이야. 물론 체 게바라가 요리나 집안일에 대해서 아무것도 모른다 해도 네가 놀라진 않을 테지만. 여기서 너한테 말해야겠구나. 나하고 체 게바라가 매사에 의견이 같은 건 아니란다. 사실 여기 있는 우리는 거의 같은 생각을 할 때가 없지만, 네가 어리석다는 데엔 동감이지. 그리고 또하나, 너나 다른 사람들을 죽여선 안된다는 데에도. 체 게바라가 나랑 똑같은 의견이라는 게 다행이야. 만약에 이게 내게 달린 일이라면 난 절대 끔찍하게 끝나도록 내버려두지 않을 거고, 여기서조차 신이 있다는 걸 믿지 않는 체 게바라도, 비록 마지못해하고 회의적이기는 하지만 내 조수노릇을 할 준비가 되어 있단다.

넌 머뭇거리고, 까쑤엘라를 만드는 동안 내가 방안에 있기라도 한 듯 두리번거리는구나. 하지만 날 볼 순 없지. 겨우 내 말을 들을 수 있을 뿐이야. 내 목소리의 메아리의 메아리랄까. 날 바람소리로 착각할 수도 있겠지만 그건 나란다, 너의 유모.

잠시 일손을 멈추었구나. 수도꼭지에서 흐르는 물로 겉을 닦고 문질렀지만 아직 내장과 피를 빼내 씻어야 할 일이 남아 있어. 속에 있는 것들을 버리는 걸 잊지 마라. 심장하고 간은 까쑤엘라에 쓸모가 없으니까. 넌 네 머릿속에서 나오는 희미한 내 목소리를 들으며 마치 홀린 듯 서 있구나. 빠따고니아의 바람 속에서 조용히 울부짖던 음성들과 빠라이쏘만에서 신음하던 얼음덩이들의 슬픈 소리를 떠올리면서. 너는 왜 하필 지금 날 떠올리고 있는지, 혹시 내가 널 용서해주었는지 궁금해하고 있어.

　용서해줄 일이 아무것도 없다고 하면 어쩌겠니? 가브리엘, 넌 그런 가능성을 받아들일 준비도, 아직 내 말을 듣고 있다고 인정할 채비도 돼 있지 않아. 죄의식이 널 송두리째 잡아먹고 있어. 네가 부엌칼로 닭을 어떻게 자르고 있는지, 또 마치 네 척추를 떼내기라도 하듯 닭 등뼈를 부러뜨리는 모습을 좀 보려무나. 그러지 마. 끓는 물에 넣으면 다 풀어져서 그 깨진 뼛조각들이 다 목에 걸리게 된단 말이야. 처음 네 앞에서 내가 까쑤엘라를 만들 때 등뼈가 국물에 특별한 맛을 내준다고 말해주었잖니. 냄비 속에 닭모가지들하고 함께 끓도록 내버려둬야 해. 넌 닭을 한마리씩 무릎 위에 올려놓고 사람한테 화풀이하듯이 사납게 비틀어 꺾어버렸지. 너무 심하게 했고, 닭한테 죽여야겠다고 양해를 구하기는커녕, 그 몸 안에 쌓아둔 태양과 에너지를 포기해줘서 고맙다는 말조차 하지 않았어. 그렇지만 그토록 증오를 품고 닭들을 죽인 덕분에 체 게바라의 마음을 움직였구나. 네가 닭목을 차례차례 비트는 걸 본 체 게바라는 "녀석, 일 저지르겠군. 이 바보가 정말 자기도 자살하고 남도 죽이겠어" 하고 내게 말하더구나.

　체 게바라는 그때 너한테 닿으려는 시도에 참여하는 데 동의했단다. 왜냐하면 나한테는 이 친구 체 게바라가 그러마 해주는 게 필요했거든.

　어떻게 우리 둘이 같이 있냐고? 그렇다면 여기가 어떻게 돌아가는지 몇가지 설명을 해주어야겠다. 난 여길 어떤 장소, 공간이라고 부르는데, 그건 다른 말이 없기 때문이지. 사실 난 여기서 말을 하지 않고 생각만 하고 있을 뿐인데 그게 가브리엘, 너처럼 살아 있는 사람들에게 말로 번역되고 있는 거란다. 하지만 우리가 있는 곳에 대해 더는 말할 수가 없어.

내 입술은 봉해져 있거든. 그래, 정말로 봉해져 있다고. 그렇다고 네가 고민들을 털어놓고 내가 약속했을 때처럼 봉해져 있는 건 아니야. 내 그림자인 네 엄마에게만은 털어놓아야 했어. 오로지 내 그림자한테만 말할 수 있다고 했으니 거짓말을 한 건 아니지. 어쨌든 여기에선 거짓말은 할 수가 없어. 금지되어 있거든. 사실 거짓말을 할 수가 없으니 금지할 것도 없다고 하는 편이 낫겠군. 누구든지 상대방이 생각하는 게 얼굴에 훤히 드러나 바로 읽을 수 있으니 숨길 필요가 어디 있겠니? 하지만 몇가지 비밀은 지키도록 되어 있단다. 누구에게도 보여주거나 말해줘서는 안되는 몇가지가 있지. 체 게바라는 자기 상처를 나에게 보여주지 않을 거야. 사람들이 그의 손에 한 짓, 그리고 난…… 에이, 말 안하는 편이 낫겠지.

체 게바라와 너의 유모, 우리는 네가 묻지 않았던, 그러나 내가 너에게 중얼거리고 있는 것을 조금만이라도 듣는다면 하게 될 질문에 답해주려고 여기 함께 있단다. 그렇다고 날 네가 하고 있는 주된 일인 까쑤엘라를 잘 만드는 데서 한눈을 팔게 해선 안돼. 바로 그거야. 닭조각들을 모두 냄비에 넣었다가 거의 끓을 즈음 물을 버리고, 냄비를 한번 씻은 다음 다시 찬물을 채워 이제 닭조각과 고추, 쿠민(요리용 향료의 일종—옮긴이), 파슬리 묶음 작은 것 하나, 박하 등을 함께 넣는 거야. 소금도 잊지 말고. 재료가 다 들어갈 때까지 약한 불로 익히고 45분 동안 끓도록 놔둬야 해. 그 시간 동안 넌 다른 것들을 준비할 수 있을 거야. 그건 그렇고, 우리, 체 체바라와 너의 유모가 같이 있는 건 네게 빚을 졌기 때문이야. 그게 우리가 내린 결론이자 이 늙은 할망구가, 체 게바라의 방문을 24년 만에 처음으로 열고 들어가자 그가 대체 누구냐고 물었을 때 암시해준 거란다.

나는 메르세데스라고 해요, 내가 체 게바라한테 그랬지. 그는 죽은 뒤로 하나의 영혼도 본 적이 없었는데 그게 바로 나라서 깜짝 놀랐지. 난 손을 뻗어 그의 손을 잡고 싶었지만 여기선 그걸 달가워하지 않아. 여기선 서로를 만지지 않는단다. 체 게바라를 만지지 않아야 하는 것도 물론이고.

"무슨 메르세데스요?" 그가 물었지.

그냥 메르세데스예요. 난 절대 성을 붙이지 않아요. 난 유모예요라고 대답했어.

"예전에 유모였겠지." 체 게바라가 말했어.

아녜요, 난 아주 단호하게 대답했어. 난 아직도 유모예요. 한번 유모는 영원히 유모니까…… 그런데 내 아이가 곤경에 처했어요.

난 체 게바라한테 세상시간으로 지난 11개월, 거의 1년 동안, 내가 죽은 이래로 여기 책임자와 관리자들한테 내 아이를 도와줄 수 있는 사람과 함께 있게 해달라고 끈덕지게 졸라왔다는 걸 얘기했지. 그 사람들 말이 내가 하도 귀찮게 해서 결국 체 게바라가 있는 데로 날 보내기로 했다는 거야. 거기 있는 사람들이 '그 체 게바라란 작자, 손님 맞을 준비가 되어 있을 거요' 하고 날 밀어넣은 방에서, 그는 죽은 이후 내내 혼자 기다리며, 세상이 미쳐 돌아가는 걸 바라보고 있었던 거야. 그는 자기가 죽임을 당한 지 꼭 25년 되는 날 내가 자기를 만나러 왔다고 하더구나.

가브리엘, 네가 우리를 이어주고 있는 거야. 그게 내가 체 게바라에게 설명한 거야. 네가 우리 이름, 나와 그의 이름을 내걸고 그 어리석은 살인 행각을 벌이려 한다는 거하며, 나 혼자서는 널 구해낼 수 없다는 것 등등. 애야, 넌 참 바보로구나. 하나로도 모자라 수호천사가 둘씩이나 필요하니 말야.

체 게바라가 말했다. "저 당신 아이, 슬퍼 보이는데." 그는 내가 네 문제들을 늘어놓자마자 그렇게 말했고 난 "저 아인 내 아이라기보다 훨씬 더 많이는 당신 아이예요. 가브리엘이 내 품에 왔을 때 당신은 이미 실패해서 일을 엉망진창으로 만들어놓았다고요. 체 게바라씨, 이 아이는 따라 갈 수도 없는 당신의 존엄성하고 벽에 붙어 있는 당신의 영웅적인 포스터 그리고 그놈의 사내들이 전부 당신이 죽지 않았다고 말하는 바람에 온통 혼동스러워하고 있었단 말예요" 하고 대답했지. 그리고 한동안 우린 서로 말을 하지 않았어. 그런데 내가 체 게바라한테 맛있는 걸, 실은 초끌로 파이를 만들어주었더니 식사하는 동안 나한테 몇가지 아름다운 얘기를 해주지 않겠니. 오토바이로 전 남미대륙을 누비고 다닐 때 버려진 삶들을 얼마나 많이 보았는지에 관한 이야기하며, 저들을 버려진 채로 놔두지 않겠다고, 그건 최악질의 범죄라고 맹세하게 된 사연하며, 또 게릴라일 때 마에스트라산맥(마에스트라는 여선생을 뜻함—옮긴이)에서 만난 농부들 얘기도 해주었어. 내가 산맥이 선생님도 되다니, 하며 좋아하니까 그는 웃으면서 여기에서 마에스트라는 가장 중요한 산맥 이름이라고 했지. 그래서 내가 세상에 어린애를 가르치는 여자보다 더 중요한 건 없다고 하니까 그가 좋아하더구나. 그렇게 우린 다시 친구가 되었어. 그리고 그때 내가 너와 네 계획들을 엿듣자고 체 게바라를 불러들인 거란다. 우린 네가 한번도 자보지 못한 재니스란 여자애한테 그 기계로 편지 쓰는 걸 엿보았는데, 난 정말 어찌할 바를 몰랐단다. 나의 가브리엘, 그렇게 바보 같다니, 하고 나는 소리치고 말았고, 체 게바라도 고개를 끄덕이며 한숨쉬었지. 그때 난 문득 체 게바라가 혹시 뭘 해줄 수 있지 않을까 생각하게 되었어.

이곳의 규칙은 말이야, 보증인 두 사람이 경계를 넘는 걸 허용하는 한에서만 상대방에게 속삭이며 말할 수가 있단다. 소식을 주고받는 사람 둘 중에 한 사람은 세상에 아직 살아 있는 인물을 개인적으로 알고 있어야 하고, 또다른 한 사람은 어떤 상황에서도 만난 적이, 단 1분도 살아생전에 같이 있은 적이 없어야 돼. 그래서 체 게바라가 이 작전을 시도하기에 미약하나마 자격을 갖추게 된 거지. 왜냐하면 그 사람은 네가 잉태되기 바로 직전에 죽었으니까. 이런 규칙들은 영혼들이—우릴 구태여 부르자면 말야—자기네 사사로운 일에 끼여들지 못하게 하려고 만들어진 거야. 반드시 제3자의 지지를 받아야 하지. 그리고 하나 말해둘 건, 이 동네에 오래 산 사람들을 설득하기가 너무나 어렵다는 거야. 난 낮이나 밤이나 모든 사람들을 찾아다녔지. 맙소사, 가브리엘, 난 굉장히 바빴단다.

네가 잘못된 방향으로 나가는 걸 보자마자 제일 먼저 찾아간 건 람세스 2세인가 뭔가 하는 나이 먹은 고약한 얼간이였어. 소문에 여기 있는 동안 한번도 남을 도와준 적이 없고 이승사람들의 꿈에 나타나본 적도 없다더군. 나라고 예외는 아니었지. 내가 온 것조차 알아보지 못했거든. 네가 그 언덕에서 막스를 만나고 자살을 계획하고 쎄비야로 가는 동안 여러 영혼들에게 계속해서 호소해봤지만, 매번 거절당하고 말았단다. 댁의 가브리엘은 머저리니까 그렇게 해봐야 소용없소 하며 말이야. 그래서 난 지금 재수가 좋다고 생각해. 아니면 네가 재수가 좋은 건지, 또 아니면 일이 이렇게 되려고 그랬던 건지도 모르지. 왜냐하면 우주에는 네것보다 더 많은 계획들이 있으니까 말이다, 가브리엘.

그래, 이게 규칙이란다, 내 아가야. 아무 짓도 안하고 그저 목소리로만, 네 머리에 떠오르는 단어들로만 네게 말할 수 있어. 체 게바라는 그걸 정신착란이라고 하더구나. 난 이승에선 학교 문턱에도 못 가봤는데 그렇게 고상한 말들을 배우다니, 여기서 진짜 교육을 받고 있는 셈이지. 어쨌든 넌 네가 듣고 있는 걸 환각으로 여길 거고, 여기 저승의 섬에서 보내는 메시지를 받고 있다고는 인정하지 않을 거라고 체 게바라는 단언하는구나. 하기야 무슨 놈의 귀신이 무덤에서 살아 있는 사람에게 홍당무 껍질을 벗긴 다음에 잘게 썰라고 하고, 무슨 귀신 목소리가 양파는 네 조각으로 자르는 거라고 사람에게 가르쳐주고—그래, 사등분해야 해. 조금 눈물이 나도 상관없어, 애야—자른 양파가 물에 뜨고 떨어져나가지 않게 하나씩 밀어넣으라고 당부하며, 또 무슨 귀신이 양파를 오래 익히면 까쑤엘라를 망치니까 조심하라고 잔소리를 하냐고 체 게바라가 묻더군. 귀신이 요리강습을 하러 그 먼 저승길을 되돌아왔다면 세상 어느 누가 믿겠냐고 물으면서 나더러 왜 가난과 부정을 끝장내는 것처럼 세상을 바꿀 큰 문제들을 가르치지 않고, 몇몇 부르주아들의 밤이나 쫓아다니냐고 그러더라.

452

난 당신이 도와주면 나도 도와주겠다고 했어. 먼저 당신이 내 아이를 구하고 나서 세상을 바꿀 일에 몰두하자고 했단다. 게다가 덧붙여 난 내가 뭘 하는지 알고 있다고 했어. 만약에 우리 가브리엘이 재미없어하면 마치 옛날 내가 오후마다 듣던 구닥다리 방송국의 눈물 짜는 라디오 연속극 꺼버리듯 내 목소리를 꺼버릴 수 있다고 그랬지. 어쩜 난 네 이야기가 라디오 연속극처럼 끝나길 바라고 있는지도 몰라. 끝에 가서는 기쁨의 눈물을 펑펑 흘리면서 말이야. 하지만 그건 네게 달렸어. 너의 마음이 열리지 않는다면, 이 말들은 네가 지금 깨끗이 씻어내고 있는 호박의 먼지들처럼——그래, 그렇게 하는 거야. 잘한다——씻겨내려가고 말 거야. "저 머저리 같은 새끼부르주아는 당신이 까쑤엘라라는 말을 꺼내기도 전에 스위치를 꺼버렸소" 하고 체 게바라가 말했어. "하고많은 사람 중에서 하필 파렴치하고, 정치엔 관심도 없고, 콩가루 집안에, 나약하기 짝이 없는 저 매켄지 녀석을 도와주게 되다니. 양키놈! 라틴아메리카를 버리고 미국을 택한 놈을!"

체 게바라는 때때로 이렇게 독불장군이 되어 화를 낸단다. 저 사람 네일은 다 내 잘못 때문이라고 항상 우기지. "그건 상징적인 거요." 체 게바라가 말하지. "만약 당신이, 당신 같은 사람들이 들고일어났더라면 지금 세상 같은 꼴은 되지 않았을 거요. 저애도 모든 사람에게 당한 걸 복수로 되갚으려는 대신 다른 방법을 찾았을 테고. 당신같이 사회를 변화시키는 데 아무 일도 하지 않은 사람들이 저 젊은 아이를 꼼짝 못할 지경으로 밀어넣은 거란 말이오."

난 말이야, 가브리엘, 그건 체 게바라 책임이라고 생각해. 비록 그 사람에게 말하지는 않겠지만. 화나게 해서 또 말싸움을 시작할 필요는 없잖아. 그 사람이 도와줘야 하는 일이지만, 사실 체 게바라가 잘못한 거야. 자기 입으로 다른 사람들을 죽여서 세상의 아픈 상처를 치유할 수 있다고 했었잖아. 자기 가족조차 버린 그 사람의 이름을 걸고 넌 이렇게 네 아버지를 죽이려 하고 있어. 난 빠블로와 끄리스 둘 중에 누가 네 진짜 아버지 인지는 말해주지 않을 거다. 여기 규칙이 허락하더라도 말야. 애야, 그리고 다른 것들, 나와 내 비밀들에 대해서도 얘기하지 않을 거란다. 내 생전에 네가 알아내지 못한 것들을 죽었다고 해서 털어놓진 않을 거야. 분명히 말했어. 난 아무에게도 말하지 않을 거야. 체 게바라에게조차도. 내가 오나족인지 마뿌체족인지, 또 내가 처녀로 죽었는지 아닌지는 그리 중요한 일이 아니니까.

네게 알려줄 더 중요한 일은, 가브리엘아, 마늘 넣는 걸 잊었다는 거야. 그러니까 어서 집어넣어. 마늘을 먹으면 기억력에 좋고 누구든지 정신이 빠릿빠릿해져. 전에 말해주었듯이 마늘 한통을 통째로 넣어.

"이것 봐요, 체 게바라씨" 하고 내가 말했어. "저 아이가 내 말을 듣는게 보이죠?"

체 게바라는 어깨를 으쓱할 뿐이란다. 우리 둘은 네가 파란 고추조각들을 넣는 걸 보고 있어. 물이 벌써 끓는구나. 파란 고추는 한참 끓여도 제맛을 잃거나 흐물거리지 않는단다. 고추에서 나는 독하고 매운 냄새가 부엌에 딱 어울리는 것 같지 않니? 게다가 맛뿐만 아니라 생김새도 예뻐서 장식도 되잖아. 그런데 체 게바라는 계속 시무룩하구나. 내 친구 체 게바라는 서글퍼 보여. 가브리엘, 너한테 해줬던 것처럼 꼭 껴안고 다독거려주고 싶구나. 체 게바라는 자신의 꿈을 이루지 못한 볼리비아 생각을 할 때마다 우울해하곤 하지. 그곳의 검은 피부에 검은 눈 그리고 낡아빠진 옷에 신발조차 신지 않았던 사람들은 체 게바라가 정글을 오가는 걸 보고도 협력은커녕 배신해버리고 말았으니까. 인디언들이 고자질한 거야. 체 게바라는 인디언들을 위해 자기 목숨을 바쳤지만 그들은 상관도 안했던 거지.

"다시 태어나도 싸우겠소" 하고 체 게바라는 말하지. "내게 달리 어떤 방법이 있겠소?" 하고 묻는군. "그들을 죽게 놔두라고? 인디언들은 기아에 허덕이고 아이들은 매년 뼈가 앙상해져갔지. 이도 다 빠져 없어지고 그들의 말조차 사라져가고 있었어. 그리고 지금의 그들 사정은 25년 전이나 다를 바 없고, 앞으로 25년이 지나면 더욱 나빠져 있을 거요. 그러니 내가 당신 아이 그 가브리엘 녀석처럼 눈 딱 감고 털끝 하나 까딱하지 말란 말이오? 그게 내가 해야 할 일이란 말이야? 부에노스 아이레스에서 그냥 환자 몇이나 치료해주는 의사로 살면서. 칵테일이나 퍼마시고 여자들이나 건드리다가 세상의 고통 한줌 바꿔보지 않고 살다 죽으라고? 아니면 당신마냥 고향이 어딘지조차 알려 하지 않는 사람들을 위해 밥이나 하라구? 당신한테 진지하게 질문 한번 한 적 없고 죽은 다음에도 아무 일 없었다는 듯 살아가고 있는 인간들을 위해서?"

당신도 유모가 있었나요? 난 가브리엘 네가 강낭콩을 잘 까고 있는지 살펴보면서 체 게바라한테 묻는다. "물론. 갈리씨아 출신의 유모가 날 키워주었지. 우리 어머니는 수영하길 좋아했고 늘 혼자 돌아다니길 좋아했으니까. 베아뜨리스라는 이모도 있었는데 내가 정말 따랐었소."

당신 유모에게 물어봐요, 내가 체 게바라에게 말한다. 몸에 부둥켜안기는 아이를 갖는 게 대체 뭔지, 세상에 태어날 때, 그때뿐만이 아니라 하루에도 열두번씩 안기는 아이를 갖고, 그 아일 위해 음식을 준비하는 게 뭔지 말예요, 당신도 내가 밀라그로스와 가브리엘에게 젖병을 물렸던 것처럼 아기들에게 우유를 먹여봤더라면, 또 내가 어린 아만다에게 했듯 아침에 입맞추며 아이들을 깨워봤어야 하는데. 유모한테 당신을 얼마나 끔찍이 돌봤는지 한번 물어보라니까요. 그리고 당신이 가난한 사람들을 돌봤다고 해서, 유모가 불이 나도 가만 있고, 상처가 나도 반창고 하나 붙여주지 않고, 당신이 헐떡거리다 죽어가도 숨쉬는 걸 도와주지 않았을지 물어보라구요. 모든 사람들이 우리 유모들만 같으면 세상이 어떻게 되는지도 한번 물어봐요. 아이가 무슨 짓을 했건간에 어떤 잘못을 했다고 당신 유모가 그 아이를 저버릴 수 있는지도 물어보세요. 당신이 지금 자기도 죽고 남들도 죽여버리겠다는 아이에게 단 1분도 쓰지 않겠다고 하면 당신 유모가 뭐라 할지 물어보라니까요.

"만약 여기서 날 내보내주기만 한다면," 체 게바라가 대답한다. "그리고 유모를 만날 수만 있다면 한번 물어보지. 허나 당신이 먼저 당신 엄마한테 왜 당신을 키워주지 못했는지, 누가 당신 엄마와 당신네 사람들을 죽였는지, 그리고 누가 당신을 하인으로 만들고, 다른 사람은 주인으로 만들었는지 물어본다면 말야."

아마도 우리가 여기 같이 있는 건 배우기 위해서인지도 모른다. 체 게바라는 25년 동안을 어떤 사람이, 그 누구라도 나타나주길 기다리고 있었던 거야. 내가 사흘 전, 그러니까 네가 막 편지를 쓰기 시작한 그때 여기 왔을 적엔 체 게바라는 기분이 언짢아 있었지. 그는 피델인지 뭔지 하는 꾸바 사람이 와주길 원했거든. 체 게바라는 붙잡고 앉아 세월아 네월아 토론하고 같이 작당할 사람을 원했거든. "사반세기 동안" 체 게바라는 불평을 하지. "찾아주는 사람 하나 없이 세상이 겉만 번지르르하고 점점 더 탐욕스럽게 미쳐돌아가는 걸 보면서도 난 여기서 아무것도 할 수 없이 그저 내 얼굴이 찻잔이나 티셔츠에 나오는 것만 봐야 했는데, 대체 당신 같은 늙은 할멈을 내게 보내다니. 세상에 하고많은 죽은 사람들 중에 왜 하필 당신이야?"

어쩌면 이렇게 우리는 다음 단계를 준비하고 있는지도 모르지. 여기서 만나, 마치 같은 감방에 갇힌 두 죄수처럼, 남편과 아내처럼 그리고 친한 친구 사이처럼 서로를 알게 되었으니까. 어쩌면 그는 영원토록 내 애인이 될 수도 있겠지. 내가 그에게서 뭘 배우거나 그가 내게서 뭔가를 배울 때까지 말이야. 우리 두 사람 다 결국 죽을 때는 태어날 적보다 훨씬 외로웠었는데, 누가 알았겠어? 이렇게 오랫동안 집 떠난 자식, 너 가브리엘을 통해 맺어지는 연인이 되어 너 자신과 빙산을 파괴하겠다는 계획에 심히 언짢아한다는 걸 말해주게 될 줄이야.

그리고 체 게바라는 네가, 없애고 부숴버릴 빙산 따위는 없다는 걸 알아주었으면 하고 바라고 있지. 그래 나도 알아. 남극의 다리통에서 떼어낸 푸른빛의 그 얼음덩이를 네가 보았다는 걸 나도 알고 있어. 그런데 체 게바라는 그렇지 않다고 우기는구나. 자기는 정보망이 좋다나. 체 게바라 말로는 바른 정보를 갖는 거야말로 가장 중요한 일이래. "만약에 내가 라이게라에서 놈들이 매복하고 있는 것을 알았더라면……" 하면서. 어쨌든 체 게바라는 지난 10월 엑스포 개막 바로 나흘 전에 냉동 시스템이 고장났었다고 그러는구나. 사람들은 전문가를 불러왔지만 크게 낙담했지. 그게 눈앞에서 녹아내리고 있었거든. 냉동시설을 다 고쳤을 땐 빙산의 반이 녹아 없어져 상당부분이 흙탕물이 된 채 하수구로 쪼르르 흘러내려가고 있었다는 거야. 그래서 거기서 얼음을 구해다가 남아 있는 중심 부분과 노르웨이에서부터 공수해온 얼음에다 섞어넣어서, 말하자면 까쑤엘라 같은 잡탕을 만들었다는구나. 가브리엘, 그리고 파랗게 비쳐 보이라고 조명을 바꾸었다는군. 내 보기에 체 게바라가 이 이야길 하는 건 쎄비야 성당에 있는 콜럼버스 무덤이 가짜이듯, 빙산을 터뜨리는 것도 결국 환상, 신기루를 날려보낼 뿐이라는 걸 알아주길 원해서란다. 넌 단지 칠레산 얼음 파편에 섞인 에스빠냐 물과 북극, 체 게바라가 산타클로즈의 나라라고 부르는 곳에서 온 얼음조각들을 폭파해버리게 될 뿐이란다. 체 게바라는 웃으면서 사진 한장 찍어두지 못했는데 마침내 남과 북이 하나가 되었다는구나. 솔직히 말해서 난 그가 무슨 말을 하는지 모르겠어. 하지만 체 게바라가 하는 말이 네가 다이너마이트를 쓰는 걸 막을 수만 있다면 내 친구는 복을 많이 받아야지. 아무럼 그렇고말고. 그는 우리가 이 싸움을 이길 수 있을 거라고 생각하기 시작했어. 네 문제를 정말 해볼 만한 일, 마치 게릴라작전처럼 세상에 잠입한 다음 목표를 설정하고 조준사격을 해서 상심한 영혼을 구출해내는 일로 보기 시작했단다. 체 게바라가 점점 신나하니 나도 반갑기는 한데──혹시 그가 즐거워하는 건 우리가 너를 바라보고 있는 여기까지 살살 풍겨오는 맛있는 까쑤엘라 냄새 때문인지도 모르지만──난 그래도 네 마음을 돌리기 위해 다른 방법을 택하기로 했어. 자, 네가 빙산을 폭파하지 않는다고 하자. 그래도 진짜 문제는 해결되지 않은 채 남아 있어. 네 마음에 남은 앙금들 말이야. 네가 얼마나 너 스스로와 다른 사람들 모두를 미워하고 다들 죽기를 바라는지, 또 네가 지난 세월 택했던 모든 길과 너를 진정으로 도와줄 수도 있었던 사람들을 고를 때 얼마나 무지몽매했었나 하는 감정들 있잖니. 우리가 네 마음속의 그런 공허함을 해결하지 못하면, 가냘픈 닭모가지를 비틀어버리듯 그런 숨막히는 답답함을 풀어내지 못한다면, 빙산이 진짜든 가짜든 아무 상관도 없을 거야. 그냥 얼음덩어리에 불과하니까. 그리고 그건 더도 덜도 아니고 네가 생각하는 그만큼밖에는 의미가 없어.

그런 까닭에 우리가 할일은 네가 마음을 고쳐먹게 하는 일이야. 자정까지는 한 시간 반밖에 남아 있지 않고 가까이 있는 거라고는 까쑤엘라뿐이지만 그게 너한테 다가가 얘기할 수 있는 유일한 수단이란다. 내가 살아 있을 때 네게 가르쳐준, 그리고 너 자신이 스스로 선택한 요리는 인간적이고, 고기, 야채, 국물도 다 들어 있잖아. 까쑤엘라야말로 세상을 보는 유일한 방법이고, 전에도 그렇게 해왔어야만 해. 그리고…… 이런 얘기를 하려고 말하고 있는 건 아니란다. 널 야단치려고 그 먼곳에서부터 연락을 취한 건 아니니까. 애야, 너 혼자 스스로 이해할 수 없는 걸 말하는 건 어쨌든 쓸모없는 일이야.

"그렇다면 왜 시간을 낭비하고 있는 거요?" 체 게바라는 별안간 또다시 회의적으로 내게 묻는구나.

저 아이, 가브리엘 매켄지를 위한 자리를 만들어주려는 거예요. 그게 우리가 할 수 있는 전부죠. 저런 바보들은 그저 따라다니다가 스스로 문제를 깨닫게 해주면 돼요. 가브리엘에게 숨쉴 수 있는 조그마한 공간만 열어주면 되죠. 하느님이 보이는 그런 공간 말예요. 하느님! 체 게바라가 콧방귀를 뀌는구나. 하지만 넌 이런 불신자 말에 귀기울일 필요는 없어. 난 여기가 더 나쁠 수도 있다고 체 게바라한테 얘기하지. "그래." 체 게바라가 말하는구나. "나한테 미키 마우스 가면을 씌우고 새로 온 사람들을 찾아다니며 맞아들이라고 시킬 수도 있었겠지. 방금 암으로 죽었거나 십대 부모들에 의해 쓰레기봉지에 담겨 버려진 아이들을 즐겁게 해주라고, 아니면 자기 손으로 지은 도시의 궁색한 방에서조차 쫓겨난 노인네나 자기가 포장한 도로 위에서 굶어죽은 남자한테 다 괜찮다고 말해주라고 말야. 분수에 맞는 대접을 받은 거고, 어떤 놈은 빈털터리고 어떤 놈은 다 가져도 세상은 공평한 거라고 설명해주라고 시킬 수도 있었을 테지. 그런 미친 짓을 시켜 날 벌주었을 수도 있었어. 아니 더 지독하게 날 백만장자로 다시 태어나게 했을는지도 모르지. 그 대신에 여기에 당신과 함께 있소. 그리고 당신은 나쁜 사람 같진 않아" 하고 체 게바라가 말한단다. "좀 한심하고 좀 반동이기는 하지만, 깨우치게 될 거요."

난 고맙다고 말한다. 당신도 괜찮은 사람이에요. 그리고 아이 하날 구하겠다고 나서줘서 고마워요. 구해줄 가치도 별로 없고 구원과도 거리가 먼 그런 아이를 구해주겠다고 나서주니, 하고 내가 말한다.

"기독교적 망상이로군." 체 게바라가 말한다.

당신이 뭐라든 상관없어요 하고 내가 말한다. 단 한 사람을 위한 자리. 당신이 가슴속에서 그 한 사람을 위한 자리를 찾을 수 있다면……

체 게바라는 한숨을 쉰다. 그는 우리 앞에 남은 세월들을 생각하고 있어. "그래서 당신, 가브리엘을 어떻게 설득할 셈이오?"

체 게바라가 묻고 있어. "당신 아인 계획을 실행하려고 어느정도 마음 먹은 거 같은데."

난 그에게 대답하지 않는다. 왜냐하면…… 요리하는 데 눈과 정신이 팔려 있거든. 가브리엘아, 냄비를 잘 봐, 닭이 다 익을 때가 되었어. 닭고기가 아직 말랑말랑할 때 강낭콩을 집어넣는 거야. 아몬드 모양으로 얇게

저며서 콩눈들이 우릴 볼 수 있게, 그리고 내가 널 볼 수 있고, 모든 죽은 사람들이 콩눈에서 널 볼 수 있게 해야 하는 거야. 그리고 지금이 바로 쌀을 넣을 때야. 비록 오늘밤엔 쌀을 안 넣겠다는 네 결정이 나도 좋긴 하지만. 쌀을 넣으면 양이 많아지는 건 사실이야. 하지만 두세 사람 먹일 음식으로 열 사람 배를 불려야 할 만큼 네가 가난하지는 않지. 나 어렸을 적엔 까쑤엘라에 쌀을 많이도 넣었단다. 하지만 살기 좋은 세상에선 쌀은 다른데 쓰일 거라고, 허기진 배를 달래는 데 사용되진 않을 거라고 늘 생각하곤 했단다.

"이봐," 체 게바라가 말한다. "이 노친네가 깨닫기 시작하는군. 머잖아 혁명가가 되겠는걸. 그런데 아직도 내 질문에 대답하질 않았잖소. 어떻게……"

난 그 입을 막아버린다. 이 남자 중요한 일들이 벌어지고 있을 땐 입다물고 있는 걸 배워야겠어. 애야, 냄비가 불 위에서 45분 동안 있었으니 지금이 지나치게 익어서는 안될 것들을 넣어야 할 때야. 내가 말한 대로 네가 작은 냄비에 따로 넣어 30분 동안 끓이고 있던 약간의 소금을 친 물과 통감자들 그리고 큰 조각으로 썬 노란 호박들 말이다. 어쩜, 내가 살았을 때 얼마나 호박을 좋아했는지. 그리고 긴 수염을 빗겨 깨끗하고 예쁘게 생긴 눈을 드러낸 좋은 옥수수를 구해놓은 것도 보이는구나.

"저 모든 게 신대륙으로부터 온 거요" 하고 체 게바라가 말한다. "저 아이가 지금 인디언들이 발견해 인류에게 선사한 것들로 요리하고 있다는 걸 아오? 저 코흘리개가 토마토마저 넣는다면 더 바랄 나위가 없는데" 하고 말하는구나. 난 그한테 자기 일에나 신경쓰라고, 까쑤엘라에, 아무리 그게 아메리카대륙의 식물일지라도 토마토를 넣지는 않는다고 말한다.

"까쑤엘라라," 체 게바라가 말한다. "이제 알겠군. 구대륙에서 온 닭, 홍당무, 양파 그리고 신대륙에서 온 채소와 감자의 만남, 그걸 당신이 저 아이에게 가르쳐주고 있는 거로군. 어떻게 모든 게 하나가 되는지, 어떻게 두 세상이 저 아일 갈라놓는 대신에 하나가 될 수 있는지를 말이야."

난 그건 내가 가브리엘에게 가르치고 있는 게 아니에요라고 말한단다. 단지 다른 사람들을 위해 요리하는 즐거움을 가르칠 뿐이에요라고. 가브리엘이 그걸 이해하기만 한다면, 그리고 에르네스또 게바라 당신이 이해할 수 있다면 우린 좀더 행복해질 거예요. 그리고 당신의 그 잘난 궁리 탓에 하마터면 가브리엘이 한눈을 팔아 실수를 할 뻔했어요. 그래, 애야, 감자와 호박과 옥수수가 익어가는 데다가 냄비 뚜껑을 여과기처럼 써서 천천히 물을 붓고, 같은 식으로 익힌 닭이 들어 있는 큰 냄비에도 물을 넣는 거란다. 야채들은, 특히 감자는 마지막까지 떼어놓아야만 해. 감자란 놈들은 참 욕심이 많아서 다른 맛을 흡수하고 분해해버리지, 녀석들 참 고약하게 군단 말야. 그래도 우린 감자를 좋아하지, 안 그러냐?

"감자들이라," 체 게바라가 끼어드는구나. "감자의 발견이, 나중에 설탕이 그랬던 것처럼 어떻게 유럽의 역사를 바꿔놓았는지 설명해주지. 감자같이 값싸고 영양가 있는 음식이 없었다면 산업혁명은 불가능했을 거요. 비록 아일랜드에 흉년이 닥쳤을 땐……"

나중에, 게바라 박사님, 그 얘긴 나중에 하자구요. 지금 확실하게 해둬야 할 건 까쑤엘라가 맛도 좋아야 하지만 생긴 것도 끝내줘야 한다는 거예요. 가브리엘이 홍당무 껍질을 벗겨 기름에 볶고 있기 때문이죠. 가브리엘, 넌 이제 국물 색깔이 누르스름해지지 않도록 제일 마지막에 넣을 당근이 짙은 오렌지색이 된 걸 보고 있구나. 옛날엔 사람이 누렇고 기름기가 흐르면 건강한 걸로 생각들 하곤 했지. 하지만 그렇게 짙고 깊은 색이 훨씬 더 좋은 것 같아. 한 숟가락만 맛 좀 보게 다시 살아나고 싶은 생각이 드는구나. 가브리엘, 공상이라고 다 나쁜 건 아냐. 때때로 사람들한테 예쁜 이야기를 들려주고, 나쁜 것은 숨기고 또 사실보다 더 아름답게 거짓말하는 건 나쁜 짓이 아니란다. 자, 이제 거의 준비가 되었고, 옆방에 있는 손님들 소리가 들리는구나. 생일이 다가오니까 샴페인병 따는 소리들도 들리고…… 이제 내가 체 게바라의 질문에 답할 때가 된 것 같구나. 500주년이 폭발이 아닌 잔치로 마감되고, 죽는 것보다는 사는 게 더 좋다고 어떻게 가브리엘을 설득하느냐고?

"잠깐." 체 게바라의 말이야. "내가 폭력에 반대하지 않는다는 것은 분명히 해두고 싶소. 빙산의 경우는 한심하고 비생산적이기 때문이오. 그러나 부패한 권력을 유지하기 위해 제도적 폭력을 사용하는 데 반대하는 폭력은……" 체 게바라는 자기 입장을 분명히해두려 하는구나. 기록을 해놓고 싶대. 내가 아니, 기록이라니, 대체 무슨 말을 하는 거예요? 하고 묻자, "난 아직도 폭력에 찬성이요" 하고 대답하는군. "난 내 생각을 눈곱만치도 바꾸지 않았으니까."

좋아요. 내가 대답한다. 당신이 생각을 요만치도 바꾸지 않았다면 당신 또한 어느정도는 바보인 것 같군요. 사람도 괜찮고, 마음씨도 좋은 것 같은데, 체 게바라씨, 당신이 한 짓이 세상을 그다지 잘살게 만들어놓은 것 같진 않아 보이네요. 허나 내가 깨우칠 때까지 당신 앞에는 엄청나게 많은 시간이 있고, 지금은 당장 우리가 해결해야 할 문제가 있잖아요. 급한 문제 말예요. 가브리엘이 빈 냄비에 몰래 숨겨 들여온 권총을 빼들고 끄리스또발 매켄지와 빠블로 바론을 겨냥한 다음, 흥분한 빤초의 도움을 받아 그 두 사람을 빙산 기둥 하나에 묶어놓고, 일장연설을 하며 당신 이름이나 혹 내 이름을 들먹인 다음, 아만다, 밀라그로스 그리고 다른 손님들도 다 나가라고 하고 심지에 불을 붙여 죽을 때까지 한 시간도 채 안 남았어요. 그럼 체 게바라 당신은 저 아일 이 방에서 만나 정치와 불의 그리고 혁명에 대해 토론할 수 있겠지요. 당신은 그 아이가 실은 어떤 길을 선택했어야 하는지 납득시킬 저승의 모든 시간들을 다 갖게 되겠지요. 그러니 우리가 가브리엘을 지금, 지금 당장 구해내지 못하면 저앤 그런 선택의 여지마저 갖지 못한단 말이에요, 알겠어요? 그러니까 저 아이한테 거룩한 이상과 인류의 미래를 위해 관두란 말은 하지 말아요. 통하지도 않을 테니까. 당신한텐 통했는지 모르지만 저 아이한테는 안돼요. 그게 바로 가브리엘이 가브리엘인 이유죠. 대부분 이승사람들처럼, 당신이 하고자 하는 말을 저 아인 듣지 않아요. 사람들은 예전에도 당신 말에 귀기울이지 않았었고 지금은 더더욱 안 듣지요. 그러니까…… 날 도와줄 거예요?

"당신 맘대로 해." 체 게바라가 말한다. "밀라그로스의 아버지, 끄리스 그리고 빠블로가 늘 당신한테 그렇게 말했듯이." 난 다시 내 맘대로 하게 되었다.

이봐요, 체 게바라, 내 아이는 어느새 누그러져 있어요. 음식이 말을 걸고 있는 것조차 눈치채지 못하네요. 감자들 하나하나가 땅속에서 잠자는 게 어떤 건지 얘기해주고, 옥수수 알맹이 하나하나가 얼음 아래는 땅이라고 말해주고 있는데도 말이에요. 냄비에서 퍼져나오는 냄새가 그에게 말을 걸고 있는 거랍니다.

지금이 중요한 순간이에요. 가브리엘은 이제 까쑤엘라를 접시에 담기 전에 음식이 좀 쉬고 자리를 잡게 놔둬야 하지요. 만약에 내가 가르쳐준 걸 기억한다면 접시들을 따뜻하게 데울 거예요. 아만다 까밀라가 방에 들어오자 부탁하는군요. 마치 아만다라는 이름만 불러도 좋은 듯, 그 이름이 입안에 머무는 게 좋은지 저리도 상냥하게 아만다에게 사람들한테 가서 이제 곧 유모의 까쑤엘라를 접시에 담기 시작할 테니 빙산 앞의 식탁에 자리잡고 앉아달라고 전해달라는군요.

그래, 내 새끼 가브리엘, 넌 뜨거운 음식을 좋아하지. 어렸을 때도 항상 내게 우유를 조금만 더 덥혀달라고 자꾸만 조르곤 했지. 그러나 애야, 세상엔 참아야 하는 것도 있단다. 난 그 말을 체 게바라한테도 했는데 그 사람 역시 참을성은 도무지 없는 것 같아. 체 게바라도 뜨거운 것과 물을 참 좋아하는데, 내 말에 고개를 끄덕이고는 객관적인 조건들인가 뭔가 하는 말을 하는구나. 난 그게 무슨 소린지는 모르겠지만 음식이 다 되기 전에 먹어서는 안된다는 것하고 매사를 서두르면 큰코 다친다는 것쯤은 알고 있어. 그리고 게다가, 네가 그렇게 멋지게 요리한 음식들에게 조용히 서로 인사할 시간도 주어야 하지 않겠니. 호들갑스럽게 떠들어대는 식이 아니라 말하자면 가족들끼리 함께한 여행이 좋았고, 앞으로의 여행은 더더욱 좋아질 것을 기약하며 작별인사를 나누듯, 음식들 서로가 말할 시간을 줘야 한다는 거야. 접시 안에서 만나서 입에서, 목구멍 아래에서 그리고 위장 안에서 보자고. 저 남자하고 저 여자하고 오늘밤 함께할 때 쓸 에너지로 변해서 또 만나자고. 감자 형님, 홍당무 누님, 사람들이 힘을 쓸 때 다시 뵙겠습니다.

이렇게 자리를 마련해주는 데는 단 5분 혹은 10분이면 된단다. 접시에 담기 직전 잠깐동안이면 충분해. 그릇에 담을 때엔 암탉이 병아리들에게 하듯, 또 네가 걸음마를 마저 떼기도 전에 내가 가르쳐준 것처럼 똑같이 덜어야 한단다.

음식의 소리에 귀를 기울여보렴, 가브리엘. 네가 계획했던 대로 끝나지는 않을 거라고 말하고 있잖아. 넌 까쑤엘라 국물 안에서 내가 어떻게 널 세상에 태어나게 했는지, 그리고 어떻게 네 엄마에게 널 낳으라고 하고, 끄리스의 품에 안기게 했는지 보고 있구나. 결국 넌 내 책임이야. 넌 내 자식이고, 다른 사람들의 자식이기도 해. 그러니까 네가 다른 사람들에게 무엇인가를 주기 전에는 죽어서는 안된다.

내가 그렇게 내버려두지 않을 거야.

내 말 듣고 있니?

넌 이 짓을 그만두고 모든 걸 날려버리겠다는 약속을 철회하면 더이상 슬픔에 젖어 있지 않게 되리라는, 만사가 제대로 풀리리라는 보증을 받고 싶어하지.

난 그런 보증을 해줄 순 없단다. 바라는 게 이루어진다는 보증을 할 수는 없어.

네가 다시 아만다 까밀라와 합쳐지게 될지, 그걸 아만다가 원할지, 또 네가 다시 도전하게 될지, 난 몰라. 말할 수가 없단다. 네 엄마는 끄리스 또발 매켄지가 네 친아버지건 아니건 간에 함께 살려고 할 것이며 끄리스는 네가 자기 아들이 아니라도 널 사랑해줄까? 빠블로 바론은 21세기로 칠레를 이끌 것이며 아만다 까밀라가 자기 딸이 아니라도 사랑해줄 수 있을까? 내일, 10월 12일 아침이 밝을 때 넌 전시관 밖으로 발을 내디딜 수 있을 것이며 그때, 바람이 불어오듯 키큰 여자가 네게 걸어와 '나야, 재니스. 널 뒤쫓아왔어. 우리가 다시 시작해야 한다는 걸 깨닫는 데 편지 따윈 필요 없어. 나랑 미국으로 돌아가자. 세상은 순간마다 다시 태어나는 걸. 어떤 건 가고 어떤 건 오면서 말야' 하고 말해줄까? 그게 너의 미래가 될까? 아니면 재니스 대신에 오스카와 나노가 마침내 네 잡지를 펴내고 너와 사업할 자금을 구했다는 소식이 전해질까? 체 게바라는 단호하게 거부하지만 수많은 사람들이 달려들 그 사업 말이야. 어쩌면 넌 오스카와 나노에게 정중하게 거절의 편지를 보내고 칠레로 돌아가 빅또리아에게 도움을 주게 될까? 설령 막스와 싸워서 그한테 한방 얻어터지게 되더라고 빅또리아에게 너의 서비스와 기술, 재능 그리고 네가 그토록 싫어하는 손을 제공하게 될까? 결국 너도 남자니까, 어느날 밤 네가 컴퓨터 앞에서 똑딱거리고 있을 때 빅또리아가 네 글을 어깨너머로 들여다보고 두 사람이 침대에 가 뒹굴기를 기대하면서 말이야. 아니면 네가 진정으로 돌아가고자 하는 곳이 빠따고니아여서 남극의 표면에서 너를 찾는 대신 정말로 그곳을 새로이 보기 시작하게 될까? 진짜건 가짜건 간에 넌 이 빙산을 엄마 품으로, 빠라이쏘만으로 되돌려보내게 될까? 그게 네가 원하는 거니? 나는 모르겠구나. 체 게바라는 자기도 모르거나 아니면 대답하기 싫다고 한다. 네 마음이 널 어떻게 할지 우리가 어떻게 짐작할 수 있겠니, 혹시 넌 영원히 방황하지 않게 되려나?

  지금 넌 아만다 까밀라, 끄리스또발 매켄지, 빠블로 바론, 뽈로, 아르만도, 라레아 그리고 빤초 삼촌 등 여기 초대받은 모든 사람들을 위한 접시들을 한줄로 늘어놓고, 제일 끝엔 가브리엘, 너를 위한 그릇을 놓고서 차례로 까쑤엘라를 덜고 있구나. 이 마지막 만찬이 새로운 시작이 되었으면 좋겠어. 내가 만드는 걸 도와준 음식을 네가 스스로 덜어서 먹는다는 사실, 그래, 그건 과거는 지워질 수 없다는 뜻이란다. 우리가 기억하지 못한다 해도 과거는 항상 거기 있게 마련이야. 넌 과거를 쉽사리 없애버릴 수가 없어. 내가 약속하는 건 그런 게 아니야. 내가 약속하는 건, 네가 접시 하나하나에 닭 한조각, 감자 하나, 호박 한쪽, 옥수수 3분의 1을 놓고 냄비 밑까지 잘 떠서 모든 사람에게——그중엔 너도 포함되는 거야!—— 야채, 강낭콩, 양파를 조금씩 골고루 담은 다음 재료들 하나하나가 까쑤엘라 안에 그것이 가진 최고의 것, 세상이 생긴 이래 지구가 우리를 먹여 살리고도 남을 만치 늘 사랑해왔듯이, 희망이라는 것을 풀어놓은 국물을 잘 떠담았을 때에만 까쑤엘라의 맛이 천국처럼 황홀하리라는 거란다. 그게 내가 약속할 수 있는 전부고, 그후에 일어날 일에 대해선 장담할 수가 없어. 네가 전시관 밖에서 바나나껍질을 밟아 넘어져서 목뼈가 부러지고 콜럼버스가 그랬듯이 에스빠냐의 병원에서 죽게 되는지, 혹은 광명의 빛을 받아 인류가 어떻게 구원되는지를 깨닫고 다음 세기에 위대한 인물들 중의 하나가 되는지는 알 수 없지만 이것만은 말해줄 수 있어. 마지막으로 까쑤엘라에 코리안더 양념을 조금만 친다면, 그리고 실란트로를 적당히 살짝 뿌려서 마감하기만 하면 네 까쑤엘라는 내가 요리한 것만큼이나 훌륭해질 수 있다는 것.

자, 이제 준비가 다 되었구나.

사람들이 다른 방에서 널 부르고 있어.

아만다 까밀라, 끄리스또발, 뽈로, 밀라그로스, 빠블로 그리고 프란씨스꼬, 너의 가족들이야. 난 네가 머뭇거리는 게 보여. 넌 손에 쥔 성냥을 보고 있어. 그 상자의 성냥을 마지막으로 쓴 건, 널 만들어낸, 오늘 쉰번

째 생일을 맞이하는 두 남자를 위해서 지금 접시에 담으려는 수프를 요리
하기 위해서였지.

이제 진실의 순간, 불의 순간이 마침내 다가왔구나. 네가 방금 요리한
게 아메리카대륙의 첫번째 500년의 마지막 저녁식사가 될지, 아니면 새
로 시작하는 500년 우리의 첫번째 아침식사가 될지 결정해야만 하는 순
간이 왔어.

체 게바라와 난 네 눈을 바라보고 있단다. 네가 어떻게 할지 짐작해보
려 하면서 말이다.

지금이 바로 나와 체 게바라를 갈라세운 무한한 공간을 가로질러서 그
의 한손을 내가 쥐기로 한 순간이란다. 그래, 그의 손 하나야.

그에게는 죽은 뒤 처음으로 누군가의 손길이 닿은 것이고, 내가 다른
이를 만진 것도 이번이 처음이야. 그건 금지된 일이지. 여기선 다른 사람
을 만지지 못하게 되어 있거든.

체 게바라, 가브리엘한테 말 좀 해봐요, 하고 내가 말한단다. 저애한
테 말해봐요. 내 목소리마냥 당신 음성도 듣게 해주라고요.

가브리엘, 체 게바라가 널 보고 있어. 그 접시들 앞에서, 네 눈까지 모
락모락 올라가는 김 앞에서 널 보다가 이젠 낮은 목소리로 뭔가 노래하기
시작하는구나. 내가 한번도 들어보지 못한 말로 말이다. "Nonantzin,
ihcuac nimiquiz mitlecuilpan xinechtoca" 하고 노래하고는 번역을 해주
었단다. "나의 사랑하는 어머니, 내가 죽거들랑 집 옆에 묻어주세요. 그
리고 문가에서 또르띠야를 만들 땐 날 위해 울어주세요. Ihcuacu tiaz
tetlazcalchihuac ompa nopampa xichoca, 나우아뜰 말이오." 체 게바라
가 속삭인단다. "당신네 사촌뻘인 아스떼까족의 언어지. 멕시코에 있을
때 천식으로 죽은 여자한테서 배운 노래요. 그 여잔 약 한번, 치료 한번
받지 못하고 죽었지. 그렇게 세상의 모든 엄마들처럼 죽어버렸지. 그녀는
이 노래를 내게 남겨주었어. 체 게바라는 노래를 좀더 웅얼거리다가 낮고

우울한 목소리로 말하는구나. "그리고 엄마, 누가 와서 묻거들랑요, Nonantzin, 왜 우는 거예요? Ihuan tla acah mitzlatlaniz: Nonantzin, tleca tkchoca? Xiquilhuiz ca xocohui in cahuil ihuan in nechochoctia ica cecenca popoca. 엄마, 누가 와서 왜 우냐고 묻거든 장작이 너무 파래서 그 연기 때문에 운다고 하세요. 연기 때문에 운다고 하세요."

이제 체 게바라는 내 치맛자락에 머리를 묻었고 난 그렇게 하도록 내버려두었어. 난 그를 다독거리면서 내 새끼, 내가 돌보아줄게 하고 말하지. 시간이 끝날 때까지 말야.

그리고 우리 두 사람은 함께, 그의 부러진 손을 내 손에 쥐고 그의 머리를 내 치마폭에 누인 채, 너무나도 가깝고 또 너무나도 먼곳에서부터 너의 결정을 기다리고 있단다. 가브리엘 매켄지, 우린 마치 막 아이를 낳으려는 두 연인들처럼, 세상의 운명이 네 결정에 달린 듯이 그렇게 기다리고 있단다.

468

| 옮긴이의 말 |

1980년대까지 출판된 아리엘 도르프만의 작품들이 군부독재에 의해 희생된 아옌데 정권의 재해석이라든가 삐노체뜨 정권에 대한 민중의 투쟁을 소재로 하고 있다면, 1999년 선보인 『체 게바라의 빙산』(원제 *The nanny and the iceberg*)은 민주화 이후의 칠레와 망명에 대한 새로운 평가를 주내용으로 삼고 있다.

특히 이 작품에서는 부모 세대에 의해 이루어진 불가피한 정치적 망명이 제2세대에게는 과연 어떠한 영향을 미치는지를 프로이트가 『토템과 타부』에서 소개한 시원적 아버지에 대한 전설에 비유하여 그려내고 있어서 관심을 끈다. 한 원시부족의 마을에 모든 여자를 독차지하고 아들들에게는 성을 허락지 않던 아버지가 결국 자식들에게 살해되고 만다. 승리감과 여자를 갖게 되리라는 희망에 도취된 자식들은 죽은 아버지의 살을 나눠먹고 그와 같은 능력을 갖게 되기를 희망하지만, 그들에게 남은 건 아버지를 살해했다는 죄의식이며, 어떤 형제도 능력을 남용하는 일이 없도록 철저한 일부다처제를 고수하고 근친상간을 금했다는 이야기는 『체 게바라의 빙산』의 골격을 형성하고 있다.

물론 작품의 내용에서 보듯 위대한 매켄지 끄리스또발이 여자를 독식

하고 자식들의 성을 방해하는 살아 있는 폭군적 아버지에 해당한다면, 빠블로 바론은 자식들이 죽인 줄만 알았는데 살아서 꿈틀거리고 있는 외설적인 아버지의 발현이고, 끝으로 체 게바라는 죽어서 더 큰 힘을 발휘하는 시원적 아버지의 사후적 상징의 측면을 나타낸다고 할 수 있겠다. 자식들에 의해 살해당했지만 죽은 뒤에 오히려 그들의 동정을 자아내고 더욱 큰 영향을 주고 있는 이 대조적인 아버지들의 전설을 아리엘 도르프만은 끄리스또발 매켄지와 기억 속에 존재하는 체 게바라 그리고 다분히 심리학적 요소인 외설적 아버지 빠블로 바론과 연계시키고 그들간에서 자아를 찾아 방황하는 가브리엘이라는 망명 2세의 귀향을 다루었다. 시원적 아버지의 자식들이 아버지를 죽인 후 더욱 큰 책임감을 느껴야만 했듯 망명 뒤에 돌아간 조국의 문제는 어쩌면 맨 처음 그들이 낯선 외국땅에 망명했을 때보다도 더더욱 어려운, 단순한 물리적 귀향으로 해결되지 못하는 문제인 것이다.

1992년에 있은 에스빠냐 엑스포에서 칠레는 실제로 자국을 대표하는 이미지로 남극의 빙산을 전시한 바 있다. 소설에서 보듯 이 일은 국내외적으로 뜨거운 논란을 일으켰는데, 그중에서도 가장 근본적인 문제는 이제 겨우 군사독재를 마치고 민주화의 길에 들어서고 있던 새 정부가 산적한 모든 과제에도 불구하고 과연 뜨거운 에스빠냐 한가운데 빙산을 설치할 만큼 국민정서에 소홀할 수 있느냐 하는 것이 쟁점이었다. 물론 정말 칠레 정부가 빙산을 통해 칠레의 선진화를 과시하고 다른 남미 국가들과 차별화를 꾀하려는 의도를 가졌었는지 알 수 없지만 적어도 도르프만이 소설 속에서 언급하듯 그러한 엄청난 프로젝트는 아직 실종자들이라든가 고문 등 군부의 희생자들이 엄연히 존재하던 상황에서 새 민주정부에 대한 국민적 배신감을 야기할 수도 있었을 것이다. 그토록 갈망해온 민주주의로부터의 배신, 소위 민주화운동에 앞장섰다는 사람들이 기득권을 획득한 후 이전의 독재자와 별다른 모습을 보이지 않을 때의 배신감, 이것들은 이전 도르프만이 그의 희곡 『죽음과 소녀』에서 나타낸 것들이기도 하다. 이러한 요소들 때문에 거의 비슷한 길을 걸어온 우리나라의 최근사를 칠레와 비교해보면, 도르프만이 그의 문학을 통해 나타내는 분노와 고발이 그리 생경한 지구 반대쪽 나라의 일만은 아닌 것으로 여겨진다. 빙산 외의 나머지 소설적인 장치들과 인물들은 작가의 상상력에서 기원했다는 도르프만의 변에도 불구하고 소설이 출판되자 누구누구가 등장인물들의 모델이 아닌가 지속적인 관심을 받았다는 후일담은, 결국 순탄치만은 않은 민주화의 과정에서 많은 사람들이 집단적 죄의식에 사로잡혀 있음을 간접적으로 보여준다.

　게으른 번역자를 용서하고 기다려준 창비사의 모든 분들께 감사드리며 옮긴이의 말을 마친다.

2004년 8월
김의석

체 게바라의 빙산

초판 1쇄 발행/2004년 8월 18일
초판 2쇄 발행/2005년 1월 25일

지은이/아리엘 도르프만
옮긴이/김의석
펴낸이/고세현
편집/김정혜 문경미 안병률 최은숙
미술·조판/윤종윤 정효진 신혜원 한충현
펴낸곳/(주)창비
등록/1986년 8월 5일 제85호
주소/경기도 파주시 교하읍 문발리 513-11 우편번호 413-832
전화/031-955-3333
팩시밀리/영업 031-955-3399 · 편집 031-955-3400
홈페이지/www.changbi.com
전자우편/literat@changbi.com

ISBN 89-364-7094-9 03840